Annales

Sujets & corrigés

2023

Français 1re

Anne Cassou-Noguès
Agrégée de lettres modernes
Professeure au lycée Jacques Monod
(Clamart)

Delphine Fradet
Agrégée de lettres modernes
Professeure au lycée Jeanne d
(Orthez)

Séléna Hébert
Agrégée de lettres classiques
Professeure au lycée Champlain
(Chennevières-sur-Marne)

Florence Renner
Agrégée de lettres modernes
Docteure ès lettres
Professeure à l'Institut catholique de Paris

Nathan

MODE D'EMPLOI

Ces Annales ont été conçues pour vous aider à réviser efficacement et progressivement l'épreuve anticipée de Français de Première.

RÉUSSIR LE NOUVEAU BAC

Toutes les infos sur le **nouveau Bac** et la **description des épreuves**.

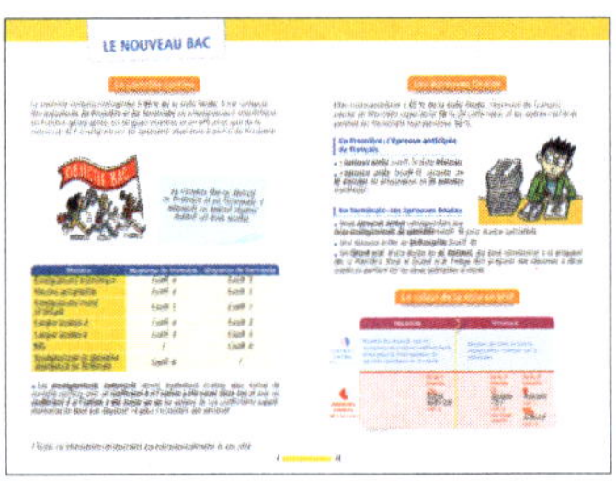

L'**épreuve expliquée** et les **astuces pour réussir** et apprendre à **bien mémoriser**.

S'ORGANISER POUR BIEN RÉVISER

La **méthode** pour traiter le sujet de l'épreuve écrite et de l'épreuve orale, avec des conseils pour réussir **étape par étape**.

Tous les types d'**exercice expliqués** : commentaire, dissertation, explication linéaire, question de grammaire et présentation orale.

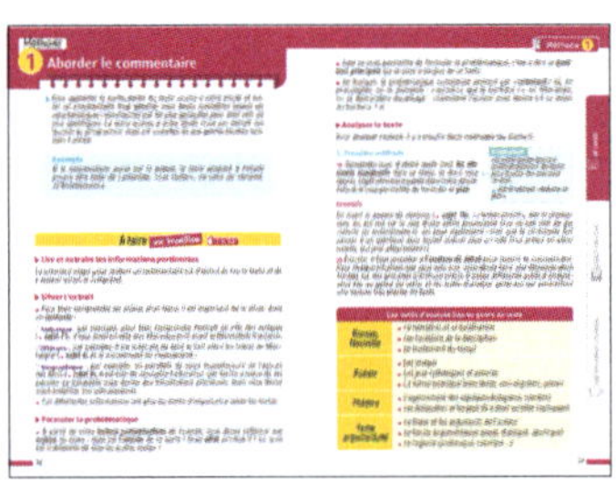

Toutes les étapes de l'épreuve expliquées, de la **feuille de brouillon** à la **rédaction sur la copie**.

RÉVISER ET PROGRESSER

Chaque **objet d'étude du programme** est traité de **manière progressive** pour **réviser son cours**, et se préparer avec des **sujets guidés**.

Faire le point

L'essentiel du cours avec les **connaissances indispensables** et un **lexique.**

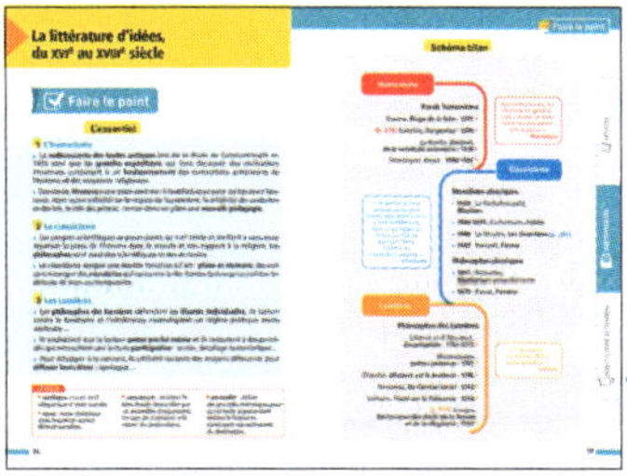

Une **frise chronologique** avec les **mouvements, auteurs** et **ouvrages clés.**

Sujets guidés

Des **sujets expliqués** avec une démarche pas à pas.

Méthode par étapes pour acquérir les **bons réflexes.**

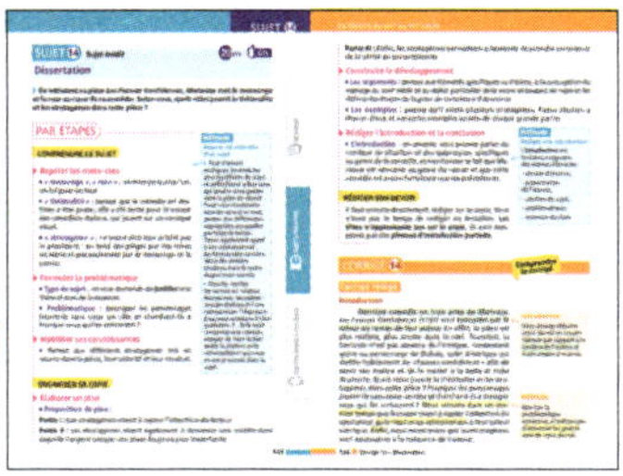

Corrigé commenté avec les **conseils et astuces** des **correcteurs.**

S'ENTRAÎNER POUR LE JOUR J

Des **sujets complets corrigés**, conformes à l'épreuve finale.

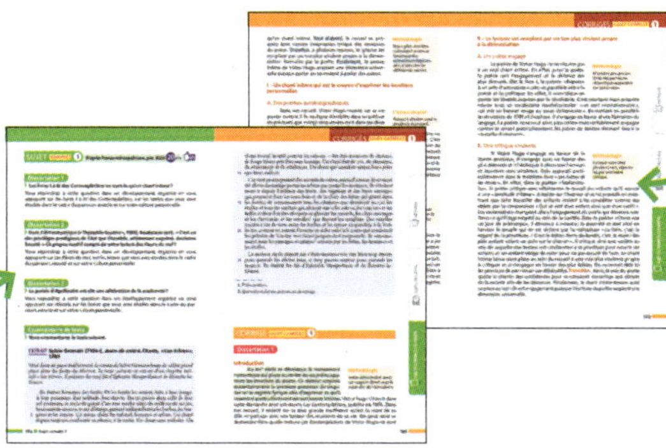

Dans les corrigés, des **astuces** pour **gagner des points** et **éviter les pièges** dans votre copie !

Les sujets du Bac 2022 pour bien se préparer.

S'ENTRAÎNER POUR L'ORAL

Des sujets pour **s'entraîner à l'oral, étape par étape**.

Un texte pour **chaque œuvre au programme**.

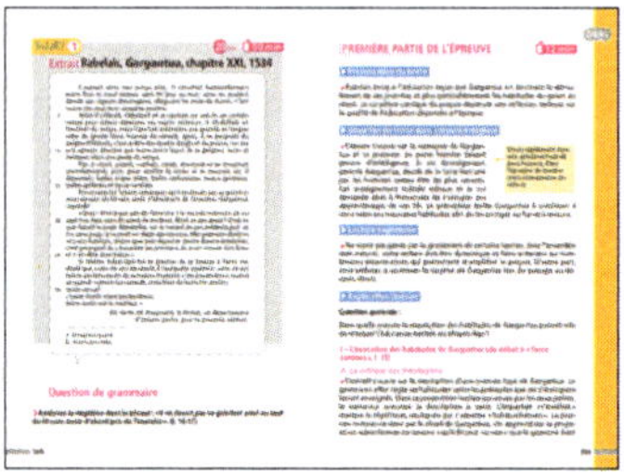
Extrait Rabelais, Gargantua, chapitre XXI, 1534

PREMIÈRE PARTIE DE L'ÉPREUVE

Question de grammaire

Une explication linéaire **méthodique** et **commentée**.

Direction éditoriale : Raphaëlle Mourey
Coordination éditoriale : Marie-Pierre Lowys, Julie Langlais
Édition : Suzanne Pointu, Maria Tasso, Cindy Savin
Conception graphique intérieur : Élise Launay
Couverture : Jean-Marc Denglos, Clémentine Largant
Schémas : Coredoc
Compositeur : IGS-CP
Fabrication : Laurence Monaï

ISBN : 978-2-09-157286-4

SOMMAIRE

à revoir | réussi

Sujets comme à l'examen

SUJET COMPLET 1 France métropolitaine, juin 2022

à revoir réussi

Œuvres et parcours

Roman et récit

Littérature d'idées

Théâtre

Poésie

Cahier spécial oral

LE NOUVEAU BAC

Le contrôle continu

Le contrôle continu correspond à **40 % de la note finale**. Il est composé des **moyennes de Première et de Terminale** en enseignement scientifique, en histoire-géographie, en langues vivantes et en EPS ainsi que de la moyenne de l'enseignement de spécialité abandonné en fin de Première.

Le nouveau Bac se déroule en Première et en Terminale, il demande un travail régulier durant ces deux années.

Matière	Moyenne de Première	Moyenne de Terminale
Enseignement scientifique	Coeff. 3	Coeff. 3
Histoire-géographie	Coeff. 3	Coeff. 3
Enseignement moral et civique	Coeff. 1	Coeff. 1
Langue vivante A	Coeff. 3	Coeff. 3
Langue vivante B	Coeff. 3	Coeff. 3
EPS	/	Coeff. 6
Enseignement de spécialité abandonné en Terminale	Coeff. 8	/

• Les **enseignements optionnels** seront également évalués sous forme de contrôle continu, avec un **coefficient 4 si l'option a été suivie deux ans** et avec un **coefficient 2 si l'option a été suivie un an** (la somme de ces coefficients supplémentaires ne peut pas dépasser 14 pour l'ensemble des options)*.

* Toutes ces informations correspondent aux instructions officielles de juin 2022.

Les épreuves finales

Elles correspondent à **60 % de la note finale** : l'épreuve de français passée en Première représente **10 %** de cette note, et les autres matières passées en Terminale représentent **50 %**.

En Première : l'épreuve anticipée de français

- L'**épreuve écrite** (coeff. 5) dure **4 heures**.
- L'**épreuve orale** (coeff. 5) consiste en **30 minutes** de préparation et **20 minutes** d'entretien.

En Terminale : les épreuves finales

- Deux **épreuves écrites** correspondant aux **deux enseignements de spécialité** (coeff. 10 pour chaque spécialité).
- Une épreuve écrite de **philosophie** (coeff. 8).
- Un **Grand oral**, d'une durée de **20 minutes**, qui peut commencer à se préparer dès la Première. Pour le Grand oral, l'élève doit préparer des réponses à deux questions portant sur les deux spécialités choisies.

Le calcul de la note en bref

	PREMIÈRE	TERMINALE		
CONTRÔLE CONTINU 40 % de la note	Moyenne des notes de tous les enseignements communs sauf le français, et des notes de l'enseignement de spécialité abandonné en Terminale.	Moyenne des notes de tous les enseignements communs sauf la philosophie.		
ÉPREUVES FINALES 60 % de la note	Fin du 3e trimestre **Français (écrit + oral)** coeff. 10	Fin du 2e trimestre **Spécialités 1 et 2** coeff. 16 pour chaque spécialité	Fin du 3e trimestre **Philosophie** coeff. 8 GRAND ORAL **Grand oral** coeff. 10	

LES ÉPREUVES EN BREF

L'épreuve écrite

Comment s'organise l'épreuve ?

Durée : 4h
Coefficient : 5
Notation : 20 pts

• **L'épreuve porte sur l'étude d'un commentaire ou la rédaction d'une dissertation au choix parmi trois sujets.**

• **Le commentaire porte sur un texte littéraire en lien avec un des objets d'étude du programme** de classe de Première. Le candidat compose un devoir qui présente de manière organisée ce qu'il a retenu de sa lecture et justifie par des analyses précises son interprétation et ses jugements personnels. Le texte proposé pour le commentaire n'est pas extrait des œuvres au programme.

• **La dissertation consiste à conduire une réflexion personnelle organisée sur une question littéraire portant sur une des œuvres au programme et son parcours associé.** Le candidat choisit parmi les trois sujets de dissertation, chacun étant en rapport avec l'une des œuvres et son parcours associé. Pour développer son argumentation, le candidat s'appuie sur sa connaissance de l'œuvre et des textes étudiés dans le cadre de l'objet d'étude concerné, ainsi que sur ses lectures et sa culture personnelles.

Qu'attend-on de ma copie de Bac ?

• **On attend de vous les compétences suivantes ;**
- maîtriser la langue (orthographe et syntaxe) ;
- interpréter des textes ;
- être capable de mobiliser votre culture littéraire ;
- se montrer apte à construire une réflexion, argumenter et prendre en compte différents points de vue.

Travailler régulièrement

• Tout **au long de l'année**, rédigez des fiches de révision sur les œuvres, les notions importantes, les courants littéraires, etc. N'hésitez pas à tenir un cahier avec vos **références culturelles personnelles** ! La lecture n'est pas le seul moyen d'apprentissage : il existe de nombreux podcasts ou documentaires qui peuvent vous permettre de **diversifier** vos modes de révisions.

• **Gérer son temps** est primordial, particulièrement pour une épreuve comme le français qui évalue le vocabulaire et la clarté de la rédaction. Ne rédigez pas vos réponses au brouillon, et prenez le temps de **relire intégralement** votre copie.

L'épreuve orale

Comment s'organise l'épreuve ?

• L'épreuve orale est composée de **deux parties** qui s'enchaînent et sont précédées d'un temps de préparation de 30 minutes.

Durée : 20 min
Préparation : 30 min
Coefficient : 5
Notation : 20 pts

Première partie de l'épreuve

• **Durée :** 12 minutes

• Le candidat propose d'abord une **lecture à voix haute**, juste, pertinente et expressive du texte choisi par l'examinateur, après l'avoir situé brièvement dans l'œuvre ou le parcours associé. Cette partie est notée sur 2 points.

• Le candidat propose une **explication linéaire d'un passage d'une vingtaine de lignes**, sélectionné par l'examinateur dans le texte, quand celui-ci excède cette longueur. Cette partie est notée sur 8 points.

• Le candidat répond à la **question de grammaire** posée par l'examinateur au moment du tirage. Cette partie est notée sur 2 points. La question porte uniquement sur le texte : elle vise l'analyse syntaxique d'une courte phrase ou d'une partie de phrase.

Seconde partie de l'épreuve

• **Durée :** 8 minutes

• La seconde partie de l'épreuve consiste en la **présentation de l'œuvre choisie** par le candidat et l'entretien avec l'examinateur.

• Cette partie de l'épreuve évalue l'**expression orale**. Elle se déroule en deux temps : le candidat présente brièvement l'œuvre qu'il a retenue et expose les raisons de son choix ; puis, entretien avec l'examinateur. Elle est notée sur 8 points.

Gérer son stress

Les épreuves orales peuvent être stressantes. Afin d'être le plus à l'aise le jour de l'oral, il n'y a qu'un seul moyen : **l'entraînement**. Entraînez-vous à faire des présentations de cinq minutes devant vos amis ou votre famille. Vous pouvez même retenir certaines formulations (de présentation, pour combler un silence…) si cela vous rassure !

BIEN MÉMORISER

Différents types de mémoire

*Je fais le test sur Nathan Live en flashant cette page. Est-ce que ma mémoire est plutôt **visuelle, auditive** ou **corporelle**?*

Connaître son type de mémoire

• Il existe différentes manières de **traiter les informations** et donc d'apprendre et de mémoriser. Selon votre **profil dominant**, vous apprendrez différemment, il faut donc adapter vos méthodes pour mémoriser et réviser.

Mettre en place les stratégies adaptées

• **Vous avez une mémoire visuelle**: vous retenez mieux ce que vous lisez, voyez et écrivez. Soignez la présentation de vos cours, en utilisant tout ce qui peut marquer votre mémoire visuellement: codes couleur, schémas, mise en page, surlignage…

• **Vous avez une mémoire auditive**: vous retenez mieux ce que vous entendez, que ce soit votre prof ou la lecture de vos cours à voix haute. Dites à l'oral ce que vous avez compris avec vos propres mots ou enregistrez-vous en train de lire votre cours. N'hésitez pas à vous poser des questions et à travailler en groupe.

• **Vous avez une mémoire corporelle**: vous retenez mieux en bougeant, vos sensations et émotions jouent un rôle important dans la mémorisation. Privilégiez les activités motrices, les jeux, l'écriture. Vous pouvez rédiger des fiches de révision, réviser en vous déplaçant, ou encore associer des informations à des gestes (renseignez-vous sur la méthode des lieux).

Comment bien mémoriser?

Se mettre en condition

• Le processus de mémorisation dépend de plusieurs facteurs: **l'intérêt, la motivation, le niveau de difficulté et l'état physique et émotionnel**.

S'entraîner

Être attentif, c'est avoir jeté un coup d'œil au manuel avant le cours, être ouvert aux informations, se couper des interférences parasites.

• La **mémoire de travail**, ou à court terme, nous permet de stocker pour une **durée limitée** les informations que nous recevons. Selon la qualité de **concentration** et d'**attention**, elle sera plus ou moins efficace, d'où l'importance d'avoir une écoute active en cours.

Opter pour un travail espacé dans le temps et régulier

• Notre cerveau a une capacité limitée de stockage, il est donc crucial de ne pas perdre des informations importantes, en les enregistrant dans la **mémoire à long terme**.

• La **réactivation** consiste à mobiliser son cours de manière régulière. Sans celle-ci, nous perdons une grande partie des informations le jour même où nous les avons apprises. Il faut privilégier un **apprentissage espacé dans le temps** en variant les méthodes : faire des schémas, raconter le cours à quelqu'un... Ainsi, on apprend plus vite, et pour plus longtemps.

Les méthodes à adopter

Les bonnes pratiques

• **Limiter les sources d'informations :** coupez tout ce qui n'a rien à voir avec les éléments à mémoriser (SMS, réseaux sociaux, etc.) durant vos révisions. Si vos pensées parasitent votre travail, faites des exercices pour vous relaxer ou vous recentrer.

• **S'approprier l'information :** plus vous transformez et personnalisez l'information, plus vous créez des connexions neuronales fortes. Mettez de la couleur, des symboles, procédez par association d'idées, transformez l'information en schéma ou en histoire.

À savoir

Soyez « mono-tâche ».
Faites une relecture de votre copie en plusieurs fois et selon des filtres spécifiques, plutôt que de relire de manière globale.

• **Regrouper les informations :** la mémoire de travail ne pouvant accueillir que cinq à neuf informations simultanément, les rassembler par « groupes » permet de faire croire au cerveau qu'il y en a moins à traiter. Vous pouvez trier des données par catégorie, inventer des codes couleur ou des acronymes.

• **Repérer les points communs entre plusieurs tâches :** en comprenant la structure et l'enjeu d'un exercice, vous pourrez acquérir des réflexes de résolution. Vous pourrez ainsi appliquer une même méthode en différents contextes.

Utiliser des moyens mnémotechniques

• Relier une information nouvelle à une ancienne peut s'avérer très efficace, c'est ce qu'on appelle un **indice récupérateur**.

• Une information facile à retenir vous évoque une autre information plus difficile à mémoriser : elle peut être logique, thématique, émotionnelle, ou même tout simplement surprenante – **le cerveau retient plus facilement ce qui lui semble étrange**.

Méthode pour le **BAC**

Méthode

1 Aborder le commentaire

▶ Pour apprécier la particularité du texte soumis à votre étude et éviter un commentaire trop général, vous devez considérer toutes ses caractéristiques: commencez par les plus générales pour aller vers les plus spécifiques. Le texte soumis à votre étude n'est pas extrait des œuvres au programme, mais est toutefois lié aux genres étudiés pendant l'année.

Exemple

Si le commentaire porte sur la poésie, le texte proposé à l'étude pourra être celui de Lamartine, « Les Voiles », ou celui de Verlaine, « L'Enterrement ».

À faire au brouillon 1 h 30

▶ Lire et extraire les informations pertinentes

La première étape pour réaliser un commentaire est d'abord de lire le texte et de s'assurer qu'on le comprend.

▶ Situer l'extrait

• Pour bien comprendre les enjeux d'un texte, il est important de le situer dans un **contexte** :

– **historique**: par exemple, pour bien comprendre l'extrait de *L'Île des esclaves* (→ **sujet 11**), il faut avoir en tête que Marivaux écrit avant la Révolution française;

– **littéraire** : par exemple, il est éclairant de faire le lien entre les textes de Montaigne (→ **sujet 6**) et le mouvement de l'humanisme ;

– **biographique** : par exemple, en parallèle de votre étude/lecture de l'extrait des *Mots* (→ **sujet 2**), il est bon de connaître l'éducation que Sartre a reçue de ses parents. Le paratexte vous donne des informations précieuses, mais vous devez aussi mobiliser vos connaissances.

• Ces différentes informations ont plus ou moins d'importance selon les textes.

▶ Formuler la problématique

• À partir de votre **lecture contextualisée** de l'extrait, vous devez réfléchir aux **enjeux** du texte : quel est **l'intérêt** de ce texte ? Quel **effet** produit-il ? En quoi est-il différent de tous les autres textes ?

- Cela va vous permettre de formuler la problématique, c'est-à-dire la **question principale** qui se pose à propos de ce texte.
- En français, la problématique commence souvent par «**comment**» (si, en philosophie, on se demande : «qu'est-ce que le bonheur ?», en littérature, on se demandera davantage : «comment l'auteur nous donne-t-il sa vision du bonheur ?»).

▶ Analyser le texte

Pour analyser l'extrait, il y a ensuite deux méthodes (au moins !).

1. Première méthode

1) Demandez-vous d'abord quels sont **les éléments marquants** dans ce texte, et dont vous devrez impérativement parler dans votre devoir. Cela doit vous permettre de formuler le **plan**.

S'entraîner

Les sujets guidés donnent systématiquement des pistes pour trouver des axes pour un plan.

→ Voir la rubrique «Élaborer un plan» des «Par étapes».

Exemple

En lisant le poème de Verlaine (→ **sujet 16**), *«L'Enterrement», dès le premier vers, on est mis sur la voie d'une satire provocante («Je ne sais rien de gai comme un enterrement»). On peut également noter que la cérémonie fait penser à un spectacle dans lequel chacun joue un rôle («Le prêtre en blanc surplis, qui prie allègrement»).*

2) Ensuite, il faut procéder à **l'analyse de détail** pour nourrir le commentaire. Pour chaque intuition que vous avez eue, vous devez faire une démonstration fondée sur des procédés d'écriture précis. Il existe différents outils d'analyse : ceux liés au genre du texte, et les outils d'analyse généraux qui permettent une lecture très précise du texte.

Les outils d'analyse liés au genre du texte	
Roman, Nouvelle	• La narration et la focalisation • Les fonctions de la description • Le traitement du temps
Poésie	• Les images • Les jeux rythmiques et sonores • La forme poétique (vers libres, vers réguliers, prose)
Théâtre	• L'agencement des répliques (longueur, nombre) • Les didascalies et les jeux de scènes qu'elles impliquent
Texte argumentatif	• La thèse et les arguments de l'auteur • La forme argumentative (essai, dialogue, apologue) • Le registre (polémique, satirique...)

Les outils d'analyse généraux

- **L'énonciation :** marques de la présence du locuteur et du destinataire : qui parle ? (pronoms personnels de la première personne) ; à qui ? (pronoms personnels de la deuxième personne).
- **Les figures de style :** métaphore, personnification, antithèse, hyperbole…
- **Les procédés musicaux :** rythme (ascendant, descendant, binaire, ternaire, effets particuliers dans la métrique pour les textes en vers), sonorités (allitérations, assonances).
- **La ponctuation :** intéressez-vous en particulier à la ponctuation expressive (phrases exclamatives et interrogatives qui traduisent les sentiments des personnages).
- **La mise en page :** soyez attentifs aux blancs, à l'utilisation des italiques et à la disposition des mots sur la page.
- **Les registres :** comique, tragique, pathétique, lyrique, épique, fantastique, réaliste, polémique, satirique, didactique.
- **Les cinq sens :** relevez tout ce qui a trait aux cinq sens (ouïe, odorat, toucher, vue, goût) : la description est-elle sensuelle ? quels sont les sens convoqués ?
- **La syntaxe :** portez une attention toute particulière aux phrases nominales ou aux ruptures de construction.

Exemple

Je ne sais rien de gai comme un enterrement !
Le fossoyeur qui chante et sa pioche qui brille,
La cloche, au loin, dans l'air, lançant son svelte trille,
Le prêtre en blanc surplis, qui prie allègrement,

L'enfant de chœur avec sa voix fraîche de fille,
Et quand, au fond du trou, bien chaud, douillettement,
S'installe le cercueil, le mol éboulement
De la terre, édredon du défunt, heureux drille,

Tout cela me paraît charmant, en vérité !
Et puis, tout rondelets, sous leur frac écourté,
Les croque-morts au nez rougi par les pourboires,

Et puis les beaux discours concis, mais pleins de sens,
Et puis, cœurs élargis, fronts où flotte une gloire,
Les héritiers resplendissants !

S'entraîner

Pour soutenir l'idée que le poète fait preuve d'ironie, on peut s'appuyer sur les procédés suivants :

- Figures de style :

– antithèse : « gai » vs. « enterrement » → provocation (renforcée par le champ lexical du bonheur) ;

– métaphore : « voix fraîche de fille » → enfant de chœur assimilé à une prostituée ;

– antiphrase « en vérité » → le locuteur fait comprendre qu'il pense le contraire de ce qu'il dit.

- Exclamatives : elles miment l'enthousiasme et trahissent la provocation.

2. Deuxième méthode

Commencez par une analyse linéaire du texte, comme vous le feriez pour l'oral par exemple. Pour gagner du temps, vous pouvez vous aider d'un tableau.

Exemple

CITATION	PROCÉDÉ	COMMENTAIRE
– « je »	– première personne	– implication du locuteur
– « gai »/« enterrement »	– antithèse	– provocation et ironie
– « comme un enterrement ! »	– exclamative	– faux enthousiasme

À rédiger sur sa copie 2 h 30

▶ L'introduction

• Elle ne forme qu'un seul paragraphe mais comporte quatre étapes :

– **Présentez le texte**. Faites comme si le correcteur ne le connaissait pas (mais ne commencez pas par « cet extrait parle de… »). Mentionnez le nom de l'auteur, le titre de l'œuvre, sa date de publication.

– **Caractérisez le passage**. Précisez le thème central, le genre (pour le théâtre, indiquez s'il s'agit d'un monologue, d'un dialogue ; pour la poésie, s'il s'agit d'un sonnet, si le mètre est régulier), la forme du discours dominante.

– **Formulez votre problématique**. Il s'agit de préférence d'une question commençant par « Comment ».

– **Annoncez les grandes parties de votre développement**, avec des formules du type « on étudiera, on montrera, … ». Il est inutile d'annoncer les sous-parties.

L'astuce du prof

Soignez la présentation de votre copie :

– en sautant deux lignes après l'introduction et deux lignes avant la conclusion ;

– en sautant une ligne entre chaque grande partie ;

– en indiquant le passage d'une sous-partie à une autre par un retour à la ligne et un alinéa.

▶ Le développement

1. Comment faire apparaître le plan ?

• Il faut que votre devoir soit entièrement rédigé. Par conséquent, vous ne pouvez pas faire apparaître des « I- » ou des « A- » sur votre copie.

• Il va falloir substituer des phrases aux titres des parties et des sous-parties qui figurent sur votre brouillon. Ces phrases s'appellent des **phrases d'introduction partielle**.

Exemple

« I- Un enterrement perçu comme un spectacle » devient « Le poète nous présente une description de l'enterrement comme s'il s'agissait d'un spectacle ».

2. Comment construire une sous-partie ?

• La sous-partie s'ouvre, comme dit précédemment, sur une introduction partielle.

• Elle va avoir pour but de **prouver** ce que vous affirmez. Par des analyses précises, vous allez donc devoir démontrer la pertinence de votre propos. Une sous-partie doit s'appuyer sur le texte : elle doit donc comporter des citations du texte, commentées et analysées.
• Votre sous-partie s'achève par une phrase de transition, qui annonce la sous-partie suivante. Il ne faut pas faire un alinéa pour introduire cette phrase de transition.

3. Comment améliorer sa rédaction ?

• Pour intégrer vos citations dans un paragraphe, vous avez deux possibilités :

– quand votre citation n'est pas intégrée syntaxiquement à la phrase, vous devez la mettre entre parenthèses ;

– quand votre citation est intégrée syntaxiquement à la phrase, vous ne la mettez pas entre parenthèses. Dans ce cas, il peut être nécessaire de modifier la citation. Néanmoins, toute modification de la citation initiale doit apparaître entre crochets.

• Votre paragraphe doit comporter des **analyses techniques**, c'est-à-dire que vous devez **identifier des procédés d'écriture** (figures de style, registres...) dans les citations que vous énoncez, et indiquer **l'effet qu'ils produisent** (mise en évidence, appel au lecteur, ...). Sans ces commentaires techniques, votre devoir sera une simple paraphrase du texte : vous ne ferez que répéter, plus ou moins bien, ce qu'a dit l'auteur.

La conclusion

• Elle comporte deux parties :

– **récapitulez les grands axes de lecture que vous avez développés**. C'est une étape de bilan. Il est inutile de reprendre en détail toutes les sous-parties.

L'astuce du prof

N'oubliez pas de consacrer **du temps à la relecture de la copie** à la fin de l'épreuve.

– **mettez le texte en relation avec un texte étudié pendant l'année** pour en saisir brièvement les ressemblances thématiques ou formelles. Cette comparaison doit être succincte.

Les méthodologies à maîtriser	à revoir	réussi	Les points méthode en contexte
Sur sa feuille de brouillon			
La narration et la focalisation	☐	☐	Sujet 1 → p. 41
Les fonctions de la description	☐	☐	Sujet 2 → p. 49
La forme argumentative	☐	☐	Sujet 7 → p. 86
Le monologue	☐	☐	Sujet 12 → p. 129
Les registres	☐	☐	Sujet 16 → p. 163
Sur sa copie			
L'introduction	☐	☐	Sujet 15 → p. 158
L'ouverture en conclusion	☐	☐	Sujet 6 → p. 80
Rédiger sa copie	☐	☐	Sujet 5 → p. 70
Introduire une citation	☐	☐	Sujet 18 → p. 177
Insérer et commenter une citation	☐	☐	Sujet 11 → p. 121

Méthode

2 Aborder la dissertation

▶ Sur le sujet qui vous est remis le jour du bac, trois sujets sont indiqués : ils portent chacun sur une œuvre au programme et son parcours associé d'un même objet d'étude. Vous n'avez donc pas le choix du sujet : vous ne pouvez traiter que celui qui porte sur l'œuvre que vous avez étudiée pendant l'année.

Une dissertation sur œuvre exige **une très bonne connaissance de l'œuvre**. C'est la première condition pour faire un bon devoir.

De plus, il faut éviter le hors-sujet : en effet, on ne vous demande pas de réciter votre cours mais de **répondre à une question précise**, tout en mettant vos connaissances à profit. Une bonne analyse du sujet est l'autre clé de la réussite.

Exemple

Si la dissertation porte sur le roman et le récit, il y aura le choix entre une dissertation sur Sido *ou* Les Vrilles de la vigne, *une sur* Manon Lescaut *et une sur* La Peau de chagrin.

À faire au brouillon 1 h 30

▶ Repérer les mots-clés

• Il s'agit de **repérer les mots** les plus importants du sujet.

• Tentez de définir ces termes **en mobilisant vos connaissances** sur l'œuvre que vous avez étudiée et sur le parcours associé (le sujet porte sur une œuvre, envisagée par le prisme du parcours associé).

L'astuce du prof

Pour éviter le hors-sujet, vous devez commencer par analyser le sujet de manière très précise. C'est ensuite seulement que vous pourrez formuler votre problématique et mettre au point votre plan.

Exemple

Si l'on vous parle de « savoir » à propos de Rabelais, vous devez prendre le temps de définir cette notion, d'expliquer si vous prenez le terme en tant que substantif, verbe, etc.

• Pensez que certains termes peuvent avoir **plusieurs sens** : essayez de les recenser, cela vous aidera à bâtir un plan par la suite.

• Il peut arriver que le sujet comporte une **citation**. Soyez attentif à son auteur : s'agit-il d'une remarque écrite par un critique contemporain ou par un auteur d'une autre époque ? Le sens des mots évolue au fil des siècles : vous devez y être attentif. Souvent, une question accompagne la citation en en proposant une reformulation : tenez compte à la fois de la citation et de sa reformulation par les concepteurs du sujet.

▶ Formuler unc problématique

• La **problématique est la question soulevée par le sujet**, la question à laquelle vous allez devoir répondre par votre dissertation.

• Il existe trois **grands types de sujets**. Pour chacun d'eux, on formule la problématique différemment.

1. Justifier une thèse

• **Il s'agit alors de montrer que la thèse contenue dans le sujet est fondée.** Parfois la thèse est dissimulée dans une question qui commence par « En quoi », « Pourquoi » ou encore « Comment ».

Exemple

Rabelais affirme dans son apostrophe aux lecteurs « qu'ici vous n'apprendrez / Que peu de perfection, si n'êtes enclins au rire. / Mon cœur ne peut élire aucun autre sujet, / Quand je vois le deuil qui vous mine et consume : / Il vaut mieux écrire du rire que des larmes, / Parce que le rire est le propre de l'homme. » En quoi ce passage du prologue éclaire-t-il votre lecture de l'œuvre Gargantua *et votre réflexion autour du parcours associé ?*

• **La problématique est alors une question simple**, une reformulation du sujet posé. Il est fondamental de ne pas reprendre les mots du sujet sans réfléchir. Vous devez proposer une problématique très claire, dans laquelle vous employez vos propres mots.

Exemple

Pour le sujet proposé précédemment, on pourrait formuler ainsi la problématique : En quoi le rire dans Gargantua*, au-delà de sa fonction première, permet-il au lecteur de s'élever grâce au savoir auquel il lui donne accès ?*

2. Comparer deux thèses

• Il s'agit de **peser le pour et le contre de deux thèses différentes**, afin de voir le **bien fondé de chacune** d'elles et finalement d'**indiquer celle qui vous semble la plus pertinente.** Il ne faut surtout pas négliger l'une des deux thèses.

Exemple

« Le récit de Rabelais,* Gargantua*, instruit-il son lecteur ou le fait-il rire ? »

*Le sujet contient **deux thèses**, que vous pouvez reformuler à l'aide de vos connaissances :*

– thèse 1 : le récit instruit le lecteur ;

– thèse 2 : le roman a également pour fonction de le faire rire.

MÉTHODE
SUJETS PAS À PAS
SUJETS COMME À L'EXAMEN

• **La problématique est alors une alternative interrogative**, une question du type « thèse 1 ou thèse 2 ? ». Chacune des thèses doit être reformulée et vous devez proposer la problématique la plus claire possible.

__Exemple__

Pour le sujet proposé précédemment, on pourrait avancer la problématique suivante : « Le récit de Rabelais, Gargantua, *a-t-il pour unique fonction de faire rire son lecteur ou vise-t-il également à l'instruire ? »*

3. Nuancer une thèse

• **Il ne s'agit plus seulement de montrer qu'une thèse est fondée mais de réfléchir à la thèse qui vous est proposée, de l'interroger, la nuancer, voire la critiquer.** Soyez modéré dans vos critiques : pensez qu'un chercheur peut avoir passé dix ans de sa vie à étudier l'œuvre que vous venez de découvrir ! Il serait maladroit d'expliquer en quelques lignes que ses propos n'ont aucun sens !

__Exemple__

Les comédies de Molière, et Le Malade imaginaire *en particulier, doivent-elles nécessairement être jouées ?*

Le sujet contient ***une thèse*** *que vous pouvez reformuler : le texte théâtral est destiné à être représenté. Mais il ne suffit pas de justifier cette thèse. Il faut l'interroger.*

• Le plus souvent, pour nuancer une thèse, vous allez être amené à en proposer une autre qui vous semblerait plus juste, plus pertinente. De ce fait, la problématique peut à nouveau être une alternative interrogative : dans ce cas, le sujet fournit une des deux thèses de l'alternative et vous devez formuler la seconde avec vos connaissances.

__Exemple__

Pour poursuivre avec le sujet précédent :

– soit vous vous contentez d'une reformulation et vous proposez cette problématique : « Le Malade imaginaire, *et plus généralement les comédies de Molière, ont-elles nécessairement besoin d'être incarnées sur une scène de théâtre, devant des spectateurs, pour être appréciées ? »*

– soit vous préférez une alternative interrogative qui indique à votre examinateur dans quelle voie vous vous engagez pour nuancer la thèse proposée. Votre problématique est alors plutôt : « Le Malade imaginaire, *et plus généralement les comédies de Molière, ont-elles besoin d'être incarnées sur une scène de théâtre, devant des spectateurs, pour être appréciées OU le lecteur en profite-t-il mieux quand il lit la pièce et imagine sa propre mise en scène ? »*

▶ Élaborer un plan

• Il existe essentiellement deux types de plan.

1. Le plan thématique

Il correspond aux sujets où l'on demande de **justifier une thèse**. Chaque partie de la dissertation envisage un aspect de la réponse, un argument en faveur de la thèse que vous devez étayer.

Exemple

Pour la problématique «Quelles sont les fonctions du rire dans le récit de Rabelais, Gargantua *?», on peut proposer ce plan :*

I. Le rire qui divertit le lecteur.

II. Le rire qui critique les institutions.

III. Le rire qui vise à instruire le lecteur.

2. Le plan critique

Il répond en particulier à des problématiques formulées sous la forme d'alternatives interrogatives et permet de traiter les sujets où l'on vous demande de **comparer deux thèses** ou de **nuancer une thèse**. Il comporte au moins deux parties. La première valide la thèse contenue dans le sujet, la seconde la nuance et en montre les failles. Éventuellement, une troisième partie peut suggérer une nouvelle thèse, plus convaincante.

Exemple

*Pour la problématique : «*Le Malade imaginaire*, et plus généralement les comédies de Molière, ont-elles besoin d'être incarnées sur une scène de théâtre, devant des spectateurs, pour être appréciées OU le lecteur en profite-t-il mieux quand il lit la pièce et imagine sa propre mise en scène ?», on peut proposer ce plan :*

I. Certes, on profite pleinement du Malade imaginaire *quand on assiste à une représentation de la pièce.*

II. Mais, la lecture est aussi un bon accès à la comédie.

III. Chaque représentation du Malade imaginaire *est une œuvre d'art unique.*

• Vous pouvez construire un plan en deux ou en trois parties. Même si on valorise un plan en trois parties, il ne sert à rien d'ajouter une troisième partie si vous n'avez rien à démontrer ou si vous n'avez pas le temps de la rédiger !

• Ne passez pas trop de temps à chercher les titres de vos parties puisque personne ne les verra. N'hésitez pas à **formuler chaque partie sous forme de phrase** pour garder en tête que la dissertation est une réflexion, une argumentation, pas un catalogue de connaissances juxtaposées les unes aux autres.

▶ Chercher ses arguments

• L'idéal est d'avoir **au moins trois arguments par partie**, en faisant attention à ce que chacun des arguments suive bien l'idée directrice de la grande partie. Pour les trouver, aidez-vous de votre connaissance de l'œuvre sur laquelle porte la dissertation.

Exemple

Le spectateur se rend au théâtre pour : A) voir les personnages de la pièce incarnés par des comédiens ; B) comprendre par le décor où et quand se déroule la pièce ; C) éprouver des émotions.

Chercher ses exemples

• L'idéal est d'avoir **deux exemples par argument**. Vous ne pouvez pas apprendre par cœur les quatre œuvres que vous avez étudiées pendant l'année mais on valorise les citations exactes. De plus, vous devez pouvoir faire allusion de manière très précise à un passage : qui sont les personnages concernés ? Que font-ils ? Pourquoi ? …

> **L'astuce du prof**
> Au cours de l'année, préparez un petit répertoire de 3 ou 4 citations qui illustrent la place de l'œuvre dans le parcours associé pour chaque œuvre étudiée.

• Il ne faut pas seulement faire allusion à un passage de l'œuvre mais **établir un lien explicite entre ce passage et votre argument**. Vous devez montrer en quoi cet exemple illustre votre propos.

• La plupart des exemples sont à tirer de l'œuvre intégrale lue en classe et, accessoirement, pour certains sujets, du parcours associé.

À rédiger sur sa copie

L'introduction

• Elle ne forme qu'un seul paragraphe mais comporte cinq étapes :

– **une phrase d'amorce** qui situe le sujet dans un contexte plus large, c'est une réflexion générale sur l'objet d'étude, sur l'histoire littéraire ou culturelle en rapport avec le sujet.

– **une présentation succincte de l'œuvre** sur laquelle porte le sujet : quand a-t-elle été écrite ? Par qui ? Dans quel contexte ?

– **la citation du sujet** : il s'agit de citer fidèlement les propos de l'auteur, si le sujet comporte une citation, ou de retranscrire la question du libellé sans la modifier.

– **la formulation de la problématique** : votre problématique ne doit pas se confondre avec la citation du sujet. De plus, elle doit être claire et avoir un sens !

– **l'annonce du plan** qui expose les grandes parties du développement (mais pas les sous-parties).

> **L'astuce du prof**
> Soignez la présentation de votre copie :
> – en sautant deux lignes après l'introduction et deux lignes avant la conclusion ;
> – en sautant une ligne entre chaque grande partie ;
> – en indiquant le passage d'une sous-partie à une autre par un retour à la ligne et un alinéa.

Le développement

- Chaque partie commence par une **introduction partielle**, qui correspond à la transposition sous forme de phrase du titre de votre grande partie.

> **L'astuce du prof**
> Fixez-vous un minimum de cinq lignes pour développer votre exemple : il ne s'agit pas d'y faire simplement allusion !

- Elle contient ensuite autant de paragraphes que de sous-parties. Chaque paragraphe est construit de manière identique :

– il commence par une **phrase d'introduction partielle**, qui reprend, sous forme de phrase, le titre de votre sous-partie ;

– vous devez ensuite **expliquer l'idée** que vous venez d'avancer ;

– **un ou deux exemples** viennent ensuite **illustrer votre propos**. Si vous avez deux exemples, vous pouvez en développer un davantage que l'autre ;

– enfin, vous terminez par une **transition** : une conclusion partielle et l'annonce de la sous-partie suivante.

- Matérialisez chaque argument par un paragraphe commençant par un alinéa, introduit par un lien logique (tout d'abord, ensuite, enfin…).
- Ménagez des phrases de transition entre les grandes parties.

La conclusion

- Elle ne forme qu'un seul paragraphe et comporte deux étapes :

– **récapitulation de ce qui a été démontré** avec un bilan des grandes parties et une réponse claire à la problématique posée ;

– **ouverture vers une réflexion plus large**, c'est-à-dire une **ouverture** sur un autre sujet de réflexion directement lié au sujet traité.

> **L'astuce du prof**
> Dans cette dernière partie, le candidat peut et doit donner clairement son avis personnel.
> Une prise de position tranchée est préférable à une conclusion tiède !

Les méthodologies à maîtriser	à revoir	réussi	Les points méthode en contexte
Sur sa feuille de brouillon			
▶ Analyser le sujet	☐	☐	Sujet 4 → p. 62
▶ Repérer les mots-clés d'un sujet	☐	☐	Sujet 14 → p. 145
▶ Formuler la problématique	☐	☐	Sujet 9 → p. 101
▶ Choisir un type de plan	☐	☐	Sujet 3 → p. 57
▶ Construire un plan critique	☐	☐	Sujet 13 → p. 137
▶ Organiser son brouillon	☐	☐	Sujet 8 → p. 93
Sur sa copie			
▶ Rédiger une introduction	☐	☐	Sujet 14 → p. 146
▶ Rédiger sa copie	☐	☐	Sujet 5 → p. 70
▶ S'appuyer sur l'œuvre intégrale pour donner des exemples	☐	☐	Sujet 10 → p. 109
▶ Développer une argumentation	☐	☐	Sujet 17 → p. 170
▶ Introduire une citation	☐	☐	Sujet 18 → p. 177

Méthode

3 Aborder l'épreuve orale

▶ L'épreuve dure **50 minutes** : 30 minutes de préparation, un exposé oral de 12 minutes, puis un entretien d'une durée de 8 minutes.

Le coefficient de cette épreuve est de **5**.

Le jour de l'examen, vous devez vous présenter avec votre **dossier personnel** comprenant le **descriptif des lectures menées en classe**. Celui-ci, rempli au préalable par votre professeur de français, comprendra :

- le récapitulatif des œuvres intégrales et des textes étudiés ;
- une liste d'au moins 20 textes étudiés en classe (cinq textes pour chacun des quatre objets d'étude : trois extraits dans l'œuvre étudiée et deux extraits dans le parcours chronologique associé) ;
- la référence à une œuvre intégrale choisie parmi celles proposées en lecture cursive obligatoire ou celles étudiées en classe.

L'examinateur choisit alors l'un des 20 textes proposés dont vous aurez à préparer la lecture linéaire et vous soumet une question de grammaire sur ce texte. Vous avez ensuite **30 minutes** pour préparer votre exposé et votre réponse à la question de grammaire.

Le passage à l'oral en lui-même se décompose **en deux temps** :

- **votre exposé oral**, d'une durée de **12 minutes et noté sur 12 points**, pendant lequel vous lisez le texte, présentez votre lecture linéaire et répondez à la question de grammaire ;
- **un entretien**, d'une durée de **8 minutes et noté sur 8 points**, pendant lequel vous présentez une œuvre choisie, avant de répondre aux questions de l'examinateur, qui portent sur votre présentation.

Se préparer à l'entretien

• Prenez l'habitude de tenir **un carnet de lecteur** que vous remplirez au fil de l'année.

→ Pour chaque œuvre étudiée, vous pouvez tout d'abord commencer par y inscrire des **pistes de questionnement** afin de lancer votre réflexion :

– *Quel est mon personnage préféré, détesté dans cette histoire ? Pourquoi ?*

L'astuce du prof

Intéressez-vous à des **éléments précis** : les personnages, la conduite de l'intrigue, le style…

– *Quel est, selon moi, le message de l'œuvre ?*

– *Me suis-je reconnu(e) dans l'œuvre ?*

– *Quelles émotions (rire, indignation, tristesse) cette lecture déclenche-t-elle en moi ?*

– *Quel tableau peut illustrer l'œuvre ? Ou quelle photo ? Pourquoi ?*

– *Ai-je aimé ce livre ?*

→ Par la suite, vous pouvez dégagez la **problématique** de chaque œuvre étudiée dans le cadre d'un objet d'étude.

S'entraîner

Les **sujets d'oral** proposés dans cet ouvrage vous donnent des pistes pour dégager une problématique et organiser les arguments permettant d'y répondre.

→ Approfondissez ce travail en constituant une **fiche de synthèse** pour chaque œuvre figurant sur votre descriptif des lectures et activités menées en classe. N'hésitez pas y ajouter vos **lectures personnelles** et établir des liens entre ces dernières et les œuvres étudiées en classe : le jour de l'examen, cela pourra enrichir une possible ouverture en conclusion de votre exposé, ou bien vous être utile lors de l'entretien avec l'examinateur.

→ Préparez également des **fiches biographiques** sur les auteurs des œuvres au programme et relevez quelques **citations représentatives**.

→ Dressez enfin une **liste de questions potentielles** que l'examinateur pourrait vous poser et cherchez des **arguments** et des **exemples** permettant d'y répondre. Vous pouvez aussi réaliser ce travail en groupe : échanger avec vos camarades peut vous permettre de voir l'œuvre sous un angle différent et donc d'enrichir votre approche.

Exemple

Voici quelques questions que l'examinateur pourrait vous poser si vous choisissez Manon Lescaut *de l'abbé Prévost :*

– *Les personnages en marge créent-ils du suspense ?*

– *Qu'est-ce qui est critiqué dans l'œuvre ?*

– *Avez-vous trouvé les personnages attachants ?*

– *En quoi le genre du roman-mémoires participe-t-il au plaisir de lecture ?*

• **Préparez votre présentation de l'œuvre à l'avance**, en choisissant celle qui vous a le plus marqué(e), mais en réfléchissant aussi à des éléments précis à mentionner, ainsi qu'à une problématique essentielle.

Exemple

J'ai choisi de vous présenter Les Fleurs du mal *de Baudelaire, et plus spécialement la section « Spleen et Idéal ». Je me suis intéressé(e) à la manière dont Baudelaire invente une définition du spleen en s'inspirant d'un terme médical venu du grec mais aussi du « Mal du siècle » des auteurs romantiques.*

Le temps de préparation le jour de l'examen

• Vous disposez de **30 minutes** de préparation pour étudier un texte et réfléchir à votre réponse à la question de grammaire.

▶ L'explication linéaire

• L'explication linéaire porte sur un **texte choisi par l'examinateur à partir de la liste proposée dans votre descriptif**. Si le texte excède la vingtaine de lignes, l'examinateur en sélectionne lui-même un passage.

• Contrairement à la lecture méthodique et au commentaire composé, qui synthétisent les hypothèses en axes de lecture indépendamment de leur place, **la lecture linéaire épouse le mouvement du texte** pour en **faire sentir les effets successifs** tout en rendant compte des **moyens** par lesquels ils sont obtenus.

• **La lecture et l'analyse du texte** : tout d'abord, ne vous précipitez pas dans la rédaction de votre brouillon ! Prenez le temps de lire posément le texte dans votre tête. Vous pourrez par la suite remplir votre brouillon :

> **L'astuce du prof**
> N'écrivez que d'un côté de vos feuilles de brouillon, de manière à avoir toutes vos notes sous les yeux. Numérotez également vos feuilles afin de vous y retrouver plus facilement devant l'examinateur.

- repérez les grandes **étapes constitutives du mouvement du texte** ;
- définissez un **projet de lecture/une problématique** pour donner une cohérence à l'ensemble de vos remarques et faciliter l'attention de votre examinateur ;
- n'analysez pas le texte phrase après phrase, mais procédez par **micro-unités,** en regroupant vos remarques selon différents points de vue choisis (et éviter de vous éparpiller dans des remarques discontinues) ;
- soignez vos points de synthèse pour **dégager l'interprétation de ces micro-unités** ;
- n'hésitez pas non plus à ajouter vos connaissances sur l'auteur ou l'œuvre en question. Ces éléments étofferont votre présentation.

• **La construction du développement** :
- détaillez les **grandes étapes de votre lecture** ; inutile de rédiger vos phrases : ne notez que les mots-clés et les idées ;
- pour chaque idée, il est important de **repérer des citations appropriées dans le texte**. Pour cela, utilisez un code couleur : une couleur par idée ;
- en revanche, il est préférable de **rédiger intégralement vos transitions**, qui sont des éléments importants de votre analyse.

• **La rédaction de l'introduction et de la conclusion** :
- **rédigez intégralement l'introduction et la conclusion**, qui sont les moments-clés de votre exposé et doivent donc être soignés ;
- l'introduction doit **situer l'auteur dans son contexte historique**, l'extrait dans l'œuvre, présenter la spécificité du passage et proposer une **problématique** ;

– la conclusion doit faire un **bilan** de votre lecture, **répondre précisément à la problématique** dégagée et présenter une ouverture, soit sur l'œuvre dont le texte est tiré, soit sur l'objet d'étude.

▶ La question de grammaire

- Elle porte sur un point du **programme de grammaire**.
- Vous serez noté sur votre capacité à **comprendre** la question, à y **répondre** et à **en montrer l'intérêt**.
- L'examinateur peut vous demander :

– de repérer une structure grammaticale puis de la transformer en une autre structure sémantiquement équivalente (par exemple, remplacer une proposition relative par un complément du nom, ou passer de la juxtaposition à la coordination ou à la subordination) ;

– d'identifier puis de justifier une négation, une interrogation, une subordonnée circonstancielle…

Exemple

Pour un passage de la première partie extrait de Manon Lescaut *de l'abbé Prévost, l'examinateur pourrait vous demander d'étudier la négation dans la phrase suivante: «Laissez-moi seulement le temps, me dit-elle, de recevoir ses présents; je vous jure qu'il ne pourra se vanter des avantages que je lui ai donnés sur moi, car je l'ai remis jusqu'à présent à la ville.»*

Le temps de l'oral

PREMIÈRE PARTIE
Lecture, explication linéaire et question de grammaire

12 minutes

La première partie de l'épreuve orale porte sur l'explication d'un texte étudié pendant l'année et une question de grammaire. **Votre exposé doit durer 12 minutes**, ni plus, ni moins, en incluant le temps de lecture du texte et la réponse à la question de grammaire.

1. Lecture et explication de texte

▶ Introduction (2 points)

Cette étape de l'oral consiste à présenter le texte qu'il vous est demandé d'étudier, de le situer dans l'œuvre intégrale, puis d'en proposer une étude linéaire. Pour cela, il faut veiller à aborder chacun des points suivants :

> **Attention**
>
> **Ne lisez pas votre brouillon,** même pour les parties que vous avez rédigées (introduction, transitions et conclusion) ! Vous pouvez y jeter un œil pour vous rappeler où vous en êtes, mais c'est tout.
>
> Cet exercice évalue aussi votre **maîtrise de l'expression orale**. Exercez-vous régulièrement à cela.

- **L'auteur** : son nom, sa période, le mouvement littéraire auquel il est rattaché, quelques éléments biographiques s'ils sont éclairants dans le cadre de l'étude du passage que l'on vous a donné.
- **Le texte** : donner ensuite quelques informations sur l'œuvre dont est issu le passage. Veillez à bien situer ce dernier dans la globalité de l'œuvre.
- **Lecture du texte** : elle doit être soignée. Veillez au débit, à la fluidité et à l'expressivité (liaisons, prononciation, métrique dans le cas des vers).
- **Annonce de la problématique** : à partir de votre **lecture contextualisée** de l'extrait, vous devez réfléchir aux **enjeux** du texte : quel est **l'intérêt** de ce texte ? Quel **effet** produit-il ? En quoi est-il différent de tous les autres textes ?
- **Annonce du plan** : annoncer les grandes parties de votre étude selon les mouvements du texte, en n'oubliant pas de rester en lien avec la problématique.

▶ Développement (8 points)

- Annoncez la **composition du passage**, puis **analysez le texte en suivant son déroulement** sans oublier d'indiquer les micro-unités dégagées.
- Veillez à utiliser le **vocabulaire de l'analyse littéraire**.

Gagnez des points

Annoncez les différentes étapes du texte de manière claire, et n'hésitez pas à les rappeler au cours de votre développement. De cette manière, l'examinateur pourra suivre précisément votre exposé.

▶ Conclusion (2 points)

- **Bilan :** il s'agit de répondre de manière claire et concise à la problématique que vous avez annoncée en introduction, et qui a été le fil conducteur de votre développement.
- **Ouverture** : vous pouvez proposer une ouverture sur le parcours auquel appartient le texte que vous venez d'analyser.

2. Question de grammaire

- **Décrivez** le passage concerné par la question.
- Formulez une réponse claire, précise et concise à la question posée, en n'oubliant pas de **définir les termes importants**.
- Commentez également **l'intérêt de cette analyse grammaticale** pour **éclairer le sens du passage**.

Exemple

Pour reprendre l'exemple donné plus haut dans Manon Lescaut*, on relève une seule négation dans la phrase (« il ne pourra se vanter »). Elle est composée de « ne » qui exprime la négation. Il s'agit d'un adverbe qui compose généralement la première partie de la négation mais qui peut aussi être employé seul, comme c'est le cas ici.*

SECONDE PARTIE

8 minutes

Présentation d'une œuvre et dialogue avec le jury

La seconde partie de l'épreuve orale permet de vérifier votre **engagement dans une lecture personnelle** des œuvres étudiées au cours de l'année, et votre aptitude au dialogue.

▶ Descriptif de l'épreuve

- Cette seconde partie de l'épreuve consistera tout d'abord à **présenter une œuvre intégrale de votre choix**, parmi celles que vous avez lues ou étudiées au cours de l'année de première. **Brève**, cette présentation doit exposer la problématique et les enjeux de l'œuvre choisie. Vous devez expliquer pourquoi vous avez retenu cette œuvre. Il s'agit d'une argumentation personnelle.

> **Remarque**
> Aucune question de l'examinateur ne portera sur l'exposé oral durant l'entretien.

- À la fin de votre discours, l'examinateur initiera **un dialogue**, l'entretien à proprement dit, en se basant sur les éléments de votre présentation, et qui vous permettra de préciser, de nuancer ou bien d'étoffer votre point de vue.

▶ Les critères d'évaluation

- **Votre implication personnelle** est très importante : vous devez vous montrer convaincant et investi dans la lecture de l'œuvre que vous avez choisie.
- **On attend de vous des réponses développées et argumentées,** qui montrent votre capacité à mobiliser vos connaissances, à justifier vos choix personnels, à argumenter en fonction d'une question posée.
- L'examinateur valorisera les **liens que vous établissez spontanément avec d'autres œuvres** littéraires ou artistiques.
- **L'évaluation porte sur votre maîtrise de l'expression orale,** il convient d'éviter une langue trop familière et de veiller à employer un vocabulaire riche.
- **Vous serez également évalués sur votre capacité à dialoguer**, à répondre avec pertinence, à rebondir sur une question. Les réponses personnelles, si elles sont pertinentes, sont toujours valorisées.
- Les pièges à éviter :

– **se montrer passif**, en répondant par monosyllabes aux questions posées. Ces dernières seront normalement très ouvertes, pour vous permettre de développer votre réflexion ;

– **monopoliser la parole**, en proposant une présentation trop longue de l'œuvre ou en ne sachant pas ménager des silences à la fin de vos réponses pour permettre à l'examinateur de réagir ;

– **se montrer borné** dans vos réponses, en refusant de nuancer vos propos quand l'examinateur vous y invite : il essaie en général d'enrichir votre analyse.

Conseils pour le jour J

• Ne vous montrez pas trop hésitant ou général, ce qui peut être le signe d'un manque de travail.

Quelques rappels

• Le jour de l'épreuve, pensez à apporter votre **convocation**, votre **pièce d'identité**, le **descriptif des lectures**, les **textes étudiés vierges et en double exemplaire** (pour vous et l'examinateur) ainsi qu'une **montre précise** (mais attention, les montres connectées sont interdites, au même titre que les téléphones).

• Si **une tenue correcte est exigée**, veillez à choisir des vêtements dans lesquels vous vous sentez **à l'aise** !

• Lors de l'examen, **votre attitude doit être exemplaire** : soyez **poli**, **ne montrez pas votre satisfaction ou votre déception** (par des mots, des gestes ou des soupirs) devant le sujet choisi par l'examinateur, et ne tentez pas de négocier le sujet. Aussi, **évitez de montrer des signes de nervosité** (battements de pieds/de stylo…).

Attentes du correcteur

• L'examinateur veillera à votre **bonne gestion du temps** : la lecture doit durer 2 minutes ; l'explication, 8 minutes ; la réponse à la question de grammaire, 2 minutes. Gardez un œil sur votre montre, et ralentissez ou accélérez selon l'heure.

• L'examen consiste en une **explication linéaire et littéraire** : **idées**, **citations** et **analyses** doivent nécessairement être annoncées dans votre exposé oral.

• Lors de votre lecture du passage en question, veillez à **mettre le ton**. Cela montre que vous avez compris ce qui y est dit.

• Votre **niveau de langue** et votre **élocution** doivent être corrects : pensez à varier votre vocabulaire, et à bien articuler.

L'examinateur est un être humain

• Lors de votre exposé oral, et tout au long de l'entretien, veillez à **ne pas lire votre brouillon**. Vous pouvez le regarder pour savoir où vous en êtes, mais en aucun cas le lire.

• Veillez à **regarder votre examinateur dans les yeux**. De manière générale, notre auditoire se sent davantage impliqué lorsqu'on le regarde directement.

• Lorsque vous citez un morceau de texte, **indiquez les numéros de ligne à votre examinateur** afin qu'il situe plus aisément le passage en question.

Sujets pas à pas

Le roman et le récit du Moyen Âge au XXIe siècle

Faire le point

L'essentiel

1 Moyen Âge et Renaissance

- Au XIe siècle, le roman est une **fiction** écrite en **vers** et en **langue romane**. Les sources d'inspiration sont l'Antiquité et les **légendes celtiques** (le roi Arthur).
- Au **XVIe siècle**, **Rabelais** propose une conception différente du roman, qui mêle **réalisme** et **merveilleux** et invite à **réfléchir** sur la société et sur l'homme.

2 Le XVIIe siècle

- Pendant la première moitié du siècle, deux types de romans apparaissent : « **héroïques** », inspirés des romans de chevalerie, et « **comiques** », qui peignent la vie quotidienne. Les intrigues sont **foisonnantes**, et les héros **protéiformes**.
- La seconde moitié du siècle est caractérisée par le roman **historique** et le roman d'**analyse** centré sur le caractère des personnages.

3 Le XVIIIe siècle

- Deux formes dominent au XVIIIe siècle: le **roman par lettres** et les **pseudo-mémoires**.
- Les romans du XVIIIe siècle peignent les mœurs de l'aristocratie et invitent à une critique de la décadence.

4 Le XIXe siècle

- Les romans à dimension **autobiographique** dans lesquels les auteurs confient leur **mal du siècle** caractérisent la première moitié du XIXe siècle.
- Dans la seconde, les auteurs souhaitent mieux **comprendre** le réel et **critiquer** les **injustices** sociales. La peinture du milieu des personnages est primordiale.

5 Le XXe et le XXIe siècle

- Dans l'après-guerre, les formes romanesques se multiplient. Le **nouveau roman par exemple** inaugure le refus du personnage, de l'intrigue.
- On assiste à une **diversification des formes** : le roman se frotte à l'autobiographie et à l'autofiction, le récit peut prendre une forme poétique ou théâtrale…

LEXIQUE

- **autobiographie :** récit qu'une personne fait de sa propre vie.
- **focalisation :** point de vue du narrateur d'un récit à la troisième personne.
- **incipit :** début d'un roman, qui doit à la fois séduire et informer le lecteur.
- **narrateur :** dans un récit, personne imaginaire qui raconte l'histoire et qui se distingue de l'auteur.

Schéma bilan

Chanson de geste
La Chanson de Roland : XIIe siècle

Roman courtois
- XIIe siècle : Chrétien de Troyes, *Yvain ou Le Chevalier au lion*
- XIIe siècle : Béroul, *Tristan et Yseult*

Humanisme
(p. 264) Rabelais, *Gargantua* : 1534

Marguerite de Navarre, *L'Heptaméron* : 1559

« [...] je suis moi-même la matière de mon livre. »
Montaigne

Classicisme
- 1678 : Madame de Lafayette, *La Princesse de Clèves*

Roman des Lumières
Montesquieu, *Lettres persanes* : 1721

Diderot, *Jacques le Fataliste* : 1796

Le fanatisme est « esprit de vertige » et « éclipse entière de la raison humaine ».
Montesquieu

Roman libertin
- 1731 : Abbé Prévost, *Manon Lescaut* (p. 242) (également roman des Lumières)
- 1782 : Laclos, *Les Liaisons dangereuses*

Romantisme
Chateaubriand, *René* : 1802

Hugo, *Les Misérables* : 1862

Réalisme
- 1829-1855 : Balzac, *La Comédie humaine*
- 1830 : Stendhal, *Le Rouge et le Noir*
- 1831 : Balzac, *La Peau de chagrin* (p. 254) (réaliste et fantastique)
- 1857 : Flaubert, *Madame Bovary*

« Madame Bovary, c'est moi. »
Flaubert

Naturalisme
Zola, *Les Rougon-Macquart* : 1871-1893

Roman psychologique
- 1913-1927 : Proust, *À la recherche du temps perdu*

Nouvelles écritures romanesques
(p. 232) Colette, *Les Vrilles de la vigne* et *Sido* : 1908 et 1930

Nouveau roman
- 1960 : Simon, *La Route des Flandres*

Sujets guidés

SUJET 1 Sujet inédit — 20 pts — 4h

Commentaire

› **Vous commenterez le texte suivant.**

EXTRAIT **Stendhal, *La Chartreuse de Parme*, partie II, chapitre XVIII, 1839**

La Chartreuse de Parme *raconte l'itinéraire d'un jeune aristocrate italien, Fabrice Del Dongo. Victime d'une vengeance, le personnage est emprisonné dans la citadelle de Parme. Le gouverneur de cette forteresse est le général Fabio Conti, que Fabrice avait croisé avec sa fille Clélia sept années plus tôt. Fabrice vient de revoir la jeune fille.*

Il courut aux fenêtres ; la vue qu'on avait de ces fenêtres grillées était sublime : un seul petit coin de l'horizon était caché, vers le nord-ouest, par le toit en galerie du joli palais du gouverneur, qui n'avait que deux étages ; le rez-de-chaussée était occupé par les bureaux de l'état-major ; et d'abord les yeux de Fabrice furent attirés vers une des fenêtres du second étage, où se trouvaient, dans de jolies cages, une grande quantité d'oiseaux de toute sorte. Fabrice s'amusait à les entendre chanter, et à les voir saluer les derniers rayons du crépuscule du soir, tandis que les geôliers[1] s'agitaient autour de lui. Cette fenêtre de la volière n'était pas à plus de vingt-cinq pieds de l'une des siennes, et se trouvait à cinq ou six pieds en contrebas, de façon qu'il plongeait sur les oiseaux.

Il y avait lune ce jour-là, et au moment où Fabrice entrait dans sa prison, elle se levait majestueusement à l'horizon à droite, au-dessus de la chaîne des Alpes, vers Trévise. Il n'était que huit heures et demie du soir, et à l'autre extrémité de l'horizon, au couchant, un brillant crépuscule rouge orangé dessinait parfaitement les contours du mont Viso et des autres pics des Alpes qui remontent de Nice vers le mont Cenis et Turin ; sans songer autrement à son malheur, Fabrice fut ému et ravi par ce spectacle sublime. « C'est donc dans ce monde ravissant que vit Clélia Conti ! avec son âme pensive et sérieuse, elle doit jouir de cette vue plus qu'un autre ; on est ici comme dans des montagnes solitaires à cent lieues de Parme. » Ce ne fut qu'après avoir passé plus de deux heures à la fenêtre, admirant cet horizon qui parlait à son âme, et souvent aussi arrêtant sa vue sur le joli palais du gouverneur que Fabrice s'écria tout à coup : « Mais ceci est-il une prison ? est-ce là ce que j'ai tant redouté ? » Au lieu d'apercevoir à chaque pas des désagréments et des motifs d'aigreur, notre héros se laissait charmer par les douceurs de la prison.

1. Gardiens de prison.

PAR ÉTAPES

ANALYSER L'EXTRAIT

Lire et extraire les informations pertinentes

- **Genre :** roman à mi-chemin entre réalisme et romantisme.
- **Paratexte :** l'extrait met en scène un jeune aristocrate, Fabrice Del Dongo, aux prises avec les mutations politiques de son pays et avec les tourments de son cœur amoureux. Il est ici enfermé dans la prison où il va tomber amoureux.
- **Mots-clés : « description d'un paysage », « point de vue », « pensées d'un personnage ».**
- **Forme :** descriptive.
- **Registres :** réaliste et lyrique.

Situer l'extrait

- **Dans le contexte littéraire :** Balzac, chef de file du mouvement réaliste, rend hommage à *La Chartreuse de Parme* (1839) en qualifiant le roman de « chef d'œuvre », et en faisant de Stendhal « un des meilleurs écrivains de [son] époque ».
- **Dans l'œuvre :** l'extrait se situe dans la seconde partie du roman, partie qui commence avec la condamnation de Fabrice, moins due au crime qu'il a commis qu'à des intérêts politiques, et surtout par les retrouvailles de Fabrice avec Clélia Conti, la fille du gouverneur, qu'il avait déjà eu l'occasion de croiser sept ans auparavant.

Mobiliser des outils d'analyse et repérer des procédés stylistiques

- Le narrateur adopte le point de vue de Fabrice.
- Figures de style repérées : euphémisme, antithèse, personnification, répétition.
- Plusieurs champs lexicaux sont mobilisés : les sens, la prison, le paysage romantique.

Méthode

Étudier la narration et la focalisation

- **La narration :** qui raconte l'histoire ? Il existe deux types de narrateurs :
  – **le narrateur-personnage** : c'est un personnage de l'histoire, qui participe, de près ou de loin, à l'action ;
  – **le narrateur externe à l'histoire** : ce n'est pas un personnage de l'histoire et il ne participe pas à l'action. Il s'exprime de manière anonyme à la troisième personne.
- **La focalisation :** quel point de vue le narrateur adopte-t-il ? Elle peut être :
  – **interne :** le narrateur adopte le point de vue d'un personnage ;
  – **omnisciente :** le narrateur expose tout ;
  – **externe :** le narrateur adopte un point de vue extérieur.

ORGANISER SA COPIE

Formuler une problématique

- **Enjeux de l'extrait :** vous devez montrer que le texte est riche en contradictions entre la situation politique de Fabrice – il est condamné et enfermé dans une prison – et son état d'esprit : il s'émeut de s'y sentir si proche de Clélia Conti.

Élaborer un plan

- **Les axes de lecture :** quels sont les indices du réalisme dans cet extrait ? Par quoi sont-ils contrebalancés ? Quelles en sont les données objectives de la description ? Quelle métamorphose le regard amoureux de Fabrice impose-t-il à ce qu'il voit ?
- **Proposition de plan :**

Partie I : Le personnage connaît une situation paradoxale : enfermement de la prison / immensité de la vue ; malheur / ravissement de Fabrice

Partie II : Le contraste entre le romantisme et le réalisme de la scène

Rédiger l'introduction et la conclusion

- **L'introduction :**

– Tirez parti du paratexte en posant les éléments que vous connaissez sur le romantisme qui sont susceptibles d'éclairer votre lecture du texte.

– Indiquez bien la situation du passage au sein du roman.

– Ces deux précisions doivent vous permettre d'énoncer le caractère paradoxal du texte dans une problématique qui apparaîtra alors comme logique.

– Efforcez-vous de présenter aussi votre plan de manière à mettre en évidence qu'il est bien une réponse à votre problématique.

- **La conclusion :**

– Reprenez les différentes conclusions auxquelles chaque paragraphe a abouti pour répondre à la problématique.

– Ouvrez sur une autre situation amoureuse où il peut y avoir un paradoxe entre l'amour et la dureté de ses paroles.

RÉDIGER SON DEVOIR

- Il faut ensuite directement rédiger sur la copie. Vous n'avez pas le temps de rédiger au brouillon.
- **Les titres n'apparaissent pas sur la copie**, ils sont remplacés par des **phrases d'introduction partielle** pour chaque paragraphe.

CORRIGÉ 1

Comprendre le corrigé

Corrigé rédigé

Introduction

Stendhal, passionné par l'Italie, publie *La Chartreuse de Parme* en 1839. Situé dans une Italie de fiction, le roman met en scène un jeune aristocrate, Fabrice Del Dongo, aux prises avec les mutations politiques de son pays et avec les tourments de son cœur amoureux. Pourtant, le roman attire moins l'attention des romantiques qui triomphent en France, que de Balzac, romancier réaliste. Dans cet extrait, situé au chapitre XVIII de la deuxième partie, Fabrice, condamné moins pour le crime qu'il a commis, que par vengeance politique, arrive dans la prison située dans la Tour de Farnèse. Cette incarcération lui semble paradoxalement douce : il sait en effet qu'il est désormais tout proche de Clélia Conti, la fille du gouverneur. Nous nous demanderons comment le texte rend compte de ce paradoxe. Nous nous intéresserons dans une première partie à la situation contrastée du héros, avant de nous pencher dans une deuxième partie sur le caractère non moins contrasté de l'écriture de Stendhal, qui oscille entre romantisme et réalisme.

> **Introduction**
> Avant de commencer le commentaire, lisez attentivement le paratexte, surtout lorsqu'il s'agit d'un extrait de roman. Vous avez besoin de savoir qui sont les personnages avant de vous lancer !

> **Méthode**
> La problématique et l'annonce du plan sont les moments clés de votre introduction. Faites-les apparaître clairement et distinguez-les bien l'une de l'autre.

I – Un héros dans une situation paradoxale

Fabrice vient d'être arrêté et on le conduit à la Tour Farnèse. Pourtant, il n'éprouve pas la douleur que cet enfermement pourrait engendrer. Il se trouve dans une situation paradoxale, dans laquelle la clôture de la cellule ouvre sur l'immensité, et la souffrance cède la place au ravissement.

> **Méthode**
> Chaque partie commence par une introduction partielle dans laquelle on expose ce qu'on va démontrer.

A. De la clôture à l'immensité

Fabrice est en prison. Quelques indices sont là pour nous le rappeler. Ainsi, sont évoqués « le palais du gouverneur », ou encore « le bureau de l'état-major », qui indiquent que Fabrice n'est pas monté en haut de la Tour Farnèse seulement pour observer le paysage. Mais très vite, la prison est euphémisée. On ne parle pas des barreaux de la fenêtre, mais des « fenêtres grillées », expression poétique qui atténue la réalité de l'univers carcéral. Quant aux geôliers, ils ne bénéficient

> **Le saviez-vous ?**
> La Tour Farnèse a été dressée par le roi Ranuce-Ernest II pour y faire enfermer son fils qui entretenait une liaison avec la jeune seconde épouse de son père.

MÉTHODE · SUJETS PAS À PAS · SUJETS COMME À L'EXAMEN

d'aucune description précise et l'emploi du verbe réfléchi « s'agitaient » suggère une activité parallèle à celle de Fabrice, comme si elle ne le concernait pas directement. Tels d'importunes mouches, ils gênent le spectateur plus qu'ils ne contraignent le prisonnier.

Fabrice est en effet spectateur. Il s'ouvre au monde extérieur. L'ordre de la description, qui s'arrête d'abord sur les éléments les plus proches de la cellule (« palais du gouverneur ») pour s'en éloigner, manifeste clairement que le narrateur adopte le point de vue de Fabrice dans le cadre d'une focalisation interne. Or Fabrice perçoit surtout l'immensité du paysage qui l'entoure, qui contraste avec la clôture de la prison, bien vite oubliée : le seul obstacle que la prison oppose à la vue est diminué par les deux adjectifs « seul » et « petit » (« un seul petit coin de l'horizon »). La vue est en effet d'emblée qualifiée de « sublime » et l'adjectif est mis en valeur par le retardement induit par la relative (« qu'on avait de ces fenêtres grillées »), qui donne de l'ampleur à la phrase. Le paysage se déploie ensuite selon une double direction : verticale d'une part (« se levait », « sublime »), horizontale d'autre part (« à l'autre extrémité de l'horizon »). L'accumulation de noms propres de lieux (« mont Viso », « Alpes », « Nice ») contribue à cette impression d'immensité, qui fait oublier à Fabrice comme au lecteur que le héros est enfermé dans une prison.

Définition

Focalisation interne : c'est quand on suit la perception, les pensées d'un seul personnage.

Définition

Sublime vient du latin *sublimis*, élevé, haut.

Méthode

Pour faire apparaître le plan sur votre copie, allez à la ligne pour changer de sous-partie.

B. De la souffrance au ravissement

Cet oubli est d'autant plus aisé que l'on ne perçoit jamais chez Fabrice les émotions légitimement attendues de la part d'un prisonnier qui découvre sa cellule : la souffrance, la colère… Il n'éprouve en effet que des émotions positives. Ce contraste se lit dans de nombreuses antithèses au fil de l'extrait (« malheur » / « ému et ravi » ; « des désagréments et des motifs d'aigreur » / « charmer », « les douceurs »). La joie de Fabrice se lit dans le discours direct, qui fait entendre sa voix exaltée : « C'est donc dans ce monde ravissant que vit Clélia Conti ! » Le point d'exclamation traduit le ravissement de Fabrice et l'on notera que l'adjectif « ravissant » annonce le participe « ravi », ce qui crée un procédé d'insistance et souligne l'enthousiasme du héros. Fabrice s'exprime ensuite oralement (« Mais ceci est-il une prison ? Est-ce là ce que j'ai tant redouté ? ») et la ponctuation expressive est, là encore, révélatrice des sentiments du jeune homme. Les deux questions rhétoriques disent l'absurdité des sentiments négatifs qu'il

Définition

Antithèse : opposition de deux mots dans un même énoncé.

L'astuce du prof

À chaque fois que vous relevez un procédé d'écriture, il faut indiquer l'effet qu'il produit, en lien avec votre problématique.

pensait éprouver dans sa cellule. Transition : Ainsi, Fabrice est dans une situation paradoxale, ouvert sur le monde au moment même où il est enfermé, heureux dans une situation qui devrait l'affliger. Mais le paradoxe, qui caractérise l'état d'esprit du héros, est aussi à l'œuvre dans l'écriture stendhalienne.

II – Une écriture entre romantisme et réalisme

Stendhal s'adonne à l'écriture alors que triomphe le romantisme et qu'émerge le réalisme. L'écriture de cette scène rend compte de cette époque charnière.

A. Une scène romantique

Tout d'abord, le paysage décrit est une sorte de *topos* de la littérature romantique.

En effet, Fabrice saisit la scène au moment du « crépuscule », alors que la lune se lève (« elle [la lune] se levait majestueusement à l'horizon ») et que le soleil se couche (« un brillant crépuscule rouge orangé »). De plus, les « montagnes solitaires » favorisent son dialogue avec la nature. Fabrice est fasciné par le paysage (« sublime », répété deux fois ; « admirant »), mais il ne reste pas dans cette position de contemplation admirative, il entre en dialogue avec lui. Ainsi, on observe d'abord une personnification des éléments naturels (« elle se levait », « un brillant crépuscule [...] dessinait », « montagnes solitaires »). Dès lors, Fabrice entre en communion avec les éléments « qui par[lent] à son âme ». Cela le rapproche de Clélia, qui elle aussi doit vivre en harmonie avec la nature, si l'on en croit le coeur exalté de Fabrice (« avec son âme pensive et sérieuse, elle doit jouir de cette vue plus qu'une autre »). On notera le rythme binaire qui réunit musicalement les deux personnages : si elle est « pensive et sérieuse », il est, pour sa part, « ému et ravi ».

Définition
Topos : lieu commun, motif ou thème récurrent en littérature.

Définition
Personnification : figure de style qui attribue des qualités humaines à des choses ou des animaux.

B. Le romantisme mis à distance

Pourtant, le narrateur introduit une distance ironique qui mine le romantisme de la scène. En effet, on peut noter à trois reprises la répétition de « joli » (« joli palais », « jolies cages », « joli palais »). La répétition compromet l'aspect mélioratif de l'adjectif, qui prend une tonalité mièvre, et permet de se moquer de Fabrice, dont l'amour peint tout d'une couleur charmante, mais aussi peut-être de l'écriture romantique. De plus, Fabrice est nommé à la fin de l'extrait « notre héros », ce qui introduit soudain une distance entre le narrateur et le personnage, alors même que pendant l'ensemble du passage, le narrateur avait adopté le point de vue de Fabrice. Il s'agit pour l'auteur de s'amuser avec les codes romanesques et d'afficher le caractère fictif du héros. Enfin, Fabrice est implicitement assimilé à un oiseau en cage : ce sont les cages qui attirent son attention, qui rappellent les « fenêtres grillées » de sa cellule, et le personnage qui contemple deux heures durant le soleil couchant à sa fenêtre évoque par son attitude les oiseaux qui « salu[ent] les derniers rayons du crépuscule du soir ». Ainsi, Stendhal reconstitue une scène typique de la littérature romantique avant de prendre ses distances, d'en montrer la fiction et la mièvrerie.

Méthode

La focalisation interne permet au narrateur d'adopter successivement le point de vue de plusieurs personnages.

C. Le réalisme de la scène

Cette distance avec le romantisme va de pair avec une dimension réaliste. En effet, l'extrait par bien des aspects annonce le réalisme. On y trouve le vocabulaire des sens : la vue (« la vue », « les yeux de Fabrice ») et l'ouïe (« entendre »). Le réalisme transparaît surtout dans la précision de la description, précision géographique (« à droite, au-dessus de la chaîne des Alpes, vers Trévise »), nourrie de noms propres (« mont Viso », « mont Cenis et Turin »), mais aussi précision mathématique (« deux étages », « vingt-cinq pieds », « cinq ou six pieds en contrebas »). Transition : Ainsi, Stendhal prend ses distances avec l'écriture romantique, dont il reprend les *topoï* tout en s'en distanciant pour se tourner vers une écriture plus réaliste.

Méthode

Pensez à commenter et à relever les champs lexicaux de l'extrait.

L'astuce du prof

À l'aide de vos connaissances de Seconde et Première, vous devez pouvoir situer un texte dans l'histoire littéraire.

Conclusion

Au début de la deuxième partie de *La Chartreuse de Parme*, Fabrice, victime d'une vengeance politique, est incarcéré dans la Tour de Farnèse. Il prend possession de sa cellule dans cet extrait du chapitre XVIII. Stendhal offre au lecteur la peinture d'une situation paradoxale, dans laquelle Fabrice est enfermé tout en se sentant libre, contraint, mais ravi. Le contraste est aussi au cœur de l'écriture romanesque puisque le romancier emprunte aux *topoï* de l'écriture romantique, pour mieux s'en détacher et se tourner vers le réalisme. C'est d'ailleurs aux commentaires élogieux de Balzac que le roman dut son succès.

Conclusion

Pensez à récapituler les grands axes de lecture développés.

SUJET 2 Sujet inédit 20 pts 4h

Commentaire

› **Vous commenterez le texte suivant.**

EXTRAIT **Jean-Paul Sartre, *Les Mots*, « Au cinéma », 1963**

Les Mots *sont une autobiographie racontant comment Jean-Paul Sartre a décidé d'écrire. Le livre se compose de deux parties, « Lire » et « Écrire ». Anne Marie, la mère du petit Jean-Paul, l'emmène au cinéma à une époque où celui-ci est encore en noir et blanc, muet, avec une image de piètre qualité et un entracte. Mais le jeune garçon, issu d'un milieu bourgeois, prend un plaisir immense à ces spectacles qui mêlent les classes sociales.*

Le spectacle était commencé. Nous suivions l'ouvreuse en trébuchant, je me sentais clandestin ; au-dessus de nos têtes, un faisceau de lumière blanche traversait la salle, on y voyait danser des poussières, des fumées ; un piano hennissait, des poires violettes luisaient au mur, j'étais pris à la gorge par l'odeur vernie d'un désinfectant. L'odeur et les fruits de cette nuit habitée se confondaient en moi : je mangeais les lampes de secours, je m'emplissais de leur goût acidulé. Je raclais mon dos à des genoux, je m'asseyais sur un siège grinçant, ma mère glissait une couverture pliée sous mes fesses pour me hausser ; enfin je regardais l'écran, je découvrais une craie fluorescente, des paysages clignotants, rayés par des averses ; il pleuvait toujours, même au gros soleil, même dans les appartements ; parfois un astéroïde en flammes traversait le salon d'une baronne sans qu'elle parût s'en étonner. J'aimais cette pluie, cette inquiétude sans repos qui travaillait la muraille. Le pianiste attaquait l'ouverture de *La Grotte de Fingal* et tout le monde comprenait que le criminel allait paraître : la baronne était folle de peur. Mais son beau visage charbonneux cédait la place à une pauvre pancarte mauve : « Fin de la première partie. » C'était la désintoxication brusquée, la lumière. Où étais-je ? Dans une école ? Dans une administration ? Pas le moindre ornement : des rangées de strapontins qui laissaient voir, par en dessous, leurs ressorts, des murs barbouillés d'ocre, un plancher jonché de mégots et de crachats. Des rumeurs touffues remplissaient la salle, on réinventait le langage, l'ouvreuse vendait à la criée des bonbons anglais, ma mère m'en achetait, je les mettais dans ma bouche, je suçais les lampes de secours. Les gens se frottaient les yeux, chacun découvrait ses voisins. Des soldats, les bonnes du quartier ; un vieillard osseux chiquait, les ouvrières en cheveux riaient très fort : tout ce monde n'était pas notre monde ; heureusement, posés de loin en loin sur ce parterre de têtes, de grands chapeaux palpitants rassuraient.

À feu mon père, à mon grand-père, familiers des deuxièmes balcons, la hiérarchie sociale du théâtre avait donné le goût du cérémonial : quand beaucoup d'hommes sont ensemble, il faut les séparer par des rites ou bien ils se massacrent. Le cinéma prouvait le contraire : plutôt que par une fête, ce public si mêlé semblait réuni par une catastrophe ; morte, l'étiquette[1] démasquait enfin le véritable lien des hommes, l'adhérence. Je pris en dégoût les cérémonies, j'adorai les foules.

1. Étiquette : règles de savoir-vivre à respecter dans les milieux aristocrates et bourgeois.

PAR ÉTAPES

ANALYSER L'EXTRAIT

Lire et extraire les informations pertinentes

- **Genre :** autobiographie.
- **Paratexte :** les informations livrées par le paratexte permettent de contextualiser l'œuvre de Sartre et de situer l'extrait dans celle-ci.
- **Mots-clés : « autobiographie », « points de vue », « narrateur », « personnage ».**
- **Forme :** narrative.
- **Registre :** ironique.

Situer l'extrait

- **Dans le contexte littéraire :** Sartre est un écrivain et philosophe célèbre et reconnu lorsqu'il décide d'écrire un récit autobiographique en 1963 qui se propose de comprendre pourquoi il est devenu écrivain. L'auteur porte sur l'enfant qu'il fut un regard plein de dérision. Le style joue sur le décalage entre les certitudes de l'enfant de famille bourgeoise qu'il a été et les convictions du grand écrivain et philosophe communiste qu'il est devenu : son regard d'auteur-narrateur est ainsi tantôt ironique, tantôt attendri par l'enfant qu'il a été.

À savoir

« Intellectuel engagé », Jean-Paul Sartre a soutenu de nombreuses causes, condamnant les injustices et se positionnant sur des événements politiques de son temps (guerre d'Algérie...). Cet humanisme lui a valu d'être distingué du prix Nobel de littérature en 1964, qu'il a néanmoins refusé.

• **Dans l'œuvre :** issu d'un milieu bourgeois et habitué au théâtre, le jeune garçon découvre le cinéma aux côtés d'un public mêlant les classes sociales.

Mobiliser des outils d'analyse et repérer des procédés stylistiques

• Le narrateur adopte le point de vue de Jean-Paul enfant, tout en manifestant par moments son propre regard d'adulte.

• Figures de style repérées : métaphore, anaphore, métonymie.

• Champs lexicaux mobilisés : les sens, les repères topographiques, les classes sociales.

Méthode

Fonctions de la description

• **Fonction réaliste :**
– elle ancre la narration dans le réel ;
– elle met les sens en jeu pour donner au lecteur l'impression d'entrer dans l'espace ou de voir le personnage décrit ;
– s'y trouvent le vocabulaire des sensations et les termes techniques.

• **Fonction symbolique :**
– elle dévoile à travers un portrait physique un caractère moral ;
– elle dévoile à travers la description d'un objet ou d'un paysage un élément de caractère ou les émotions d'un personnage qui le regarde.

• **Fonction narrative :**
– elle annonce la suite du récit ;
– s'y trouvent les connotations de certains termes, des figures de style (comparaisons et métaphores notamment).

• **Fonction esthétique :**
– elle embellit le réel, le transforme en une véritable œuvre d'art ;
– les procédés musicaux et les figures de style participent de cette esthétisation.

ORGANISER SA COPIE

Formuler une problématique

• Comment l'auteur parvient-il à recréer ses sensations passées lors d'une séance de cinéma en portant sur l'enfant qu'il était un regard tout à la fois bienveillant et ironique ?

Élaborer un plan

• **Les axes de lecture :** que voit l'enfant et qu'en comprend-il ? Sa vision correspond-elle à ce qu'un adulte voit et comprend du film ? Quels indices montrent que l'enfant perd ses repères ? Quels rôles les valeurs familiales jouent-elles dans ce texte (pour l'enfant et pour l'adulte) ?

• **Proposition de plan :**

Partie I : La fascination de l'enfant devant le spectacle…

Partie II : …qui l'amène à perdre ses repères…

Partie III : …ce qui est source d'amusement pour le narrateur adulte.

Rédiger l'introduction et la conclusion

• **L'introduction :**

– Sélectionnez les informations du paratexte qui éclairent le texte sur Sartre (milieu familial et convictions politiques de l'âge adulte), sur les débuts du cinéma et sur l'autobiographie (le regard rétrospectif implique un jugement de l'auteur adulte sur l'enfant qu'il était).

– Ces éléments doivent permettre de comprendre votre problématique. Votre annonce de plan doit découler logiquement de celle-ci.

- **La conclusion :**

– Rédigez un bilan de chaque grande partie de votre commentaire en vous assurant qu'il répond bien à votre problématique.

– Vous pouvez ouvrir sur un autre texte qui :

– a une dimension autobiographique pour comparer la forme que prend le regard rétrospectif : Duras, *Un barrage contre le Pacifique* ;

– a une dimension faussement autobiographique car il s'agit en fait de faux mémoires, mais où le personnage adulte, Hadrien, juge aussi celui qu'il a été : Yourcenar, *Mémoires d'Hadrien* ;

– est un roman sans dimension (auto)biographique, mais dans lequel le narrateur juge ses personnages : Balzac, Stendhal…

RÉDIGER SON DEVOIR

- Une **transition** se compose de deux parties : un **bilan** qui récapitule la conclusion à laquelle a abouti le paragraphe que vous venez de rédiger, une **annonce** du paragraphe suivant.
- La transition met en lumière la **cohérence** de votre argumentation et doit donc montrer que vous passez d'un paragraphe à un autre **de manière logique**.

CORRIGÉ 2

Comprendre le corrigé

Corrigé rédigé

Introduction

Jean-Paul Sartre refuse le prix Nobel de littérature qui lui est accordé en 1964 et le couronne comme écrivain, mais aussi comme philosophe et intellectuel marxiste engagé. Il publie son autobiographie en 1963 dans la revue des *Temps modernes*, à laquelle il donne pour fonction de comprendre pourquoi il est devenu écrivain. L'ouvrage comprend deux parties, intitulées « Lire » et « Écrire ». C'est ainsi que l'auteur narre dans la première partie une sortie faite avec sa mère au cinéma, sortie au parfum d'interdit, car le jeune garçon bourgeois y côtoyait des gens de toutes les classes sociales.

L'introduction

Il est bon de connaître l'éducation que Sartre a reçue de ses parents. Le paratexte vous donne des informations précieuses, mais vous devez aussi mobiliser vos connaissances.

Nous nous demanderons alors comment l'auteur parvient à recréer les sensations passées en portant sur lui-même un regard tout à la fois bienveillant et ironique. Pour ce faire, nous verrons que le cinéma exerce une fascination sur l'enfant, au point de lui faire perdre ses repères, ce qui est source d'amusement pour l'adulte-narrateur.

Définition

Fascination vient du mot latin *fascinum* qui signifie « charme », « maléfice ». Le cinéma a donc comme une action magique sur l'enfant.

I – La fascination de l'enfant face au spectacle

Malgré la piètre qualité de la sortie au cinéma, le jeune Jean-Paul se trouve fasciné par un spectacle qui lui fait perdre la conscience du monde extérieur, au point de pouvoir comparer celle-ci à une drogue.

A. Un spectacle de piètre qualité technique et une salle peu reluisante

La sortie au cinéma à laquelle Jean-Paul se rend avec sa mère est de mauvaise qualité, qu'il s'agisse du spectacle lui-même ou de la salle. En effet, à une époque où le cinéma est muet, les seuls effets sonores sont rendus par un piano, or celui-ci est mal accordé comme l'indique le verbe « hennissait » (l. 4), métaphore équine qui permet de comprendre que le son émis est désagréable. En outre, la pellicule est abîmée : l'image clignote, la pellicule est rayée (ce que le petit garçon prend pour des « averses ») et même trouée à certains endroits (ce qui laisse passer la lumière prise alors pour un « astéroïde »). La salle est loin d'être propre : « mégots » et « crachats » la « jonch[ent] » (l. 21), la « poussière » vole et la tentative de désinfection du lieu cause une « odeur » qui « pr[end] à la gorge » (l. 4-5). Transition : La piètre qualité du lieu et du spectacle (on ne distingue aucun ornement dans la salle, contrairement au théâtre), bien loin de susciter le dégoût de l'enfant, le transporte dans un univers tellement différent du sien qu'il en perd la conscience du monde extérieur.

Définition

Métaphore : comparaison sans outil de comparaison exprimé.

L'astuce du prof

Vous devez montrer le paradoxe entre la mauvaise qualité du spectacle et l'effet qu'il produit sur l'enfant.

B. Absence de conscience du monde extérieur

L'enfant est tellement pris par cette expérience qu'il en perd tout sens critique. Il ne comprend pas que les « averses » correspondent aux rayures de la pellicule et constate cette pluie constante, soulignée par l'adverbe : « il pleuvait toujours » (l. 10-11). L'image est renforcée par le parallélisme « même au gros soleil, même dans les appartements » (l. 11) avec l'anaphore de « même », signe d'un étonnement qu'il n'interroge pas. L'entracte illustre cet oubli du monde extérieur avec l'énumération des interrogatives « Où étais-je ? Dans une école ? Dans une administration ? » (l. 18-19) dont le rythme ternaire en cadence majeure témoigne de la violence du retour au monde réel. Transition : Le petit garçon est donc transporté dans un autre monde grâce au spectacle visionné, qui semble avoir des pouvoirs particuliers.

Définition
Anaphore : répétition d'un même mot ou groupe de mots en début de phrases, vers, ou membres de phrases.

Méthode
La transition a pour but de rappeler ce à quoi le paragraphe a abouti et d'annoncer le suivant en soulignant la logique de votre propos : le correcteur doit comprendre pourquoi le paragraphe B est placé avant le C qui doit le suivre logiquement.

C. Le spectacle comme drogue

Le spectacle suscite des impressions fortes chez l'enfant : il vit l'entracte comme une « désintoxication » (l. 17) qui le fait passer d'un monde à l'autre comme le souligne le verbe « réinventer » dans l'expression « on réinventait le langage. » Le spectacle crée donc des effets intenses, et pourtant le film ne semble pas particulièrement intéressant : il n'y a aucun suspense, « tout le monde comprenait » (l. 14-15) et les personnages ont des réactions stéréotypées, marquées par l'emploi d'adjectifs tels que « folle de peur » (l. 15-16) qui qualifie la baronne. Transition : Malgré un spectacle de piètre qualité, le charme opère sur l'enfant, qui perd tous ses repères et fait une expérience implicitement comparée à une prise de drogue. Celui-ci est en effet confus tout le long de la séance.

II – Les repères et la confusion de l'enfant

Le petit Jean-Paul est en effet en pleine confusion, comme l'indiquent ses sensations ou ses remarques sur les repères topographiques, sociaux et familiaux.

Définition
Topographique : relatif aux lieux.

A. Repères topographiques perdus et retrouvés

L'enfant perd ses repères topographiques et les retrouve. En effet, il ne sait plus vraiment où il est : il se sent « clandestin » (l. 2) dans un lieu qu'il ne connaît pas. D'ailleurs, il « trébuch[e] » (l. 1) et a besoin d'un peu de temps pour comprendre où il est une fois la lumière revenue. Ce n'est qu'à ce moment-là qu'il est en mesure d'observer les lieux et donc de retrouver des repères topographiques et qu'il décrit les sièges, les murs, le sol avant d'examiner le public. Transition : Cette confusion de l'espace amène l'enfant à accorder une grande importance aux repères sociaux et familiaux.

B. Repères sociaux et familiaux

L'enfant décrit la société des spectateurs. Celle-ci est constituée par le mélange de deux mondes : d'une part le petit peuple avec ses « soldats », « bonnes », « vieillards » et « ouvrières » (l. 25-26), d'autre part, la bourgeoisie reconnaissable aux « grands chapeaux » que portent les hommes. Ce mélange social auquel Jean-Paul n'est pas habitué l'amène à faire de sa mère une présence rassurante. En effet, elle l'installe bien en rehaussant son siège grâce à une « couverture pliée » et lui achète des « bonbons anglais » (l. 22-23) vendus par l'ouvreuse. Transition : Elle est ainsi pour lui la source d'un bien-être tout en lui faisant vivre une expérience qui crée en lui une confusion des sens.

C. La confusion des sens

Les sens de l'enfant se confondent. Tous sont sollicités : il assiste à un « spectacle », de *spectare*, « regarder » en latin qui lui donne à « vo[ir] la poussière » (l. 3) de la salle et à « regard[er] » le film, il entend la musique qui accompagne la projection et les « grince[ments] » (l. 8) des sièges, sent « l'odeur de désinfectant », « racle [s]on dos contre des genoux » et mange des bonbons. Vue, ouïe, odorat, toucher et goût sont donc présents pour rendre compte des sensations de l'enfant. Mais ces sens se mélangent, particulièrement la vue et le goût : « L'odeur et les fruits de cette nuit habitée se confondaient en moi » (l. 5-6). Les « bonbons » deviennent des « lampes de secours » qu'il « mang[e] ». Transition : L'enfant est donc à la fois fasciné et en pleine confusion. Toutefois, cet état n'est pas décrit de manière neutre, le narrateur cherche en effet à le recréer tout en portant un regard amusé sur lui-même.

III – Le regard du narrateur : du passé ressuscité à l'autodérision

A. Retrouver les sensations du passé

Jean-Paul Sartre, auteur et narrateur, cherche à retrouver les sensations qui furent siennes, comme l'atteste le travail sur les sens. Il fait revivre ses

À savoir

Autobiographie :

- Auteur = narrateur = personnage.
- Regard rétrospectif du narrateur sur le personnage.
- Vie privée.

MÉTHODE

SUJETS PAS À PAS

SUJETS COMME À L'EXAMEN

sensations d'enfant et rend compte de sa confusion par la perte de tous ses repères et un travail d'écriture. Le rythme de ses phrases (parfois haché, comme dans les interrogatives, ou au contraire plus long pour décrire ses impressions et le spectacle) est un moyen d'aller vers l'enfant qu'il était. Transition : L'auteur cherche donc à retrouver ses sensations d'enfant, mais ce retour dans le passé est aussi teinté d'ironie.

Méthode
À chaque fois que vous repérez un procédé, demandez-vous quel effet il produit.

B. L'ironie dénonçant les préjugés sociaux de l'enfant

L'auteur-narrateur perçoit l'enfant qu'il était avec ironie. Celle-ci touche deux domaines. D'une part, il rend compte de l'incompréhension qui était sienne et de sa naïveté devant un spectacle qu'il prenait de manière entière, sans recul critique. D'autre part, il montre qu'il était victime des préjugés sociaux de son grand-père bourgeois en notant la présence « rassur[ante] » de « grands chapeaux » qui, par métonymie, désignent les classes sociales élevées. Le mot « clandestin » du début s'éclaire alors aussi d'une signification sociale. L'ironie tombe dans le dernier paragraphe, lorsque le narrateur s'attache à la différence entre théâtre et cinéma : il reprend au discours indirect libre les propos de son grand-père énoncés sous forme de maxime « quand beaucoup d'hommes sont ensemble, il faut les séparer par des rites ou bien ils se massacrent » (l. 31-32). Son expérience d'enfant « prouvait le contraire ». Transition : Sartre peint l'enfant qu'il était avec une ironie qui est indissociable de ses engagements d'adulte. L'expérience du cinéma apparaît ainsi comme fondatrice.

Définition
Ironie : procédé satirique qui consiste à affirmer quelque chose en faisant bien comprendre au lecteur qu'on pense exactement l'inverse. La figure de style pour exprimer l'ironie est l'antiphrase.

L'astuce du prof
Connaître un peu la vie de Sartre peut ici vous être utile à percevoir son ironie sur ses jugements de valeurs passés à l'époque où il épousait ceux de sa famille.

C. La découverte d'une passion

Le narrateur montre la découverte de sa passion pour le cinéma, indépendante de la compréhension qu'il pouvait avoir du spectacle et de la notion de vérité : « J'aimais cette pluie, cette inquiétude sans repos qui travaillait la muraille » (l. 13-14). Le bonheur de l'enfant est ainsi relayé par celui de l'adulte qui raconte une sortie représentative de toutes ses séances de cinéma, véritable rituel dont témoigne l'utilisation de l'imparfait. Au « goût » de l'enfant et de l'adulte pour le cinéma correspondent un « dégoût » de l'adulte pour certains préjugés sociaux.

Langue
L'imparfait est un temps du passé qui peut notamment indiquer, comme ici, l'habitude. Il peut aussi indiquer que l'action est au second plan ou qu'elle dure.

Conclusion

Jean-Paul Sartre adulte relate la fascination qu'exerçait sur l'enfant qu'il était le cinéma malgré la piètre qualité de la salle et de la projection, ce dont témoigne le fait qu'il perde tous ses repères et tente de reprendre pied en s'appuyant sur ses critères sociaux et familiaux. L'auteur réussit habilement à retrouver ses sensations passées, tout en faisant preuve d'ironie et d'autodérision devant son incompréhension et les idées politiques de son grand-père qu'il épousait alors. Dans le roman autobiographique *Un barrage contre le Pacifique*, Marguerite Duras narre aussi une séance de cinéma à laquelle assiste l'héroïne Suzanne : elle cherche également à retrouver ses sensations passées, tout en portant sur sa naïveté d'alors un regard ironique.

Conclusion

Pensez à terminer votre conclusion par une mise en relation du texte avec d'autres textes pour ouvrir votre travail.

SUJET 3 Sujet inédit

20 pts 4h

Dissertation

› Les œuvres *Sido* et *Les Vrilles de la vigne* ne sont-elles qu'une célébration du monde ?

Vous répondrez à cette question dans un développement organisé. Votre réflexion prendra appui sur les œuvres de Colette au programme, sur le travail mené dans le cadre du parcours associé et sur votre culture littéraire.

PAR ÉTAPES

COMPRENDRE LE SUJET

Repérer les mots-clés

- **« célébration du monde » :** éloge de la nature, regard mélioratif porté sur un objet mais aussi moment de joie. La célébration permet une union avec le monde et plus précisément avec la nature.
- **« ne [...] que » :** négation restrictive qui signifie « seulement ». Ces deux œuvres auraient pour seul but la célébration du monde.

Formuler la problématique

- **Type de sujet :** le sujet étant une question totale, vous devrez réfléchir à la **pertinence de la thèse soulevée** et montrer ensuite ses **limites**.
- **Problématique :** Dans quelle mesure les œuvres *Sido* et *Les Vrilles de la vigne* ont-elles pour seul but la célébration du monde ?

Mobiliser ses connaissances

- Comment s'effectue la célébration du monde dans les œuvres ? Qu'est-ce qui est célébré dans le monde ? Quel est le **registre** choisi ?
- Le regard de la narratrice sur le monde qui l'entoure est-il constamment **mélioratif** ? N'y a-t-il pas des nuances ? Célèbre-t-elle autant la campagne que la ville ? Quelle est la place de la nature ? Est-ce que les œuvres ont pour sujet principal le monde ?

ORGANISER SA COPIE

Élaborer un plan

- On commence d'abord par illustrer la **thèse** puis on montre ses limites.

• **Proposition de plan :**

Partie I : La célébration du monde apparaît bien au cœur de *Sido* et des *Vrilles de la vigne*

Partie II : Toutefois, ces œuvres ne se réduisent pas à la seule célébration du monde qui entoure la narratrice

Partie III : Finalement, la célébration du monde semble davantage servir l'expression de la communion entre la narratrice et la nature

> **Méthode**
>
> **Choisir un type de plan**
>
> • Si je peux répondre par oui ou par non, je choisis un **plan dialectique**. Il s'agit de discuter la thèse, de montrer **ses limites**. Le raisonnement suit le plan : **thèse / antithèse / dépassement** des contradictions.
>
> • Si le sujet pose une question partielle (*Quels sont…*) : je choisis un **plan thématique** dans lequel **les thèmes sont progressifs.**
>
> • Si le sujet invite à approfondir une affirmation, il ne faut pas la discuter mais juste l'**expliquer** : je choisis un **plan analytique**.

Construire le développement

• **Les arguments :** ils vont devoir toujours être en rapport avec la célébration du monde. Pensez aux **différentes façons de le célébrer** : la description de la nature, la mise en scène des animaux, le portrait de personnages amoureux de la nature, etc. Mais vos arguments devront aussi montrer que l'œuvre ne se réduit pas à cela. On peut alors relever le caractère **autobiographique** de l'œuvre, les passages consacrés à la ville de Paris ou encore les réflexions sur le temps qui passe, l'amour, etc.

• **Les exemples :** vous devrez proposer des exemples provenant des deux œuvres.

RÉDIGER SON DEVOIR

• Vous devez uniquement rédiger au brouillon l'introduction, la conclusion et le plan détaillé de votre devoir. Vous n'avez pas le temps d'écrire au brouillon l'intégralité de votre rédaction.

• Les titres et sous-titres **n'apparaissent pas sur la copie**, ils sont remplacés par des phrases d'introduction partielle.

CORRIGÉ 3

Comprendre le corrigé

Plan détaillé

Introduction

Selon Pierre Trahard dans *L'Art de Colette*, l'autrice a « le sens de la Nature ». Il souligne ainsi l'importance de la nature dans son œuvre et sa

> **L'astuce du prof**
>
> Si vous connaissez des citations portant sur l'œuvre, n'hésitez pas à les exploiter dès l'amorce de l'introduction.

capacité à la retranscrire. En effet, Colette a grandi à la campagne et a été initiée très tôt à une vie proche de la nature grâce à sa mère Sido qui chérissait particulièrement le jardin qu'elle entretenait. Colette y passait de nombreuses heures pendant lesquelles elle observait autant les animaux que les végétaux. Elle réalisera d'autant plus la simplicité de la vie à la campagne quand elle connaîtra par la suite la vie à Paris avec tous ses fastes et ses jeux d'apparence. De ce fait, on peut se demander dans quelle mesure les œuvres *Sido* et *Les Vrilles de la vigne* ont pour seul but la célébration du monde. Si la célébration du monde est effectivement au cœur même de ces deux œuvres, il semblerait toutefois qu'elles ne se réduisent pas à ce seul éloge. Finalement, si la célébration du monde occupe une telle place, c'est pour mieux souligner le rôle de la nature dans la construction même de la femme.

À savoir

Lorsque votre problématique est introduite de façon indirecte, il n'y a pas d'inversion du sujet et le point d'interrogation disparaît.

I – La célébration du monde est au cœur de *Sido* et des *Vrilles de la vigne*

A. L'éloge de la nature

• Colette ne cesse de célébrer la nature dans les deux œuvres. Elle évoque :

– le jardin de sa mère au sein duquel elle aimait se réfugier ;

– le rossignol, le rouge-gorge, les oiseaux en baie de Somme ;

– les insectes tels que la guêpe, le frelon…

La nature est partout et la narratrice porte un regard admiratif sur celle-ci.

• Dans *Les Vrilles de la vigne*, les animaux deviennent de véritables personnages. C'est le cas de Toby-Chien et Kiki-La-Doucette à qui elle consacre le fameux « Dialogue de bêtes ». Les animaux ainsi personnifiés peuvent parler, donner leur avis et par conséquent témoigner de l'humanité qui les habite. Cela apparaît particulièrement dans « Amours » qui est un véritable éloge du chat. Selon la narratrice, « à fréquenter le chat, on ne risque que de s'enrichir ».

Gagnez des points !

Veillez à toujours partir du plus évident pour aller vers le plus complexe.

• Sido protège la nature et refuse qu'on la blesse (« "Sido" répugnait à toute hécatombe de fleurs »). C'est pourquoi elle accuse sa fille de n'être qu'une « petite meurtrière ».

B. Les sensations sont au cœur de l'œuvre

• Le monde est avant tout célébré par les différentes sensations qu'il fait naître chez la narratrice. La nature offre une explosion de sensations propres à réjouir celui qui s'y trouve. C'est bien pour cette raison qu'elle défend la vie à la campagne au détriment de la ville dans *Sido*.

• On retrouve alors tout un vocabulaire des sensations :

– « Mille roses, réfugiées au sommet des arbres, fleurissaient hors d'atteinte, parmi des glycines à longues gouttes de fleurs et des bignoniers pourpres, victorieux ennemis des clématites épuisées » (*Sido*) ;

– « Écoute encore », « Le chant bondissant des frelons fourrés de velours t'y entraîne et bat à tes oreilles » (« Jour gris ») ;

– « La mer est montée, les bateaux dansent dans la baie, au bout de leurs amarres, et trinquent du ventre » (« En baie de somme »).

Méthode
Au brouillon, vous pouvez séparer vos citations de vos arguments mais lors de la rédaction, vous veillerez à les introduire au sein de votre argumentation.

II – Toutefois, ces œuvres ne se réduisent pas à la célébration du monde

A. Une œuvre autobiographique ?

• Si Colette fait de nombreuses références à la nature, l'œuvre *Sido* a surtout pour but de présenter sa famille. En effet, chaque chapitre est consacré à un ou plusieurs membres de sa famille qu'elle dépeint à partir d'anecdotes et de souvenirs. L'œuvre n'est donc pas uniquement centrée sur la célébration du monde. Si elle parle tant de la nature, c'est surtout pour évoquer la passion de sa mère pour son jardin.

Remarque
Les deux œuvres de Colette étant très différentes, vous pouvez consacrer une sous-partie à l'une des deux seulement. Toutefois, cela doit rester exceptionnel.

• On retrouve ainsi dans l'œuvre des récits qui n'ont pas pour but la célébration du monde. C'est le cas, par exemple, de l'évocation du mariage de sa sœur Juliette qui est jugé négativement par toute la famille. La narratrice donne son point de vue mais aussi celui de sa mère (qui juge le mariage comme un « accident ») ou celui de son frère Léo qui refuse dans un premier temps de s'y rendre alors même qu'il est garçon d'honneur.

B. La ville, un contrepoint

• La narratrice évoque à plusieurs reprises la capitale dans les deux œuvres. Dans *Sido*, elle le fait par le prisme du regard de ses parents et plus particulièrement de sa mère qui critique sévèrement Paris et ses habitants: « Je ne peux m'empêcher de rire en constatant combien tous les Parisiens sont fiers d'habiter Paris, les vrais parce qu'ils assimilent cela à un titre nobiliaire, les faux parce qu'ils s'imaginent avoir monté en grade. »

Méthode
Chaque argument doit être illustré par un exemple.

• Elle souligne aussi le rôle des apparences. Dans « Maquillages », elle explique que les femmes usent de fards afin de cacher les conséquences d'une « époque [qui] est dure à la femme ». Aussi une cliente s'exclame-t-elle: « S'agit d'avoir trente ans, aujourd'hui – et toute la journée ! »

III – Communion entre la narratrice et la nature

A. La nature a eu une place décisive dans le devenir de la narratrice

• À plusieurs reprises dans l'œuvre, la narratrice ne fait qu'un avec la nature, ce qui souligne le rôle décisif de cette dernière dans la construction de la jeune fille devenue femme:

– « Ô géraniums, ô digitales… Celles-ci fusant des bois-taillis, ceux-là en rampe allumés au long de la terrasse, c'est de votre reflet que ma joue d'enfant reçut un don vermeil » (*Sido*);

L'astuce du prof
Pendant l'année, construisez-vous un répertoire de citations par thème afin de pouvoir illustrer tous les sujets.

– « C'est sur ce chemin, c'est à cette heure que je prenais conscience de mon prix, d'un état de grâce indicible et de ma connivence avec le premier souffle accouru, le premier oiseau, le soleil encore ovale, déformé par son éclosion… » (*Sido*);

– « Ainsi immobile et les yeux clos, elle habite chaque pelouse, chaque arbre, chaque fleur » (*Les Vrilles de la vigne*, « Dialogue de bêtes »).

• Elle ne fait pas que célébrer le monde par les mots, elle finit par l'incarner. D'une certaine manière, parler d'elle revient ainsi à parler de la nature.

B. La célébration du monde donne lieu à une célébration de l'écriture

• Grâce aux mots, à l'écriture, la nature va revivre sous la plume de l'autrice. Le lecteur pourra alors à son tour sentir le parfum des géraniums ou entendre le chant du rossignol : « Porte plutôt à tes narines le parfum invariable de ces violettes changeantes et regarde, en respirant le philtre qui abolit les années, regarde comme moi ressusciter et grandir devant toi les printemps de ton enfance. » (*Les Vrilles de la vigne*, « Le dernier feu »).

Conclusion

Ainsi, *Sido* et *Les Vrilles de la vigne* ont bien pour objectif principal de célébrer le monde et plus particulièrement la nature. Cela apparaît dans l'emploi d'un vocabulaire mélioratif pour parler des fleurs, des insectes et plus généralement des animaux. Toutefois, ces œuvres ne sont pas pour autant qu'une célébration du monde puisqu'elles retracent une partie de l'enfance de la narratrice et qu'elles portent un regard plus critique sur la ville. Finalement, l'éloge de la nature n'a pas pour seul objectif de célébrer le monde mais plutôt de montrer à quel point cette communion avec la nature a été déterminante dans la construction même de la femme qu'est devenue la narratrice. Cette expérience de la nature apparaît aussi dans l'œuvre de Sylvain Tesson, *Dans les forêts de Sibérie*, puisque l'auteur choisit de s'isoler au sein d'un paysage aussi somptueux qu'hostile et loin de tout être humain. À son tour, il ne ressortira pas indifférent d'une telle communion avec la nature.

L'astuce du prof

Rédigez la conclusion au brouillon avant même de commencer la rédaction de votre dissertation.

Méthode

En ouverture, lorsque vous faites un parallèle avec une autre œuvre, pensez à justifier le rapprochement.

SUJET 4 Sujet inédit

20 pts 4h

Dissertation

> **Les personnages en marge dans *Manon Lescaut* sont-ils la source principale des charmes du récit ?**

Vous répondrez à cette question dans un développement organisé. Votre réflexion prendra appui sur l'œuvre de l'abbé Prévost au programme, sur le travail mené dans le cadre du parcours associé et sur votre culture littéraire.

PAR ÉTAPES

COMPRENDRE LE SUJET

Repérer les mots-clés

- **« personnages en marge » :** les personnages en marge sont ceux qui vivent à l'écart de la société, qui n'en respectent pas les codes.
- **« source principale » :** les personnages en marge seraient à l'origine des charmes du récit et, comme ils en sont la « source principale », les charmes ne pourraient opérer sans eux.
- **« charmes du récit » :** le genre même du récit aurait des caractéristiques propres qui permettraient le plaisir de lecture. Les personnages en marge sont donc un outil qui permet de séduire le lecteur.

Méthode

Analyser le sujet

- Lisez plusieurs fois le sujet avant de **surligner** les mots-clés.
- **Définissez** les mots-clés à partir de vos connaissances personnelles puis donnez-leur du sens à partir de l'œuvre.
- **Associez** les mots-clés à des caractéristiques de l'œuvre et notez vos **exemples**. De même, réfléchissez à la manière dont ces termes pourraient être **nuancés**. Vous commencez ainsi à construire votre thèse et votre antithèse.

Formuler la problématique

- **Type de sujet :** le sujet étant une question totale, vous devrez réfléchir à la pertinence de la thèse soulevée et montrer ensuite ses limites.
- **Problématique :** Dans quelle mesure le plaisir du lecteur repose-t-il sur la mise en scène de personnages en marge ?

Mobiliser ses connaissances

- Quels sont les personnages en marge ? Quel rôle jouent les autres personnages de l'œuvre ? Les personnages en marge le sont-ils tout au long du récit ?
- Quelles sont les autres caractéristiques du genre romanesque qui pourraient plaire au lecteur ? Sur quoi repose finalement le plaisir de lecture de l'œuvre ? Peut-on séparer les personnages du reste de l'œuvre ?

ORGANISER SA COPIE

Élaborer un plan

- Le sujet invite à choisir un **plan dialectique**: vous justifierez tout d'abord la thèse, puis vous proposerez une antithèse et enfin vous veillerez à dépasser les contradictions.
- **Proposition de plan:**

Partie I: Les personnages en marge contribuent fortement aux charmes du récit

Partie II: Mais il y a d'autres éléments qui suscitent le plaisir de lecture

Partie III: Les charmes du récit proviennent finalement d'une nouvelle façon de mettre en scène la société

Construire le développement

- **Les arguments:** ils vont devoir questionner majoritairement le rôle des personnages mais aussi interroger les autres caractéristiques du récit susceptibles de plaire au lecteur. Pensez au genre choisi par l'auteur (le roman-mémoires), à la construction du récit (récit cadre et récit enchâssé), à la présence de nombreuses prolepses, à l'emploi de la première personne, à l'évolution des personnages, etc.
- **Les exemples:** vous veillerez à vous intéresser aux personnages principaux mais aussi à ceux qui sont secondaires. Une analyse des caractéristiques du genre romanesque sera nécessaire.

RÉDIGER SON DEVOIR

- Vous devez uniquement rédiger au brouillon l'introduction, la conclusion et le plan détaillé de votre devoir. Vous n'avez pas le temps d'écrire au brouillon l'intégralité de votre rédaction.
- Les titres et sous-titres n'apparaissent pas sur la copie, ils sont remplacés par des phrases d'introduction partielle.

CORRIGÉ 4

Comprendre le corrigé

Corrigé rédigé

Introduction

Selon Roland Virolle dans le *Dictionnaire des littératures de langue française*, « Des Grieux/Prévost est parvenu à faire croire à des générations successives – et à s'en persuader lui-même en premier – que son aventure pitoyable de fils de famille dévoyé avec une charmante et inconsciente catin fut un des grands mythes d'amour de l'Occident. Chef-d'œuvre romanesque ! » Il interroge ainsi la marginalité des héros et la capacité de l'auteur à en faire des personnages propres à plaire au lecteur. Or, le plaisir de lecture ne semble pouvoir reposer seulement sur le choix des personnages mais dépendrait davantage des choix narratifs qui sont faits par l'auteur. On peut ainsi se demander dans quelle mesure les personnages en marge dans *Manon Lescaut* sont la source principale des charmes du récit. Tout d'abord, nous constaterons que les personnages en marge y contribuent fortement mais que d'autres éléments participent au plaisir de lecture. Finalement, nous nous demanderons si les charmes du récit ne proviennent pas plutôt d'une nouvelle façon de mettre en scène la société.

Méthode
Votre amorce doit être soignée. Vous pouvez introduire le sujet en évoquant le contexte, l'auteur, la réception de l'œuvre ou encore un jugement sur celle-ci.

I – Les personnages en marge contribuent fortement aux charmes du récit

A. Ils attisent la curiosité du lecteur

Les personnages en marge suscitent un intérêt particulier par leur singularité et cela apparaît dès leur portrait. En effet, l'adverbe d'intensité dans « si charmante » présente Manon comme une femme à part et cela est confirmé par la réaction de Des Grieux qui vit un véritable coup de foudre (« je me trouvai enflammé tout d'un coup jusqu'au transport »). De même, lors de l'arrivée du frère de Manon, le narrateur souligne qu'il « se trouva malheureusement logé, à Paris, dans la même rue que nous ». L'adverbe « malheureusement » attise alors la curiosité du lecteur puisqu'il annonce les malheurs à venir suite à l'arrivée de ce personnage. Ainsi, les personnages en marge sont présentés comme des êtres à part,

Méthode
Débutez toujours vos paragraphes par la clarification de votre argument.

propres à susciter la curiosité, et participent alors du plaisir de lecture.

B. Ce sont des personnages propres à multiplier les péripéties

À ce titre, ces personnages sont à l'origine de la plupart des péripéties de l'œuvre. Parce qu'ils dérogent aux codes sociaux, ils sont confrontés à de multiples problèmes qui sont autant de rebondissements au sein du récit. En effet, Manon et Des Grieux se retrouvent à deux reprises enfermés car ils ont été dénoncés par les hommes que Manon a essayé de tromper. Cela les conduit à être traités « moins comme des criminels que comme de fieffés libertins ». C'est bien la marginalité de Manon qui est alors en cause. En outre, c'est pour libérer Manon que Des Grieux organise sa fuite de prison et est amené à tuer un domestique, et c'est aussi pour elle qu'il se tourne vers les jeux d'argent et qu'il fréquente alors des gens peu recommandables tels que Lescaut. Les personnages en marge sont donc bien à l'origine de nombreux rebondissements. Transition : Ainsi, les personnages en marge contribuent véritablement aux charmes du récit en ce qu'ils suscitent l'intérêt du lecteur et qu'ils permettent la multiplication de péripéties. Toutefois, le plaisir du lecteur peut provenir d'autres caractéristiques de l'œuvre.

Méthode
Les connecteurs logiques permettent de structurer votre raisonnement. Pensez à les utiliser.

Méthode
La transition doit résumer la partie qui précède et annoncer la suivante.

II – Mais il y a d'autres éléments qui suscitent le plaisir de lecture

A. Un récit à la première personne

En effet, la particularité principale de *Manon Lescaut* est d'être raconté à la première personne. Le lecteur suit ainsi les aventures de Des Grieux qui partage avec lui ses différentes émotions. Cette écriture permet alors de créer du *pathos* et ainsi de susciter des émotions chez le lecteur. De ce fait, le lecteur ne peut être qu'attendri par la souffrance de Des Grieux lors de la mort de Manon, lorsqu'il affirme de manière hyperbolique que « [sa] haine pour la vie ne diminuait point ». De même, c'est bien l'intérêt que Des Grieux porte à Manon au début du récit qui fait naître l'intérêt chez le lecteur. En effet, Des Grieux est complètement transformé par

Remarque
Sur votre copie, pensez à souligner les mots grecs et latins.

cette rencontre. Il reconnaît être « timide » et « facile à déconcerter » mais face à Manon il est « loin d'être arrêté par cette faiblesse ». En outre, l'hyperbole « je me suis étonné mille fois, en y réfléchissant, d'où me venait alors tant de hardiesse et de facilité à m'exprimer » confirme les transformations opérées chez Des Grieux lors de cette rencontre. Par le récit à la première personne, le lecteur devient alors le confident du jeune homme et est invité à partager ses émotions.

B. Une histoire d'amour extraordinaire

D'autre part, *Manon Lescaut* est avant tout le récit d'une histoire d'amour extraordinaire qui ne peut que susciter l'intérêt du lecteur. En effet, l'amour des deux jeunes gens traverse les épreuves. Des Grieux revient toujours vers Manon alors même qu'il lui reproche à de nombreuses reprises son infidélité, mais « l'amour suffisait seul pour [lui] fermer les yeux sur toutes ses fautes ». De même, Manon, alors même qu'elle ne cesse de se détourner de Des Grieux, revient constamment vers lui et justifie cela par l'hyperbole « je prétends mourir [...] si vous ne me rendez votre cœur sans lequel il est impossible que je vive ». Alors que Des Grieux bascule dans la marginalité par amour, Manon est elle aussi prête à adopter une vie plus vertueuse en acceptant d'épouser le jeune homme à la fin de l'œuvre lorsqu'ils sont en Nouvelle-Orléans. L'amour qui les unit est alors présenté comme l'enjeu même du récit et fait d'ailleurs des deux protagonistes un couple mythique. En effet, la fin tragique avec la mort inéluctable de Manon n'est pas sans rappeler la passion de Roméo et Juliette ou celle de Tristan et Yseult. Transition : Ainsi, la singularité du roman, par son écriture à la première personne et la trame extraordinaire de cette histoire d'amour, ne peut que renforcer le plaisir de lecture. Finalement, les charmes du récit ne résident pas dans la mise en scène des personnages en marge ou dans l'organisation du récit mais dans leur association afin de proposer une nouvelle façon de représenter la société.

L'astuce du prof

Lorsque vous citez le texte, proposez une micro-analyse de celui-ci en nommant le procédé employé.

Gagnez des points !

Pensez à comparer Manon et Des Grieux à d'autres personnages en marge.

III – Les charmes du récit proviennent finalement d'une nouvelle façon de mettre en scène la société

A. On dévoile ce qui est voilé

En effet, les personnages en marge sont certes attrayants, mais ils permettent surtout de s'intéresser à une partie du monde qui a tendance à être cachée. De ce fait, le lecteur découvre la vie d'une courtisane mais visite aussi les lieux de dépravation ou la prison. En effet, Des Grieux est envoyé une première fois à Saint-Lazare puis au Châtelet tandis que Manon sera d'abord envoyée à l'hôpital de la Salpêtrière. On apprend alors qu'elle fut « condamnée à remplir tous les jours une certaine tâche de travail, comme une condition nécessaire pour obtenir quelque dégoûtante nourriture ». Au même titre que la prison, le lecteur découvre l'organisation d'une maison de jeux au sein de l'hôtel de Transylvanie lorsque Des Grieux est introduit par Lescaut. Le caractère réaliste de la description avec la mention de la « table de pharaon » et le vocabulaire spécifique (« filer la carte ») permet de se représenter la scène et ainsi de découvrir un lieu présent au sein de la société mais habituellement caché aux yeux de tous.

L'astuce du prof
Vous pouvez intégrer les citations à votre phrase ou les mettre entre parenthèses.

B. Le genre du roman-mémoires permet d'accréditer le récit et renforce les émotions du lecteur

Enfin, le genre du roman-mémoires permet d'accréditer la fiction en la présentant comme vraie. Cette apparente authenticité permet au lecteur d'y croire et ainsi de se plonger davantage dans l'action. En effet, le marquis de Renoncour reçoit d'emblée la confiance du lecteur puisqu'il est qualifié d'« homme de qualité ». De plus, il présente son récit comme étant fidèle à l'histoire entendue en déclarant : « Je dois avertir ici le lecteur que j'écrivis son histoire presque aussitôt après l'avoir entendue, et qu'on peut s'assurer par conséquent, que rien n'est plus exact et plus fidèle que cette narration. » D'autre part, lorsqu'il retranscrit l'histoire de Des Grieux au sein du récit enchâssé, celle-ci a déjà eu lieu, ce qui conduit le narrateur à faire de nombreuses prolepses propres

Vocabulaire
Prolepse : figure de style qui consiste à mentionner des faits qui se produiront plus tard dans l'intrigue.

à créer du suspense. En effet, il évoque « l'ascendant de [sa] destinée qui [l']entraînait à sa perte » et précise sa difficulté à « achever le récit du plus funeste événement qui fût jamais ». Toutes ces interventions du narrateur attisent alors la curiosité du lecteur qui ne peut que se demander comment va évoluer l'intrigue qui est présentée comme vraie.

Conclusion

Ainsi, les personnages en marge contribuent fortement aux charmes du récit puisque, par la nature singulière, ils attisent la curiosité du lecteur et permettent la multiplication des péripéties au sein de l'œuvre. Toutefois, le plaisir de lecture ne se réduit pas à eux. En effet, le choix d'un récit à la première personne et la mise en scène d'une histoire d'amour extraordinaire permettent de susciter de véritables émotions chez le lecteur et ainsi de participer au plaisir de lecture. Finalement, c'est plutôt l'association des personnages singuliers à l'organisation particulière du récit qui fait de *Manon Lescaut* une œuvre propre à charmer le lecteur. D'une part, par le choix des personnages, l'auteur parvient à dévoiler ce qui est habituellement caché aux yeux de tous. D'autre part, le choix du genre du roman-mémoires permet d'accréditer le récit et ainsi d'impliquer davantage émotionnellement le lecteur. Cela sera d'ailleurs souligné par Sade dans *Idée sur les romans* lorsqu'il écrit : « Quelles larmes que celles que l'on verse à la lecture de ce délicieux ouvrage ! Comme la nature y est peinte, comme l'intérêt s'y soutient, comme il augmente par degrés, que de difficultés vaincues ! »

L'astuce du prof

Afin de répondre à la problématique, reprenez les arguments de votre plan en soignant la formulation.

SUJET 5 Sujet inédit 20 pts 4h

Dissertation

› **L'œuvre *La Peau de chagrin* de Balzac est-elle un roman de l'énergie ?**

Vous répondrez à cette question dans un développement organisé. Votre réflexion prendra appui sur l'œuvre de Balzac au programme, sur le travail mené dans le cadre du parcours associé et sur votre culture littéraire.

PAR ÉTAPES

COMPRENDRE LE SUJET

Repérer les mots-clés

- **« énergie » :** l'énergie désigne une force vive, la puissance d'agir d'un individu. Un individu a ainsi plus ou moins d'énergie lui permettant de jouir de la vie qui lui est offerte.
- **« roman de l'énergie » :** cette expression suggère que l'œuvre de Balzac pourrait être représentative du fonctionnement de l'énergie sur les individus mais qu'elle contiendrait à son tour une certaine énergie susceptible d'être ressentie par le lecteur.

Formuler la problématique

- **Type de sujet :** le sujet étant une question totale, vous devrez réfléchir à la pertinence de la thèse soulevée et montrer ensuite ses limites.
- **Problématique :** Dans quelle mesure le récit *La Peau de chagrin* de Balzac peut-il être considéré comme un roman de l'énergie ?

Mobiliser ses connaissances

- Qu'est-ce qu'un roman de l'énergie ? *La Peau de chagrin* en est-il un ? N'est-il question que d'énergie et de force vitale dans l'œuvre ? Les personnages profitent-ils au mieux de leur vie ou la gaspillent-ils ?
- Peut-on parler d'un roman de l'énergie alors même qu'il s'ouvre sur un suicide et se termine par la mort du héros principal ? L'énergie consiste-t-elle à vivre sans réfléchir aux conséquences de nos actes ? L'énergie est-elle limitée ? Peut-on l'épuiser ? ou encore la gaspiller ?

ORGANISER SA COPIE

Élaborer un plan

- La question invite à choisir un **plan dialectique** qui consiste à aller dans le sens de la thèse, puis à en montrer les limites, pour enfin la dépasser.

• **Proposition de plan :**

Partie I : *La Peau de chagrin* semble bien être un roman de l'énergie

Partie II : Toutefois, cette énergie semble se tarir par la présence constante de la mort

Partie III : Finalement, *La Peau de chagrin* est un roman qui nous invite à réfléchir à la bonne utilisation de l'énergie

Construire le développement

• **Les arguments :** ils vont devoir interroger la question de l'énergie au sein du roman. Cette notion étant abstraite, il faudra s'intéresser à sa matérialisation à travers les objets (la Peau de chagrin) et les personnages. On se demandera alors si cette force vitale parcourt toute l'œuvre et si elle est présente chez tous les protagonistes.

• **Les exemples :** vous veillerez à diversifier les exemples en vous appuyant sur l'intégralité de l'œuvre. Il conviendra de s'intéresser autant à des éléments précis qu'à des parcours plus larges tels que l'évolution d'un personnage.

Méthode

Rédiger sa copie

• Votre rédaction doit s'organiser selon l'ordre suivant : introduction, développement, conclusion. Vous sauterez des lignes entre l'introduction et le développement, entre chaque grande partie au sein du développement, et entre le développement et la conclusion.

• Chaque paragraphe débute par un retour à la ligne ainsi qu'un alinéa. Vous ne devez aller à la ligne que lorsque vous changez de partie ou de sous-partie.

• Vous rédigerez tout et ne ferez pas apparaître les titres de votre plan.

• L'introduction et la conclusion ne font qu'un seul paragraphe

CORRIGÉ 5

Comprendre le corrigé

Corrigé rédigé

Introduction

Balzac, dans son œuvre monumentale qu'est *La Comédie humaine*, se donne pour objectif de représenter la société et d'en examiner les rouages. Dans *La Peau de chagrin*, il met en scène un jeune écrivain sans argent interrompu dans son projet de suicide par un vieil antiquaire qui lui offre une Peau de chagrin propre à exaucer ses désirs au prix de sa vie. Balzac interroge alors la notion d'énergie que chaque homme consomme à sa guise. En effet, selon Balzac, tout homme possède à sa naissance une certaine quantité d'énergie vitale et la vie va ainsi consister à utiliser cette énergie jusqu'à la mort. On peut ainsi se demander dans quelle mesure le récit

Méthode

Dans le cadre d'un plan dialectique, il s'agit de discuter de la validité d'une thèse, de montrer les limites d'un point de vue.

La Peau de chagrin de Balzac peut être considéré comme un roman de l'énergie. Tout d'abord, ce roman semble bien entrer dans la catégorie des romans de l'énergie. Toutefois, la notion d'énergie est assombrie par l'omniprésence de la mort au sein de l'œuvre. Finalement, plutôt qu'un roman de l'énergie, il semblerait que *La Peau de chagrin* soit un roman qui invite le lecteur à réfléchir sur sa propre énergie.

I – *La Peau de chagrin* semble être un roman de l'énergie

A. Le roman repose sur l'histoire de Raphaël qui renonce au suicide

La Peau de chagrin semble bien être un roman de l'énergie puisque l'histoire repose sur l'énergie nouvelle de Raphaël qui rejette la mort. En effet, dans le chapitre « Le talisman », Raphaël change d'attitude et affirme vouloir « vivre avec excès ». Cela est confirmé par sa longue réplique dans laquelle il formule son premier vœu : « Je veux un dîner royalement splendide, quelque bacchanale digne du siècle où tout s'est, dit-on, perfectionné ! » Cette énergie nouvelle transparaît ensuite au sein des multiples exclamations soulignées par l'anaphore en « que » (« Que mes convives soient jeunes [...] ! Que les vins se succèdent [...] ! Que cette nuit soit parée de femmes ardentes ! »). Raphaël est alors traversé par une nouvelle force vitale, un nouvel élan qui le pousse à choisir la vie.

L'astuce du prof

Rédigez clairement vos arguments au brouillon.

L'astuce du prof

Vous pouvez insérez vos citations directement au sein de votre argumentation, les introduire par les deux points ou choisir de les mettre entre parenthèses.

B. L'œuvre expose différents types d'énergie

Face à l'énergie soudaine de Raphaël qui fait suite à la rencontre de l'antiquaire, d'autres personnages apparaissent, faisant preuve d'une énergie différente. En effet, il y a ceux qui préfèrent vivre pleinement chaque instant au risque de mourir jeune, plutôt que de chercher à conserver cette énergie et vivre plus longtemps. C'est le cas, par exemple, des deux courtisanes, Aquilina et Euphrasie, dans « Le talisman ». Alors que Raphaël pense que le bonheur vient de l'âme – et ainsi du « savoir » –, Euphrasie explique qu'elle choisit une existence constituée d'« une longue partie de plaisir ». Selon elle, une courtisane vit « plus en un jour

L'astuce du prof

Ne vous concentrez pas seulement sur les personnages principaux, faites aussi référence aux personnages secondaires.

qu'une bonne bourgeoise en dix ans» donc «autant rester libres, aimer ceux qui nous plaisent et mourir jeunes». Cette conception de la vie sera également partagée par le personnage de Rastignac qui privilégie la multiplication des plaisirs à la vertu. À ces protagonistes, s'oppose le modèle de l'antiquaire qui fait le choix d'une vie longue en plaçant sa vie «dans le cerveau qui ne s'use pas et qui survit à tout». L'œuvre devient alors un véritable laboratoire au sein duquel le romancier expose différentes façons de vivre et de consommer son énergie. Transition: Ainsi, *La Peau de chagrin* apparaît bien comme un roman de l'énergie puisque cette dernière est au cœur même de l'œuvre et concerne tous les personnages qui évoquent leur manière de vivre. Cependant, la notion d'énergie est ombragée par la mort qui encadre l'œuvre.

Méthode
Veillez à toujours terminer votre paragraphe par la clarification de votre argument et non par un exemple.

L'astuce du prof
Aidez-vous des titres de vos parties pour rédiger les transitions.

II – Toutefois, la mort qui plane dans tout le roman semble tarir l'énergie mise en scène

A. Raphaël, héros de l'œuvre, est un personnage de peu d'énergie

S'il est bien question d'énergie au sein de l'œuvre, celle-ci se voit diminuer par la présence de la mort. En effet, la mort encadre l'œuvre qui débute par le projet de suicide de Raphaël et qui se termine par sa mort. Dès le départ est évoquée sa «pesante idée du suicide» qu'il justifie par la gradation suivante: «je suis dans la plus profonde, la plus ignoble, la plus perçante de toutes les misères». Si finalement, Raphaël choisit de continuer à vivre, il ne s'agit pas d'une renaissance mais d'un report de sa mort comme le précise l'antiquaire lorsqu'il dit que son «suicide n'est que retardé». Cela se confirme puisque l'œuvre se termine par la mort du jeune homme qui est alors désigné par la périphrase «le moribond» avant de n'être plus qu'un «cadavre». D'autre part, la mort plane sur Raphaël tout au long du récit. En effet, celui-ci apparaît comme un jeune homme ayant peu d'énergie. L'antiquaire le souligne au moment de lui confier le talisman: «J'ai offert le terrible pouvoir que donne ce talisman à des hommes doués de plus d'énergie que vous ne paraissez en avoir». Dans «La femme sans cœur», il juge lui-même que son énergie est «impuissante». De ce fait, le roman semble davantage être celui de la perte d'énergie que celui de l'énergie.

Méthode
Vous devez appuyer votre argumentation sur des citations précises de l'œuvre, des extraits paraphrasés mais aussi de brèves analyses de texte.

B. La Peau, plutôt qu'un talisman, devient pour Raphaël un compte à rebours tragique

Ainsi, la Peau, plutôt que la métaphore de l'énergie, devient le symbole de la mort prochaine et irrémédiable. En effet, cette Peau ne cesse de rappeler à Raphaël que sa vie diminue à chaque instant. En l'acceptant, le jeune homme, à l'image de Faust, passe un véritable pacte avec le diable puisque chaque désir impliquera une diminution de l'énergie. D'où l'injonction : « règle tes souhaits sur ta vie ». Si elle réjouit au départ Raphaël, la Peau devient rapidement source d'angoisse en lui rappelant sa mort future. Il en vient alors dans « L'agonie » à « abdiqu[er] la vie pour vivre ». Angoissé à l'idée que la Peau diminue, il suspend celle-ci face à lui et en dessine les « contours fatidiques » afin de visualiser un éventuel rétrécissement. La Peau, principal objet de ses préoccupations, devient un véritable compte à rebours qu'il tente tant bien que mal de ralentir. Mais son incapacité à y parvenir redouble ses angoisses et il ne peut réfréner un « cri » de terreur lorsqu'elle diminue. La Peau apparaît bien comme un talisman par son pouvoir magique, mais elle n'est pas pour autant un porte-bonheur qui le préserverait du malheur. Au contraire, elle lui rappelle l'implacable finitude de son existence. Transition : Ainsi, *La Peau de chagrin*, à défaut d'être un roman de l'énergie, invite à réfléchir sur la notion d'énergie qui compose toute existence humaine.

Gagnez des points !
N'hésitez pas à faire référence à d'autres œuvres du parcours associé.

III – *La Peau de chagrin* invite le lecteur à réfléchir sur la bonne utilisation de l'énergie

A. Le roman expose différentes façons de consommer son énergie

Finalement, le roman invite le lecteur à réfléchir à la manière de mener sa vie et ainsi de consommer son énergie. Dès le chapitre « Le talisman », l'antiquaire expose les deux choix qui s'offrent à chaque individu : « vouloir et pouvoir » qu'il oppose au « savoir ». Selon lui, « *Vouloir* nous brûle et *Pouvoir* nous détruit; mais *Savoir* laisse notre faible organisation dans un perpétuel état de calme. » Sont alors présentés dès le début de l'œuvre deux chemins possibles que chaque

Méthode
Prenez le temps d'expliquer votre argument.

lecteur peut emprunter pour mener sa vie. Soit on laisse de côté les passions et on peut aspirer à une longue vie, soit on choisit de vivre toutes les passions et on accepte alors une existence plus brève comme le souligne Émile chez le banquier Taillefer lorsqu'il dit: « En un mot, tuer les sentiments pour vivre vieux, ou mourir jeune en acceptant le martyre des passions, voilà notre arrêt. » L'antiquaire propose alors un modèle de modération où la rêverie et la contemplation permettraient de vivre les émotions par procuration, sans risquer de consumer son énergie. En effet, il explique que « ce que les hommes appellent chagrins, amours, ambitions, revers, tristesse, sont pour [lui] des idées [qu'il] change en rêveries; au lieu de les sentir [il] les exprime [...]; au lieu de leur laisser dévorer [sa] vie, [il] les dramatise, [il] les développe ». On peut reconnaître ici le travail même de l'écrivain qui choisit de parler des passions sans pour autant les vivre. C'est pourquoi la mansarde d'écrivain de Raphaël apparaît comme un véritable refuge face au règne des passions à l'extérieur de l'hôtel Saint-Quentin. Il le réalise dans « La femme sans cœur » lorsqu'il avoue: « Pourquoi suis-je sorti de ma vertueuse mansarde ! Le monde a des envers bien salement ignobles. » À la lecture de ce roman, il revient alors au lecteur de réfléchir à sa propre façon de vivre.

Méthode
Lorsque vous modifiez un mot au sein d'une citation, pensez à le mettre entre crochets.

B. L'épilogue témoigne d'une démarche didactique

À ce titre, le roman revêt une portée volontairement didactique lors de l'épilogue en présentant explicitement Foedora comme l'allégorie de la société: « c'est, si vous voulez, la Société ». Le lecteur comprend alors que la société du XIXe siècle, à l'image du personnage, est une société matérialiste pour laquelle l'argent prime sur tout. En effet, Foedora représente une société au sein de laquelle ne règnent que les apparences et où les sentiments sincères n'ont pas leur place. En outre, on peut relever le titre de la deuxième partie « La femme sans cœur » qui résume bien l'image alors délivrée de la société. *A contrario*, le personnage de Pauline apparaît comme l'antithèse de Foedora, elle représente l'idéal vers lequel la société devrait tendre. Tout au long du roman, elle est présentée comme une jeune

L'astuce du prof
Tout au long de votre développement, pensez à utiliser des connecteurs logiques.

fille honnête, vertueuse, désintéressée et humble. Ces qualités perdureront même lorsqu'elle sera devenue riche. Cette perfection transparaît dans l'épilogue par le portrait particulièrement élogieux qui est fait de la jeune fille et par la multiplication des images mélioratives pour la désigner : « la reine des illusions, la femme qui passe comme un baiser, la femme vive comme un éclair », « l'être increé, tout esprit, tout amour ». De plus, l'exclamation « ô bonheur sans nom ! » souligne que ce n'est pas la fortune ni la classe sociale qui rend heureux mais bien la simplicité et l'honnêteté. Par cet épilogue, l'auteur condamne fermement la société et propose un nouveau modèle de vertu permettant d'accéder au véritable bonheur propre à créer une énergie nouvelle chez le lecteur.

Méthode
Proposez des micro-analyses de texte au sein de votre dissertation.

Conclusion

Ainsi, *La Peau de chagrin* fait partie des romans de l'énergie en centrant son histoire sur un personnage qui choisit de prolonger sa vie et qui se découvre alors une nouvelle énergie. À ses côtés, l'auteur met en scène d'autres protagonistes qui illustrent les différents types d'énergie, pouvant être tout aussi bien positifs que négatifs. Toutefois, l'énergie présente au sein du roman est atténuée par l'omniprésence de la mort qui plane au-dessus du personnage de Raphaël. En effet, Raphaël apparaît comme un personnage de peu d'énergie et finit par mourir. À ce titre, la Peau est pour lui davantage un compte à rebours lui rappelant la finitude de sa condition plutôt qu'un talisman propre à lui porter bonheur. Finalement, *La Peau de chagrin* est une œuvre qui invite le lecteur à réfléchir à la notion même d'énergie et à son utilisation. À la lecture de l'œuvre, on découvre plusieurs façons de consommer l'énergie et celles-ci invitent alors à faire le bon choix. Cette thématique apparaît aussi dans le roman *Le Portrait de Dorian Gray* d'Oscar Wilde mettant en scène un jeune dandy qui refuse de vieillir et ainsi de perdre sa beauté. À l'image de Raphaël, il n'hésite pas à faire un pacte avec le diable dans l'espoir de conserver son énergie.

Méthode
Chaque paragraphe commence par un alinéa.

Gagnez des points !
En ouverture, vous pouvez proposer un parallèle avec une autre œuvre abordant un sujet similaire. Pensez à bien citer le titre et le nom de l'auteur.

La littérature d'idées du XVIe au XVIIIe siècle

Faire le point

L'essentiel

1 L'humanisme

- La **redécouverte des textes antiques** lors de la chute de Constantinople en 1453 ainsi que les **grandes expéditions** qui font découvrir des civilisations inconnues conduisent à un **bouleversement** des conceptions antérieures de l'homme et des croyances religieuses.
- Désormais, **l'homme** a une place centrale : il faut l'éduquer pour qu'il puisse s'épanouir. Alors qu'on réfléchit sur le respect de la personne, la relativité des coutumes et des lois, le rôle des princes, on met donc en place une **nouvelle pédagogie**.

2 Le classicisme

- Les progrès scientifiques se poursuivent au XVIIe siècle et invitent à sans cesse repenser la place de l'homme dans le monde et son rapport à la religion. Les **philosophes** sont aussi des scientifiques et des écrivains.
- Le classicisme assigne une double fonction à l'art : **plaire et instruire**. On voit ainsi émerger des **moralistes** qui recourent à des formes brèves pour pointer les défauts de leurs contemporains.

3 Les Lumières

- Les **philosophes des Lumières** défendent les **libertés individuelles.** Ils luttent contre le fanatisme et l'intolérance, revendiquent un régime politique moins arbitraire.
- Ils souhaitent que le lecteur **pense par lui-même** et ils recourent à des procédés qui nécessitent une lecture **participative** : ironie, décalage humoristique...
- Pour échapper à la censure, ils utilisent souvent des moyens détournés pour **diffuser leurs idées** : apologue...

LEXIQUE

- **apologue :** court récit allégorique à visée morale.
- **essai** : texte théorique dans lequel un auteur défend ses idées.
- **convaincre** : montrer le bien-fondé d'une idée par un ensemble d'arguments. Il s'agit de s'adresser à la raison du destinataire.
- **persuader** : utiliser des procédés rhétoriques pour qu'un texte argumentatif séduise le lecteur en s'adressant aux sentiments du destinataire.

Schéma bilan

Humanisme

Essais humanistes

- Érasme, ***Éloge de la folie*** : **1511**
- (p. 264) Rabelais, ***Gargantua*** : **1534**
- La Boétie, ***Discours de la servitude volontaire*** : **1576**
- Montaigne, ***Essais*** : **1580-1592**

Apprendre sur soi, sur l'homme en général, c'est « frotter et limer notre cervelle contre celle d'autrui ».
Montaigne

Classicisme

Moralistes classiques

- **1664** : La Rochefoucauld, ***Maximes***
- **1668-1694** : La Fontaine, ***Fables***
- **1688** : La Bruyère, ***Les Caractères*** (p. 274)
- **1697** : Perrault, ***Contes***

Philosophes classiques

- **1641** : Descartes, ***Méditations métaphysiques***
- **1670** : Pascal, ***Pensées***

« Je définis la Cour un pays où les gens
Tristes, gais, prêts à tout, à tout indifférents,
Sont ce qu'il plaît au Prince, ou s'ils ne peuvent l'être,
Tâchent au moins de le paraître. »
La Fontaine

Lumières

Philosophes des Lumières

- Diderot et d'Alembert, ***Encyclopédie*** : **1751-1772**
- Montesquieu, ***Lettres persanes*** : **1721**
- Châtelet, ***Discours sur le bonheur*** : **1746**
- Rousseau, ***Du Contrat social*** : **1762**
- Voltaire, ***Traité sur la Tolérance*** : **1763**
- (p. 284) Gouges, ***Déclaration des droits de la femme et de la citoyenne*** : **1791**

« L'ignorance, en un mot, flétrit toute grandeur. »
Voltaire

Sujets guidés

SUJET 6 Sujet inédit

20 pts — 4h

Commentaire

› **Vous commenterez le texte suivant.**

Extrait Montaigne, *Essais*, Livre I, chapitre XXVI, « De l'institution des enfants », 1580-1592

Montaigne est un auteur humaniste, célèbre pour ses Essais *dans lesquels il partage ses réflexions sur différents thèmes. Il propose ici une critique de l'éducation telle qu'elle est imposée aux enfants, avant de proposer un programme plus apte à éveiller la curiosité des élèves.*

Pour tout ceci, je ne veux pas qu'on emprisonne ce garçon. Je ne veux pas qu'on l'abandonne à l'humeur mélancolique d'un furieux maître d'école. Je ne veux pas corrompre son esprit à le tenir à la géhenne[1] et au travail à la mode des autres, quatorze ou quinze heures par jour, comme un portefaix. Ni ne trouverais bon, quand par quelque complexion solitaire et mélancolique, on le verrait adonné d'une application trop indiscrète à l'étude des livres, qu'on la lui nourrît; cela les rend ineptes à la conversation civile et les détourne de meilleures occupations. Et combien ai-je vu, de mon temps, d'hommes abêtis par téméraire avidité de science ? Carnéade[2] s'en trouva si affolé, qu'il n'eut plus le loisir de se faire le poil et les ongles. Ni ne veux gâter ses mœurs généreuses par l'incivilité et barbarie d'autrui. La sagesse française a été anciennement en proverbe, pour une sagesse qui prenait de bonne heure, et n'avait guère de tenue. À la vérité, nous voyons encore qu'il n'est rien de si gentil que les petits enfants en France; mais ordinairement ils trompent l'espérance qu'on en a conçue, et, hommes faits, on n'y voit aucune excellence. J'ai ouï tenir à gens d'entendement que ces collèges où on les envoie, de quoi ils ont foison, les abrutissent ainsi.

Au nôtre, un cabinet, un jardin, la table et le lit, la solitude, la compagnie, le matin et le vêpre[3], toutes les heures lui seront une, toutes places lui seront étude; car la philosophie, qui, comme formatrice des jugements et des mœurs, sera sa principale leçon, a ce privilège de se mêler partout. Isocrate[4] l'orateur étant prié en un festin de parler de son art, chacun trouve qu'il eut raison de répondre: « Il n'est pas maintenant de ce que je sais faire; et ce de quoi il est maintenant question, je ne le sais pas faire. » Car de présenter des harangues ou des disputes de rhétorique à une compagnie assemblée pour rire et faire bonne chère, ce serait un mélange de trop mauvais accord. Et autant en pourrait-on dire de toutes les autres sciences. Mais, quant à la philosophie, en la partie où elle traite de l'homme et de ses devoirs et offices, ç'a été le jugement commun de tous les sages, que, pour la douceur de sa conversation, elle ne devait être refusée ni aux festins, ni aux jeux. [...]

Ainsi, sans doute, il chômera moins que les autres. Mais comme les pas que nous employons à nous promener dans une galerie, quoiqu'il y en ait trois fois autant, ne nous lassent pas comme ceux que nous mettons à quelque chemin desseigné, aussi notre leçon, se passant comme par rencontre[5], sans obligation de temps et de lieu, et se mêlant à toutes nos actions, se coulera sans se faire sentir. Les jeux mêmes et les exercices seront une bonne partie de l'étude ; la course, la lutte, la musique, la danse, la chasse, le maniement des chevaux et des armes. Je veux que la bienséance extérieure[6], et l'entregent[7], et la disposition de la personne, se façonne quant et quant[8] l'âme. Ce n'est pas une âme, ce n'est pas un corps qu'on dresse, c'est un homme ; il n'en faut pas faire à deux. Et, comme dit Platon, il ne faut pas les dresser l'un sans l'autre, mais les conduire également, comme un couple de chevaux attelés à même timon.

---

1. Prison.

2. Philosophe grec du IIIe siècle avant J.-C.

3. Soir.

4. Orateur athénien du Ve siècle avant J.-C.

5. Par hasard.

6. Apparence.

7. Relations sociales.

8. En même temps que.

PAR ÉTAPES

ANALYSER L'EXTRAIT

Lire et extraire les informations pertinentes

- **Genre :** argumentatif.
- **Paratexte :** ce texte traite de l'éducation des enfants, un thème cher aux humanistes, mouvement de pensée auquel appartient Montaigne.
- **Mots-clés :**

– « **emprisonne** », « **abandonne** », « **corrompre** » : la mauvaise éducation ;

– « **philosophie** », « **sans obligation** », « **jeux** », « **exercices** » : l'éducation humaniste.

- **Forme :** réflexions personnelles, caractéristiques du genre des essais.
- **Registre :** didactique.

Situer l'extrait

• **Dans le contexte littéraire :** Montaigne (1533-1592) n'est pas seulement écrivain. Il s'est impliqué dans la vie politique de son temps, en tant que magistrat et maire de Bordeaux. Par conséquent, sa réflexion sur l'éducation n'est pas abstraite : elle part d'observations précises, d'une expérience personnelle, pour aller vers des principes généraux.

• **Dans l'œuvre :** le chapitre XXVI du Livre I dont est extrait ce texte est dédié à Mme Diane de Foix, comtesse de Gurson, qui attend un bébé. Montaigne a donc à cœur de lui donner quelques **conseils pour l'éducation** de son enfant. Dans un premier temps, il fait appel à son expérience et constate les points forts et les points faibles de son éducation. Il s'appuie ensuite sur des **observations**, des lectures…

> **À savoir**
> L'éducation est l'une des préoccupations majeures des penseurs humanistes.
> En effet, selon eux, c'est grâce à l'éducation que les hommes et les femmes deviennent aptes à porter un regard sage sur le monde.

ORGANISER SA COPIE

Formuler une problématique

• **Comment ce passage des *Essais* allie-t-il l'art de convaincre et l'art de persuader ?**

Élaborer un plan

• **Les axes de lecture :** étudiez les procédés liés à l'art de convaincre et à l'art de persuader. La conviction va davantage faire appel à des procédés logiques tandis que la persuasion emploie des procédés suscitant une émotion chez le lecteur.

• **Proposition de plan :** pour montrer que vous êtes attentif à la spécificité du texte de Montaigne, vous pouvez composer un plan qui souligne la **dimension argumentative** du texte.

Partie I : L'art de convaincre

Partie II : L'art de persuader

Rédiger l'introduction et la conclusion

• **L'introduction :** vous pouvez faire une accroche sur le thème de l'éducation, cher aux humanistes, en citant par exemple son prédécesseur Rabelais qui développe un véritable programme éducatif idéal dans ***Gargantua***.

• **La conclusion :** faites le bilan de votre commentaire en apportant une réponse brève à votre problématique. En ouverture, vous pouvez comparer la manière différente dont Montaigne et Rabelais développent leur programme éducatif dans leurs œuvres respectives.

> **Méthode**
> **L'ouverture en conclusion**
> Vous devez toujours justifier le rapprochement que vous faites entre deux textes ou entre deux œuvres dans votre ouverture.

RÉDIGER SON DEVOIR

- Privilégiez les mots de liaison qui soulignent la logique de votre propos:
– opposition de deux idées: mais, cependant, néanmoins…
– conséquence: de telle sorte que, si bien que…
– cause: car, parce que, puisque, comme…

CORRIGÉ 6

Comprendre le corrigé

Plan détaillé

Introduction

Les penseurs humanistes ont foi en l'homme et en ses capacités à être bon. Ils savent cependant que seule l'éducation permet de progresser et d'atteindre des connaissances suffisantes pour devenir un meilleur humain. Rabelais, dans son récit fantasque *Gargantua*, proposait déjà un programme éducatif idéal qui permettait à son personnage éponyme de devenir un prince sage et cultivé. Quelques années après lui, Montaigne, magistrat et homme politique ayant consacré plus de dix ans de sa vie à composer ses *Essais*, s'interroge à son tour, dans le chapitre XXVI du Livre I, « De l'institution des enfants », sur l'éducation idéale. Le philosophe commence par s'appuyer sur son expérience avant de se plonger dans une réflexion plus générale. Dans l'extrait que nous allons étudier, il oppose l'éducation telle qu'elle est pratiquée dans les collèges à celle qui lui semble la meilleure pour former un gentilhomme humaniste, dans un discours destiné à conseiller son amie Mme Diane de Foix, comtesse de Gurson, qui attend un bébé. Nous allons donc étudier comment ce passage des *Essais* allie art de convaincre et art de persuader. Pour cela, nous nous pencherons d'abord sur les procé-

Méthode
Faites le lien entre les étapes de votre introduction, grâce à des formules ou des connecteurs logiques.

dés propres à la conviction avant de nous intéresser à la manière dont l'auteur touche le lecteur pour mieux le persuader du bien-fondé de ses propositions.

I – L'art de convaincre

A. Un raisonnement par opposition

• Montaigne recourt à un texte argumentatif pour présenter son modèle d'éducation idéal :

– présent d'énonciation (« Je ne veux ») ;

– connecteurs logiques (« car », « encore »).

• Le propos de Montaigne est organisé selon un raisonnement par opposition qui fait clairement apparaître son argumentation :

– rejet d'une éducation dangereuse pour les enfants : accumulation de formules négatives (« Je ne veux pas », « Ni ne trouverais bon », « Ni ne veux gâter ») ;

– observation générale (« nous » généralisant et pronom indéfini « on ») : Montaigne, conformément au projet des *Essais*, se propose d'adopter une démarche scientifique : observation et déduction ;

– règles d'une éducation idéale : retour de la première personne, mais cette fois-ci de manière positive (« je veux »), emploi d'un futur programmatique (« seront »).

Méthode

Nous vous proposons un corrigé sous forme de plan détaillé. Le jour de l'examen, vous devrez entièrement rédiger votre copie. Les titres des parties et des sous-parties ne devront pas apparaître.

B. Une éducation dangereuse

• L'éducation telle qu'elle est pratiquée est excessive, aussi bien en ce qui concerne le temps qui lui est consacré que la quantité de matières enseignées (récurrence des hyperboles : « quatorze à quinze heures par jour, comme un portefaix » ; « application trop indiscrète » ; « téméraire avidité de science »).

• Il ne faut pas que l'enfant soit corrompu par d'autres, moins bons que lui (antithèse entre « mœurs généreuses » et « incivilité et barbarie »). Condamnation également des enseignants dans les collèges (vocabulaire dépréciatif : « humeur mélancolique d'un furieux maître d'école »).

• Cette forme d'éducation obtient des résultats opposés à ceux qui sont recherchés (champ lexical de la bêtise : « abêtis », « abrutissent »).

Méthode

Une partie comprenant 3 arguments (A. B. C.) sera rédigée avec **5 alinéas** :
- annonce de l'axe et des 3 sous-parties ;
- argument A ;
- argument B ;
- argument C ;
- bilan de la partie et transition vers la partie suivante.

C. L'idéal humaniste

• Il ne s'agit pas d'engranger des connaissances mais d'apprendre à réfléchir (« philosophie », « des jugements et des mœurs », « de l'homme et de ses devoirs et offices »).

• Longue énumération qui souligne qu'il s'agit d'un enseignement complet et pluridisciplinaire :

- activités sportives : « la course, la lutte » ;
- activités artistiques : « la musique, la danse » ;
- activités seigneuriales : « la chasse, le maniement des chevaux et des armes ».

• Il s'agit de former un homme complet (« c'est un homme »), l'idéal humaniste, qui allie :

- qualités intellectuelles : « jugements », « âme » ;
- qualités sociales : « la conversation civile », « l'entregent » ;
- qualités physiques : « la bienséance extérieure ».

À savoir

L'éducation humaniste idéale fait travailler autant le corps que l'esprit. Les penseurs humanistes s'approprient en effet cet adage latin : *mens sana in corpore sano* (« un esprit sain dans un corps sain »).

II – L'art de persuader

A. Des cautions philosophiques

• Montaigne fait référence à Carnéade et à Platon, deux philosophes antiques. Cette attitude s'inscrit dans la modernité de l'humanisme, qui valorise la relecture des textes d'auteurs de l'Antiquité. Montaigne s'appuie non seulement sur le réel mais aussi sur des références antiques.

À savoir

Les humanistes retraduisent les textes anciens pour les débarrasser des erreurs d'interprétation induites par le travail de la Sorbonne.

B. L'implication du locuteur

• Récurrence du pronom « je » : Montaigne montre qu'il ose s'engager dans son propos et présente cette conception de l'éducation comme sienne.

• De nombreux verbes modalisateurs (« veux »), des noms (« incivilité », « barbarie ») et adjectifs évaluatifs (« furieux », « bon », « abêtis »...). Montaigne n'hésite pas à prendre parti contre ceux qui dispensent un enseignement qu'il juge dangereux et à s'engager en faveur de l'enseignement humaniste.

C. Un discours imagé

- **La** métaphore filée de l'école comme une prison **p**ermet de mieux mesurer les méfaits d'une éducation excessive qui ôte toute liberté aux enfants. Elle fait comprendre quelque chose d'abstrait, la perte de liberté intellectuelle, par quelque chose de concret, la perte de liberté physique.
- Montaigne emprunte la comparaison « comme un couple de chevaux attelés à même timon » au *Timée* de Platon. Il s'agit de mieux faire saisir la nécessité d'une éducation complète. Montaigne multiplie les images pour que son lecteur puisse comprendre et exercer son jugement.

Définition

Une métaphore filée désigne une métaphore que l'auteur développe sur plusieurs lignes, à partir d'une même analogie (ici, l'école assimilée à une prison).

Conclusion

Montaigne, par ce texte, apporte donc sa contribution à la réflexion des humanistes sur l'éducation. Le philosophe manie aussi bien l'art de convaincre par la logique que celui de persuader par les sentiments; il prend en effet soin de rendre son texte argumentatif persuasif par son implication personnelle et par des images qui aident le lecteur à comprendre son propos. Rabelais avait choisi un genre plus léger, celui du récit, et un personnage plus amusant, le géant Gargantua, pour transmettre une vision en tout point semblable à celle de Montaigne sur ce qui constitue une éducation idéale. Au lecteur de choisir le genre qui le convainc le plus.

SUJET 7 Sujet inédit

20 pts · 4h

Commentaire

› **Vous commenterez le texte suivant.**

Extrait **Diderot, *Supplément au voyage de Bougainville*, « Les adieux du vieux Tahitien », 1722**

Le navigateur Bougainville publia un récit de son voyage à Tahiti, qui suscita l'indignation de Diderot en raison des préjugés qu'il véhiculait sur ces non-Européens. Il imagina donc une suite à ce récit pour dénoncer les exactions de Bougainville. Dans l'extrait suivant, il donne la parole à un vieux Tahitien.

Puis s'adressant à Bougainville, il ajouta : « Et toi, chef des brigands qui t'obéissent, écarte promptement ton vaisseau de notre rive : nous sommes innocents, nous sommes heureux ; et tu ne peux que nuire à notre bonheur. Nous suivons le pur instinct de la nature ; et tu as tenté d'effacer de nos âmes son caractère. Ici tout est à tous ; et tu nous as prêché je ne sais quelle distinction du *tien* et du *mien*. Nos filles et nos femmes nous sont communes ; tu as partagé ce privilège avec nous ; et tu es venu allumer en elles des fureurs inconnues. Elles sont devenues folles dans tes bras ; tu es devenu féroce entre les leurs. Elles ont commencé à se haïr ; vous vous êtes égorgés pour elles ; et elles nous sont revenues teintes de votre sang. Nous sommes libres ; et voilà que tu as enfoui dans notre terre le titre de notre futur esclavage. Tu n'es ni un dieu, ni un démon : qui es-tu donc, pour faire des esclaves ? Orou ! toi qui entends la langue de ces hommes-là, dis-nous à tous, comme tu me l'as dit à moi, ce qu'ils ont écrit sur cette lame de métal : *Ce pays est à nous*. Ce pays est à toi ! et pourquoi ? parce que tu y as mis le pied ? Si un Tahitien débarquait un jour sur vos côtes, et qu'il gravât sur une de vos pierres ou sur l'écorce d'un de vos arbres : *Ce pays est aux habitants de Tahiti*, qu'en penserais-tu ? Tu es le plus fort ! Et qu'est-ce que cela fait ? Lorsqu'on t'a enlevé une des méprisables bagatelles dont ton bâtiment est rempli, tu t'es récrié, tu t'es vengé ; et dans le même instant tu as projeté au fond de ton cœur le vol de toute une contrée ! Tu n'es pas esclave : tu souffrirais plutôt la mort que de l'être, et tu veux nous asservir ? Tu crois donc que le Tahitien ne sait pas défendre sa liberté et mourir ? Celui dont tu veux t'emparer comme de la brute, le Tahitien est ton frère. Vous êtes deux enfants de la nature ; quel droit as-tu sur lui qu'il n'ait pas sur toi ? Tu es venu ; nous sommes-nous jetés sur ta personne ? Avons-nous pillé ton vaisseau ? T'avons-nous saisi et exposé aux flèches de nos ennemis ? T'avons-nous associé dans nos champs au travail de nos animaux ? Nous avons respecté notre image en toi. Laisse-nous nos mœurs ; elles sont plus sages et plus honnêtes que les tiennes ; nous ne voulons point troquer ce que tu appelles notre ignorance, contre tes inutiles lumières. »

PAR ÉTAPES

ANALYSER L'EXTRAIT

Lire et extraire les informations pertinentes

- **Genre :** argumentatif.
- **Paratexte :** les informations livrées dans le paratexte permettent de contextualiser l'œuvre et de saisir les enjeux de l'extrait.
- **Mots-clés : « distinction du *tien* et du *mien* », « esclave », « mœurs ».**
- **Forme :** discours.
- **Registre :** polémique.

> **Méthode**
>
> **La forme argumentative**
>
> • La **forme** correspond à la manière dont l'auteur écrit son texte pour y défendre sa thèse (le fond) :
>
> – identifiez la **thèse** ;
>
> – déterminez comment l'auteur procède **stylistiquement**, dans son écriture, pour la défendre.
>
> • Soyez attentifs aux :
>
> – procédés de l'**opposition** : antithèse, parallélisme, jeu sur les pronoms personnels… ;
>
> – **personnages** : dans le(s)quel(s) s'incarne la thèse de l'auteur ? ;
>
> – **champs lexicaux** et au **vocabulaire** : ils vous permettent d'identifier les idées importantes et donc les arguments. Certains mots ont un poids particulier et méritent d'être commentés ;
>
> – **types de phrase** : les modalités exclamatives et interrogatives peuvent indiquer la colère, l'indignation, l'émotion…

Situer l'extrait

- **Dans le contexte littéraire :** ce texte fait écho au mythe du « bon sauvage » développé par les philosophes des Lumières au XVIIIe siècle. Diderot critique ainsi les Européens esclavagistes en déléguant son opinion à un personnage étranger et idéalisé.
- **Dans l'œuvre :** le vieux Tahitien prend la parole pour blâmer Bougainville et le sommer, lui et ses hommes, de quitter sa terre qu'il a corrompue.

Mobiliser des outils d'analyse et repérer des procédés stylistiques

- Le blâme des Européens / l'éloge des Tahitiens.
- Les procédés relevant de cette rhétorique épidictique ainsi que les thèses qu'ils soutiennent.
- La manière dont Diderot se cache derrière son personnage.

ORGANISER SA COPIE

Formuler une problématique

- Comment Diderot procède-t-il pour dénoncer le comportement esclavagiste des Européens ?

Élaborer un plan

- **Les axes de lecture :** quelles attaques sont adressées à Bougainville ? Comment ses défauts sont-ils mis en évidence ? Comment les qualités des Tahitiens sont-elles valorisées ? Qu'apportent la comparaison des deux cultures aux lecteurs de Diderot ? Comment fait-il du vieux Tahitien son porte-parole ?

- **Proposition de plan :**

Partie I : Blâme de la civilisation européenne

Partie II : Éloge de la vie sauvage

Partie III : Diderot derrière le vieux Tahitien

Rédiger l'introduction et la conclusion

- **L'introduction :**

– Expliquez que Diderot répond à Bougainville, et à tous ceux qui pensent comme l'explorateur, dans ce texte qu'il présente même – en raison de son titre – comme une suite au récit de voyage publié.

– Précisez que cette réponse porte sur un thème particulier : le comportement des Européens vis-à-vis des peuples de culture différente, en l'occurrence des Tahitiens.

– Cela devrait vous permettre d'amener logiquement votre problématique qui doit montrer que vous avez cerné l'enjeu du texte : la dénonciation, au travers du personnage de Bougainville et de ses hommes, du comportement esclavagiste des Européens.

– L'annonce de votre plan indique déjà la manière dont vous allez prouver cet enjeu.

- **La conclusion :**

– Récapitulez chaque grande partie en une phrase, et soulignez par un mot de liaison logique comment vous passez d'une phrase à l'autre, c'est-à-dire d'une grande partie à l'autre, d'un point de réponse à la problématique à l'autre.

– Ouvrez en comparant ce texte à un autre texte qui dénonce l'esclavage ou bien qui utilise le regard étranger pour critiquer les Européens.

RÉDIGER SON DEVOIR

- Rédigez directement sur votre copie. Vous n'avez pas le temps de rédiger au brouillon.
- **Les titres n'apparaissent pas sur la copie**, ils sont remplacés par des **phrases d'introduction partielle pour chaque paragraphe**.

CORRIGÉ 7

Comprendre le corrigé

Plan détaillé

Introduction

La multiplication des voyages autour du monde comme celui de Bougainville au XVIIIe siècle amène les philosophes des Lumières à réfléchir sur les différences entre sociétés. Dans *Le Supplément au voyage de Bougainville*, paru en 1772, Diderot critique la société européenne à travers le personnage d'un vieux Tahitien qui prononce un discours d'adieux véhément en interpellant Bougainville. Nous pouvons donc nous demander comment l'auteur procède pour dénoncer le comportement esclavagiste des Européens. Pour ce faire, nous mettrons en évidence le blâme de la civilisation européenne fait par le vieux Tahitien, ce qui nous permettra de faire apparaître, en creux, l'éloge de la société tahitienne. L'élaboration du discours nous amènera à nous interroger sur la présence de Diderot dans ce texte.

Introduction

Diderot est l'un des principaux philosophes des Lumières, il est notamment connu pour la rédaction de l'*Encyclopédie* qui dura près de vingt ans.

I – Blâme de la civilisation européenne

A. L'individualisme et l'avidité financière

• Individualisme : Bougainville ne s'exprime qu'avec des adjectifs et pronoms personnels qui relèvent du singulier. Les Européens se pensent en tant qu'individus même lorsque la phrase pourrait accepter un pluriel comme « laisse-nous nos mœurs ; elles sont plus sages et plus honnêtes que les tiennes » (l. 28-29), alors que les Tahitiens se pensent comme communauté. En découle la recherche de biens pour soi, Bougainville et ses hommes s'emparent des richesses des terres visitées : « Ce pays est à nous. »

• Ce comportement laisse apparaître un visage du monde dit civilisé qui va à l'encontre des préjugés habituels. Les Européens sont décrits comme accordant une grande importance à la propriété : « distinction du *tien* et du *mien* » (l. 6) met en évidence l'absence de communautarisme, souligné par l'utilisation de l'italique. Bougainville est d'ailleurs présenté comme le « chef des brigands », ce qui met en lumière son aspect cupide. Cela se manifeste par

Méthode

L'italique ne sert pas seulement à indiquer le titre d'un ouvrage, il montre aussi qu'un mot est d'une autre langue que celle du locuteur et c'est un moyen de souligner un mot, une idée, ce qui mérite d'être analysé. Ici, l'italique montre que ces mots n'existent pas dans la langue des Tahitiens et met en évidence l'idée de propriété qu'ils portent.

son manque de générosité puisqu'il est incapable de faire don ne serait-ce que d'une « bagatell[e] ».

B. Un monde dit civilisé qui s'avère barbare

- La bestialité et la brutalité vont à l'encontre des préjugés sur les Européens :

– on relève le champ lexical de la violence (l. 8-11) ;

– une gradation au sein du champ lexical vers une violence de plus en plus importante : « fureurs », « folles », « féroce » caractérisent les individus ;

– une allitération en [f] qui crée un lien entre les individus fous allant des Tahitiennes contaminées à Bougainville, agent de la contamination. On note les verbes de processus (« allumer », « sont devenues ») qui indiquent un changement d'état, une aliénation, une transformation des Tahitiennes à l'image de Bougainville, monstre sanguinaire : « se haïr » (état d'esprit), « égorgés » (acte), « teintes de votre sang » (résultat).

Définition

Allitération : procédé stylistique qui consiste en la répétition d'une même consonne ce qui crée des effets qui doivent être repérés et expliqués.

- La dernière image avec le sang permet de visualiser la violence. Cette réaction des Européens témoigne de leur fonctionnement ordinaire, tout chez eux repose sur la loi du plus fort : « Tu es le plus fort ! Et qu'est-ce que cela fait ? » (l.18). Le lien sous-entendu entre le constat et la conséquence montre la différence entre les deux sociétés.

C. L'esclavage

- La mention de cette pratique est explicite : « notre futur esclavage » (l. 11), « esclaves » (l. 12) et « asservir » (l. 22). Celle-ci est fortement récusée.

– « Tu n'es ni un dieu, ni un démon : qui es-tu donc pour faire des esclaves ? » (l. 11-12) : double négation par « ni… ni » qui sous-entend que Bougainville n'est qu'un homme, qu'il n'a pas un statut particulier qui lui donnerait le droit d'asservir des peuples.

- Paradoxe de la position de Bougainville sur l'esclavage :

Définition

Paradoxe : expression d'une idée qui est contraire à l'opinion commune, à ce que l'on attend.

– renversement des positions (l. 22-24) qui montre le caractère odieux de la condition d'esclave ;

– comparaison « plutôt la mort que » (l. 21), rythme ternaire qui atteste de l'absence d'empathie de Bougainville avec l'anaphore de « tu » ;

Définition

Anaphore : répétition d'un mot ou groupe de mots en début de phrases, de vers ou de membres de phrase.

– ambiguïté entre les verbes d'état et celui de volonté qui met en lumière la contradiction de Bougainville. L'explorateur est prêt à faire à autrui ce qu'il ne voudrait pas qu'on lui fasse ;

– les préjugés racistes : eux seuls justifient aux yeux des Européens l'esclavage de certains hommes. Pour les Européens, le Tahitien est une « brute » (l. 23) et un ignorant.

II – Éloge de la vie sauvage

A. Un peuple heureux

- Un état, le bonheur : « nous sommes heureux » (l. 3), l'affirmation au présent d'habitude est presque gnomique. Ce bonheur caractérise les Tahitiens, comme un état de fait.
- Cause : « nous sommes innocents, nous sommes heureux », le parallélisme, malgré l'asyndète, permet d'établir un lien de cause à conséquence. L'innocence est source de bonheur, grâce à la simplicité de la vie naturelle : « Nous suivons le pur instinct de la nature. »
- La conséquence première de cette manière de vivre apparaît dans les mœurs tahitiennes qui sont l'exact opposé de celles des Européens.

Définition

Asyndète : procédé stylistique qui consiste en la suppression du mot de liaison entre deux propositions ou phrases, et qui a pour effet le plus souvent d'indiquer une forte opposition entre ces deux parties. Ce procédé peut aussi se charger d'autres significations comme la conséquence ici.

B. Une vie en communauté

- Unité des Tahitiens : le vieux Tahitien ne parle jamais en son nom mais pour l'ensemble de son peuple.
- L'ignorance de la propriété : « tout est à tous », présent gnomique et effets sonores [t] qui marquent l'unité. La propriété est totalement inconnue : « je ne sais quelle distinction du *tien* et du *mien* », lignes 5-6 (absence de connaissance et dimension péjorative).
- Des mœurs très libres : « nos filles et nos femmes nous sont communes » (l. 6), phrase saturée en pronoms et adjectifs de la première personne du pluriel.

Définition

Présent gnomique : forme verbale qui exprime un fait général, une vérité attestée. Ex : *La Terre tourne autour du Soleil.*

C. Renversement de préjugés

- La liberté comme bien suprême : « nous sommes libres » (l. 10). On relève une gradation vers l'idée de mort possible pour cet état « défendre sa liberté et mourir » (l. 22-23).

• L'hospitalité : non seulement Bougainville n'a pas été traité en ennemi, mais il a été considéré comme un égal « tu as partagé ce privilège avec nous » (l. 7) : le « tu » et le « nous » placés aux deux extrémités de la phrase sont ainsi réunis grâce aux Tahitiens.

• Le respect : ce comportement est justifié par le regard porté sur autrui non comme un être différent de soi, mais comme un autre soi-même : « deux enfants de la nature » (l. 24), « le Tahitien est ton frère » (l. 23-24). Métaphore filée de la terre mère nourricière de tous les peuples. Gradation de cette idée avec la phrase « nous avons respecté notre image en toi » (l. 28) qui réunit « nous » et « toi » dans un « notre » qui désigne l'humanité (rythmes binaires abondants, oppositions « brute »/« frère », « sur lui »/« sur toi » qui montrent en fait l'égalité des conditions).

Le saviez-vous ?

La notion d'hospitalité est capitale dans l'Antiquité gréco-romaine au point d'être une des caractéristiques des peuples civilisés (on le voit lors du périple d'Ulysse dans l'*Odyssée* d'Homère). Cette valeur est ici attribuée aux Tahitiens, ce qui renforce le renversement des préjugés.

III – Diderot derrière le vieux Tahitien

A. Le personnage du Tahitien

• Le porte-parole d'un peuple :

– son âge avancé est signe de sagesse, sa harangue est parfaitement organisée ;

– thèse énoncée avec véhémence, impératif et apostrophe. Justification de celle-ci par le rappel des faits ;

– il n'a pas de nom : ce caractère anonyme fait de lui le représentant de tous les peuples menacés par la colonisation.

• Le Tahitien devient ainsi un symbole incarnant toutes les voix des colonisés, mais aussi de ceux parlant en leur faveur en Europe.

B. Le Tahitien, un philosophe des Lumières…

• Le discours du vieux Tahitien semble s'apparenter à celui d'un orateur portant les idées des Lumières.

L'astuce du prof

Idées des Lumières : lorsque vous annoncez un grand concept ou un mouvement littéraire tel que celui des Lumières, pensez à en donner une définition qui permette non seulement d'appuyer votre propos, mais aussi d'illustrer vos connaissances.

• Les idées des Lumières : respect d'autrui, refus de l'esclavage, caractère invraisemblable d'un tel discours. En effet, comment un Tahitien peut-il respecter les codes rhétoriques de l'Antiquité gréco-romaine (discours épidictique proposant un blâme des Européens auquel répond un éloge des Tahitiens) ?

À savoir

Issu de la rhétorique antique, le discours ou genre épidictique est employé lorsqu'on fait un éloge ou un blâme.

- Les idées de Diderot : goût pour le dialogue (caractère vivant du discours : impératifs, apostrophes, questions oratoires) et idées sur la sexualité (cf. *Les Bijoux indiscrets,* roman libertin).
- L'incarnation d'un mythe : la société tahitienne décrite est un idéal, celui de Diderot (comparatif de supériorité final). Il réactualise (comme de nombreux auteurs des Lumières) le mythe du « bon sauvage ».

Conclusion

La harangue du vieux Tahitien à Bougainville met en lumière bon nombre de défauts de la société européenne tels que son individualisme et son avidité financière, qui font d'elle un monde où règne la violence, fort éloigné de l'idée de civilisation, comme l'atteste la pratique de l'esclavage à laquelle elle recourt de manière barbare. À travers ce blâme, la société tahitienne semble paradisiaque en raison de sa liberté, du respect et de l'égalité qui y règnent. Le personnage du vieux Tahitien incarne ainsi tous les peuples colonisés ; son discours en fait un philosophe des Lumières, dans lequel on pourrait reconnaître Diderot. Le philosophe est loin d'être le seul à user d'un porte-parole pour défendre des idées jugées dangereuses à l'époque : Montesquieu procède de même dans ses *Lettres persanes*. Les deux auteurs recourent ainsi au même principe de délégation de leur parole, mais de manière fort différente, puisque Diderot propose un dialogue ou un discours alors que Montesquieu donne à lire une correspondance fictive de Persans découvrant l'Europe et ses mœurs qu'ils jugent souvent choquantes.

L'astuce du prof

Pensez à ouvrir votre analyse en vous appuyant sur d'autres textes étudiés en cours, ou bien sur vos lectures personnelles.

SUJET 8 **Sujet inédit** 20 pts 4h

Dissertation

> **« Ici on renverse la fonction du rire, on l'élève à un art, on lui ouvre les portes du monde des savants, on en fait un objet de philosophie. » (Umberto Eco). Cette affirmation pourrait-elle s'appliquer à *Gargantua* de Rabelais ?**

Vous répondrez à cette question dans un développement organisé en vous appuyant sur l'œuvre de Rabelais au programme, sur les textes que vous avez étudiés dans le cadre du parcours associé et sur votre culture personnelle.

PAR ÉTAPES

COMPRENDRE LE SUJET

Repérer les mots-clés

- **« fonction du rire » :** le sujet s'interroge sur le rôle réel du rire dans l'œuvre, sur son utilité. À quoi sert le rire dans *Gargantua* ?
- **« renverse », « élève » :** cette fonction est renversée (on pense au carnaval); au lieu d'être du côté du corps, de ce qui est « bas », le rire passe du côté de l'esprit.
- **« monde des savants », « objet de philosophie » :** le rire est élevé jusqu'au monde du savoir, il devient même « objet de philosophie », donc de sagesse. Rire dans ce livre permettrait d'accéder au savoir, à entendre dans un sens large et humaniste.

Méthode

Organiser son brouillon

- Des feuilles de brouillon seront fournies le jour de l'examen. Vous en aurez autant que nécessaire.
- N'utilisez **qu'un côté** de votre brouillon : cela permet de garder toutes vos idées sous les yeux.
- Notez chaque idée qui vous vient : vous organiserez vos idées quand vous serez plus avancé dans votre travail.
- Analysez toujours les **mots-clés** de manière à bien comprendre le sujet avant de formuler la problématique et le plan.
- Ne commencez pas à rédiger au propre avant que votre plan soit bien **construit** et que vous vous soyez assuré d'avoir au moins un exemple dans chaque sous-partie.

Formuler la problématique

- **Type de sujet :** il s'agit d'une justification de thèse (thèse = la fonction du rire est renversée : le rire permet d'accéder au savoir et à la sagesse), donc d'un **sujet thématique**. Le sujet ne vous demande pas ***si*** la fonction du rire est renversée dans l'œuvre de Rabelais (il l'affirme), mais ***comment*** le rire se met au service de l'accès au savoir, devenant lui-même objet de sagesse. Cependant, la formulation « dans quelle mesure » permet de cerner les limites de cette affirmation et **de nuancer la thèse** dans la dernière partie.

• **Problématique:** la problématique est une nouvelle question qui vous permet de montrer que vous avez cerné les enjeux du sujet. On peut ici se demander: En quoi le rire se met-il au service du savoir et de la sagesse dans *Gargantua* de Rabelais?

Mobiliser ses connaissances

• Vous devrez principalement faire porter votre réflexion sur le récit de Rabelais, mais vous pouvez également convoquer d'autres références que vous aurez étudiées durant l'année ou qui appartiennent à votre culture personnelle.

ORGANISER SA COPIE

Élaborer un plan

• Essayez de construire un plan en **trois parties**: deux parties correspondront à l'un des arguments soutenant votre thèse, et une troisième partie pourra en cerner les limites. Cependant, gardez en tête qu'il vaut mieux deux parties bien argumentées et équilibrées que trois parties bancales.

• Au brouillon, formulez chacune de vos parties à l'aide d'une phrase complète, rédigée, que vous réutiliserez dans votre devoir.

• **Proposition de plan:**

Partie I: Le rire ouvre les portes du savoir

Partie II: Le rire permet de réfléchir sur l'homme

Partie III: Mais le rire est aussi utilisé dans sa fonction première: divertir le lecteur

Construire le développement

• **Les arguments:**

– Dans la première partie, montrez comment Rabelais utilise l'humour pour ouvrir «les portes du monde des savants» à ses lecteurs, en particulier en les faisant accéder à un certain esprit critique. Le rire devient alors un moyen de s'interroger sur le monde qui nous entoure et de porter un jugement moqueur sur les vices du temps.

– Dans une deuxième partie, vous montrerez que le rire permet également de réfléchir à la condition de l'homme, et de faire ainsi accéder le lecteur à une certaine forme de sagesse.

– Enfin, cernez les limites du sujet en étudiant la première fonction du rire, qui consiste à divertir le lecteur, en vous penchant sur toutes les formes que prend le rire dans l'œuvre de Rabelais.

• **Les exemples:** ils sont à puiser dans l'œuvre au programme, et éventuellement dans d'autres textes ou œuvres (films, tableaux, etc.) que vous connaissez.

Première partie:

– le rire contre l'éducation scolastique donnée par les précepteurs sophistes;

– le rire contre la religion et les superstitions (autres références possibles à convoquer: Montesquieu, *Lettres persanes*; Prévert, *Paroles*; Desproges, *Chroniques de la haine ordinaire*...);

– le rire contre la guerre, en particulier à travers la figure positive de Frère Jean des Entommeures et le portrait négatif de Picrochole (autres références possibles: Cervantès, *Don Quichotte*; Voltaire, *Candide*, chapitre sur la guerre; Stendhal, *La Chartreuse de Parme*; Boris Vian, « Les Fourmis »...).

Deuxième partie:

– « *pour ce que rire est le propre de l'homme* » (prologue; autres références possibles: Baudelaire, *De l'essence du rire*; Bergson, *Le Rire*);

– Démocrate, Socrate, Silène... figures philosophiques du rire et du grotesque; trouver la « substantifique moelle » (prologue); Thélème, une abbaye « renversée », symbole de la pensée humaniste ou la « philosophie sensuelle » de Rabelais (autres références possibles: Roberto Benigni, *La Vie est belle*).

Troisième partie:

– le rire outrancier et exagéré (les géants et la démesure en tout); le rire sur le langage (jeux de mots, etc.);

– le rire scatologique de l'auteur médecin (autres références possibles: Rutebeuf, Montaigne, Hugo...).

RÉDIGER SON DEVOIR

- Chaque sous-partie doit être illustrée par un **exemple** justifiant votre argument. Précisez de qui vous parlez, dans quel contexte, en appuyant ce qui est en lien avec l'argument.
- Le développement de votre exemple prouve que vous avez lu le livre, que vous en connaissez les **enjeux**.

CORRIGÉ 8

Comprendre le corrigé

Corrigé rédigé

Introduction

Le Moyen Âge voit le rire d'un mauvais œil: situé du côté du diable et du « bas corporel », le rire est ce qui risque de nous éloigner de Dieu. À propos d'un ouvrage sur le rire qu'il veut censurer, l'écrivain Umberto Eco fait d'ailleurs dire à l'un de ses personnages, dans son roman *Le Nom de la rose*: « Ici on renverse la fonction du rire, on l'élève à un art, on lui ouvre les portes du monde des savants, on en fait un objet de philosophie. » Cette affirmation semble pouvoir s'appliquer parfaitement à l'œuvre de Rabelais, *Gargantua*, publiée en 1534. Rabelais, dont la vie et l'œuvre illustrent l'humanisme nais-

L'astuce du prof

Utilisez les connecteurs logiques et temporels pour passer d'une étape à l'autre.

sant à la sortie du Moyen Âge, décide en effet de s'emparer dans ses récits d'un rire franc et parfois grossier, qui scandalisa parfois les lecteurs de l'époque. L'auteur avertit pourtant qu'il nous faut chercher derrière des apparences comiques une pensée plus profonde. La fonction du rire serait donc ici inversée : au lieu d'être du côté du corps, il passerait du côté de l'esprit ; il serait élevé jusqu'au monde du savoir (« des savants »). Il deviendrait même « objet de philosophie », donc de sagesse, à entendre dans un sens large et humaniste. Ainsi, on peut se demander en quoi le rire se met au service du savoir et de la sagesse dans *Gargantua* de Rabelais. Nous verrons dans un premier temps comment Rabelais utilise l'humour pour ouvrir « les portes du monde des savants » à ses lecteurs, en particulier en les faisant accéder à un certain esprit critique, avant de montrer que le rire permet également de réfléchir à la condition de l'homme et de faire ainsi accéder le lecteur à une certaine forme de sagesse. Enfin, nous nous demanderons si le rire n'est pas également envisagé chez Rabelais dans sa fonction première, qui est celle d'amuser le lecteur.

Méthode

L'introduction d'une dissertation prouve que vous avez cerné tous les enjeux du sujet. Elle est généralement plus longue qu'une introduction de commentaire. Vous pouvez y définir les mots-clés du sujet pour démontrer que vous les avez compris.

L'astuce du prof

Apprenez par cœur une formule d'annonce de plan, que vous pourrez réutiliser le jour du bac.

I – Le rire ouvre les portes du savoir

Le rire permet d'accéder à une forme de savoir et de sagesse.

A. Le rire contre la Sorbonne

La cible principale des moqueries de Rabelais est avant tout la Sorbonne, toute puissante université de théologie, et l'éducation scolastique donnée par les précepteurs sophistes Thubal Holoferne et Jobelin Bridé au jeune Gargantua. Aux chapitres XVII et XVIII, l'auteur décrit ainsi de manière ironique l'institution de la Sorbonne et son digne représentant, maître Janotus de Braquemardo, dont le nom porte tout à la fois les potentialités comiques et critiques puisque son prénom désigne un imbécile et que son patronyme renvoie au mot « braquemart », définissant aussi bien une épée que le membre viril. Mais le rire n'est pas gratuit ; il vise ici à dénoncer l'éducation figée que prône l'institution et qui ne permet pas aux étudiants d'apprendre à réfléchir par eux-mêmes. Son récit sera d'ailleurs l'occasion pour Rabelais de présenter un modèle d'éducation idéale, incarnée par le précepteur Ponocrates et son élève Eudémon.

B. Le rire contre la religion et contre la superstition

Mais la Sorbonne n'est que l'un des visages que prend le ridicule religieux lorsqu'on en vient à croire sans plus réfléchir. Le rire de Rabelais se dirige en effet également contre les Parisiens, influencés par la Sorbonne, qui sombrent dans la superstition et qui ne méritent qu'un sort selon le bon géant: il les noie de son urine du haut de la cathédrale Notre-Dame! D'autres auteurs dénonceront les superstitions religieuses, comme Montesquieu dans ses *Lettres persanes*. Deux siècles après Rabelais, au temps des Lumières, l'écrivain propose dans la lettre 24 de son célèbre roman épistolaire une critique acerbe de la crédulité des Français face à la toute-puissance de leur roi et du pape, qu'il nomme tous deux des «magiciens». C'est donc bien lorsqu'elle empêche la réflexion personnelle que la religion est dénoncée, lorsqu'elle maintient les femmes et les hommes hors du savoir, dans une forme d'obscurantisme qui sera combattu par l'humanisme par tous les moyens, y compris par le rire.

Méthode
Utilisez les connecteurs logiques pour délimiter les étapes et la façon dont se déroule votre réflexion.

C. Le rire contre la guerre

Enfin, Rabelais dénonce aussi les ravages de la guerre de manière très comique, à travers la figure positive de Frère Jean des Entommeures et du portrait négatif de Picrochole, chef de guerre colérique dont l'opposition à Grandgousier rappelle sans aucun doute les combats entre Charles Quint et le bon roi François Ier. Les deux personnages font rire le lecteur par leur caractère excessif, l'un parce qu'il étripe ses ennemis pour sauver ses vignes (donc son vin…), donnant des moines une image pour le moins inattendue; l'autre parce que son caractère revanchard et belliqueux le mène à déclencher une guerre ridicule, sans véritable fondement (les soldats se battent pour des galettes), qu'il finira d'ailleurs par perdre. Ce caractère excessif des combattants peut évoquer d'une certaine manière la figure de Don Quichotte qui, lui aussi, dans l'œuvre éponyme de Cervantès, se ridiculise lors de combats contre des moulins à vent qu'il prend pour des géants. Le rire est ici un moyen de mettre à distance l'horreur d'une situation, mais il suppose une forte complicité entre l'auteur et son

L'astuce du prof
En fin de sous-partie, au moment de l'interprétation, revenez toujours au sujet pour montrer que vous ne le perdez pas de vue.

lecteur afin que ce dernier ne s'arrête pas à l'aspect plaisant du récit et comprenne quelle portée critique porte le rire.

II – Le rire permet de réfléchir sur l'homme

Le rire offre une réflexion sur la condition humaine et permet ainsi au lecteur d'accéder à une forme de sagesse.

A. « Pour ce que rire est le propre de l'homme »

Dès l'adresse « Aux lecteurs » qui ouvre le récit *Gargantua*, Rabelais affirme que « rire est le propre de l'homme », attribuant au rire une portée philosophique. Le rire serait en effet, selon l'auteur, la marque d'une intelligence spécifiquement humaine, car il nous permet de prendre de la distance sur des situations parfois tragiques, ce que les animaux ne pourraient pas faire. Il n'est pas anodin que le récit de Rabelais soit dédié aux « buveurs », aux « vérolés » et aux « maladies joyeuses » qui sont autant de conséquences d'une vie menée dans les plaisirs de la chair et du bon vin. Le prologue lui-même vante les bienfaits du vin et annonce d'emblée l'inversion des valeurs qui caractérise l'humour carnavalesque de Rabelais. L'auteur, inversant les enjeux d'un prologue classique, invite en effet le lecteur non pas à réfléchir et à penser, mais à s'amuser et à boire.

Méthodologie
Cherchez dans chaque sous-partie à quoi correspond l'annonce de l'idée, le développement des exemples et l'interprétation.

L'astuce du prof
Dès que vous le pouvez, insérez des citations extraites de l'œuvre au programme dans votre devoir. Elles prouvent que vous connaissez parfaitement l'œuvre. N'oubliez pas les guillemets !

B. Les figures philosophiques du rire et du grotesque comme symboles de l'œuvre

Dans le très riche prologue du récit, Rabelais s'appuie sur des figures philosophiques qui symbolisent à la fois la force de la pensée et la puissance du burlesque. En effet, Socrate et Silène sont des personnages qui devraient nous permettre, à les observer, de trouver la « substantifique moelle » que recèle l'ouvrage. Ils nous obligent à considérer les trésors de la pensée cachés derrière les apparences du laid, car comme le rappelle Rabelais, « l'habit ne fait pas le moine ». Socrate est ainsi décrit de manière grotesque physiquement, mais l'auteur précise que cette boîte cache en réalité « une intelligence plus qu'humaine ». Ainsi en va-t-il de son ouvrage, qui derrière un aspect bouffon cache des trésors de pensée que le lecteur doit aller chercher grâce à une « lecture attentive ». Toute l'œuvre participe donc de cette pensée du renversement, de cette approche carnavalesque du rire et de la joie. Et le récit trouve d'ailleurs sa fin dans un autre renversement, celui de l'abbaye de Thélème, abbaye véritablement « renversée » qui propose une vie libre à des hommes et des femmes instruits et curieux, incarnant la pensée humaniste et la « philosophie sensuelle » de Rabelais. C'est donc bien par le rire et la liberté que l'homme semble pouvoir atteindre la sagesse.

III – Mais le rire est aussi utilisé dans sa fonction première : amuser le lecteur

Le rire n'est-il pas aussi utilisé tout simplement… pour faire rire ?

A. Le rire outrancier et exagéré et les jeux de mots

Le choix des géants comme personnages principaux permet à l'auteur d'utiliser des exagérations à effet comique ; on relève ainsi de nombreuses hyperboles (le nombre de vaches nécessaires pour l'allaitement de Gargantua par exemple), des énumérations (la liste des jeux au chapitre XXII) ou des effets de décalages (la naissance du géant par l'oreille de sa mère) qui sont autant d'occasions de rire pour le lecteur. Mais l'auteur prend également un plaisir non dissimulé à jouer avec les mots à l'occasion de nombreux calembours ou passages ironiques. Rabelais s'amuse en effet du langage dans une sorte de profusion de jeux de mots qui visent à amuser son lecteur.

B. Le rire scatologique d'un auteur médecin

Le plus étonnant reste cependant les nombreuses références à la sexualité et aux excréments que s'autorise le penseur humaniste, et qui rappellent que sa formation de médecin lui a donné une connaissance fine de la manière dont fonctionne le corps humain ; on peut ainsi relever de très nombreux passages du roman qui font usage d'humour en rapport avec les productions corporelles des géants, dès avant la naissance même de Gargantua, par exemple au sujet du corps de Gargamelle. La transgression du tabou puissant qui pèse sur l'excrémentiel s'accompagne ici d'un rire libérateur dont la fonction est de remplacer la honte ; le rire est alors utilisé comme un remède à la mélancolie des hommes.

Conclusion

Ainsi, le rire est bien élevé à une forme d'art dans le récit de Rabelais, *Gargantua* ; il permet d'accéder à certains savoirs tout en gagnant en sagesse. Pour autant, l'auteur n'oublie pas d'utiliser le rire dans sa fonction première qui est de divertir le lecteur, à qui il intime d'ailleurs l'ordre de « vivre joyeux ». Cette forme littéraire qui consiste à « plaire et instruire » le lecteur, selon l'adage formulé par Horace, servira de référence aux auteurs d'apologues au siècle suivant.

L'astuce du prof

Ne commencez jamais votre introduction par « Pour conclure » ou « En conclusion ». Préférez l'adverbe « ainsi ».

SUJET 9 Sujet inédit

20 pts — 4h

Dissertation

› « Il ne cherche ni à étonner ni à plaire ; mais à exprimer raisonnablement ce dont il est sûr. » (André Gide). Ce jugement vous semble-t-il convenir aux *Caractères* de La Bruyère ?

Vous répondrez à cette question dans un développement organisé. Votre réflexion prendra appui sur l'œuvre de La Bruyère au programme, sur le travail mené dans le cadre du parcours associé et sur votre culture littéraire.

PAR ÉTAPES

COMPRENDRE LE SUJET

Repérer les mots-clés

- **« ne cherche » :** le verbe souligne le but qui serait celui de l'auteur. Par la négation, Gide dit les intentions qui ne sont pas recherchées par l'auteur.
- **« ni à étonner ni à plaire » :** l'écriture de La Bruyère n'aurait pas pour but de séduire le lecteur. La forme ne serait pas privilégiée dans son écriture. De plus, son écriture n'est pas au service d'une flatterie des puissants.
- **« mais » :** conjonction de coordination à valeur d'opposition. Le sujet oppose ce que La Bruyère ne fait pas, selon Gide, et ce qu'il projette de faire.
- **« exprimer raisonnablement ce dont il est sûr » :** l'auteur ne se laisse pas dominer par ses passions et fait preuve de bon sens. Il s'engage aussi à se taire plutôt qu'à risquer de mentir. Le projet de La Bruyère s'inscrirait alors dans une démarche d'honnêteté et de confiance face au lecteur.

Formuler la problématique

- **Type de sujet :** le sujet s'appuie sur une citation qui propose un jugement sur l'œuvre. La question vous invite à confirmer le point de vue de Gide ou à le nuancer.

Méthode

Formuler la problématique

- Formulez la problématique avec **vos propres mots**, en empruntant le moins de termes possibles au sujet.
- Gardez un sens : ne vous contentez pas de remplacer chaque mot du sujet par un synonyme sans vraiment comprendre de quoi vous parlez.
- Deux types de problématique, en fonction du type de sujet :
  – quand il faut **justifier** une thèse, la problématique est une question simple, une reformulation du sujet ;
  – quand il faut **discuter** une thèse, vous pouvez proposer une **alternative interrogative** : vous mettez alors en balance la thèse contenue dans le sujet avec une autre thèse qui vous semble plus pertinente.

• **Problématique :** dans quelle mesure l'écriture de La Bruyère dans *Les Caractères* privilégie-t-elle un énoncé sûr et modéré au détriment du plaisir de la forme ?

Mobiliser ses connaissances

• En quoi le propos de La Bruyère est-il raisonnable ? Qu'est-ce qui permet à Gide de penser que ce qu'il dit est « sûr » ? Son propos n'est-il pas parfois excessif ?

• La forme a-t-elle si peu d'importance pour l'auteur ? Ne cherche-t-il pas à plaire à son lecteur ?

ORGANISER SA COPIE

Élaborer un plan

• La question invite à nuancer le jugement de Gide.

• **Proposition de plan :**

Partie I : La Bruyère privilégie le bon sens et aborde des sujets qu'il maîtrise sans se laisser aller à la flatterie

Partie II : Toutefois, il attache un intérêt particulier à la forme. Son but est tout de même de plaire à son lecteur

Partie III : La Bruyère répond au précepte classique qui est de plaire et instruire. Il se soucie autant de la forme que du fond et l'un est au service de l'autre

> **Méthode**
>
> Pour la **construction du plan,** commencez toujours par aller dans le sens du sujet. On valide d'abord l'affirmation du sujet puis on la nuance dans une deuxième partie. La troisième partie met en lumière le véritable enjeu du sujet.

Construire le développement

• **Les arguments :** ils vont devoir aborder la question de la forme et du fond. Pensez à la variété des remarques de La Bruyère, au dialogue qu'il instaure avec le lecteur, à sa prudence quand il parle du roi contrairement à sa virulence quand il s'intéresse aux courtisans.

• **Les exemples :** vous pouvez recourir à des citations précises, paraphraser un extrait, citer un personnage et évoquer les procédés littéraires utilisés par l'auteur.

RÉDIGER SON DEVOIR

• Vous devez uniquement rédiger au brouillon l'**introduction** en intégralité et **le plan détaillé** du devoir. Vous n'avez pas le temps d'écrire au brouillon l'intégralité du devoir.

• **Les titres et sous-titres n'apparaissent pas sur la copie**, ils sont remplacés par des **phrases d'introduction partielle**.

CORRIGÉ 9

Comprendre le corrigé

Corrigé rédigé

Introduction

Les auteurs classiques du XVIIe siècle ont en commun une esthétique destinée à plaire à un public d'honnêtes gens. Parmi les critères variés de cette esthétique, c'est la valeur accordée à l'imitation de l'Antiquité qui anime les Anciens. La Bruyère s'inscrit dans cette démarche en réécrivant *Les Caractères* de Théophraste. Mais, s'il l'imite, son but est de proposer une peinture des mœurs de son siècle dans le but d'inviter ses contemporains à corriger leurs défauts. Selon Gide, La Bruyère « ne cherche ni à étonner ni à plaire; mais à exprimer raisonnablement ce dont il est sûr ». Il suggère ainsi que l'auteur privilégie le fond au détriment de la forme. Il se présenterait alors comme un observateur fidèle et honnête qui ne déformerait pas le propos au profit de la séduction du lecteur. On peut ainsi se demander dans quelle mesure l'écriture de La Bruyère dans *Les Caractères* privilégie un énoncé sûr et modéré au détriment du plaisir de la forme. Tout d'abord, La Bruyère attache une importance particulière à proposer une peinture vraie à son lecteur. Néanmoins, le plaisir de la forme n'est pas oublié par l'auteur. Finalement, l'esthétique étonnante de La Bruyère semble nécessaire pour proposer une peinture plus juste de la société.

Méthode
Si vous formulez votre problématique par une interrogation indirecte, vous ne devez pas faire d'inversion du sujet ni mettre de point d'interrogation.

I – La Bruyère est un écrivain qui privilégie le bon sens et la raison

A. Il se présente comme un observateur honnête

La Bruyère a eu l'occasion de découvrir le fonctionnement de la cour de Louis XIV en accompagnant le duc de Bourbon. En parlant de la cour, il décrit donc un monde qu'il connaît bien et qu'il a eu l'occasion de côtoyer. Les titres des chapitres témoignent de sa connaissance du siècle de Louis XIV. En effet, « De la société et de la conversation » illustre les phénomènes de mode issus des salons parisiens et de la volonté de paraître honnête homme sans pour autant le devenir. De plus, les chapitres « De la ville » et « De la cour » sont une description de Paris où a vécu La Bruyère. Celui-ci a aussi fréquenté les plus grands comme en

L'astuce du prof
Les titres des chapitres font partie de l'œuvre. Vous pouvez donc les étudier.

MÉTHODE

SUJETS PAS À PAS

SUJETS COMME À L'EXAMEN

témoigne « Des grands ». C'est donc bien parce qu'il a connu ce milieu qu'il peut se présenter comme témoin de ce qu'il dit. En effet, la première personne le présente comme observateur des mœurs. Dans « De la société et de la conversation », le « je » est associé aux verbes de perception : « je la découvre », « je la vois ». La Bruyère est bien celui qui dit ce qu'il voit et donc qui évoque ce dont « il est sûr ». Dans *Tartuffe*, Orgon insiste à son tour sur sa position de témoin pour démasquer le personnage éponyme auprès de Madame Pernelle. De fait, la position de témoin accrédite le discours.

L'astuce du prof

Pensez à mobiliser les œuvres du parcours associé afin de développer la réflexion et de montrer votre culture générale.

B. Il dit ce qu'il constate sans se laisser aller à la flagornerie

Son discours apparaît d'autant plus sincère que La Bruyère n'hésite pas à faire tomber les masques de la comédie sociale qui se joue à la cour. En effet, c'est bien parce qu'il prend le risque d'aller à l'encontre de la société que sa parole est vraie. Alors même qu'il juge le peuple négativement, il n'hésite pas à prendre son parti face aux puissants. La Bruyère dénonce avec virulence leurs comportements. Dans « Des grands », alors qu'il juge que « le peuple n'a guère d'esprit, et les grands n'ont point d'âme », il n'hésite pas à prendre parti en affirmant : « je veux être peuple ». La Bruyère n'est pas homme à se laisser aller à des « torrents de louanges » (« De la cour », 62). Toutefois, son discours demeure « raisonnable » car dans « Du souverain ou de la République », il ne s'en prend pas au roi mais passe par la formulation de conseils afin de souligner ce qui ne va pas. Il fait ainsi preuve de bon sens en soulignant les qualités que doit revêtir le prince. Par la négation « Rien ne fait plus d'honneur au prince que la modestie de son favori », il invite indirectement le roi à se méfier des flagorneurs et à encourager une politique qui ne repose pas sur le paraître. Son discours, parce qu'il est juste et raisonnable, peut être sincère. Transition : Ainsi, La Bruyère apparaît comme un observateur honnête de la vie qui règne à la cour. Son propos demeure raisonnable en ce qu'il décrit ce qu'il voit. De plus, les risques qu'il prend en allant à l'encontre des puissants accréditent la sincérité de son discours. Il prend le risque de le dire car il est « sûr » de ce qu'il avance.

Méthode

Chaque paragraphe doit commencer par un alinéa. Vous ne devez pas sauter de lignes entre les sous-parties. Par contre, vous veillerez à sauter des lignes entre l'introduction et le développement, entre les grandes parties et entre le développement et la conclusion.

II – Néanmoins, s'il ne cherche pas à plaire aux puissants, il a le souci de proposer une œuvre plaisante à son lecteur

A. L'esthétique de la conversation

Certes il ne se laisse pas aller à la flatterie des puissants, mais cela ne l'empêche pas pour autant de chercher à plaire à son lecteur. La Bruyère, en écrivant *Les Caractères*, répond aux goûts de son lecteur qui aime la conversation comme en témoignent les nombreux salons qui existent au XVIIe siècle. Les formes brèves sont alors des formes à la mode en ce qu'elles s'inscrivent dans l'esthétique de la conversation. Pour cela, il n'hésite pas à mettre en place un véritable dialogue avec son lecteur qu'il interpelle par de nombreuses questions tout au long du recueil, que ce soit dans « De la ville » lorsqu'il dit « vous moquez-vous de rêver en carrosse, ou peut-être de vous y reposer ? » ou encore dans « Du souverain et de la république » avec « comment résister à une si forte et si générale conjuration ? » Les remarques instaurent alors un échange et le lecteur peut très bien prendre la conversation en route selon son bon vouloir. Cette esthétique si particulière traduit bien le souci de « plaire ».

Méthode
Tout au long de votre dissertation, pensez à reprendre les mots du sujet afin de montrer que vous le traitez et y répondez.

B. Son écriture joue avec la caricature

Ainsi, La Bruyère n'hésite pas à recourir à plusieurs reprises à une écriture excessive afin de mettre en lumière ce qu'il souhaite dénoncer. Il ne cherche pas toujours à « exprimer raisonnablement » ses idées. Cela apparaît dans les nombreuses accumulations comme c'est le cas dans « Des grands » lorsqu'il précise : « ils pirouettent, ils gesticulent, ils crient, ils s'agitent » (32). La multiplication des verbes d'action insiste avec force sur les mouvements incessants et vains. De plus, les hyperboles « torrents de louange » (VIII, 62) et « débordement de louanges » (VIII, 32) mettent en lumière l'attitude ridicule des courtisans et fait ainsi rire le lecteur. L'esthétique de l'excès permet donc au moraliste de dépeindre de façon plaisante la société de son temps. Transition : Ainsi, La Bruyère, s'il se présente comme un observateur juste et honnête, n'ôte pas à son lecteur le plaisir de la lecture. En effet, il se soucie de

Méthode
Intégrez vos exemples au sein de votre argumentation et commentez-les.

lui proposer une forme plaisante par l'esthétique de la conversation et ne peut que le faire sourire par ses descriptions excessives. Finalement, le moraliste associe fond et forme pour mieux dépeindre les mœurs de son siècle.

III – La Bruyère joue avec la forme pour proposer une peinture plus juste de la société du XVIIe siècle

A. L'écriture de l'excès est une représentation juste d'un comportement lui-même excessif

L'écriture de La Bruyère se doit finalement d'être excessive afin de proposer une description fidèle de ce qu'il voit. La société du XVIIe siècle est excessive en ce qu'elle joue en permanence un rôle. Paris est un nouveau « théâtre » et les courtisans sont des « acteurs » (VIII, 99). La caricature rappelle alors les types comiques que l'on peut retrouver sur scène au théâtre : le comique de caractère, de geste, de mot ou de situation. On retrouve alors le pédant ou l'orgueilleux qui agissent de façon excessive au quotidien dans le but de se faire remarquer. La caricature ne grossit pas les traits, elle représente fidèlement les traits grossis par le jeu ridicule des courtisans pour se faire une place auprès du Roi-Soleil. En outre, La Bruyère dit lui-même, dans la préface, qu'il a peint « d'après nature ». La forme sert ainsi la justesse du fond.

Methode

La troisième partie doit toujours traiter le sujet. Elle propose un prolongement et non pas une synthèse des deux parties précédentes. Ici, on va plus loin en montrant que la caricature est seule apte à délivrer une description fidèle de ce que La Bruyère a observé.

B. L'écriture de La Bruyère « étonne » et invite ainsi à réfléchir

Si l'écriture de l'auteur est fidèle à ce qu'il constate, elle ménage des variations et surprend le lecteur qui est alors invité à condamner les comportements qu'il observe à la cour. En effet, l'ironie est particulièrement virulente dans *Les Caractères* et survient sans qu'on s'y attende. Dans « De la cour », lorsqu'il écrit qu'« il n'y a rien à la cour de si méprisable et de si indigne qu'un homme qui ne peut contribuer à notre fortune », la voix du moraliste se superpose à celle des courtisans. On comprend alors que ce qui est jugé méprisable à la cour est jugé de façon méliorative par le moraliste. De plus, il n'hésite pas à recourir aux effets de chute afin de surprendre son lecteur et marquer ainsi les esprits.

Le saviez-vous ?

L'ironie implique la polyphonie, c'est-à-dire qu'un même énoncé fait entendre deux points de vue. C'est l'écart entre eux qui fait souvent rire.

Aussi le discours direct de Sethon dans « De la société et de la conversation » (9) fait-il rire par l'effet de surprise qui clôt le portrait ridicule du pédant Arrias. La chute amplifie alors la dénonciation.

Conclusion

Ainsi, La Bruyère s'est donné pour objectif de peindre la société de son temps, afin de la montrer à son lecteur pour l'inviter à se corriger. De fait, il se présente comme un observateur honnête, loin de la figure du flagorneur qui serait prêt à rabaisser son écriture pour obtenir les faveurs des puissants. Néanmoins, le moraliste ne néglige pas pour autant la forme. Son esthétique révèle sa volonté de plaire à son lecteur en recréant le ton de la conversation et en lui proposant des scènes comiques. Finalement, pour La Bruyère, il apparaît nécessaire que l'écriture représente l'excès de la société du XVIIe siècle. En outre, proposer une représentation fidèle de ses contemporains nécessite de recourir à la caricature, seule apte à dépeindre le grand théâtre qu'est devenue la cour de Louis XIV. Au XIXe siècle, Balzac proposera à son tour une grande peinture de la société dans son œuvre *La Comédie humaine*. Il s'inscrira alors dans une démarche réaliste afin de dénoncer les travers de son époque.

Méthode

En conclusion, vous devez répondre à la problématique tout en résumant le cheminement de votre réflexion. Pour cela, reprenez les arguments de vos titres des parties et des sous-parties.

SUJET 10 Sujet inédit 20 pts 4h

Dissertation

Quelles différentes formes prennent les combats d'Olympe de Gouges en faveur de l'égalité entre femmes et hommes dans sa *Déclaration des droits de la femme et de la citoyenne*?

Vous répondrez dans un devoir structuré en vous appuyant sur l'œuvre d'Olympe de Gouges au programme, sur le travail mené dans le cadre du parcours associé et sur votre culture littéraire.

PAR ÉTAPES

COMPRENDRE LE SUJET

Repérer les mots-clés

- **«différentes formes» :** par quels moyens, de quelles manières Olympe de Gouges défend-elle l'égalité? Le pluriel indique qu'il faut se pencher sur plusieurs moyens: la parodie de la *Déclaration des droits de l'homme et du citoyen* (*DDHC*), la réflexion philosophique, l'adresse directe aux hommes et aux femmes, etc.
- **«égalité», «femmes et hommes»:** le sujet précise qu'il s'agit du combat en faveur de l'égalité femmes/hommes. On orientera donc les arguments autour de cet engagement particulier.

Formuler la problématique

- **Type de sujet:** la formulation «quelles différentes formes» appelle un plan **thématique**; il ne s'agit pas de confronter des opinions opposées ou de nuancer une affirmation, mais bien d'**illustrer une réflexion** à l'aide de plusieurs arguments qui se complètent.
- **Problématique:** on peut, pour problématiser le sujet, s'interroger sur l'efficacité des choix d'Olympe de Gouges dans son texte: En quoi les différentes formes employées par Olympe de Gouges dans sa *Déclaration des droits de la femme et de la citoyenne* rendent-elles son combat en faveur de l'égalité particulièrement efficace?

Mobiliser ses connaissances

- Vous devrez principalement étudier le texte d'Olympe de Gouges, mais vous pouvez également confirmer son efficacité en vous appuyant sur d'autres textes étudiés durant l'année.

ORGANISER SA COPIE

Élaborer un plan

- Essayez de construire un plan en **trois parties**; chaque partie présentera l'une des formes choisies par l'autrice pour défendre l'égalité.

• Au brouillon, formulez chacune de vos parties à l'aide d'une phrase complète, rédigée, que vous réutiliserez dans votre devoir.

• Proposition de plan :

Partie I : Une parodie de la *Déclaration des droits de l'homme et du citoyen*
Partie II : Une adresse directe aux hommes et aux femmes
Partie III : Une réflexion philosophique et visionnaire

Construire le développement

• Les arguments :

– Dans la première partie, vous montrerez comment Olympe de Gouges détourne les articles de la *DDHC* pour rédiger un véritable pamphlet en faveur de l'égalité entre les femmes et les hommes.

– Dans une deuxième partie, vous pourrez vous intéresser à la prise à partie parfois étonnante des hommes, mais aussi des femmes, que l'autrice formule.

– Enfin, vous vous interrogerez sur la portée philosophique des arguments de l'autrice (en particulier sur le droit naturel) et sur leur aspect visionnaire.

• Les exemples :

Ils sont à puiser dans l'œuvre au programme, et éventuellement dans d'autres textes ou œuvres (films, tableaux, etc.) que vous connaissez.

– **Première partie** : tous les articles peuvent servir d'exemples, mais certains sont plus marquants que d'autres (art. 1, 4, 10, 11, 12) ; utilisez aussi le préambule.

– **Deuxième partie** : l'adresse directe aux hommes se situe avant le préambule, celle aux femmes dans le postambule.

– **Troisième partie** : on prendra plus précisément les passages dans lesquels l'autrice formule des arguments en lien avec le droit naturel (adresse aux hommes, article 4, par exemple).

Méthode

S'appuyer sur l'œuvre intégrale pour donner des exemples

• Les exemples **justifient**, prouvent la validité de vos arguments, démontrent que vous avez compris les **enjeux** de l'œuvre au programme.

• Ils doivent être **développés** sur plusieurs lignes : leur analyse nourrit votre paragraphe.

• Il est recommandé de citer des passages de l'œuvre au programme. Préparez donc une petite liste de citations qui vous serviront dans vos dissertations, mais aussi pour l'oral !

• N'hésitez pas à vous appuyer sur les textes et œuvres étudiés dans le cadre du **parcours** correspondant, faites des liens avec d'autres parties du programme et pensez à vos lectures personnelles.

RÉDIGER SON DEVOIR

• Rédigez directement au propre sur la copie les grandes parties, à partir de votre plan détaillé. **Les titres et sous-titres n'apparaissent pas sur la copie**, ils sont remplacés par des **phrases d'introduction partielle** pour chaque paragraphe.

CORRIGÉ 10

Comprendre le corrigé

Corrigé rédigé

Introduction

En 1949, Simone de Beauvoir affirme dans son ouvrage féministe *Le Deuxième Sexe* qu'« on ne naît pas femme, on le devient ». Cette formule célèbre marque une étape importante dans l'histoire des combats féministes, en posant pour principe que c'est l'éducation et la culture qui maintiennent les femmes dans une forme d'infériorité par rapport aux hommes. Deux siècles auparavant, l'une des premières figures féministes avait déjà œuvré en faveur de l'égalité entre hommes et femmes : la révolutionnaire Olympe de Gouges, qui rédige en 1791 une parodie engagée de la *Déclaration des droits de l'homme et du citoyen*. Elle y défend de différentes manières les droits des femmes contre l'oppression exercée par la société patriarcale de son époque. Quelles différentes formes prennent les combats d'Olympe de Gouges en faveur de l'égalité dans sa *Déclaration des droits de la femme et de la citoyenne* ? Comment l'autrice parvient-elle à convaincre ses lecteurs du bien-fondé de ses combats ? Ainsi, on peut se demander en quoi les différentes formes employées par Olympe de Gouges dans sa *Déclaration* rendent son combat en faveur de l'égalité particulièrement efficace. Nous étudierons dans un premier temps la parodie que l'autrice propose de la *Déclaration des droits de l'homme*, puis nous nous pencherons sur la prise à partie parfois violente qu'elle formule à l'égard des hommes et des femmes. Enfin, nous nous interrogerons sur la portée philosophique des arguments d'Olympe de Gouges et sur leur aspect visionnaire.

L'astuce du prof

Si vous utilisez une citation (apprise durant l'année) pour votre amorce d'introduction, prenez le temps d'en expliquer le sens en quelques mots.

Méthode

Vous devez marquer par un connecteur logique ou une formulation explicite chaque passage d'une étape à l'autre. Le correcteur doit comprendre comment votre pensée progresse.

I – Une réécriture de la *Déclaration des droits de l'homme et du citoyen*

A. Une parodie engagée

En 1789, la *Déclaration des droits de l'homme et du citoyen*, rédigée par l'Assemblée constituante, signe la fin de l'Ancien régime et pose le fondement d'un nouvel ordre juridique, politique et social. Malheureusement, ce texte fondateur « oublie » d'inclure dans sa définition des citoyens… les citoyennes ! Olympe de Gouges va donc reprendre, dans une sorte de parodie engagée, toute la structure de cette déclaration afin de dénoncer les insuffisances du texte. Ainsi, dès le préambule, elle transforme la formule « les représentants du peuple français » de la *Déclaration des droits de l'homme* en une formule qui englobe « les mères, les filles, les sœurs, représentantes de la nation ». Les dix-sept articles suivent le même modèle de féminisation, à commencer par le premier et le plus symbolique article qui stipule que « Les hommes naissent et demeurent libres et égaux en droit », et qui devient, sous la plume d'Olympe de Gouges, « La femme naît libre et demeure égale à l'homme en droits ». Olympe de Gouges considère en effet que le mépris des droits de la femme nuit gravement à l'intérêt général. Elle s'en insurge et propose donc d'établir la liberté de la femme à la naissance de manière juridique, tout en affirmant son égalité avec l'homme, les différences ne pouvant être fondées que sur l'utilité commune. Selon elle, une nation ne peut être considérée comme telle que si elle réunit la femme et l'homme, afin de conserver leurs droits dans l'égalité. « La Loi, écrit Olympe de Gouges, doit être l'expression de la volonté générale ; toutes les Citoyennes et Citoyens doivent concourir personnellement, ou par leurs représentants, à sa formation ; elle doit être la même pour tous. » Ainsi, en parodiant les dix-sept articles de la *Déclaration des droits de l'homme et du citoyen*, la révolutionnaire Olympe de Gouges parvient à en dénoncer le caractère misogyne tout en prônant la défense des droits des femmes.

L'astuce du prof

Apprenez quelques passages du texte par cœur (articles 1, 4, 10 et des formules du préambule et du postambule) pour pouvoir les utiliser dans votre dissertation.

Méthode

N'oubliez jamais de terminer votre paragraphe argumenté sur une **interprétation** de vos exemples.

B. La défense des droits des femmes

On sait en effet que la condition des femmes au sortir de la Révolution est encore peu enviable, malgré quelques avancées qui ne seront pas toutes pérennes. Éduquées pour servir leur mari et élever leurs enfants, les femmes sont considérées comme mineures aux yeux de la loi. Olympe de Gouges pense que c'est l'homme et lui seul qui a posé des limites aux droits des femmes, et elle se bat ici pour que les femmes obtiennent une égalité de traitement et de considération. Dès le premier article, l'autrice exige le droit de vote et l'éligibilité pour toutes; elle demande aussi le statut de citoyenne active en même temps que l'égalité des droits pour l'accession à tout emploi et à toute dignité. Dans l'un de ses articles les plus célèbres (l'article 10, qui rappelle que si « la femme a le droit de monter sur l'échafaud, elle doit également avoir celui de monter à la tribune »), Olympe de Gouges dénonce grâce à une formule particulièrement marquante l'absurdité de pouvoir condamner à mort des femmes qui sont considérées comme sujets juridiques, sans qu'elles puissent pour autant exprimer leur opinion sur les lois qui les gouvernent. C'est donc bien un texte engagé en faveur de l'égalité des droits, publics ou privés, entre les femmes et les hommes que rédige Olympe de Gouges en parodiant la *Déclaration des droits de l'homme et du citoyen* publiée deux ans auparavant.

II – Une prise à partie violente des hommes, mais aussi des femmes

L'autrice s'adresse directement aux hommes, dans une attaque virulente qui n'épargne pas non plus les femmes.

A. « Homme, es-tu capable d'être juste ? »

Avant même sa réécriture du préambule, Olympe de Gouges formule un court texte qui s'adresse directement aux hommes, ou plutôt à l'homme, nommé au singulier, ce qui permet une prise à partie plus personnelle et plus efficace. La question directe qui ouvre son texte (« Homme, es-tu capable d'être juste ? ») met en valeur le caractère autoritaire et injuste de l'homme qui prive la femme de ses droits les plus élémentaires. La suite du texte insiste sur ce caractère autoritaire du « sexe fort », l'autrice affirmant que l'homme « veut commander en despote » sur les femmes. C'est donc bien par esprit de justice que l'autrice adresse ce texte à celui qui s'oppose à l'égalité entre les sexes, l'emprise qu'il exerce sur la femme étant assimilée aux formes les plus contestables du pouvoir, que la Révolution avait pourtant prétendu abattre.

B. « Femme, réveille-toi »

De la même manière qu'elle s'adresse directement à l'homme, Olympe de Gouges va prendre à partie la femme dans son postambule (élément rajouté à la *Déclaration des droits de l'homme et du citoyen*). Elle l'encourage à se réveiller et à reconnaître ses droits, accusant même la femme d'être en partie responsable de sa situation. En effet, l'image qu'elle en donne dans cette partie du texte est pour le moins paradoxale, la femme de l'Ancien Régime étant présentée comme une personne fourbe et profiteuse. Et l'autrice reconnaît que si elle a gagné en respect grâce à la Révolution, elle est devenue « respectable et méprisée », alors qu'elle était jusqu'alors « méprisable et respectée ». Ainsi, les femmes exerçaient autrefois un empire sur les hommes, et elles compensaient (sans que l'autrice approuve la démarche) leurs faiblesses dans les domaines de la force et du droit par leurs charmes et leur ruse. Tant qu'elles étaient belles et aimables, le stratagème était efficace. Mais sitôt leurs charmes dissipés, la plupart sombraient, en même temps que dans la vieillesse, dans la pauvreté. Olympe de Gouges reproche enfin au mariage d'encourager la femme mariée à la tromperie tout en laissant celle qui ne l'est pas dans une terrible insécurité. La révolutionnaire incite donc les femmes à s'emparer de leur propre liberté et à se délivrer du joug imposé par les hommes. L'adresse directe et les nombreuses injonctions qu'elle utilise sont un moyen particulièrement efficace de réveiller les mentalités endormies.

Le saviez-vous ?

Le mot « postambule » est construit grâce au préfixe *post*, « après » et au radical *ambulare*, « cheminer, avancer ». Un postambule est une courte annotation qui termine un texte.

III – Une pensée philosophique et visionnaire

Quelle que soit la forme que prend son engagement, c'est en s'appuyant sur l'argument philosophique de la nature que l'autrice réussit à convaincre.

A. Le droit de nature

Que ce soit dans son préambule, son postambule, les articles ou le premier texte adressé aux hommes, Olympe de Gouges s'appuie partout sur l'argument du droit naturel pour justifier ses revendications. En effet, nulle part dans le règne de la nature ne pourra-t-on trouver un asservissement

Le saviez-vous ?

Lorsque les juristes et les philosophes parlent de droit, ils parlent généralement de « droit positif », c'est-à-dire d'un droit écrit par l'homme, par opposition à un « droit naturel », qui existerait à l'état de nature.

comparable de la femelle par le mâle. Les deux sexes au contraire coopèrent généralement en harmonie. « Observe le créateur dans sa sagesse, ordonne Olympe de Gouges à l'homme, parcours la nature dans toute sa grandeur, dont tu sembles vouloir te rapprocher, et donne-moi, si tu l'oses, l'exemple de cet empire tyrannique ». De même, l'article 4 met en valeur « l'exercice des droits naturels de la femme ». Ainsi, l'inégalité de l'homme et de la femme, que l'autrice désigne pourtant comme « le sexe supérieur en beauté comme en courage », apparaît comme une exception, non pas comme la règle. Pour la femme de lettres qu'est Olympe de Gouges, cette injustice n'est que le résultat de l'ignorance la plus condamnable, et d'autant plus étonnante qu'elle s'exprime au siècle des Lumières. Ainsi, la raison et la philosophie sont présentées du côté de la femme, qui montre qu'elle a tout en commun avec l'homme dont elle est l'égal sur le plan intellectuel.

B. Une pensée (trop ?) avant-gardiste

Mais cette pensée, si philosophe soit-elle, ne rencontrera que peu d'écho lors de sa publication. En effet, les idées avancées par Olympe de Gouges arrivent très tôt dans son époque, et il semble que les femmes elles-mêmes ne soient pas prêtes à les recevoir et à les comprendre. On se souvient par exemple qu'en 1789, alors que le Tiers État est appelé à faire part de ses vœux dans les cahiers de doléances mis à sa disposition, des femmes engagées dans la Révolution s'emparent de cet espace d'expression pour plaider leur cause. On perçoit pourtant encore dans ces doléances à quel point elles s'enferment elles-mêmes dans le rôle qui leur est assigné, se jugeant encore indignes d'accéder aux sciences, ou incapables de « valeur » ou de « génie ». Elles affirment ainsi dans leur pétition datée du 1er juillet 1789 : « nous voulons bien laisser aux hommes la valeur, le génie ; mais nous leur disputerons toujours le dangereux et précieux don de la sensibilité ». Rares sont les voix comme celle d'Olympe de Gouges qui réclament une stricte égalité et perçoivent l'aspect profondément réducteur de l'affirmation qui enferme les femmes dans un caractère sensible et doux, et n'en fait que des

Méthode

Appuyez votre réflexion sur d'autres œuvres ou textes lorsque c'est possible, sans vous éloigner du sujet. Les exemples extérieurs à l'œuvre au programme doivent toujours servir votre réflexion sur le thème de la dissertation.

femmes d'intérieur ou de bonnes mères de famille. Une contemporaine d'Olympe, Mary Wollstonecraft, s'engagera, elle aussi, pour condamner les femmes, les accusant d'être les premières responsables de leur situation. La *Déclaration des droits de la femme et de la citoyenne* n'aura donc pas une grande influence dans l'évolution des mentalités à la fin du XVIIIe siècle. Au contraire, le Code civil instauré par Napoléon va cruellement faire régresser le peu de droits acquis par les femmes pendant la Révolution. Mais le texte sera redécouvert et remis à l'honneur par les premières féministes, qui font d'Olympe de Gouges l'une de leur précurseur.

Conclusion

Ainsi, l'autrice choisit différentes formes pour combattre en faveur de l'égalité des droits entre femmes et hommes : parodie, prise à partie violente, réflexion philosophique… tous ces moyens sont mis au service de l'engagement d'une femme très en avance sur son temps. Il faudra en effet attendre près d'un siècle pour que naisse le premier mouvement féministe, dans les années 1850, les femmes étant de plus en plus nombreuses à demander le droit de vote.

L'astuce du prof

Accordez-vous un temps nécessaire à la relecture de votre copie en fin d'épreuve. Vous pouvez relire phrase par phrase, en commençant par la fin, pour rester concentré sur la forme et non sur le fond de votre devoir.

Le théâtre du XVIIe siècle au XXIe siècle

Faire le point

L'essentiel

1 Le théâtre baroque

- Au XVIe siècle, le théâtre baroque repose sur le jeu des **apparences**, le goût des **métamorphoses**, la complexité des intrigues… Il invite à la prise de conscience de la **vanité** des choses dans un siècle bouleversé par les guerres de religion.

2 Le théâtre classique

- Au XVIIe siècle naît le théâtre classique, caractérisé par des règles précises : **les trois unités** (unité de temps, de lieu, d'action), la **vraisemblance** (l'action doit paraître crédible), la **bienséance** (rien de ce qui est représenté sur scène ne doit choquer le public). Pour la comédie comme pour la tragédie, le théâtre doit plaire et instruire, il a une **fonction morale.**
- Au XVIIIe siècle, les auteurs dramatiques continuent à respecter les règles, mais ils sont inspirés par les **Lumières** et font une place importante à la critique sociale.

3 Le théâtre romantique

- À partir de 1830, les auteurs romantiques remettent en cause l'ordre établi et les règles classiques. Ils veulent mêler comédie et tragédie, le « sublime et le grotesque ».

4 Vers le renouvellement des formes

- Au moment de la Seconde Guerre mondiale, les auteurs proposent une **relecture des grands mythes tragiques** à la lumière de l'histoire du XXe siècle.
- Au lendemain de la guerre, les dramaturges de l'**absurde** soulignent l'angoisse du vide et le non-sens de l'existence.
- Depuis les années 1980, l'écriture théâtrale évolue vers une **fusion des genres** (poésie, récit, théâtre) et ne recule pas devant la **violence**.

LEXIQUE

- **tragédie** : représentation de personnages de rang élevé, aux préoccupations nobles et au langage soutenu. Elle se termine mal et doit provoquer terreur et pitié.
- **comédie** : représentation de personnages de rang moyen, aux préoccupations quotidiennes et au langage courant. Elle a pour but de corriger les vices des hommes en s'en moquant.
- **dénouement** : scène finale d'une pièce, qui vient clore l'intrigue théâtrale.

Schéma bilan

Pièces baroques

- Caldéron, ***La vie est un songe*** : **1635**
- Corneille, ***L'Illusion comique*** : **1636**

« Attaquer par des peintures ridicules les vices de mon siècle. »
Molière

Comédies classiques

- **1662** : Molière, ***L'École des femmes***
- **1669** : Molière, ***Le Tartuffe***

Comédies ballets

- (p. 296) Molière, ***Le Malade imaginaire*** : **1673**

Tragédies classiques

- **1642** : Corneille, ***Cinna***
- **1677** : Racine, ***Phèdre***

Comédie du XVIIIe siècle

- Marivaux, ***Le Jeu de l'amour et du hasard*** : **1730**
- (p. 308) Marivaux, ***Les Fausses Confidences*** : **1737**
- Beaumarchais, ***Le Mariage de Figaro*** : **1784**

« Nous vous jetons dans l'esclavage pour vous rendre sensibles aux maux qu'on y éprouve ; nous vous humilions, afin que, nous trouvant superbes, vous vous reprochiez de l'avoir été. »
Marivaux

Drames romantiques

- **1830** : Hugo, ***Hernani***
- **1834** : Musset, ***On ne badine pas avec l'amour***
- **1897** : Rostand, ***Cyrano de Bergerac***

Mythes revisités

- Giraudoux, ***La guerre de Troie n'aura pas lieu*** : **1935**
- Sartre, ***Les Mouches*** : **1943**

Théâtre de l'absurde

- **1950** : Ionesco, ***La Cantatrice chauve***
- **1957** : Beckett, ***Fin de partie***

« Seul ce qui est insoutenable est profondément tragique, comique, essentiellement théâtre. »
Ionesco

Vers le théâtre contemporain

- Koltès, ***Roberto Zucco*** : **1990**
- (p. 320) Lagarce, ***Juste la fin du monde*** : **1990**
- Mouawad, ***Incendies*** : **2003**

Sujets guidés

SUJET 11 Sujet inédit — 20 pts — 4h

Commentaire

› **Vous commenterez le texte suivant.**

EXTRAIT **Marivaux, *L'Île des esclaves*, scène 6, 1725**

Sur une île utopique dans laquelle les maîtres deviennent esclaves et les esclaves maîtres, Iphicrate et son valet ainsi qu'Euphrosine et sa servante Cléanthis ont fait naufrage et échangé leurs conditions. Arlequin et Cléanthis, devenus maîtres, s'amusent dans la scène 6 à imiter une scène de séduction amoureuse précieuse sous les yeux ébahis de leurs anciens maîtres.

CLÉANTHIS. – Je suis d'avis d'une chose, que nous disions qu'on nous apporte des sièges pour prendre l'air assis, et pour écouter les discours galants que vous m'allez tenir ; il faut bien jouir de notre état, en goûter le plaisir.

ARLEQUIN. – Votre volonté vaut une ordonnance. *(À Iphicrate.)* Arlequin, vite des sièges pour moi, et des fauteuils pour Madame.

IPHICRATE. – Peux-tu m'employer à cela ?

ARLEQUIN. – La république le veut.

CLÉANTHIS. – Tenez, tenez, promenons-nous plutôt de cette manière-là, et tout en conversant vous ferez adroitement tomber l'entretien sur le penchant que mes yeux vous ont inspiré pour moi. Car encore une fois nous sommes d'honnêtes gens à cette heure, il faut songer à cela ; il n'est plus question de familiarité domestique. Allons, procédons noblement, n'épargnez ni compliment ni révérences.

ARLEQUIN. – Et vous, n'épargnez point les mines. Courage ; quand ce ne serait que pour nous moquer de nos patrons. Garderons-nous nos gens ?

CLÉANTHIS. – Sans difficulté ; pouvons-nous être sans eux ? c'est notre suite ; qu'ils s'éloignent seulement.

ARLEQUIN, *à Iphicrate.* – Qu'on se retire à dix pas.

Iphicrate et Euphrosine s'éloignent en faisant des gestes d'étonnement et de douleur. Cléanthis regarde aller Iphicrate, et Arlequin, Euphrosine.

ARLEQUIN, *se promenant sur le théâtre avec Cléanthis.* – Remarquez-vous, Madame, la clarté du jour ?

CLÉANTHIS. – Il fait le plus beau temps du monde ; on appelle cela un jour tendre.

ARLEQUIN. – Un jour tendre ? Je ressemble donc au jour, Madame.

CLÉANTHIS. – Comment ! Vous lui ressemblez ?

ARLEQUIN. – Eh palsambleu ! le moyen de n'être pas tendre, quand on se trouve en tête à tête avec vos grâces ? *(À ce mot, il saute de joie.)* Oh ! oh ! oh ! oh !

CLÉANTHIS. – Qu'avez-vous donc ? Vous défigurez notre conversation.

ARLEQUIN. – Oh ! ce n'est rien : c'est que je m'applaudis.

CLÉANTHIS. – Rayez ces applaudissements, ils nous dérangent. *(Continuant.)* Je savais bien que mes grâces entreraient pour quelque chose ici, Monsieur, vous êtes galant ; vous vous promenez avec moi, vous me dites des douceurs ; mais finissons, en voilà assez, je vous dispense des compliments.

ARLEQUIN. – Et moi je vous remercie de vos dispenses.

CLÉANTHIS. – Vous m'allez dire que vous m'aimez, je le vois bien ; dites, Monsieur, dites ; heureusement on n'en croira rien. Vous êtes aimable, mais coquet, et vous ne persuaderez pas.

ARLEQUIN, *l'arrêtant par le bras, et se mettant à genoux.* – Faut-il m'agenouiller, Madame, pour vous convaincre de mes flammes, et de la sincérité de mes feux ?

CLÉANTHIS. – Mais ceci devient sérieux. Laissez-moi, je ne veux point d'affaires ; levez-vous. Quelle vivacité ! Faut-il vous dire qu'on vous aime ? Ne peut-on en être quitte à moins ? Cela est étrange.

ARLEQUIN, *riant à genoux.* – Ah ! ah ! ah ! que cela va bien ! Nous sommes aussi bouffons que nos patrons, mais nous sommes plus sages.

PAR ÉTAPES

ANALYSER L'EXTRAIT

Lire et extraire les informations pertinentes

- **Genre :** théâtre, comédie.
- **Paratexte :** journaliste et auteur de comédies des Lumières, Marivaux s'intéresse particulièrement à la naissance du sentiment amoureux et aux obstacles sociaux qui peuvent se dresser devant l'amour et permettent ainsi d'interroger la société.
- **Mots-clés :**

– **utopie :** lieu (*topos* en grec) qui n'existe pas (négation *ou* en grec) et est parfait (*eu* en

À savoir

- **Marivaudage :** nom forgé à partir des pièces de Marivaux pour désigner :
  – le badinage amoureux, jeu de séduction amoureuse ;
  – les embarras liés à l'amour, surtout s'il va à l'encontre de certitudes, de classes.
- Les deux sens sont souvent présents dans les pièces de Marivaux.

grec). La présentation d'une utopie permet, par comparaison, de réfléchir à la société réelle.

– **rang social :** les personnages sont associés à leur rang : maîtres/valets. L'inversion des rôles va permettre de réfléchir sur la société.

– **scène de séduction précieuse :** scène de séduction qui suit le code de la **préciosité**.

- **Forme :** dialogue théâtral.
- **Registre :** comique qui repose sur la parodie (imitation comique).

À savoir

- **Préciosité :** mouvement né au XVIIe siècle durant le classicisme et qui se prolonge au XVIIIe siècle.
- Les précieux vivent selon des règles qui visent à se hisser vers le sublime en matière de conversation et de comportement. Les scènes de séduction amoureuse répondent à un code précis, qui suit la carte du Tendre.

Situer l'extrait

- **Dans le contexte littéraire :** Marivaux écrit des comédies qui ne respectent plus à la lettre les règles du classicisme. *L'Île des esclaves* n'est pas divisée en actes et la vraisemblance est mise à mal par l'utopie sociale inventée. La pièce s'inscrit aussi dans la continuité du Molière des *Précieuses ridicules* et des *Femmes savantes* avec sa satire de la préciosité. Toutefois, la dénonciation touche ici hommes comme femmes.
- **Dans l'œuvre :** maîtres et valets ont déjà échangé leurs rôles. Les premiers souffrent de devoir servir les seconds, qui prennent, eux, grand plaisir à jouer les maîtres. Leur imitation est une parodie, particulièrement dans la scène 6, qui singe des précieux se faisant la cour.

Mobiliser des outils d'analyse et repérer des procédés stylistiques

- Le théâtre dans le théâtre :

– Quels rôles sont joués et par qui ? Lexique, comportement.

– Ces rôles sont-ils bien joués ? Les personnages-acteurs tiennent-ils leurs rôles ? Didascalies, apartés.

- La dimension comique du passage :

– La parodie des maîtres : hyperboles, périphrases, métaphores.

– Le personnage d'Arlequin : comique de caractère.

- La dimension satirique du passage qui permet de dénoncer les excès de la préciosité : qu'est-ce qui est dénoncé ? Comment ?

ORGANISER SA COPIE

Formuler une problématique

- Comment Marivaux procède-t-il pour faire une satire sociale avec cette scène de séduction amoureuse ?

Élaborer un plan

- **Les axes de lecture :** comment les personnages jouent-ils leur rôle ? En quoi l'imitation des valets est-elle une parodie de séduction précieuse ? Quelle leçon cette scène propose-t-elle et à qui ?

• **Proposition de plan :**

Partie I : Une mise en abyme

Partie II : Une parodie de scène de séduction précieuse

Partie III : La visée morale de la scène

Rédiger l'introduction et la conclusion

• **L'introduction :** plusieurs notions doivent apparaître et être définies, afin de montrer vos connaissances et de fournir au lecteur les éléments permettant de comprendre votre démarche : **utopie, préciosité, réflexion sur la société, mise en abyme et parodie.** En posant ces bases, vous devez logiquement aboutir à votre problématique puis à l'annonce de votre plan.

• **La conclusion :** proposez une synthèse de votre développement, partie par partie.

RÉDIGER SON DEVOIR

Rédigez directement sur votre copie. Vous n'avez pas le temps de rédiger au brouillon. **Les titres n'apparaissent pas sur la copie**, ils sont remplacés par des **phrases d'introduction partielle** pour chaque paragraphe.

Méthode

Insérer et commenter une citation

• **Insérez la citation** dans votre phrase, en la modifiant éventuellement pour cela, et en l'indiquant grâce à l'emploi de crochets droits.

• Il convient ensuite de **commenter votre citation.**

1. Observez. Interrogez-vous sur la manière dont elle est écrite : Quels mots ont été choisis ? Y a-t-il des figures de style ? Un travail du rythme ou des sonorités ?

2. Concluez. Vos observations doivent absolument mener à une interprétation, sur la mise en évidence d'effets créés par le choix des mots, leur place…

3. Sélectionnez. Une même citation peut s'analyser différemment et mettre en évidence par exemple une mise en abyme, et prouver aussi que les valets jouent mal les maîtres. Ciblez donc uniquement les éléments en lien avec l'idée que vous développez dans votre paragraphe.

CORRIGÉ 11

Comprendre le corrigé

Corrigé rédigé

Introduction

Marivaux, qui appartient au mouvement des Lumières, a écrit des comédies dans lesquelles il s'intéresse particulièrement à la naissance du sentiment amoureux et à ce que l'esprit humain forge pour ne pas s'avouer cet amour. Ses pièces ne se limitent cependant pas à ce « marivaudage »,

Le saviez-vous ?

« Les Lumières » désigne le mouvement littéraire et culturel qui s'est répandu en Europe au XVIIIe siècle. L'*Encyclopédie* (1751-1772), dirigée par Diderot et d'Alembert, est considérée comme l'ouvrage manifeste des Lumières.

MÉTHODE

SUJETS PAS À PAS

SUJETS COMME À L'EXAMEN

puisque le dramaturge s'interroge aussi sur la société. Ainsi, dans *L'Île des esclaves*, il imagine une île utopique dans laquelle les maîtres deviendraient esclaves et les esclaves maîtres. Arlequin et Cléanthis, devenus maîtres, s'amusent à la scène 6 à imiter une scène de séduction amoureuse précieuse sous les yeux déconfits de leurs anciens maîtres. Nous nous demanderons donc comment Marivaux procède pour faire une satire sociale. Pour ce faire, nous verrons que le dramaturge nous propose une mise en abyme, qui nous donne à voir une parodie de scène de séduction précieuse afin de nous faire réfléchir en riant.

I – Une mise en abyme

A. Un nouvel espace scénique

La première réplique d'Arlequin et les didascalies suivantes changent l'organisation et la distribution de l'espace de jeu. On entre ainsi dans un nouvel espace, celui du théâtre dans le théâtre, de la mise en abyme. Transition : Cette nouvelle organisation de l'espace correspond à une redistribution des rôles de maîtres et valets.

Méthode

N'oubliez pas, au cours de votre analyse, de prendre en considération les didascalies. Elles renferment de précieuses informations concernant le jeu des acteurs.

B. Des maîtres devenus esclaves et spectateurs

Les maîtres changent de statut social comme l'indique le subjonctif d'ordre « Qu'on se retire » qui montre le renversement des positions. La distance mise entre maîtres et valets est soulignée par la précision « à dix pas ». Les anciens maîtres obéissent comme le précise la didascalie « *Iphicrate et Arlequin s'éloignent* ». Ils sont contraints de se taire : leurs réactions sont non verbales comme l'indique la didascalie « *en faisant des gestes d'étonnement et de douleur* ». Ainsi, d'acteurs de leur vie, ils deviennent spectateurs de celle des autres. Ils restent donc présents sur scène, mais contraints de regarder leurs esclaves jouer leurs propres rôles. Transition : Iphicrate et Euphrosine, dépouillés de leur statut de maîtres, sont contraints d'agir en esclaves et d'être spectateurs du jeu de leurs anciens esclaves devenus maîtres et acteurs.

Méthode

Il n'est pas nécessaire d'aller à la ligne pour vos transitions.

C. Des esclaves devenus maîtres et acteurs

Les valets changent aussi de statut social : devenus maîtres, Arlequin et Cléanthis adoptent les manières des maîtres en donnant un ordre, en usant de la parole dont les esclaves sont au contraire privés. Le champ lexical de la parole sature d'ailleurs leurs propos, signe de la liberté acquise : « appelle », « conversation », « dîtes », « compliments », « dispenses », « allez dire », « dîtes », « persuaderez », « convaincre », « dire ». Ils entrent ainsi dans leurs nouveaux rôles théâtraux en usant de formules de politesse, « madame » et « monsieur », du vouvoiement, d'un niveau de langue soutenu avec notamment l'usage du « on » à la place du « je ». Devenus acteurs, ils jouent de manière antithétique. Arlequin imite certes les manières de son maître, mais ne peut s'empêcher de briser l'illusion théâtrale en riant de son jeu et en le commentant. Il est ainsi spectateur de son propre jeu comme la mention des « applaudi[ssements] » le montre. Cléanthis, quant à elle, incarne son personnage avec conviction et s'identifie à lui, ce qui explique sa mauvaise humeur lorsqu'Arlequin brise l'illusion théâtrale. Elle en vient ainsi à adopter le ton d'un metteur en scène « Rayez ces applaudissements » donnant des indications de jeu à ses comédiens en usant d'un impératif d'ordre. Transition : Les maîtres devenus esclaves sont contraints de regarder leurs esclaves jouer les maîtres. Quelle scène ces derniers leur proposent-ils donc ?

Méthode

Pensez qu'il ne faut pas seulement relever les champs lexicaux de l'extrait que vous étudiez. Vous devez en effet les analyser puis les commenter afin d'enrichir votre commentaire de texte.

Définition

Antithétique : désigne l'opposition entre deux idées, deux discours.

II – Une parodie de séduction précieuse

Sur ma copie

Pour faire apparaître le plan sur votre copie, sautez une ligne entre chaque grande partie.

A. Une scène de séduction

Toute la conversation a pour thème l'amour dont on repère le champ lexical : « tendre », « grâces », « galant », « vous m'aimez », « aimable », « flammes » et « feux », « affaires », « on vous aime ». Arlequin joue ainsi le rôle d'un « galant » faisant sa cour à Cléanthis. Il évoque son état de « tendre[sse] », la complimente sur ses « grâces » et lui déclare « *à genoux* » son amour. Cléanthis joue le rôle de la fausse prude. Elle feint de se refuser (« on n'en croira rien. Vous êtes aimable, mais coquet, et vous ne persuaderez pas. ») avec la négation et le futur de l'indicatif qui indiquent une certitude encadrant un compliment assorti d'un défaut et ainsi amoindri. Les impératifs d'ordre sont nombreux dans sa bouche (« Laissez-moi, je ne veux point d'affaires ; levez-vous ») et encadrent la phrase négative de refus avec la séparation des pronoms

« moi » et « vous » placés aux extrémités de la phrase de manière mimétique du propos. Toutefois, elle cède en fait aux compliments, comme le montrent la répétition de « dîtes » qui encourage l'amant à se dévoiler et les interrogatives rhétoriques qui constituent une litote dans laquelle elle avoue son amour à son tour. Transition : Arlequin et Cléanthis jouent ainsi une scène de séduction amoureuse. Toutefois, celle-ci suit un canevas bien défini qui est celui des précieux.

Définition

Mimétique : caractérise une action qui consiste en la reproduction inconsciente d'attitudes, de gestes ou de paroles.

B. Une déclaration précieuse

Arlequin et Cléanthis se déclarent leur amour comme le font les précieux. Ils adoptent les mêmes étapes : premièrement, amener élégamment la conversation sur l'amour (« Je ressemble donc au jour ») lors d'une promenade par exemple ; deuxièmement, faire des « compliments » sur les « grâces » de la dame ; troisièmement, déclarer son amour (« vous m'allez dire que vous m'aimez ») ; quatrièmement, se mettre « à genoux » devant la dame et chercher à lui soutirer un aveu, un rendez-vous (« Faut-il vous dire que l'on vous aime ? »). Ils adoptent même un langage précieux que soulignent l'usage de l'expression « on appelle cela » et le jeu de mots d'Arlequin sur l'adjectif « tendre » qui est aussi une allusion à la Carte de Tendre. Il emploie des termes de la galanterie comme « grâces » et ceux déjà relevés plus haut, tout comme la métaphore du feu pour désigner l'amour passionné « mes flammes » et « mes feux ». Transition : Arlequin et Cléanthis jouent une scène de séduction à la manière des précieux, mais leur jeu relève plus de la parodie que de l'imitation fidèle.

Le saviez-vous ?

Avec le développement des salons littéraires au XVIIe siècle, apparaît le courant précieux, qui préconise le raffinement ainsi qu'une langue très travaillée. Les personnages sont idéalisés et influencés par les modèles antiques, la thématique principale est l'amour.

C. Une parodie

L'imitation des maîtres par les valets est comique : on retrouve d'ailleurs les différentes formes de comique dans une scène où le rire devrait être banni. On a ainsi le comique de situation avec Arlequin qui ne parvient pas à tenir son rôle et Cléanthis qui le gronde, ce qui les amène tous deux à rompre l'illusion théâtrale. Le comique de gestes est aussi présent lorsqu'Arlequin « *saute de joie* » ou change soudainement d'attitude (« *à ce mot* », « *ri[t] à genoux* »). Le comique de paroles se trouve dans les éclats de rire d'Arlequin « Oh ! Oh ! Oh ! Oh ! » et « ah ! Ah ! Ah ! », son juron « Eh palsambleu ! » et son autosatisfaction : « C'est que

À savoir

L'illusion théâtrale est créée grâce à la mise en place de divers artifices : costumes, décors, machines…

je m'applaudis » et « Que cela va bien ! » Ainsi le comique de caractère s'exprime en Arlequin qui regroupe les différentes formes de comique. Ce comique repose sur la parodie. Outre les moments où les personnages sortent de leur rôle, le rire naît aussi de l'incapacité des anciens esclaves à bien imiter leurs maîtres. Arlequin sort de son rôle pour revenir à son bon naturel ; Cléanthis incarne son rôle, mais elle se hâte trop et saute des étapes (« mais finissons, en voilà assez, je vous dispense des compliments ») avec l'accumulation des termes indiquant la hâte et un niveau de langue moins soutenu, ou anticipe les paroles d'Arlequin comme si elle les lui dictait (« vous m'allez dire que vous m'aimez, je le vois bien ; dites, monsieur, dites ») avec le verbe « allez » indiquant le futur proche et la répétition de l'impératif « dites » qui témoigne de son impatience. De la même manière, son revirement entre son refus et la déclaration de son amour est brutal. Transition : Cléanthis et Arlequin jouent ainsi une parodie de scène de séduction amoureuse précieuse. Celle-ci se déroule sous les yeux non seulement du public, mais aussi de leurs anciens maîtres qui sont invités à tirer une leçon morale de ce spectacle.

Langue

Il existe différentes formes de procédés comiques : le comique de geste, de langage, de caractère, de répétition et enfin de comique de situation.

Méthode

Soignez vos transitions qui permettent d'amener le lecteur vers la partie suivante en soulignant la continuité logique de vos idées.

III – La visée morale de la scène

A. Une leçon pour les maîtres

Même si Arlequin et Cléanthis ne jouent pas très bien le rôle de leurs maîtres, ils ne leur présentent pas moins pour autant un miroir dans lequel se regarder. Les maîtres se découvrent ainsi autoritaires comme l'atteste leur réaction à l'ordre d'Arlequin « *en faisant des gestes d'étonnement et de douleur* ». Le mot « étonnement » est à comprendre au sens étymologique (frappé de la foudre ; tonnerre) et montre la grande surprise des maîtres qui n'imaginaient pas que leurs esclaves les relégueraient réellement au statut d'esclaves qui s'accompagne de souffrance (« douleur »). Ils apparaissent aussi comme des précieux ridicules, des « bouffons » c'est-à-dire qui font rire (le bouffon du roi) ce que la comparaison met en évidence « aussi bouffons que ». C'est l'artifice de cet amour qui est ainsi dénoncé et présenté comme un manque de

L'astuce du prof

N'hésitez pas à vous référer au sens étymologique des termes, qui permet d'en éclairer la portée et d'approfondir votre analyse.

« sages[sse] ». Transition : Par une sorte de catharsis, les maîtres sont invités à réfléchir sur leur comportement. Toutefois le public est aussi convié à réfléchir grâce à ce spectacle « étrange ».

B. Une leçon pour le public

Le public ne subit pas la catharsis des « patrons », mais plutôt le *castigat ridendo mores*. Par le rire, les aristocrates (et les bourgeois) sont invités à considérer leur comportement en tant que maîtres, mais aussi en tant que précieux. La comparaison finale d'Arlequin semble mettre en valeur l'égalité existant entre maîtres et esclaves avec l'usage de l'égalité « aussi… que ». Toutefois, le fait qu'elle émane d'Arlequin, personnage qui n'est jamais sérieux, décrédibilise le propos d'autant qu'il y a ensuite surenchère qui place cette fois les esclaves au-dessus des maîtres (« nous sommes plus sages que nos patrons »). Comment donc comprendre cette morale finale ? On peut la juger comme une bouffonnerie de plus du *lazzi*, mais aussi comme la mise en lumière d'une pente de la nature humaine qui consiste à humilier celui qui est sous soi et qui ne peut donc répondre. Dès lors, Arlequin, en tant que maître, ne vaut pas mieux que les maîtres.

Définition

Catharsis : du grec *katharsis*, signifiant « purification », ce terme désigne la purgation des passions engendrée par la terreur et la piété suscitées chez le spectateur lors d'une représentation théâtrale.

Lexique

Lazzi : dans la *commedia dell'arte*, il s'agit de courts instants destinés à faire rire le public (acrobaties, pantomimes, etc.). Au fil du temps les *lazzi* sont devenus l'occasion de plaisanter sur des sujets d'actualité.

Conclusion

Marivaux nous propose, grâce à une mise en abyme comique, une parodie d'une scène de séduction précieuse qui permet certes de faire rire, mais aussi de faire réfléchir les maîtres de la pièce et du public à leur comportement en posant la question des liens hiérarchiques entre individus. Lors du dénouement de la pièce, en effet, Marivaux n'invite pas à un renversement des statuts sociaux : Arlequin et Cléanthis redeviennent esclaves tout comme Iphicrate et Euphrosine maîtres. Mais l'aventure sur l'île des esclaves leur aura servi de leçon, ils seront dorénavant de meilleurs maîtres : « Vous avez été leurs maîtres, et vous en avez mal agi ; ils sont devenus les vôtres et ils vous pardonnent ; faites vos réflexions là-dessus. La différence des conditions n'est qu'une épreuve que les dieux font sur nous. »

Conclusion

Pensez à récapituler les grands axes que vous avez abordés dans votre devoir.

SUJET 12 **D'après France métropolitaine, juin 2015** 20 pts 4h

Commentaire

› **Vous commenterez le texte suivant.**

EXTRAIT Laurent Gaudé, *Le Tigre bleu de l'Euphrate*, acte X, 2002

L'extrait se situe à la fin de la pièce, composée de dix actes. Une seule voix se fait entendre, celle d'Alexandre le Grand. Au premier acte, il se prépare à mourir et chasse tous ceux qui se pressent autour de lui.

Il raconte à la Mort, qu'il imagine face à lui, comment le Tigre bleu lui est un jour apparu et comment il a su que le but de sa vie était de le suivre, toujours plus loin, à travers le Moyen-Orient. Mais, cédant à la prière de ses soldats, il cesse de suivre le Tigre bleu pour faire demi-tour.

[…]
Je vais mourir seul
Dans ce feu qui me ronge,
Sans épée, ni cheval,
Sans ami, ni bataille,
Et je te demande d'avoir pitié de moi,
Car je suis celui qui n'a jamais pu se rassasier,
Je suis l'homme qui ne possède rien
Qu'un souvenir de conquêtes.
Je suis l'homme qui a arpenté la terre entière
Sans jamais parvenir à s'arrêter.
Je suis celui qui n'a pas osé suivre jusqu'au bout le tigre bleu de l'Euphrate.

J'ai failli[1].
Je l'ai laissé disparaître au loin
Et depuis je n'ai fait qu'agoniser.
À l'instant de mourir,
Je pleure sur toutes ces terres que je n'ai pas eu le temps de voir.
Je pleure sur le Gange[2] lointain de mon désir.
Il ne reste plus rien.
Malgré les trésors de Babylone[3],
Malgré toutes ces victoires,
Je me présente à toi, nu comme au sortir de ma mère.
Pleure sur moi, sur l'homme assoiffé.

Je ne vais plus courir,
Je ne vais plus combattre,
Je serai bientôt l'une de ces millions d'ombres qui se mêlent et s'entrecroisent dans tes souterrains sans lumière.
Mais mon âme, longtemps encore, sera secouée du souffle du cheval.
Pleure sur moi,
Je suis l'homme qui meurt
Et disparaît avec sa soif.

---

1. J'ai échoué.
2. Fleuve de l'Inde. Alexandre a fait demi-tour avant d'y arriver.
3. Capitale de la Perse, gouvernée par Darius. Première grande conquête victorieuse d'Alexandre.

PAR ÉTAPES

ANALYSER L'EXTRAIT

▶ Lire et extraire les informations pertinentes

• **Genre :** théâtral.

• **Paratexte :**

– « 2002 » : théâtre contemporain qui s'est libéré des règles classiques qui interdisent par exemple qu'un personnage meure sur scène (bienséances).

– « Alexandre le Grand » : ce nom doit évoquer l'Antiquité et des conquêtes immenses, mais aussi une mort prématurée.

– « fin de la pièce » : c'est le dénouement, interrogez-vous sur ses enjeux.

• **Mots-clés :**

– « **Je vais mourir seul** » : imminence de la mort qui a une incidence sur le personnage (force tragique).

– « **Je te demande** » : prière ainsi formulée par le mourant.

– « **Je suis l'homme qui** » : Alexandre fait son autoportrait.

• **Forme :** monologue.

• **Registre :** tragique.

Situer l'extrait

• **Dans le contexte littéraire :** Laurent Gaudé est un romancier et dramaturge contemporain particulièrement intéressé par la question de la mort et de la tragédie qu'il aborde notamment dans son roman *La Mort du roi Tsongor* (2002). Ce dernier fut récompensé par le prix Goncourt des lycéens et le prix des libraires. La mort d'Alexandre le Grand le fascine tout particulièrement puisqu'il y consacre un roman, *La Mort pour seul cortège* (2012), et une pièce de théâtre, *Le Tigre bleu de l'Euphrate*, dont le dénouement est à commenter.

• **Dans l'œuvre :** Le texte est situé à la fin de la pièce *Le Tigre bleu de l'Euphrate* qui s'achève avec la mort d'Alexandre le Grand. Celui-ci monologue et fait le récit de sa vie et de sa passion de la conquête en s'imaginant s'adresser à la Mort.

Mobiliser des outils d'analyse et repérer des procédés stylistiques

• Les champs lexicaux de la possession et du manque et celui du pouvoir et de la frustration.

• L'énonciation : qui parle à qui ? Dans quels buts ?

• L'intérêt qu'il y a à choisir comme héros Alexandre le Grand.

• Le décalage entre vie héroïque et mort.

ORGANISER SA COPIE

Formuler une problématique

• En quoi la mort d'Alexandre est-elle une leçon de vie ?

Élaborer un plan

• **Les axes de lecture :** comment le monologue est-il rendu dynamique ? À qui s'adresse Alexandre ? Quelle forme prend cette adresse ? Quel bilan de sa vie fait le conquérant ? En quoi ce bilan ouvre-t-il la réflexion sur tous sur les enjeux d'une vie heureuse ?

Méthode

Le monologue

• Un monologue est une réplique, longue, prononcée par un seul personnage qui est seul sur scène. Il convient de se demander pourquoi il prend ainsi la parole :
– le personnage s'adresse à lui-même : il est confronté à une difficulté et son discours a pour but de l'aider à la résoudre. Il faut donc identifier l'intérêt pour le personnage du monologue ;
– le personnage est aussi parfois sans le savoir entendu par un autre personnage qui n'est pas visible : ce personnage apprend donc des informations, qu'il commente parfois en aparté. Repérer l'enjeu des paroles prononcées pour celui qui les énonce et pour celui qui les entend est important ;
– le personnage s'adresse aussi – c'est la loi du théâtre – aux spectateurs : quel est l'intérêt pour le spectateur d'avoir accès aux pensées et réflexions intimes du personnage qui monologue ?

• Le monologue pose un problème particulier pour le metteur en scène : comment faire en sorte que le public ne s'ennuie pas ?
– repérez les didascalies internes qui permettent d'imaginer des éléments de mise en scène ;
– imaginez comment mettre en scène le monologue : gestes, déplacements, ton, lumière, etc.

• **Proposition de plan :**

Partie I : Un monologue changé en dialogue avec la Mort à qui il adresse une prière avant de mourir…

Partie II : …ce qui lui permet de faire un bilan de sa vie de conquérant…

Partie III : …bilan qui rejoint les leçons philosophiques des sages de l'Inde qu'il a rencontrés

Rédiger l'introduction et la conclusion

• **L'introduction :**

– Si vous avez des connaissances sur l'œuvre de Laurent Gaudé, utilisez-les : la mort et le personnage historique d'Alexandre le Grand sont des thèmes importants de son œuvre.

– Pensez à bien situer l'extrait dans la pièce : dénouement qui met en scène la mort du personnage principal qui monologue.

– Ces éléments doivent vous permettre d'introduire logiquement la problématique.

– Indiquez enfin les axes de votre plan en soulignant la logique de votre propos et en montrant qu'ils vont permettre de répondre à votre problématique.

• **La conclusion :**

– Récapitulez chaque grande partie en dégageant l'apport de chaque sous-partie. Ces phrases doivent pouvoir être mises en relation avec votre problématique et se présenter comme une réponse à celle-ci.

– Ouvrez votre réflexion. Vous pouvez par exemple comparer le traitement de la mort dans ce texte avec celui que l'on trouve dans d'autres textes comme les poèmes du *carpe diem* de Ronsard, ou rapporter la réflexion menée à celle du *memento mori* et aux tableaux des vanités.

RÉDIGER SON DEVOIR

• Choisissez des mots de liaison qui soulignent la **logique** de votre propos: opposition, conséquence, cause…

• Évitez ceux qui ne soulignent pas l'importance de **l'ordre de vos idées** (et, de plus, en outre…).

CORRIGÉ 12

Comprendre le corrigé

Corrigé rédigé

Introduction

Alexandre le Grand (356-323 av. J.-C.) fascine depuis des siècles par son destin : abattu par une fièvre, il est mort à 33 ans, alors qu'aucun ennemi n'avait réussi à avoir raison de lui. Ce dernier a conquis de vastes territoires et rêvait d'unir les nombreux peuples sur lesquels il régnait, à commencer par les Grecs et les Perses, de farouches ennemis de longue date. Laurent Gaudé, dramaturge et romancier contemporain, s'intéresse particulièrement aux idées de voyage et d'exil qui se rencontrent dans le personnage d'Alexandre le Grand notamment à sa mort, à laquelle il a consacré un roman, *Pour seul cortège* (2012), et une pièce de théâtre, *Le Tigre bleu de l'Euphrate* (2002). Au dénouement de celle-ci, à la fin de l'acte X, Alexandre se prépare à mourir dans un monologue adressé à la Mort. Nous nous demanderons donc en quoi la mort d'Alexandre est une leçon de vie. Pour ce faire, nous verrons que ce texte prend la forme d'un monologue changé en dialogue avec la Mort à qui il adresse une prière avant de mourir, ce qui lui permet de faire un bilan de sa vie de conquérant, bilan qui rejoint les leçons philosophiques des sages de l'Inde qu'il a rencontrés.

Le saviez-vous ?

Alexandre le Grand a marqué l'Histoire antique par ses conquêtes aussi bien que sa personnalité. Il a inspiré de nombreuses œuvres artistiques et littéraires dès l'Antiquité et jusqu'à aujourd'hui.

I – Un monologue changé en dialogue avec la Mort, expression d'une prière avant de mourir…

A. Un monologue changé en dialogue avec la Mort…

Alexandre met en avant sa solitude. Lui qui a chassé toute sa suite profite de cette solitude qui lui est chère, comme l'atteste la place de l'adjectif « seul » en fin de vers (v. 1), pour monologuer. Mais son monologue prend la forme d'un dialogue entre lui-même, qualifié par les pronoms et adjectifs de la première personne (« je », « me », « mon », « ma », « moi »), et la Mort qu'il tutoie (« te », « toi », « tes »). La Mort n'est donc pas incarnée par un

Zoom sur

Le monologue est dangereux au théâtre : il risque de ralentir l'action et d'ennuyer le spectateur. Pour le dynamiser, les auteurs peuvent varier les situations d'énonciation, ajouter des didascalies…

comédien sur scène, mais imaginée par le héros qui est bien seul sur le plateau, malgré ce que pourraient laisser penser ses propos. Transition : Ainsi, le monologue d'Alexandre prend en fait la forme d'un dialogue avec la Mort qui le rend dynamique et permet l'expression d'une prière.

B. …expression d'une prière…

Alexandre adresse une prière à la Mort. Celle-ci est formulée dès le début du passage : « Et je te demande d'avoir pitié de moi » (v. 5). Sa forme est prosaïque à cause de l'usage du verbe « demander » plutôt que « prier », mais l'objet de la demande « avoir pitié de moi » renvoie bien à l'univers de la prière. La formulation finale de ce vœu, plus insistante avec l'emploi de l'impératif, amène directement à ce qui est demandé : « Pleure sur moi » (v. 28). Le verbe « pleurer », avec la précision « sur moi », correspond bien à l'idée d'« avoir pitié de moi » déjà vue, mais la rend concrète, voire visuelle, dans une forme d'hypotypose nous invitant à voir l'allégorie de la Mort en larmes. Il pleure d'ailleurs comme le souligne l'anaphore « Je pleure sur » (v. 16-17) qui met en valeur ses regrets. Transition : Alexandre adresse donc une prière à la Mort pour que celle-ci compatisse en raison de sa fin toute proche.

L'astuce du prof

Prenez en compte le fait que ce texte est un texte de théâtre qui a donc été écrit pour être joué, sans perdre de vue son écriture en vers libres qui demande aussi votre attention.

Définition

Hypotypose : description animée et frappante d'une chose.

Définition

Anaphore : procédé qui consiste en la répétition d'un mot en début de phrase, ou de vers.

C. …avant de mourir

Alexandre est sur le point de mourir comme il le précise dès le vers 1 : « Je vais mourir ». L'idée est d'ailleurs bien présente dans le monologue. Les mots et expressions « agoniser » (v. 14), « à l'instant de mourir » (v. 15), « je serai bientôt l'une de ces millions d'ombres » (v. 25), « qui meurt / Et disparaît » (v. 29-30) le montrent. L'urgence de la situation est mise en évidence puisque cette mort est annoncée par « je vais mourir » au début (v. 1) avant d'être effective à la fin (v. 29-30) avec « qui meurt / Et disparaît », d'autant plus que la parole théâtrale est performative. Alexandre souffre, comme l'indique la métaphore du « feu qui [le] ronge » (v. 2). Cette situation permet de mieux comprendre pourquoi il adresse une prière à la Mort. La demande de compassion s'explique notamment par l'idée qu'il se fait d'elle : « Je serai bientôt l'une de ces millions d'ombres qui se mêlent et s'entrecroisent dans tes souterrains sans lumière » (v. 25). Il se représente la Mort comme chez les Anciens : « l'âme », seule survivante, descend

Zoom sur

Le discours performatif désigne une parole qui peut être une action. Ex : « La séance est ouverte » constitue à la fois un discours, mais aussi une action ; prononcer cette phrase ouvre la séance.

aux Enfers où elle erre comme une « ombr[e] » parmi tant d'autres en attendant d'être jugée et de se voir attribuer une zone géographique à arpenter dans le dédale des « souterrains » obscurs et « sans lumière ». Transition : Alexandre nous livre un monologue bien particulier puisqu'il prend en fait la forme d'un dialogue entre lui et la Mort à qui il adresse une prière. Ce choix se comprend dans la mesure où le grand guerrier est sur le point de mourir et profite de la solitude pour faire un bilan de sa vie.

Méthode
Il n'est pas nécessaire d'aller à la ligne pour vos transitions.

II – …qui permet à Alexandre de faire un bilan de sa vie de conquérant…

Sur ma copie
Pour faire apparaître le plan sur votre copie, sautez une ligne entre chaque grande partie.

A. Alexandre le conquérant

Alexandre se présente comme un grand conquérant. Il évoque « toutes [ses] victoires » (v. 20) et « les trésors de Babylone » (v. 19) obtenus. Le champ lexical de la conquête héroïque renforce ce trait : « épée » (v. 3), « bataille » (v. 4), « conquêtes » (v. 8), « courir » (v. 23) et « combattre » (v. 24). À ces mots s'ajoute tout un réseau renvoyant spécifiquement à Alexandre comme la mention de son « cheval » (v. 3) Bucéphale, de ses « amis » qui constituaient ses généraux ou encore l'énorme étendue de territoire qu'il a conquise : « a arpent[é] la terre entière » (v. 9) en « suiv[ant] le tigre bleu de l'Euphrate » (v. 11). Transition : Alexandre est bien le grand conquérant que les livres d'histoire ont immortalisé. Pourtant, c'est une tout autre image qu'il donne de lui en insistant sur son insatiabilité.

L'astuce du prof
Relever les champs lexicaux de l'extrait vous permettra de mettre en lumière les enjeux et les éléments importants de celui-ci.

B. Alexandre l'insatiable

Plus que comme un conquérant, Alexandre se présente comme un être insatiable. Cette idée est soutenue par un important champ lexical de l'insatisfaction : « n'a jamais pu se rassasier » (v. 6), « sans jamais parvenir à s'arrêter » (v. 10), « pas eu le temps de voir » (v. 16), « mon désir » (v. 17), « assoiffé » (v. 22), « soif » (v. 29). Cette sensation de manque permanent explique ainsi l'importance des conquêtes. Il en faut toujours plus à Alexandre, puisque même « la terre entière » ne suffit pas et que les « conquêtes » sont réduites au statut

Définition
Insatiable : se dit d'une personne qui ne peut être rassasiée, dont les désirs ne peuvent être assouvis.

de « souvenir ». Ceci est encore plus frappant avec la connotation péjorative de la négation « ne possède rien / Qu'un souvenir de conquêtes » (v. 7-8). Transition : L'insatisfaction d'Alexandre est donc cause de ses nombreuses conquêtes. Toutefois, il ne retient d'elles que ses échecs.

C. La confession de l'échec

Alexandre confesse son échec. « J'ai failli » (v. 12) occupe un seul vers, le plus court du passage et sonne comme un jugement péremptoire. Il est complété par « j'ai laissé disparaître » (v. 13). La faute n'est pas imputée aux demandes des généraux, mais à lui-même : « Je suis celui qui n'a pas osé suivre jusqu'au bout » (v. 11). Cette prise de distance est possible grâce à la relative qui permet le regard critique. Le passé composé met en lumière, avec sa valeur résultative, les conséquences : « depuis je n'ai fait qu'agoniser ». Transition : Alexandre confesse donc ses fautes et nous livre ainsi une leçon de philosophie.

Définition

Péremptoire : se dit d'une chose à laquelle on ne peut rien répondre, que l'on ne peut pas remettre en question.

Langue

La proposition subordonnée relative est une expansion du nom et possède une fonction d'adjectif. Elle donne des informations, qui une fois supprimées, modifient le sens de la phrase, voire lui font perdre tout son sens.

III – …qui rejoint les leçons philosophiques des sages de l'Inde qu'il a rencontrés

A. La nudité du héros fait de lui un homme comme les autres…

Alexandre se présente devant la mort non comme un héros, mais comme un simple être humain, comme le souligne l'abondance des négations répétées « sans […], ni » (v. 3-4), « ne… rien » (v. 7), « ne… plus » (v. 23-24). Alexandre s'est défait de tous ses biens : « Il ne reste plus rien. » Ce que renforce l'anaphore de « Malgré » (v. 19-20) qui opère un contraste entre les biens passés et l'absence de ceux-ci au présent, au point qu'il dit se « présente[r] […] nu comme au sortir de [sa] mère » (v. 21). La métaphore de la nudité, qui pourra être explicitée ou non sur scène par la nudité du comédien, est renforcée par son association à l'image de l'enfant qui vient de naître. Cette comparaison le rapproche ainsi de tous les nouveau-nés et partant, de tous les hommes. La reprise en tête de plusieurs vers, à la manière d'une anaphore libre, de l'expression « Je suis l'homme qui » opère ce glissement car, tout en tentant de se définir, Alexandre glisse de la première à la troisième personne et use de propos assez généraux à la fin. Transition : Alexandre a renoncé à tout ce qui faisait de lui un glo-

Méthode

Quand on modifie une citation, il faut indiquer la modification entre crochets.

rieux héros pour se préparer à la mort ; il se présente ainsi comme un simple mortel en relation avec ce que les sages de l'Inde lui avaient dit.

B. …ce qui démontre la validité de la leçon des sages de l'Inde rencontrés jadis

Alexandre avait rencontré les sages de l'Inde qui lui avaient dit qu'il n'occuperait pas plus qu'un tout petit espace de terre au moment de mourir, l'invitant ainsi à délaisser tous ses biens et rêves de conquête. Au moment de mourir, Alexandre semble avoir suivi leur conseil et avoir compris la leçon. C'est paradoxalement en renonçant à être un glorieux conquérant qu'il réussit à mourir glorieusement, en philosophe, et à avoir une belle mort. Il y a ainsi encore de l'héroïsme dans cette prière-confession qui laisse entendre que l'âme du roi survivra : « Mais mon âme, longtemps encore, sera secouée du souffle du cheval » (v. 26). Ainsi, Alexandre continuera de vivre dans le futur au travers des mouvements de Bucéphale avec lequel il ne fait plus qu'un. La litanie du personnage, avec l'emploi de vers libres aux nombreuses répétitions et images, imputable aussi bien à sa fièvre qu'à sa transition vers la mort, souligne déjà cette survie possible, du moins par la poésie. Transition : Alexandre accomplit ainsi une belle mort stoïcienne qui le hisse au rang de sage.

Définition
Litanie : longue énumération.

Le saviez-vous ?
La philosophie stoïcienne prône l'indifférence à l'égard des choses qui ne dépendent pas de nous.

Conclusion

Alexandre, pris par la fièvre et sur le point de mourir, monologue et s'imagine converser avec la Mort. Il lui adresse ainsi une confession tragique qui tourne à la prière et lui permet de faire le bilan de sa vie, de se défaire de sa passion de conquérant pour en obtenir une nouvelle, celle du sage qui réalise une belle mort. Le metteur en scène pourra ainsi mettre l'accent soit sur la chute du grand conquérant, soit au contraire sur sa renaissance à l'état de sage dans le combat qu'il livre à la Mort.

Conclusion
Pensez à récapituler les grands axes que vous avez abordés dans votre devoir.

SUJET 13 Sujet inédit

20 pts — 4h

Dissertation

> **Dans son adresse « Au lecteur » de *L'Amour médecin*, Molière affirme que « les comédies ne sont faites que pour être jouées ». Est-ce le cas de sa pièce *Le Malade imaginaire* ?**

À la lumière de votre lecture du *Malade imaginaire*, vous vous interrogerez sur cette affirmation dans un développement argumenté.

PAR ÉTAPES

COMPRENDRE LE SUJET

Repérer les mots-clés

- **« comédies » :** une comédie est une pièce comique au dénouement heureux qui met en scène des personnages de tout niveau social aux prises avec des problèmes du quotidien. Toutefois, plus généralement au XVIIe siècle, le terme désigne le théâtre en général comme dans le nom du théâtre : la Comédie-Française.
- **« jouées » :** lorsqu'une pièce est jouée, les personnages sont incarnés par des comédiens. Mais il ne faut pas négliger les autres éléments de la représentation : la présence d'un public, les éléments matériels tels que le décor, les costumes, les accessoires, ou encore immatériels comme la musique et la lumière. Cela est particulièrement vrai pour *Le Malade imaginaire* qui est une comédie-ballet.

Formuler la problématique

- **Type de sujet :** la question dissimule une affirmation, une thèse (« les comédies ne sont faites que pour être jouées ») qu'il faut **discuter**.
- **Problématique :** lorsque vous devez discuter une thèse, vous pouvez soit vous contenter de reformuler la question, soit envisager une alternative, c'est-à-dire une autre thèse avec laquelle comparer la thèse proposée pour mieux en mesurer la portée. Une pièce comme *Le Malade imaginaire* peut-elle être lue ou doit-elle être représentée ?

Mobiliser ses connaissances

- Il faut partir de vos connaissances sur la pièce et sur la comédie en général. Pour ce sujet, il faut impérativement tenir compte du fait qu'il s'agit d'une comédie-ballet. Les intermèdes chantés et dansés sont difficiles à imaginer si on lit la pièce.
- Pour parler de la représentation, on valorisera des références à des mises en scène du *Malade imaginaire* : aujourd'hui, Internet en fournit de nombreux exemples. Même si vous n'avez pas eu le temps d'en voir en classe, ayez la curiosité de regarder des extraits de représentation. Chaque mise en scène est une lecture propre du metteur en scène.

ORGANISER SA COPIE

Élaborer un plan

- **Les axes de lecture :** Pour ce sujet, pour mesurer l'intérêt de la représentation, nous avons choisi de la comparer avec la lecture.
- **Proposition de plan :**

Partie I : Certes, on peut lire *Le Malade imaginaire*
Partie II : Mais la représentation a un charme irremplaçable
Partie III : Le spectacle est une manière de renouveler la comédie

> **Méthode**
>
> **Construire un plan critique**
>
> - Le plan critique est celui que vous mettez en œuvre quand vous devez discuter une thèse.
> - Il ne doit pas reposer sur des contradictions mais sur des **nuances**. Il va donc reposer sur un raisonnement par **concession** (et non par opposition) :
>
> → certes **cette thèse a des avantages** (I), mais cette autre me semble aussi juste (II), voilà pourquoi une thèse qui allierait les avantages des deux premières serait plus pertinente (III).
>
> → certes **cette thèse est apparemment juste** (I), mais si on y regarde de plus près, elle a des failles (II), c'est pourquoi je propose cette nouvelle thèse, plus pertinente (III).
>
> → certes **on pourrait croire à la validité de cette thèse** (I), mais en réalité on peut avoir des doutes (II), d'où la nécessité de corriger la première thèse (III).
>
> → certes **cette thèse est pertinente** (I), mais cette autre me semble encore plus juste (II), au point qu'elle doit être finalement privilégiée (III).

Construire le développement

- **Les arguments :** pour la première partie, vous essayez de montrer les avantages de la lecture, dans la seconde, ceux de la représentation ; enfin, dans la troisième partie, vous réfléchissez à la manière dont chaque metteur en scène offre sa propre lecture de la pièce et fait une nouvelle œuvre à part entière.
- **Les exemples :**

– Il est important de vous appuyer sur l'ensemble de la pièce ! Ne vous limitez pas aux parties dialoguées. Vous seriez sanctionné si vous ne teniez pas compte des intermèdes chantés et dansés.
– Soyez précis dans vos exemples : pendant l'année, constituez-vous un corpus d'exemples (une scène de comique de situation, une de comique de gestes, une de comique de caractère, une scène satirique...).
– Faites référence à des mises en scène précises si possible.

RÉDIGER SON DEVOIR

- La conclusion comprend **deux temps**.

– Un **bilan** des grandes parties de votre dissertation qui répond à la problématique. Rédigez une phrase par grande partie expliquant le cheminement de vos sous-parties. Veillez à employer des connecteurs logiques pour souligner la progression de votre pensée.
– Une **ouverture**, sur un autre sujet lié au sujet traité. Évitez de terminer votre devoir par une question et montrez que vous avez des connaissances sur une autre œuvre du même auteur ou d'un autre auteur. Soulignez les points communs et les différences avec l'œuvre étudiée au sein de la dissertation.

CORRIGÉ 13

Comprendre le corrigé

Corrigé rédigé

Introduction

Il semblerait que le public des représentations théâtrales soit aujourd'hui de plus en plus restreint, élitiste. On se rend plus volontiers à des spectacles musicaux ou acrobatiques comme si la musique, les prouesses physiques justifiaient des dépenses et des déplacements, que ne justifie pas le texte de théâtre. Pourtant, en 1661, Molière crée avec *Les Fâcheux* un genre hybride et spectaculaire : la « comédie-ballet », qui unit dialogue théâtral, musique et danse. Le genre est plusieurs fois retravaillé et connaît un immense succès. C'est le cas du *Malade imaginaire,* dernière comédie de Molière, composée en 1673 avec Marc-Antoine Charpentier. Dans le « Au lecteur » de *L'Amour médecin*, Molière affirme que « les comédies ne sont faites que pour être jouées ». Nous nous demanderons donc si la représentation et le spectacle sont nécessaires pour apprécier une œuvre telle que le *Malade Imaginaire.* Une telle pièce peut-elle être lue ou doit-elle être représentée ? Nous verrons que l'on peut lire *Le Malade imaginaire,* surtout si l'on a « des yeux pour découvrir dans la lecture tout le jeu du théâtre » (Molière, « Au lecteur », *L'Amour médecin*), mais que la représentation procure des « grâces » dont on a « toutes les peines du monde à se passer », ce qui nous permettra d'envisager la possibilité que la représentation soit un spectacle unique qui renouvelle à chaque fois la comédie.

Méthode

Votre introduction, bien qu'elle ne forme qu'un seul paragraphe, doit comporter plusieurs étapes :

- une phrase d'amorce permettant de contextualiser le sujet ;
- l'évocation, voire la citation du sujet donné ;
- la formulation de votre problématique ;
- l'annonce de votre plan.

I – Certes on peut lire *Le Malade imaginaire*

Si Molière ne recommande la lecture de ses pièces qu'à ceux qui savent en percevoir avec les yeux les potentialités spectaculaires, on peut toutefois apprécier la lecture du *Malade imaginaire*, et ce d'autant plus que le monde de l'édition a beaucoup changé depuis la fin du XVIIe siècle, tout comme le nombre de lecteurs.

Méthode

Attention, le plan ne doit pas figurer sur votre copie. Vous devez néanmoins le faire apparaître en sautant une ligne entre chaque grande partie.

A. La liberté

En premier lieu, on peut associer lecture et liberté. La lecture libère des contraintes de lieu et de temps. On peut en effet lire n'importe où et n'importe quand : en classe ou en vacances, chez soi ou en voyage… Les horaires des représentations sont toujours identiques : elles se déroulent en soirée pendant la semaine et, parfois, en matinée le week-end. Elles sont donc inaccessibles à ceux qui travaillent le soir ou la nuit. De même, certaines personnes handicapées sont exclues des théâtres les plus anciens, qui restent privés d'ascenseurs et de fauteuils spéciaux. Enfin, il faut parfois attendre de longues années pour assister à la représentation d'une pièce que l'on aime, surtout si l'on n'habite pas une grande ville. De plus, la lecture permet de revenir en arrière, de relire certains passages, de faire des pauses. Ainsi, il peut être intéressant, après avoir lu la scène 12 de l'acte III où Béline, apprenant la mort de son mari, s'exclame : « Le Ciel en soit loué ! Me voilà délivrée d'un grand fardeau », de relire la scène 6 de l'acte I, dans laquelle elle affuble, avec une hypocrisie sans limite, son mari de surnoms hypocoristiques : « mon pauvre mari », « pauvre petit mari », « mon cœur », « mon ami »… On perçoit ainsi toute la noirceur du personnage. C'est finalement la liberté de la lecture qui permet d'inscrire le théâtre au programme des élèves de lycée. Si les lycéens ne pouvaient amener le texte en classe, s'ils ne pouvaient en étudier des passages, s'ils ne pouvaient s'arrêter pour consulter un dictionnaire, et éclairer ainsi le sens d'un mot ou d'une référence mythologique, ils ne pourraient découvrir la richesse des grandes pièces du répertoire. Aborder *Le Malade imaginaire* par la lecture, c'est donc s'offrir la liberté du temps et de l'espace.

L'astuce du prof

On valorisera l'utilisation de citations dans votre devoir. Essayez d'apprendre quelques citations brèves que vous pourrez insérer dans votre analyse.

Définition

Hypocoristique : se dit d'un terme exprimant une attention affectueuse.

B. Une mise en scène personnelle

Mais c'est également s'offrir la liberté de l'imagination. En effet, quand on lit le texte, on est soi-même metteur en scène. On peut alors imaginer une mise en scène libre de toute contrainte. Ni les restrictions budgétaires, ni l'étroitesse de la scène, ni l'emploi du temps des comédiens n'imposent de limite. Libre à nous par exemple d'imaginer Flore dans le « Prologue » comme le personnage central du *Printemps* de Botticelli et de concevoir un décor qui rappelle celui du tableau. Peu importe qu'il soit matériellement difficile de changer rapidement de décor, trop cher de recouvrir la scène de fleurs fraîches, l'imagination est une metteuse en scène omnipotente. De plus, la mise en scène que l'on construit dans son imagination est conforme à ses goûts et à ses attentes, elle est donc éminemment séduisante, alors que l'on peut être heurté par des choix de mise en scène qui nous sont imposés de l'extérieur. En effet, les metteurs en scène s'adaptent à leur public et une mise en scène tend à vieillir. Ainsi, la mise en scène de Claude Santelli réalisée pour la télévision en 1971 avec Michel Bouquet dans le rôle-titre peine à convaincre le public du XXIe siècle qui se moque des coupes au bol des médecins et ne parvient pas à s'identifier aux personnages. Pourquoi les choix du metteur en scène seraient-ils nécessairement meilleurs que les nôtres ? Transition : La lecture est une autre voie d'accès au texte théâtral, celle de la liberté. La lecture libère en effet des contraintes matérielles et esthétiques. Dès lors, à chacun sa mise en scène du *Malade imaginaire*. Toutefois, *Le Malade imaginaire* a un statut particulier, puisque la pièce appartient au genre hybride de la comédie-ballet qui associe différentes formes d'art.

L'astuce du prof

N'hésitez pas à recourir à des exemples issus des autres arts (ici, une œuvre picturale) pour illustrer vos propos.

L'astuce du prof

N'hésitez pas à mentionner certaines mises en scène de la pièce en question.

Méthode

À la fin de vos grandes parties, pensez à élaborer une courte conclusion ainsi qu'une transition permettant d'amener le lecteur vers la partie suivante. Cela permet de donner une continuité logique à vos idées.

II – Mais la représentation a un charme irremplaçable

Si la lecture du *Malade imaginaire* peut séduire, sa représentation paraît néanmoins plus charmante, moins scolaire, et c'est elle qui permet de goûter pleinement le charme de la pièce.

A. Les informations

Tout d'abord, la représentation fournit des informations qui ne sont pas immédiatement perceptibles dans le texte. Le spectateur sait où et quand se joue la pièce. Ainsi, quand le rideau se lève après le prologue, le spectateur découvre Argan en tenue d'intérieur, une tenue qui évoque une époque révolue. Il suffit donc d'un regard au spectateur pour comprendre que l'on pénètre dans l'intimité d'Argan, dans sa chambre à coucher, dans la chambre d'un homme qui veut placer sa maladie, qui pourrait être intime et réservée à ses proches, au centre. La représentation ne fournit donc pas seulement des informations sur le cadre

L'astuce du prof

Commencez par aborder les idées et les arguments qui sont les plus évidents, de manière à établir une progression dans votre devoir.

spatio-temporel, mais également sur le caractère des personnages. Ainsi, dans la scène 5 de l'acte I, Angélique reste longtemps muette. Lorsqu'elle comprend que son père veut la marier avec Thomas Diafoirus, le neveu de monsieur Purgon, et non pas avec Cléante, l'homme qu'elle aime, elle explique le malentendu (« C'est, mon père, que je connais que vous avez parlé d'une personne, et que j'ai entendu une autre ») puis se tait jusqu'à la fin de la scène où elle s'écrit : « Eh ! Mon père, ne vous faites point malade ». Le lecteur est bien en peine de comprendre cette réaction : Angélique est-elle bouleversée, abattue mais toutefois sincère à la fin du passage ? Bout-elle d'une rage intérieure qui la ferait parler sur un ton ironique à la fin de la scène ? Le spectateur en revanche peut comprendre le personnage dans la mesure où Angélique joue même lorsqu'elle ne parle pas : sa gestuelle, son visage peuvent exprimer les sentiments qui la traversent. Enfin, la représentation met en évidence les relations entre les personnages. Ainsi, les personnages de la scène 5 de l'acte II sont nombreux et le lecteur a tendance à oublier la présence de Cléante tandis que Thomas Diafoirus récite péniblement ses compliments. Le spectateur, quant à lui, peut observer les regards complices ou inquiets d'Angélique et de son amant. La représentation aide donc à comprendre la pièce.

B. L'émotion

De plus, la représentation fait naître des émotions plus fortes que la lecture : en effet, on rit beaucoup plus dans une salle de spectacle que dans le huis-clos de sa chambre. Si le comique de mots peut être subtil et sensible à la lecture, le comique de geste, qui ne se montre que sur scène, a le mérite de toucher tous les spectateurs. Peu importe que l'on comprenne les répliques, que l'on suive l'intrigue, on peut rire des facéties des comédiens. Les Comédiens Italiens du temps de Molière l'avaient bien compris, eux qui jouaient dans une langue qu'ignorait leur public. Le comique de geste est au cœur de la scène 6 de l'acte I du *Malade imaginaire*. Toinette y rudoie Argan en l'assaillant avec les oreillers que l'hypocrite Béline fait mine d'arranger autour de son mari. Elle finit

Le saviez-vous ?

Dès la fin du XVIe siècle, des troupes de comédiens italiens se sont rendus en France, notamment selon les volontés de Henri III. Mais c'est aux XVIIe et XVIIIe siècles que les troupes se sont durablement installées en France. Appelés les Comédiens Italiens, ils ont amené certaines spécificités du théâtre italien en France, comme la formule de la *commedia dell'arte* reposant sur l'importance du jeu des acteurs. Ils avaient recours au comique de geste afin de faire communion avec le spectateur, qui ne parlait pas leur langue.

Définition

Rudoyer : fait de malmener voire de brutaliser une personne ou un animal.

par entraîner une réaction d'Argan qui «*se lève en colère, et jette tous les oreillers à Toinette*», révélant ainsi qu'il est sans doute moins malade qu'il le croit. Le comique de caractère peut également être plus efficace sur scène. La gestuelle et l'apparence soulignent en effet l'exagération des traits de caractère. Ainsi, la mise en scène 10 de l'acte III, dans laquelle Toinette se déguise en médecin est particulièrement plaisante à regarder. Le comique de son personnage de «médecin passager» ressort d'autant mieux que son costume est exagéré, que ses gestes sont menaçants quand elle suggère à Argan de se couper un bras et de se crever un œil. La représentation est donc le lieu où jaillissent les émotions.

C. Une expérience collective

Enfin, assister à une représentation, c'est être avec d'autres, c'est accomplir un acte social. Contrairement aux salles de cinéma, où tout est sombre – on parle d'ailleurs de «salles obscures» – les salles de théâtre sont toujours suffisamment éclairées par le rayon des projecteurs – des bougies à l'époque de Molière, pour que l'on voie ses voisins. Les théâtres à l'italienne, en arc de cercle, favorisent cette communion. Certains metteurs en scène contemporains en jouent, en choisissant un dispositif frontal et en disposant les spectateurs face à face, de part et d'autre de la scène. Ainsi, le spectacle n'est pas seulement sur la scène, mais également dans la salle. Les émotions et les réactions de chaque spectateur font écho à celles des autres. Lorsqu'un groupe de spectateurs rit, il entraîne les autres à sa suite et convie les acteurs à en rajouter, à exagérer les effets comiques. Aller au théâtre, c'est donc communiquer avec d'autres spectateurs. Transition : Ainsi, le plaisir de la représentation est indéniable puisque le spectacle de la comédie aide à mieux comprendre, favorise l'émotion et la communion avec les autres. Toutefois, le spectacle permet de renouveler la comédie, qui, à chaque mise en scène, va se révéler différente.

Gagnez des points !
N'hésitez pas à faire des parallèles entre le théâtre de l'époque de Molière, et celui de l'époque contemporaine.

Méthode
N'hésitez pas à employer des connecteurs logiques afin d'établir une hiérarchie dans vos idées, mais aussi de manière à souligner le passage d'une idée à l'autre, notamment dans vos transitions.

III – Le spectacle est une manière de renouveler la comédie du *Malade imaginaire*

Le metteur en scène n'est pas seulement chargé de faire entendre le texte de Molière, de le servir le plus servilement possible. Il en donne une lecture propre.

A. Une lecture personnelle

Tout d'abord, tous les metteurs en scène ne lisent pas le texte de Molière de la même façon. Certains voient dans l'isolement d'Argan, dans sa peur de mourir, le drame de la solitude. Dès lors, les facéties de Toinette semblent parfois cruelles. C'est ce que suggère Claude Stratz qui monte la pièce à la Comédie-Française en 2013, dans une version sans cesse jouée depuis. Il affirme en effet : « La dernière pièce de Molière commence dans les teintes d'une journée finissante. C'est une comédie crépusculaire teintée d'amertume et de mélancolie. » Il choisit donc un décor très dépouillé, trop grand pour Argan, seul face aux remontrances et aux manipulations, une lumière blafarde et inquiétante. En revanche, Gildas Bourdet qui met en scène Le Malade imaginaire au Théâtre de l'Ouest Parisien en 2003, voit dans la comédie de Molière une farce populaire. Le personnage d'Argan est têtu et ridicule, les médecins, d'une bêtise abyssale, Angélique, trop naïve. Le caractère stéréotypé des personnages, pantins comiques sans profondeur, se lit dans leur nez démesuré et leur jeu survolté. Les comédiens sont mis en valeur dans un décor aux couleurs vives, le sol étant marqué par de larges bandes rouges et vertes. Ainsi, la représentation ne donne pas seulement des grâces supplémentaires au texte, elle lui donne une saveur unique, sans compter qu'elle devient une œuvre d'art à part entière.

L'astuce du prof

Afin d'argumenter cette partie concernant l'interprétation d'une pièce théâtrale, prenez appui sur des représentations contemporaines que vous auriez pu voir au théâtre ou en vidéo.

B. Une œuvre totale

Enfin, il faut se rappeler que *Le Malade imaginaire* est une comédie-ballet. Elle allie de la musique, composée par Marc-Antoine Charpentier, et des ballets, réglés par Pierre Beauchamp. Lorsqu'il invente le genre de la comédie-ballet, avec *Les Fâcheux*, Molière évoque le hasard : les danseurs sont peu nombreux, ils doivent avoir le temps de se changer, donc on intercale leur performance dans les entractes de la comédie. Mais la situation a bien changé pour *Le Malade imaginaire.* L'association de la comédie et du ballet n'est plus le fruit du hasard et il semble inconcevable de les dissocier. En effet, si l'on peut imaginer que le prologue à la louange de Louis XIV puisse être isolé du reste de la comédie, en revanche, le second intermède est appelé par

Le saviez-vous ?

La comédie-ballet est née à l'occasion de la fête donnée par Nicolas Fouquet au château de Vaux-le-Vicomte en août 1661. Il fut alors décidé d'intégrer des scènes de comédie à un ballet pour permettre aux danseurs de se changer entre les « entrées ».
On attribue à Molière l'idée d'avoir donné au ballet et à la comédie le même sujet, « pour ne pas rompre le fil ».

la comédie : c'est parce qu'Argan est triste et a besoin d'être distrait que Béralde fait venir des Égyptiens (« Je vous amène ici un divertissement, que j'ai rencontré, qui dissipera votre chagrin, et vous rendra l'âme mieux disposée aux choses que nous avons à dire », II, 9). Quant au ballet final, il est intimement lié au dénouement : il est un « divertissement » pour les personnages, mais pour Argan, il est essentiel. En devenant médecin, il retrouve confiance en l'existence et se libère des manipulateurs en tout genre. Ainsi, la représentation qui mêle musique, danse et dialogue comique constitue un spectacle total dont les différents éléments sont liés intrinsèquement. Que l'on choisisse comme Benjamin Lazare lorsqu'il met en scène *Le Bourgeois gentilhomme* de garder la musique originale et d'éclairer le spectacle à la bougie ou que l'on préfère moderniser la danse et la musique, il n'en reste pas moins que la pièce de Molière ne trouve son aboutissement que dans l'association de ces trois arts auxquels viennent s'ajouter les décors, les éclairages, les costumes et les accessoires… Transition : La représentation du *Malade imaginaire* constitue donc un spectacle unique qui allie différents arts.

À savoir
Il existe différentes formes de procédés comiques : le comique de geste, de langage, de caractère, de répétition et enfin le comique de situation.

Méthode
Il n'est pas nécessaire d'aller à la ligne pour vos transitions.

Conclusion

Finalement, on ne peut qu'être en accord avec Molière : « les comédies ne sont faites que pour être jouées », jouées dans la fantaisie du lecteur ou plus efficacement encore sur une scène, par des comédiens en costumes, sous les feux de la rampe. La lecture du *Malade imaginaire* se fait suggestion et délie l'imagination du lecteur, la représentation promet une rencontre spontanée et émotionnelle avec la pièce. Toutefois, il apparaît pour cette comédie-ballet que le point de vue unique d'un metteur en scène et l'alliance de différentes formes d'art qui font l'essence même de cette œuvre sont les voies d'accès privilégiées au *Malade imaginaire*. On peut par ailleurs se demander si l'une comme l'autre ont encore un avenir, à l'heure où le livre est supplanté par l'informatique et le théâtre par le cinéma et la télévision. N'est-il pas temps d'ouvrir de nouvelles voies d'accès à la littérature théâtrale ?

Conclusion
- Cette ultime partie de votre devoir est l'occasion de revenir sur le sujet donné ainsi que sur les étapes de votre réflexion.
- Vous pouvez en outre proposer une ouverture. Mais attention, celle-ci doit se placer dans la continuité de la réflexion et de la thématique abordée dans votre devoir.

SUJET 14 Sujet inédit

20 pts 4h

Dissertation

> **En intitulant sa pièce *Les Fausses Confidences*, Marivaux met le mensonge et la ruse au cœur de sa comédie. Selon vous, quels rôles jouent la théâtralité et les stratagèmes dans cette pièce ?**

Vous répondrez à la question en vous appuyant sur la pièce de Marivaux, sur les textes du parcours associé que vous avez étudiés en classe ainsi que sur vos lectures personnelles.

PAR ÉTAPES

COMPRENDRE LE SUJET

Repérer les mots-clés

- **« mensonge », « ruse » :** on trompe quelqu'un, on lui joue un tour.
- **« théâtralité » :** pensez que la comédie est destinée à être jouée ; elle a été écrite pour la troupe des comédiens italiens, qui jouent sur un comique visuel.
- **« stratagème » :** ce terme doit être éclairé par le précédent : on tend des pièges par des mises en scène et pas seulement par le mensonge et la parole.

Méthode

Repérer les mots-clés d'un sujet

- Tout d'abord, soulignez les mots les plus signifiants du sujet et réfléchissez à leur sens qui pourra vous guider dans le plan du devoir. Pour vous remémorer tous les sens d'un mot, pensez aux différentes expressions auxquelles participe le terme. Faites également appel à vos connaissances : les termes sont souvent liés à des notions étudiées dans le cadre du parcours associé.
- Ensuite, mettez les termes en relation les uns avec les autres : le sujet élabore-t-il une comparaison ? Repose-t-il sur une antithèse ? Une gradation ? Si le sujet comporte une citation, essayez de faire le lien entre la citation et la reformulation qui vous en est proposée dans le sujet.

Formuler la problématique

- **Type de sujet :** on vous demande de **justifier** une thèse et non de la nuancer.
- **Problématique :** pourquoi les personnages jouent-ils sans cesse un rôle et cherchent-ils à tromper ceux qui les entourent ?

Mobiliser ses connaissances

- Pensez aux différents stratagèmes mis en œuvre dans la pièce, leur objectif et leur résultat.

ORGANISER SA COPIE

Élaborer un plan

- **Proposition de plan :**

Partie I : Les stratagèmes visent à capter l'attention du lecteur

Partie II : Les stratagèmes visent également à dénoncer une société dans laquelle l'argent occupe une place toujours plus importante

Partie III : Enfin, les stratagèmes permettent à Araminte de prendre conscience de la vérité de ses sentiments

Construire le développement

- **Les arguments :** pensez aux éléments spécifiques au théâtre, à la conception du mariage au XVIIIe siècle et au statut particulier de la veuve et essayez de repérer les différentes étapes de la prise de conscience d'Araminte.
- **Les exemples :** pensez qu'il existe plusieurs stratagèmes. Faites allusion à chacun d'eux et variez les exemples au sein de chaque grande partie.

Rédiger l'introduction et la conclusion

- **L'introduction :** en amorce, vous pouvez parler du comique de situation et des quiproquos, spécifiques au genre de la comédie, et mentionner le fait que Marivaux est retourné au genre du roman et que cette comédie est moins fantaisiste que ses précédentes.

Méthode

Rédiger une introduction

L'**introduction** est toujours composée des mêmes éléments :
- phrase d'amorce ;
- présentation de l'œuvre ;
- citation du sujet ;
- problématique ;
- annonce du plan.

CORRIGÉ 14

Comprendre le corrigé

Corrigé rédigé

Introduction

Dernière comédie en trois actes de Marivaux, *Les Fausses Confidences* (1737) est marquée par le retour au roman de leur auteur. En effet, la pièce est plus réaliste, plus ancrée dans le réel. Toutefois, la fantaisie n'est pas absente de l'intrigue, notamment grâce au personnage de Dubois, valet d'intrigue qui distille habilement de « fausses confidences » afin de servir son maître et de le marier à la belle et riche Araminte. Quels rôles jouent la théâtralité et les stratagèmes dans cette pièce ? Pourquoi les personnages jouent-ils sans cesse un rôle et cherchent-ils à tromper ceux qui les entourent ? Nous verrons dans un premier temps que les ruses visent à capter l'attention du spectateur, puis nous nous intéresserons à leur valeur satirique. Enfin, nous montrerons que les stratagèmes sont nécessaires à la naissance de l'amour.

Introduction

Vous pouvez débuter votre devoir en situant l'œuvre par rapport à la carrière de l'auteur et à son corpus d'œuvres.

Méthode

Une fois la problématique annoncée, n'oubliez pas d'annoncer les grands axes de votre devoir.

I – Les stratagèmes visent à capter l'attention du spectateur

Si Marivaux a écrit la pièce pour le Théâtre-Italien, elle n'a pourtant pas la verve comique des premières œuvres du dramaturge. En effet, la troupe est vieillissante. Il s'agit donc de renouveler le comique et l'intérêt de la comédie pour le spectateur.

A. De « fausses » confidences ?

Pour cela, Marivaux multiplie les faux semblants au point que le spectateur a parfois l'impression d'être lui-même victime d'un stratagème. En effet, la pièce se nomme *Les Fausses Confidences.* Pourtant, les confidences que Dubois fait à Araminte à la scène 14 du premier acte sont-elles fausses ? Il lui avoue que son maître est fou amoureux d'elle depuis qu'il l'a aperçue à l'opéra. Mais cette confidence n'a rien d'erroné : le spectateur le sait depuis la deuxième scène de la pièce où Dorante a avoué à son ancien valet : « Je l'aime avec passion, et c'est ce qui fait que je tremble ! ». Pourquoi donc sont-ce de fausses confidences : en quoi Dubois ment-il ? D'une part, il joue un rôle : il fait mine d'ignorer que son ancien maître est désormais l'intendant d'Araminte, il feint de se plaindre de la folie de son maître, il met en scène ses confidences en ménageant des suspens et des temps de pause. D'autre part, le spectateur ne peut que s'interroger sur les sentiments sincères de Dorante : la richesse d'Araminte, qui a cinquante mille livres de rente, n'a-t-elle rien à voir avec l'amour que lui porte Dorante ? L'amour d'un homme qui peut « tromper ce qu'[il] adore » (III, 12) est-il fiable ? Le spectateur met donc sans cesse en doute les paroles des personnages, ne sachant si le titre de la comédie l'induit en erreur ou au contraire le guide sur la bonne voie. Il cherche sans cesse à savoir qui joue un rôle et qui parle sincèrement. C'est un des attraits indéniables de cette comédie, d'autant que les stratagèmes sont nombreux.

B. Le comique de situation

Dubois et Dorante ne sont pas les seuls à monter des stratagèmes et à vouloir manipuler ceux qui les entourent, ce qui engendre du comique de situation. Ainsi, Monsieur Remy confie à Marton que son neveu est amoureux d'elle, mais cette fausse déclaration conduit à un véritable sentiment

Méthode

Attention, le corrigé qui vous est proposé prend la forme d'un plan détaillé, mais vos phrases doivent être rédigées, vos arguments développés, et votre plan ne doit pas figurer sur votre copie.

Méthode

Il est bon de citer l'acte et la scène desquels sont tirées vos citations.

À savoir

Il existe différentes formes de procédés comiques : le comique de geste, de langage, de caractère, de répétition et enfin le comique de situation. Ce dernier repose sur l'action et l'intrigue notamment par l'usage du quiproquo, qui instaure un décalage dans la communication. L'effet comique est accentué par la complicité du spectateur qui sait quelle est la vérité.

(« J'admire ce penchant dont on se prend tout d'un coup l'un pour l'autre », I, 5). C'est ainsi que la suivante d'Araminte, touchée par cette passion factice, va servir l'amour réel de Dorante : elle se persuade que le portrait que l'on amène est le sien, s'en réjouit, et découvre le portrait de sa maîtresse devant cette dernière et sa mère (II, 9). De même, Madame Argante et le Comte souhaitent que Dorante soit le principal interprète d'une pièce à laquelle ils ont songé pour le bénéfice d'Araminte : il s'agirait de lui montrer que son procès ne peut être gagné et qu'il est nécessaire d'épouser son adversaire, le Comte. La mère de la riche veuve charge ainsi l'intendant de « dire à [s]a fille [...], que son droit est le moins bon ; que si elle plaidait, elle perdrait » (I, 10). Le spectateur apprécie le comique de situation : Dorante qui joue à la lettre le rôle que lui propose Dubois s'insurge contre les menées de Madame Argante et craint de devoir faire preuve de « mauvaise foi ». Ainsi, les différents personnages se trouvent volontairement ou non, consciemment ou non, acteurs d'une pièce dont ils ne connaissent pas toujours le dénouement, ce qui engendre du comique de situation, mais aussi un comique visuel indéniable.

L'astuce du prof

N'oubliez pas qu'il s'agit d'une pièce de théâtre : imaginez les effets visuels produits par certaines situations, ou prenez appui sur des représentations contemporaines que vous auriez pu voir.

C. Les objets scéniques

Si le comique de situation domine, un comique propre à la représentation n'est pas absent des *Fausses Confidences,* notamment à cause des objets qui jouent un rôle central dans les stratagèmes mis en place par les protagonistes. En effet, à l'acte II, c'est un portrait d'Araminte qui est au centre de l'attention. Marton le prend en charge à la scène 7 et, persuadée qu'il s'agit de son portrait que Dorante a fait faire, les didascalies révèlent qu'elle change aussitôt de comportement, émue et enjouée à la fois (« *un moment seule et joyeuse* », « *le regardant avec tendresse* »). C'est autour de ce portrait que se forme le contraste comique entre la jeune femme et Dorante qui se moque (« DORANTE, *en s'en allant, et riant* : Tout a réussi, elle prend le change à merveille », I, 8). Le spectateur ne sait pas bien qui est peint et quel rôle ce portrait va jouer dans le plan de Dorante et Dubois, mais il se moque de la naïveté de Marton et ne peut détacher ses yeux de la boîte qui contient ledit portrait. L'ouverture en est retardée à la scène suivante de manière à la mettre en valeur (« *Araminte l'ouvre, tous regardant* »). À l'acte III,

L'astuce du prof

N'oubliez pas que les didascalies contiennent des informations importantes sur la mise en scène de la pièce. Vous pouvez les citer, sans oublier de les commenter, afin d'appuyer vos arguments.

c'est la lettre prétendument écrite par Dorante à un ami résidant rue du Figuier qui hypnotise le spectateur. Là encore, on commence par l'évoquer, elle change de mains de nombreuses fois avant d'être finalement ouverte à la scène 8, engendrant des réactions diverses comme la satisfaction puis la colère de Madame Argante et du Comte, ou bien l'irritation non dénuée de fierté d'Araminte. Ainsi les stratagèmes mis en place par Dorante et Dubois et les ruses que conduisent les autres personnages sont de véritables mises en scène théâtrales, qui requièrent des acteurs qui connaissent leurs répliques mais aussi qui possèdent des accessoires. Transition : Ainsi, si Marivaux écrit une comédie qui déborde de stratagèmes, c'est d'abord pour capter l'attention du public, l'obliger à s'interroger, l'amener à sourire, l'inviter à regarder. Mais la place du théâtre dans la pièce sert aussi une visée satirique.

Méthode

À la fin de vos grandes parties, pensez à élaborer une courte conclusion ainsi qu'une transition permettant d'amener le lecteur vers la partie suivante. Cela permet de donner une continuité logique à vos idées.

II – Les stratagèmes visent également à dénoncer une société dans laquelle l'argent occupe une place toujours plus importante

Le recours aux stratagèmes permet également à Marivaux de faire une critique piquante de la société dans laquelle il vit. Il situe en effet ses personnages dans le Paris du XVIIIe siècle, et met son talent d'observateur au service de la comédie d'intrigue.

L'astuce du prof

N'oubliez pas que l'œuvre que vous étudiez a été écrite par un auteur se situant à une époque particulière, dans un contexte particulier. En faire mention dans votre devoir peut appuyer certaines de vos analyses, notamment en ce qui concerne le message que peut faire passer l'auteur à travers son œuvre, et/ou la portée de l'œuvre.

A. Le mariage, un contrat intéressé

Si les personnages sont amenés à se tromper les uns les autres, c'est pour établir les meilleurs mariages possibles. Or, un bon mariage, dans la pièce, est un mariage qui permet de s'enrichir. Le personnage de Monsieur Remy est à cet égard remarquable. Il n'est pas sûr de vouloir faire de Dorante son héritier : il pourrait par exemple se remarier. Il prétend donc marier son neveu à une femme bien dotée. Il envisage d'abord l'union de Dorante avec Marton et n'hésite pas à inventer de beaux souvenirs dont il fait une « fausse confidence » à la suivante d'Araminte : « il vous a déjà vue plus d'une fois chez moi quand vous y êtes venue ; vous en souvenez-vous ? […] Savez-vous ce qu'il me dit la première fois qu'il vous vit ? Quelle est cette jolie fille-là ? ». Mais il renonce aussitôt qu'il trouve un

Le saviez-vous ?

Au XVIIIe siècle, les mariages étaient quasi exclusivement arrangés. Il s'agissait pour les parents de choisir le meilleur parti pour leur enfant, et donc de l'unir à un individu de la même classe sociale. Les jeunes femmes recevaient une dot de leur famille, c'est-à dire une somme d'argent que leur futur époux était destiné à recevoir. Les unions se faisaient donc par intérêt.

meilleur parti : en effet, à la scène 2 de l'acte II, il vient chercher son neveu pour lui annoncer une bonne nouvelle : « c'est une dame de trente-cinq ans [...] qui a quinze mille livres de rente pour le moins, [...] qui a vu Monsieur chez moi, qui lui a parlé, qui sait qu'il n'a pas de bien, et qui offre de l'épouser sans délai » (II, 2). Si la première fois, Monsieur Remy était à la fois l'auteur et le comédien de la petite scène qu'il joue à Marton, la seconde fois, il n'est que l'acteur : c'est Dubois qui le manipule. Monsieur Remy apparaît donc ridicule, car il sert les intérêts de son neveu sans le savoir et ressemble à une girouette invariablement attirée par l'argent. Les stratagèmes du procureur permettent ainsi à Marivaux de critiquer la conception du mariage qui prévaut à son époque. Mais l'argent n'est pas le seul motif de se marier, il y a aussi l'ambition nobiliaire.

B. L'ambition peu noble de ceux qui veulent un titre de noblesse

Madame Argante et le Comte veulent eux aussi ruser et imaginent un plan pour favoriser le mariage d'Araminte. Ce n'est pas l'argent qui aiguillonne Madame Argante, mais le désir d'être « la mère de Madame la Comtesse Dorimont ». Elle veut donc s'ennoblir mais, paradoxalement, elle est prête à toutes les bassesses pour s'élever : elle commence par vouloir tromper sa fille, en vient à échouer à lui faire voir la vérité – que Dorante ne se comporte pas comme n'importe quel autre intendant – et finit moquée par tous. En effet, lors de la dernière scène de la pièce, ses répliques se limitent à de simples cris de colère, phrases nominales exclamatives (« Quoi ! Le voilà encore ! », « Quoi donc ! », « Ah ! La belle chute ! Ah ! »); Araminte d'une réplique met un terme à ces glapissements : « Laissons passer sa colère, et finissons ». Ainsi, celle qui reprochait à sa fille de manquer d'élévation et à Dorante d'avoir une « petite réflexion roturière » (I, 11) ne fait décidément preuve d'aucune noblesse. Marivaux, par les différents stratagèmes qui révèlent la véritable nature de Madame Argante, se moque d'une société dans laquelle les titres ont plus de valeur que la morale et les sentiments.

Le saviez-vous ?

La société du XVIIIe siècle s'organisait selon une hiérarchie de classe sociale. Posséder un titre de noblesse, et bénéficier de ce fait d'une certaine importance sociale, était pour certains un enjeu majeur.

C. Le statut de veuve

Convoitée pour ses cinquante mille livres de rente mais aussi pour sa liberté de décision, Araminte est une veuve : un état « doux et tranquille ». De ce fait, elle est manipulée par les uns et par les autres : chacun essaie, par le biais d'un stratagème, de lui faire quitter cet état. Madame Argante veut la marier au Comte, tandis que Dubois veut la marier à Dorante. Elle est donc obligée, à son tour, de mettre en place un stratagème : « j'ai envie de lui tendre un piège » (II, 12), affirme-t-elle en voyant entrer Dorante, dont les sentiments la mettent en péril. Elle cherche à comprendre et à interpréter un monde qui n'a de cesse de la tromper. Seule femme à n'être pas considérée comme mineure, la veuve a donc dans la société de Marivaux un statut à part qui la rend enviable, surtout si elle est riche. Transition : Par le biais des nombreux stratagèmes mis en place par les personnages, Marivaux fait la satire de la société parisienne sous le règne de Louis XV : un monde où l'on continue à être attiré par les titres de noblesse tandis que l'argent prend une place grandissante, un monde dans lequel les femmes ont un statut fragile même si Araminte fait preuve de dignité dans son rôle de veuve. Mais, on peut se demander si les faux-semblants finissent par permettre à la riche veuve d'atteindre la vérité des sentiments.

III – Enfin, les stratagèmes permettent à Araminte de prendre conscience de la vérité de ses sentiments

Depuis le début de la comédie, Dorante ne cesse d'affirmer sa passion sincère pour Araminte. Dubois envisage un projet paradoxal : tromper Araminte pour lui faire aimer réellement son maître. Il s'agit donc finalement de voir si la fiction théâtrale qu'il met en place permet d'accéder à une vérité.

A. Les obstacles à l'amour

Tout d'abord, on peut constater que si la ruse est nécessaire, c'est parce qu'il y a plusieurs obstacles à l'amour que Dubois rappelle au début de la comédie : « Fierté, raison et richesse ». En effet, Araminte est une femme raisonnable qui aime être maîtresse d'elle-même. À plusieurs reprises, dans la pièce, on observe qu'elle aime prendre des décisions et qu'elle déteste qu'on les lui dicte. Ainsi, dès sa première apparition, à la scène 6 de l'acte I, elle se pose comme une femme susceptible de prendre des décisions rapides (« Il n'y aura point de dispute

Le saviez-vous ?

L'œuvre théâtrale de Marivaux se distingue par la finesse de l'étude du sentiment et des situations amoureuses qu'il y met en scène. Le langage y constitue un élément important, en ce qu'il permet d'instaurer les subterfuges inventés par les personnages pour dissimuler le sentiment amoureux : c'est ce que l'on nomme le *marivaudage*.

là-dessus », I, 6), ce qu'elle confirme à la scène suivante (« c'est une affaire terminée, je renverrai tout », I, 7). Il faut donc persuader une femme indépendante de se soumettre à un époux. La fierté de la veuve doit s'effacer devant l'amour. De plus, les conventions sociales exigent une parité de fortune : lorsque Dubois rappelle que Dorante n'est « riche qu'en mérite, et ce n'est pas assez », Araminte ne peut qu'acquiescer : « Vraiment, non, voilà les usages » (II, 12). Il faut donc faire aller à l'encontre des diktats de la société pour épouser un homme sans moyen. C'est en raison de ces nombreux obstacles qu'il faut ruser avec l'amour.

L'astuce du prof

Comme annoncé en début de partie, il s'agit ici de relever les « obstacles à l'amour ». En plus de les préciser dans votre devoir, contextualisez-les par rapport à l'époque dans laquelle cette œuvre s'inscrit (importance de l'image publique, des bons usages, du contrat de mariage...).

B. Les différentes étapes de la révélation de l'amour

Chacun des stratagèmes mis en place par Dubois permet à Araminte de progresser dans la révélation des sentiments qu'elle éprouve pour Dorante. Toutefois, aux ruses de Dubois répondent les mensonges de la veuve, mensonges de bonne foi puisqu'elle se ment à elle-même sans s'en rendre compte. Lorsque Dubois lui fait des confidences pour la première fois (I, 14), elle devrait renvoyer l'intendant qu'on vient de lui décrire comme « fou » mais elle décide de le garder, avançant deux arguments : elle ne sait comment s'en défaire sans se brouiller avec Monsieur Remy et elle espère soigner Dorante en le fréquentant quotidiennement. Le spectateur mesure le caractère spécieux de ces deux arguments ! Lorsque sa mère lui enjoint de renvoyer Dorante après l'épisode du portrait, elle fait appel à deux nouveaux arguments, tout aussi fragiles : elle a besoin de lui pour défendre ses intérêts (II, 11) et il serait dangereux de renvoyer brutalement un homme au bord de la folie (II, 12). On comprend mal comment un individu mû par une « passion [...] excessive », un homme « désespéré » pourrait « bien » servir Araminte... Enfin, après l'épisode de la lettre, elle exprime à la fois sa colère pour un homme qu'elle doit renvoyer et de l'inquiétude (« ARAMINTE, *qui ne l'a pas regardé jusque-là, et qui a toujours rêvé, dit d'un ton haut* : Mais qu'on aille donc le voir : quelqu'un l'a-t-il suivi ? Que ne le secouriez-vous ? Faut-il le tuer cet homme ? », III, 9). Ainsi, chaque stratagème met un peu plus à mal la fierté et la raison d'Araminte qui se trouve prise dans les rets de ses contradictions. C'est alors que vient la révélation finale, dont on peut se demander si elle met fin à tous les stratagèmes.

L'astuce du prof

Variez autant que possible votre vocabulaire. Ainsi, vous pouvez employer le terme « spécieux », qualifiant ce qui est destiné à induire en erreur, et qui se rattache donc bien aux mots-clés du sujet, « mensonge » et « ruse ».

Définition

Être pris dans les rets de : être pris au piège.

C. Le renoncement à la ruse et le triomphe de la sincérité ?

Finalement, aux termes de la comédie, grâce à l'industrie de Dubois, Araminte découvre avec naïveté qu'elle aime Dorante (« songez-vous que ce serait avouer que je vous aime ? [...] Et voilà pourtant ce qui m'arrive. »). Les stratagèmes sont donc venus à bout de sa fierté, de sa raison et de la différence de richesse entre elle et Dorante. Toutefois, ce dernier, dans un souci d'honnêteté avoue à Araminte qu'elle a été manipulée (« Dans tout ce qui s'est passé chez vous, il n'y a rien de vrai que ma passion qui est infinie »). Mais si cette ultime affirmation d'honnêteté, ce renoncement à tout stratagème était finalement une ruse ? Que penser de Dorante lorsqu'il rejette toute la responsabilité de ses actes sur son ancien valet (« Tous les incidents qui sont arrivés partent de l'industrie d'un domestique qui savait mon amour ») ? N'y a-t-il pas là un désir de se laver de toute tache, de paraître aimable en se peignant davantage comme une victime que comme l'acteur et metteur en scène qu'il a pourtant été ? Transition : Ainsi, en jouant des rôles, les personnages ont fini par faire émerger une vérité sincère et fiable, ce que le spectateur peut mettre en doute s'il n'est pas ébloui et malmené par les mille et une ruses de la pièce.

Définition
Industrie : habileté, ingéniosité.

L'astuce du prof
Après avoir mis en évidence les effets des multiples ruses sur les personnages au sein de la pièce, pensez à évoquer la réception des spectateurs : quel effet cela produit-il sur leur compréhension de la pièce ?

Conclusion

Les Fausses Confidences mettent en scène plusieurs stratagèmes au cours desquels tous les personnages ou presque sont tour à tour acteurs, metteurs en scène ou spectateurs. Le spectateur est ébloui par le raffinement de ces tours de passe-passe dont il ne sait s'ils prennent jamais fin. En plus de constituer un jeu esthétique, il s'agit également pour Marivaux d'une critique piquante de la société, tout autant que d'une réflexion psychologique sur l'amour et ses obstacles. Si la comédie se termine joyeusement sur un mariage, les ruses et les manipulations, dont les personnages secondaires ne sortent pas indemnes, annoncent par leur habileté les libertins des *Liaisons dangereuses*.

Méthode
Après avoir récapitulé les grands axes développés au cours de votre devoir, vous pouvez ouvrir votre réflexion en établissant un lien logique avec d'autres œuvres de votre connaissance.

La poésie du XIXe siècle au XXIe siècle

Faire le point

L'essentiel

1 La révolution romantique

- Au début du XIXe siècle, les poètes **romantiques** trouvent dans le genre poétique le moyen privilégié d'exprimer leurs **sentiments personnels.** Ils recourent souvent aux paysages-états d'âme pour peindre leur mélancolie. Ils **s'affranchissent des règles** classiques : Hugo n'hésite pas à disloquer l'**alexandrin**.

2 La quête de la modernité poétique

- En réaction au lyrisme romantique, les poètes de la fin du XIXe siècle cherchent la **modernité** poétique.
- Les poètes du **Parnasse** se veulent « orfèvres des mots ». Ils pratiquent « l'art pour l'art ». Détachée des réalités matérielles, la poésie doit exprimer le Beau. Les **symbolistes** s'intéressent à la musicalité du poème.
- Deux **innovations** apparaissent : le **vers libre** et le **poème en prose**. De plus, les poètes s'intéressent à la ville, aux nouvelles inventions, au train...

3 L'explosion des formes et des thèmes

- Au XXe siècle, les poètes sont de plus en plus libres. Apollinaire joue avec la dimension visuelle des mots dans ses *Calligrammes*. Les poètes **surréalistes** cherchent une nouvelle réalité en mobilisant l'inconscient et les rêves.
- Avec la Seconde Guerre mondiale, **la poésie engagée** prend son essor. L'écriture poétique peut aussi **s'interroger sur le rôle du langage** ou la vie la plus quotidienne.
- Aujourd'hui, elle emprunte des formes et des tonalités plus diverses selon les poètes. Ils renouvellent **le lyrisme** par le recours à l'image et au rythme.

LEXIQUE

- **alexandrin** : vers de 12 syllabes.
- **césure** : pause au milieu du vers. Les mots placés avant la césure sont mis en valeur.
- **hémistiche** : moitié d'alexandrin.
- **vers libre** : vers qui n'obéit à aucune contrainte de rime ou de rythme.
- **poème en prose** : texte en prose qui recherche les effets sonores et rythmiques propres à la poésie versifiée.
- **sonnet** : forme poétique fixe composée de deux quatrains et deux tercets. Le dernier vers, la pointe, est généralement capital.

Schéma bilan

Poèmes romantiques

- Lamartine, **« Le Lac »** : 1820
- (p. 330) Hugo, ***Les Contemplations*** : 1856

> « J'ai disloqué ce grand niais d'alexandrin. »
> **Hugo**

Poèmes parnassiens

- **1852** : Gautier, ***Émaux et camées***
- **1852** : Leconte de Lisle, ***Poèmes antiques***

Poèmes symbolistes

- (p. 340) Baudelaire, ***Les Fleurs du mal*** : **1857**
- Rimbaud, ***Illuminations*** : **1886**
- Verlaine, ***Romances sans paroles*** : **1874**
- Mallarmé, ***Poésies*** : **1899**
- (p. 350) Apollinaire, ***Alcools*** : **1913**

> « La Poésie [...] n'a pas d'autre but qu'Elle-même. »
> **Baudelaire**

Poèmes surréalistes

- **1926** : Éluard, ***Capitale de la douleur***

Poèmes engagés

- Desnos, **« Ce cœur qui haïssait la guerre » : 1943**
- Aragon, **« Strophe pour se souvenir » : 1955**

> « Si la société évacue la poésie comme mode d'expression non productif, c'est peut-être que la poésie est un foyer de contestation, un acte de résistance ? »
> Rouaud

En quête du renouveau lyrique

- **1946** : Saint-John Perse, ***Vents***
- **1956** : Senghor, ***Éthiopiques***
- **2001** : Bonnefoy, ***Les Planches courbes***

Sujets guidés

SUJET 15 Sujet inédit

20 pts 4h

Commentaire

Vous commentez le texte suivant.

EXTRAIT Alphonse de Lamartine, « Les Voiles », *Œuvre posthume*, 1873

Quand j'étais jeune et fier et que j'ouvrais mes ailes,
Les ailes de mon âme à tous les vents des mers,
Les voiles emportaient ma pensée avec elles,
Et mes rêves flottaient sur tous les flots amers.

Je voyais dans ce vague où l'horizon se noie
Surgir tout verdoyants de pampre[1] et de jasmin
Des continents de vie et des îles de joie
Où la gloire et l'amour m'appelaient de la main.

J'enviais chaque nef[2] qui blanchissait l'écume,
Heureuse d'aspirer au rivage inconnu,
Et maintenant, assis au bord du cap qui fume,
J'ai traversé ces flots et j'en suis revenu.

Et j'aime encor ces mers autrefois tant aimées,
Non plus comme le champ de mes rêves chéris,
Mais comme un champ de mort où mes ailes semées
De moi-même partout me montrent les débris.

Cet écueil me brisa, ce bord surgit funeste,
Ma fortune[3] sombra dans ce calme trompeur ;

La foudre ici sur moi tomba de l'arc céleste
Et chacun de ces flots roule un peu de mon cœur.

Ischia[4], 1844, septembre.

---

1. Branche, rameau de vigne portant des feuilles et des grappes de raisin.
2. Navire.
3. Mon destin, mon sort, ma vie.
4. Île de la baie de Naples.

PAR ÉTAPES

ANALYSER L'EXTRAIT

Lire et extraire les informations pertinentes

- **Genre :** poétique.
- **Paratexte :** les éléments du paratexte permettent de rattacher ce poème au mouvement romantique. Soyez attentifs aux deux dates : 1873 (édition posthume) et 1844 (écriture).
- **Mots-clés :**

– « **quand j'étais jeune** » : moment de l'enthousiasme de la jeunesse.

– « **j'ai traversé ses flots et j'en suis revenu** » : ce vers est un tournant.

– « **j'aime** » : passage au temps présent qui est mélancolique.

– « **champ de mes rêves/de mort** » : opposition qui rend visible celle entre passé et présent.

- **Forme :** poème comportant cinq quatrains en alexandrins à rimes croisées.
- **Registre :** lyrique.

Situer l'extrait

- **Dans le contexte littéraire :** Alphonse de Lamartine (1790-1869) est l'auteur du célèbre poème « Le Lac » duquel est extrait le vers célèbre « ô temps ! Suspends ton vol. » C'est aussi un homme politique qui participe à la Révolution de 1848 et à l'éphémère Deuxième République. Il écrit le poème « Les Voiles » en 1844, alors âgé de 54 ans, sur une île dans la baie de Naples. Lamartine est un poète romantique. Ses poèmes lyriques traitent de la nature pour évoquer ses sentiments et en particulier sa mélancolie et sa tristesse devant le temps qui passe.
- **Dans l'œuvre :** Le poème est publié dans un recueil de pièces posthumes. L'organisation interne du recueil n'est donc pas une clef de lecture. Repérez cependant l'organisation interne du poème : les vers 1 à 10 évoquent l'enthousiasme de la jeunesse alors qu'à partir du vers 11, il est question des désillusions et de la mélancolie née de se échecs. Le thème du voyage est donc la métaphore de sa vie.

Mobiliser des outils d'analyse et repérer des procédés stylistiques

- Les indices du romantisme : lyrisme exacerbé, première personne, posture contemplative.
- Le rapport au temps : caractéristiques du passé / du présent.
- Les sentiments associés à ces deux temporalités.
- Le rôle du voyage.

ORGANISER SA COPIE

Formuler une problématique

- Comment la métaphore du voyage permet-elle au poète de réfléchir sur le temps qui passe ?

Élaborer un plan

- **Les axes de lecture :** Quels sont les éléments qui marquent le voyage ? De quoi ce voyage est-il l'image ? Quel bilan de sa vie le poète dresse-t-il ? En quoi adopte-t-il une posture romantique ? Quelle est la place de la nature par rapport à ses sentiments ?
- **Proposition de plan :**

Partie I : Le voyage et le bilan de l'existence

Partie II : Une posture romantique

Rédiger l'introduction et la conclusion

- **L'introduction :**

– Présentez le romantisme, Lamartine et les caractéristiques de ce poème (forme et thème).

– Indiquez la problématique.

– Annoncez votre plan.

- **La conclusion :**

– Faites un bilan de votre développement en rédigeant une phrase pour rendre compte de chaque grande partie.

– Vous pouvez par exemple ouvrir sur le tableau romantique de Caspar David Friedrich intitulé *Le Voyageur contemplant une mer de nuage*, de 1818.

Méthode

L'introduction

- Elle se compose d'un seul paragraphe mais comprend plusieurs étapes.
- **La présentation du texte** doit partir du plus général pour aller au plus près du texte étudié et permettre de situer le texte dans son époque historique et littéraire :
  - mouvement de l'auteur ;
  - auteur ;
  - son œuvre ;
  - situation de l'ouvrage en question dans cette œuvre ;
  - situation de l'extrait étudié dans l'ouvrage.

→ Pour cela appuyez-vous sur le paratexte qui est une source d'informations mais n'indiquez que les éléments utiles à la compréhension du texte et non ceux qui n'éclairent pas le texte étudié.

- **La problématique** suit logiquement votre présentation, elle doit en découler et être en lien avec la phrase qui précède. Elle témoigne de votre capacité à dégager l'enjeu majeur du texte.
- **L'annonce du plan** clôt l'introduction. Annoncez seulement les grandes parties et montrez la logique de votre plan en utilisant des mots de liaison.

→ Attention : « premièrement/deuxièmement… d'abord/ensuite… » additionnent les idées sans montrer pourquoi votre partie I est placée avant votre partie II.

RÉDIGER SON DEVOIR

Redigez directement sur votre copie. Vous n'avez pas le temps de rédiger au brouillon. **Les titres n'apparaissent pas sur la copie**, ils sont remplacés par des **phrases d'introduction partielle** pour chaque paragraphe.

CORRIGÉ 15

Comprendre le corrigé

Plan détaillé

Introduction

« Les Voiles », écrit en septembre 1844 par Alphonse de Lamartine et publié en 1873 dans *Œuvre posthume*, est un poème sur le voyage. Dans ce poème, composé de cinq quatrains d'alexandrins aux rimes croisées, le « je » lyrique évoque les voyages maritimes et, ce faisant, dresse le bilan de son existence. Comment la métaphore du voyage permet-elle au poète romantique de réfléchir sur le temps qui passe ? Nous verrons dans un premier temps que Lamartine peint à la fois les aspirations du passé et les désillusions du présent, puis nous montrerons dans un second temps que le poème s'inscrit dans le mouvement romantique.

Gagnez des points !
Lorsque vous étudiez un poème, analysez bien sa forme : combien de vers par strophe, combien de syllabes dans chaque vers, le type des rimes... Cela vous aidera à comprendre sur quels mots le poète cherche à mettre l'accent.

I – Le voyage et le bilan de l'existence

A. Les aspirations de la jeunesse

• De vastes espaces : évocation de voyages lointains qui illustre l'ampleur de l'ambition du jeune poète. Récurrence des pluriels (« les vents des mers », v. 2, « Des continents de vie et des îles de joie », v. 7) et répétition de la tournure « tous les ».

• L'envol : grande fluidité des vers dans le premier quatrain qui traduit l'envol vers un ailleurs exotique et séduisant. L'envol est mis en valeur par l'assonance en [ɛ] (« fier », « ailes », « emportaient », « flottaient », « amers »), la répétition d'« ailes » et le polyptote (« flottent », « flots »). Désir d'élévation (« ailes », « vents », « sur »).

• Deux aspirations : « la gloire » et « l'amour ». Deux réseaux lexicaux traduisent la volonté du jeune

L'astuce du prof
• Que le poème soit en vers ou en prose, soyez toujours attentif aux procédés musicaux permettant de jouer sur le rythme et les sonorités : allitération, assonance, par exemple.
• Veillez aussi à indiquer les effets crées par de tels procédés.

homme à réussir à la fois sa vie sociale (« pampre », « vie », « gloire ») et sa vie intime (« jasmin », « joie », « amour »).

B. Les déceptions de la maturité

• Une rupture temporelle : passage de l'imparfait, associé à la jeunesse (« Quand j'étais jeune et fier », v. 1) au passé composé, qui suggère que le voyage de la vie a été accompli (« J'ai traversé ces flots et j'en suis revenu », v. 12), puis au présent de la maturité (« Et j'aime encor », v. 13).

• L'immobilité : il n'y a plus de mouvement, plus d'élan (« assis au bord du cap qui fume », v. 11). La répétition du verbe « aimer » qui encadre le vers 13 insiste sur la clôture (à l'opposé de l'image de l'envol dans les deux premières strophes) : « Et j'aime encor ces mers autrefois tant aimées. »

• Un regard désabusé : le champ lexical de la mort (« champ de mort », « débris », « funeste », « sombra ») est présent dans les deux dernières strophes. La reprise du verbe « surgir » montre l'écart entre les espoirs de la jeunesse (« Surgir tout verdoyants de pampre et de jasmin / Des continents de vie et des îles de joie », v. 6-7) et la réalité (« ce bord surgit funeste », v. 17). L'absence de marque de la première personne en position de sujet fait du « je » lyrique le jouet du destin (« Cet écueil me brisa », v. 17, « La foudre ici sur moi tomba », v. 19).

L'astuce du prof

Quand vous citez des vers, indiquez le passage d'un vers à l'autre par un « / ». Cela vous permet de mettre en valeur les mots à la rime, les enjambements, les rejets…

II – Une posture romantique

A. Un poème lyrique

• Le poète ouvre son cœur : les marques de la première personne et le vocabulaire relatif aux sentiments (« J'aime », « J'enviais », « mon âme », « ma pensée ») soulignent les confidences intimes du poète.

À savoir

La poésie du XIXe voit se développer l'expression du « moi » par les poètes ainsi que l'exaltation des émotions (notamment par la mise en scène de contrastes).

• Une posture contemplative : on constate l'ellipse du récit de l'existence, au milieu de la troisième strophe ; le poète dit le regard qu'il porte sur sa vie, ses sentiments, mais ne raconte pas la vie elle-même. Le « je » n'est jamais sujet de verbes d'action (verbes d'état : « j'étais » ; verbes de perception : « je voyais »).

Définition

Ellipse : procédé qui consiste à passer sous silence une partie de la chronologie évoquée pour faire un saut dans le temps.

• Des sentiments excessifs : utilisation d'hyperboles (« tant aimées »). Jeux sur les contrastes (« surgir », « sombra », « tomba »).

B. La connivence de la nature

• Synesthésies : mélange des sensations (« tous les vents des mers » : sensation tactile ; « verdoyants de pampre et de jasmin » ; sensations visuelles et olfactives ; « blanchissait » : sensation visuelle).

• Influence de la nature sur l'écriture : le rythme des vagues envahit le rythme du poème ; importance du rythme binaire qui dit le flux et le reflux (« Surgir tout verdoyants de pampre et de jasmin / Des continents de vie et des îles de joie / Où la gloire et l'amour m'appelaient de la main », v. 6-8).

L'astuce du prof
N'oubliez pas de faire un lien entre les procédés que vous mettez en évidence, et ce que leur usage vous permet de déduire sur les ressentis ou les intentions de l'auteur.

Conclusion

Ainsi, la métaphore du voyage permet au poète de faire le bilan de son existence, d'évoquer avec enthousiasme les rêves de la jeunesse et avec mélancolie les désillusions du passé. Lamartine brosse ainsi un autoportrait en poète romantique, en harmonie avec la nature qu'il contemple, solitaire et méditatif.

Méthode
Pour conclure votre commentaire, répondez à la problématique que vous avez soulevée en introduction.

SUJET 16 Sujet inédit

20 pts — 4h

Commentaire

› Vous commentez le texte suivant.

EXTRAIT Paul Verlaine, « L'Enterrement », 1866

Je ne sais rien de gai comme un enterrement !
Le fossoyeur qui chante et sa pioche qui brille,
La cloche, au loin, dans l'air, lançant son svelte trille[1],
Le prêtre en blanc surplis[2], qui prie allègrement,

L'enfant de chœur avec sa voix fraîche de fille,
Et quand, au fond du trou, bien chaud, douillettement,
S'installe le cercueil, le mol éboulement
De la terre, édredon du défunt, heureux drille[3],

Tout cela me paraît charmant, en vérité !
Et puis, tout rondelets, sous leur frac[4] écourté,
Les croque-morts au nez rougi par les pourboires,

Et puis les beaux discours concis, mais pleins de sens,
Et puis, cœurs élargis, fronts où flotte une gloire,
Les héritiers resplendissants !

---

1. Note musicale, sonorité qui se prolonge.
2. Vêtement à manches larges que les prêtres portent sur la soutane.
3. Homme jovial.
4. Habit noir de cérémonie.

PAR ÉTAPES

ANALYSER L'EXTRAIT

Lire et extraire les informations pertinentes

- **Genre :** poésie.
- **Paratexte :** les éléments du paratexte, « Verlaine » et « 1866 », permettent de mettre en évidence le mouvement symboliste.

- **Mots-clés :**

– « **rien de gai comme un enterrement** » : registre ironique du poème.

– « **chante** », « **voix** » : idée d'un spectacle pour le poète qui décrit un enterrement typique.

– « **pourboires** », « **héritiers** » : dénonciation des intérêts financiers.

- **Forme :** sonnet en alexandrins.
- **Registres :** ironique et satirique.

Situer l'extrait

- **Dans le contexte littéraire :** Verlaine est un poète **symboliste** et **maudit**. Dès son premier livre, *Poèmes saturniens*, il met en évidence sa marginalité en se présentant comme un **être mélancolique** né sous le signe néfaste de Saturne. Certains de ses poèmes sont donc **provocateurs** par rapport aux lois sociales.
- **Dans l'œuvre :** le sonnet « L'enterrement » a été publié dans des revues qui permettaient aux auteurs de se faire connaître.

Mobiliser des outils d'analyse et repérer des procédés stylistiques

- Les différentes **personnes** mentionnées par le poète.
- Les divers **registres** qui permettent de décrire l'enterrement et de soutenir la dénonciation du poète.
- Les **spécificités poétiques** du texte.

Méthode

Les registres

- Le registre est l'effet produit par un texte sur le lecteur :
  – repérer le(s) registre(s) d'un texte permet de mieux cerner les intentions de l'auteur ;
  – il est possible qu'un texte comporte plusieurs registres : certains sont complémentaires, d'autres non mais peuvent témoigner de moments différents du texte.
- Voici les registres les plus fréquents et les intentions de l'auteur qui les emploie :
  – **comique :** faire **rire** ;
  – **ironique :** créer une connivence, dénoncer ;
  – **satirique :** faire rire et partager son attaque ;
  – **didactique :** enseigner ;
  – **polémique :** faire partager son point de vue qui repose sur une attaque d'une idée, une personne ;
  – **réaliste :** faire assister à la scène, donner l'illusion du vrai ;
  – **épique :** susciter admiration ou effroi face au caractère exceptionnel du héros ;
  – **lyrique :** faire partager ses sentiments ;
  – **tragique :** susciter la crainte et la pitié ;
  – **pathétique :** émouvoir, susciter la compassion ;
  – **merveilleux :** faire rêver ;
  – **fantastique :** susciter le doute, l'angoisse.

ORGANISER SA COPIE

Formuler une problématique

- Comment le poète, en marge de la société, procède-t-il pour décrire ironiquement cet enterrement ?

Élaborer un plan

- **Les axes de lecture :** comment l'enterrement est-il décrit ? Quels sens sont convoqués ? Quelles attitudes sont relevées ? Comment sont présentés les personnages ? Que dénonce le poète et comment ?
- **Proposition de plan :**

Partie I : La description de l'enterrement

Partie II : Les personnages et leurs centres d'intérêt sont dénoncés à travers la description

Rédiger l'introduction et la conclusion

- **L'introduction :**

– Vos connaissances sur Verlaine et le symbolisme doivent vous permettre de poser un cadre d'analyse : le regard du poète sur la cérémonie d'enterrement est nécessairement différent, irrévérencieux.

– De ce cadre découle votre problématique.

– Annoncez votre plan.

- **La conclusion :**

– Résumez chacune de vos grandes parties de manière à répondre à la question.

– Pour ouvrir, vous pouvez :

→ penser à d'autres poètes qui dénoncent les vanités humaines (poésie engagée, ou dénonciations symbolistes de Rimbaud ou Verlaine…) ;

→ vous interroger sur le statut de la poésie qui permet de changer les défauts et laideurs de l'homme en un beau texte (alchimie poétique baudelairienne).

RÉDIGER SON DEVOIR

- Rédigez directement sur votre copie. Vous n'avez pas le temps de rédiger au brouillon.
- **Les titres n'apparaissent pas sur la copie**, ils sont remplacés par des **phrases d'introduction partielle** pour chaque paragraphe.

CORRIGÉ 16

Comprendre le corrigé

Corrigé rédigé

Introduction

Paul Verlaine est un poète symboliste, grand admirateur de son aîné Baudelaire et du jeune Rimbaud qu'il a fait connaître. Son premier livre de poésie, *Poèmes saturniens*, présente le poète comme un être marginal et mélancolique, né sous le signe de Saturne. Cette originalité du poète maudit apparaît nettement dans le regard qu'il porte sur des funérailles. Le sonnet « L'enterrement » nous donne à voir une cérémonie décrite avec une distance satirique et ironique irrévérencieuse. Nous nous demanderons donc comment ce poète, en marge de la société, procède pour nous

À savoir

Le symbolisme est un mouvement poétique de la fin du XIXe siècle dont les principaux représentants sont Mallarmé, Verlaine et Rimbaud. Baudelaire n'appartient pas à ce mouvement mais l'a initié. Les poètes estiment que le monde est fait de symboles que seul le poète a la capacité de voir.

décrire cette cérémonie. Pour cela, nous étudierons le spectacle que représente cet enterrement, de façon à mettre à jour sa dimension satirique.

I – Un enterrement perçu comme un spectacle

Le poète nous présente une description de l'enterrement comme s'il s'agissait d'un spectacle. Il insiste ainsi sur des notations réalistes, mais considérées avec une distance légère.

A. La description réaliste d'un enterrement

Le poète évoque de manière tout à fait réaliste les différents intervenants d'un enterrement : les représentants de l'Église avec le « prêtre » (v. 4) et l'« enfant de chœur » (v. 5), ceux des pompes funèbres avec le « fossoyeur » (v. 2) et les « croque-morts » (v. 11), enfin les proches du défunt avec les « héritiers » (v. 14). On peut ainsi reconstituer une chronologie des événements : le fossoyeur creuse le trou, la messe funèbre est dite, le cercueil est enterré, les proches lui rendent hommage. La cérémonie est rendue visible. Le poète recourt à l'hypotypose pour nous dépeindre des saynètes, grâce à l'évocation de détails précis comme la « pioche » (v. 2), la « cloche » (v. 3), les vêtements (v. 10), le « cercueil » (v. 7), le « nez rougi » (v. 11)… Transition : Verlaine nous donne à voir de manière réaliste un enterrement, pour lequel il ne se montre nullement peiné, mais heureux.

B. La gaieté du poète

La gaieté du poète est proclamée dès le premier vers « Je ne sais rien de gai comme un enterrement » : la comparaison frappe par son caractère incongru, d'autant qu'elle est renforcée par la négation absolue. Cette joie est rappelée dans le premier vers des tercets : « tout cela me paraît charmant » (v. 9). Comment donc comprendre ce sentiment étonnant dans pareilles circonstances ? Verlaine semble sensible à la dimension musicale de l'événement : le « chant » du fossoyeur (v. 2), le « svelte trille » (v. 3) de la « cloche », la psalmodie du prêtre (v. 4), la « voix » de l'enfant de chœur (v. 5), « le mol éboulement / De la terre » (v. 7-8) rendu par l'allitération en [l] du quatrain. Le poète assiste à un spectacle fait de parties chantées, d'autres

Définition

Hypotypose : figure de style qui consiste à « mettre sous les yeux » (sens étymologique) la scène décrite grâce à de petits détails précis qui permettent au lecteur de visualiser la scène.

Définition

Saynète : dans le théâtre espagnol, désigne une petite pièce comique. Par extension le terme est employé pour désigner une courte pièce sans prétention et rassemblant peu de personnages.

L'astuce du prof

Soyez attentif aux effets produits par les procédés que vous relevez. Ici, l'allitération (répétition d'un son consonne) confère une musicalité aux vers.

parlées comme les « discours », de musique comme celle de la cloche, mais aussi de lumière avec la « pioche qui brille » (v. 2) et de couleurs variées puisqu'on trouve le « blanc surplis » du prêtre (v. 4) et le « nez rougi » des croque-morts, qui contrastent fortement. Transition : Le poète regarde avec plaisir ces obsèques comme s'il s'agissait d'un spectacle. Il en goûte les diverses impressions musicales, lumineuses et colorées, mais il semble que sa joie s'explique aussi par son regard critique.

II – Le regard satirique du poète

Un certain nombre d'indices laisse percer l'ironie et l'humour noir du poète devant cette scène, qui permet de faire la satire de la cupidité des hommes.

A. L'ironie et l'humour noir du poète

L'ironie du poète est visible dès son premier vers qui résonne comme une provocation : un enterrement est en général associé à la peine et la tristesse des familles endeuillées et non à la joie. La comparaison et l'exclamative renforcent l'irrévérence en faisant comme si ordinairement un enterrement était un sujet de gaieté. Le vers 9 montre plus nettement l'ironie du poète avec le « en vérité » final. Les modalités exclamatives soulignent l'ironie. Celle-ci est associée à l'humour noir qui se fait de plus en plus présent. Il est tout d'abord discret à travers quelques notations comme l'adjectif « svelte » (v. 3), l'adverbe « allègrement » – qui détonne dans le contexte –, ou encore la notation relative à la voix de l'enfant de chœur qui n'ayant pas mué est associée à celle d'une fille, mais aussi à une prostituée, une « fille », avec l'adjectif « fraîche ». L'humour devient visible dans la reprise du *topos* (motif littéraire récurrent) de la mort comparée au sommeil, mais Verlaine n'en retient que la dimension prosaïque. Il associe, en effet, la fosse à un lit « bien chaud [et] douille[t] » (v. 6) dont l'« édredon » (v. 8) est constitué de terre pour le « cercueil » qui est ici personnifié. L'irrévérence culmine avec l'expression « heureux drille » (v. 8) désignant le défunt comme un bon vivant. La description physique des croque-morts nous fait imaginer des personnages assez ridicules, sortes d'hommes-boules, avec l'adjectif « rondelets » renforcé par « tout » ; le participe passé « écourté » laisse penser que leurs vêtements sont trop courts, élément comique supplémentaire. Transition : La description de l'enterrement est marquée par

Définition

Ironie : procédé consistant à dire tout l'inverse de ce que l'on pense, voire à soutenir des idées que l'on n'approuve pas en réalité. L'ironie installe un lien entre l'auteur et le lecteur, qui est capable de saisir la critique implicite suggérée par ce procédé.

Définition

Prosaïque : caractère de ce qui se rattache à la réalité, aux choses matérielles, qui sont parfois dépourvues de distinction. Ici, l'auteur établit un lien entre la fosse et un élément du quotidien : le lit.

l'ironie et l'humour noir. Ces registres sont au service d'une dénonciation satirique des hommes.

B. Une dénonciation satirique

Les tercets portent le blâme du poète : les hommes sont cupides et intéressés. Les croque-morts sont préoccupés par leurs « pourboires » (v. 11). Le mot est d'ailleurs mis en évidence à la rime, signe de leur intérêt. L'indication « nez rougi » suggère soit que les croque-morts ont pleuré d'émotion en recevant leurs « pourboires », soit que ces derniers ont été bus et le nez rouge résulterait de leur ébriété. On peut alors supposer que l'« allégre[sse] » du prêtre était aussi due aux sommes versées pour l'office. L'apogée de la critique est gardée pour les proches du défunt qui n'éprouvent aucune peine, mais se réjouissent d'avoir hérité. Le dernier tercet leur est entièrement consacré et dénonce leur hypocrisie. Ils célèbrent en effet le mort dans de « beaux discours » (v. 12) rendus par devoir comme l'indique leur « concis[ion] » (v. 12) et la précision polysémique « pleins de sens » qui pourrait être un éloge, si les discours étaient de qualité, mais ces propos surtout révèlent, malgré leurs auteurs, les véritables sentiments de ceux-ci. Les « cœurs », loin d'être serrés par la douleur, sont « élargis » par la joie d'hériter, car pour ces hommes l'argent est synonyme de « gloire » comme l'explique la rime « pourboires »/« gloire ». Le dernier vers est une pointe fort travaillée : Verlaine rompt avec la pompe de l'alexandrin, vers approprié pour une cérémonie tragique, et propose un octosyllabe qui peut même se lire comme un ennéasyllabe si l'on fait la diérèse « hériti/ers ». Cette hypothèse est tout à fait vraisemblable lorsque l'on connaît le goût de Verlaine pour les mètres impairs (« Et pour cela préfère l'impair », « Art poétique », *Jadis et Naguère*). De plus, elle met en lumière le terme « hériti/ers » qui est employé, au lieu de « proches » ou « parents », pour souligner que la seule relation qui liait ces hommes au défunt était d'ordre pécuniaire. L'adjectif « resplendissants » achève l'attaque en présentant ces hommes au comble de la joie. Dès lors, on comprend différemment le premier vers : certes, Verlaine éprouve

Définition

En littérature, le blâme est un discours de l'argumentation épidictique qui correspond à un portrait péjoratif. Par extension, le terme désigne un jugement qui désapprouve un fait ou un comportement. Le blâme peut également se rattacher à une sanction disciplinaire, mais ce n'est pas le cas dans le poème. Ici, le poète adopte une attitude critique au travers de l'usage de l'ironie et de l'humour noir.

Définition

Polysémique : se dit d'un terme qui possède plusieurs sens différents selon le contexte dans lequel il est employé.

L'astuce du prof

Soyez attentif à la versification : le sonnet est-il régulier ? Comment sont disposées les rimes ? Tirez des conclusions de ces repérages pour éclaircir le sens du texte.

un plaisir certain à démasquer l'hypocrisie de tous ces hommes, mais la comparaison « gai comme un enterrement » trouve ici sa justification, puisque finalement tous les acteurs de cette comédie sont gais et se réjouissent. La comparaison devient une sorte de maxime, une vérité générale qui fait de cet enterrement une image représentative de tous les autres.

Langue

Comme : adverbe de comparaison qui met en relation le comparé et le comparant. C'est la présence d'un outil de comparaison (comme, tel, tel que, aussi que…) qui distingue la comparaison de la métaphore.

Conclusion

Verlaine propose dans ce sonnet une description réaliste d'un enterrement, en nous donnant à voir de nombreux détails qui lui procurent une joie certaine. Celle-ci devient toutefois suspecte si l'on considère que de nombreux passages s'avèrent ironiques et pleins d'humour noir. Ces registres sont ainsi au service d'une satire sur la cupidité et l'hypocrisie humaines, que le poète dénonce. Sa dénonciation des laideurs humaines est ainsi transfigurée par la poésie en un beau poème : comme Baudelaire, Verlaine, en alchimiste, change la « boue » en « or ».

Conclusion

Après avoir rappelé les éléments principaux de votre réflexion, vous pouvez ouvrir votre conclusion en comparant l'œuvre étudiée à une autre en montrant bien les points communs mais aussi les différences pour que chaque œuvre garde sa singularité.

SUJET 17 Sujet inédit

20 pts — 4h

Dissertation

> **D'où provient, selon vous, l'émotion que l'on ressent à la lecture des poèmes issus du recueil *Les Contemplations* de Victor Hugo ?**

Vous répondrez à cette question en vous appuyant sur les quatre premiers livres des *Contemplations* de Victor Hugo, et sur les textes et œuvres que vous avez étudiés et lus.

PAR ÉTAPES

COMPRENDRE LE SUJET

Repérer les mots-clés

- **« d'où provient » :** la question porte sur l'origine, les causes.
- **« l'émotion que l'on ressent à la lecture » :** on se place du côté du lecteur et de la réception ; on postule que le lecteur est ému (*movere* : « bouger, émouvoir ») par la poésie.
- **« texte poétique » :** il convient de s'intéresser au genre, à ce qui est spécifique à la poésie pour susciter l'émotion.

Formuler la problématique

- **Type de sujet :** le sujet a la forme d'une **question ouverte**.
- **Problématique :** qu'est-ce qui provoque l'émotion dans un poème ?

Mobiliser ses connaissances

- Hugo, dans *Les Contemplations*, relate sa vie et explique comment il a fait évoluer la poésie : évoquez la dislocation de l'alexandrin et les effets qu'elle a sur l'émotion ressentie par le lecteur.
- *Les Contemplations* sont les « mémoires d'une âme » : Hugo se livre au lecteur et évoque les joies et troubles de sa jeunesse, ses révoltes politiques ou contre Dieu…
- Ce livre est aussi et surtout le livre du deuil et de la souffrance de la perte de Léopoldine : la souffrance d'un père s'y lit et est ressentie.
- Hugo envisage certes de faire de ce livre son autobiographie, mais parler de lui renvoie à autrui : cette communauté que forment poète et lecteur permet le passage de l'émotion de l'un à l'autre.

ORGANISER SA COPIE

Élaborer un plan

- La question étant ouverte, le plan est **thématique**.
- **Proposition de plan :**

Partie I : L'émotion à l'origine de la poésie

Partie II : Des spécificités génériques formelles propres à susciter l'émotion

Partie III : La poésie cherche à « créer […] une émotion particulière » (Reverdy)

Construire le développement

- **Les arguments :**

– Réfléchir aux causes de l'émotion : la versification, le travail sur la langue, les sujets abordés…

– Définir cette émotion : les poètes cherchent-ils nécessairement à nous émouvoir ?

– Réfléchir à ce qu'est un « texte poétique » : tous les poèmes ont-ils la même forme ? Les poètes envisagent-ils la poésie de la même façon selon les époques et les mouvements ?

- **Les exemples :**

– Certains thèmes abordés peuvent toucher les lecteurs qui se sentent concernés par l'amour, la joie (Aragon, « Vers à danser », *Le Fou d'Elsa*) et le bonheur (Roy, « L'inconnue », *À la lisière du temps*) qu'il procure ou par la mort qui les guette (Ronsard : *Carpe diem*).

– Le travail de la forme rend tangible la dualité vie/mort dans « Vers à danser » d'Aragon, deux idées qui sont sans cesse mêlées chez Hugo.

– Le lyrisme comme origine de la poésie : le mythe d'Orphée.

– Le travail particulier de la langue permet de rendre l'émotion dans « À une passante » de Baudelaire.

– La poésie érudite du Parnasse ne touche pas tous les lecteurs.

Méthode

Développer une argumentation

- Votre argumentation fonctionne par **sous-parties** : si vous comprenez comment rédiger une sous-partie argumentée, vous savez rédiger le développement entier !
- Une sous-partie comprend plusieurs étapes :
  – 1 : introduisez votre sous-partie en une phrase ;
  – 2 : après avoir introduit un mot de liaison indiquant que vous allez justifier ce que vous avez annoncé (« Ainsi, … » ou « En effet, … »), formulez un argument qui justifie la phrase 1 ;
  – 3 : justifiez cet argument par un exemple ;
  – vous pouvez répéter les phases 2 et 3 à partir d'un autre argument s'il justifie toujours ce qui a été indiqué en phase 1 ;
  – 4 ou 6 : transition.
- Attention ! Veillez à mettre un mot de liaison logique entre chacune des phases.

RÉDIGER SON DEVOIR

Rédigez directement sur votre copie. Vous n'avez pas le temps de rédiger au brouillon. **Les titres n'apparaissent pas sur la copie**, ils sont remplacés par des **phrases d'introduction partielle** pour chaque paragraphe.

CORRIGÉ 17

Comprendre le corrigé

Corrigé rédigé

Introduction

La poésie se démarque des autres genres par sa forme et par les buts que les poètes lui assignent. Pour certains, comme Pierre Reverdy qui définit sa fonction dans un essai intitulé *Cette émotion appelée poésie* et publié en 1950, elle est avant tout « émotion ». Hugo en fait le lieu de l'expression de ses sentiments douloureux dans ses *Contemplations*, recueil centré sur la mort de sa fille Léopoldine. Nous nous demanderons donc comment un poème réussit à émouvoir son lecteur. Pour cela, nous verrons que la poésie tire son origine de l'émotion du poète qui, grâce aux spécificités de ce genre réussit à la transmettre à son lecteur, voire se donne pour but de « créer [...] une émotion particulière » (Reverdy) chez lui.

Méthode

- Votre introduction, bien qu'elle ne forme qu'un seul paragraphe, doit comporter plusieurs étapes :
– une phrase d'amorce permettant de contextualiser le sujet ;
– l'évocation voire la citation du sujet donné ;
– la formulation de votre problématique ;
– l'annonce de votre plan.
- Toutes ces parties doivent être liées logiquement pour ne former qu'un tout, ce qui explique qu'il ne faut pas aller à la ligne mais ne rédiger qu'un seul paragraphe.

I – L'émotion à l'origine de la poésie

La poésie se représente dans sa mythologie même comme issue de l'émotion. Le poète en proie à celle-ci la communique à ses lecteurs.

A. Le mythe d'Orphée

Dans l'Antiquité, le poète est considéré comme un être inspiré par les dieux, habité même par eux, donc *enthousiaste* selon l'étymologie. Il est en proie à une émotion particulière qu'il ne contrôle pas et qui est à la source de ses textes. Le personnage mythologique d'Orphée incarne à plus d'un titre ce sentiment : inspiré par les Muses, il parvient à charmer les animaux sauvages et les végétaux et obtient même des dieux de descendre aux Enfers pour y chercher sa femme Eurydice. Il se retourne cependant trop tôt et la voit disparaître à jamais. Ses poèmes expriment alors sa douleur et sont à l'origine du lyrisme. Hugo adapte en quelque sorte ce mythe dans ses *Contemplations* qui sont centrées sur la mort de sa fille : la section « *Pauca meæ* » rend ainsi compte de la douleur indicible du poète, de sa révolte et de l'apaisement de son chagrin. Transition : Les mythes témoignent

Le saviez-vous ?

Les Muses, dans la mythologie grecque, sont les neuf filles de Zeus et de Mnémosyne. Chacune d'elles représente un art libéral :
– Clio : l'histoire ;
– Euterpe : la musique ;
– Melpomène : la tragédie ;
– Terpsichore : la poésie lyrique et la danse ;
– Érato : la chant nuptial ;
– Polymnie : la pantomime et la rhétorique ;
– Uranie : l'astronomie et l'astrologie ;
– Calliope : la poésie épique.

du fait que la poésie se pense comme intimement liée à l'émotion, comme issue même de celle-ci, ce que confirment les *Contemplations* de Hugo. Elle est ainsi le lieu de l'expression de sentiments personnels.

B. La poésie comme expression des sentiments personnels

Le poète exprime dans des poèmes lyriques ses sentiments personnels, notamment amoureux. Quels que soient les époques et les mouvements, les poètes célèbrent ainsi la femme aimée et rendent compte de leur bonheur ou au contraire de leur tristesse. Le genre de l'élégie amoureuse latine, illustré par Properce ou Tibulle, relate les sentiments du poète en fonction des aléas de sa relation avec Cynthia pour l'un, Délie pour l'autre. Cet amour est souvent malheureux, car la femme aimée quitte le poète, ou n'est qu'un rêve chez Verlaine, une inconnue croisée dans la rue chez Baudelaire. La plainte du poète touche le lecteur. Ces sentiments peuvent aussi être plus joyeux, comme chez Hugo lorsqu'il évoque ses premières amours dans la section « Aurore » ou son profond attachement à sa maîtresse Juliette Drouet dans « L'Âme en fleur ». Transition : Si l'amour et les sentiments qu'il suscite sont très présents en poésie, il n'en reste pas moins que la poésie ne se limite pas à ce thème comme l'atteste l'existence de l'épopée.

Définition

Élégie : poème lyrique exprimant la douleur, la plainte ou bien des sentiments mélancoliques.

Méthode

Une transition comprend deux parties : un bilan de votre paragraphe et une annonce du suivant. Il convient de montrer en quoi votre paragraphe aboutit logiquement à aborder la question traitée dans le paragraphe suivant. Vous n'additionnez pas des idées, mais les enchaînez dans un ordre commandé par votre argumentation.

C. La poésie comme expression de sentiments collectifs

L'épopée célèbre les exploits de héros, mais ceux-ci sont liés à une communauté qui se reconnaît en eux parce que des valeurs communes les animent. Achille et Ulysse, bien que hors normes, ont des défauts qui les rendent humains, la colère pour le premier et l'hybris pour le second. Leurs aventures nous montrent leur capacité à dompter ces sentiments. Ils incarnent en même temps ce qu'est la civilisation pour un Grec ou un Romain. Récités par des aèdes lors de banquets collectifs, les poèmes homériques célèbrent cette culture et invitent les auditeurs à se retrouver en elle grâce à la beauté de vers empreints de *pathos*, comme lors de la rencontre d'Achille et Priam au chant XXIV de l'*Iliade*, ou de scènes grandioses et sublimes lors de combats. Dans sa préface aux *Contemplations*, Hugo met en avant sa parenté avec son lecteur et partant avec tout

Définition

Hybris (ou Hubris) : notion qui prend sa source dans l'Antiquité grecque, et qui caractérise la démesure ou l'orgueil des actions de l'homme face aux dieux, conduisant ces derniers à punir les fautifs. L'hybris est en général le motif déclencheur des tragédies.

Définition

Aède : poète itinérant qui récitait en chantant des poèmes célébrant les dieux et les héros en Grèce antique.

homme : ses émotions de père en deuil sont celles de tout parent dans la même situation, ce qu'il reconnaît. Transition : Le poète épique transmet à ses auditeurs des sentiments variés, mais qui les unissent en une collectivité. Cette union peut aussi se faire dans des genres plus intimistes en raison de sentiments partagés entre le poète et son lecteur. Ce n'est donc pas tant le thème ou le sous-genre poétique qui cause l'émotion, que les spécificités formelles de la poésie.

II – Des spécificités génériques formelles propres à susciter l'émotion

La forme travaillée du poème participe à l'émotion du lecteur grâce à la versification, la musicalité et l'utilisation particulière de figures de style.

L'astuce du prof

Gardez à l'esprit que la forme (type de versification) ainsi que les procédés utilisés par le poète (figures de styles) sont, la plupart du temps, des indices permettant de déceler les intentions de l'auteur. Ce sont en quelque sorte des outils qu'il manipule et anime de manière à exprimer ses propres émotions, ainsi qu'à les transmettre à ses lecteurs.

A. La versification

La versification fait de la poésie une langue différente de celle entendue et parlée : les noms font entendre leur -e muet, des liaisons inhabituelles ou des diérèses sont ouïes, le vers imprime un rythme régulier à la phrase que césures et coupes transfigurent. Il est significatif que le nom latin *carmen* désigne à la fois « le chant » et « le charme, le philtre magique », indiquant ainsi à quel point le chant poétique, grâce à ses contraintes formelles, envoûte le lecteur. Le succès du pantoum, avec le retour charmeur de ses vers comme dans « Harmonie du soir » de Baudelaire, ou encore du sonnet en est un exemple. Et même lorsque Hugo « tor[d] le cou à l'alexandrin » en le démembrant avec des coupes et rejets audacieux, bien loin de nuire à l'émotion, il la fait ressortir en mimant les mouvements de l'âme. Transition : Le lecteur est en proie à une émotion née de la versification, qui est source de musicalité.

Définition

Diérèse : prononciation en deux syllabes de ce qui, dans la langue courante, ne se prononce qu'en une seule syllabe.

L'astuce du prof

Un alexandrin se compose de douze syllabes. Pour le reconnaître, vous devez donc les compter. Attention ! Les syllabes ne se prononcent pas en poésie comme dans la langue courante : il convient de respecter les règles de versification sur les -e muets, les liaisons, les diérèses…

B. La musicalité

La poésie antique ne se dissociait pas de la musique et les aèdes s'accompagnaient à la lyre. La poésie est donc par essence musicale, comme le rappelle Verlaine dans son « Art Poétique » en débutant par « De la musique avant toute chose ». La versification apparaît dès lors comme une partition à laquelle les poètes se plient, mais elle n'est pas la seule source de musicalité d'un poème. Ainsi, les poèmes en prose ou en vers libre suscitent aussi l'émotion par leur musicalité : le rythme plus travaillé, les assonances et allitérations plus significatives et les répétitions de terme créent chez le lecteur un état nouveau. Dans « Ce cœur qui haïssait la guerre », Desnos rend le mouvement « des marées » par le rythme de sa phrase évoquant les battements de son cœur : le lecteur se trouve emporté grâce à la composition circulaire du poème et est touché par sa cause livrée sous la forme d'un slogan : « Mort à Hitler et à ses partisans ! » Transition : La musicalité du poème permet d'émouvoir le lecteur, mais cet effet est renforcé par l'usage original que les poètes font des figures de style.

Définition

Assonance : procédé qui consiste en la répétition des mêmes sons vocaliques dont il convient d'indiquer l'effet qu'il produit.

Définition

Allitération : procédé qui consiste en la répétition d'une ou de plusieurs consonnes dans des mots qui se succèdent. Allitérations et assonances peuvent devenir une harmonie imitative lorsque le son répété imite l'idée portée par les mots: «Pour qui sont ces serpents qui sifflent sur nos têtes» (Racine). L'harmonie imitative en [s] fait entendre le sifflement des serpents.

C. Les figures de style

Les figures de style sont plus nombreuses en poésie que dans d'autres genres littéraires. Elles permettent de faire naître des effets nouveaux qui frappent le lecteur. Il est ainsi séduit par la beauté de l'oxymore « la mieux connue des inconnues », employée par Claude Roy dans « L'inconnue » pour qualifier sa femme. Les surréalistes, eux, usent de la métaphore et de la comparaison pour surprendre le lecteur par des rapprochements incongrus et déroutants : « La terre est bleue comme une orange », sous la plume d'Éluard. Hugo recourt à ce pouvoir émotif pour combattre les maux de la société : dans « les luttes et les rêves », il s'attaque ainsi à la misère et au travail des enfants et use des spécificités formelles de la poésie pour donner plus de portée à sa voix. Transition : Les figures de style participent ainsi à la naissance d'émotions variées chez le lecteur, d'autant qu'elle est recherchée par les poètes.

L'astuce du prof

Repérer une figure de style n'a d'intérêt que si vous indiquez quel effet est créé par ce procédé.

III – La poésie cherche à « créer […] une émotion particulière »

A. Le « choc poétique »

Pierre Reverdy estime qu'un poème doit créer « un choc poétique » chez le lecteur, que « l'ambition et le but [de l'artiste] sont de créer, par une œuvre esthétique particulière faite de ses propres moyens, une émotion particulière que les choses de la nature, à leur place, ne sont pas en mesure de provoquer en l'homme. » (*Cette Émotion appelée poésie*). Non seulement en raison de ses origines, des thèmes développés et de ses spécificités formelles, la poésie

L'astuce du prof

Le sujet repose en grande partie sur vos connaissances de cours. Cependant, veillez à les organiser en reformulant certains points et en proposant un plan étayé par une argumentation.

émeut, mais elle en a même le devoir, ce qui implique un travail de la part du poète. Transition : Quel est donc ce travail poétique, au sens étymologique de « création qui suscite l'émotion » ?

B. La *poiesis* de la langue

Le poète cherche, selon Mallarmé, à « rémunérer le défaut des langues », à réconcilier signifié et signifiant de manière à rompre avec l'arbitraire des langues. Cette quête du langage parfait fait du texte poétique le lieu d'épanouissement d'une langue étonnante et sublime. Le lecteur d'« À une passante » de Baudelaire peut ainsi lire en filigrane, sans jamais que les expressions ne soient employées, « beauté fatale » ou « coup de foudre ». Cette recherche ne doit cependant pas tourner à l'artifice et à la froideur comme chez certains Parnassiens. Transition : Cette quête poétique de la langue parfaite est aussi une quête du Beau, capable de nous émouvoir.

C. La quête du Beau

Le poète est en quête du Beau comme l'allégorie de la Beauté le rappelle dans le poème de Baudelaire : « Je suis belle […] / Et mon sein où chacun s'est meurtri tour à tour / est fait pour inspirer au poète un amour / Éternel et muet, ainsi que la matière ». Cette quête qui lui permet de changer la « boue » en « or », ce rêve « alchimiste » touche au plus profond le lecteur qui revient ainsi à une sorte de langue primitive, d'avant la tour de Babel, lorsque la langue était belle, sensée et comprise de tous. Hugo transfigure l'amour et les sentiments et sensations qui lui sont associés en mêlant la femme aimée et la nature pour créer une beauté rendant compte de ses émotions et permettant de les communiquer.

Conclusion

L'émotion du lecteur devant les textes poétiques provient de l'origine même de la poésie et des thèmes qui en découlent. Ses spécificités formelles accentuent cette caractéristique au point que pour certains poètes cette émotion est même le but de la poésie.

Définition

En filigrane : se dit de quelque chose qui est dit de manière implicite, que l'on laisse deviner.

À savoir

Le Parnasse est un courant de la poésie française du XIXe siècle, dont les membres sont nommés les « Parnassiens ». Le courant tire son nom du « Parnasse », la montagne des neuf Muses dans la mythologie grecque. Les poètes de ce courant s'opposent au réalisme et au romantisme, en travaillant la forme et en ayant pour objectif ultime la beauté (idée de « l'art pour l'art » selon Théophile Gautier).

Définition

Alchimiste : dans l'univers littéraire, l'alchimiste est celui qui transforme la réalité quotidienne et banale en une fiction poétique et extraordinaire.

Gagnez des points !

Relisez-vous avant de rendre votre copie ! Un devoir comportant trop de fautes peut être sanctionné de quelques points par le correcteur.

SUJET 18 Sujet inédit

Dissertation

20 pts — 4h

> **En quoi l'écriture poétique de Baudelaire permet-elle de réinventer le monde et de transformer la « boue » en « or » ?**

Vous vous appuierez sur *Les Fleurs du mal* de Baudelaire, les textes étudiés pendant l'année et sur vos lectures personnelles.

PAR ÉTAPES

COMPRENDRE LE SUJET

Repérer les mots-clés

- **« en quoi » :** demande d'expliquer le postulat du sujet (sans le discuter, contrairement à la formulation « dans quelle mesure »).
- **« l'écriture poétique » :** la poésie avec ce que le mot implique de travail de l'écriture.
- **« permet » :** le verbe indique une capacité, un pouvoir de la poésie.
- **« réinventer le monde » :** pouvoir de changer le monde, le réel grâce à l'invention, l'imagination. L'invention relève d'un pouvoir démiurgique attribué à la poésie.

Formuler la problématique

- **Type de sujet :** le sujet est une question ouverte.
- **Problématique :** comment la poésie recrée-t-elle le monde ?

Mobiliser ses connaissances

- Par le travail de la versification, la ville décrite par Baudelaire est comme réinventée dans la section « Tableaux parisiens ».
- Le poète en véritable « alchimiste » change « la boue » en « or », c'est-à-dire le Laid en Beau, comme lorsqu'il choisit pour sujet des charognes : « Une Charogne » ou « Une Martyre ».
- Il invente aussi une nouvelle manière d'exprimer ses sentiments personnels en introduisant le terme « spleen » pour rendre compte de son ennui et de sa mélancolie, sentiment qu'il rend concret grâce à des comparaisons triviales avec « Un gros meuble à tiroirs encombré de bilans » (« Spleen »), par exemple.
- Senghor, dans « À New York », montre que la poésie fait revivre le passé de nos jours et, en cela, réinvente notre monde.
- Michaux intervient dans le monde pour en changer le cours et illustre clairement le sujet dans « Intervention ».

- Le monde réinventé dans le poème : Rimbaud invente la couleur des voyelles.
- Le monde réinventé par les lecteurs des poèmes : les romantiques et les poètes de la Résistance veulent inciter les hommes à s'engager.

ORGANISER SA COPIE

Élaborer un plan

- La question étant ouverte, le plan est **thématique**.
- Faites donc le point sur vos connaissances, organisez-les de manière à obtenir des ensembles qui formeront vos sous-parties et vos grandes parties.
- **Proposition de plan :**

Partie I : La poésie réinvente le monde en le dotant d'un passé revisité

Partie II : La réinvention du monde présent

Partie III : Les spécificités de l'écriture poétique la dotent d'un pouvoir démiurgique

Construire le développement

- **Les arguments :**

– Cherchez tout ce qui permet, grâce à la poésie, de réinventer le monde : mythe, imagination, célébration d'un événement, d'une époque, d'une personne…

– Montrez en quoi cette invention d'un monde ne repose pas seulement sur des thématiques, mais sur la nature même de la poésie qui donne une autre image du monde, célèbre aussi les petits, est engagée…

– Montrez surtout que la poésie travaille sur la langue et que ce travail est source de l'invention d'un nouveau monde car le monde poétique ne se dit pas dans une langue ordinaire.

- **Les exemples :**

– Rappelez-vous des grands mythes fondateurs qui sont écrits en vers. Verlaine rend-il hommage à de grands artistes ?

– Cherchez qui célèbre Baudelaire dans son livre parmi les petits. Comment joue-t-il avec la tradition poétique du *carpe diem* dans « Une Charogne » ?

– Recensez les éléments propres à la langue poétique : rimes, vers, travail sur les sonorités, les rythmes, etc.

Méthode

Introduire une citation

- **Les citations témoignent de votre connaissance précise de l'œuvre** et doivent être bien introduites.
- L'insertion la moins habile consiste à indiquer qu'on va citer le texte, à mettre deux points puis la citation (ex. : Baudelaire explique les correspondances en écrivant : « Les parfums, les couleurs et les sons se répondent »).
- Il est plus adroit d'**insérer directement la citation dans votre phrase** (ex. : Baudelaire élabore une théorie des correspondances dans laquelle « les parfums, les couleurs et les sons se répondent »).
- L'insertion de cette citation peut nécessiter, pour que votre phrase reste correcte grammaticalement, que vous y apportiez des modifications. **Ces modifications doivent être indiquées** entre crochets droits (ex. : « Les parfums, les couleurs et les sons [en] se répond[ant] » créent les correspondances que Baudelaire recherche dans sa poésie).
- Vous pouvez aussi **scinder les vers en plusieurs parties dans votre phrase** et indiquer le changement de vers par le signe « / » sans passer à la ligne (ex. : Baudelaire définit « l'ennui » comme le « fruit de la morne incuriosité / [qui] Prend les proportions de l'immortalité »).

et montrez à partir d'exemples précis en quoi ces spécificités inventent une langue et partant un monde.

RÉDIGER SON DEVOIR

Il faut ensuite directement rédiger sur la copie. Vous n'avez pas le temps de rédiger au brouillon. **Les titres n'apparaissent pas sur la copie,** ils sont remplacés par des **phrases d'introduction partielle** pour chaque paragraphe.

CORRIGÉ 18

Comprendre le corrigé

Corrigé rédigé

Introduction

Le mythe d'Orphée accorde au poète et à son art un pouvoir particulier lui permettant de changer les lois de la Nature et de réinventer le monde. Cette quête ne relève pas que du mythe et a été assumée par de nombreux poètes. C'est pourquoi nous pouvons nous demander comment l'écriture poétique réussit à recréer le monde. Pour ce faire, nous verrons que l'écriture poétique réinvente le présent en le dotant d'un passé revisité, auquel correspond également un nouvel éclairage du monde présent qui peut aller jusqu'à l'engagement pour le changer. Ce pouvoir démiurgique s'explique par des outils propres à la langue poétique.

Zoom sur

Mythe d'Orphée : Orphée est un poète de la mythologie gréco-romaine capable par son chant de charmer hommes, animaux, plantes et minéraux. Le jour de ses noces avec Eurydice, elle meurt piquée par un serpent. Grâce à son chant, il convainc les dieux des Enfers de lui rendre sa femme : ils acceptent à condition qu'il ne la regarde pas avant qu'elle ne soit sortie des Enfers. Il se retourne cependant trop tôt et la voit partir à jamais. Il chante alors son chagrin et devient ainsi l'idéal du poète lyrique.

I – L'écriture poétique réinvente le monde en le dotant d'un passé revisité

A. La mythologie

Les mythes retranscrits dans les poèmes antiques inventent un passé au monde. Hésiode rappelle le mythe des races dans *Les Travaux et des Jours* ou la naissance du monde dans sa *Théogonie*, Homère conte la guerre de Troie dans l'*Iliade et* l'*Odyssée*... Baudelaire aussi s'appuie sur cette tradition mythologique dans son poème « Le Cygne » en accordant une place importante à Andromaque, « veuve d'Hector, hélas ! Et femme d'Hélénos ». Transition : Le passé du monde est ainsi

Définition

Théogonie : œuvre du poète grec Hésiode (VIIIe siècle avant J.-C.), dans laquelle il relate la naissance du monde et des dieux. Il s'agit donc du récit de fondation de la mythologie gréco-romaine.

inventé dans des textes poétiques qui célèbrent des temps glorieux, mythologiques ou historiques.

B. La célébration des temps glorieux

Du Bellay se donne pour mission de célébrer la gloire de la Rome antique dans ses poèmes en rivalisant avec Virgile. En cela, il accomplit « Ce que les mains ne peuvent [plus] maçonner » dans « Que n'ai-je encore la harpe thracienne », sonnet issu de ses *Antiquités de Rome*. Ronsard, dans ses *Odes*, rend aussi hommage aux grands de son temps tout comme un poète comme Pindare pouvait, dans la Grèce antique, célébrer les héros de son temps, notamment les vainqueurs des jeux sportifs panhelléniques, tels que les jeux Olympiques. Transition : La poésie, avec le genre de la célébration, fait l'éloge des temps passés glorieux ou d'un présent, et ses acteurs, pleins de gloire. Par la poésie, le temps s'abolit, unissant passé et présent.

Le saviez-vous ?

Jeux sportifs panhelléniques : grands concours qui rassemblaient tous les Grecs lors de quatre grandes fêtes (les jeux Olympiques, Pythiques, Isthmiques et Néméens).

C. Le passé uni au présent

La poésie abolit le temps en faisant « revenir les temps très anciens » – comme l'écrit Senghor dans « À New York » – au sein du présent et en le colorant de son identité noire, de ce que ce poète appelle la négritude. Baudelaire retrouve son passé pourtant douloureusement perdu grâce à la poésie en chantant le « vert paradis des amours enfantines » dans son poème « *Moesta et Errabunda* » (« Triste et vagabonde ») et en se demandant dans une interrogative s'il est « déjà plus loin que l'Inde et que la Chine », modalité qui témoigne sur le mode mineur des pouvoirs poétiques. Transition : L'écriture réinvente le monde en le dotant d'un passé renouvelé, car poétique. Cela s'accompagne aussi d'un mouvement de recréation du monde présent.

Zoom sur

Enseignant en lettres et en grammaire, ayant ensuite occupé de nombreux postes politiques importants, Léopold Sédar Senghor (1906-2001) a été élu à l'Académie française en 1983 et récompensé par de nombreux prix littéraires prestigieux (médaille d'or de la langue française, prix Guillaume Apollinaire, prix international du livre entre autres).

II – L'écriture poétique réinvente le monde en l'éclairant différemment

A. Une nouvelle image du monde

La poésie permet au poète de débrider son imagination et ainsi de réinventer le monde en l'éclairant différemment. Le poème de Michaux « Intervention » témoigne des changements fantasques du monde au sein d'un poème. Cet éclairage nouveau peut aussi être moral, comme dans les *Fables* de La Fontaine, qui ne se contentent pas de peindre la société du Grand Siècle, mais en proposent une image revisitée notamment grâce au recours à des personnages qui sont pour la plupart des animaux. Transition : Le poète peut ainsi donner une nouvelle image du monde en l'éclairant différemment. Pour cela, il peut choisir de célébrer non pas les héros glorieux du présent ou du passé, mais n'importe qui.

À savoir

En mettant en scène des animaux dans ses *Fables*, La Fontaine peut adopter un ton critique voire satirique, sans que cela soit explicite. Son ambition était notamment didactique car sa deuxième intention est évidemment de plaire, comme le montre ce propos issu de la préface des *Fables* en 1668 : « Je me sers d'animaux pour instruire les hommes. »

B. La célébration de personnes non glorieuses

Le poète, grâce à la poésie, célèbre les grands hommes comme nous l'avons vu, mais il peut aussi célébrer qui il veut. La femme aimée est ainsi souvent mise en avant : Baudelaire dans ses *Fleurs du mal* consacre plusieurs poèmes organisés en cycles aux femmes qu'il a aimées (Jeanne Duval, Mme Sabatier et Marie Daubrun). De manière plus originale, il honore aussi les délaissés, comme dans « Le Soleil ». En cela, la poésie change le monde en portant à la connaissance de tous l'existence non seulement de ceux qui sont déjà connus, mais aussi de la foule des autres. Tous survivent ainsi grâce à elle.

Transition : Ce pouvoir de la poésie orienté vers le passé ou le présent peut aussi être dirigé vers le futur pour aider à faire advenir un monde différent du présent.

C. L'engagement

Le poète peut également chercher à réinventer la réalité par son écriture combattante. Ses poèmes sont ainsi des actes politiques qui changent le monde. Ils peuvent faire de lui un exilé comme Hugo se dressant contre Napoléon III avec *Les Châtiments.* Ces poètes invitent les lecteurs à s'associer à sa cause pour changer tous ensemble le monde comme les poètes de la résistance. Desnos rend bien compte de ce combat et de son succès dans « Ce cœur qui haïssait la guerre… » en montrant au début du poème que le cœur du poète « bat » seul alors qu'à la fin « des millions d'autres cœurs » « batt[e]nt pour la liberté » « comme le [s]ien ».

Gagnez des points !

Ce sujet a pour but de mettre en perspective votre cours : recensez et organisez tout ce que vous savez du genre poétique pour l'intégrer au sujet proposé. Mais veuillez à ne pas plaquer le cours artificiellement.

Transition : L'écriture poétique réinvente le monde en l'éclairant de manières variées ou en devenant acte d'engagement. Cependant, elle parvient essentiellement à réinventer le monde par sa langue qui est différente de l'idiome commun.

Définition

Idiome : instrument de communication linguistique utilisé par une communauté en particulier (une langue, un dialecte…).

III – L'écriture poétique dispose d'outils spécifiques lui permettant de réinventer le monde

A. Une écriture spécifique

La versification (rimes, vers, strophes) ou le travail de formes plus libres font de la poésie une écriture particulière dotée d'un charme. Le mot qui vient d'ailleurs du latin *carmen* qui signifie à la fois « chant poétique » et « philtre magique ». Le charme poétique est ainsi capable de réinventer le monde. L'ordre des mots, les associations diffèrent de l'usage ordinaire et le renouvellent. Baudelaire nous donne ainsi à entendre et ressentir ce qu'est l'ennui grâce à des diérèses dans « Spleen » lorsqu'il le qualifie l'ennui de « fruit de la morne incuriosité » qui « prend les proportions de l'immortalité » d'autant que les assonances renforcent l'impression d'un allongement des alexandrins. Transition : Par sa forme versifiée même, l'écriture poétique donne à entendre une réalité recréée. Son recours, plus important que dans d'autres genres littéraires, aux figures de style amplifie ce phénomène.

Définition
Diérèse : prononciation en deux syllabes de ce qui, dans la langue courante, ne se prononce qu'en une seule syllabe.

B. Des figures de style changeant le réel

Certaines figures de style, particulièrement prisées des poètes, associent mots et idées de manière étonnante et changent ainsi notre vision du monde. Il s'agit notamment des comparaisons et métaphores. On peut songer à l'usage qu'en font les surréalistes capables de créer une Terre « bleue comme une orange » (Éluard). Mais cela est vrai aussi pour des poètes antérieurs comme Baudelaire, qui donne par comparaison une image étonnante et déroutante du poète dans « L'Albatros » : être à la fois majestueux et en quête d'idéal, il est aussi un pauvre diable empêtré dans une société qui ne le reconnaît pas, ce que la description de l'oiseau rend mieux qu'un portrait non métaphorique des états d'âme du poète. Transition : Le figures de style, notamment les comparaisons et métaphores, en reliant des éléments séparés dans la vie ordinaire créent un nouveau monde à partir de l'existant. Elles se déploient d'autant mieux que les poètes pensent la poésie comme une langue autre.

Définition
Comparaison : figure de style consistant en un rapprochement de deux réalités supposées distinctes grâce à l'emploi d'un outil de comparaison (comme, autant que…). Ex. : *La Lune ressemble à une faucille.*

Définition
Métaphore : au contraire de la comparaison, la métaphore ne comporte pas d'outil de comparaison, et le comparé peut ne pas être présent. Ex. : « *Cette faucille d'or dans le champ des étoiles* », Victor Hugo.

C. Une langue nouvelle

La poésie « rémunère le défaut des langues », comme le dit Mallarmé : alors que dans la vie ordinaire le sens d'un mot ne coïncide pas avec les sons qui le constituent en raison de l'arbitraire de la langue, la poésie, elle, fait en sorte de réconcilier son et sens. Elle permet que « le signe [soit lié] au sens » comme l'explique Senghor. La poésie crée ainsi une langue parfaite. Rimbaud imagine la couleur des voyelles, Ponge réenchante le monde en s'intéressant aux objets, Baudelaire invente les correspondances entre les sens. Transition : Par ses spécificités telles que la versification, l'usage des figures de style et la représentation de la langue, la poésie est capable de réinventer le monde. C'est ce qui permet à un poète comme Baudelaire de rechercher l'idéal.

Zoom sur

Mallarmé est un poète symboliste qui définit la poésie dans un texte important intitulé *Crise de vers* (1897). Il met en évidence l'inadéquation existant dans la langue ordinaire entre les sons formant les mots et le sens de ceux-ci. Il donne à la poésie la mission de « rémunérer » (corriger) ce défaut en faisant en sorte de créer une langue poétique parfaite.

Conclusion

L'écriture poétique permet de réinventer le monde en le dotant d'un passé revisité, mais aussi en agissant sur le présent en le peignant de manière variée ou en invitant à s'y engager pour le célébrer ou le combattre. Toutefois, sa capacité démiurgique repose surtout sur l'écriture elle-même, la langue poétique qui change de l'usage ordinaire au point de le corriger et de faire advenir « de l'or » à partir de la « boue ». On comprend dès lors qu'un personnage comme Orphée illustrant parfaitement ce pouvoir de la poésie hante à ce point l'imaginaire des poètes.

Définition

Démiurgique : habilité d'une personne créant quelque chose d'important. Les philosophes platoniciens donnent ce nom au dieu créateur du monde et des êtres.

Sujets comme à l’examen

SUJET COMPLET 1 D'après France métropolitaine, juin 2022 20 pts 4h

Dissertation 1

Les livres I à IV des *Contemplations* ne sont-ils qu'un chant intime ?

Vous répondrez à cette question dans un développement organisé en vous appuyant sur les livres I à IV des *Contemplations*, sur les textes que vous avez étudiés dans le cadre du parcours associé et sur votre culture personnelle.

Dissertation 2

Dans *L'Art romantique* (« Théophile Gautier », 1869), Baudelaire écrit : « C'est un des privilèges prodigieux de l'Art que l'horrible, artistement exprimé, devienne beauté. » Ce propos rend-il compte de votre lecture des *Fleurs du mal* ?

Vous répondrez à cette question dans un développement organisé en vous appuyant sur *Les Fleurs du mal*, sur les textes que vous avez étudiés dans le cadre du parcours associé et sur votre culture personnelle.

Dissertation 3

La poésie d'Apollinaire est-elle une célébration de la modernité ?

Vous répondrez à cette question dans un développement organisé en vous appuyant sur *Alcools*, sur les textes que vous avez étudiés dans le cadre du parcours associé et sur votre culture personnelle.

Commentaire de texte

Vous commenterez le texte suivant.

EXTRAIT Sylvie Germain (1954-), *Jours de colère*, Chants, « Les frères », 1989

Situé dans un passé indéterminé, le roman de Sylvie Germain Jours de colère *prend place dans les forêts du Morvan. Le texte suivant est extrait d'un chapitre intitulé « Les frères ». Il présente les neuf fils d'Ephraïm Mauperthuis et de Reinette-la-Grasse.*

Ils étaient hommes des forêts. Et les forêts les avaient faits à leur image. À leur puissance, leur solitude, leur dureté. Dureté puisée dans celle de leur sol commun, ce socle de granit d'un rose tendre vieux de millions de siècles, bruissant de sources, troué d'étangs, partout saillant d'entre les herbes, les fougères et les ronces. Un même chant les habitait, hommes et arbres. Un chant depuis toujours confronté au silence, à la roche. Un chant sans mélodie. Un chant brutal, heurté comme les saisons, – des étés écrasants de chaleur, de longs hivers pétrifiés sous la neige. Un chant fait de cris, de clameurs, de résonances et de stridences. Un chant qui scandait autant leurs joies que leurs colères.

Car tout en eux prenait des accents de colère, même l'amour. Ils avaient été élevés davantage parmi les arbres que parmi les hommes, ils s'étaient nourris depuis l'enfance des fruits, des végétaux et des baies sauvages qui poussent dans les sous-bois et de la chair des bêtes qui gîtent dans les forêts; ils connaissaient tous les chemins que dessinent au ciel les étoiles et tous les sentiers qui sinuent entre les arbres, les ronciers et les taillis et dans l'ombre desquels se glissent les renards, les chats sauvages et les chevreuils, et les venelles[1] que frayent les sangliers. Des venelles tracées à ras de terre entre les herbes et les épines en parallèle à la Voie lactée, comme en miroir. Comme en écho aussi à la route qui conduisait les pèlerins de Vézelay vers Saint-Jacques-de-Compostelle. Ils connaissaient tous les passages séculaires[2] creusés par les bêtes, les hommes et les étoiles.

La maison où ils étaient nés s'était montrée très vite bien trop étroite pour pouvoir les abriter tous, et trop pauvre surtout pour pouvoir les nourrir. Ils étaient les fils d'Ephraïm Mauperthuis et de Reinette-la-Grasse.

1. Petits sentiers.
2. Qui existent depuis cent ans ou davantage.

CORRIGÉ SUJET COMPLET 1

Dissertation 1

Introduction

Au XIXe siècle se développe le mouvement romantique qui place au centre de ses préoccupations les émotions du poète. Ce dernier emploie majoritairement la première personne du singulier et le registre lyrique afin d'exprimer ce qu'il ressent et particulièrement ses sentiments intimes. Victor Hugo s'inscrit dans cette démarche avec son œuvre *Les Contemplations*, publiée en 1856. Dans son recueil, il revient sur sa plus grande souffrance qu'est la mort de sa fille et partage avec son lecteur des moments de sa vie. On peut ainsi se demander dans quelle mesure *Les Contemplations* de Victor Hugo ne sont

Méthodologie
Votre amorce doit avoir un rapport direct avec le sujet afin de l'introduire.

qu'un chant intime. Tout d'abord, le recueil se présente bien comme l'expression lyrique des émotions du poète. Toutefois, à plusieurs reprises, le lyrisme est remplacé par un ton plus virulent propre à la dénonciation formulée par le poète. Finalement, la poésie intime de Victor Hugo acquiert une dimension universelle puisque parler de soi revient à parler des autres.

Méthodologie
Votre plan doit être clairement annoncé. Employez des connecteurs logiques afin d'articuler les différentes parties.

I – Un chant intime qui est le moyen d'exprimer les émotions personnelles

A. Des poèmes autobiographiques

Dans son recueil, Victor Hugo revient sur sa vie passée comme il le souligne d'emblée dans sa préface en précisant que « vingt-cinq années sont dans ces deux volumes ». En effet, nous retrouvons dans le recueil les deux événements majeurs de sa vie que sont la mort de sa fille Léopoldine en 1843 et son exil en 1851 suite à la trahison de Louis-Napoléon Bonaparte. C'est d'ailleurs la mort de Léopoldine qui est à l'origine même de l'organisation du recueil qui s'articule entre « autrefois » et « aujourd'hui ». D'autre part, le recueil est jalonné de références à l'histoire personnelle de Victor Hugo. On y retrouve aussi bien les lieux qu'il a fréquentés tels que les Feuillantines, les Roches, le château de la Terrasse, Jersey et Guernesey que les personnes qu'il a connues comme Auguste Vacquerie. Ainsi, l'écriture du poète est bien intime puisqu'elle retrace différents événements personnels de sa vie.

L'astuce du prof
Pensez à étudier aussi la structure du recueil.

B. Le « je » lyrique est au centre du recueil

Cette dimension intime apparaît aussi dans l'omniprésence du « je » qui parcourt le recueil. Victor Hugo s'inscrit ainsi dans la tradition d'Orphée qui n'a cessé de chanter ses sentiments personnels en s'accompagnant de sa lyre. L'association à Orphée apparaît dès le deuxième poème du livre « Aurore » avec la mention du « poëte » et de la « lyre ». De plus, l'emploi du déterminant possessif dans le poème « mes deux filles » souligne le caractère intime de sa poésie, comme a pu le faire avant lui Lamartine dans ses *Méditations poétiques*. Les émotions personnelles sont alors partagées dans toute l'œuvre. On peut y retrouver le vocabulaire de l'amour (« je t'aime »), de la peine (« triste ») ou encore de la colère. De ce fait, le registre lyrique présent au sein des *Contemplations* fait bien de ce recueil un véritable chant intime. Transition : La poésie de Victor Hugo s'apparente bien à un chant intime puisque le poète revient sur les épisodes marquants de sa vie et confie, dans un registre lyrique, ses sentiments personnels. Toutefois, le registre lyrique laisse parfois place à un ton plus virulent.

Méthodologie
Commencez toujours vos paragraphes par la clarification de votre argument.

II – Le lyrisme est remplacé par un ton plus virulent propre à la dénonciation

A. Un poète engagé

La poésie de Victor Hugo ne se résume pas à un seul chant intime. En effet, pour le poète, la poésie sert l'engagement et la défense des plus démunis. Dès le livre I, le poème « Réponse à un acte d'accusation » crée un parallèle entre la poésie et la politique. En effet, il revendique en poésie les libertés acquises par la révolution. C'est pourquoi nous pouvons relever tout un vocabulaire révolutionnaire : « un vent révolutionnaire », « Je mis un bonnet rouge au vieux dictionnaire ». En mettant en parallèle la révolution de 1789 et l'écriture, il s'engage en faveur d'une libération du langage. La poésie ne se veut alors plus intime mais véritablement engagée comme le seront particulièrement les pièces de théâtre donnant lieu à la « bataille d'*Hernani* ».

Méthodologie
N'oubliez pas que les titres des parties ne doivent pas apparaître sur votre copie.

B. Une critique virulente

Si Victor Hugo s'engage en faveur de la liberté poétique, il s'engage aussi en faveur des plus démunis et n'hésite pas à dénoncer horreurs et injustices avec virulence. Cela apparaît particulièrement dans le troisième livre « Les luttes et les rêves ». En effet, dans le poème « Melancholia », le poète critique avec véhémence le travail des enfants qu'il associe à une « servitude infâme ». Il insiste sur l'horreur d'un tel procédé en montrant que faire travailler des enfants revient à les considérer comme des objets par la comparaison « Qui se sert d'un enfant ainsi que d'un outil ! ». Les exclamations marquent alors l'engagement du poète qui dénonce avec force ce qu'il juge négatif au sein de la société. Dans le poème « Chose vue un jour de printemps », il dénonce à nouveau la pauvreté et met ainsi en lumière le peuple qui en est victime par la métaphore « La faim, c'est le regard de la prostituée, / C'est le bâton ferré du bandit, c'est la main / Du pâle enfant volant un pain sur le chemin ». Il critique ainsi une société au sein de laquelle une femme est condamnée à se prostituer pour nourrir ses enfants et un enfant obligé de voler pour ne pas mourir de faim. Le chant intime laisse alors place au sein du recueil à une voix plus virulente propre à critiquer et à s'engager en faveur des plus faibles. On reconnaît déjà ici les prémices de son roman *Les Misérables*. Transition : Ainsi, la voix du poète quitte le chemin des confidences pour se consacrer davantage aux dérives de la société afin de les dénoncer. Finalement, le chant intime trouve aussi sa place au sein de cet engagement puisque l'écriture du poète acquiert une dimension universelle.

Méthodologie
Lorsque vous citez plusieurs vers, séparez-les par une barre oblique.

III – La dimension universelle de l'écriture poétique : parler de soi, c'est parler des autres

A. La figure universelle du deuil

Victor Hugo articule son recueil autour de l'événement qui a le plus bouleversé sa vie : la perte de sa fille. S'il évoque sa souffrance intime dans le livre « *Pauca Meæ* », il aborde finalement plus généralement la souffrance liée au deuil que tout le monde peut ressentir, que ce soit le père éploré, la mère ou encore l'enfant orphelin. Aussi évoque-t-il de manière générale les concernés afin que tout le monde puisse se reconnaître. Dans le poème « L'enfance », les protagonistes sont désignés par « l'enfant » et « la mère » renvoyant ainsi à des figures universelles. De même, dans « À la mère de l'enfant mort » (livre III), l'enfant est désigné par la périphrase « pauvre petit ange ». L'image de l'ange sera de nouveau employée pour désigner sa propre fille Léopoldine. Parler de la perte de sa fille revient alors pour le poète à parler du deuil que tout être peut vivre.

B. L'universalité de la parole poétique

L'écriture poétique acquiert alors une dimension universelle permettant à tout lecteur de se reconnaître derrière le « je » de Victor Hugo. Ce dernier le dit clairement dans la préface de son recueil en précisant que « ceux qui se pencheront retrouveront leur propre image dans cette eau profonde et triste ». En racontant sa vie intime, il raconte indirectement « la vie des autres hommes ». Il insiste sur cette idée en précisant : « Quand je vous parle de moi, je vous parle de vous. » Le chant poétique revêt alors un caractère universel puisque parler de ses émotions est finalement commun à tous. Le lecteur pourra alors se reconnaître dans les paroles du poète et ressentir à son tour les émotions mises en mots.

Conclusion

Ainsi, le recueil *Les Contemplations* apparaît tout d'abord comme le chant intime du poète qui confie sa vie au lecteur. En effet, on retrouve au sein de cette œuvre de nombreuses références autobiographiques qui la rendent ainsi plus intime. De plus, l'omniprésence de la première personne du singulier place le lyrisme au centre et inscrit Victor Hugo dans la lignée d'Orphée. Toutefois, le lyrisme laisse parfois place à un ton plus virulent propre à dénoncer les injustices. En effet, Victor Hugo apparaît comme un poète engagé et porte un regard critique sur la société de son temps qui abandonne les plus démunis. Finalement, le « je » du poète acquiert une dimension universelle. En parlant de ses diverses émotions, il évoque celles de tout le monde. Il ne se présente plus seulement comme le père endeuillé le jour de la mort de Léopoldine mais comme la figure même du deuil que tout le monde peut vivre un jour. Le lecteur est alors invité à se reconnaître dans ce chant lyrique aux accents universels. Dans *Méditations poétiques*, Lamartine évoque à son tour la souffrance suite à la perte de l'être cher et invite alors le lecteur à réfléchir plus universellement au temps qui passe et ainsi à la nécessité de profiter pleinement du moment présent.

L'astuce du prof

Évitez de commencer par « en conclusion », ou « pour conclure ». Privilégiez « ainsi ».

Dissertation 2

Dès sa publication en 1857, le recueil *Les Fleurs du mal* de Baudelaire dérange. Accusé d'immoralité, le recueil est jugé lors d'un procès et Baudelaire et son éditeur sont condamnés « pour outrage à la moralité publique et aux bonnes mœurs ». Non seulement ils doivent payer des amendes, mais ils doivent en plus supprimer six poèmes. La poésie de Baudelaire choque au point d'être censurée. Pourtant, dans *L'Art romantique* (« Théophile Gautier », 1869), le poète juge que « c'est un des privilèges prodigieux de l'Art que l'horrible, artistement exprimé, devienne beauté ». Selon lui, l'horrible a toute sa place en poésie puisqu'à son contact, il se transformerait et accèderait à une forme de beauté. On peut ainsi se demander dans quelle mesure le recueil *Les Fleurs du mal* parvient, par l'écriture poétique, à permettre à « l'horrible » de devenir « beauté ». Tout d'abord, l'écriture baudelairienne semble effectivement transformer ce qui est laid pour le rendre beau. Toutefois, même « artistement exprimé », l'horrible suscite l'effroi du lecteur. Finalement, ce qui est beau, ce n'est pas « l'horrible » mais l'écriture poétique.

> **Méthodologie**
> Quand le sujet est constitué d'une citation, vous devez, en introduction, commencer par la rappeler afin d'ensuite lui donner du sens. Cette brève analyse vous permettra d'introduire votre problématique.

I – *Les Fleurs du mal* permettent à « l'horrible » de devenir « beauté »

A. La poésie de « l'horrible »…

Baudelaire se démarque de la tradition poétique en choisissant des sujets nouveaux et en s'intéressant à la laideur. Dès le poème liminaire « Au lecteur », on peut relever l'énumération de tout ce qui peut être jugé « horrible » au sein de la société : « la sottise, l'erreur, le péché, la lésine », le « débauché », la « catin », « le viol, le poison, le poignard, l'incendie », etc. Le ton est ainsi donné. Le poète ne cherche pas à chanter la beauté idéale mais s'intéresse au contraire à l'horrible, qui signifie étymologiquement : « qui provoque un frisson d'horreur ». Celui-ci parcourt ainsi le recueil avec la « charogne », le « vampire », le « poison » ou encore les « femmes damnées ». Baudelaire inaugure ainsi un nouveau sujet poétique.

> **Méthodologie**
> Sur votre copie, ne faites pas apparaître les titres de vos parties et sous-parties.

B. …qui « artistement exprimé[e] » devient « beauté »

Ce sujet moderne est alors l'occasion de réfléchir à une nouvelle conception de la poésie puisque Baudelaire se veut alchimiste en transformant la laideur afin de la rendre belle. Dès le titre du poème, il annonce son projet esthétique. Pour le poète, par l'oxymore *Les Fleurs du mal*, il s'agit d'extraire la beauté du mal et ainsi d'en faire un

> **Méthodologie**
> La transition doit rappeler ce qui a été dit précédemment et introduire l'argument suivant.

objet de contemplation. Ce processus n'est possible que par le travail même de l'écriture et plus généralement « l'Art ». La laideur doit ainsi être « artistement exprimé ». À ce titre, nous pouvons relever le choix de formes classiques au sein desquelles sont intégrées des sujets modernes. En effet, Baudelaire recourt majoritairement à l'alexandrin qui est jugé comme le vers noble, il choisit à plusieurs reprises la forme du sonnet mais n'hésite pas à faire preuve de liberté dans le choix des rimes et de la cadence. Par son écriture, il parvient alors à rendre beau « l'horrible ». Transition : Ainsi, Baudelaire, par son « Art », parvient à faire de « l'horrible » un nouveau sujet poétique en le rendant beau par les mots. Toutefois, même « artistement exprimé », il suscite l'effroi du lecteur.

II – Mais l'horrible, même « artistement exprimé » suscite l'effroi du lecteur

A. Le mal être du poète est ressenti par le lecteur

L'art ne semble pas pour autant retirer ce qui suscite tant l'effroi dans les sujets choisis par le poète. En effet, le lecteur ne peut qu'être mal à l'aise à la lecture du poème « Spleen » qui recrée véritablement la sensation d'étouffement avec la comparaison « comme un couvercle », l'isotopie de la noirceur ou la mention de la mort (« de longs corbillards »). Face à l'échec du poète qui est « vaincu », le lecteur, malgré la beauté du style, ressent toute l'horreur. Cela est d'autant plus amplifié par l'adresse faite au lecteur dès le poème liminaire lorsqu'il l'apostrophe par « mon semblable, – mon frère ! ». Le lecteur est ainsi d'emblée invité à ressentir les émotions qui parcourent le recueil, et l'effroi en fait partie. De ce fait, si l'écriture parvient à le faire devenir « beauté », elle ne le fait pas pour autant disparaître.

L'astuce du prof

Dans votre développement, proposez des micro-analyses de texte qui vont permettront d'illustrer votre propos.

B. Baudelaire ne peint pas l'horrible mais plutôt le réel dans ce qu'il a d'horrible

À ce titre, il semble impossible de faire disparaître l'horreur puisque celle-ci fait partie de la société. En effet, si Baudelaire s'intéresse tant à « l'horrible », c'est bien dans une volonté de reproduire le monde tel qu'il est. Le titre de la section « Tableaux parisiens » suggère qu'il se donne pour but de représenter la ville de Paris. Or, représenter fidèlement Paris nécessite d'en montrer toutes les facettes et ainsi de ne pas dissimuler ce qui peut être jugé plus laid. De ce fait, le poète évoque les habitants de la ville que sont « les petites vieilles », « les aveugles » ainsi que les « vieillards ». Ces personnages peu séduisants car « brisés, bossus/Ou tordus » côtoient alors d'autres personnages plus attirants tels que la fameuse « passante » (dans le poème « A une passante ») qui fait tant rêver le poète. Dans sa volonté de représenter le monde dans ce qu'il a de beau et de laid, Baudelaire reproduit « l'horrible » tel qu'il peut lui-même

Le saviez-vous ?

Le peintre Gustave Courbet (1819-1877) avait choqué le public avec son tableau *Un enterrement à Ornans* (1850) car il avait représenté le peuple sur une très grande toile qui était à l'époque réservée à la peinture d'histoire.

l'observer au quotidien. Transition: Ainsi, même « artistement exprimé », l'horreur n'en est pas moins présente. Le lecteur ressent alors tout l'effroi que décrit le poète et est aussi invité à reconnaître que la laideur est au cœur même du monde moderne. Finalement, ce qui est véritablement beau, ce n'est pas « l'horrible » transformé, mais l'écriture poétique elle-même.

III – Finalement, ce qui est beau, ce n'est pas « l'horrible » mais l'écriture poétique

A. La transfiguration du réel par l'écriture

Selon Baudelaire dans *L'Art romantique*, « manier savamment une langue, c'est pratiquer une espèce de sorcellerie évocatoire ». Le poète apparaît donc comme un magicien, capable de transformer la réalité par les mots. Ce sont ainsi davantage les mots que la réalité qui sont emprunts d'une véritable beauté. On peut alors relever le rôle des images mais aussi le rythme et les associations entre les sons qui invitent à percevoir le monde autrement. Aussi « la Débauche et la Mort » deviennent-elles « deux aimables filles » dans le poème « Les bonnes sœurs », tandis que les correspondances entre les sens (« les parfums, les couleurs et les sons se répondent ») dans le poème « Correspondances » donnent à voir la nature autrement. Ce travail du vers permet ainsi de transfigurer le réel et invite à le regarder sous un autre angle. La laideur est ainsi toujours présente, mais l'écriture poétique en fait un objet esthétique.

B. La poésie comme nouvelle façon de regarder le monde

La poésie permet alors de regarder le monde autrement. En effet, si l'horloge est présentée comme un « dieu sinistre », elle a surtout pour but de nous inviter à « extraire l'or » de chaque instant selon la tradition du *carpe diem*. De même, dans le poème « Une charogne », alors que le poète est en train de décrire un corps en état de décomposition, ce qui ressort finalement de son écriture est la vie en germe au sein de ce corps. En effet, nous pouvons relever la présence des « mouches [qui] bourdonnaient » et des « larves ». Les verbes de mouvement « descendait », « montait », « s'élançait » et « pétillait » représentent la vie qui prend forme malgré la mort. Le poète est alors celui qui est capable de créer la vie par les mots alors même qu'il consacre son poème à une charogne. L'art n'annihile par « l'horrible » en le transformant en quelque chose de beau. Au contraire, il le représente dans toute sa laideur pour mieux montrer le pouvoir extraordinaire des mots qui parviennent à en faire un objet esthétique.

Le saviez-vous ?

Le *carpe diem* est une locution latine extraite d'un poème d'Horace que Ronsard, poète du XVIe siècle, a traduit par : « Cueillez dès aujourd'hui les roses de la vie ». Cela signifie qu'il faut profiter pleinement du moment présent sans se soucier du lendemain.

MÉTHODE | SUJETS PAS À PAS | SUJETS COMME À L'EXAMEN

Conclusion

Ainsi, Baudelaire fait partie de ces poètes qui ont introduit « l'horrible » en poésie mais il est parvenu, dans son recueil *Les Fleurs du mal*, à le rendre beau par le pouvoir de l'art. Toutefois, même « artistement exprimé », l'horrible suscite toujours l'effroi. En effet, le lecteur ne peut que ressentir le mal-être exprimé dans de nombreux poèmes. De plus, l'horreur ne peut être supprimée puisqu'elle fait partie de la société. Baudelaire propose ainsi une peinture moderne de son temps sans chercher à embellir ce qui est jugé laid. Finalement, « l'horrible », en devenant « beauté », ne disparaît pas et continue à être effrayant. Il apparaît alors que ce qui est véritablement beau est l'écriture poétique. En effet, le poète devient un véritable magicien par le pouvoir même des mots. L'art offre alors une nouvelle façon de regarder le monde et fait de l'« horrible », plutôt qu'un bel objet, un objet esthétique propre à trouver sa place en poésie. À son tour, Francis Ponge, dans son recueil *Le Parti pris des choses*, s'intéressera à la façon dont l'écriture poétique parvient à faire d'un objet banal un véritable objet esthétique auquel on peut consacrer tout un poème.

Méthodologie
En conclusion, reprenez le déroulé de votre argumentation tout en veillant à répondre à la problématique.

Dissertation 3

Introduction

Dans une lettre à Henri Martineau datant de 1913, Guillaume Apollinaire écrit : « Chacun de mes poèmes est la commémoration d'un événement de ma vie et le plus souvent il s'agit de tristesse, mais j'ai des joies aussi que je chante. » Apollinaire décrit ainsi sa poésie comme capable d'exprimer des sentiments contraires tels que la tristesse et la joie. Pourtant, on la présente souvent comme le lieu même de l'expression de la modernité dont Apollinaire se ferait le nouveau chantre. On peut ainsi se demander dans quelle mesure le recueil *Alcools* est une célébration de la modernité. Si la poésie d'Apollinaire apparaît bien comme la célébration de la modernité, celle-ci ne peut se faire sans un retour vers le passé.

L'astuce du prof
Si votre sujet ne contient pas de citation, vous pouvez en proposer une en amorce.

I – Le poète célèbre effectivement la modernité dans ses poèmes

A. Une poésie qui place en son cœur le monde moderne

Dans la poésie d'Apollinaire, la modernité se retrouve particulièrement dans le choix de la ville et du monde industriel qu'elle implique. Dès le poème liminaire « Zone », le poète multiplie les références au monde moderne. En effet, on retrouve les « automobiles », l'« aéroplane », l'« avion », la « tour Eiffel », la « rue industrielle » ou encore la mention du monde ouvrier. De plus, cet effet est renforcé

Méthodologie
Un ou deux exemples bien choisis suffisent à condition de les exploiter pour justifier votre argument.

aussi par le choix de termes nouveaux tels que «sténo-dactylographes». On comprend alors que la modernité attire le poète qui s'y intéresse, ce qui explique le premier vers particulièrement significatif: «À la fin tu es las de ce monde ancien». Apollinaire s'inscrit alors dans la lignée de Baudelaire qui avait aussi choisi la ville comme objet poétique pour la section «Tableaux parisiens» des *Fleurs du mal*.

B. La modernité crée l'émerveillement du poète

Cette modernité est véritablement source d'émerveillement pour le poète qui s'en inspire pour l'écriture même de ses poèmes. En effet, sa modernité poétique répond à la modernité du monde qu'il observe. Celle-ci transparaît alors dans le choix du vers libre mais aussi dans l'absence de ponctuation qui permet de représenter l'agitation permanente de la ville. De plus, l'organisation du recueil ne répond à aucune règle. En effet, nous ne retrouvons pas un ordre chronologique ni une composition thématique. Cette apparente désorganisation semble être voulue par l'auteur. Ainsi, il alterne les poèmes longs et courts, les poèmes en vers libres et ceux en vers réguliers. On peut ainsi dire qu'Apollinaire a choisi une architecture cubiste en s'inspirant des peintres qu'il fréquentait. D'où cette impression de fragmentation et d'éclatement au sein du recueil qui permet de représenter le désordre permanent de la ville. Ainsi, l'attrait du poète pour la modernité transparaît dans ses choix d'écriture.

L'astuce du prof

Tout au long de votre développement, reprenez les termes du sujet afin d'éviter le hors-sujet.

Le saviez-vous ?

Le cubisme est un mouvement artistique qui se développe à partir de 1907 autour de plusieurs peintres, notamment Pablo Picasso et Georges Braque. Ce mouvement se proposait de représenter les objets décomposés en éléments géométriques simples.

C. Le poète fait l'éloge de cette modernité

Cet émerveillement se lit alors dans la manière dont il évoque la modernité. Bien souvent, le ton est laudatif dans le but de célébrer ce qu'il voit. En effet, dans «Vendémiaire», Paris est qualifié par les adjectifs «beau» et «noble» qui traduisent le regard admiratif du poète. De plus, le champ lexical du chant est omniprésent avec «chants» et «chanson». À ce titre, le vers «Écoutez mes chants d'universelle ivrognerie» souligne que le poète célèbre bien Paris par le choix du chant qui est une façon de désigner la poésie. D'autre part, le recueil est jalonné de nombreuses dédicaces à des auteurs ou peintres. En effet, sont mentionnés André Derain, Pablo Picasso, Fernand Fleuret ou encore Louis Dumur. Ces dédicaces apparaissent alors comme une nouvelle façon de célébrer la modernité artistique. Transition: Ainsi, Apollinaire célèbre la modernité dans son recueil en faisant de la ville

Méthodologie

Sur votre copie, le titre du recueil doit être souligné tandis que le titre d'un poème sera mis entre guillemets.

Exemple: Alcools, «Vendémiaire».

un véritable objet poétique et en partageant son regard émerveillé sur celle-ci au travers d'une poésie particulièrement laudative. Toutefois, cette célébration de la modernité n'implique pas une rupture avec la tradition.

II – Mais cette célébration ne tourne pas pour autant le dos au passé

A. Un retour vers le passé

Apollinaire déclare en 1913 que « chacun de [s]es poèmes est la commémoration d'un événement de [s]a vie ». La commémoration s'apparente à la célébration en ce qu'elle est une cérémonie tournée vers le passé. Ainsi, la célébration du monde moderne ne semble pouvoir, chez Apollinaire, se départir d'une commémoration du passé. Les références au passé apparaissent particulièrement dans la mention des dates qui accompagnent certains poèmes et qui permettent ainsi de renvoyer à un événement précis de la vie du poète. En effet, la section « Rhénanes » se clôt par l'indication « septembre 1901 mai 1902 » qui renvoie au séjour effectué par Apollinaire en Allemagne avec Annie Playden. De même, la date « septembre 1911 » qui accompagne la section « À la santé » fait référence au séjour en prison du poète. Ainsi, le poète, dans sa volonté de se souvenir du passé, n'hésite pas à y faire référence explicitement.

B. Ce retour crée une certaine nostalgie et la célébration perd ses airs de fête

Toutefois, si la célébration implique un esprit festif, la commémoration, elle, est plus solennelle et bien souvent empreinte de tristesse. En effet, la célébration de la modernité ne peut se départir d'une commémoration du passé puisqu'elle implique l'inévitable passage du temps. L'écriture apparaît alors pour le poète comme un moyen de conserver en mémoire le passé qui tend à s'effacer. Dans « La chanson du Mal-Aimé », le poète évoque la fin de l'amour et en même temps son souhait de le conserver en mémoire comme le souligne la négation « je ne veux jamais l'oublier ». La commémoration permet alors de se rappeler le passé.

L'astuce du prof

Employez des connecteurs logiques afin de clarifier le cheminement de votre pensée.

C. La célébration crée finalement un pont entre deux temporalités

Étymologiquement, la célébration réunit. C'est bien le cas ici puisqu'elle réunit non seulement le poète et le lecteur mais aussi le temps passé et le temps présent de la modernité. En effet, derrière son apparence moderne, le recueil réunit différentes figures qu'elles soient mythologiques, religieuses ou issues des contes. En effet, dans le recueil se côtoient Ulysse, le Phénix, Orphée, Salomé ou encore la fée Carabosse. On constate alors que loin de tourner le dos au passé, la célébration permet de réunir toutes les figures de contrées et d'univers différents.

Conclusion

Ainsi, la poésie d'Apollinaire se présente initialement comme une célébration de la modernité en octroyant une place de choix à la ville au sein de son recueil. Le poète la dépeint avec un regard émerveillé qu'il dévoile par son écriture laudative. Toutefois, cette célébration n'est pas en opposition avec le passé. Au contraire, elle s'accompagne d'un retour clairement marqué vers lui. En effet, le poète revient sur sa vie dans le but de commémorer certains événements, et cela ne se fait pas sans une certaine tristesse. Finalement, la commémoration et la célébration ont en commun de rassembler, de tisser un pont entre deux temporalités. De ce fait, la célébration de la modernité à l'œuvre dans le recueil réunit le passé et le présent. Apollinaire révèlera davantage son attrait pour la modernité dans son recueil particulièrement novateur *Calligrammes* puisque la forme même marque un nouveau tournant poétique.

Commentaire de texte

Introduction

Méthodologie
Résumez brièvement l'extrait avant d'énoncer votre problématique.

La question de la place de la nature chez l'homme a été soulevée par de nombreux auteurs. En effet, au XVIIIe siècle, Rousseau écrit que « la nature a fait l'homme heureux et bon, mais […] la société le déprave et le rend misérable ». La nature serait alors favorable à l'homme et lui permettrait d'accéder au bonheur. Dans son œuvre *Jours de colère* publiée en 1989, Sylvie Germain dresse le portrait des neufs fils d'Ephraïm Mauperthuis et de Reinette-la-Grasse qui ont grandi au sein de la nature au point de ne faire qu'un avec la forêt. On peut ainsi se demander dans quelle mesure ce portrait-paysage illustre la force de la nature. Nous verrons tout d'abord que cet extrait décrit l'union entre l'homme et la forêt. Puis, nous constaterons que ces personnages sont véritablement mythifiés par l'écriture. Enfin, nous nous demanderons comment la prose poétique mise en œuvre dans ce texte permet de souligner la force de la nature.

I – L'union entre l'homme et la forêt

A. Le parallèle entre les enfants et la forêt

L'astuce du prof
Nommez grammaticalement les mots que vous relevez afin d'être le plus précis possible.

Le texte s'ouvre sur l'adéquation entre l'homme et la nature par le chiasme « Ils étaient hommes des forêts. Et les forêts les avaient faits à leur image. » (l. 1). Le lien étroit qu'ils entretiennent avec la forêt est à ce titre mis en avant par le complément du nom « des forêts » qui tend à les définir. Cela est marqué par un vocabulaire qui souligne la similitude. Nous pouvons relever les adjectifs « commun » (l. 3) et « même » (l. 5) ainsi que l'absence de déterminant dans « hommes et arbres » (l. 5) qui renforce l'effet miroir. Les enfants ne sont pas présentés par leur nom mais véritablement par leur appartenance au sol dont la correspondance de sonorités entre « sol » et « socle » (l. 3) rappelle une origine commune. Finalement, plus qu'un simple parallèle entre l'homme et la nature, les deux semblent véritablement se confondre. Au rythme binaire qui met en parallèle l'homme et la forêt répond le singulier du nom « chant » (l. 5) qui les réunit alors en une voix commune. Aussi n'existe-t-il plus de différence entre les deux qui ne font alors qu'un.

B. La figure de la Terre-mère

Il faut attendre la fin de l'extrait pour en savoir véritablement plus sur leur identité. On apprendra alors qu'ils sont les « fils d'Éphraïm Mauperthuis et de Reinette-le-Grasse » (l. 26-27). De ce fait, la forêt apparaît dès le début comme un substitut maternel qui n'est pas sans rappeler la figure de la Terre-mère comme le suggère l'emploi du verbe « élevés » au sein du comparatif : « ils avaient été élevés davantage parmi les arbres que parmi les hommes » (l. 11-12). De plus, la nature se présente aussi comme la mère nourricière puisqu'elle leur offre tout ce dont ils ont besoin. On peut en effet relever l'énumération « des fruits, des végétaux et des baies sauvages [...] et de la chair des bêtes [...] » (l. 13-14) qui marque l'abondance. Les enfants sont alors le fruit même de la terre qui leur ressemble puisqu'elle les a faits « à [son] image » (l. 1). Transition : Ainsi, cet extrait souligne l'union des enfants avec la forêt en accentuant le parallèle entre les deux et en présentant la nature comme véritable représentation de la Terre-mère. Ces personnages, qui apparaissent alors hors du commun, sont mythifiés par l'écriture.

Méthodologie
Intégrez les citations à votre argumentation et analysez-les.

II – Des personnages mythifiés

A. Le mythe du bon sauvage

La description de ces enfants n'est pas sans rappeler le mythe du bon sauvage qui parcourt la littérature, particulièrement depuis le XVIe siècle et les nouvelles découvertes. Le mythe du bon sauvage est l'idéalisation de l'homme en contact avec la nature par opposition à la civilisation qui le corromprait. Dans cet extrait, la civilisation est à peine mentionnée. En effet, « la maison où ils étaient nés » (l. 24) évoque un lieu civilisé, or celui-ci n'est plus accueillant comme le suggère la répétition de l'adverbe d'intensité « trop ». *A contrario*, la nature apparaît comme un lieu propre à les accueillir et à leur fournir tout ce dont ils ont besoin. L'indication temporelle « depuis l'enfance » (l. 13) justifie leur parfaite connaissance du lieu sauvage mise en évidence par l'emploi de l'indéfini pluriel « tous » et l'énumération des lieux connus des enfants (« les chemins [...] les sentiers [...] », l. 15-16). Ils apparaissent alors capables de se déplacer aussi bien que les animaux que sont « les renards, les chats sauvages et les chevreuils » (l. 17-18). Ainsi, les enfants sont décrits comme menant une vie proche de la nature et ne manquant de rien.

Méthodologie
Terminez toujours vos paragraphes par une phrase conclusive.

B. Le caractère fabuleux des personnages

Le portrait de ces personnages semble alors bien peu réaliste. En effet, dès le début de l'extrait, ils sont désignés par le pronom personnel « ils » sans qu'un nom ne leur soit donné. On peut seulement se référer au titre du chapitre « Les frères » pour en savoir plus. Cette indétermination renforce le caractère légendaire de ces hommes. Cela semble se confirmer par l'évocation de leurs parents. En effet, on apprend qu'ils sont « les fils d'Ephraïm Mauperthuis et de Reinette-la-Grasse ». Le prénom du père a une résonance biblique puisqu'il renvoie à Ephraïm, fils de Joseph dans l'Ancien Testament. À son tour, celui de la mère rappelle davantage l'univers du conte de fées. Enfin, l'expression « les avaient faits à leur image » (l. 1) est un écho au texte de la Genèse et ainsi à l'origine divine de l'homme créé par Dieu. Les frères sont alors présentés comme des êtres extraordinaires par leur association aux textes sacrés, aux légendes et aux contes. Transition : Ainsi, les enfants sauvages sont véritablement mythifiés dans cet extrait en ce qu'ils incarnent le mythe du bon sauvage mais aussi par leur association à des textes universels. L'enjeu de cet extrait semble alors de parvenir à exprimer la force même de la nature.

III – L'expression de la force de la nature

A. Le caractère intemporel de cette nature

La force de la nature réside avant tout dans sa permanence. En effet, elle est décrite comme étant présente depuis toujours comme le soulignent les indications temporelles « millions de siècles » (l. 3), « depuis toujours » (l. 6) et « séculaires » (l. 22). Cette intemporalité est alors renforcée par l'immensité de l'espace. En effet, elle semble s'étendre au cosmos par la mention de la Voie lactée et de la comparaison « comme en miroir » (l. 20). La nature ne fait qu'un avec le ciel et devient alors un véritable paysage cosmique qui occupe le temps et l'espace tandis que les hommes ne font que l'habiter. Elle revêt ainsi un caractère sacré dont l'énumération « les bêtes, les hommes et les étoiles » (l. 22-23) marque l'harmonie qui y règne ainsi que la vie.

B. Un véritable chant poétique

Ce portrait-paysage s'apparente alors à une véritable pause poétique au sein du récit. En effet, le lyrisme est présent par les nombreuses énumérations qui étirent les phrases, par le jeu des sonorités qui se répondent mais aussi par l'omniprésence du chant. En outre, on constate que le bruit de la nature, la voix des hommes et peut-être bien aussi le cri des animaux s'unissent dans un seul et « même chant » (l. 5). L'anaphore « un chant » dit alors la force de celui-ci et donne au texte un aspect incantatoire, renforçant alors son caractère sacré. Par le travail poétique du texte, le lecteur est invité à entendre ce chant dont la brutalité est retranscrite par les allitérations en [r] et

Définition
Une allitération est la répétition d'une ou plusieurs consonnes.

le champ lexical de la violence avec « brutal », « heurté » (l. 7), « stridences » (l. 9). L'autrice parvient donc à faire entendre, par l'écriture poétique, le chant même du monde, qui unit les êtres à la nature et au cosmos.

Conclusion

> **Méthodologie**
> En conclusion, reprenez vos arguments sans citer le texte et sans ajouter de nouvelles idées.

Ainsi, cet extrait décrit l'union qui a lieu entre l'homme et la nature. En effet, un parallèle est construit entre les frères et la forêt au point qu'une confusion s'instaure. La nature apparaît alors comme le substitut de la figure maternelle et rappelle ainsi le rôle de la Terre-mère, à la fois protectrice et nourricière. Ces enfants sauvages sont mythifiés par leur caractère fabuleux ainsi que par leur association à la tradition du mythe du bon sauvage. Finalement, plutôt qu'un portrait des fils a véritablement lieu un portrait-paysage. La nature devient le personnage principal de l'extrait dans le but d'exprimer toute la force de celle-ci, son intemporalité et son étendue cosmique. Le lecteur est alors invité à entendre le chant du monde retranscrit par l'écriture particulièrement poétique de l'autrice. Au début du XXe siècle, Colette avait à son tour évoqué la proximité qui peut exister entre l'homme et la nature en évoquant ses frères dans *Sido*. En effet, présentés comme des « sauvages », ils apparaissent en adéquation avec la nature au sein de laquelle ils passent la majorité de leur temps. La nature, bien loin d'être hostile, apparaît au contraire comme un lieu d'épanouissement.

SUJET COMPLET 2 D'après France métropolitaine, juin 2021

20 pts **4h**

Dissertation 1

› La comédie *Le Malade imaginaire* est-elle un spectacle de pure fantaisie ?

Vous répondrez à cette question dans un développement organisé en vous appuyant sur la pièce de Molière, sur les textes que vous avez étudiés dans le cadre du parcours associé et sur votre culture personnelle.

Dissertation 2

› Dans *Les Fausses Confidences* de Marivaux, le stratagème théâtral n'est-il qu'un ressort comique ?

Vous répondrez à cette question dans un développement organisé en vous appuyant sur la pièce de Marivaux, sur les textes que vous avez étudiés dans le cadre du parcours associé et sur votre culture personnelle.

Dissertation 3

› Diriez-vous que la pièce de Jean-Luc Lagarce *Juste la fin du monde* est un drame intime ?

Vous répondrez à cette question dans un développement organisé en vous appuyant sur la pièce de Jean-Luc Lagarce, sur les textes que vous avez étudiés dans le cadre du parcours associé et sur votre culture personnelle.

Commentaire de texte

› Vous commenterez le texte suivant.

EXTRAIT Valery Larbaud, *Les Poésies de A.O. Barnabooth*, 1913

Poète et voyageur du début du XXᵉ siècle, Valery Larbaud (1881-1957) invente le personnage d'Archibald Olson Barnabooth qui partage avec lui le goût des voyages. Larbaud se présente seulement comme l'éditeur de cet original Américain cosmopolite.

L'ancienne gare de Cahors
Voyageuse ! ô cosmopolite[1] ! à présent
Désaffectée, rangée, retirée des affaires.
Un peu en retrait de la voie,
Vieille et rose au milieu des miracles du matin,
Avec ta marquise[2] inutile

Tu étends au soleil des collines ton quai vide
(Ce quai qu'autrefois balayait
La robe d'air tourbillonnant des grands express)
Ton quai silencieux au bord d'une prairie,
Avec les portes toujours fermées de tes salles d'attente,
Dont la chaleur de l'été craquèle les volets…
Ô gare qui as vu tant d'adieux,
Tant de départs et tant de retours,
Gare, ô double porte ouverte sur l'immensité charmante
De la Terre, où quelque part doit se trouver la joie de Dieu
Comme une chose inattendue, éblouissante;
Désormais tu reposes et tu goûtes les saisons
Qui reviennent portant la brise ou le soleil, et tes pierres
Connaissent l'éclair froid des lézards; et le chatouillement
Des doigts légers du vent dans l'herbe où sont les rails
Rouges et rugueux de rouille,
Est ton seul visiteur.
L'ébranlement des trains ne te caresse plus:
Ils passent loin de toi sans s'arrêter sur ta pelouse,
Et te laissent à ta paix bucolique[3], ô gare enfin tranquille
Au cœur frais de la France.

1. Personne qui voyage à travers le monde sans se fixer, par goût ou par nécessité.

2. Auvent vitré placé au-dessus de la porte d'entrée, du perron d'un bâtiment, ou au-dessus d'un quai de gare, et qui sert d'abri.

3. Qui a rapport avec la campagne, la vie simple et paisible des gardiens de troupeaux.

CORRIGÉ SUJET COMPLET 2

Dissertation 1

Introduction

Le mot « fantaisie » évoque cette capacité de réinventer le monde de manière joyeuse, gaie, sans se prendre au sérieux. Si son origine étymologique le rattache au domaine de la vision, de l'apparition presque fantastique, on l'utilise aujourd'hui principalement pour désigner une certaine forme d'excentricité. La fantaisie évoque donc naturellement la comédie, et Molière paraît tout à fait adepte de cette humeur dans nombre de ses pièces. Ce dramaturge, qui invente le genre flamboyant de la comédie ballet, a déjà proposé avec *Le Bourgeois gentilhomme* un spectacle aussi fantasque

Méthodologie

Une introduction de dissertation suit les étapes suivantes : amorce / reprise du sujet / discussion du sujet / problématique / annonce de plan.

Vocabulaire

Le terme fantaisie vient du grec *phantasia* qui signifie « apparition », « vision »; il suggère le fait de « montrer », de « rendre visible par l'image ».

qu'admirable. *Le Malade imaginaire*, sa dernière pièce, elle-même comédie ballet, semble proposer le même flamboiement. Mais cette pièce est-elle un spectacle de pure fantaisie ? Ne permet-elle pas une forme de réflexion plus sérieuse ? La fantaisie empêche-t-elle le discours de vérité ? Ainsi, nous pouvons nous demander si la fantaisie se met uniquement au service de la comédie dans la pièce *Le Malade imaginaire*. Nous verrons d'abord en quoi cette comédie est effectivement pleine de fantaisie, avant de nous intéresser à la réflexion sociale et philosophique qu'y formule le dramaturge. Enfin, nous nous demanderons si la fantaisie ne sert pas avant tout, ici, l'éloge du théâtre.

I – Une pièce pleine de fantaisie

A. Une structure et un ton fantaisistes

Dès le prologue, qui présente une scène mythologique chantée et dansée, le caractère fantaisiste de la pièce est donné. Et le contraste formé entre ce prologue et la première scène, dans laquelle le spectateur assiste à un monologue presque halluciné d'Argan recomptant ses factures et listant ses maladies, conforte le spectateur dans sa première impression : c'est bien à une fantaisie comique qu'il va assister. On retrouve deux autres intermèdes qui viennent confirmer l'enjeu fortement fantaisiste de la pièce, d'autant qu'ils sont rattachés à l'intrigue principale de manière assez lâche, lorsque Toinette en appelle à son ami Polichinelle à la fin du premier acte et lorsque Béralde fait intervenir les Mores pour divertir Argan. De même, le dénouement granguignolesque, qui voit Argan se métamorphoser en médecin par la magie des formules latines et d'un « déguisement », permet à la pièce de s'achever dans un final fantaisiste.

Le saviez-vous ?

Polichinelle est un personnage issu de la *Commedia dell'arte*, ainsi qu'une marionnette. Menteur et parfois cruel, il est représenté avec un nez en forme de bec, une bosse, un gros ventre et il parle en imitant le cri des oiseaux.

B. Des personnages fantaisistes

Les personnages apparaissent également comme des individus fantaisistes, à commencer par Argan dont la maladie est tout à fait imaginaire. Ainsi, alors qu'il se prétend à l'article de la mort, il fait pourtant preuve d'une vitalité insoupçonnée dès qu'il s'agit de courir ou de crier après Toinette, comme à la fin de la scène d'exposition ou dans la scène 8 de l'acte II, lorsqu'il attrape une poignée de verges « *pour la fouetter* ». Toinette elle-même est l'archétype des servantes « forte en gueule » des comédies moliéresques (l'expression provient d'une autre pièce du dramaturge, *Le Tartuffe*) ; son caractère frondeur, sa vivacité d'esprit et ses idées (se déguiser en médecin, piéger Béline…) en font l'un des personnages les plus porteurs de fantaisie dans l'œuvre. La scène dite « du poumon » (III, 10) marque l'apogée de son côté fantasque. Les

Méthodologie

Lorsque vous citez des scènes d'une pièce de théâtre, vous pouvez signaler entre parenthèses l'acte en chiffres romains et la scène en chiffres arabes.

médecins enfin, en particulier les Diafoirus, apportent à la comédie une caution fantaisiste en lien immédiat avec leur fonction, leurs discours et leur costume dont se moque inlassablement Molière. Ainsi, le discours que Thomas Diafoirus prononce à Béline puis à Angélique (II, 5) marque un moment particulièrement joyeux, en même temps que critique, dans la pièce.

II – Une fantaisie qui cache une réflexion plus sérieuse qu'il n'y paraît

Mais la pièce, contrairement aux apparences, ne se contente pas d'une fantaisie divertissante. Elle propose au contraire une réflexion critique sur les hommes, qui confine par endroits à la philosophie.

Le saviez-vous ?

La formule *Castigat ridendo mores*, visible aux frontons des théâtres italiens, signifie « elle [la comédie] corrige les mœurs par le rire ».

A. Une critique sociale

Fidèle au principe du « *Castigat ridendo mores* », Molière met sa pièce au service d'une critique implicite de ses contemporains. Nous savons que les médecins et leur incompétence étaient l'une des cibles principales du dramaturge ; l'hypocrisie et la vénalité en sont une autre. Les docteurs, bien sûr, profitent de la crédulité d'Argan pour s'enrichir, et Béline, deuxième épouse d'Argan, exploite elle aussi les faiblesses de son mari. Ainsi, Molière poursuit dans cette pièce le combat entamé dans *Le Tartuffe* contre les imposteurs et les cupides, de même qu'il prolonge sa réflexion sur la crédulité religieuse. C'est Béralde qui prend à sa charge la dénonciation des superstitions, comme Don Juan avant lui et selon des formules assez proches. Il affirme ainsi, à la question d'Argan qui s'inquiète qu'il ne croie pas à la médecine : « Non, mon frère, et je ne vois pas que, pour mon salut, il soit nécessaire d'y croire » (III, 3). Ainsi, sous l'apparence d'une critique amusante de la crédulité et de la satire médicale, Molière formule en réalité, tout en évitant la censure, sa pensée libertine contre la religion.

Le saviez-vous ?

Molière a écrit de nombreuses pièces dans lesquelles il critique les médecins. Mais *Le Malade imaginaire* a cette particularité d'être l'une des seules, avec *L'Amour médecin*, dans laquelle les médecins jouent un vrai rôle ; jusqu'alors, ils étaient imités par des personnages déguisés en médecins.

B. Lorsque la fantaisie devient mensonge

La satire de la médecine porte ainsi avant tout une critique de l'erreur et de l'imposture, en même temps qu'elle s'étend à une réflexion sur les délires de l'imagination. Toute la pièce repose sur une opposition entre le vrai et le faux : vrai et faux malade, vrai et faux médecin, vrai et faux maître de musique, vraie et fausse mort. Et c'est à chaque fois l'imposture jouée qui dénonce l'imposture première (à commencer par celle des médecins) et dit la vérité, par exemple celle de l'amour entre Cléante et Angélique ou celle des sentiments véritables de Béline à l'égard d'Argan.

C. Une pièce sur la peur de la mort

Argan, par son aveuglement naïf, suscite donc le rire du spectateur. Mais l'on peut se demander si ce personnage soumis à une peur irraisonnée de la mort n'est pas aussi, et peut-être avant tout, très pathétique. Il menace même à plusieurs reprises, par son extravagance, de faire sombrer la pièce du côté du tragique. Il y est d'ailleurs souvent question de mort, qu'il s'agisse des morts feintes (celle de Louison, scène 8, II, ou celle d'Argan, scènes 12 et 13, III) ou des morts imaginées comme celle avec laquelle que M. Purgon menace son malade (5, III). Argan, à travers son angoisse d'être malade, donc mort, insuffle à la comédie une tonalité moins drôle qu'il n'y paraît d'abord, nous ramenant sans cesse avec lui à une réflexion sur notre condition et notre vanité.

III – Éloge de la fantaisie et éloge du théâtre

A. La mise en abyme et les plaisirs du jeu

L'enjeu spectaculaire et fantaisiste du *Malade imaginaire* repose principalement sur les différentes mises en abyme qui parcourent la pièce. On relève en effet différentes scènes de « spectacle dans le spectacle » : la première se trouve à la scène 5 de l'acte II, lorsque Cléante et Angélique chantent leur amour sous les yeux d'Argan ; ce petit récital entre deux bergers amoureux entre en résonance directe avec les intermèdes chantés et dansés, et en particulier avec le prologue. Mais on trouve également une mise en abyme lorsque Toinette endosse le costume d'un médecin (III, 8 et 10), et bien sûr dans l'intermède final, lorsqu'Argan est intronisé médecin lors d'un spectacle grotesque. Mais la véritable mise en abyme, c'est surtout celle de Molière jouant Argan en 1673, c'est-à-dire du vrai malade jouant au faux malade, comédien si affaibli « qu'il n'a justement de la force que pour porter son mal » (III, 3). Et alors que Toinette déguisée en médecin met tout le poids de la maladie d'Argan sur « le poumon » (III, 14), c'est bien cet organe qui prête tant à rire qui provoque la mort réelle de Molière quelques heures plus tard.

Définition

Une mise en abyme est un procédé littéraire emprunté à la peinture. Il consiste à placer dans l'œuvre principale une autre œuvre du même type pour créer un effet d'écho. On parle aussi de « **théâtre dans le théâtre** » dans le cadre de ce genre littéraire.

B. Lorsque la fantaisie célèbre le théâtre

Le dénouement de la pièce est bien entendu heureux, Angélique et Cléante étant autorisés à s'aimer, et Argan trouvant une voie de guérison, non pas dans les médecines mais grâce au spectacle. Le dernier intermède est particulièrement extravagant, aussi bien dans la créativité verbale du latin macaronique que dans l'inventivité musicale de Charpentier qui transforme les mortiers des pharmaciens en instruments de musique. La fantaisie du spectacle rejoint ici celle du carnaval, qui « autorise cela » (III, 14). Le spectacle total que permet la comédie-ballet ravit tous les sens du spectateur et hisse *Le Malade imaginaire* au rang des chefs-d'œuvre de Molière, où l'humour, la joie et la fantaisie se mêlent à la réflexion philosophique et à la critique sociale.

Conclusion

Ainsi, *Le Malade imaginaire* est bien un spectacle plein de fantaisie, mais qui ne se contente pas d'un voile fantasque. En effet, la fantaisie sert avant tout de support à une réflexion sérieuse, tout en faisant l'éloge du spectacle lui-même. On retrouve ici toute la splendeur des plus grandes œuvres littéraires, qui plaisent tout en instruisant, au premier rang desquelles les comédies-ballets, dont Molière créa le genre avec Jean-Baptiste Lully.

Dissertation 2

Introduction

Au XVIIe siècle, Mlle de Scudéry publie, dans *Clélie*, la carte de Tendre dont le but est de représenter géographiquement et métaphoriquement les différentes étapes qui permettent de parvenir à l'amour ou qui, au contraire, lui nuisent. Chez Marivaux, ce sont les stratagèmes qui conduisent à l'amour. En effet, celui-ci propose à son tour une peinture des sentiments des hommes au sein de sa pièce *Les Fausses Confidences* en mettant en scène Dorante, jeune homme sans argent, amoureux d'Araminte, jeune femme riche. Cette pièce, afin que l'amour des deux jeunes gens se révèle, met en scène de nombreux stratagèmes qui sont autant de divertissements pour le spectateur. On peut ainsi se demander dans quelle mesure le stratagème théâtral, dans l'œuvre de Marivaux, n'est qu'un ressort comique. Nous verrons tout d'abord que les stratagèmes suscitent en effet le rire du spectateur. Toutefois, ces stratagèmes ont aussi une fonction dramatique. Enfin, c'est bien parce qu'ils sont plaisants qu'ils permettent de faire réfléchir le public.

L'astuce du prof

Profitez de l'amorce pour montrer votre culture littéraire en faisant référence à un autre auteur, en donnant la définition d'un mouvement, d'un genre littéraire, etc.

I – Les stratagèmes ont pour but de faire rire

A. Le procédé de double énonciation est particulièrement comique

Par le procédé de double énonciation, le lecteur en sait plus que les personnages sur scène puisqu'il a entendu les discours tenus mais qu'il a aussi accès aux apartés. Ce procédé rend le stratagème d'autant plus savoureux que le lecteur devient le complice du personnage qui expose sa manœuvre. La ruse de Dubois et Dorante est évoquée dès la scène 2 de l'acte I lorsqu'il est question de leur « projet ». De plus, par le futur « L'Amour et moi, nous ferons le reste », Dubois se présente comme capable d'agir sur les événements à venir. Le spectateur ne peut que sourire lorsque Dubois entre à nouveau en scène à la fin du même acte. La didascalie « il feint de voir Dorante avec surprise » prouve qu'il joue un rôle afin de parvenir à ses fins. Le spectateur rit alors de la duplicité du personnage.

Définition

Double énonciation : un personnage sur scène s'adresse à un autre personnage et indirectement au public.

B. Les quiproquos sont des scènes qui suscitent le rire du spectateur

Les stratagèmes donnent alors lieu à de véritables quiproquos. En effet, une seconde intrigue se met en place autour de la figure de Marton qui devient l'objet du stratagème organisé par Monsieur Remy. Ce dernier souhaite marier son neveu à la jeune femme et, pour cela, il n'hésite pas à mentir à Marton à la scène 4 de l'acte I en lui disant que Dorante a des sentiments pour elle. Le quiproquo s'amplifie à la scène 3 de l'acte II lorsque Monsieur Remy et Marton pensent que Dorante a refusé les avances d'une riche inconnue par amour pour Marton. Le spectateur ne peut que rire de cette situation qui amplifie la confusion et qui renverse le stratagème. En effet, l'oncle va se faire prendre à son propre jeu puisqu'il n'a pas été capable de voir de qui est véritablement amoureux son neveu. Les quiproquos, véritables ressorts comiques au théâtre, amusent alors le spectateur qui se moque de ces personnages orgueilleux. Transition : Les stratagèmes sont bien des ressorts comiques puisqu'ils sont à l'origine de quiproquos propres à réjouir le public. Néanmoins, les stratagèmes ne se résument pas à cela. Ils ont aussi une fonction dramatique.

Définition

Quiproquo : malentendu faisant prendre une personne, une chose pour une autre.

II – Les stratagèmes ont une fonction dramatique

A. Les stratagèmes créent des coups de théâtre qui font avancer l'action

Les stratagèmes permettent de faire avancer l'action en ce qu'ils révèlent des vérités. En effet, c'est la découverte de son portrait par Araminte qui fait évoluer l'intrigue amoureuse. À la scène 9 de l'acte II, le portrait conservé par Dorante tombe entre les mains de Marton et d'Araminte. Celles-ci découvrent alors que Dorante est secrètement amoureux d'Araminte. L'aparté « je vois clair » a alors un double sens : Araminte a compris les sentiments de Dorante mais cette découverte lui a aussi révélé ses propres sentiments. De ce fait, le stratagème fait avancer l'action puisqu'il permet de mettre au jour les sentiments des personnages. Aussi un second stratagème permettra-t-il l'aveu. En effet, dans le troisième acte, Dubois manipule Marton afin qu'elle intercepte un courrier transmis par Dorante dans lequel il feint d'évoquer ses sentiments pour Araminte auprès d'un de ses amis. Selon Hélène Catsiapis dans l'article « Les objets au théâtre », « déclencheurs de l'intrigue, les objets catalyseurs sont également souvent révélateurs de sentiments ». Ainsi, les objets, au cœur du stratagème, permettent de faire avancer l'action.

L'astuce du prof

Dans votre développement, vous pouvez citer des auteurs reconnus qui ont proposé des analyses de l'œuvre. Ils feront alors office d'argument d'autorité.

B. Les stratagèmes participent à la construction du portrait du personnage

Les stratagèmes en disent long sur la personnalité des personnages et permettent ainsi de révéler leurs traits de caractère. En effet, Dorante n'hésite pas à recourir à la ruse pour gagner le cœur d'Araminte mais, contrairement à d'autres, son but est noble. Dorante se présente ainsi comme l'image de l'honnête homme. En outre, il n'hésite pas à la scène 12 de l'acte III à révéler à Araminte le stratagème auquel il a participé. Il exprime alors sa honte d'avoir recouru à un tel « artifice ». En avouant ainsi la ruse, il illustre sa grande honnêteté. De son côté, Dubois apparaît comme fin stratège car c'est lui qui a pensé toute la manigance. À sa façon, il devient le double du dramaturge en mettant véritablement en scène la ruse principale. En effet, il apparaît assez peu dans l'œuvre car il agit en régie mais ses interventions révèlent ses intentions et contribuent à brosser son portrait. Les stratagèmes permettent ainsi de découvrir la véritable personnalité des personnages.

> **L'astuce du prof**
> Pas besoin de longues citations, parfois un seul mot suffit à illustrer votre argument.

III – Les stratagèmes, parce qu'ils sont divertissants, proposent une réflexion sur l'homme

A. La critique d'une société qui privilégie le rang à la vertu

Les stratagèmes permettent de révéler les véritables préoccupations des personnages représentatifs d'une société qui privilégie le rang à la vertu. C'est le cas de Madame Argante qui n'hésite pas à manipuler sa fille afin qu'elle épouse le comte Dorimont. Son motif transparaît dans la répétition des adverbes d'intensité lorsqu'elle explique à Dorante que « Madame la comtesse Dorimont aurait un rang si élevé, irait de pair avec des personnes d'une si grande distinction, qu'il [lui] tarde de voir ce mariage conclu ». On constate alors que ce qui préoccupe Madame Argante n'est pas le bonheur de sa fille mais le titre qu'elle obtiendrait. Marton est à son tour prête à ruser pour obtenir de l'argent. En effet, à la scène 11 de l'acte I, elle tente de convaincre Dorante de soutenir le mensonge de Madame Argante car le Comte lui a promis une forte somme d'argent. On constate alors que les stratagèmes permettent de dénoncer le peu de vertu d'une société dominée par l'argent et les titres de noblesse.

> **L'astuce du prof**
> Quand vous le pouvez, précisez l'acte et la scène.

B. Les stratagèmes révèlent les subtilités du cœur humain

Finalement, le stratagème permet à Marivaux de mettre en lumière la complexité des sentiments. En effet, le projet de Dubois n'a pour but que d'aboutir à la déclaration d'un amour sincère. En effet, en personnifiant l'amour à la scène 2 de l'acte I (« L'Amour et moi, nous ferons le reste »), il prouve bien que l'amour est au centre du processus et que la ruse n'est là que pour aider l'accomplissement d'un amour inévitable puisque « quand l'amour parle, il est le maître, et il parlera ». Ainsi, l'amour, au centre de l'intrigue, est aussi au centre du langage puisque les divers stratagèmes multiplient le badinage amoureux. En effet, à la scène 15 de l'acte II, Araminte et Dorante n'hésitent pas à emprunter des détours pour amener l'autre à avouer ses sentiments. Araminte multiplie alors les questions (« Est-elle fille ? », « comment avec tant d'amour, avez-vous pu vous taire ? ») afin d'observer les réactions de Dorante et de le contraindre à préciser l'identité de celle qu'il l'aime. À son tour, Dorante se sert du discours afin de montrer l'ampleur de son attachement. Le stratagème laisse alors place au marivaudage, propre à faire entendre au spectateur les subtilités du cœur.

À savoir

Le marivaudage est un ton attribué à Marivaux et caractérisé par un mélange délicat de grâce et de sentimentalité. Dans le langage quotidien, le terme a pris le sens d'un badinage gracieux et anodin, d'un propos de galanterie délicate et recherchée.

Conclusion

Ainsi, le stratagème théâtral est avant tout un ressort comique puisqu'il s'appuie sur la double énonciation et le quiproquo qui ne peuvent qu'amuser le lecteur. Néanmoins, le stratagème a aussi d'autres fonctions dans la pièce. Il a tout d'abord un rôle dramatique en ce qu'il participe à l'évolution de l'action et qu'il révèle la personnalité des personnages. Enfin, il permet surtout de faire réfléchir le lecteur en dénonçant le peu de vertu d'une société dominée par l'argent et en lui exposant les subtilités du cœur humain. Au XIXe siècle, Victor Hugo mettra en scène un stratagème machiavélique dans *Ruy Blas* afin de dénoncer les abus de pouvoir.

L'astuce du prof

En ouverture, proposez un prolongement en évoquant un autre auteur qui a abordé le même sujet.

Dissertation 3

Introduction

Jean-Luc Lagarce écrit *Juste la fin du monde* alors qu'il se sait condamné. La situation face à laquelle se trouve Louis rappelle donc celle du dramaturge. La pièce met en scène la situation tragique de Louis qui n'a pas encore averti les membres de sa famille. En effet, il y a bien un drame au sens où il s'agit d'une pièce de théâtre mais aussi parce que le contenu est tragique. De plus, ce drame est intime en ce qu'il concerne seulement Louis et que celui-ci intériorise tout. On peut ainsi se demander dans quelle mesure la pièce *Juste la fin du monde* est centrée sur la mise en scène d'un drame intime. Nous verrons tout d'abord que la pièce a pour sujet principal le drame intime de Louis. Néanmoins, le drame ne semble pas se réduire au personnage de Louis mais touche toute la famille. Enfin, il semble que Lagarce mette en scène un problème universel en représentant le drame de la communication.

Méthode

Analysez les termes du sujet afin d'introduire votre problématique.

I – Le drame intime de Louis

A. La situation tragique de Louis

L'œuvre s'ouvre sur le drame personnel de Louis qui sait qu'il va mourir. Il l'évoque dès le prologue en parlant de sa « mort prochaine et irrémédiable ». Louis sait qu'il ne peut échapper au destin tragique qui l'attend comme le souligne le futur « je mourrai » marquant la certitude, tandis que le rappel de son âge « près de trente-quatre ans » amplifie la dimension pathétique de l'œuvre. Le spectateur assiste ainsi à la fin de vie d'un jeune homme qui sait qu'il va mourir. Le recours au monologue lui permet alors d'accéder aux pensées intimes du personnage qui exprime ses craintes « devant un danger extrême ». Le spectateur assiste donc bien à un drame intime.

Méthode

- Vos paragraphes doivent toujours commencer par une phrase introductive présentant l'argument de la sous-partie.
- De même, on termine chaque paragraphe par une phrase conclusive.

B. La pénibilité de devoir annoncer sa mort

Ce drame est d'ailleurs redoublé par l'objectif que s'est fixé le jeune homme : annoncer sa mort à sa famille. En effet, il le formule dès le prologue avec les verbes de parole tels que « dire » et « annoncer ». À la connaissance de sa mort prochaine, il doit en plus être le « messager ». Le drame est d'autant plus douloureux quand on sait la difficulté de la tâche à laquelle il se prépare. De plus, le monologue de la scène 10 de la première partie révèle la peur intime de Louis face à la solitude qui l'attend. Lorsqu'il émet le souhait de partir avec eux (« Que je les emporte et que je ne sois pas seul »), le spectateur découvre une nouvelle souffrance chez celui qui se présentait initialement comme son « propre maître ». La mort à venir l'isole davantage et ne lui permet pas de guérir les souffrances qu'il ne parvient pas à partager.

II – Un drame familial

A. La réunion de famille amplifie les souffrances intimes

La présence même de Louis semble faire remonter à la surface toutes les tensions et les souffrances personnelles qui sont à l'origine du drame familial. La scène 1 de la première partie, scène des retrouvailles, laisse vite place à l'agressivité. En effet, voyant sa sœur heureuse, Antoine la compare à un « épagneul ». L'arrivée de Louis fait ressortir la jalousie d'Antoine qui devient alors insultant et qui rabaisse sa sœur. La souffrance intime d'Antoine participe à la mise en place du drame familial qui prend vie sous les yeux du spectateur. Cette situation rappelle le drame familial du fils prodigue dans la *Bible*.

Méthode

La deuxième partie doit nuancer le sujet. Il faut veiller à ne pas se contredire sans pour autant s'éloigner de la question posée.

B. L'incapacité à vivre l'amour

Ce qui est particulièrement tragique dans cette situation familiale, c'est que toutes les tensions naissent de l'amour qu'ils ressentent les uns pour les autres.

En effet, Suzanne dit souffrir de l'absence de Louis en évoquant les « lettres elliptiques ». De même, Antoine aime son frère et se soucie de lui. Il le révèle à la scène 3 de la deuxième partie quand il lui dit : « malgré toute cette colère, j'espère qu'il ne t'arrive rien de mal, / et je me reproche déjà [...] / le mal aujourd'hui que je te fais ». La colère d'Antoine est en fait la conséquence de l'amour qu'il a pour son frère et de la souffrance qu'il ressent quand celui-ci se montre indifférent. C'est d'ailleurs ce que révèle la Mère à Louis lorsqu'elle lui demande de faire « juste une promesse », « même si ce n'est pas vrai » afin de rassurer son frère et sa sœur qui souffrent de son absence.

III – Un drame universel

A. Le drame de la parole

Le drame dépasse le simple cadre de la famille puisque celui-ci est lié directement à la parole. En effet, l'incapacité des personnages à communiquer fait naître les souffrances intimes et les entretient. Louis, alors qu'il venait « un dimanche » pour annoncer sa mort à venir, repartira sans avoir poussé « un long et joyeux cri ». En ne parvenant pas à parler à ses proches, il s'enferme davantage dans la solitude qui le fait tant souffrir. Mais la pièce de Lagarce révèle que l'incommunicabilité est universelle, ce n'est pas un drame personnel. Le fait qu'un personnage ne parvienne à dire ce qu'il ressent illustre l'universalisation du problème. Xavier Dolan le met en scène dans son film en laissant place à la violence lorsqu'Antoine est sur le point de frapper Louis. Cette scène met en lumière le paroxysme de l'incapacité des êtres à communiquer puisque la violence prend la place des mots.

L'astuce du prof

Afin d'éviter les répétitions, employez des pronoms démonstratifs.

B. Une famille représentative de ce qui se joue dans la société

Le caractère universel de ce drame est alors renforcé par le choix des personnages. Le nom même de « la Mère » la fige dans ce rôle et en fait le symbole de toutes les mères. Elle est alors représentative d'une communauté. À son tour, Louis est désigné par la Mère comme le « frère aîné » auquel on doit « ce fameux respect ». Elle évoque ici un cliché que le spectateur peut retrouver dans certaines familles. De même, Suzanne joue le rôle de la petite sœur admirative de l'aîné tandis qu'Antoine joue le rôle du cadet, incapable de trouver sa place au sein de la fratrie et sans cesse jaloux du fils prodigue. Les personnages de la pièce sont alors des êtres dont le drame vécu intimement revêt une portée universelle.

Définitions

- Aîné : le plus âgé des enfants.
- Cadet : celui qui, par ordre de naissance, vient après l'aîné.
- Benjamin : le plus jeune d'une famille.

Conclusion

Ainsi, *Juste la fin du monde* met en scène le drame intime de Louis qui sait qu'il est condamné à mort et qui doit l'annoncer à sa famille. Le spectateur, par les nombreux monologues, accède alors à l'intériorité du personnage qui délivre ses émotions enfouies. Toutefois, le drame s'étend à la famille puisque l'arrivée du jeune homme amplifie les souffrances intimes de tous les membres. C'est bien parce qu'ils souffrent de l'amour qu'ils se portent que cela rend la situation d'autant plus tragique. Finalement, ce drame vécu par les personnages de la pièce est représentatif du drame universel qui se joue au sein de la société puisque l'œuvre illustre le drame de la parole. Les êtres ne parviennent plus à communiquer et cela laisse place à la souffrance, voire à la violence. Il apparaît alors que, si les drames sont personnels, ils n'en demeurent pas moins universels. En outre, la difficulté des êtres à communiquer avait déjà été soulevée par les auteurs du théâtre de l'absurde qui mettaient en scène une parole qui tourne à vide et qui ne parvient plus à produire du sens.

L'astuce du prof

Pour formuler votre réponse à la problématique, reprenez principalement les arguments qui apparaissent dans les titres de votre plan.

Commentaire de texte

Introduction

Le poème en vers libre, dont Forneret fut un des précurseurs, fut réellement mis en pratique par les symbolistes de la fin du XIXe siècle. Il marque l'aboutissement du processus de dérégulation du vers rimé. Valery Larbaud s'inscrit dans cette modernité poétique avec son poème « L'ancienne gare de Cahors », issu du recueil *Les Poésies de A.O. Barnabooth* paru en 1913. Dans ce poème, il décrit une gare qui n'est plus en service et montre comment la nature, à son tour, habite le lieu. Nous pouvons donc nous demander dans quelle mesure la description lyrique de la gare invite à poser un nouveau regard sur ce lieu. Ainsi nous verrons que le poète fait une description lyrique de la gare qui lui permet d'opposer deux temporalités afin de montrer que le lieu est habité autrement.

Méthode

L'annonce du plan doit montrer que votre analyse évolue. Ainsi, chaque argument doit naturellement découler du précédent.

I – Une description lyrique de la gare

Le poète nous présente la description d'une gare dont il célèbre, par le registre lyrique, le charme passé.

A. Un cadre spatial défini : la gare

Le titre plante d'emblée le décor et précise ainsi le thème du poème : la gare. La localisation spatiale « Cahors » renvoie alors à un lieu existant. Le poème

Définition

Champ lexical : plusieurs mots renvoyant à un même thème.

reprend ensuite le champ lexical de la gare avec la mention du « quai », de la « voie », des « rails » et la métaphore de la « voyageuse » qui évoque les passants et les trains. Le référent est à nouveau clairement identifié dès le vers 12 avec l'apostrophe « ô gare ». Ce lieu participe de la modernité poétique du texte en ce qu'il renouvelle les objets poétiques traditionnels.

L'astuce du prof

Pour relever la spécificité d'un texte, comparez-le aux textes plus traditionnels du genre. En poésie, les objets poétiques sont bien souvent la nature, la femme, etc. Consacrer tout un poème à une gare est alors moderne (pensez, par exemple, à la place de la ville chez Apollinaire).

B. L'adresse lyrique du poète

Si la gare est non seulement le sujet du poème, elle en est aussi le destinataire. En effet, dès le premier vers, le poète s'adresse à elle par les apostrophes lyriques « Voyageuse, ô cosmopolite ! » qui vont ensuite se multiplier avec, par exemple, la répétition de « ô gare ». Le lecteur entend alors l'attrait du poète pour ce lieu de transit. De plus, la personnification de la gare l'assimile à une femme dès la métaphore de la « voyageuse ». Le poème file cette personnification par des connotations féminines avec les adjectifs « vieille et rose », la mention de la « marquise » ou encore l'évocation de la « robe ». Le poète joue avec la polysémie des mots afin d'évoquer la gare mais aussi une femme. Cela est redoublé par l'image de la caresse (v. 23) qui évoque la sensualité. Ce lieu devient alors une vieille dame au charme suranné. Transition : Ainsi, le poète renouvelle la tradition en faisant de la gare un nouvel objet poétique. Sa personnification permet alors de faire entendre tout l'attrait qu'elle peut revêtir.

Définition

Personnification : attribution de propriétés humaines à un animal ou une chose inanimée.

II – L'opposition de deux temporalités

Le poème illustre le passage du temps. En effet, à un passé marqué par la vie, répond un présent où règnent l'absence et le silence.

A. La rupture entre un temps passé et un temps présent

Par l'évocation de ce lieu, le poète évoque le passage du temps et ainsi souligne un passé glorieux révolu. La locution adverbiale « à présent » ou l'adverbe de temps « désormais » marquent une rupture entre deux temporalités. Ce changement apparaît en outre dans l'emploi des temps avec le passage du passé (« balayait », « as vu ») au présent (« étends », « reposes »). Le poète souligne alors l'écoulement irrémédiable du temps par la négation partielle « l'ébranlement des trains ne te caresse plus ». Cela était finalement déjà annoncé dès le titre avec la polysémie de l'adjectif « ancienne » qui signifie à la fois « vieux » et « qui n'exerce plus sa fonction ». Le ton apparaît donc mélancolique car le poète évoque un passé à jamais perdu.

Définition

Polysémie : mot qui possède plusieurs sens.

B. L'opposition entre le mouvement et le repos

En effet, le passé de la gare est marqué par le mouvement et son présent par l'absence. On peut alors relever les verbes de mouvement tels que « tourbillonnant » ou « balayait ». L'agitation transparaît aussi dans le rythme binaire « tant de départs et tant de retours » et l'emploi du pluriel mis en évidence par la répétition de l'adverbe de quantité « tant ». *A contrario*, le présent est marqué par l'absence avec les adjectifs « inutile », « vide » et « silencieux ». Cette opposition apparaît d'emblée aux vers 1 et 2 puisqu'aux apostrophes enjouées répond l'énumération « désaffectée, rangée, retirée » qui dit la perte. Cela est confirmé au vers 17 par la mention du repos qui peut être vu comme un euphémisme de la mort au sens où la mort est la perte de la vie. En effet, c'est bien la vie qui a quitté cette gare, comme le temps conduit inéluctablement vers la mort. Transition : Ainsi, ce poème représente le passage du temps en évoquant le temps glorieux où la gare était encore en activité par opposition à un présent marqué par le vide et le silence.

L'astuce du prof

Plutôt que de répéter plusieurs fois la même analyse, relevez plusieurs procédés au sein du texte et montrez comment ensemble ils créent du sens en proposant une analyse commune.

III – Une gare habitée autrement

Les hommes ont quitté cette gare qui n'est plus en activité. La nature reprend ses droits et permet ainsi d'offrir à la gare une vie douce et paisible, loin du tumulte des voyages.

A. La place accordée à la nature

Le repos apparaît comme l'accès à la sérénité. Les hommes ont quitté la gare, la nature s'est à son tour emparée du lieu et la gare connaît une nouvelle vie, en harmonie avec la nature comme le suggère le dernier vers du poème. Le rythme de la gare n'est plus celui des « grands express » mais des « saisons ». En effet, au rythme binaire « tant de départs et tant de retours » répond « la brise ou le soleil ». La vacuité de la gare qui semblait péjorative laisse place finalement à un repos positif avec le groupe nominal « ta paix bucolique » et l'adjectif « frais ». Les voyageurs sont alors remplacés par des « lézards » et la « voie » du vers 3 laisse place à la « pelouse » au vers 24. L'adverbe final « enfin », s'il marque le temps qui passe, évoque une étape attendue. Le repos arrive naturellement après la vie et permet une union avec la nature. Ce poème, plutôt que d'évoquer la mort, célèbre un temps cosmique.

Définition

Rythme binaire : les deux membres de la phrase sont construits de la même façon créant ainsi un effet de symétrie.

B. La gare est habitée par les mots du poète

Enfin, si le poète s'attarde sur la vie qui a quitté cette gare, il parvient, par les mots, à l'habiter à nouveau, à la faire revivre. En effet, l'écriture poétique recrée ce lieu. Le lecteur est alors invité à entendre les « grands express » avec l'allitération en [r], à s'ima-

Définition

Allitération : répétition de consonnes dans une suite de mots rapprochés.

giner le va-et-vient par les énumérations et les répétitions. De plus, les débordements de la syntaxe sur le vers miment les divers mouvements évoqués : on peut relever le contre-rejet au vers 19 ou encore le rejet au vers 15 qui imite « l'immensité ». Si le temps passe, l'écriture poétique semble avoir le pouvoir de faire revivre, par les mots, le passé dynamique révolu de cette gare au repos.

Conclusion

Ainsi, en évoquant une gare, le poète choisit un thème particulièrement moderne. Toutefois, il reprend les procédés de la poésie lyrique puisque la gare devient, sous sa plume, une femme dont la jeunesse fut marquée par le charme et la sensualité. En effet, le poète oppose deux temporalités : le passé est associé à une jeunesse dynamique dominée par la vie, tandis que le présent, associé à la vieillesse, est le temps du repos. Mais ce repos, s'il n'est pas sans évoquer la mort, est surtout l'occasion pour ce lieu abandonné de goûter aux joies d'une vie en harmonie avec la nature. Le poème, loin d'une vision tragique de la condition humaine, propose une glorification du temps cosmique : la gare ne vit plus au rythme des départs et des retours mais à celui de la Terre. Cette description de la gare avec ses touches colorées et ses nuances de lumières rappelle la peinture impressionniste du XIXe siècle : ces peintres s'intéressaient aux symboles de la modernité et accordaient une importance particulière à la lumière afin de représenter la fugacité des impressions. On peut ainsi penser à la série de tableaux *La Gare Saint-Lazare* de Claude Monet, un peintre qui s'intéressait à la vie moderne de son temps en représentant une gare parisienne.

Conclusion

En ouverture, vous pouvez faire un parallèle avec un autre poème du même auteur, avec un autre auteur ou encore avec d'autres arts tels que la peinture, la sculpture ou encore le cinéma.

SUJET COMPLET 3 D'après France métropolitaine, juin 2021

20 pts 4h

Dissertation 1

› **Dans la préface des *Contemplations*, Victor Hugo décrit son recueil comme un miroir tendu aux lecteurs. En quoi cette image rend-elle compte de votre lecture des quatre premiers livres du recueil ?**

Vous répondrez à cette question dans un développement organisé en vous appuyant sur les livres I à IV des *Contemplations*, sur les textes que vous avez étudiés dans le cadre du parcours associé et sur votre culture personnelle.

Dissertation 2

› **On a reproché à Baudelaire de « tout peindre, de tout mettre à nu » dans son recueil *Les Fleurs du mal*. Qu'en pensez-vous ?**

Vous répondrez à cette question dans un développement organisé en vous appuyant sur le recueil de Charles Baudelaire, sur les textes que vous avez étudiés dans le cadre du parcours associé et sur votre culture personnelle.

Dissertation 3

› **La poésie de Guillaume Apollinaire s'invente-t-elle en rejetant le passé ?**

Vous répondrez à cette question dans un développement organisé en vous appuyant sur le recueil *Alcools*, sur les textes que vous avez étudiés dans le cadre du parcours associé et sur votre culture personnelle.

Commentaire de texte

› **Vous commenterez le texte suivant**

EXTRAIT Georges Perec (1936-1982), *Les Choses*, chapitre 2, 1965

Le début de ce roman évoque la situation d'un jeune couple, Sylvie et Jérôme, qui vit dans un appartement exigu à Paris, au début des années soixante.

Des arrangements judicieux auraient sans doute été possibles : une cloison pouvait sauter, libérant un vaste coin mal utilisé, un meuble trop gros pouvait être avantageusement remplacé, une série de placards pouvait surgir. Sans doute, alors, pour peu qu'elle fût repeinte, décapée, arrangée avec quelque amour, leur demeure eût-elle été incontestablement charmante, avec sa fenêtre aux rideaux rouges et sa fenêtre aux rideaux verts, avec sa longue table de chêne, un peu branlante, achetée aux Puces, qui occupait toute la longueur d'un panneau, au-dessous de la très belle reproduction d'un portulan[1], et qu'une petite écritoire[2] à rideau Second Empire, en acajou incrusté de baguettes de cuivre, dont plusieurs manquaient, séparait en deux plans de travail, pour Sylvie à gauche, pour Jérôme à droite, chacun marqué par un même buvard rouge, une même brique de verre, un même pot à crayons ; avec son vieux bocal de verre serti d'étain qui avait été transformé en lampe, avec son décalitre[3] à grains en bois déroulé renforcé de métal qui servait de corbeille à papier, avec ses deux fauteuils hétéroclites, ses chaises paillées, son tabouret de vacher. Et il se serait dégagé de l'ensemble, propre et net, ingénieux, une chaleur amicale, une ambiance sympathique de travail, de vie commune.

Mais la seule perspective des travaux les effrayait. Il leur aurait fallu emprunter, économiser, investir. Ils ne s'y résignaient pas. Le cœur n'y était pas : ils ne pensaient qu'en termes de tout ou rien. La bibliothèque serait de chêne clair ou ne serait pas. Elle n'était pas. Les livres s'empilaient sur deux étagères de bois sale et, sur deux rangs, dans des placards qui n'auraient jamais dû leur être réservés. Pendant trois ans, une prise de courant demeura défectueuse, sans qu'ils se décident à faire venir un électricien, cependant que couraient, sur presque tous les murs, des fils aux épissures[4] grossières et des rallonges disgracieuses. Il leur fallut six mois pour remplacer un cordon de rideaux. Et la plus petite défaillance dans l'entretien quotidien se traduisait en vingt-quatre heures par un désordre que la bienfaisante présence des arbres et des jardins si proches rendait plus insupportable encore.

Le provisoire, le statu quo[5] régnaient en maîtres absolus. Ils n'attendaient plus qu'un miracle. Ils auraient fait venir les architectes, les entrepreneurs, les maçons, les plombiers, les tapissiers, les peintres. Ils seraient partis en croisière et auraient trouvé, à leur retour, un appartement transformé, aménagé, remis à neuf, un appartement modèle, merveilleusement agrandi, plein de détails à sa mesure, des cloisons amovibles, des portes coulissantes, un moyen de chauffage efficace et discret, une installation électrique invisible, un mobilier de bon aloi[6].

Mais entre ces rêveries trop grandes, auxquelles ils s'abandonnaient avec une complaisance étrange, et la nullité de leurs actions réelles, nul projet rationnel, qui aurait concilié les nécessités objectives et leurs possibilités financières, ne venait s'insérer. L'immensité de leurs désirs les paralysait.

---

1. Ancienne carte maritime représentant les ports et les dangers d'une côte.

2. Petit meuble où l'on range tout ce qui est nécessaire pour écrire.

3. Récipient pouvant contenir dix litres, utilisé pour mesurer le volume de grains ou de liquides.

4. Assemblages, jointures.

5. Expression latine qui désigne un état des choses, une situation figée qui n'évolue pas.

CORRIGÉ SUJET COMPLET 3

Dissertation 1

Introduction

Dès le XVIe siècle, et dans un tout autre genre, Montaigne affirmait dans ses *Essais* que « Chaque homme porte la forme entière de l'humaine condition », revendiquant d'emblée la portée universelle de son expérience personnelle. Trois siècles plus tard, Victor Hugo ne dit pas autre chose lorsqu'il précise dans la préface à son recueil *Les Contemplations* : « Quand je vous parle de moi, je vous parle de vous. » En effet, la poésie, et de manière plus générale la littérature, même lorsqu'elle puise sa source dans une expérience personnelle, semble porter en elle toute l'humaine condition. Ainsi, toujours dans cette préface à son œuvre publiée en 1856, Hugo décrit son recueil comme un miroir tendu aux lecteurs. On peut donc se demander en quoi la portée universelle du recueil puise sa source dans l'expérience individuelle du poète. Nous étudierons d'abord l'aspect autobiographique des poèmes de Victor Hugo, puis les distorsions que le poète imprime à la réalité et qui permettent de donner à son propos une portée universelle.

Méthodologie
Apprenez des citations par cœur durant l'année, en lien avec le parcours associé. Elles vous serviront pour l'introduction et pour votre devoir.

Méthodologie
L'annonce de la problématique et la formulation du plan sont des étapes essentielles de votre devoir, qui doivent apparaître clairement dans votre introduction.

I – Un recueil à forte teneur autobiographique

A. Une dimension autobiographique revendiquée

Dès la préface du recueil, Hugo évoque sa « destinée [...] écrite là jour à jour », rappelant que ces deux volumes retracent « vingt-cinq années » de sa vie. On retrouvera d'ailleurs dans différents poèmes des mentions très explicites à des événements ou à des lieux que le poète a réellement traversés, comme Les Feuillantines, Les Roches, le château de la Terrasse, et bien entendu Jersey ou Guernesey. Ce recueil porte en effet la marque de deux événements majeurs qui ont traversé la vie de Victor Hugo : la mort par noyade de sa fille Léopoldine en 1843 et son exil forcé dans les îles de Jersey et Guernesey après la trahison de Louis-Napoléon Bonaparte en 1851. Ces deux expériences, dont l'une est particulièrement intime, vont amener Hugo à s'interroger sur sa propre existence et à partager sa douleur et son deuil. C'est d'ailleurs la mort de sa fille adorée qui constitue le pivot du recueil, articulé en deux parties, « Autrefois » et « Aujourd'hui », la date de l'accident apparaissant clairement au centre de l'œuvre.

Le saviez-vous ?
Léopoldine, la fille de Victor Hugo, meurt à 19 ans lors d'une noyade.

B. Les « mémoires d'une âme »

Ce sont donc bien les mémoires de son âme que le poète entreprend dans ces quatre livres, dans lesquels il cherche à sonder son propre « cœur » et sa « conscience ». Cette omniprésence de l'expérience et du vécu personnels trouve d'ailleurs sa réalisation dans la présence, partout dans l'œuvre, de la première personne du singulier, un « je » lyrique qui n'est pas sans rappeler d'autres expériences poétiques comme celles de Ronsard dans ses poèmes à Hélène, ou, plus proche de Hugo, celles de Lamartine dans ses *Méditations poétiques*. Comme chez Lamartine, c'est d'ailleurs l'expérience douloureuse d'un deuil impossible à faire qui marque de son sceau l'ensemble du recueil. Ainsi, si la mort de Léopoldine rend un temps le poète mutique (il ne pourra écrire aucun vers entre septembre 1843 et 1846), c'est aussi cet événement tragique qui redonnera du souffle au lyrisme poétique. Hugo s'exclame d'ailleurs à propos de la mort d'un autre enfant : « Oh ! la parole expire où commence le cri ; / Silence aux mots humains ! » (III, 23). L'écriture des *Contemplations* et de la section « *Pauca Meæ* », en particulier, permet donc au poète de transformer une expérience individuelle douloureuse en un chant poétique.

Méthode

Lorsque vous citez des vers, au lieu d'aller à la ligne, signalez le changement de vers par une barre oblique.

II – *Les Contemplations*, un miroir « déformant » le reflet du poète ?

A. Des arrangements avec la réalité

L'aspect autobiographique du recueil est cependant en partie altéré par l'auteur, qui s'autorise par endroits à jouer avec le pacte de confiance qui le lie au lecteur. Cette falsification du réel se perçoit en particulier dans les dates qui apparaissent au bas des poèmes, et dont certaines ne correspondent pas à la réalité de leur écriture. Par exemple, le poème « La coccinelle » (I, 15), censé être le poème le plus ancien du recueil et qui porte la date de mai 1830, a en réalité été écrit durant l'exil à Jersey, en 1854.

B. Un « tombeau poétique » universel

De même, alors que le décès de Léopoldine puis le deuil lié à sa mort apparaît comme l'événement central de ce recueil, le poète ne mentionne jamais le nom de sa fille, donnant à cette expérience douloureuse une portée plus universelle. Il ne la désigne qu'en fonction du lien affectif qui les relie l'un à l'autre. Ainsi, dans son célèbre poème « Demain, dès l'aube », il s'adresse directement à sa fille grâce aux pronoms de la deuxième personne du singulier, conférant au texte une valeur à la fois intime et presqu'anonyme ; on peut croire d'ailleurs dans la première strophe qu'il s'agit d'un poème amoureux. De la même manière, la référence à la dixième *Bucolique* de Virgile dans la formule concise « *Pauca meæ* », qui sert de titre à la section et que l'on pourrait traduire par « Peu de vers », illustre le

Définition

Un tombeau poétique est un poème ou un recueil de poèmes rédigé en l'honneur d'une personne morte.

refus du poète de tout épanchement sentimental. Pour soutenir encore la portée commune du deuil, Hugo s'arrête dans ce recueil sur la mort d'autres enfants (Claire Pradier, la fille de Juliette Drouet, ou les neveux du poète Auguste Vacquerie) et il exprime la douleur de tous les parents traversant cette tragédie, comme celle de cette mère se déplorant de ne pouvoir « réveiller [son] enfant ! » (« Claire P. »).

III – *Les Contemplations*, un miroir tendu aux lecteurs

A. Des thématiques universelles

On retrouve dans *Les Contemplations* des thématiques classiques en poésie, qui portent en elles une valeur universelle : l'amour, la mort, la nature, la famille… sont autant de sujets qui trouvent une résonance dans le cœur de chaque lecteur. Et si les poèmes sont particulièrement élégiaques pour la plupart, on trouve également des textes qui éveillent en nous des émotions parfois gaies, comme le poème « La Vie aux champs » (I. 6) avec en son centre cette description joyeuse des enfants autour du poète.

Méthode

Dans votre devoir manuscrit, vous devez souligner le titre des œuvres / recueils, et mettre le titre des poèmes entre guillemets.

B. Un miroir social

Mais le recueil ne se contente pas de se nourrir d'une expérience personnelle ; comme souvent chez Hugo, la réflexion intime se pare en effet d'un voile politique. Ce recueil a d'ailleurs été envisagé comme un pendant aux *Châtiments*, publié en 1853, qui servait une critique acerbe de Napoléon III. Dans *Les Contemplations*, Léopoldine devient une sorte de figure allégorique de la liberté bafouée par Louis-Napoléon Bonaparte, ce que prouve par exemple cette liberté dépeinte comme « une femme morte et qu'on vient de noyer » (IV, 17). De même, le poème « Melancholia » (III, 2), appartenant à la section qui porte le nom évocateur « Les Luttes et les rêves », est l'un des plus engagé du poète qui lutte contre la misère et le sort fait aux enfants les plus pauvres.

C. Le projet de peindre l'humaine condition

La préface du recueil rappelle enfin explicitement le projet de Victor Hugo de parler au nom de tous les hommes, car tous partagent la même destinée : « Ma vie est la vôtre, votre vie est la mienne, vous vivez ce que je vis ; la destinée est une. » Le « je » du poète devient donc le « vous » du lecteur, qui s'observe en observant l'expérience douloureuse de Hugo. Car c'est bien dans ce qu'elle a de plus tragique et douloureux que notre destinée nous rapproche. Le discours lyrique, surgissant d'une expérience pourtant extrêmement personnelle, devient donc paradoxalement universel.

Conclusion

Partant de son expérience individuelle et intime, Victor Hugo propose donc un recueil qui peut se lire comme le reflet de toute l'humaine condition. De nombreux poètes partagent cette conception d'un lecteur qui serait le reflet du poète lui-même, comme Baudelaire qui s'adresse dans le poème liminaire des *Fleurs du mal* à ce lecteur, « monstre délicat, / – Hypocrite lecteur, – mon semblable, – mon frère ! ».

Dissertation 2

Introduction

Au XIXe siècle, on reproche aux auteurs du mouvement réaliste de vouloir démoraliser la population en lui montrant la misère, l'horreur et la laideur dans leur volonté de tout peindre. Plusieurs auteurs vont être poursuivis. Ce sera le cas des frères Goncourt en 1853, de Gustave Flaubert en 1857 et de Baudelaire la même année. Ce dernier sera condamné à payer une amende et à retirer six poèmes de son recueil. On lui reproche de « tout peindre, de tout mettre à nu ». Baudelaire, à l'instar des auteurs réalistes, représenterait la réalité dans ce qu'elle peut avoir de plus laid et de plus vil. Sa poésie ferait tomber les masques afin de révéler la vérité. On peut ainsi se demander dans quelle mesure Baudelaire cherche à « tout peindre », à « tout mettre à nu » dans son recueil *Les Fleurs du mal*. Nous verrons tout d'abord que sa poésie ne cache rien. Néanmoins, celle-ci s'appuie aussi sur une tradition littéraire qu'il revisite. Enfin, l'écriture de Baudelaire ne cherche pas à peindre fidèlement la réalité mais à donner à voir autrement.

À savoir

Les auteurs réalistes se sont donné pour objectif de représenter le plus fidèlement possible la réalité sans chercher à l'embellir. Ils choisissent principalement des personnages appartenant au peuple.

I – Une poésie qui ne cache rien

A. Une peinture complète

Baudelaire dépeint dans son recueil la réalité dans laquelle il vit. Pour lui, le poète est un « peintre de la vie moderne » comme le souligne le titre de la section « Tableaux parisiens ». Le nom « tableaux » renvoie au champ lexical de la peinture et suggère que le peintre donne à voir, par les mots, la ville de Paris. En effet, le lecteur va découvrir la capitale avec ses « palais neufs, échafaudages, blocs, / Vieux faubourgs » (« Le Cygne ») mais aussi ses habitants que sont « les petites vieilles », « les aveugles » ou encore les « vieillards ». On constate alors que, à l'image des auteurs réalistes, le poète ne cherche pas à embellir la réalité mais la représente telle qu'elle est. Les « petites vieilles » sont reconnaissables à leurs corps « brisés, bossus / Ou tordus », comme c'était aussi le cas dans le tableau *Un enterrement à Ornans* de Courbet qui n'avait pas hésité à représenter le peuple sur une toile de grande dimension habituellement réservée à la peinture d'histoire. Baudelaire semble bien « tout peindre » dans son recueil.

Le saviez-vous ?

La peinture d'histoire est un genre pictural qui s'inspire de scènes issues de l'histoire chrétienne, de l'histoire antique, de la mythologie ou d'événements historiques plus récents.

B. Le poète évoque ce qui est caché

Il n'hésite pas à aborder des sujets qui sont plutôt absents dans les arts jusqu'au XIXe siècle tels que la misère du peuple et la sexualité. En effet, Baudelaire « met à nu », c'est-à-dire qu'il évoque ce que l'on feint d'ignorer par bienséance. Ainsi, dans le poème « Les métamorphoses du vampire », il met en scène une femme « timide et libertine, et fragile et robuste » avec un vocabulaire (« pétrissant ses seins », « sa bouche de fraise ») qui révèle son pouvoir érotique. D'autre part, il consacre tout une section au « vin » qui est selon lui un moyen d'échapper à sa condition. Or chez Baudelaire, le vin est associé au peuple. Dans *Les Paradis artificiels*, il précise que « le vin est pour le peuple qui travaille et qui mérite d'en boire ». Ainsi, la mention du vin évoque la difficile condition du peuple, une réalité évoquée par le poète sans tabou. Transition : Baudelaire choisit en effet de « tout peindre », de « tout mettre à nu », en proposant une peinture complète de la société et en abordant tous les sujets, même les plus déplaisants. Néanmoins, son recueil *Les Fleurs du mal* ne se réduit pas à ce projet, il s'inscrit aussi dans une tradition poétique.

II – Mais ce reproche est finalement contestable puisque Baudelaire prolonge, à sa façon, la tradition poétique

A. L'inscription dans une tradition

Si Baudelaire aborde des sujets novateurs pour son époque, il n'en délaisse pas pour autant les sujets poétiques traditionnels. Tout d'abord, nous pouvons relever que son inscription dans la tradition transparaît par la reprise de formes fixes telles que le sonnet. De plus, son recueil propose plusieurs poèmes consacrés à l'éloge de la femme aimée avec, par exemple, le blason « La chevelure » inspiré de Jeanne Duval. À ce titre, le cycle consacré à Madame Sabatier s'ancre dans la pure tradition poétique héritée de Pétrarque faisant de la femme aimée un être désincarné et idéal. Le caractère céleste de la femme apparaît dans la majuscule du pronom « Elle » au sein du poème « Tout entière ». De fait, si la poésie de Baudelaire est moderne, elle ne s'émancipe pas pour autant des *topoï* poétiques.

Définition

Le blason est un poème qui, à partir de l'éloge d'une partie du corps féminin, célèbre la femme dans son ensemble.

Définition

Un *topos* (*topoï* au pluriel) est un lieu commun, c'est-à-dire un thème récurrent en littérature.

B. Une poésie de l'intime

Si la poésie de Baudelaire est une peinture de la réalité, elle semble avant tout être le lieu de l'expression des sentiments intimes du poète. En effet, la première personne est omniprésente dans le recueil et Baudelaire ne cesse de décrire ses émotions et plus particulièrement son spleen. Dans le poème « Spleen », il évoque l'« Angoisse despotique » qui l'emporte sur « l'Espoir ». La couleur noire qui se multiplie (« araignées »,

Le saviez-vous ?

Orphée est un poète et musicien de l'Antiquité. Il est connu pour avoir chanté (accompagné de sa lyre) son amour pour Eurydice au-delà de la mort. Il est à l'origine de la poésie lyrique.

« chauve-souris », « noir ») révèle alors la souffrance du poète gagné par la torpeur. Le poète n'est plus un « peintre de la vie moderne » mais plutôt un Orphée qui exprime ses sentiments personnels. Transition : Ainsi, l'œuvre de Baudelaire n'est pas seulement la peinture complète du monde dans lequel il vit, c'est l'expression intime d'un « je » souffrant qui l'inscrit dans une tradition poétique. Finalement, son œuvre offre une nouvelle vision du monde.

III – Une poésie qui donne à voir autrement

A. La transfiguration du monde par les mots

Baudelaire s'inscrit certes dans une certaine tradition poétique, mais celle-ci lui permet de mieux faire surgir la modernité de sa poésie. En effet, par des images étonnantes, il invite le lecteur à voir le monde autrement. Dans le poème « L'Horloge », les images nous invitent à percevoir le temps différemment. Celui-ci est tour à tour déifié (« Dieu sinistre, effrayant, impassible »), animalisé par la mention du moustique qui pompe la vie ou encore personnifié avec la présence de la prosopopée. Le poème rend le temps omniprésent et fait entendre le tic-tac de l'horloge avec le rythme régulier de certains vers en 3/3//3/3. Le lecteur est alors invité à prendre conscience du passage irrémédiable du temps. Les mots ne servent pas une peinture fidèle de la vie mais offrent une nouvelle façon de la voir.

> **Définition**
> Déifier : considérer quelqu'un ou quelque chose comme un dieu.

B. Le poète démiurge

Finalement, le poète, plutôt que d'être un peintre fidèle de la réalité, est un véritable créateur. Dans le poème « Une charogne », loin de décrire la mort, le poète décrit la vie et surtout la recompose sous nos yeux. En effet, on entend le bourdonnement des mouches dans le vers « les mouches bourdonnaient sur ce ventre putride » grâce à l'allitération en [r]. De même, l'allitération en [l] fait entendre le « liquide » qui se répand. De fait, le poème ne peint pas une charogne, il devient la charogne et place ainsi le lecteur face à ce corps en décomposition. Son recueil prend alors vie par la multiplication des sens rendue possible par les synesthésies. Il crée un monde nouveau dans lequel « les parfums, les couleurs et les sons se répondent » (« Correspondances »). La poésie de Baudelaire ne se résume alors pas à peindre la vie, elle la crée par le pouvoir même des mots.

> **Définition**
> Allitération : répétition d'une même consonne.

Conclusion

Ainsi, par la variété des thématiques abordées, Baudelaire peut avoir donné l'impression de vouloir « tout peindre », « tout mettre à nu ». Néanmoins, son recueil ne se résume pas à une peinture de la modernité. Le poète joue avec la tradition poétique et accorde une place primordiale à l'expression de son spleen. Son écriture si surprenante est en fait le moyen de nous inviter à voir le monde autrement. Baudelaire renouvelle l'écriture poétique en faisant d'un objet vil un objet esthétique. Le poète n'expose pas, il transforme la matière à l'image d'un alchimiste. Au XXe siècle, Francis Ponge proposera à son tour une nouvelle façon de voir les objets du quotidien dans son recueil *Le Parti pris des choses* dans lequel il évoque des objets délibérément choisis pour leur banalité afin de les délivrer des stéréotypes.

Le saviez-vous ?

Le recueil *Le Parti pris des choses* est un recueil de poèmes en prose.

Dissertation 3

Introduction

Si Baudelaire a ouvert la voie à une poésie se détachant des thèmes traditionnels, on considère souvent que c'est Apollinaire qui, au début du XXe siècle, définit une nouvelle écriture poétique permettant à ce genre séculaire d'entrer dans la modernité. Mais la poésie d'Apollinaire s'invente-t-elle en rejetant le passé ? Le poète fait-il entièrement table rase de ce qui l'a précédé dans la tradition poétique pour inventer un nouveau lyrisme poétique ? Ou s'inspire-t-il malgré tout du passé, le sien et celui de la poésie, pour construire son recueil *Alcools* ? Ainsi, nous pouvons nous demander si la poésie d'Apollinaire ne se construit qu'en opposition à l'héritage poétique classique. Nous nous pencherons d'abord sur les caractéristiques qui tendent à prouver que le poète rejette le passé pour inventer sa poésie, avant de nous intéresser à ce qui demeure du passé dans ce recueil.

Vocabulaire

L'expression « faire table rase » vient du latin *tabula rasa*. Une tabula désignait une planche recouverte de cire sur laquelle on écrivait. « Faire table rase » signifie ne plus tenir compte de ce qui a été écrit, dit ou fait auparavant afin de repartir sur de nouvelles bases.

I – Une poésie nouvelle qui semble rejeter le passé

A. Une poésie qui s'inspire du monde moderne

Le thème de la ville, du développement industriel ou technique traverse tout le recueil, dès le poème liminaire, « Zone ». Ce texte multiplie en effet les références concrètes au monde moderne dans une série de tableaux où tous les thèmes qui définissent le monde moderne se croisent, de la publicité à l'aviation en passant par le monde ouvrier. Il n'est d'ailleurs pas anodin que le premier vers du recueil ouvre *Alcools* sur cette formule paradoxale : « À la fin tu es las de ce monde ancien ». À la thématique de la ville se rattache celle de l'errance, comme dans le poème « La porte » où, partant d'un épisode autobiographique, le poète dit l'isolement de l'individu coupé

Le saviez-vous ?

À propos de l'attachement au passé, Apollinaire affirme qu'« on ne peut transporter partout avec soi le cadavre de son père [...]. Mais nos pieds ne se détachent qu'en vain du sol qui contient les morts. »

de ses attaches par le travail. Ces thèmes, la ville et l'errance qui lui est rattachée, avaient déjà été exploités par Baudelaire dans la section des « Tableaux parisiens » des *Fleurs du mal* ou dans les *Petits Poèmes* en prose, mais Apollinaire va plus loin encore en ce sens que l'écriture même adopte une allure plus moderne et innovante.

B. Un langage nouveau

Apollinaire prend en effet des libertés extraordinaires avec le langage. D'une part, la ponctuation est comme absente des textes (exception faite des points d'exclamation et d'interrogation), ce qui insuffle un rythme et une fluidité nouvelle au recueil. À cette absence de ponctuation s'ajoute une absence de vers réguliers, le recueil étant rédigé en vers libres, vers ni comptés ni rimés, qui se distinguent de la prose par leur retour à la ligne. De même, les images insolites développées par le poète annoncent le surréalisme, comme cet énigmatique « squelette de reine innocente [...] pendu / À un long fil d'étoile en désespoir sévère » (« L'ermite »). Apollinaire va jusqu'à inventer des nouveaux termes pour traduire au plus près la modernité de sa pensée ; on croise ainsi un « chibriape » (« Sept épées »), mot-valise composé du mot « chibre » et du nom « Priape ». Bien entendu, Apollinaire n'est pas le premier poète à inventer un nouveau langage – on pense par exemple à Rimbaud qui le fit avant lui, mais l'innovation formelle est partout présente et soutient ici l'innovation thématique, inscrivant le recueil *Alcools* dans une modernité indiscutable.

Méthodologie

Les titres des poèmes se mettent entre guillemets (« Zone ») ; à l'écrit, on souligne le titre du recueil (<u>Alcools</u>).

C. L'influence des avant-gardes artistiques

Les nombreuses dédicaces qui ouvrent les différents poèmes sont autant d'échos à l'actualité artistique et intellectuelle dans laquelle évolue le poète et qui l'influence. On comprend par exemple que le poème des « Fiançailles » soit dédié à Picasso, puisque le poète y exprime en ces mots l'abandon de la tradition vers un nouveau mode de représentation : « Pardonnez-moi de ne plus connaître l'ancien jeu des vers / Je ne sais plus rien et j'aime uniquement ». De même, comme les peintres cubistes qui sont ses contemporains, Apollinaire peint le portrait de la modernité face par face, comme il le fait dans « Zone » en apposant les tableaux les uns aux autres jusqu'à construire une image disparate mais complète du monde moderne.

Le saviez-vous ?

« Palais » est écrit pour Max Jacob, qui sera ensuite proche du mouvement Dada et du surréalisme. « La Maison des morts » est dédié à Maurice Raynal qui fut un défenseur du cubisme et, comme Apollinaire, un admirateur de Pablo Picasso. C'est d'ailleurs à ce dernier, dont il était très proche, qu'Apollinaire dédie « Les Fiançailles ».

II – L'héritage du passé dans le recueil

Mais le recueil ne se construit pas qu'en opposition au passé; au contraire, le poète sait s'inspirer de ce qui le précède pour inventer une poésie qui devient intemporelle.

A. Le passé du poète au centre de l'œuvre

Apollinaire affirme en 1913 que « chacun de [s]es poèmes est une commémoration d'un événement de [s]a vie ». Et on relève en effet de nombreux éléments autobiographiques tout au long du recueil. Certains sont limpides, comme les prénoms « Marie » et « Annie » dans lesquelles on reconnaît facilement Marie Laurencin, peintre, poétesse et muse de l'auteur avec laquelle il vécut de 1907 à 1912 et Annie Playden, jeune fille rencontrée lors de son séjour rhénan et qu'il ne put convaincre de l'aimer. D'autres sont plus sibyllins, comme cet « émigrant de Landor Road », dont le lieu renvoie à la rue londonienne dans laquelle habitait Annie Playden et où Apollinaire se rendit pour tenter de la conquérir. Et si les différentes amours se succèdent dans le recueil sans ordre chronologique apparent, la section « Rhénanes » forme en son centre un ensemble cohérent, sorte de parenthèse passée qui constitue le cœur de l'inspiration du poète. Mais l'inspiration d'un passé autobiographique n'est pas la seule source d'écriture du poète.

Le saviez-vous ?

Le cycle des « Rhénanes » fait référence au séjour d'Apollinaire en Allemagne en 1902, en même temps qu'il fait référence à la légende de la Lorelei.

B. Des thématiques anciennes

On retrouve en effet dans le recueil de nombreuses références à des mythes anciens, en témoignent toutes ces figures rencontrées dans « La Chanson du Mal-Aimé »: le Phénix, Chanaan, Ulysse et Sacontale, qui font s'exclamer au poète: « Mon beau navire ô ma mémoire / Avons-nous assez navigué ». On retrouve également des références à la Bible (« Salomé ») ou à la tradition médiévale (« Merlin et la vieille femme »). Ainsi, un réseau riche de traditions culturelles construit la structure du recueil *Alcools*, et la tradition apparaît non pas comme un poids duquel il s'agirait de se détacher, mais comme une source d'inspiration qui permet, parce qu'elle nous permet de mieux comprendre le monde qui nous entoure, de le réinventer.

C. L'héritage poétique

De même qu'il s'inspire de thèmes anciens, le poète puise également dans la tradition du lyrisme amoureux, qui remonte à la poésie médiévale et à Charles d'Orléans en particulier. La tonalité élégiaque domine en effet des poèmes qui expriment la douleur d'Apollinaire face à ses amours malheureuses, comme dans « Le Pont Mirabeau » où amour et peine se mêlent dans un flot mélancolique et continu. On retrouve par ailleurs au sein d'une poésie en apparence très libre des alexandrins, des décasyllabes, des octosyllabes dont la régularité rythmique, parfois dans des poèmes entiers (« Saltimbanques »), vient marquer le lyrisme du

Le saviez-vous ?

Le vrai nom d'Apollinaire est Wilhelm Kostrowitzky. Il est d'origine polonaise.

poète. « Le larron » laisse également entendre des rimes et des échos sonores qui inscrivent le poème dans un classicisme à peine chamboulé, tandis que des textes plus innovants, comme « Automne malade », voient apparaître au milieu de leur apparent déséquilibre rythmique des alexandrins ou des octosyllabes qui produisent comme un souffle classique (« Et que j'aime ô saison que j'aime tes rumeurs / Les fruits tombant sans qu'on les cueille / Le vent et la forêt qui pleurent / Toutes les larmes en automne feuille à feuille »). C'est d'ailleurs parce qu'il lie en son cœur tradition et modernité que le lyrisme d'Apollinaire atteint une forme d'universalité.

Conclusion

Apollinaire, dans son recueil *Alcools*, parvient donc à inventer une poésie qui ne rejette pas complètement le passé, mais n'en conserve que ce qui permet de nourrir la modernité de l'écriture. Le langage nouveau inventé par le poète ne se construit pas sur des ruines, dans une entreprise de destruction poétique et de rejet sans discernement des prédécesseurs, mais consiste davantage à utiliser le passé pour créer du moderne. Cette démarche est très proche de celle de poètes comme Arthur Rimbaud avant lui, ou Paul Éluard après, tous deux s'inspirant de la tradition poétique pour créer des formes nouvelles qui bouleverseront l'histoire littéraire.

Commentaire de texte

Introduction

Dans la deuxième partie du XXe siècle, alors que l'ère de la consommation de masse et le renouveau du divertissement prennent une place de plus en plus influente dans les mœurs, une nouvelle génération d'intellectuels va se questionner sur l'importance grandissante que prennent les objets dans notre vie quotidienne. De la chanson de Boris Vian « Gudule » aux films de Jacques Tati qui dénoncent sur un ton joyeux le ridicule de nos nouveaux comportements, nombreuses sont les œuvres qui encouragent à remettre en question ces modes de vie fondés sur le paraître et la possession d'objets toujours plus innovants. Georges Perec, avec son roman paru en 1965, *Les Choses*, pose lui aussi un regard critique sur l'inquiétude consumériste de ses deux personnages principaux, Sylvie et Jérôme. Le passage soumis à notre étude, situé au deuxième chapitre du récit, consiste en une longue description de l'appartement parisien, d'abord tel que le jeune couple qui l'habite le rêve, puis tel qu'il est en réalité. En quoi cette double description qui apparaît comme très symbolique permet-elle à l'auteur de poser un regard critique sur Jérôme et Sylvie ? Nous étudierons en premier lieu la vision idéalisée qui est proposé du petit appartement, avant d'analyser l'état des lieux réaliste qui apparaît comme symbolique du couple qui l'habite. Enfin, nous nous intéresserons à la critique de la société de consommation que porte le texte.

I – La description idéalisée de l'appartement rêvé

Le narrateur propose d'abord une description de l'appartement idéal dont rêvent Jérôme et Sylvie. Pour cela, il met en valeur l'ingéniosité des aménagements possibles, mais aussi l'importance du mobilier, qui devient le symbole des deux habitants des lieux.

Méthode

Au début de chaque grande partie, vous devez dans un premier alinéa annoncer le titre de votre partie principale et les arguments que vous allez développer.

A. L'ingéniosité de l'aménagement rêvé

Tout le premier paragraphe est encadré par le conditionnel (« auraient […] été », l. 1 et « il se serait », l. 16), ce qui ne manque de surprendre le lecteur qui comprend que cette description inhabituelle permet de décrire un lieu qui n'existe pas en réalité. Le modalisateur « sans doute » répété à deux reprises (l. 1 et 4) insiste sur cette éventualité des choses possibles. Cette description irréelle permet de décrire un appartement idéal ; on relève ainsi d'emblée le champ lexical de l'ingéniosité, déployé grâce aux termes « judicieux » (l. 1), « libérant » (l. 2), « avantageusement » (l. 3) et « ingénieux » (l. 17). La fonction première de certains objets y est par ailleurs détournée de manière habile, comme ce « vieux bocal de verre […] transformé en lampe » (l. 13-14) et ce « décalitre […] qui servait de corbeille à papier » (l. 14-15). La description met donc en avant les aménagements ingénieux qui font de ce lieu un endroit capable d'accueillir un mobilier riche et omniprésent.

B. L'importance du mobilier qui apparaît comme symbolique des deux personnages

Le mobilier prend en effet une importance toute particulière dans ce premier paragraphe, comme le prouve la longueur de la deuxième phrase qui court sur plus de dix lignes et constitue le cœur de la description. On comprend que les objets sont essentiels aux yeux de Jérôme et Sylvie. Le champ lexical de l'ameublement est de plus en plus précis dans les termes employés, le narrateur passant de la description des meubles à celle des objets (« meuble » l. 2, « placards » l. 3, « table de chêne » l. 7, « un portulan » l. 9, une « écritoire à rideau » l. 9, « un buvard » l. 12, un « pot à crayons » l. 13, etc.). Les expansions nominales permettant de préciser les caractéristiques de ces différents meubles et objets sont par ailleurs très nombreuses, ce qui permet de mettre en valeur l'importance que ces choses acquièrent aux yeux des deux occupants de l'appartement. Et si elles apparaissent au premier regard comme particulièrement belles et de qualité, le narrateur contrebalance de manière discrète cette présentation idyllique par des mentions relevant les manques et les défauts de certaines pièces. Ainsi, la « longue table de chêne » est « un peu branlante » (l. 7), il manque plusieurs « baguettes de cuivre » (l. 10) à la « petite écritoire à rideau Second Empire, en acajou », le bocal de verre servant de lampe est « vieux » (l. 13), les fauteuils sont « hétéroclites » (l. 15) et le tabouret est celui d'un « vacher » (l. 16). Ainsi, même dans ce qui devrait constituer la

Définition

On appelle « période » une phrase très longue, composée de plusieurs propositions agencées de manière musicale et qui permettent de mettre en valeur une idée forte.

description idéalisée des lieux, le narrateur laisse percevoir un regard déjà critique sur ces objets qui représentent leurs possesseurs, avec leurs failles et leurs manques.

C. Des objets symboliques

Il est d'ailleurs intéressant de constater que cette occupation des lieux est mise en lien avec les sentiments du couple. C'est bien « avec quelque amour » (l. 5) que pourrait avoir lieu l'aménagement; et, s'il pouvait être fait tel que le rêve le jeune couple, il dégagerait « une chaleur amicale, une ambiance sympathique de travail, de vie commune » (l. 17-18). Les objets et le mobilier apparaissent en effet comme symboliques de la possibilité de la vie commune de Jérôme et Sylvie, qui partagent le « même buvard rouge, une même brique de verre, un même pot à crayons » (l. 12-13). Le rythme ternaire et la répétition en anaphore de l'adverbe « même » insistent sur cette union entre les deux jeunes gens. Pourtant, là encore, le verbe « séparait » (l. 11) et l'éloignement des deux personnages, « Sylvie à gauche » et « Jérôme à droite » (l. 11), permettent au narrateur d'annoncer, au-delà de ce qui semble les unir en apparence, ce qui les sépare. Ainsi, les objets prennent une place prédominante au sein de ce qui anime ce couple, qui rêve d'un appartement idéalement agencé mais qui vit dans une réalité bien différente.

Le saviez-vous ?

Au terme du roman, Jérôme et Sylvie obtiennent enfin un poste qui leur permet de s'offrir certains des objets dont ils ont tant rêvés. Pourtant, les dernières lignes du roman laissent entendre que le confort matériel qu'ils ont enfin obtenu marque aussi le début d'une vie terne.

II – Ce que dit la réalité de l'appartement de ses habitants

A. Opposition entre appartement idéal et réalité

Le connecteur « Mais » (l. 19) vient marquer l'opposition entre le rêve et la réalité de l'appartement. Le rythme des phrases change lui aussi, et l'on passe de l'ampleur de la période centrale du premier paragraphe à des phrases courtes, sèches, parfois minimales, dans lesquelles dominent les formes négatives (« Ils ne s'y résignaient pas » l. 20, « Le cœur n'y était pas » l. 20...). On découvre en effet que les aménagements sont loin d'être aussi ingénieux qu'ils semblaient pouvoir l'être dans le premier paragraphe : les étagères sont faites « de bois sale » (l. 23), les livres rangés « dans des placards qui n'auraient jamais dû leur être réservés » (l. 23-24), la prise de courant est « défectueuse » (l. 24). Tous ces termes péjoratifs mettent bien en valeur l'insalubrité et le désordre des lieux, loin de la description idéale faite auparavant.

B. Des personnages passifs, presque effacés

Face à cette omniprésence des objets, les deux personnages apparaissent comme effacés, presque inexistants. Leurs prénoms ne sont mentionnés qu'une fois, au sein de la description du mobilier, et ils sont d'ailleurs

MÉTHODE
SUJETS PAS À PAS
SUJETS COMME À L'EXAMEN

mis sur le même plan que les objets eux-mêmes en étant présentés de manière uniquement spatiale (« à gauche », « à droite » l. 11). Partout ailleurs dans le texte, ils ne sont évoqués que par des pronoms (« leur demeure » l. 5, « les effrayait » l. 19, « ils ne pensaient » l. 20, etc.). Au contraire, les différents objets sont sujets de la majorité des phrases et sont comme animés d'une vie propre. Ainsi, « les livres s'empilaient sur deux étagères » (l. 22) et des fils « couraient, sur presque tous les murs » (l. 25-26), comme si l'espace était envahi aussi bien verticalement qu'horizontalement par ces choses qui apparaissent comme les véritables maîtres des lieux. Face à ces objets actifs dans leur envahissement, les deux personnages sont comme effrayés et absolument passifs, incapables du moindre mouvement, dans l'attente.

Le saviez-vous ?

Dans ce roman, Perec ne fait jamais parler Jérôme ni Sylvie car les deux personnages ne s'expriment qu'au travers des objets : ceux qu'ils possèdent, ceux qu'ils méprisent, ceux qu'ils désirent posséder. Ce sont les objets qui parlent pour eux.

C. Un temps qui s'étire et devient tout-puissant

Le temps en effet semble s'étirer, comme s'il n'avançait plus dans ce lieu figé dans la décrépitude. On relève ainsi les expressions « Pendant trois ans » (l. 24) et « Il leur fallut six mois » (l. 27) qui mettent en valeur cette sensation de durée. De même, la personnification hyperbolique de la ligne 31, « Le provisoire, le statu quo régnaient en maîtres absolus » trahit la même sensation. La seule issue envisagée qui permettrait aux deux personnages d'échapper à ce processus se fait en leur absence, durant un temps duquel ils s'échappent littéralement puisqu'« ils seraient partis en croisière » (l. 33) et c'est « à leur retour » (l. 34) que la métamorphose miraculeuse aurait eu lieu. Jérôme et Sylvie sont ainsi complètement déresponsabilisés et effacés au profit des objets et d'un temps qui s'écoule sans eux.

Méthode

À chaque fois que vous relevez un procédé d'écriture, vous devez indiquer l'effet qu'il produit, c'est-à-dire l'interpréter.

III – Une critique de la société de consommation

A. Des personnages excessifs

Jérôme et Sylvie apparaissent comme les parfaits représentants d'une génération consumériste. Leur caractère caricatural parce qu'excessif permet de porter la critique de l'auteur. Ainsi, le couple est rongé par le désir de possession en même temps qu'il se préoccupe de l'argent, essentiel à la concrétisation de leur désir ; on relève l'énumération « emprunter, économiser, investir » (l. 19-20) qui insiste sur cette importance et fonctionne comme en écho avec l'énumération des lignes 32-33 qui permet de faire la liste de tout ce que cet argent leur permettrait de payer : « les architectes, les entrepreneurs, [...] les peintres ». La description des deux jeunes gens à la ligne 21 avait déjà mis le doigt sur l'excès de leur caractère, puisque le narrateur omniscient avoue qu'« ils ne

Définition

On parle de narrateur omniscient lorsque la voix qui prend en charge le récit connaît tout de ses personnages, y compris ce qui n'est pas observable par un regard extérieur, comme leur manière de penser.

pensaient qu'en termes de tout ou rien». Et puisque le «tout» ne leur est pas accessible, Jérôme et Sylvie se contentent du «rien».

B. Le regard réprobateur du narrateur

La fin du troisième paragraphe, qui présente avec force détails l'appartement miraculeusement «transformé» (l. 34), laisse entendre le regard moqueur que le narrateur porte sur ce couple qui rêve d'un «appartement modèle». L'adverbe «merveilleusement» (l. 35) formalise cette raillerie implicite. Les personnages apparaissent comme réduits à néant par leurs désirs de possession, dont les deux hyperboles «ces rêveries trop grandes» (l. 39) et «l'immensité de leurs désirs» (l. 42) dénoncent l'excès. Écrasés par leurs rêves et engloutis par les objets qui les entourent, Jérôme et Sylvie sont en effet incapables de vivre réellement, de même qu'ils ne peuvent habiter correctement leur appartement. Le polyptote sur le mot «nul» («la nullité de leurs actions réelles» l. 40 et «nul projet rationnel» l. 40), ainsi que le verbe «paralysait» qui clôt l'extrait viennent prouver à quel point les objets se sont rendus maîtres des hommes.

Définition

Polyptote : répétition d'un même mot sous des formes grammaticales différentes..

Conclusion

Ainsi, cette double description, présentant à la fois un appartement idéalisé et la réalité des lieux habités par Jérôme et Sylvie, porte la critique du consumérisme formulé par le narrateur, un mode de vie qui consume littéralement les deux personnages principaux. Ce besoin fou de consommer sera également dénoncé, de manière beaucoup plus virulente encore, dans le roman de Frédéric Beigbeder, *99 francs*.

Œuvres & parcours

1 *Sido* et *Les Vrilles de la vigne*, Colette, 1930 et 1908

PARCOURS La célébration du monde

1 BIOGRAPHIE

Colette (1873-1954)

- Sidonie-Gabrielle Colette est née en Bourgogne au sein d'une **famille peu fortunée**. Son père, Jules Colette, ancien capitaine devenu précepteur, l'initie aux plaisirs de la **lecture**, tandis que sa mère, Sidonie, lui ouvre les portes de son **jardin** et lui fait découvrir les joies simples d'une vie **proche de la nature**. Elle reçoit alors une éducation **laïque**.
- En 1893, elle épouse Henry Gauthier-Villars, connu sous le nom de **Willy** pour ses critiques musicales et ses romans. Il signera de son nom plusieurs romans écrits par Colette : *Claudine à l'école, Claudine à Paris, Claudine en ménage* et *Claudine s'en va*. En 1904, *Dialogues de bêtes* est son premier livre signé sous le nom de Colette Willy.
- Après sa rupture avec Willy, elle entretient pendant quatre ans une relation homosexuelle avec Mathilde de Morny, dite **Missy**. Pour vivre, elle se produit sur la scène théâtrale.
- À partir de la fin de l'année 1910, Colette travaille au journal *Le Matin* et y rencontre son futur époux, le baron Henry de Jouvenel des Ursins. De leur union naîtra Colette dite Bel-Gazou en juillet 1913. Grâce au journalisme, Colette devient une écrivaine reconnue et publie *Mitsou ou Comment l'esprit vient aux filles, Chéri* et *Le Blé en herbe*.
- Après son deuxième divorce, elle rencontre Maurice Goudeket avec qui elle vivra une union agréable suite à leur mariage en 1935.
- À partir de 1939, la santé de Colette se dégrade, et elle décède en 1954. Le gouvernement lui consacre des obsèques officielles auxquelles l'Église refuse de participer.

Genèse et caractéristiques des œuvres

Sido

- Une première version fut publiée dans *La Revue hebdomadaire* avant de paraître sous sa forme définitive en novembre 1930.

Les Vrilles de la Vigne

- Le recueil parut pour la première fois en novembre 1908. Le conte « Vrilles de la vigne » (du même nom que le recueil) fut publié dans *Le Mercure Musical* en mai 1905, et « Dialogue de bêtes » en janvier 1906. La plupart des autres morceaux ont été publiés dans *La Vie parisienne* de 1907 à 1908.

Cultura

La culture avec un grand AAAH!

CARTE BANCAIRE
SANS CONTACT
A0000000421010
CB
le 04/10/22 a 15:05:09
CULTURA 25
BESANCON
3800123
30003
51978079500521
************3947
400F2DCA2052E83A
002 001 485050
C
MONTANT
2,60 EUR
Pour information:
17,05 FRF
CREDIT
TICKET CLIENT
A CONSERVER

Cultura

La culture avec un grand AAAH!

Tél : 03 81 51 91 10
Du lundi au samedi de 9h à 20h

Vous avez été reçu par CAISSE ACCUEIL

PINCON A / SOURISSE / OB x-1		(1)
9782017150930	11,50	-11,50
COLLECTIF / ANNALES BAC 20 x1		(1)
9782091572864	8,90	8,90

NET A DEVOIR EN EUR : 2,60

PAIEMENT EN EUR
CARTE BANCAIRE : -2,60

DETAIL TVA

CODE	TAUX	HT	TVA	TTC
[redacted]	5,50	-2,46	-0,14	-2,60

[redacted]re d'articles : 1
[redacted]e de retours : 1

[redacted] 050 - 02 LE 04/10/2022
[redacted]24071 A 15:05:26

[redacted]5010 2007 2407 11

Nomb
Nombre
CAISSE :
TICKET :
6000

Œuvres principales

- ***Claudine à l'école*** (1900) : la jeune Claudine raconte sa vie à l'école ainsi que chez elle au sein de sa famille.
- ***Chéri*** (1920) : Fred, dit Chéri, a pour maîtresse depuis plusieurs années Léa de Lonval, une courtisane ayant le double de son âge. Alors qu'il accepte d'épouser la jeune Edmée, les deux amants réalisent qu'ils ont des sentiments l'un pour l'autre.
- ***La Chatte*** (1933) : Alain, marié à Camille, vit une relation privilégiée avec sa chatte mais sa femme est jalouse de l'animal et cherche à l'en éloigner.

À retenir

Dans l'œuvre de Colette, chats et chiens sont de véritables personnages.

Citation

« Vous m'apparûtes plus belle qu'une armée rangée en bataille, et mon cœur chauvin, mon cœur de bull bien français gonfle, au souvenir des strophes enflammées dont vous glorifiâtes l'Entente cordiale ! »

Les Vrilles de la vigne, « Dialogue de bêtes ».

2 CONTEXTE DES ŒUVRES

Le contexte historique

La « Belle Époque »

- La période que l'on appelle la « **Belle Époque** » s'étend de la fin du XIXe siècle au début de la Première Guerre mondiale. Elle marque une période d'**insouciance** pour la population ainsi qu'une **liberté de mœurs**.

Citation

« Beau temps. On a mis tous les enfants à cuire ensemble sur la plage. Les uns rôtissent sur le sable sec, les autres mijotent au bain-marie dans les flaques chaudes. »

Les Vrilles de la vigne, « En baie de somme ».

- Cette période est riche en **progrès** de toutes sortes, aussi bien technologiques, industriels, artistiques que sociologiques.
- Mais c'est aussi une période d'**inégalités** car la vie est très dure pour les ouvriers qui multiplient alors les grèves.

Les « années folles »

- Cette expression désigne la période s'étendant de 1920 à 1931. La génération d'après-guerre rêve d'un **monde nouveau** et favorise l'**esprit de fête**. C'est aussi l'époque où apparaissent le jazz, la radio, le cinéma ainsi que l'électroménager qui permet d'accéder à un **nouveau mode de vie**.
- Toutefois, cette vague d'euphorie est avant tout en vogue à **Paris**. Le monde rural est bien loin de cette nouvelle dynamique et la vie y demeure difficile.

Le contexte littéraire

- Au début du XXe siècle a lieu une véritable **crise du roman**. En effet, la multiplication des œuvres remet en question la définition même du genre.

• Alors qu'on pose comme critère principal l'affabulation, de nombreux auteurs rejettent les **conventions du genre** telles que la construction d'une intrigue et la notion même de héros.

3 RÉSUMÉ DES ŒUVRES

▶ *Sido*

« Sido »

• L'œuvre s'ouvre sur un chapitre consacré à la mère, Sido. L'autrice dresse tout d'abord le portrait d'une femme aimant la province. On apprend alors qu'elle a du caractère, qu'elle est fantaisiste et qu'elle apprécie peu les tâches ménagères.

• Ce que l'autrice souligne surtout, c'est le rapport particulier que sa mère entretient avec son jardin. Celui-ci lui offre un véritable apaisement et constitue pour elle un havre de paix. Par cette description du jardin, on ressent toute l'admiration que la fillette a pour sa mère qui apparaît comme un être exceptionnel.

Citation

« Étés réverbérés par le gravier jaune et chaud, étés traversant le jonc tressé de mes grands chapeaux, étés presque sans nuits... Car j'aimais tant l'aube, déjà, que ma mère me l'accordait en récompense. J'obtenais qu'elle m'éveillât à trois heures et demie, et je m'en allais, un panier vide à chaque bras, vers des terres maraîchères qui se réfugiaient dans le pli étroit de la rivière, vers les fraises, les cassis et les groseilles barbues. »

« Sido ».

• Ainsi, la célébration de la nature s'entremêle à celle de la mère. La jeune fille évoque aussi le souvenir d'une visite à Adrienne, l'« *amie singulière* » et qui a été pour elle une première expérience de la séduction.

« Le capitaine »

• Si la figure de la mère irradie dans tout le livre, cette deuxième partie est davantage consacrée au père, Jules-Joseph Colette. L'autrice précise d'emblée qu'elle a peu connu son père et tente de reconstruire son portrait à partir de ce qu'elle pense qu'il était.

Citation

« Il faut du temps à l'absent pour prendre sa vraie forme en nous. Il meurt, – il mûrit, il se fixe. »

« Le capitaine ».

• On apprend tout d'abord qu'il était très amoureux de Sido, qu'il était capitaine dans l'armée, qu'il a participé à la guerre et qu'il était, contrairement au reste de sa famille, citadin. La narratrice partage aussi avec le lecteur des souvenirs d'enfance tels qu'une partie de campagne, des chansons ou des échanges sur ses habits. Cette partie se termine sur une visite de l'autrice, adulte, à Mme B., capable de communiquer avec les esprits.

« Les sauvages »

• Cette dernière partie est consacrée à ses frères, Achille et Léo, et sa demi-sœur Juliette. On apprend qu'au moment de l'écriture, son frère aîné est décédé. Elle confie avoir dû questionner sa mère pour en savoir davantage sur ses frères. On apprend qu'Achille entreprendra des études de médecine tandis que Léo se détournera de la musique. Enfin, elle évoque leurs jeux et taquineries d'enfants.

Les Vrilles de la vigne

- Cette œuvre rassemble un ensemble de textes écrits à des époques différentes mais pour la plupart en 1907-1908. Elle rassemble des **textes brefs** dans lesquels nous retrouvons des dialogues de bêtes mais aussi des évocations de la nature, des méditations sur l'**amour**, la **solitude**, la **liberté** ou encore le **passage du temps**.
- **« Les Vrilles de la vigne »** : Colette se compare au rossignol qui, de peur de se retrouver à nouveau piégé par les vrilles de la vigne, ne cessa de chanter. Cela marque son désir de liberté et sa crainte de se retrouver à nouveau attachée à des liens.

Citation

« Je ne connais plus le somme heureux, mais je ne crains plus les vrilles de la vigne. »

« Les Vrilles de la vigne ».

- **« Rêverie de Nouvel An »** : après avoir promené ses deux chiennes, la narratrice se remémore des jours de l'An passés et réalise que le temps avance inexorablement.
- **« Chanson de la danseuse »** : la narratrice compare la vie à une danse.
- **« Nuit blanche »** : la narratrice est au lit avec une autre femme. En proie à l'insomnie, elle se remémore la journée heureuse qu'elles ont passée ensemble.
- **« Jour gris »** : le temps de la tempête, la narratrice s'éloigne de l'être aimé en se remémorant son pays afin d'oublier le vent qui gronde.

Citation

« Laisse-moi. Je suis malade et méchante, comme la mer. Resserre autour de mes jambes ce plaid, mais emporte cette tasse fumante, qui fleure le foin mouillé, le tilleul, la violette fade… »

« Jour gris ».

- **« Le dernier feu »** : la narratrice évoque les joies du dernier feu qui annonce le retour du printemps.
- **« Amours »** : véritable éloge de la chatte qui représente la liberté. La narratrice exprime son affection pour cet animal qu'elle érige en modèle à suivre.

Citation

« À fréquenter le chat, on ne risque que de s'enrichir. »

« Amours ».

- **« Un rêve »** : lors d'un rêve, la narratrice dialogue avec l'une de ses chiennes décédées. La chienne espère que sa maîtresse saura la reconnaître, mais elle réalise qu'elle n'est pas la seule à avoir obtenu son affection car la narratrice ne parvient pas à donner le bon nom avant que la chienne ne retourne dans le monde des morts.

- **« Nonoche »** : Nonoche est une chatte qui a été mère à plusieurs reprises mais cela n'a en rien altéré sa beauté. Elle continue de s'occuper de son dernier né alors qu'il est déjà grand avant de finalement le repousser pour mener sa vie.
- **« Toby-Chien parle »** : Toby-Chien et Kiki-La-Doucette s'interrogent sur le changement de comportement de leur maîtresse. Alors qu'elle sait qu'elle est trompée par son mari et que les femmes lui souhaitent du mal, elle choisit de se concentrer sur son plaisir de la scène qui la rend vraiment heureuse.
- **« Dialogue de bêtes »** : Toby-Chien confie à Kiki-La-Doucette qu'il n'apprécie plus l'oisiveté de la vie à la campagne et qu'il repense avec nostalgie à sa vie à Paris et plus particulièrement aux soirées aux Folies-Élyséennes. Les deux animaux observent ensuite leur maîtresse qui se repose. Alors que Toby-Chien pense qu'elle regrette aussi ce temps-là, Kiki-La-Doucette lui explique que leur maîtresse est en communion avec la nature et jouit pleinement de l'instant présent.
- **« Maquillages »** : la narratrice découvre que sa fille se maquille et exprime son mécontentement comme sa propre mère l'avait fait à l'époque. Cette situation donne lieu à une réflexion sur la beauté naturelle et le pouvoir du maquillage.
- **« Belles-de-jour »** : la narratrice observe une guêpe sur une tarte en attendant l'arrivée de son amie Valentine. Cette dernière souffre car son amant ne l'aime plus. Il lui reproche de ne plus être la même le soir quand elle enlève son maquillage et ses apprêts. La narratrice semble prendre le parti de l'homme trompé par les artifices féminins.
- **« De quoi est-ce qu'on a l'air ? »** : Valentine rend visite à la narratrice. Elle se plaint d'être épuisée par la vie mondaine qu'elle mène et en profite pour se reposer chez la narratrice qu'elle estime « en marge de la société » et qui ainsi ne la jugera pas.
- **« La guérison »** : Valentine est bouleversée car son amant l'a quittée. La narratrice lui explique que bientôt viendra le temps de la guérison et qu'elle connaîtra alors un autre amour.

Citation

« J'abaisse mes paupières, je retiens un sourire apitoyé, devant cette ingénue vanité de souffrir, de souffrir mieux et plus que les autres… »

« La guérison ».

- **« Le miroir »** : la narratrice dialogue avec Claudine, son double. Tandis qu'elles évoquent leur enfance, elle réalise qu'elle a perdu ce qu'elle nomme son « orgueil » d'enfant en devenant une femme.
- **« La dame qui chante »** : une femme laide s'apprête à chanter. Le narrateur, spectateur de la scène, la juge avec sévérité. Mais lorsqu'elle se met à chanter, elle se métamorphose et éblouit alors l'homme qui la regarde.
- **« En baie de somme »** : elle décrit une mère avec ses enfants à la plage, la course de son chien après un oiseau et les pêcheurs au café avant de reprendre la mer. Puis elle se laisse aller à la rêverie lors d'un bain de mer et d'une balade au sein de la forêt de Crécy.
- **« Partie de pêche »** : récit de la partie de pêche organisée par Marthe.

- **« Music-Halls »** : récit de la préparation d'une pantomime avec les angoisses, les répétitions et les doutes.

Citation

« Ils ont des noms charmants, ces oiseaux de la mer et du marécage. Des noms qui fleurent la comédie italienne, voire le roman héroïque – comme le Chevalier Combattant, ce guerrier d'un autre âge, qui porte plastron et collerette hérissée, et cornes de plumes sur le front. »

« En baie de somme ».

4 PERSONNAGES PRINCIPAUX

Sido

- Personnage éponyme et mère de la narratrice, Sido défend la **vie à la campagne** face à celle au sein de la capitale. En effet, son lieu préféré est son jardin qu'elle entretient avec amour et qui devient représentatif du **paradis terrestre**.

Vocabulaire

Personnage éponyme : personnage qui donne son nom à l'œuvre.

- Colette délivre au lecteur une **image idéalisée** de sa mère, qu'elle reconstitue lors de l'écriture en en faisant un véritable personnage. Toutefois, nous retrouvons dans le récit des **éléments biographiques** avec l'évocation de la maladie de Sido qui la conduit à l'ablation des deux seins ou avec la présence de petites anecdotes telles que l'échange des nourrissons avec son amie Adrienne lors de l'allaitement.

Citation

« Toute présence végétale agissait sur elle comme un antidote, et elle avait une manière étrange de relever les roses par le menton pour les regarder en plein visage. »

« Sido ».

Jules-Joseph Colette

- Ancien **capitaine**, il perd une jambe lors de la guerre d'Italie : « *Guerre d'Italie… Mon père, à 29 ans, tombe, la cuisse gauche arrachée* ».
- Contrairement à Sido, il préfère la ville à la campagne : « *Il était poète, et citadin. La campagne, où ma mère semblait se sustenter de toute sève, et reprendre vie chaque fois qu'en se baissant elle en touchait la terre, éloignait mon père, qui s'y comporta en exilé.* »

Juliette

- **Sœur aînée** de la narratrice, elle apparaît comme un être à part, « *étrangère à tous, volontairement isolée au sein de sa propre famille* ». Elle s'éloigne davantage de ses proches lorsqu'elle décide de se marier puisque leur mère estime qu'il s'agit d'un « *mauvais mariage* » et « *ne tut pas ce qu'elle en pensait* ». Aux yeux de la mère, le mariage est un « *accident* » qu'elle juge « *désespéré* » et le marié est considéré comme « *le premier chien coiffé* ».

- Léo est tout aussi sévère car il refuse de se rendre au mariage alors même qu'il est le garçon d'honneur : « *Elle n'a qu'à pas se marier ! Pour ce qu'elle épouse !... Un type qui sent le vermouth ! D'abord, elle a toujours vécu sans nous, elle n'a pas davantage besoin de nous pour se marier !* »
- Le choix de ce mariage ne semble pas non plus épanouir la jeune fiancée puisqu'elle apparaît « *tremblante de faiblesse, nerveuse, toute petite, accablée de faille et de tulle blancs, pâle* » mais aussi « *soumise* ».

Achille et Léo

- Achille est l'**aîné** et Léo le **cadet**. La narratrice souligne tout d'abord leur **beauté**. L'aîné est « *châtain aux yeux verts* », a « *une bouche empourprée* » tandis que le cadet a des « *cheveux mal taillés qui descend[ent] jusqu'à ses yeux bleu-de-plomb* ».
- Les deux frères, désignés comme des « *sauvages* » par Sido, renvoient bien au mythe du bon sauvage. Qualifiés de « *sobres et vertueux* », ce sont de « *vrais sauvages* ». Ils vivent en **harmonie avec la nature** qui ne leur apparaît pas hostile : « *ses garçons ne rentraient que par des sentes de traverse, des prés marécageux et bleus; coupant par les sablières, les ronciers* ».

> **À savoir**
> Le **mythe du bon sauvage** présente comme idéal l'homme à l'état de nature.

5 THÈMES CLÉS

Des récits autobiographiques ?

- Selon Philippe Lejeune dans *Le Pacte autobiographique* (1975), l'**autobiographie** est « *le récit rétrospectif en prose qu'une personne réelle fait de sa propre existence, lorsqu'elle met l'accent sur sa vie individuelle, en particulier sur l'histoire de sa personnalité* ».
- *Les Vrilles de la vigne* sont un **recueil d'articles** dans lesquels Colette ne revient ni sur son passé ni ne tente d'analyser sa personne. On retrouve au contraire des textes qui s'apparentent à des **contes**, des **chroniques**, des **poèmes en prose** ou encore des **scènes de théâtre**. En cela, cette œuvre n'est pas un récit autobiographique.
- Dans *Sido*, si Colette semble se consacrer au portrait de sa mère, elle n'en fait pas moins un véritable **autoportrait** de l'enfant qu'elle a été et plus particulièrement pendant la période entre huit et douze ans. L'écriture est alors le moyen de **retrouver ce temps passé** et de retourner, par les souvenirs et les mots, dans le village de son enfance. En cela, *Sido* apparaît bien comme un récit autobiographique.

> **À savoir**
> **Philippe Lejeune** est un universitaire français spécialiste de l'autobiographie.
> Il a établi les critères qui permettent de définir le genre.

Citation

« Je voudrais dire, dire, dire tout ce que je sais, tout ce que je pense, tout ce que je devine, tout ce qui m'enchante et me blesse et m'étonne ; mais il y a toujours, vers l'aube de cette nuit sonore, une sage main fraîche qui se pose sur ma bouche, et mon cri, qui s'exaltait, redescend au verbiage modéré, à la volubilité de l'enfant qui parle haut pour se rassurer et s'étourdir... »

« Les Vrilles de la vigne ».

Le rossignol

- Ce texte, qui sert d'**introduction** au recueil *Les Vrilles de la vigne*, annonce les **thèmes majeurs** que le lecteur va retrouver : l'aspiration à la liberté et le refus des contraintes. Cette œuvre marque un tournant dans sa carrière puisqu'elle lui permet de **s'affirmer en tant que femme** suite à son divorce avec Willy.

Citation

« Cassantes, tenaces, les vrilles d'une vigne amère m'avaient liée, tandis que dans mon printemps je dormais d'un somme heureux et sans défiance. »

« Les Vrilles de la vigne ».

- Ce texte est constitué de **deux parties**, une anecdote et l'explicitation de cette anecdote. Le lecteur doit comprendre qu'il ne faut pas se laisser enfermer par les habitudes comme l'a fait le rossignol et que l'apprentissage de la liberté ne sera pas sans douleur.

Les animaux

- Les **animaux** sont omniprésents dans la vie de Colette comme ils le sont dans son œuvre. On retrouve aussi bien les oiseaux avec le rouge-gorge ou le goéland, les insectes (papillons, libellules, guêpes...) qui occupent le jardin et que la narratrice se plaît à observer ou encore le hérisson, le crapaud, le serpent.
- À côté de ce bestiaire, **chiens et chats** trouvent une place privilégiée. Colette en fait de véritables personnages à qui elle **donne la parole** à plusieurs reprises dans les *Vrilles de la vigne*. Ces animaux personnifiés font alors preuve d'humanité, d'observation et de réflexion. Ils sont source de joie et de réconfort pour leur maîtresse.

Vocabulaire

Personnification : procédé qui consiste à donner à un objet ou un animal des caractéristiques humaines.

- Un animal se démarque particulièrement : le **chat**. Le morceau « Amours » qui lui est consacré dans *Les Vrilles de la vigne* est un véritable **éloge** à son égard. Le chat représente la **liberté** pour la narratrice. Il est un **exemple à suivre** en ce qu'il ne se laisse pas influencer, qu'il peut être aussi distant qu'affectueux.

À retenir

Colette intitulera un de ses romans *La Chatte*, et mettra en concurrence l'animal et la femme.

Citation

« J'abandonnai la chatte à ses démons et retournai l'attendre au lieu qu'elle ne quitte ni de jour ni de nuit quand j'y travaille lentement et avec peine – la table où assidue, muette à miracle, mais résonnante d'un sourd murmure de félicité, gît, veille ou repose sous ma lampe la chatte, mon modèle, la chatte, mon amie. »

« Amours ».

PARCOURS

La célébration du monde

• *Sido* et *Les Vrilles de la vigne*, Colette

▶ Comprendre l'intitulé

a. Le sens des mots pris séparément

• **Célébration** :

– célébrer consiste à **louer quelque chose**, à en faire l'éloge dans le but de l'honorer. La célébration implique donc une **description méliorative** et tout un **vocabulaire laudatif** propre à mettre en avant les qualités et ainsi de les faire constater aux yeux de tous.

– la célébration s'apparente aussi à une **fête**. Elle est un moment de **joie collective** permettant une union. Colette, par sa célébration du monde, crée une union avec le lecteur qu'elle invite à poser un nouveau regard sur ce lieu.

• **Monde** : le monde désigne l'univers en général, aussi bien la ville que la campagne et ceux qui l'occupent (êtres humains, animaux et végétaux).

b. Mise en relation des deux termes

• La célébration du monde implique donc que ce dernier soit présenté de manière **élogieuse** et **lyrique**.

Phrase célèbre

« Elle observe, elle perçoit, elle multiplie les sensations à l'infini, elle prête une vie à tout, parce qu'elle sent tout, et elle chante un hymne à cette vie, à cette nature. »

Pierre Trahard, *L'Art de Colette*.

▶ Le parcours et les œuvres intégrales

• Les œuvres proposent un regard mélioratif sur le monde qui entoure la narratrice et plus particulièrement la nature. Son œuvre semble alors assimilée à un **hymne de la terre**.

▶ La dissertation sur les œuvres en lien avec le parcours

• Les sujets de dissertation vous inviteront à réfléchir à la manière dont la narratrice évoque **le monde qui l'entoure**. Vous devrez être capable de montrer en quoi le lyrisme de son écriture sert l'**éloge de la nature**. D'autre part, vous vous demanderez s'il n'est question que de célébrer le monde dans son œuvre. En effet, pose-t-elle le même regard sur la campagne et la ville ?

• Dans *Sido* et *Les Vrilles de la vigne*, Colette ne cesse de célébrer le monde qui l'entoure et plus particulièrement la nature. Cela commence par la beauté du jardin de sa mère pour ensuite s'étendre à l'univers. La beauté du paysage est ainsi retranscrite par la **poésie des mots** qui nous font entendre les bruits et sentir les odeurs. Par l'écriture, elle fait du jardin maternel un véritable *locus amoenus*.

- Colette observe le monde avec **minutie** afin d'en saisir toutes les nuances et le retranscrit par un **vocabulaire précis** sur la nature qui l'entoure. Elle fait preuve d'un **regard attentif**. D'autre part, c'est bien par des associations avec la nature que l'autrice développe sa **conception de la vie** puisqu'elle n'hésite pas à se comparer au rossignol dans *Les Vrilles de la vigne*.
- Ce paysage célébré est aussi l'**expression des émotions intimes** de la jeune fille puisqu'on le découvre par le prisme de son regard. À l'instar des auteurs romantiques, elle nous dévoile, par sa perception du monde, son **paysage intérieur**.

Vocabulaire

Le ***locus amoenus*** est une expression latine désignant un lieu idyllique. On retrouve fréquemment cette thématique dans les œuvres littéraires pour décrire un lieu idéalisé où règnent bien-être, confort et sécurité.

À retenir

Pour les romantiques, le paysage-état d'âme est un paysage qui reflète les émotions intimes du poète.

Citations

« Ô géraniums, ô digitales... Celles-ci fusant des bois-taillis, ceux-là en rampe allumés au long de la terrasse, c'est de votre reflet que ma joue d'enfant reçut un don vermeil. »

« C'est sur ce chemin, c'est à cette heure que je prenais conscience de mon prix, d'un état de grâce indicible et de ma connivence avec le premier souffle accouru, le premier oiseau, le soleil encore ovale, déformé par son éclosion... »

Sido.

« Ainsi immobile et les yeux clos, elle habite chaque pelouse, chaque arbre, chaque fleur. »

Les Vrilles de la vigne, « Dialogue de bêtes ».

En complément de Colette

- Bernardin de Saint-Pierre, *Paul et Virginie* (1788) : histoire d'amour malheureuse entre Paul et Virginie qui ont été élevés au sein d'une nature idyllique.
- George Sand, *La mare au diable* (1846) : bref roman champêtre qui raconte l'histoire d'un père veuf recherchant une nouvelle femme qui pourrait faire office de mère pour ses trois enfants.
- Jean Giono, *Colline* (1929) : les habitants d'un village rencontrent des difficultés quand l'eau commence à se tarir. Ils en viennent alors à rechercher un bouc émissaire qui aurait le pouvoir de contrôler la nature.
- Sylvain Tesson, *Dans les forêts de Sibérie* (2011) : Sylvain Tesson raconte son expérience au sein de la Sibérie où il a demeuré seul pendant six mois dans une cabane, éloignée de cinq jours de marche du premier village.

2 Manon Lescaut, Abbé Prévost, 1731

PARCOURS Personnages en marge, plaisirs du romanesque

1 BIOGRAPHIE

Une existence mouvementée

- Antoine François Prévost est né en 1697 à Hesdin dans le Pas-de-Calais. Il perd sa mère et sa sœur cadette en 1711 et rencontre des difficultés avec son père qui lui impose d'aller à l'école des **Jésuites**. Il **fuit le couvent** à deux reprises pour rejoindre l'armée et s'installe ensuite chez les **Bénédictins** de Jumièges où il prononce ses vœux.
- Afin de se distraire de la vie monacale, il rédige le début de ses *Mémoires et aventures d'un homme de qualité qui s'est retiré du monde* (1728-1731). Il abandonne ensuite la robe de moine pour se faire ordonner prêtre puis feint de se convertir au protestantisme. Prévost n'a pas une grande fortune et la dépense d'autant plus vite depuis qu'il fréquente une aventurière dépensière.
- Après avoir fui à nouveau la France, il est **emprisonné pour dettes** à son retour. Il est contraint de demander sa grâce au Pape et de reprendre la soutane des Bénédictins en 1734. En 1736, il est nommé aumônier du prince de Conti et continue à écrire. Sa vie devient alors plus paisible. Il est reçu par Madame de Pompadour, se lie d'amitié avec Rousseau et est pourvu d'un bénéfice par le pape Benoît XIV. Il meurt d'apoplexie en 1763.

Le saviez-vous ?

La Compagnie de Jésus a été fondée en 1540 par Ignace de Loyola. Elle repose sur une organisation très structurée et dispose de collèges réputés pour leur enseignement. Les Jésuites exerçaient à l'époque une influence majeure.

Vocabulaire

Un **bénéfice** est un avantage que procure une personne. Il s'agit ici d'un revenu donné par le Pape.

Genèse et caractéristiques de l'œuvre

- *L'Histoire du chevalier Des Grieux et de Manon Lescaut* a été publiée en 1731 en Hollande puis en 1734 en France. À l'origine, ce récit faisait partie d'une autre œuvre de Prévost, les *Mémoires d'un homme de qualité* dont il constituait le septième et dernier tome. Très rapidement, ce tome a gagné son **indépendance** et le titre s'abrégea.
- Si l'œuvre a initialement fait **scandale** à sa publication, elle a connu un grand **succès** par la suite et, lors d'une réédition en 1753, Prévost y a apporté de nombreuses modifications dans le but de l'améliorer.

Œuvres principales

- ***Les Mémoires d'un homme de qualité*** (1728-1731) : ce roman raconte les amours malheureuses et les pérégrinations du noble Renoncour.

- ***Cleveland*** (1731-1739) : roman-mémoires constitué de sept tomes, ce récit met en scène Cleveland, le bâtard imaginaire d'Olivier Cromwell. Prévost raconte ses aventures et plus particulièrement son histoire d'amour avec Fanny.
- ***L'histoire d'une Grecque moderne*** (1740) : un ancien ambassadeur de France achète la liberté d'une jeune femme grecque présente au sein d'un harem à Constantinople et tombe très rapidement amoureux d'elle.

2 CONTEXTE DE L'ŒUVRE

Le contexte historique

La fin du règne de Louis XIV

- Louis XIV a imposé la **monarchie absolue** qui donne au roi tous les pouvoirs.
- Il épouse en secret Mme de Maintenon en 1683 et devient alors plus dévot, ce qui influe sur sa politique et le conduit à la **révocation de l'édit de Nantes** en octobre 1685.

> **Le saviez-vous ?**
> L'édit de Nantes a été promulgué afin de mettre fin aux guerres de religion qui ravageaient la France depuis 1562 en accordant différents droits aux protestants.

- La **multiplication des guerres** avec des puissances étrangères introduit des **difficultés économiques** et renforce la famine au sein du pays. Malgré la création de nouveaux impôts, la dette augmente.

La régence

- Lors de la mort de Louis XIV le 1er septembre 1715, son héritier, le futur Louis XV, n'a que cinq ans. Est alors mis en place une **régence**, confiée à son neveu le duc **Philippe d'Orléans**.
- Ce dernier crée un gouvernement qui repose sur sept conseils composés d'aristocrates. Mais, dans une démarche **absolutiste**, il supprime ces conseils en 1718 et ne conserve que le conseil de Régence qui ne pourra qu'approuver des décisions déjà prises.
- Il tente de **relancer économiquement** le pays en soutenant la réforme financière de l'Écossais John Law. Si de nombreuses personnes ont perdu leur fortune, le **système de Law** a permis de diminuer la dette publique et de dynamiser l'activité économique.

Louis XV

- En 1722, Louis XV est **sacré roi** à Reims et Philippe d'Orléans devient son premier ministre jusqu'à sa mort en 1723. Il sera alors remplacé par le **duc de Bourbon** puis par le **cardinal de Fleury** qui gouvernera de 1726 à 1743.
- Si le roi est populaire au début de son règne, ce ne sera plus le cas par la suite. On lui reprochera son **manque de fermeté** ainsi qu'une vie privée trop **libertine**.

Le contexte littéraire

Les Lumières

- Les Lumières désignent un courant de pensée du XVIIIe siècle qui met au centre de ses préoccupations l'usage de la **raison**. Son but est de lutter contre l'obscurantisme et les ténèbres que représentent les abus de la religion et du pouvoir absolu.

- Les philosophes des Lumières croient au **progrès** permis par les découvertes et les voyages. En effet, elles mèneraient à un progrès de l'esprit capable de remettre en question le monde qui l'entoure et de faire preuve d'**esprit critique**. La rédaction de l'*Encyclopédie* a pour but de réunir les savoirs et de les rendre accessibles au plus grand nombre.

À retenir

L'*Encyclopédie* a été publiée de 1751 à 1772 sous la direction de Diderot et d'Alembert.

Le libertinage

- Le mot **libertinage** vient du latin *libertinus* qui signifie « esclave affranchi ». Il désigne la liberté d'esprit en matière de pensée religieuse ou de mœurs et est à l'origine d'un **courant littéraire** qui se développe au XVIIIe siècle.

Citation

« Il prit là-dessus la résolution de nous faire arrêter et de nous traiter moins comme des criminels que comme de fieffés libertins. »

Première partie.

- Sous la régence, période de **libération des mœurs**, le libertinage devient un véritable jeu auquel s'adonne la cour. On parle à l'époque d'un « vice à la mode ». Le libertinage peut prendre différentes formes dont celle du mythe de Dom Juan qui multiplie les conquêtes dans le seul plaisir de séduire et de manipuler, bien loin de toute question morale.

3 RÉSUMÉ DE L'ŒUVRE

La structure

Avis de l'auteur

- L'auteur explique qu'il a choisi de publier à part l'*Histoire de Des Grieux et de Manon Lescaut* du reste des *Mémoires et aventures d'un homme de qualité* afin de ne pas briser le rythme de ses *Mémoires*. Il se concentre sur le personnage de **Des Grieux** qu'il présente comme « *un exemple terrible de la force des passions* ». Puis il réfléchit à la difficulté à **mettre en pratique des principes moraux** qui sont pourtant estimés.

Citation

« Outre le plaisir d'une lecture agréable, on y trouvera peu d'événements qui ne puissent servir à l'instruction des mœurs. »

Avis de l'auteur.

Première partie

- **Renoncour**, l'homme de qualité, raconte sa rencontre avec Des Grieux qu'il a croisé à Pacy-sur-Eure lors de l'arrivée d'un convoi de filles de joie déportées en Louisiane. Des Grieux ne dévoile pas leur identité mais lui confie sa tentative pour délivrer Manon en suivant le convoi. Touché, Renoncour lui donne un peu d'argent et poursuit sa route.

Citation

« Manon était passionnée pour le plaisir ; je l'étais pour elle. »

Première partie.

- Deux ans plus tard, Renoncour rencontre de nouveau Des Grieux à Calais. Ce dernier accepte de lui **raconter son histoire**. On apprend alors que Des Grieux a eu un véritable coup de foudre pour Manon et qu'ils s'enfuient ensemble.
- Mais après quelques semaines à vivre leur amour et **sans réserve financière**, Manon le trompe avec M. de B… qui est vieux mais riche. Le père de Des Grieux envoie ses laquais afin de ramener son fils à la maison. Il reprend alors ses études de théologie mais Manon le retrouve. Il **quitte tout** pour partir avec elle.
- Ils s'installent ensemble à Chaillot et rencontrent **Lescaut**, le frère de Manon. Ce dernier est prêt à prostituer sa sœur pour avoir plus d'argent. Leur maison brûle et l'argent commence à manquer. Manon tend alors un piège à M. de G… M… à qui elle a promis de se vendre pour finalement lui voler ses biens. Ce dernier les dénonce à la police et Des Grieux et Manon sont **enfermés**. Des Grieux s'évade et parvient à libérer Manon avec l'aide de Lescaut et de M. de T… Lors d'une bagarre, Lescaut meurt. Des Grieux recontacte son ami Tiberge afin de lui réclamer une aide financière.

Citation

« Sa réponse fut celle d'un homme qui a du monde et des sentiments ; ce que le monde ne donne pas toujours et qu'il fait perdre souvent. »

Première partie.

Deuxième partie

- Manon souhaite **se venger** de M. de G… M… en séduisant et dupant son fils. Mais finalement, elle apprécie de vivre dans le luxe et envoie alors une lettre à Des Grieux lui disant qu'elle ne le rejoindra pas. Des Grieux la menace de la quitter ou de se tuer. Elle accepte alors de le rejoindre.
- Le vieux G… M… les fait enfermer au Châtelet mais le père de Des Grieux intervient et parvient à obtenir la libération de son fils tandis que Manon sera envoyée en exil en Nouvelle-Orléans. Des Grieux suit donc le convoi et embarque pour l'Amérique. À la colonie, on les croit mariés. Des Grieux demande à régulariser cette situation mais le gouverneur refuse car son neveu est amoureux de Manon. Des Grieux s'en prend alors au neveu et s'enfuit dans le désert avec Manon. Manon, épuisée, meurt. Deux mois plus tard, Tiberge vient retrouver Des Grieux et les deux amis rentrent ensemble. C'est là qu'il rencontre pour la deuxième fois Renoncour.

Citation

« Elle allait être maîtresse de son cœur et de sa fortune, et, pour gage de ses bienfaits, il était prêt à lui donner un carrosse, un hôtel meublé, une femme de chambre, trois laquais et un cuisinier. »

Deuxième partie.

▶ L'ordre des événements

Première partie

- **Récit cadre :**

– Renoncour rencontre pour la première fois Des Grieux qui suit le convoi à destination de l'Amérique dans lequel se trouve Manon.

– Deux ans plus tard, Renoncour croise de nouveau Des Grieux. Ce dernier lui raconte son histoire.

- **Récit enchâssé :**

– Des Grieux rencontre Manon Lescaut, envoyée au couvent par ses parents. Ils s'enfuient ensemble.

– Alors qu'ils sont installés ensemble, Des Grieux découvre que Manon voit en secret M. de B... avant d'être enlevé par les domestiques de son père.

– Des Grieux reprend ses études de théologie.

– Un an plus tard, Manon retrouve Des Grieux et le convainc de partir avec elle. Ils s'installent à Chaillot.

– Le frère de Manon vient s'installer avec eux.

– Leur maison brûle et leur argent est volé.

– Manon commence à fréquenter M. de G... M...

– Des Grieux est enfermé à Saint-Lazare et Manon à la Salpêtrière.

– Des Grieux, pour parvenir à s'enfuir de la prison, tue un domestique.

– Il se lie d'amitié avec M. de T... qui l'aide à faire sortir Manon.

– Lescaut est tué.

– Le couple s'installe à Chaillot.

Deuxième partie

- **Récit enchâssé**

– Manon commence à fréquenter le fils de G... M... Des Grieux parvient à l'éloigner mais le vieux G... M..., ne sachant où est son fils, les dénonce. Ils sont alors enfermés au Châtelet.

– Le père de Des Grieux passe un accord avec le vieux G... M... : Des Grieux retrouve sa liberté mais Manon est déportée en Amérique.

– Des Grieux suit le convoi qui emmène Manon.

– Une fois arrivés en Nouvelle-Orléans, le couple fait croire qu'ils sont mariés.

– Des Grieux fait confiance au gouverneur et lui demande de régulariser leur situation. Le gouverneur refuse car Synnelet, son neveu, est amoureux de Manon.

– Un duel oppose Synnelet à Des Grieux. Ce dernier pense l'avoir tué.

– Manon et Des Grieux s'enfuient dans le désert.

– Manon meurt et le jeune homme l'enterre.

– Tiberge vient retrouver Des Grieux et le ramène en France.

– Des Grieux apprend la mort de son père.

4 PERSONNAGES PRINCIPAUX

▶ Des Grieux

- Des Grieux est un jeune homme de 17 ans issu d'une bonne famille et qui réussit ses études. Il juge avoir « *l'humeur naturellement douce et tranquille* » et réprouve le vice. Mais ses **principes seront mis à rude épreuve** lorsqu'il rencontrera Manon.

Fou amoureux, il **ne parvient pas à se raisonner** et semble prêt à tout pour être avec elle.

Manon Lescaut

- Manon Lescaut est une jeune fille d'environ 16 ans qui se fait remarquer avant tout par sa beauté. **Avide d'argent**, elle aime le luxe au détriment de toute morale et devient la courtisane de nombreux hommes riches. Si elle est infidèle, elle semble aimer sincèrement Des Grieux vers lequel elle retourne toujours mais elle devient pour lui une véritable femme fatale qui ne peut le conduire qu'à sa perte.

Citation

« Je prétends mourir, répondit-elle, si vous ne me rendez votre cœur, sans lequel il est impossible que je vive. »

Première partie.

Tiberge

- Tiberge est l'**ami sincère** de Des Grieux. Ils ont été élevés ensemble mais sa famille possédant peu d'argent, il a été contraint de prendre l'état ecclésiastique. Toujours présent pour Des Grieux, il n'hésite pas à répondre à ses demandes et à l'aider même s'il juge défavorablement ses actions. Il lui délivre des conseils sans pour autant lui tourner le dos.

Lescaut

- Lescaut, **garde du corps**, est le frère de Manon. Amateur de jeux d'argent, il se préoccupe davantage de ses revenus que de sa famille et n'hésite pas à mentir à sa propre sœur pour bénéficier de ses biens. Sans scrupule, il l'encourage à se prostituer pour avoir plus d'argent.

Citation

« Il ne s'était réconcilié avec elle que dans l'espérance de tirer parti de sa mauvaise conduite. »

Première partie.

M. de B... et M. de G... M...

- Monsieur de B… est un **fermier général**. Il perçoit des impôts et des droits de douane au nom du roi. Homme très riche, il se laisse prendre au piège par Manon.
- M. de G… M… est un homme âgé qui aime les plaisirs de la chair et qui n'hésite pas à se les offrir grâce à son argent.

Citation

« [M. de B…] avait fait sa déclaration en fermier général, c'est-à-dire en lui marquant dans une lettre que le paiement serait proportionné aux faveurs ».

Première partie.

M. de T...

- On sait peu de choses sur M. de T... Des Grieux va à sa rencontre dans le but de lui demander de l'aider à faire sortir Manon de l'hôpital. Il lui demandera à nouveau de l'aide lorsqu'il voudra éloigner M. de G... M... de Manon le temps d'une soirée.

- On sait qu'il est « *riche* » et de « *bonne famille* ». Selon Des Grieux, il est « *dans un certain goût de plaisirs, comme la plupart des jeunes gens de son âge* ». Il apparaît comme « *un homme qui a du monde et des sentiments* ».

5 THÈMES CLÉS

Un roman de mœurs

- L'histoire du roman est représentative de la vie sous la régence qui laisse place à l'**assouvissement des plaisirs** et à l'**immoralité**. C'est bien la vie à Paris qui condamne les héros à vouloir toujours plus et à désirer vivre dans le luxe. En effet, alors qu'ils viennent de se procurer une petite maison en province à Chaillot, Manon ne tarde pas à exprimer son souhait de retourner à la ville (« *Elle me proposa de reprendre une maison à Paris* »). Cela conduit le jeune couple à avoir deux logements et à multiplier les dépenses.

> **Citation**
>
> « *La première vertu de Manon, non plus que la mienne, n'était pas l'économie.* »
>
> Première partie.

- Mais pour vivre cette vie fastueuse, il faut **de l'argent à tout prix**, peu importe comment on l'obtient. Manon n'hésite pas à vendre son corps, Lescaut manipule, triche et joue tandis que Des Grieux se penche vers le jeu et accepte même de faire semblant d'être le frère de Manon devant M. de G... M... afin de pouvoir bénéficier de sa fortune. Des Grieux se laisse finalement **contaminer** par ce milieu auquel Manon semble parfaitement adhérer.
- Les plus riches sont aussi critiqués car ils n'hésitent pas à **profiter de la pauvreté** de Manon pour assouvir leurs envies. En effet, les plus vieux ne parvenant plus à séduire les jeunes femmes compensent ce manque en recourant à la prostitution. Manon, véritable courtisane, sera assimilée à n'importe quelle prostituée lorsqu'elle sera déportée par convoi en Amérique.

Une histoire d'amour

- *Manon Lescaut* est aussi une **histoire d'amour** entre le chevalier Des Grieux issu d'« *une des meilleures maisons de P...* » et la jeune Manon qui est de « *naissance commune* ». Ces deux personnages, **issus de deux mondes bien différents**, vont être réunis par leurs sentiments respectifs. En effet, Des Grieux tombe immédiatement sous le charme de Manon, à l'image d'un coup de foudre : « *je me trouvai enflammé tout d'un coup jusqu'au transport* ». Il la désigne alors comme « *la maîtresse de [son] cœur* » et écoute ses désirs au détriment de sa raison. De son côté, Manon semble aussi aimer sincèrement Des Grieux. Elle lui avouera avec force lors de sa visite à Saint-Sulpice. Toutefois, nous n'avons accès qu'au **point de vue du jeune homme** et ne savons jamais ce que pense réellement Manon.
- Cette passion amoureuse est montrée aux prises avec la **société matérialiste** et avec l'argent. En effet, Manon et Des Grieux ne parviennent pas à vivre

pleinement leur histoire d'amour car ils sont sans cesse confrontés aux **besoins financiers et matériels**.

Citation

« Elle m'aurait préféré à toute la terre avec une fortune médiocre ; mais je ne doutais nullement qu'elle ne m'abandonnât pour quelque nouveau B... lorsqu'il ne me resterait que de la constance et de la fidélité à lui offrir. »

Première partie.

- Manon n'est pas prête à renier le **luxe** et le confort pour vivre son amour avec Des Grieux, c'est pourquoi elle le trompe à plusieurs reprises. De son côté, Des Grieux souhaite la **fidélité** en amour et semble prêt à tout pour l'obtenir de Manon. Ainsi, il n'hésite pas à jouer, tricher voire tuer pour vivre avec la jeune femme et disposer d'une certaine fortune. De même, il recontacte son ami Tiberge dans le seul but de lui demander de l'argent : « *Je n'osais lui déclarer que c'était sa bourse que j'avais besoin.* »
- Manon est représentative de la **femme fatale**, celle à qui on ne peut résister et qui nous mène à notre perte. Des Grieux succombe immédiatement, il est complètement envoûté par elle au point de renier toute morale quand cela lui permet de la rejoindre, comme c'est le cas lors de l'épisode de l'évasion de la prison. De plus, elle lui sera bien fatale, car, s'il ne meurt pas à la fin du roman, il est voué à souffrir suite à la perte de sa bien-aimée.
- Enfin, on peut relever que la **passion amoureuse** est présentée comme sujet principal de l'œuvre par Renoncour dès l'avis au lecteur. En effet, il précise d'emblée que son récit est « *l'exemple terrible de la force des passions* ».

L'organisation du récit

- Le roman débute par le **récit cadre** de Renoncour qui annonce raconter l'histoire du chevalier Des Grieux qu'il a rencontré. Il crée alors un **pacte de lecture** avec le lecteur afin d'attester la véracité de son histoire et ainsi d'intensifier les émotions lors de la lecture : « *Je dois avertir ici le lecteur que j'écrivis son histoire presque aussitôt après l'avoir entendue, et qu'on peut s'assurer par conséquent, que rien n'est plus exact et plus fidèle que cette narration.* »

À retenir

Le récit cadre est un récit dans lequel est emboîté un autre récit qu'on appelle récit enchâssé.

- Renoncour est présenté comme un homme de confiance par le titre même de ses mémoires qui le décrivent comme « *un homme de qualité* ».
- Ce premier récit laisse alors place au **récit enchâssé** tenu par Des Grieux auprès de Renoncour : « *J'avais dix-sept ans, et j'achevais mes études de philosophie à Amiens.* » Le récit **à la première personne** permet ainsi de proposer un récit **subjectif** propre à évoquer les émotions, passions, doutes et remords du jeune homme et ainsi à **susciter la pitié** du lecteur. Toutefois, toute l'histoire racontée est présentée du point de vue de Des Grieux. On ne saura jamais ce que pense réellement Manon ni ses véritables sentiments, d'autant plus que l'amour qu'il ressent pour elle l'empêche d'avoir un regard objectif sur ce qu'ils ont vécu.

La fidélité

- Manon et Des Grieux n'ont pas la même **conception de la fidélité**. Des Grieux souhaite un amour unique qui associe aussi bien la fidélité des **cœurs** que la fidélité des **corps**. Pour Manon, la fidélité des corps n'a aucune importance, pour elle, seule la fidélité du cœur compte. C'est pourquoi dans la deuxième partie elle est favorable au fait que Des Grieux passe une nuit avec « *une des plus jolies filles de Paris* » pendant qu'elle sera avec G… M… : « *Je souhaitais qu'elle pût servir à vous désennuyer quelques moments, car la fidélité que je souhaite de vous est celle du cœur.* »
- Manon et Des Grieux n'ont pas la même **perception du monde**. En effet, en tant que jeune **aristocrate**, Des Grieux rêve d'un amour pur et idéal tandis que Manon, en tant que femme issue de la **petite bourgeoisie**, a une vision plus prosaïque de l'amour et ainsi des préoccupations plus matérielles. C'est pourquoi elle dit à Des Grieux : « *[…] ne vois-tu pas, ma pauvre chère âme, que dans l'état où nous sommes réduits, c'est une sotte vertu que la fidélité ? Crois-tu qu'on puisse être bien tendre lorsqu'on manque de pain ?* » Or Des Grieux juge ces préoccupations indignes de l'amour. D'où sa réponse : « *Elle appréhende la faim. Dieu d'amour ! quelle grossièreté de sentiments !* »
- Des Grieux souffre des multiples infidélités de Manon et les lui reproche : « *Amante mille fois volage et cruelle, qu'as-tu fait de cet amour que tu me jurais encore aujourd'hui ? […] C'est donc le parjure qui est récompensé ! Le désespoir et l'abandon sont pour la constance et la fidélité.* »

Citation

« Je vois mieux que jamais que tu n'es qu'une coquine et une perfide. C'est à présent que je connais ton misérable caractère. »

Deuxième partie.

Des Grieux et Manon, des personnages en marge

- Si Manon apparaît d'emblée comme un personnage en marge par son statut de **courtisane**, Des Grieux est au contraire un jeune homme **bien intégré** à la société par son statut et ses études.
- Toutefois, leur union va d'emblée les **marginaliser** puisqu'ils choisissent de s'unir hors mariage : « *Nos projets de mariage furent oubliés à Saint-Denis ; nous fraudâmes les droits de l'Église, et nous nous trouvâmes époux sans y avoir fait réflexion.* » Cette relation ne pourra donc pas être reconnue par la société puisqu'elle n'en respecte pas les codes.
- Cette marginalisation est alors symbolisée par les **déplacements** des deux protagonistes qui sont contraints de quitter Paris pour la banlieue et plus particulièrement Chaillot. Ils se retrouvent ainsi en marge de la société parisienne. Cette marginalisation sera d'autant plus visible à la fin de l'œuvre puisque les personnages n'auront d'autres solutions que de **fuir** dans le désert. Ils sont contraints de **s'extraire de la société pour vivre leur amour** et parce que leur amour ne peut être toléré au sein de la société, la fin ne peut être que tragique.
- Cette marginalisation est particulièrement verbalisée par Tiberge qui ne cesse d'inviter son ami à retrouver le chemin de la raison : « *Permettez-moi, mon cher*

Chevalier [...] d'y mettre seulement une condition : c'est [...] que vous souffrirez que je fasse du moins mes efforts pour vous ramener à la vertu, que je sais que vous aimez, et dont il n'y a que la violence de vos passions qui vous écarte. »

Une histoire tragique

- L'histoire d'amour qui unit Manon et Des Grieux est **condamnée** par la société. En effet, le père de Des Grieux est le premier à s'y opposer. C'est tout d'abord son père qui le fait enlever par ses laquais lorsqu'il a fui pour la première fois avec Manon. Ce sera à nouveau lui qui éloignera les deux jeunes gens en favorisant la déportation de Manon pour l'Amérique.
- D'autre part, cette histoire d'amour apparaît **impossible** car les hommes ne cessent de s'approprier Manon. Ce sera le cas de M. de B... et de M. de G... M... qui peuvent la posséder parce qu'ils sont riches. Mais ce sera aussi le cas du gouverneur en Nouvelle-Orléans qui est présenté comme le maître. En effet, l'aumônier explique à Des Grieux que c'est au gouverneur à « *disposer d'elle* ».
- À plusieurs reprises, Des Grieux évoque son « *sort* » et souligne ainsi qu'il n'est pas maître de son destin : « *J'ai remarqué dans toute ma vie, que le Ciel a toujours choisi, pour me frapper de ses plus rudes châtiments, le temps où ma fortune me semblait le mieux établie.* »
- Leur histoire d'amour prend alors une **tournure tragique** car ils ne peuvent la vivre pleinement étant donné qu'ils sont issus de deux mondes différents et que Manon ne répond pas aux codes qui régissent celui de Des Grieux. De ce fait, ne pouvant vivre au sein de la société et ne pouvant survivre dans le désert, Manon est **condamnée** à mourir.

Citation

« *Vous allez à la mort. Ils vont vous tuer. Je ne vous reverrai plus. Je veux mourir avant vous.* »

Deuxième partie.

« *Mon âme ne suivit pas la sienne. Le Ciel ne me trouva point, sans doute, assez rigoureusement puni. Il a voulu que j'aie traîné, depuis, une vie languissante et misérable. Je renonce volontairement à la mener jamais plus heureuse.* »

Deuxième partie.

PARCOURS

Personnages en marge, plaisirs du romanesque

• *Manon Lescaut*, Abbé Prévost

▶ Comprendre l'intitulé

a. Le sens des mots pris séparément

• **Personnages en marge** : être en marge signifie être à l'écart. Les personnages en marge sont donc ceux qui ne s'intègrent pas à la société : il s'agit ici principalement des bandits, des tricheurs et des prostituées.

• **Plaisirs du romanesque** : le roman doit être source de divertissement pour le lecteur en lui faisant ressentir différentes émotions et en lui donnant envie de lire la suite de l'histoire. Le nom « romanesque » insiste alors sur les particularités propres à ce genre.

b. Mise en relation des termes

• Les personnages en marge apparaissent comme des éléments propres à intéresser et ainsi à **divertir** le lecteur en ce qu'ils constituent un **nouveau type de héros** romanesque au XVIIIe siècle. Ils sont à l'origine d'une histoire qui ne peut que subir de multiples **rebondissements** et permettent de découvrir une autre partie de la société à laquelle le lecteur n'appartient pas et ainsi de susciter son intérêt.

• Pour susciter du plaisir, les personnages se doivent aussi d'être romanesques, c'est-à-dire qu'ils doivent vivre de véritables **aventures** et ressentir des **émotions fortes**.

Phrase célèbre

« Prévost réunit toutes les qualités qui font le très grand romancier : l'invention de personnages qui intéressent, de situations frappantes, la connaissance de l'âme humaine, même dans ses parties que l'on ose le moins explorer, un style souple, coulant, imagé, suggestif, la conception d'intrigues savantes dont la complexité est nécessaire, l'expérience de la réalité et le sens de ce qui est au-delà du réel… »

Henri Coulet, *Le Roman jusqu'à la Révolution.*

▶ Le parcours et l'œuvre intégrale

• L'abbé Prévost, dans *Manon Lescaut*, met en scène des personnages en marge (la courtisane, le bandit, etc.) qui sont à l'origine de nombreuses péripéties propres à créer un véritable plaisir de lecture pour le lecteur :

– Manon est une **courtisane**, c'est-à-dire qu'elle accepte de vivre avec un homme en échange de son argent. Pour elle, seule la fidélité du cœur compte, celle du corps lui importe peu. Cela explique pourquoi elle peut aimer Des Grieux tout en vendant son corps à un autre homme. Elle dit d'ailleurs à Des Grieux que si elle fait cela, c'est pour qu'il puisse être heureux puisque, pour elle, bonheur et richesse sont indissociables.

– Des Grieux est issu d'une bonne famille de la jeunesse picarde. Mais sa passion pour Manon va le mener à sa perte et le conduit à devenir un véritable escroc.

– Lescaut, le frère de Manon, est un **soldat** fanfaron qui recherche de l'argent dans le jeu quitte à tricher.

– M. de B… et M. de G… M… sont des **personnages influents** qui, face au charme de Manon, vont profiter de leur situation sociale afin de parvenir à leur but.

• De plus, l'organisation particulière du récit ajoute au plaisir du romanesque :

– *Manon Lescaut* est avant tout le récit de Des Grieux qui raconte son histoire. Prévost a utilisé la forme des **mémoires** qui lui permet de présenter son récit comme un **témoignage**.

– On retrouve aussi les caractéristiques du **roman picaresque** qui allie épisodes extraordinaires et exagérations au sein d'un récit rythmé. Le picaresque désigne des œuvres où domine le thème du **marginal rusé** qui, face à une société hostile, a recours à différents masques pour s'adapter aux situations auxquelles sa vie itinérante le confronte.

– Le roman est constitué de nombreuses analepses et prolepses qui rythment le récit et annoncent ainsi la **fin tragique.** Ainsi, l'œuvre s'ouvre *in medias res* sur la scène du convoi qui marquera la fin du récit.

Vocabulaire

• **Analepse** : retour en arrière (équivalent d'un flashback au cinéma).

• **Prolepse** : procédé qui consiste à mentionner des faits qui se produiront plus tard.

• ***In medias res*** : l'expression latine signifie « au milieu des choses ». Ce procédé consiste à plonger d'emblée le lecteur dans l'action.

La dissertation sur l'œuvre en lien avec le parcours

• Les sujets de dissertation vous inviteront à réfléchir à la particularité du personnage en marge et à sa capacité à participer au plaisir de lecture. Il faudra ainsi interroger la marginalité des différents protagonistes et étudier en quoi cette marginalité est source de **péripéties**, de **suspense** et d'**émotions**. De même, il faudra être capable d'évoquer les caractéristiques propres au roman qui en font un genre particulièrement **plaisant**.

• Vous devez donc parfaitement maîtriser les portraits des personnages et leur **évolution** au sein du récit ainsi que la **structure** particulière du roman.

En complément de l'Abbé Prévost

→ Paul Scarron, *Le roman comique* (1657) : une troupe de comédiens enchaîne des péripéties toutes plus rocambolesques les unes que les autres.

→ Victor Hugo, *Les Misérables* (1862) : l'auteur met en scène la vie du peuple de Paris et de ses personnages en marge tels que le bagnard Jean Valjean ou la jeune Fantine contrainte de se prostituer pour vivre.

→ Émile Zola, *Thérèse Raquin* (1867) : alors que Thérèse est mariée à son cousin Camille, elle rencontre Laurent avec qui elle va vivre une relation adultère passionnée. L'amant sera prêt à tout pour prendre la place du mari.

3 *La Peau de chagrin*, Honoré de Balzac, 1831

PARCOURS **Les romans de l'énergie : création et destruction**

1 BIOGRAPHIE

Balzac (1799-1850) : entre succès et dettes

- Honoré de Balzac, fils aîné, naît en 1799 à Tours au sein d'une famille de petits bourgeois. Il fait des études au collège de Vendôme puis étudie le **droit** à Paris et découvre le métier chez différents notaires. En parallèle, il étudie la **philosophie** à la Sorbonne et fait preuve d'une véritable **passion** pour la littérature. Parce que sa famille lui permet de s'y consacrer, il écrit une première tragédie. Celle-ci étant mal accueillie, il se tourne vers le **roman**.
- En 1921, il rencontre **Mme de Berny**, une femme plus âgée que lui, qui sera autant sa maîtresse que sa conseillère.
- Il se lance ensuite dans les **affaires** en s'associant à un libraire et en achetant une librairie. Ces erreurs sont à l'origine de ses **premières dettes** qui s'accumuleront par la suite et auxquelles il ne parviendra jamais à mettre fin.
- À partir de 1929, Balzac multiplie les **succès littéraires**, fréquente les salons et voyage. En 1933, il reçoit un premier courrier de Mme Hanska, admiratrice polonaise avec qui il se lie d'amitié.
- En 1836, *La Chronique de Paris*, journal que Balzac avait racheté, fait **faillite**. Face à ces nouvelles dettes, il cherche à fuir et sa production littéraire s'amenuise tout comme sa santé. En 1848, il épouse Mme Hanska avant de mourir en 1850.

Genèse et caractéristiques de l'œuvre

- *La Peau de chagrin* est l'un des premiers **grands romans** de Balzac. Il avait préparé sa parution en publiant des extraits dans deux grands journaux de l'époque (*La Revue des Deux Mondes* et *La Revue de Paris*) et en donnant des lectures dans des salons. Dès sa première publication en 1831, le succès est immédiat. Celle-ci sera suivie de nouvelles éditions de l'œuvre.

> **Phrase célèbre**
>
> « *L'invention d'une peau qui représente la vie. Conte oriental.* »
>
> → C'est ainsi que Balzac avait d'abord défini son œuvre dans *Pensées, sujets, fragments.*

- Ce roman fait partie du grand projet de *La Comédie humaine* dont le nom définitif ne sera attribué qu'en 1840. *La Comédie humaine* regroupe plus de quatre-vingt ouvrages (romans, nouvelles, contes et essais) et se divise en trois grandes parties : les « **Études des mœurs** », les « **Études philosophiques** » et les « **Études analytiques** ». *La Peau de chagrin* appartient aux « Études philosophiques » qui ont pour but d'examiner les **causes** des **rouages** de la société.

▶ Œuvres principales

• ***Eugénie Grandet*** (1833) : Eugénie est la fille d'un homme riche mais avare. Tombée amoureuse de son cousin Charles, elle décide de l'aider à partir pour les Indes en lui donnant de l'argent, convaincue qu'il la rejoindra dès son retour. Mais, à son retour en France, Charles a fait fortune et lui annonce son mariage avec une autre femme.

• ***Le Lys dans la vallée*** (1835) : récit de l'histoire d'amour platonique entre Félix de Vandenesse et la comtesse Henriette de Mortsauf.

• ***Le Père Goriot*** (1835) : M. Goriot aime profondément ses deux filles et leur donne tout ce qu'il possède. Or, si celles-ci sont très intéressées par l'argent de leur père, elles se soucient bien peu de lui et le délaissent.

• ***Illusions perdues*** (1837) : Lucien de Rubempré est un jeune poète provincial qui se rend à Paris dans le but de s'introduire dans les milieux littéraires. Afin de connaître la gloire, il n'hésitera pas à mentir et à trahir.

2 CONTEXTE DE L'ŒUVRE

▶ Contexte historique

Les Trois Glorieuses

• L'expression « les Trois Glorieuses » désigne la **révolution** qui a eu lieu à Paris les 27, 28 et 29 juillet 1830. Il s'agit d'une réaction face à la **politique répressive** du roi Charles X qui, notamment, règlemente sévèrement la presse. Cette insurrection met fin à la Seconde restauration et permet l'installation de la monarchie de Juillet.

La monarchie de Juillet

• La **monarchie de Juillet**, qui s'étend de juillet 1830 à février 1848, est une **monarchie constitutionnelle** ayant pour roi Louis-Philippe Ier, surnommé « le roi des Français ». Elle représente un véritable espoir pour la société puisqu'elle marque un **tournant politique**, un **changement des mentalités** et favorise la **révolution industrielle**.

• Toutefois, les **désillusions** gagnent rapidement la jeunesse puisque cette monarchie creuse davantage les écarts entre les riches et les pauvres, en intégrant à la vie politique seulement la classe bourgeoise gérée par des banquiers qui influenceront les journalistes. La classe ouvrière est alors dominée par une **société dénuée de valeur** et au sein de laquelle **seul l'argent compte**.

▶ Contexte littéraire

Le romantisme

• Le **romantisme** est un mouvement littéraire qui se développe à travers l'Europe. Il est principalement caractérisé par le « **mal du siècle** » qui touche la **jeunesse déçue** par la succession des régimes et l'échec des révolutions.

• Les jeunes artistes se détournent alors de la politique pour se centrer sur les **émotions** du « moi » intime. L'écriture personnelle s'affirme avec la prédominance du « je » mais elle a pour but de toucher à l'**universel** en évoquant des questions qui concernent l'homme en général.

Le réalisme

- Le **réalisme**, en tant que mouvement littéraire, apparaît dès 1830 avec les romans de Stendhal et Balzac mais ne sera théorisé que vers les années 1950. Il désigne la volonté de **dire le réel dans sa vérité** et donc sans l'embellir. Aussi les auteurs réalistes s'intéressent-ils à toutes les **strates de la société** et plus particulièrement le peuple.

Phrase célèbre

« J'en conclus que les Réalistes de talent devraient s'appeler plutôt des Illusionnistes. »

Maupassant, « Le Roman », *Pierre et Jean*.

- Balzac étudie les espèces sociales dont il entreprend la **description** et la **classification**. C'est pourquoi il accorde une importance particulière aux descriptions qui permettent d'illustrer la **théorie des milieux**. De plus, ses personnages incarnent des **types humains**, propres à représenter un milieu social ou un tempérament.

3 RÉSUMÉ DE L'ŒUVRE

« Le talisman »

- Un après-midi d'**octobre 1830**, un jeune homme entre dans une maison de jeu du Palais Royal à Paris afin d'y jouer sa dernière pièce. Après l'avoir perdue, il décide de **mettre fin à son existence** misérable en se jetant dans la Seine. Mais pour cela, il attend la nuit afin de ne pas être vu. Il erre alors dans la rue et finit par entrer dans une **boutique d'antiquités**.

Citation

« Vous avez signé le pacte : tout est dit. Maintenant vos volontés seront scrupuleusement satisfaites, mais aux dépens de votre vie. »

« Le talisman ».

- En discutant avec l'antiquaire, il lui confie son projet de mourir. L'antiquaire lui offre alors une Peau de chagrin qui aurait le pouvoir de **réaliser tous les vœux** de celui qui la détient. Mais en contrepartie, la vie du détenteur **s'amenuise** un peu plus à chaque souhait.
- Le jeune homme accepte et formule son **premier vœu** qui est d'assister à une orgie. En sortant du magasin, il croise des amis qui se rendent chez le banquier Taillefer afin de célébrer la naissance de son journal lors d'un banquet. Le vœu de **Raphaël de Valentin** (le lecteur connaît à présent son nom) se réalise alors. Raphaël passe la soirée avec son ami Émile. Ils boivent, parlent politique et échangent avec des courtisanes. Raphaël finit par se confier à Émile sur son projet de suicide et lui fait alors le **récit de sa vie passée**.

« La femme sans cœur »

- On apprend que **sa mère est décédée** tôt et qu'il a suivi les choix d'un père autoritaire. Pour aider son père financièrement, il choisit de vendre la majeure partie de l'héritage de sa mère. Son père est sauvé du déshonneur mais ne supporte pas la ruine de son fils. Il meurt de chagrin en 1826. Raphaël se retrouve alors **seul et ruiné**.

- Il s'installe dans une mansarde et consacre son temps à la **rédaction** d'une comédie et d'un ouvrage de philosophie. Raphaël est séduit par **Pauline Gaudin**, la fille de la propriétaire de l'hôtel mais se refuse de l'épouser car il rêve de vivre dans le **luxe**. Au mois de décembre 1829, Raphaël croise son ami Rastignac qui lui présente la riche **comtesse Foedora** dont il s'éprend immédiatement. Il lui rend régulièrement visite mais la rencontre un soir au théâtre alors qu'elle avait refusé son invitation. Contrainte de se justifier, elle lui dit ne pas être capable d'aimer. Raphaël apprécie alors la **vie simple** qui règne à l'hôtel.

Citation

« Si tu as de l'esprit, mon cher enfant, tu feras toi-même la fortune de ta théorie en comprenant mieux la théorie de la fortune. »

« La femme sans cœur ».

- Sous l'influence de Rastignac, il accepte de rédiger de faux mémoires afin de gagner de l'argent. Il continue de fréquenter la comtesse mais découvre rapidement qu'elle se moque de lui et qu'elle ne souhaite pas se marier.
- Raphaël interrompt alors son récit et repense à la Peau de chagrin. Il fait le vœu de recevoir une grosse somme d'argent. Si son souhait est exaucé en apprenant qu'il a hérité d'un oncle, il découvre aussi que son talisman **a rétréci**.

« L'agonie »

- Au mois de décembre 1830, Raphaël vit reclus dans un hôtel luxueux. Il s'en remet pleinement à son domestique Jonathas et refuse toute visite afin de **ne pas risquer d'émettre un souhait**. Il accepte exceptionnellement de recevoir la visite de Porriquet, son ancien professeur. Ce dernier lui demande d'intervenir en sa faveur afin de retrouver sa position de professeur qui lui a été retirée. Raphaël exprime alors **par mégarde** le souhait qu'il réussisse et découvre que la Peau de chagrin a encore diminué.

Citation

« Mourir ! répéta-t-elle. Est-ce que tu peux mourir sans moi. Mourir, mais tu es jeune ! Mourir, mais je t'aime ! Mourir ! ajouta-t-elle d'une voix profonde et gutturale en lui prenant la main par un mouvement de folie. »

« L'agonie ».

- Raphaël choisit de se rendre au théâtre où il y croise ses amis mais surtout Pauline qui est devenue riche. Raphaël et elle peuvent alors vivre pleinement leur amour. Mais le talisman continue de diminuer car tout désir, **même non formulé**, est pris en compte. Voyant sa santé s'affaiblir, Raphaël révèle tout à la jeune femme. Celle-ci, comprenant qu'elle est la cause de ses désirs, tente de se suicider afin d'épargner le jeune homme. Mais Raphaël l'en empêche et meurt en la mordant au sein.

Épilogue

- Le narrateur apprend au lecteur que Pauline représente l'**idéal** et Foedora la **société**.

4 PERSONNAGES PRINCIPAUX

Raphaël de Valentin

- Il est le seul à avoir la véritable stature de **héros** de roman sans se réduire à un type. Raphaël est omniprésent dans l'œuvre. Lorsqu'il est absent d'une scène, les autres personnages parlent de lui. Il est véritablement le **protagoniste central** du début à la fin même si son identité n'est dévoilée que tardivement lorsqu'il sort de chez l'antiquaire et qu'il rencontre ses amis.
- Raphaël est un héros **représentatif de sa génération**. Intellectuel de vingt-cinq ans, il souffre au sein d'une société médiocre qui ne reconnaît plus les valeurs auxquelles il est attaché (« *Je trouvai donc les troubles de mon cœur, mes sentiments, mes cultes en désaccord avec les maximes de la société* »). Jeune homme raffiné aux cheveux blonds, il est présenté comme un **dandy désargenté** à l'allure féminine (ses mains sont « *jolies comme des mains de femme* »). Comme la plupart des jeunes gens de sa génération, il rêve de **luxe** et d'**argent** mais il ne se résume pas à ce seul désir et parvient à s'intéresser à l'essence même des êtres et des choses (« *cette répugnance instinctive qu'éprouve pour les détails de la vie matérielle l'homme qui vit par la pensée* »).

Vocabulaire

Un **dandy** est un jeune homme élégant et raffiné. Le dandysme est une mode venant d'Angleterre et qui se répand à la fin du XVIIIe siècle.

- Fils unique, il a perdu sa mère alors qu'il n'avait pas dix ans. Il a été élevé par son père qui a tenté en vain de préserver leur héritage. Ils ont fini **ruinés** alors que Valentin venait d'avoir vingt-deux ans.

Citation

« Les ténèbres et la lumière, le néant et l'existence s'y combattaient en produisant tout à la fois de la grâce et de l'horreur. Le jeune homme se présentait là comme un ange sans rayons, égaré dans sa route. »

« Le talisman ».

Foedora

- Foedora est présentée par le prisme du **regard des hommes** qui sont sous le charme de sa beauté. Raphaël ne cesse de révéler ses **charmes** (« *ses lèvres fraîches et rouges* », son « *teint d'une vive blancheur* », « *ses cheveux bruns* », les « *grâces les plus attrayantes* » de son corsage) tandis que Rastignac lui reconnaît des **qualités intellectuelles** (« *la finesse de son esprit* »).
- Mais on sait finalement **peu de choses** sur elle. On ne connaît pas son passé. Raphaël tente d'imaginer ce qu'elle a pu vivre et qui pourrait justifier pourquoi elle ne veut ni se marier ni avoir d'enfants. C'est une femme **manipulatrice**, qui n'hésite pas à faire preuve d'affection envers Raphaël lorsqu'elle a besoin de lui sans se soucier de sa condition financière inquiétante.
- Dans l'épilogue, elle est présentée comme **représentative de la société** soit égoïste, hypocrite, avide et matérialiste. Elle est ainsi l'**opposé** du personnage de Pauline.

Pauline

- Pauline vit seule avec sa mère qui tient un hôtel. C'est une jeune fille **simple** mais **séduisante** (elle a la « *taille souple* », les « *mains transparentes et roses* »). Selon Raphaël, « *elle avait un pied mignon dans d'ignobles souliers, comme l'héroïne du conte de Peau-d'Âne* » (« La femme sans cœur »). Face au regret de sa mère de ne pas avoir pu lui offrir une éducation convenable, Raphaël lui propose de s'en charger.
- Comme le narrateur le souligne dans l'épilogue, Pauline représente l'**idéal**. C'est une jeune fille honnête, pure et désintéressée. Elle représente l'**amour fidèle et sincère**. Mais elle est aussi à l'origine des désirs de Raphaël et sera la cause de sa **perte**.
- Amoureuse en secret de Raphaël, elle n'hésite pas à s'occuper de lui, à le soulager des différentes corvées tandis que lui veille à ne la considérer que comme une sœur. Le regard du jeune homme sur elle changera lorsqu'au retour de son père elle deviendra la comtesse Pauline de Witschnau.

Citation

« *Aimer une jeune fille ou se laisser aimer par elle constitue un vrai contrat dont les conditions doivent être bien entendues. Nous sommes maîtres d'abandonner la femme qui se vend, mais non pas la jeune fille qui se donne : elle ignore l'étendue de son sacrifice.* »

« La femme sans cœur ».

Rastignac

- Rastignac est un ami de Raphaël et devient son initiateur au monde. Il fait le choix d'une **vie de plaisirs et de jouissances** quitte à devoir tromper et mentir. Pour lui, la réussite ne réside pas dans le travail mais dans la capacité à se faire une place au sein de la société.

Citation

« *Toi, tu travailles : eh ! Bien, tu ne feras jamais rien. Moi, je suis propre à tout et bon à rien, paresseux comme un homard : eh ! Bien, j'arriverai à tout. Je me répands, je me pousse, l'on me fait place ; je me vante, l'on me croit.* »

« La femme sans cœur ».

L'antiquaire

- L'antiquaire est une **figure ambivalente** en ce qu'il représente à la fois le **diable** et le **sage**. En effet, il est celui qui va proposer le pacte à Raphaël alors que lui-même l'a refusé. En cela il devient un partisan du diable. *A contrario*, il fait preuve d'une certaine sagesse puisqu'en refusant de prendre la Peau, il privilégie une vie tournée vers le savoir et la découverte afin de ne pas la consumer en « vouloir » et en « pouvoir » : « *En deux mots, j'ai placé ma vie, non dans le cœur qui se brise, ou dans les sens qui s'émoussent, mais dans le cerveau qui ne s'use pas et qui survit à tout.* »

5 THÈMES CLÉS

Un récit fantastique

- Le fantastique est l'intrusion du **surnaturel** au cœur du **quotidien**.
- L'élément fantastique principal est la Peau de chagrin qui est présentée comme **inaltérable**. De plus, on lui reconnaît un véritable **pouvoir magique** puisqu'elle permet d'exaucer n'importe quel vœu de son propriétaire. C'est ainsi que Raphaël assistera au banquet de Monsieur Taillefer et qu'il recevra un héritage inattendu. Mais si elle exauce les souhaits explicitement formulés, elle réalise aussi les moindres désirs du personnage **malgré lui**. D'autre part, l'antiquaire apparaît aussi comme un personnage fantastique, véritable **envoyé du diable**.

Citation

« Le cercle de vos jours, figuré par cette Peau, se resserrera suivant la force et le nombre de vos souhaits, depuis le plus léger jusqu'au plus exorbitant. »

« Le talisman ».

- L'action se déroule dans une époque tout à fait **réelle** : le Paris des années 1830. La ville de Paris est mentionnée par ses rues, ses monuments, ses ponts et permet ainsi au lecteur de se repérer avec précision au sein de la capitale. D'autre part, la **chronologie** est elle aussi précise. Le roman est jalonné par des **dates** qui nous permettent de reconstruire dans le temps la vie de Raphaël.

L'argent

- L'argent est au cœur des **préoccupations** de la société. Peu importe les compétences intellectuelles, la création artistique, sans argent **on n'est rien**. Rastignac l'a bien compris contrairement à Raphaël qui s'évertue à écrire dans sa mansarde. Si Raphaël aspire, comme ses semblables, au luxe et à une vie confortable, il n'en demeure pas moins **tiraillé** par les valeurs qui persistent au sein de l'hôtel Saint-Quentin où demeurent Pauline et sa mère. La mansarde apparaît alors comme un véritable **refuge** face à une société qui est prête à toutes les trahisons pour amasser de l'argent.
- Alors qu'il n'a pas d'argent, Raphaël gaspille le peu qu'il a pour continuer sa relation avec Foedora. Le caractère **artificiel** de la vie prend alors le pas sur l'essentiel : « *Souvent je consacrais l'argent nécessaire au pain d'une semaine pour aller la voir un moment* » (« La femme sans cœur »).

Citation

« Hélas ! nous ne manquons jamais d'argent pour nos caprices, nous ne discutons que le prix des choses utiles ou nécessaires. Nous jetons l'or avec insouciance à des danseuses, et nous marchandons un ouvrier dont la famille affamée attend le payement d'un mémoire. »

« La femme sans cœur ».

L'amour

- L'amour sincère est rare dans le roman. Il est représenté par le personnage de **Pauline** qui aime en secret Raphaël et qui lui communique de nombreuses preuves d'amour sans rien lui demander en retour. De son côté, si Raphaël semble aimer sincèrement Pauline, il « *ne conçoi[t] pas l'amour dans la misère* » (« La femme sans cœur »). Il n'acceptera de vivre pleinement cet amour qu'une fois que la jeune fille sera devenue riche à la fin de l'œuvre. On peut ainsi s'interroger sur les véritables **fondements** de ses sentiments.

• À l'inverse de l'hôtel Saint-Quentin, l'amour vrai semble avoir disparu de la société. Il est remplacé par des partages de **sentiments factices** qui permettent d'obtenir ce que l'on veut. Si Foedora a véritablement de l'affection pour Raphaël, elle ne veut pas pour autant que celui-ci devienne son amant. En effet, la comtesse rejette sévèrement l'amour sans qu'on en connaisse la cause.

Le mythe de Faust

• Le **mythe de Faust** trouve sa source dans la vie du docteur Johann Faust qui intriguait par ses pratiques **occultes**. Il aurait révélé avoir passé un **pacte avec le diable**.

• À son tour, Raphaël passe un pacte avec le diable en acceptant de prendre la Peau de chagrin. L'antiquaire lui explique qu'à chaque vœu exaucé, la Peau rétrécira et la vie de son propriétaire diminuera. Il précise aussi que, jusqu'à ce jour, personne n'a accepté ce pacte.

Citation

« *Vous avez signé le pacte : tout est dit. Maintenant vos volontés seront scrupuleusement satisfaites, mais aux dépens de votre vie.* »

« Le talisman ».

PARCOURS

Les romans de l'énergie : création et destruction

• *La Peau de chagrin*, Balzac

▶ Comprendre l'intitulé

a. Les romans de l'énergie

• Balzac pense que tout homme possède à sa naissance une certaine quantité d'**énergie vitale**. La vie va ainsi consister à utiliser cette énergie jusqu'à la mort. Il réfléchit alors sur la possibilité d'**influencer** ce processus (que ce soit en le ralentissant ou en l'accélérant) mais aussi sur les éventuelles **conséquences** d'une telle intervention.

b. Création et destruction

• Création et destruction sont deux termes qui **s'opposent**. La création est l'acte consistant à produire et à former un être ou une chose qui n'existait pas auparavant. La création peut aussi renvoyer à la figure divine, créatrice de toutes choses. À l'inverse, la destruction implique la perte.

c. Mise en relation des termes

• L'énergie, en termes de force vitale, implique un processus de **création** aussi bien sentimental que relationnel, artistique, professionnel ou encore personnel. Or vivre pleinement tous ses désirs implique nécessairement de **consommer** la vie et ainsi de la voir **diminuer**. C'est pour cela que la notion même d'énergie ne peut se départir de celles de création et de destruction. Toute création propre à l'énergie implique une **perte**.

Phrase célèbre

« L'homme a une somme d'énergie. Tel homme ou telle femme est à tel autre, comme dix est à trente, comme un est à cinq, et il est un degré que chacun de nous ne dépasse pas. La quantité d'énergie ou de volonté se déploie comme le son : elle est tantôt faible, tantôt forte ; elle se modifie ; elle se modifie selon les octaves qu'il lui est permis de parcourir. Cette force est unique, et bien qu'elle se résolve en désirs, passions, en labeurs d'intelligence ou en travaux corporels, elle accourt où l'homme l'appelle. Un boxeur la dépense en coups de poing, le boulanger à pétrir son pain, le poète dans une exaltation qui en absorbe et en demande une énorme quantité, le danseur la fait passer dans ses pieds; enfin, chacun la distribue à sa fantaisie. »

Balzac, *La Physiologie du mariage*.

▶ Le parcours et l'œuvre intégrale

• Dans son œuvre *La Peau de chagrin*, Balzac illustre comment l'homme **dépense** ou au contraire préserve son énergie et ainsi sa vie. Le talisman devient alors une **métaphore de la vie** de Raphaël : au fur et à mesure que ses forces s'amenuisent, la Peau rétrécit. Cette œuvre est donc bien représentative des **romans de l'énergie**.

• Avec la Peau de chagrin, Raphaël devient un véritable créateur puisqu'il peut **influencer son destin** qui est normalement entre les mains de Dieu. Mais cet acte s'accompagne d'une **destruction essentielle** qui est celle de sa vie. En effet, s'il peut connaître la richesse, l'amour, la gloire, il ne peut pas prolonger sa vie ; au contraire il précipite sa mort. L'homme ne peut pactiser avec le diable sans en subir de **tragiques conséquences**.

- La présence même de la Peau de chagrin place au cœur du récit l'univers **fantastique**. En effet cette Peau a des propriétés **surnaturelles** puisqu'on ne peut effacer le message inscrit dessus et qu'elle diminue au même rythme que la vitalité de son détenteur. Le lieu où Raphaël la découvre, chez l'antiquaire, ajoute à son mystère. Véritable caverne d'Ali Baba, ce magasin semble receler des **trésors ancestraux** parvenus de lointaines contrées. Pourtant, Balzac place cet objet surnaturel au sein d'un monde bien réel – le Paris des années 1830 – propice à interroger le **fonctionnement** même de la société.
- Si la Peau de chagrin diminue au fil de l'œuvre pour finalement disparaître intégralement avec la vie même de Raphaël à la fin, **une autre Peau persiste**. En effet, la Peau de chagrin – objet du livre – laisse place à *La Peau de chagrin*, **roman** de Balzac. L'énergie dépensée par le romancier, si elle ne peut être récupérée, a permis l'existence même du livre. L'énergie a été donc mise à profit et a servi un véritable **acte créateur**.

La dissertation sur l'œuvre en lien avec le parcours

- Les sujets de dissertation vous inviteront à réfléchir à la manière dont l'homme dépense sa vie et ainsi d'interroger s'il est dans un **processus de création ou de destruction**. Il ne faudra pas se concentrer seulement sur le personnage de Raphaël même s'il est le personnage principal de l'œuvre et qu'il jouit de la Peau de chagrin. En effet, les autres personnages sont aussi source d'énergie et invitent à s'interroger sur la façon – vertueuse ou non – dont cette énergie est consommée. En effet, le système des personnages oppose des couples tels que Pauline et Foedora. L'une du côté de la **vertu** et l'autre du **matérialisme**. Il faudra ainsi aborder ces notions sous différents angles.
- De plus, vous devrez être capable de solliciter d'autres exemples que l'œuvre au programme au sein de votre dissertation puisque le parcours porte sur « les romans de l'énergie ». Le pluriel employé suggère que La Peau de chagrin fait partie d'une **catégorie plus large** traitant ce sujet. Vous pourrez alors convoquer des œuvres d'autres auteurs ou encore d'autres ouvrages de *La Comédie humaine*.

En complément de Balzac

- Oscar Wilde, *Le portrait de Dorian Gray* (1890) : un jeune peintre décide de représenter le portrait du beau Dorian Gray. Ce dernier formule alors le vœu que son portrait vieillisse à sa place.
- Jules Verne, *Maître Zacharius* (1854) : Maître Zacharius est le premier horloger. Grâce à lui, l'homme peut mesurer le temps. Mais, alors qu'il est à présent vieux, toutes les montres s'arrêtent car celles-ci sont réglées sur ses pulsations cardiaques. La vie de l'homme et de son œuvre sont ainsi inextricablement liées et l'une dépend de l'autre.

4 *Gargantua*, Rabelais, 1534

PARCOURS **Rire et savoir**

1 BIOGRAPHIE

François Rabelais (1483 ?–1553)

- François Rabelais est né près de Chinon, en Touraine, à une date imprécise (1483, 1489 ou 1494). Sa province de naissance servira de cadre aux guerres picrocholines dans *Gargantua*. Il meurt à Paris en avril 1553.
- Son père est avocat, et comme de nombreux fils de famille aisée, **il part vivre vers l'âge de neuf ou dix ans dans une abbaye** afin de recevoir une bonne instruction, et peut-être dans l'objectif de devenir moine. Intégrant d'abord l'ordre des franciscains, Rabelais se lie d'amitié avec un autre humaniste, Paul Lamy (ou Amy), qui l'initie au grec ancien. Mais en 1523, la Sorbonne interdit l'enseignement du grec qu'elle juge dangereux car il inciterait à interpréter librement le Nouveau Testament ; les deux jeunes hommes demandent alors à changer d'ordre religieux et intègrent l'ordre des bénédictins, plus ouvert à la culture dite profane (en opposition à la culture sacrée, c'est-à-dire exclusivement religieuse). Rabelais y rencontre un évêque qui l'embauche comme secrétaire. Il rejoint Paris en 1528 pour y entreprendre des études de médecine.
- En 1530, **Rabelais intègre la faculté de Montpellier** qui propose une approche innovante de la médecine. En 1532, nommé médecin de l'Hôtel-Dieu, il s'installe à Lyon. En parallèle, Rabelais commence à écrire des ouvrages moins sérieux et la même année, il publie sous le pseudonyme d'Alcofribas Nasier (anagramme de son nom) son premier récit, *Pantagruel* (le titre complet est : *Les horribles et espoventables faictz et prouesses du très renommé Pantagruel, roy des Dispodes, filz du grand géant Gargantua, composez nouvellement par Maistre Alcofrybas Nasier*).

> **Vocabulaire**
> Une **anagramme** est un mot obtenu par la transposition dans un ordre différent des lettres d'un autre mot (par exemple chien/niche).

- À la fin de l'année 1534, alors que l'auteur est devenu le médecin privé de l'évêque de Paris Jean du Bellay (cousin du poète Joachim du Bellay) et a effectué un voyage à Rome avec lui, et avant qu'il ne disparaisse brusquement de Lyon suite à l'affaire des Placards, Rabelais publie sa deuxième parodie des romans de chevalerie, ***Gargantua***, qui fait preuve d'autant de verve que de connaissances et témoigne d'une immense culture savante et populaire.

> **À savoir**
> **Affaire des Placards** : du 18 au 19 octobre 1534, des protestants placardent des avis contre la messe catholique, jusque sur la porte de la chambre de François Ier, à Amboise. Cet événement mènera vingt-cinq ans plus tard aux guerres de religion.

Genèse et caractéristiques de l'œuvre

Influences

- S'il s'engage avec ardeur dans tous les combats humanistes, dénonçant ces « ténèbres gothiques » qui caractérisent selon lui le Moyen Âge, l'œuvre de Rabelais reste malgré tout marquée par l'influence du Moyen Âge. En effet, formé selon le système d'éducation ayant alors cours (*trivium* et *quadrivium*), Rabelais a appris **des rondeaux et des ballades** de poètes médiévaux. Il a lu les **romans de chevalerie** et il est très marqué par le théâtre, en particulier **les farces**. Autant d'influences qui se retrouvent, parodiées, dans *Gargantua*.

À savoir

Le **trivium** (les « trois voies » ou pouvoir des langues, à savoir la grammaire, la rhétorique, la dialectique) et le **quadrivium** (les « quatre voies » ou pouvoir des nombres : arithmétique, géométrie, musique, astronomie) sont les **sept arts libéraux** enseignés durant l'Antiquité, puis au Moyen Âge.

Un engagement contemporain

- Mais l'auteur inscrit également son œuvre dans une **réflexion contemporaine et engagée**, en soutenant la monarchie et en critiquant l'éducation scolastique. En effet, Rabelais intègre la **conception nouvelle de l'éducation** que propose l'humanisme, qui s'oppose au dogmatisme scolastique et à l'obscurantisme religieux qui marquent la fin du Moyen Âge. Il prône aussi un **retour aux textes antiques** épurés des mauvaises traductions et commentaires qui en faussaient l'interprétation. Et derrière le style bouffon, c'est bien une **réflexion sérieuse sur la guerre et la paix** qui parcourt l'œuvre.

Vocabulaire

Scolastique : philosophie, enseignée au Moyen Âge dans les universités, qui vise à concilier l'apport de la philosophie grecque (particulièrement l'enseignement d'Aristote et des péripatéticiens) avec la théologie chrétienne. Les humanistes lui reprochent de ne pas ouvrir l'esprit des étudiants, qui se contentent d'apprendre par cœur des textes bibliques mal traduits.

Œuvres principales

- ***Pantagruel*** (1532) : ce récit, qui suit les étapes d'un roman de chevalerie, raconte l'histoire du fils géant de Gargantua, de la naissance lors d'une période de grande sécheresse aux guerres entre les Dipsodes et les Amorautes.
- ***Gargantua*** (1534) : le lecteur découvre les aventures du père de Pantagruel, de sa naissance à sa construction de l'utopie de Thélème.
- ***Le Tiers Livre*** (1546) : premier ouvrage publié sous le nom de François Rabelais ; pourtant soutenu par François Ier, il sera comme les deux récits antérieurs condamné par la Sorbonne. La forme du discours succède à celle des chroniques précédentes. Pantagruel part en quête de la « Dive Bouteille ».
- ***Le Quart Livre*** (1548) : on continue à suivre les aventures de Pantagruel ; l'épisode des moutons de Panurge donne naissance à l'expression.
- ***Le Cinquième livre*** (1562, posthume) : cet ouvrage publié neuf ans après la mort de Rabelais raconte la suite et la fin de la quête de la « Dive Bouteille » pour laquelle Pantagruel et ses compagnons voyagent en mer.

2 CONTEXTE DE L'ŒUVRE

▶ Le contexte religieux

Le protestantisme

- Au début du XVIe siècle, la publication du moine allemand Martin Luther, *La dispute sur la puissance des indulgences*, ou les 95 thèses, a un retentissement considérable puisqu'elle pose les bases d'une nouvelle religion qui prendra le nom de **réforme protestante**.
- Cette nouvelle religion, qui *réforme* le catholicisme dont elle dénonce la corruption, traduit la volonté de **revenir aux sources du christianisme** mais aussi la nécessité de considérer différemment les rapports entre la vie religieuse et la vie sociale. Ces réformateurs, qui prendront le nom de « protestants », profitent de l'**essor de l'imprimerie** pour faire circuler des Bibles retraduites en langues vernaculaires (non savantes, notamment l'allemand) dans lesquelles ils prouvent que les textes originaux ne font mention **ni des saints, ni du culte de la Vierge, ni du purgatoire**. Ils rejettent également l'autorité du pape.
- La révolution provoquée par les idéaux de la Réforme sera à l'origine des **guerres de religion**, dont la première débutera officiellement en 1562 par le massacre de Wassy ; mais les persécutions contre ceux qui adhèrent à la Réforme commencent dès les années 1520.

> **Vocabulaire**
>
> **Indulgences** : aumônes (argent) que le clergé récolte contre la promesse d'un allègement des peines qui attendent les pécheurs au Purgatoire, sorte d'antichambre du Paradis. Autrement dit, les religieux faisaient payer aux catholiques leur place au paradis, et c'est contre ces pratiques que s'insurge Martin Luther.

L'évangélisme

- Si Rabelais ne rejoint pas cette réforme protestante, il consacre malgré tout une grande part de ses œuvres à de longues réflexions sur la religion, souhaitant retrouver la **pureté originelle d'un christianisme** qui serait débarrassé de certains de ses rites et dogmes incohérents. Et il est d'autant plus convaincant dans sa critique qu'ayant été moine, il connaît mieux que personne les pratiques religieuses.
- En 1534, l'année de la parution de *Gargantua*, **les évangélistes commencent à leur tour à être persécutés**. Les idées de ces croyants, qui prônent un retour à une lecture pure et simple de l'Évangile et revendiquent de nouvelles pratiques religieuses, paraissent en effet de plus en plus dangereuses pour la Sorbonne et l'Église catholique. Sans pouvoir affirmer que Rabelais a appartenu à ce courant de pensée, il ne fait nul doute qu'il l'influença, de même qu'il influencera des personnalités comme François Ier ou sa sœur Marguerite de Navarre.

▶ Le contexte politique

François Ier, le « Restaurateur des Lettres »

- François Ier, sacré roi de France le 25 janvier 1515 dans la cathédrale de Reims, règne jusqu'à sa mort en 1547. Il est considéré comme l'un des plus grands représentants monarchiques de la Renaissance. Son règne est marqué par la **valorisation des arts et des lettres** autant que par d'**importantes victoires militaires.**

• Grand mécène, soutien de Léonard de Vinci, il mène une **politique culturelle innovante**, source d'inspiration de l'abbaye de Thélème. Sa sœur aînée, Marguerite, mariée au roi de Navarre, se montre également une fervente admiratrice des lettres et protège de nombreux écrivains, parmi lesquels Rabelais.

Charles Quint, le roi belliqueux

• Mais le règne de ce roi est également marqué par des **luttes incessantes avec Charles Quint**, roi d'Espagne et empereur du Saint Empire romain germanique, pour remporter le pouvoir en Europe, plus particulièrement en Italie, berceau de la Renaissance. Il faudra attendre 1538 pour que les hostilités entre les deux monarques cessent. Ces rivalités sont parodiées par Rabelais dans *Gargantua* qui fait de Picrochole une illustration caricaturale de Charles Quint, et de Grandgousier l'archétype du bon roi, à l'image de François Ier.

▶ Le contexte culturel

La Renaissance

• La Renaissance est une **période historique qui marque la sortie du Moyen Âge** ; elle débute en Italie à la fin du XIVe siècle, se diffuse dans toute l'Europe et s'achève à la fin du XVIe siècle. Le terme de « Renaissance » pour désigner **une époque** et non plus un renouveau des lettres et des arts, comme ce fut le cas de la première Renaissance italienne, a été utilisé près de quatre-cents ans après.

• On parle de **Renaissance artistique** car les œuvres de cette époque reviennent aux sources de l'art gréco-romain et ne s'inspirent plus du Moyen Âge. La Renaissance s'accompagne d'un ensemble de **réformes religieuses**, qui provoqueront des guerres sanglantes.

> **À lire**
>
> Destiné à la jeunesse, l'ouvrage de Brigitte Coppin publié aux éditions Flammarion, ***Léonard de Vinci et cinq génies de la Renaissance***, permet de découvrir tout l'esprit de la Renaissance à travers six figures principales, parmi lesquelles Magellan, Luther, François Ier ou Cervantès.

L'humanisme

• L'humanisme est un **courant de pensée européen** qui se développe durant la Renaissance. L'époque est marquée par de **profonds bouleversements** : on découvre de nouveaux pays, de nouvelles cultures. Les frontières du monde connu se redessinent. Les sciences et la médecine connaissent elles aussi des progrès fulgurants. Les voyages rendus plus faciles et l'imprimerie qui se perfectionne permettent de **diffuser plus largement les connaissances et les textes,** parmi lesquels certains textes antiques que l'on redécouvre et retraduit.

• **L'éducation** est un domaine important aux yeux des humanistes, et ils proposent un programme éducatif qui consiste à former l'enfant de manière progressive, sans violence, en suscitant sa curiosité et son intérêt. Le sport et le travail du corps sont aussi importants que l'apprentissage du latin ou de la rhétorique.

• **Les sciences** sont également mises à l'honneur : mathématiques, astronomie, sciences naturelles, anatomie… autant de domaines qui permettent aux penseurs humanistes de se défaire des dogmes qui perdurent depuis le Moyen Âge.

• **La religion** aussi est sujette à réflexion. Il s'agit de l'adapter au monde nouveau et à ses valeurs nouvelles. Érasme, l'un des plus fervents partisans d'un humanisme chrétien, condamne ainsi la religion basée sur des rites dénués de sens et des obligations comme la messe dominicale, auxquels il oppose une religion permettant à l'homme de s'adresser directement à Dieu.

• **La politique** est évidemment au cœur des préoccupations des penseurs humanistes, qui tous s'attachent à préserver des situations de paix (ce qui ne les empêchera pas de soutenir leur monarque lorsqu'il s'agira de combattre l'ennemi). Et toujours dans un souci d'améliorer leur société, ils proposent des réformes politiques, comme Érasme dans *L'Éloge de la Folie* en 1511, Thomas More dans *Utopie* en 1515-1516 ou Rabelais dans *Gargantua* en 1534.

3 RÉSUMÉ DE L'ŒUVRE

Prologue

• Le prologue, dont le ton est d'emblée **comique** puisqu'il s'adresse aux lecteurs comme à des « *buveurs très illustres* », donne les **clés de lecture de l'œuvre** : s'appuyant sur les figures de Silène et de Socrate, Rabelais y explique que le lecteur ne doit pas s'arrêter à l'apparente bouffonnerie formelle du roman mais chercher au-delà des apparences la « *substantifique moelle* » que le texte contient.

L'enfance du héros (chapitres 1 à 13)

• Après cinq chapitres sur la généalogie du héros et sur la grossesse et l'accouchement de Gargamelle, le personnage éponyme surgit par l'oreille de sa mère en criant « *à boire* » (chapitre 6). Les chapitres suivants se consacrent à la description de la **petite enfance** de ce géant, rappelant les quantités astronomiques de nourriture qu'il ingère ou de tissu nécessaire à le vêtir.

Citation

« On fit venir pour lui dix-sept mille neuf cents vaches de Pontille et de Bréhémont pour l'allaiter quotidiennement. »

Chapitre 7.

L'éducation du héros (chapitres 14 à 24)

• Grandgousier, « *saisi d'admiration en considérant le génie et la merveilleuse intelligence de son fils* », décide de lui donner une **éducation digne de ce nom**. Son premier maître, le sophiste Thubal Holoferne, base son enseignement sur une **répétition par cœur et sans examen critique**. Les règles élémentaires de l'hygiène sont complètement méprisées. Convaincu par le jeune page Eudémon que son fils est mal éduqué, Grandgousier l'envoie alors à Paris chez Ponocrates, qui lui enseigne le **respect des saintes écritures** et l'importance de l'exercice de son **esprit critique** autant que **physique**.

Les exploits à la guerre (chapitres 25 à 51)

• Cette partie se consacre aux guerres entre Picrochole et le berger Frogier, habitant des terres de Grandgousier. Après avoir appris les causes du combat, le lecteur suit les différentes **batailles** qui mènent à la victoire de Gargantua, venu en aide au berger avec un certain Frère Jean des Entommeures, moine aussi bon vivant que courageux.

L'abbaye de Thélème (chapitres 51 à 58)

- Cette abbaye est donnée en récompense au moine pour son aide durant les guerres picrocholines. Véritable **utopie**, elle présente un **mode de vie idéal** selon la pensée humaniste de Rabelais.

4 PERSONNAGES PRINCIPAUX

Les « humanistes »

- **Gargantua :** fils des géants Grandgousier et Gargamelle, il en possède les caractéristiques (gigantisme, gourmandise, amour de la boisson, joie de vivre...). Son nom est d'ailleurs, comme celui de ses parents, en lien avec cette gloutonnerie puisque son père se serait écrié à sa naissance : « [Quel] grand [gosier] tu as ! » alors que son fils demandait à boire. Mais l'étymologie proviendrait plus probablement du terme languedocien *gargant* qui signifie « gosier ». Gargantua incarne la conception de l'homme selon les humanistes : sauvage et mal élevé lorsqu'il reçoit une mauvaise éducation, il devient un roi pacifique et honnête lorsqu'un bon maître le forme à devenir « homme ». Il passe de la naïveté et de l'insouciance à la sagesse et à l'érudition. Il aura un fils, Pantagruel.
- **Grandgousier :** père de Gargantua, c'est un homme bon qui souhaite le meilleur pour son fils, même s'il ne fait pas toujours les meilleurs choix. Lors de la guerre qui va l'opposer à Picrochole, il préfèrera opter pour des solutions pacifiques plutôt que de mener bataille. Son nom se décompose aisément en « grand » et « gosier », c'est-à-dire « grande gorge », car il est lui-même très gourmand, aime boire et manger.
- **Gargamelle :** fille du roi des Parpaillons, c'est la mère de Gargantua qui naît donc prince. Étymologiquement, son nom vient de l'argot *gargamelle* qui désigne également le gosier (de l'ancien occitan *gargamella*). Gargamelle est comme les autres géants du récit un personnage de démesure, qui mange « profusion de tripes » et n'accouche de son fils qu'au bout de onze mois. Elle n'apparaît que dans sa fonction maternelle, au début du récit et dans le chapitre 37, lorsqu'elle meurt de joie en revoyant son fils.
- **Ponocrates :** deuxième précepteur de Gargantua rencontré par le biais d'Eudémon (« *l'heureux, le bien nommé* »), il lui inculquera une éducation humaniste qui fait la part belle à l'exercice de la réflexion personnelle autant qu'à celui du corps. Il s'oppose aux apprentissages dénués de sens de la scolastique. Son nom signifie en grec « dur à la fatigue », rappelant qu'il travaille sans relâche.
- **Frère Jean des Entommeures :** figure comique et excessive du moine guerrier rencontré à l'abbaye de Sully, il s'engage activement dans la défense des injustices (et de ses vignes !) et condamne l'oisiveté et la fainéantise des moines. C'est pour lui que Gargantua fait construire l'abbaye de Thélème. Son nom évoque le « hachis » (entamure : hachis) qu'il est capable d'engloutir, mais qui renvoie aussi au fait qu'il n'hésite pas à transformer ses ennemis en hachis.

▶ Les « rassotés » (sots)

- **Maître Thubal Holoferne et maître Jobelin Bridé** : ces deux personnages sont des précepteurs sophistes, les premiers à prendre en charge l'éducation du jeune Gargantua. Leurs noms sont également très connotés : dans la Bible, le prince de Tubal est un ennemi de Dieu, et Holoferne est persécuteur du peuple de Dieu. Le deuxième personnage porte un prénom qui signifie « fou » ou « niais » ; son nom évoque quant à lui un « oison bridé, ne pouvant voler ». Ils représentent l'inutilité du savoir basé sur les livres et l'apprentissage sans réflexion.
- **Picrochole :** roi du pays des fouaciers, il incarne l'archétype du roi colérique et injuste. Son nom signifie d'ailleurs « le bilieux » (le colérique). Son désir d'expansion et de pouvoir absolu l'amène à déclarer la guerre au roi du pays des bergers, Grandgousier, malgré les traités de paix existant entre les deux pays et sans véritable raison. Impulsif et orgueilleux, il est prêt à tuer l'un de ses propres sujets qui exprimait son désir de réconciliation. Il s'oppose en tous points au roi Grandgousier et encore davantage à son fils, le prince Gargantua.
- **Tripet :** c'est l'un des capitaines de Picrochole. Son nom renvoie bien entendu aux « tripes », et il sera véritablement « étripé » par Gymnaste, l'un des compagnons d'armes de Gargantua.

5 THÈMES CLÉS

▶ Le gigantisme

- La littérature du début du XVIe siècle est imprégnée du registre merveilleux. Mais à la différence des auteurs qui le précèdent, Rabelais fait de son personnage éponyme **un monstre ayant tous les traits d'un humain**, les caractéristiques du gigantisme permettant surtout d'apporter un caractère comique au récit.
- Mais l'excès n'est pas exclusivement du côté des géants, et le personnage de Frère Jean des Entommeures fonctionne comme une sorte de **caricature positive et puissamment comique** des moines médiévaux. Massacrant joyeusement les pillards qui menacent sa vigne, aussi ignorant que courageux, il instaure un climat joyeux et exubérant tout en pointant du doigt les travers des hommes.

▶ Les romans de chevalerie

- Le roman *Gargantua* suit les **étapes classiques d'un roman de chevalerie** : naissance du héros, enfance et adolescence, départ à la guerre, victoires. L'œuvre, qui prend modèle pour mieux le parodier sur ce genre médiéval, est donc riche en scène de combats épiques… même si la monture de Gargantua n'est pas un fidèle destrier mais une jument démesurée dont la queue détruit tout sur son passage.
- Le **récit épique**, qui conte les exploits guerriers, se caractérise par un vocabulaire de l'excès, des figures d'exagération et le déploiement du champ lexical des combats. Cette tonalité, largement utilisée et parodiée dans les chapitres consacrés aux guerres picrocholines, permet à l'auteur de montrer l'absurdité de la cause des combats, ou celle de la quête.

L'éducation

- On l'a vu précédemment, l'éducation est l'une des préoccupations majeures des penseurs humanistes car c'est elle qui **permet à l'Homme de s'accomplir** et de devenir « meilleur humain ». Plusieurs chapitres du récit sont ainsi consacrés à l'éducation du jeune géant. Certains fonctionnent comme un modèle de **contre-éducation** (les chapitres décrivant l'enseignement de Tubal Holoferne), tandis que deux chapitres complets (23-24) permettent de décrire, dans le détail, l'emploi du temps et le programme d'études qu'impose le précepteur humaniste Ponocrates à son élève.

Citation

« Il lui imposa un tel rythme d'études qu'il ne perdait pas un moment de la journée, mais passait tout son temps à étudier les Lettres et le savoir utile. »

Chapitre 23.

Guerre et paix

- Les guerres picrocholines sont l'occasion pour Rabelais de dresser le portrait de **deux rois opposés**. Picrochole, qui serait injuste et violent, renvoie à la figure de Charles Quint. Grandgousier, plus pacifique, est le modèle idéal du **monarque humaniste** comme put l'être François Ier. Lorsqu'il est question de guerre, les capacités extraordinaires du géant Gargantua sont rarement mentionnées. Au contraire, ce sont bien des hommes qui se battent et se tuent, dans des combats qui paraissent très actuels aux lecteurs de Rabelais.

L'utopie

- L'abbaye de Thélème, construite en l'honneur de Frère Jean des Entommeures et pour le remercier de son courage à la guerre, clôt le récit sur une proposition de **société idéale** dans laquelle règnent l'équité, la liberté, la culture et la paix. Cette **anti-abbaye** qui accepte les hommes et les femmes, et dont le nom évoque la volonté en grec, a pour règle « Fais ce que tu voudras ». Cette devise prouve toute la foi que Rabelais dépose en l'homme lorsque ce dernier est libre et éduqué.

Citation

« Parce que dans tous les couvents de ce monde tout est mesuré, limité et réglé par les heures, on décida qu'il n'y aurait là ni horloge ni cadran solaire, mais que toutes les activités seraient faites au gré des occasions et des circonstances. »

Chapitre 52.

PARCOURS

Rire et savoir

• *Gargantua*, Rabelais

Comprendre l'intitulé

a. Rire

• De nombreux auteurs ont écrit sur le **rire**, afin d'en comprendre les rouages autant que pour expliquer qu'il ait été si longtemps en mauvaise grâce. On sait en effet que lorsque Rabelais rédige *Gargantua*, **la culture religieuse condamne le rire** qui empêche de se rapprocher de Dieu. Situé du côté du « bas corporel », le rire est alors en opposition avec le spirituel. Il marque notre part d'animalité et n'est autorisé par les instances religieuses que dans le cadre du carnaval.

b. Savoir

• Le **savoir**, c'est la **connaissance**. Pour les humanistes, c'est grâce au savoir et donc aux connaissances qu'il intègre que l'Homme peut s'accomplir pleinement et devenir une bonne personne. Gargantua incarne ainsi la figure de celui qui devient meilleur humain grâce à une bonne éducation.

c. Lien entre les deux termes

• Depuis Horace et son *Art poétique* (Ier siècle avant J.-C.), on sait que le but de la littérature est « d'instruire ou de plaire, le plus souvent les deux à la fois ». L'aspect **plaisant** d'un récit permettrait en effet d'emporter plus facilement l'adhésion du lecteur, qui comprend mieux la morale de l'histoire et l'**enseignement** que l'on peut en tirer. L'enjeu des apologues et autres récits plaisants est donc de viser une forme d'**instruction**, de donner accès à un certain savoir, tout en flattant les intérêts du lecteur.

• Le rire enfin permet de **se moquer du savoir lui-même**, de la pédanterie de ceux qui sont imbus de leur science, des pédants qui se croient au-dessus des ignorants, quand tout prouve qu'ils sont simplement plus ridicules (par exemple Janotus de Bragmardo, aux chapitres 18 à 20 du récit).

Le parcours et l'œuvre intégrale

• On retrouve **toutes les formes de comique** dans l'œuvre : de **mots** (calembours, néologismes, vocabulaire spécialisé, accumulations, mélange de tons, etc.), de **situations** (Gargantua qui noie les Parisiens dans son urine du haut de Notre-Dame), de **gestes** (l'escrime approximative de Frère Jean avec son bâton de croix), de **caractères** (la colère de Picrochole).

• Le choix d'une famille de géants permet par ailleurs à l'auteur de jouer sur des **exagérations** à effets comiques : les quantités, les nombres, les listes sont toujours très élevés, ce qui provoque le sourire du lecteur.

• Mais le plus marquant pour un lecteur actuel, c'est sans doute l'aspect extrêmement **scatologique** de l'humour rabelaisien. On sait que Rabelais connaît bien les rouages du corps, lui qui a été médecin, et il n'hésite pas à employer un vocabulaire très spécialisé en décalage avec les situations vécues par les personnages, qui prête à rire, tout en autorisant à l'auteur une critique acerbe du manque d'hygiène de ses contemporains.

Vocabulaire

Le terme **scatologie** sert à désigner des écrits ou des propos grossiers, dans lesquels il est question d'excréments, de pets, d'urine, etc. Le terme vient du grec *skôr*, « excrément », et *logos*, « parole ». L'humour scatologique est largement répandu depuis l'Antiquité.

• Le savoir concerne tous les domaines dans le récit de Rabelais : la **religion**, la **guerre**, **l'éducation**… et son accès par le rire prend toutes les formes, du rire gras et scatologique au rire complice.

▶ La dissertation sur l'œuvre en lien avec le parcours

• Les sujets de dissertation devraient vous amener à vous interroger sur **les savoirs cachés derrière les apparences bouffonnes du récit**. En ce sens, le prologue est une étape importante de la réflexion de l'auteur puisqu'il y fait le lien entre les apparences et le fond de son œuvre. Vous devez impérativement pouvoir l'exploiter dans votre devoir. L'auteur annonce également l'intérêt qu'il porte au rire dans son adresse aux lecteurs.

• Vous devez donc maîtriser les **différentes fonctions du rire** dans le récit (qui sert à **réfléchir**, mais aussi tout simplement à **s'amuser**), et pouvoir **citer des passages particulièrement comiques** pour les illustrer.

• Vous devez également connaître les domaines du savoir auxquels Rabelais souhaite amener son lecteur, en vous intéressant plus particulièrement peut-être à l'importance qu'il accorde à **l'éducation**.

Citations

« Il faut ouvrir le livre et soigneusement peser ce qui y est traité. Alors vous reconnaîtrez que la drogue qui y est contenue est d'une tout autre valeur que ne le promettait la boîte. »

Prologue.

« Il vous faut […] par une lecture attentive et une méditation assidue, rompre l'os et sucer la substantifique moelle, […] avec l'espoir assuré de devenir avisés et vaillants à cette lecture. »

Prologue.

« Ici vous n'apprendrez / Que peu de perfection, si n'êtes enclins au rire. / Mon cœur ne peut élire aucun autre sujet, / Quand je vois le deuil qui vous mine et consume : / Il vaut mieux écrire du rire que des larmes, / Parce que le rire est le propre de l'homme. »

Adresse aux lecteurs.

En complément de Rabelais

- Cervantès, *Don Quichotte de la Mancha* (1605) : une autre critique des romans de chevalerie et de la folie des hommes passant par le rire.
- Molière, *Le Bourgeois gentilhomme* (1670) : une comédie-ballet qui se moque du pédantisme et du savoir par le biais d'un personnage comique haut en couleurs.
- Voltaire, *Candide* (1759) : un conte philosophique qui dénonce les travers des hommes par l'un des penseurs des Lumières les plus facétieux.

5 *Les Caractères*, Livres V à X, La Bruyère, 1696

PARCOURS La comédie sociale

1 BIOGRAPHIE

▶ Jean de la Bruyère (1645-1696) : une vie qui demeure obscure

- Issu de **petits propriétaires fonciers** du Perche, La Bruyère est baptisé à Paris en 1645. Grâce à sa famille, il poursuit une lente ascension sociale.
- Il fait des études de droit et achète, à 28 ans, un office modeste à Caen.
- De 1684 à 1687, il est **sous-précepteur** du duc de Bourbon, petit-fils du renommé prince de Condé, qu'il suit à Chantilly, à la Cour ou au palais du Luxembourg. Suite au mariage de son élève, La Bruyère cesse ses leçons mais reste à ses côtés en tant que bibliothécaire et « gentilhomme de M. le duc ».

Vocabulaire

Un **précepteur** est un professeur engagé par une famille aisée afin d'assurer l'éducation d'un enfant à domicile.

- Cette expérience a permis à La Bruyère de connaître de l'intérieur le fonctionnement de la cour et d'observer la **comédie sociale**.
- L'auteur sera élu à l'Académie française en 1693. Il meurt en 1696, année de la dernière édition de son ouvrage.

▶ Genèse et caractéristiques de l'œuvre

Influences

- Au départ, La Bruyère a proposé une traduction des *Caractères* du philosophe grec **Théophraste** (IVe siècle avant J.-C.) à laquelle il adjoint son propre texte. Par la suite, la place impartie à Théophraste va diminuer et les remarques de La Bruyère prennent de l'ampleur au point d'atteindre le nombre de 1 120 dans la neuvième édition en 1696.
- **Pascal** avait pour projet d'écrire un ouvrage qui constituerait une apologie de la religion chrétienne pour convaincre les hommes de se convertir. Il en a réuni les matériaux sous forme de notes mais sa mort en 1662 ne lui aura pas laissé le temps d'organiser et de rédiger son œuvre. Ses amis réunirent et classèrent son travail qui devint les *Pensées* en 1670. Ce texte fascine parce qu'il est discontinu et libéré des obligations syntaxiques. Ce fut l'un des grands modèles de La Bruyère.

Citation

« L'homme est un roseau, le plus faible de la nature, mais c'est un roseau pensant. »

Pascal, *Pensées*.

Originalité de l'œuvre

• Si l'ensemble rappelle les *Pensées* de Pascal ou les *Maximes* de La Rochefoucauld, l'originalité réside dans les nombreux **portraits**, moraux et satiriques. Les contemporains de La Bruyère n'hésitèrent pas à rechercher qui pouvait bien se trouver derrière ces descriptions.

À retenir

Une **œuvre à clef** est un genre dans lequel certains personnages représentent des personnes réelles.

▶ Œuvres principales

• ***Les Caractères*, de Théophraste, traduits du grec, avec *Les Caractères ou Les Mœurs de ce siècle*** (1688) : neuf éditions du vivant de l'auteur.

• ***Discours de réception à l'Académie française*** (1693).

• ***Dialogues sur le quiétisme*** (1696) : dialogues fictifs contre le quiétisme, doctrine selon laquelle la perfection chrétienne réside dans la quiétude, c'est-à-dire l'amour pur et la contemplation de Dieu, en l'absence de toute activité propre à l'âme.

Citation

« Je rends au public ce qu'il m'a prêté ; j'ai emprunté de lui la matière de cet ouvrage. »

Préface des *Caractères*.

2 CONTEXTE DE L'ŒUVRE

▶ Le contexte historique

Le pouvoir sans limites du souverain

• Louis XIV incarne **la monarchie absolue**. Le roi a tous les pouvoirs en tant que représentant de Dieu sur la terre. On parle alors de monarchie de droit divin.

• Si le sort du peuple ne change pas (les paysans vivent toujours dans la misère), le nouveau système politique a des répercussions sur la condition des classes plus élevées. Pour affirmer la dépendance des grands seigneurs, Louis XIV s'entoure de **bourgeois**. La noblesse cesse donc de jouer un rôle politique de premier plan. De plus, il fixe la cour à Versailles et les grands seigneurs, en se sédentarisant à la cour, deviennent des **courtisans**.

• Parce que **la cour impose la mode, le goût et le bon ton**, les courtisans n'hésitent pas à imiter le roi en tout point.

L'épanouissement de l'art

• Le Roi-Soleil **encourage tous les arts** et les réalisations rivalisent d'harmonie, d'équilibre et de perfection formelle.

Une fin de siècle en demi-teinte

• Ce qui semblait accepté est remis en question. Les **échecs guerriers** et **la misère** du royaume diminuent le prestige du souverain.

- Les écrivains mettent en lumière les problèmes politiques et sociaux que le classicisme avait écartés.

Le contexte littéraire

Les salons et l'honnête homme

- Le **salon** désigne un lieu de réunion et de conversation. Sous l'Ancien Régime, des réunions mondaines régulières sont tenues chez une dame de la haute société. Le salon, comme **institution littéraire**, est né en parallèle aux usages de la cour. Il influe sur la vie mondaine et donne des modèles du bel usage de la langue.
- Ce que l'on appelle l'« **honnête homme** » est un modèle de comportement. L'honnête homme, poli et cultivé, doit se substituer à une vieille noblesse française réputée pour sa brutalité ignorante. L'honnêteté qualifie le mondain dans son opposition au **pédant**, et tire ses modèles autant des romans et de la vie mondaine (les salons) que des traités de civilité.

Vocabulaire

Un **pédant** est une personne qui met en avant, avec insistance, sa culture et son érudition.

Le classicisme

- Le classicisme a pour but d'**imiter les modèles antiques** dont l'ordre, l'équilibre et la rigueur incarnent les valeurs mondaines reconnues à la cour.
- Les auteurs classiques empruntent à **Horace** le principe de l'**utilité de l'art** qui consiste à instruire les hommes en les divertissant et ainsi à les rendre meilleurs.
- Mais la fin du siècle laisse apparaître des tendances nouvelles qui menacent l'équilibre classique. L'homme n'est pas à la hauteur de **l'idéal classique** et les auteurs vont tenter de faire tomber les masques.

À retenir

Horace est un poète latin de l'Antiquité. Il est connu pour la notion de *carpe diem* et pour le principe du « juste milieu ».

La querelle des Anciens et des Modernes

- Au XVIIe siècle naît une querelle qui avait pour but de savoir si la littérature moderne pouvait égaler voire dépasser celle des **auteurs antiques**. Selon **les Anciens** (Racine, Boileau), les œuvres antiques ont atteint **une perfection qu'on se doit d'imiter** mais qu'on ne peut dépasser. Au contraire, **les Modernes** (Perrault, Fontenelle), s'ils admirent les auteurs de l'Antiquité, sont convaincus que la **modernité peut dépasser les modèles antiques**. Ces débats donnent lieu à une véritable querelle.
- La Bruyère, en imitant l'œuvre de Théophraste, est du côté des Anciens. Mais comme il y ajoute un texte personnel sur la société de son temps, il semble finalement faire preuve de modernité.

Citation

« Dans cent ans le monde subsistera encore en son entier : ce sera le même théâtre et les mêmes décorations, ce ne seront plus les mêmes acteurs. »

Livre VIII, 99.

3 RÉSUMÉ DE L'ŒUVRE

Le titre

- Si le titre inscrit l'œuvre dans la tradition des **moralistes** se donnant pour but de définir la nature humaine, le sous-titre qui l'accompagne, « les mœurs de ce siècle », actualise le propos en le situant dans un temps donné.

Vocabulaire

Un **moraliste** est une personne qui observe la nature humaine, les mœurs et qui en tire une morale.

Résumé des livres

- **V. « De la société et de la conversation » :** ce livre évoque les différentes attitudes en société et les types de locuteurs. Il formule aussi les règles qui devraient régir la conversation. Le moraliste montre que la parole est étroitement liée à l'esprit et que celui qui manque d'esprit va utiliser la conversation pour dominer, rabaisser ou attirer l'attention sur lui. Le chapitre se clôt sur la figure du sage reculé du monde.
- **VI. « Des biens de fortune » :** le moraliste révèle que la société est dominée par l'argent. L'homme n'est pas jugé selon son « *mérite personnel* » (chapitre II) mais selon ses biens. De fait, on veut être proche de celui qui est riche et, par la même occasion, on souhaite qu'il échoue. Il dénonce alors l'idée que l'homme passe sa vie à courir après l'argent, qu'il est prêt à tout pour en avoir plus, même lorsqu'il a déjà une fortune importante.

Citation

« Les enfants peut-être seraient plus chers à leurs pères, et réciproquement les pères à leurs enfants, sans le titre d'héritiers. »

Livre VI, 67.

- **VII. « De la ville » :** la ville de Paris est décrite comme un véritable théâtre où chacun s'apprête et joue son rôle. Peu importent la sagesse et la vertu, ce qui compte est de se faire remarquer.
- **VIII. « De la cour » :** La Bruyère peint un tableau de la cour de Louis XIV, avec ses règles et ses codes. Il dresse alors un portrait du courtisan, véritable prodige du paraître. Pour conserver honneur et vertu, il semble nécessaire de fuir la cour.
- **IX. « Des grands » :** l'auteur brosse un portrait accablant des grands du royaume qui apparaissent orgueilleux, corrompus et méprisants. Dénués d'esprit, leur reconnaissance n'est pas la conséquence de leur mérite.
- **X. « Du souverain ou de la république » :** véritable traité de politique, La Bruyère formule des conseils et esquisse le portrait du monarque idéal. Il n'attaque pas Louis XIV mais remet en question les fondements de la guerre.

Des formes brèves

- Le recueil est composé de pièces brèves que La Bruyère appelle lui-même des « **remarques** ». La forme brève est particulièrement prisée par le lectorat mondain. On apprécie dans les salons aussi bien la diversité des genres que la variété des thèmes abordés. En donnant l'apparence d'un recueil de pièces détachées, La Bruyère donne à son lecteur l'illusion d'une liberté plaisante.

- **Portraits :** par ses portraits, La Bruyère recompose la société qu'il a observée. Il met alors en scène des types aisément reconnaissables à la cour. Mais l'esthétique des portraits est celle du grossissement : les portraits sont des caricatures. Le but n'est pas de représenter fidèlement le réel mais de souligner, en les exagérant, les défauts de la nature humaine. Le portrait relève de la rhétorique épidictique qui sert une visée morale.

Vocabulaire

La **rhétorique épidictique** consiste à faire un éloge (dire les qualités de quelqu'un) ou au contraire à faire un blâme (dire les défauts).

- **Maximes :** les maximes sont très populaires au XVIIe siècle ; elles plaisent par la recherche du bon mot. La Bruyère y recourt à de nombreuses reprises afin de marquer l'esprit du lecteur par leur formule concise.

Vocabulaire

Une **maxime** est un énoncé bref qui exprime une vérité générale d'ordre moral.

- **Une esthétique de la conversation :** le style rappelle celui de la conversation car l'auteur interpelle à plusieurs reprises le lecteur et les marques de la deuxième personne invitent ce dernier au dialogue. De plus, la fragmentation du discours permet de prendre la conversation en marche. La Bruyère fait même de son lecteur un confident par l'emploi de la prétérition « *le dirais-je* » qui apparaît à plusieurs reprises.

4 THÈMES CLÉS

Le rire

La caricature

- En un sens premier, **est comique ce qui appartient au théâtre**. La Bruyère emprunte au théâtre ses types comiques. Les portraits amusent en ce qu'ils grossissent des traits de caractère chez les personnages.
- Il recourt aussi au **burlesque** qui consiste à traiter un sujet élevé en style dégradant. C'est bien ce qu'il fait lorsqu'il réduit les tâches des courtisans à des déplacements vains ou qu'il les compare à des machines. Dans « Des biens de fortune », Giton (83) apparaît ridicule par la multiplication des adjectifs et adverbes qui amplifient ses gestes : « *Il déploie un ample mouchoir, et se mouche avec grand bruit ; il crache fort loin, et il éternue fort haut* ». Ce qui compte n'est pas la valeur de l'action mais d'être vu.
- Mais le moraliste ne force pas la nature. Le naturel étant lui-même outré, La Bruyère, par ses caricatures, est **fidèle à ses observations**. Le grossissement répond alors à une exigence morale en montrant l'invraisemblance de ses contemporains.

L'ironie

- La Bruyère use de l'ironie pour **condamner les comportements**. Il convient alors de relever la naïveté apparente d'une proposition qui va à l'encontre de la morale défendue par l'auteur. Ainsi, par le procédé de l'antiphrase, il dénonce la primauté accordée à l'argent dans « Des biens de fortune » : « *Faire fortune est une si belle phrase, et qui dit une si bonne chose, qu'elle est d'un usage universel* » (36).

Vocabulaire

L'**antiphrase** est un procédé qui consiste à dire le contraire de ce que l'on pense.

La recherche de la vertu

Fuir la société

- Face à tant de bassesse et d'hypocrisie, le moraliste délivre une leçon claire : il faut **se retirer de la société**. Le thème de la fuite parcourt alors le recueil. Dès le livre V, La Bruyère précise qu'il faut « *les fuir de toute sa force et sans regarder derrière soi* » (V, 27). En effet, il convient « *de fuir à l'orient quand le fat est à l'occident* » (V, 29).

Vocabulaire

Un **fat** est quelqu'un de sot, sans esprit.

- Le **personnage du sage** est celui qui a su s'extraire de la médiocrité qui règne à la cour afin de s'en préserver. Le livre V se clôt sur cette image : « *Le sage quelquefois évite le monde, de peur d'être ennuyé* » (83). Celle-ci est reprise au livre « De la cour » : « *Un esprit saint puise à la cour le goût de la solitude et de la retraite* » (101). Enfin, l'évocation de la ruralité dans « De la ville » invite à un retour à la nature, loin des artifices de la cour.

L'éducation du prince

- La préoccupation principale du monarque doit être le **bonheur du peuple**. C'est pourquoi la tyrannie, qui fait son malheur, est un sujet incontournable. La monarchie est un régime politique idéal tant que le roi fait preuve de sagesse et de vertu alors qu' « *il ne faut ni art ni science pour exercer la tyrannie* » (X, 2). De fait, le roi a des devoirs envers son peuple et ceux-ci s'inscrivent dans un idéal chrétien de gouvernement des peuples.
- Pour dépeindre **l'idéal du bon roi**, La Bruyère reprend la métaphore traditionnelle du roi berger. La souveraineté n'est pas un privilège, le roi doit se soucier des conditions de vie de son peuple. Ainsi, comme « *le berger, soigneux et attentif, est debout auprès de ses brebis* » (X, 29), le roi doit veiller au bien-être de ses sujets.

À savoir

La **métaphore du roi-pasteur** (roi berger) était déjà présente chez Platon ainsi que dans La Bible où Jean dit : « Je suis le bon pasteur, le bon pasteur donne sa vie pour ses brebis » (10:11).

- Le monarque idéal doit faire preuve d'une parfaite **exemplarité**, aussi bien morale que spirituelle : il doit avoir « *l'esprit, le cœur, les dehors, le tempérament* » (X, 35). Le moraliste termine le livre « Du souverain ou de la république » par un éloge de Louis XIV comme cela se faisait traditionnellement. Celui qui est « *digne du nom de Grand* » (35) est bien Louis XIV, dit « le Grand ».

▶ L'être et le paraître

La satire sociale

- Pour La Bruyère, connaître la cour revient à en connaître les **vices** et savoir jouer le jeu de la dissimulation. La cour est un lieu moralement condamnable car il éloigne l'homme de la vertu en l'incitant au mensonge et à la dissimulation (le choix du retrait est ainsi le choix de la vertu).
- Le **courtisan**, parce qu'il « *ne nomme plus chaque chose par son nom* » (VIII, 62) est la figure antithétique du moraliste. En effet, le moraliste a pour projet de révéler l'hypocrisie en choisissant la vérité alors que celle-ci « *blesse [l']oreille* » du courtisan. Le moraliste est bien celui qui démonte la mécanique (cf. sujet d'oral, p. 374) afin de dévoiler ce qui est dissimulé. Si les courtisans agissent ainsi, c'est dans le but de servir leurs intérêts personnels et non de contribuer au bien commun.

À retenir

Sous le règne de Louis XIV, les divertissements de cour étaient des moments politiques. Le roi mettait en scène sa toute-puissance et les **courtisans** recherchaient les faveurs des puissants.

Phrase célèbre

« *Si vous jugez sur les apparences, vous serez souvent trompée ; ce qui paraît n'est presque jamais la vérité.* »

Mme de La Fayette, *La Princesse de Clèves*.

→ Cette phrase de Mme de Chartres à sa fille la Princesse de Clèves révèle le jeu des apparences qui règne à la cour.

- Au XVIIe siècle, les **traités de civilité** étaient nombreux. Ils énonçaient les règles de bonne conduite en société. Mais finalement, l'idéal qu'ils prônent, celui de l'honnête homme, devient l'incarnation du malhonnête, car pour le devenir, il faut **dissimuler et mentir**. La cour devient le lieu où on doit se faire voir. L'honnête homme n'est alors plus l'homme vertueux et modeste, mais celui qui se fait remarquer par sa maîtrise des codes sociaux et ainsi par le **travestissement de son être**. Les manuels de civilité n'apprennent pas à être honnête mais à singer les manières de l'honnêteté. L'homme de cour doit faire preuve d'habileté sociale pour réussir.
- Le **pouvoir**, étroitement lié à l'argent, semble être le but premier des grands. Le moraliste les présente comme prêts à sacrifier jusqu'à leur famille pour s'enrichir davantage et se faire une place au sein de la société. L'homme ne se définit plus par ses qualités mais par sa richesse, comme c'est le cas de Théramène dans « De la ville » (14) : « *Théramène était riche et avait du mérite ; il a hérité, il est donc très riche et d'un très grand mérite* ». La symétrie de la phrase souligne que le mérite se mesure à l'argent. La Bruyère dénonce une société qui pervertit les valeurs et qui encourage le vice.
- La **recherche de la fortune** est étroitement liée à la bêtise. Le moraliste associe l'absence d'esprit à la vanité dans « Des biens de fortune ». Il s'agit d'une « *sorte d'esprit* » qui n'est « *ni le bon ni le bel esprit* ». Seul l'« *homme d'un petit génie peut vouloir s'avancer* » (38).

Le *theatrum mundi*

- Le ***theatrum mundi*** est une métaphore, d'origine antique, approfondie pendant la période baroque. Elle illustre l'idée que la vie sociale est un **spectacle vain fait de divertissements** et, en donnant une représentation de ce théâtre du monde, on vise à **édifier le lecteur**, à l'inciter à renoncer aux illusions de la comédie sociale, à se repentir de ses erreurs et assurer ainsi son salut. La Bruyère la reprend pour rendre compte du spectacle de la vie sociale. Le monde est un théâtre où se joue une comédie créée par un dramaturge et metteur en scène qui s'appelle Dieu et dont les acteurs sont les hommes.

À retenir
L'**esthétique baroque** fait ressortir les apparences trompeuses.

- **Le vocabulaire du théâtre** parcourt l'œuvre. Dans « Les biens de fortune », il est question du « *théâtre du monde* » (31), image reprise dans « De la ville » avec « *le seul théâtre de leur vanité* » (11). Paris est un théâtre et les courtisans jouent un rôle. En effet, dans « De la cour », ils sont des « *acteurs* » et des « *personnages de comédie* » (99). Le thème du théâtre permet alors de dénoncer le règne des apparences à la cour et la distorsion qui existe entre l'être et le paraître.

Le peuple

- La Bruyère souligne la misère du peuple, à qui il manque parfois « *jusqu'aux aliments* » (VI, 47). Le peuple n'a pas sa place dans le jeu sociopolitique de l'époque mais il permet aux grands de se distinguer et offre un public aux parades aristocratiques.

Citation
« *Un homme du peuple ne saurait faire aucun mal ; un grand ne veut faire aucun bien, et est capable de grands maux.* »
Livre IX, 25.

- Si l'auteur partage avec son temps le préjugé que le peuple est inférieur aussi bien intellectuellement que moralement, il n'hésite pas à associer les grands au peuple : « *tous méprisent le peuple, et ils sont peuple* » (IX, 53). Il va même jusqu'à affirmer la supériorité morale du peuple face aux courtisans.

▶ L'observation

- Le moraliste se présente comme **observateur** de la société qu'il décrit. Il affirme qu'« *avec de bons yeux, on voit sans peine* » (IX, 53). La vue est alors convoquée à plusieurs reprises dans l'œuvre. Le recours au pronom indéfini « *on* » (VIII, 19) accrédite son propos puisqu'il suggère que ce qu'il dit peut être constaté par tous. Le moraliste est alors surtout celui qui donne à voir au lecteur. Il l'invite à regarder la réalité qui se cache derrière le masque.
- La Bruyère, par son écriture, propose une véritable **peinture de la société**. Pour cela, il recourt à la technique de l'hypotypose qui lui permet de mettre en scène la société de son temps.

Vocabulaire
L'**hypotypose** est une figure de style consistant à décrire une scène si frappante qu'on croit la vivre.

Citation
« *Je rends au public ce qu'il m'a prêté ; j'ai emprunté de lui la matière de cet ouvrage.* »
Préface des *Caractères*.

PARCOURS

La comédie sociale

• *Les Caractères*, La Bruyère

▶ Comprendre l'intitulé

a. Le sens des mots pris séparément

• **Comédie :** au XVIIe siècle, le mot désigne une pièce ayant pour but la peinture de travers privés ou de vices sociaux. Si le genre vise à divertir et a un but moral, il n'est pas nécessairement destiné à faire rire. La comédie peut désigner un genre d'écriture mais renvoie aussi au jeu théâtral.

• **Sociale :** l'adjectif désigne ce qui est relatif à la vie des hommes en société.

b. Mise en relation des deux termes

Deux interprétations sont possibles :

• La société joue une grande comédie, les courtisans tiennent chacun leur rôle et ainsi tout n'est qu'illusion. Il s'agit alors du *theatrum mundi*.

• L'œuvre est une grande comédie sociale au sens où elle met en scène la société afin d'en montrer les travers. On peut alors penser à *La Comédie humaine* de Balzac qui s'était donné ce projet au XIXe siècle.

Phrase célèbre

« *L'immensité d'un plan qui embrasse à la fois l'histoire et la critique de la Société, l'analyse de ses maux et la discussion de ses principes, m'autorise, je crois, à donner à mon ouvrage le titre sous lequel il paraît aujourd'hui :* La Comédie humaine. »

Balzac, Avant-propos de *La Comédie humaine*, 1842.

▶ Le parcours et l'œuvre intégrale

• La Bruyère, avec ses *Caractères*, met en scène la **société de son temps** afin de révéler la comédie sociale qui règne à la cour. Par son écriture qui reprend les caractéristiques de la comédie, il dévoile le vrai visage de la cour de Louis XIV.

▶ La dissertation sur l'œuvre en lien avec le parcours

• On peut d'abord s'interroger sur le **genre de la comédie** et illustrer comment La Bruyère en reprend les caractéristiques. Le moraliste est un fin observateur de la société qu'il peint ensuite dans son recueil. Le lecteur peut alors découvrir les mœurs de la cour. Ses portraits sont aussi des illustrations de ce qu'il a observé. Par le procédé de l'hypotypose, il met généralement en scène un vice social en donnant vie à un courtisan. Celui-ci, parce qu'il est caricaturé, devient un **type comique**.

• Paris devient alors une véritable **scène de théâtre** sur laquelle Giton, Phédon, Narcisse ou encore Théonas tiennent leur rôle. La multiplication des verbes de mouvement informe le lecteur sur leur jeu et les descriptions nous permettent de visualiser la scène. Le lecteur devient ainsi le spectateur de la scène parisienne et La Bruyère se fait à son tour dramaturge.

- Le **registre satirique** est particulièrement présent dans les portraits qui proposent une critique moqueuse du personnage mis en scène : les métaphores réifient ou animalisent les personnages afin de montrer la vanité de leurs actions. De plus, dans « De la cour », l'auteur n'hésite pas à associer le courtisan à un esclave dont le comportement est conditionné par la figure du roi et sa politique.

Citation

« *Qui est plus esclave qu'un courtisan assidu, si ce n'est un courtisan plus assidu ?* »

Chapitre VIII, 69.

- Cette comédie sociale a un **but moral** : ironie, maximes, portraits dénoncent les vices (l'amour-propre, la cupidité, la flagornerie) et invitent le lecteur à réfléchir sur la nature humaine. La Bruyère s'inscrit dans la tradition du précepte antique *Placere et docere*, plaire et instruire. Pour cela, il n'hésite pas à varier les énoncés en recourant à la maxime, la sentence ou encore au portrait. Afin d'impliquer le lecteur, il l'interpelle par l'emploi de questions rhétoriques et les marques de la deuxième personne.

Vocabulaire

La **flagornerie** est une attitude qui consiste à flatter par intérêt.

- Si La Bruyère dépeint la société de cour de Louis XIV, les vices qu'il dénonce ou les types qu'il met en scène sont atemporels. Le lecteur d'aujourd'hui peut à son tour tirer des enseignements des *Caractères*. Par la figure de l'antonomase, « Pamphile » (« Des grands », 50) devient un nouveau trait de caractère défini à partir de ce qui a été observé chez l'homme : « *Un Pamphile est plein de lui-même, ne se perd pas de vue, ne sort point de l'idée de sa grandeur, de ses alliances, de sa charge, de sa dignité.* » Le particulier offre alors des **leçons universelles**.

Vocabulaire

L'**antonomase** est une figure qui consiste à remplacer un nom commun par un nom propre ou un nom propre par un nom commun.

Citation

Le lecteur « *peut regarder avec loisir ce portrait que j'ai fait de lui d'après nature, et s'il connaît quelques-uns des défauts que je touche, s'en corriger* ».

Préface des *Caractères*.

En complément de La Bruyère

- Molière, *Tartuffe* (1664) : une mise en scène d'un personnage qui joue le rôle du faux dévot pour se faire une place dans la société.
- La Fontaine, *Fables* (1694) : une dénonciation plaisante des vices des courtisans et une mise en scène de l'hypocrisie qui règne à la cour.
- Voltaire, *L'Ingénu* (1767) : l'arrivée d'un jeune Huron sur les côtes françaises qui va découvrir la comédie sociale qui règne à la cour.
- Balzac, *Le Père Goriot* (1834) : une illustration de la façon dont l'argent a pris le dessus sur la vertu.

6 Déclaration des droits de la femme et de la citoyenne, Olympe de Gouges, 1791

PARCOURS Écrire et combattre pour l'égalité

1 BIOGRAPHIE

Olympe de Gouges (1748-1793)

- Olympe de Gouges, de son vrai nom **Marie Gouze**, est née à Montauban le 7 mai 1748 d'une mère fille d'avocats et d'un père bourgeois artisan boucher. Mais l'histoire attribue à la jeune Marie une paternité bien différente ; sa mère aurait en effet entretenu une relation avec Jean-Jacques Lefranc de Pompignan, **poète et dramaturge** aujourd'hui tombé dans l'oubli mais qui rencontrait alors un certain succès. Olympe était d'ailleurs très fière de cette filiation supposée avec un homme lettré, et sans doute cette ascendance a-t-elle dirigé en partie sa vocation littéraire.
- Ayant reçu une **éducation traditionnelle plutôt rudimentaire**, celle qu'on donnait alors aux jeunes filles de la petite bourgeoisie de province, la jeune Marie épouse en 1765, à dix-sept ans et sans le vouloir vraiment, un homme de trente ans son aîné, Louis-Yves Aubry, client régulier de la boucherie parentale. Quelques mois plus tard, un garçon naît de cette union avant que son mari meure emporté par une rivière en crue.
- Se trouvant veuve à dix-huit ans à peine, sans instruction, Marie Aubry aurait dû, selon l'usage, se remarier. **Mais c'était sans compter sur l'indépendance de la jeune fille**, soulagée de retrouver une liberté qu'elle n'abandonnera plus jamais et qui lui permettra de publier ses écrits sans avoir à obtenir au préalable l'autorisation de son mari, tel que l'exigeait la loi.
- S'installant à Paris avec son fils et son amant Jacques Biétrix de Rozières, qu'elle ne voulut jamais épouser mais qui l'aida à mener un train de vie bourgeois dans la capitale, la jeune Marie refuse de se faire appeler la veuve Aubry et choisit même de transformer son nom ; **elle reprend un des prénoms de sa mère, Olympe, et modifie son patronyme en Gouges**, qu'elle sait d'ailleurs à peine orthographier

Citation

« Écrire ne va pas de soi, encore moins pour une femme que pour un homme, et celle qui écrit doit affronter bien des obstacles pour être publiée. Obstacle moral et social d'abord : la pudeur qui lui sied, les convenances qu'elle se doit d'observer, exigent d'une femme qu'elle n'expose pas son nom (la plupart du temps le nom de son mari), qu'elle ne le rende pas "public". »

Catherine Mariette-Clot, *La Tradition des romans de femmes : XVIIIe-XIXe siècles*, 2012.

car, comme nombre de ses contemporaines, on ne lui a appris ni à lire ni à écrire correctement. Ces lacunes d'instruction obligent Olympe à dicter ses textes à des secrétaires, ce qui ne l'empêche cependant pas de composer plus d'une quinzaine de pièces de théâtre, genre privilégié à l'époque pour soutenir les idées nouvelles, et d'innombrables affiches et courts essais politiques.

- En 1793, **Olympe est arrêtée en raison de ses écrits engagés** ; on l'accuse en effet d'injures envers les représentants du peuple et de publication d'écrits contre-révolutionnaires. Faisant afficher ses derniers libelles depuis sa prison, et alors que ses amis et son fils la renient, Olympe de Gouges affronte le Tribunal révolutionnaire le 2 novembre. Elle tente d'expliquer que son combat humaniste s'inscrit au cœur même de la révolution mais elle est condamnée à mort et exécutée le lendemain.

Vocabulaire

Un **libelle** est un court écrit satirique, voire diffamatoire.

- Deuxième femme de l'histoire à être guillotinée, après Marie-Antoinette, elle meurt à quarante-cinq ans en proclamant : « Enfants de la Patrie, vous vengerez ma mort ! »

Genèse et caractéristique de l'œuvre

Une œuvre engagée

- Lorsqu'Olympe de Gouges fait publier sa *Déclaration des droits de la femme et de la citoyenne* en 1791, elle a déjà fait parler d'elle dans le Paris révolutionnaire. L'écrivain et homme politique Mirabeau, à qui l'on doit l'un des premiers discours sur la liberté de la presse en 1789, enthousiasmé par la lecture qu'Olympe donna de sa *Lettre aux représentants de la nation*, affirme ainsi à son propos : « *Nous devons à une ignorante de bien grandes découvertes.* »

À savoir

Le comte de **Mirabeau** (1749-1791) est un écrivain, diplomate, journaliste et homme politique français, figure majeure de la révolution. Surnommé « l'Orateur du peuple », il est le premier symbole de l'éloquence parlementaire en France. Il se distingue en tant que député du Tiers État aux États généraux bien qu'il ait été membre de la noblesse. Très apprécié par les révolutionnaires, son corps est, à sa mort, transporté au Panthéon où il est le premier occupant ; mais la découverte de ses relations secrètes avec la royauté retourne l'opinion et sa dépouille sera finalement retirée du mausolée.

- Mais la personnalité d'Olympe ne fait pourtant pas l'unanimité, loin s'en faut. **S'engageant dans les idées révolutionnaires en même temps que dans une carrière littéraire**, elle s'empare des sujets les plus innovants en même temps que les moins appréciés par la pensée politique d'alors, y compris parmi les révolutionnaires : condamnation de l'esclavage et des mariages forcés, droit au divorce, défense des prostituées…
- Ses ambitions politiques embrassent ainsi un vaste programme de **réformes sociales**, qu'elle développe dès 1788, en particulier dans ses *Remarques patriotiques*. Et parmi ses premiers combats figure en tête la défense de l'égalité des droits entre les hommes et les femmes, dont la *Déclaration des droits de la femme et de la citoyenne* marque l'apogée. Cet engagement en faveur des

droits des femmes s'explique sans doute à la fois par le caractère indépendant et ambitieux de la jeune Olympe, mais aussi par la vie qu'elle mena.

Influences

- La *Déclaration des droits de l'homme et du citoyen*, rédigée au début de la Révolution française, signe la **fin de l'Ancien Régime** et pose les fondements d'un nouvel ordre juridique, politique et social. Elle est l'œuvre de l'Assemblée constituante, créée lors la réunion des États généraux de 1789, qui rassemble les députés du clergé, de la noblesse et du Tiers État. Ensemble, ils bravent les ordres du roi et jurent de ne pas se séparer « jusqu'à ce que la Constitution du royaume soit établie et affermie sur des fondements solides » ; c'est le célèbre **serment du Jeu de paume**.
- Malheureusement, ce texte essentiel « oublie » d'inclure dans sa définition du citoyen… les citoyennes ! Les femmes en effet ne disposent pas du tout des mêmes droits que les hommes, en particulier en matière de vote, donc de participation à la vie politique de leur nation.
- Déçue par le manque d'avantages obtenus par les femmes après la révolution, Olympe de Gouges décide de parodier **la récente *Déclaration des droits de l'homme et du citoyen***, pour faire entendre les injustices criantes à l'égard des femmes dans la société. Elle reprend donc les dix-sept articles et les récrit en mettant en valeur les droits et les devoirs auxquels les femmes peuvent prétendre dans la société civile. Elle reformule également le préambule, ajoute un postambule et un « contrat social ». Elle dédicace enfin l'ensemble de ces textes à la reine Marie-Antoinette.

> **Vocabulaire**
>
> On entend ici le mot **parodie** dans son sens premier, l'étymologie du terme renvoyant à *para* (« contre, à côté ») et *ôdê* (« le chant ») ; la parodie désigne un « contrechant », une œuvre qui se construit dans l'opposition à une autre, ou du moins en regard d'une autre, sans qu'elle confine automatiquement au burlesque.

▶ Œuvres principales

Olympe de Gouges a écrit de très nombreuses pièces de théâtre (plus d'une quinzaine), et plus encore de pamphlets, discours, lettres et articles engagés (près d'une soixantaine !). Nous ne présentons ici que trois de ses œuvres, parmi les plus connues.

- ***Zamore et Mirza ou l'Esclavage des Noirs*** **(1784) :** ce drame en trois actes décrit les conséquences de l'esclavage vues par deux esclaves à l'époque de la colonisation.
- ***Le Mariage inattendu de Chérubin*** (1786) : comédie en trois actes inspirée par la trilogie des Figaro de Beaumarchais. Fanchette, la fille du jardinier et Chérubin, le jeune marquis se plaisent, mais le rang social les empêche de s'aimer ouvertement.
- ***Remarques patriotiques par la Citoyenne auteur de la Lettre au peuple*** (1788) : essai politique dans lequel Olympe de Gouges fait différentes propositions afin d'améliorer la situation sociale.

2 CONTEXTE DE L'ŒUVRE

Le contexte culturel

Les Lumières

- Olympe de Gouges appartient pleinement à ce **siècle des Lumières**, dont les figures de proue tels que Montesquieu, Voltaire ou Beaumarchais s'engagent dans **tous les combats en faveur de l'égalité**. De la reconnaissance des droits des Noirs à celle des valets, de la condamnation de l'esclavage à la défense de l'instruction pour tous, les philosophes mènent tous les combats de front.
- Cet engagement conduit la France à abolir une première fois l'esclavage en 1794 (mais l'abolition fut révoquée en 1802 par Napoléon Bonaparte). Il mène surtout à la révolution et à la rédaction de la *Déclaration des droits de l'homme et du citoyen*, adoptée en 1789.

Le contexte politique

La Révolution française

- Les années 1789-1792 sont marquées par de **profonds bouleversements politiques, juridiques et sociaux**, qui ont malheureusement eu tendance à négliger la question des droits des femmes malgré la part non négligeable que ces dernières ont prise lors des manifestations révolutionnaires. **La chute de la monarchie de droit divin et la proclamation de la Première république** en 1792 marquent ainsi un tournant politique essentiel dans l'histoire de France.

Les dates essentielles de la révolution

5 mai 1789	Ouverture des États généraux à Versailles
20 juin 1789	Serment du Jeu de paume
14 juillet 1789	Prise de la Bastille
Été 1789	« La Grande peur »
Nuit du 4 août 1789	Abolition des privilèges
26 août 1789	*Déclaration des droits de l'homme et du citoyen*
14 juillet 1790	Fête de la Fédération
5 septembre 1791	*Déclaration des droits de la femme et de la citoyenne*
20 au 21 juin 1791	Fuite du roi, de Marie-Antoinette et de la famille royale
3 septembre 1791	Première Constitution écrite de France
10 août 1792	Prise des Tuileries, chute de la monarchie constitutionnelle
21 septembre 1792	Proclamation de la Première République
21 janvier 1793	Exécution de Louis XVI
16 octobre 1793	Exécution de Marie-Antoinette
3 novembre 1793	Exécution d'Olympe de Gouges

À lire

Sous la Révolution française : Journal de Louise Médréac, 1789-1791, de Dominique Joly. Le lecteur suit l'histoire d'une jeune Bretonne vivant à Paris de 1789 à 1791 qui s'imprègne de l'état d'esprit de l'époque et des fondements de la révolution. Ce roman bien documenté, présenté sous la forme d'un manuscrit ancien, est suivi d'un glossaire, des dates essentielles de la révolution et d'idées de livres et de films ; autant d'éléments qui permettront de mieux appréhender le contexte d'écriture de la *Déclaration* d'Olympe de Gouges.

Le contexte social

Les femmes dans la révolution

- Au tournant révolutionnaire, **les femmes connaissent une situation toujours peu enviable** : ne quittant l'autorité de leur père que pour se trouver sous celle de leur mari, celles qui ne trouvent pas d'époux entrent au couvent ou deviennent courtisanes. Elles n'ont aucun droit politique, aucun droit de propriété, pas le droit de divorcer. On ne leur accorde enfin qu'une **éducation très sommaire**, les formant surtout à devenir de bonnes mères et épouses.

Vocabulaire

Courtisane : femme entretenue, d'un rang social assez élevé.

- Les lois sont pourtant progressivement modifiées entre 1789 et 1792, les femmes gagnant le statut de « citoyennes » ; mais elles sont considérées comme des « **citoyens passifs** », sans droit de vote, au même titre que les mendiants, les fous et les enfants.
- Certaines femmes s'engagent alors dans la révolution et font entendre leur voix, non pas dans les urnes qui leur demeurent inaccessibles (jusqu'en 1944 en France !), mais dans les cercles et les assemblées politiques. Spectatrices actives, formant la « sans-culotterie féminine », on les surnomme à partir de 1795 « les tricoteuses » en référence à leur rôle actif – et parfois bruyant – dans ces tribunes d'où elles interviennent tout en tricotant.

À retenir

Les « **sans-culottes** » désignent les républicains les plus engagés durant la Révolution française. Ce nom est donné par mépris aux manifestants populaires qui portent des pantalons à rayures et non des « culottes », symbole vestimentaire de l'aristocratie d'Ancien Régime.

Le féminisme

- Olympe de Gouges, qui s'engage en faveur de l'égalité des droits entre les femmes et les hommes, est considérée, grâce en particulier à sa *Déclaration des droits de la femme et de la citoyenne*, comme **l'une des premières féministes de l'histoire**. Ce terme pourtant n'apparaît dans son sens actuel, bien que de manière péjorative, qu'en 1872 dans ***L'Homme-Femme*** d'Alexandre Dumas fils, où l'auteur affirme : « *Les féministes, passez-moi ce néologisme, disent : Tout le mal vient de ce qu'on ne veut pas reconnaître que la femme est l'égale de l'homme, qu'il faut lui donner la même éducation et les mêmes* *droits qu'à l'homme.* » Il faudra attendre la plume d'Hubertine Auclert, en 1882, pour que le féminisme soit défini dans un sens positif comme la lutte pour améliorer la condition féminine.

À retenir

Hubertine Auclert (1848-1914) est une journaliste, écrivaine et militante féministe française qui s'est battue pour l'éligibilité des femmes et leur droit de vote. Elle se mobilise pour les droits des femmes en militant pour la révision des lois du code Napoléon. Elle déclare ainsi dans son œuvre *La Citoyenne* : « *J'ai été presque en naissant une révoltée contre l'écrasement féminin, tant la brutalité de l'homme envers la femme, dont mon enfance avait été épouvantée, m'a de bonne heure déterminée à revendiquer pour mon sexe l'indépendance et la considération.* »

- Depuis ses origines et aujourd'hui encore, le terme « féministe », englobe plusieurs visions d'un même combat en faveur des droits des femmes. Sans entrer dans les différents débats, il nous paraît nécessaire de redéfinir le terme dans son acception la plus évidente : le féminisme est un « mouvement social qui a pour objet l'émancipation de la femme, l'extension de ses droits en vue d'égaliser son statut avec celui de l'homme, en particulier dans le domaine juridique, politique, économique » (cnrtl).
- **L'engagement de ces femmes a donné accès à certains des droits considérés de nos jours comme les plus fondamentaux** (dont certains demeurent pourtant fragiles) : droit à l'éducation et à l'enseignement secondaire (1880), droit de vote (1944), droit de travailler sans l'autorisation de son mari (1965), droit à la contraception (1967), droit au divorce par consentement mutuel (1975), reconnaissance de l'autorité parentale conjointe (2002).
- De nos jours, les combats féministes en France portent principalement sur la **protection des femmes par rapport aux violences physiques et sexuelles** qu'elles continuent de subir, ainsi qu'en faveur d'une **véritable égalité salariale** et d'une **égale représentation dans tous les milieux professionnels**. Certaines féministes se battent également, et ce depuis le XIXe siècle, pour la féminisation de la langue, combattant les règles instaurées au XVIIe siècle par les membres (tous masculins...) de l'Académie française qui supprimèrent de nombreux noms de métiers féminins et promulguèrent la fameuse loi selon laquelle « le masculin l'emporte sur le féminin ».

3 RÉSUMÉ DE L'ŒUVRE

Lettre dédicatoire à Marie-Antoinette

- Dédicace à la reine Marie-Antoinette. Olympe de Gouges la sollicite afin de « *donner du poids à l'essor des droits de la femme, et d'en accélérer les succès.* »

Citation

« Soutenez, Madame, une si belle cause; défendez ce sexe malheureux, et vous aurez bientôt pour vous une moitié du royaume, et le tiers au moins de l'autre. »

À la reine.

« Homme, es-tu capable d'être juste ? »

- L'autrice s'adresse aux hommes et s'interroge sur leur capacité à « être justes ». Elle fait appel à un **argument d'autorité** pour prouver que l'inégalité de droits entre les hommes et les femmes n'existe pas ailleurs dans la nature.

> **Citation**
> *« L'homme seul [...] veut commander en despote sur un sexe qui a reçu toutes les facultés intellectuelles. »*

Préambule

- Olympe de Gouges justifie la nécessité d'une *Déclaration des droits de la femme et de la citoyenne*, en stipulant que « *l'ignorance, l'oubli ou le mépris des droits de la femme, sont les seules causes des malheurs publics et de la corruption des gouvernements.* »

Les dix-sept articles

- Reprise **féminisée** des dix-sept articles de la *Déclaration des droits de l'homme et du citoyen*. Olympe de Gouges formule des droits et des devoirs afin que les femmes puissent obtenir la possibilité de se faire entendre et d'être protégées.

> **Citation**
> *« La femme a le droit de monter sur l'échafaud ; elle doit avoir également celui de monter à la tribune. »* (art. 10)

Postambule

- Adresse aux femmes. Olympe de Gouges les encourage à **s'emparer de leur propre libération**.

> **Citation**
> *« Ô femmes ! Femmes, quand cesserez-vous d'être aveugles ? »*

Forme du contrat social de l'homme et de la femme

- Olympe de Gouges rédige un **contrat-type** (qu'elle nomme « *acte conjugal* ») permettant de protéger les droits des femmes et des enfants dans le cadre des unions hors mariages. Ce contrat doit également protéger « *les veuves et les demoiselles trompées* » ainsi que les prostituées. Cette partie du texte revient également sur le mariage des prêtres souhaité par l'autrice et sur les droits des « hommes de couleur ». Le « contrat social » s'achève sur une anecdote qui met Olympe de Gouges aux prises avec un juge misogyne.

4 THÈMES CLÉS

▶ Le combat pour l'égalité femmes-hommes

- Olympe de Gouges n'est évidemment pas la première à faire entendre sa colère face aux inégalités que subissent les femmes. On pense par exemple à Christine de Pizan qui sera la première femme à vivre de sa plume au Moyen Âge, et engage dans son œuvre *La Cité des dames* (publiée en 1405) une **réflexion qui pose les prémices du féminisme**.
- Cependant, rares sont les personnes qui revendiquent une autre position pour la femme que celle de **soumission à son époux ou à Dieu**, y compris

chez les plus grands humanistes (Montaigne ou Érasme ne se soucient pas particulièrement du sort réservé aux femmes par exemple). La Renaissance voit même une certaine régression du côté des droits des femmes et l'argument de l'*imbecillitas sexus* (ou « sexe imbécile », expression qui, depuis le IIIe siècle, désigne les femmes) permet d'affirmer toujours plus la prééminence des maris.

- Au XVIIe siècle, l'autorité du père sur la fille et du mari sur la femme ne prête toujours pas à discussion. **La définition de la famille** que donne en 1690 le dictionnaire de Furetière en fournit une preuve sans ambiguïté : « *ménage composé d'un chef et de ses domestiques, soit femmes, enfants ou serviteurs.* » Des auteurs comme Molière s'emparent du sujet, mais le dramaturge ne permettra pas de faire évoluer de manière spectaculaire les coutumes de son temps.
- Un siècle plus tard, la revendication d'Olympe de Gouges de pouvoir choisir son ménage et de bénéficier, en tant que femme, des mêmes droits que l'homme en cas de séparation ne sera pas davantage entendue, et **la Révolution n'apportera aucune avancée majeure dans l'accès aux droits des femmes** dans ce domaine. Au contraire même, le Code civil instauré par Napoléon en 1804 verra ces droits de nouveau régresser, la femme redevant mineure aux yeux de la loi.
- Il faut attendre le tout début du XXe siècle et le mouvement des suffragettes en Angleterre pour que les droits des femmes commencent à véritablement évoluer. Sous l'influence de leurs homologues britanniques et en s'appuyant sur le principe de suffrage universel, **les femmes exigent les mêmes droits civiques que les hommes**. Elles obtiennent en Angleterre le droit de vote en 1918.
- Une deuxième vague féministe voit le jour dans les années 1950-1970. Cette vague est marquée entre autres par les **publications de Simone de Beauvoir** (*Le Deuxième Sexe* en 1949), **les actions du MLF** (Mouvement de Libération des Femmes) ou encore **le Manifeste des 343** (1971). De nouveaux combats apparaissent comme la lutte contre le patriarcat.

À retenir

Le **Manifeste des 343** est une pétition parue le 5 avril 1971 dans le n° 334 du magazine *Le Nouvel Observateur*, appelant à la légalisation de l'avortement en France en raison notamment des risques médicaux provoqués par la clandestinité dans laquelle il est pratiqué. Le manifeste prend la forme, en raison du titre paru à la une du magazine, de « la liste des 343 Françaises qui ont le courage de signer le manifeste "Je me suis fait avorter" » ; les signataires s'exposaient alors à des poursuites pénales pouvant aller jusqu'à l'emprisonnement, l'avortement étant encore illégal en France. Le manifeste ouvre la voie à l'adoption, quatre ans après, de la loi Veil qui dépénalise l'avortement, marquant ainsi une grande avancée dans les libertés accordées aux femmes.

- À partir des années 1980, c'est la question du « genre », souvent déterminant dans les rapports de pouvoir, à la fois dans les sphères du privé et du public, qui domine les réflexions des féministes en Europe. En parallèle, les luttes de la communauté LGBT se développent. Aujourd'hui, **ces luttes trouvent une caisse de résonance importante grâce à l'utilisation massive des réseaux sociaux**. Elle ouvre la voie à la libération de la parole des femmes, notamment celles qui sont victimes de violences sexuelles (*MeToo, #BalanceTonPorc, #MeTooInceste*...).

La lutte pour les droits des Noirs

- Olympe de Gouges s'est très tôt engagée dans un **combat en faveur des droits des personnes noires et colonisées**. Elle tente de faire jouer une pièce de théâtre sur ce thème (*Zamore et Mirza*), dans laquelle les deux personnages principaux devaient être incarnés par des comédiens noirs. Mais c'était sans compter sur l'esprit réactionnaire de son temps. Elle rédige également **différents essais sur la question**, parmi lesquels ses *Réflexions sur les hommes nègres* publiées dès 1788. Elle aborde de nouveau ce thème dans le dernier texte rattaché à sa *Déclaration des droits de la femme et de la citoyenne*, dans la section (hors programme) intitulée « Forme du contrat social de l'homme et la femme », affirmant qu'il est « *bien nécessaire que je dise quelques mots sur les troubles qui causent, dit-on, le décret en faveur des hommes de couleur, dans nos îles* ».

Citation

> « *Ceux que je pus interroger [...] traitaient ces gens-là de brutes, d'êtres que le Ciel avait maudits ; mais, en avançant en âge, je vis clairement que c'était la force et le préjugé qui les avaient condamnés à cet horrible esclavage, que la nature n'y avait aucune part, et que l'injuste et puissant intérêt des Blancs avait tout fait.* »
>
> Olympe de Gouges, *Réflexions sur les hommes nègres*, 1788.

- Il faut dire qu'au moment où Olympe de Gouges prend la plume, **l'esclavage n'est pas aboli** et depuis le XVIe siècle, **son histoire se confond avec celle de la colonisation**. La colonisation consiste à vouloir imposer aux peuples autochtones une mise sous tutelle par les ressortissants d'une métropole, au nom d'une prétendue culture supérieure. Cette colonisation, et en particulier l'exploitation des richesses naturelles des pays envahis, suscite rapidement de nouveaux besoins en main-d'œuvre. Mais ne trouvant plus assez de ressources chez les Amérindiens et dans les milieux les plus pauvres du Vieux Continent, les Européens font alors venir des esclaves d'Afrique noire ; s'instaure alors le **commerce triangulaire**.

À retenir

Le **commerce triangulaire** commence au début du XVIe siècle, sous l'impulsion des Portugais. Il implique l'Europe, l'Afrique et le continent américain. Durant près de trois siècles, plus de 20 millions d'Africains sont réduits en esclavage pour des raisons économiques.

- Rapidement, des voix s'élèvent contre cette traite humaine, et les penseurs des Lumières seront engagés sur cette question. Dès les années 1780, des associations antiesclavagistes voient le jour, dont la Société des Amis des Noirs à laquelle Olympe de Gouges aurait peut-être appartenu.
- En 1791, deux ans après la *Déclaration des droits de l'homme* qui n'accorde aucune part au sort des esclaves, des révoltes éclatent à Saint-Domingue, une colonie française des Antilles. Ce territoire, surnommé le « moulin à broyer les nègres », est composé à 90 % d'esclaves noirs et d'affranchis dont la vie demeure régie par le **Code noir**. Ils revendiquent la liberté et l'égalité des droits avec les citoyens blancs, lors d'émeutes qui durent plusieurs mois.

À retenir

Le **Code noir**, édicté en 1685, réglemente la vie des esclaves dans les colonies françaises. L'Article 44 notamment leur dénie tout droit juridique et officialise le statut des esclaves comme des « biens meubles », que l'on peut posséder, vendre ou échanger. D'autres articles légitiment le châtiment corporel et la peine de mort.

- Le 28 septembre 1792, **l'assemblée constituante abolit l'esclavage en France**, mais toujours **pas dans les colonies**, et il faut attendre le 4 février 1794 pour qu'un décret d'émancipation et d'abolition de l'esclavage, adopté par Robespierre et les membres de la Convention, soit enfin étendu aux colonies françaises.
- Mais de la même manière qu'il fit régresser, par son Code civil, le peu de droits acquis par les femmes au cours de la Révolution, **Napoléon Bonaparte rétablit l'esclavage par décret en mai 1802**. Dans le même temps, il mène une répression intense dans les colonies françaises, notamment en Guadeloupe et en Guyane.
- C'est encore d'Angleterre que viennent les premiers textes d'abolition, le pays votant la suppression de la traite négrière en 1807. Et si la France s'engage, par le Traité de Paris signé en 1814, à unir ses efforts à ceux de la Grande-Bretagne pour abolir la traite, elle ne ralentit en réalité pas les mouvements de populations noires, des navires négriers continuant d'affluer jusqu'en 1830. Il faut ainsi attendre 1832 pour que la France accorde aux « mulâtres » (on dirait aujourd'hui « métis ») et aux Noirs libres l'égalité civile et politique. Et ce n'est que le **27 avril 1848**, sous l'impulsion de Victor Schœlcher, sous-secrétaire d'État aux colonies, que sera promulgué le **décret d'abolition de l'esclavage** dans les colonies et possessions françaises.

Citation

« Une commerce d'hommes !... grand Dieu ! Et la nature ne frémit pas ! S'ils sont des animaux, ne le sommes-nous pas comme eux ? »

Réflexions sur les hommes nègres.

PARCOURS

Écrire et combattre pour l'égalité

• *Déclaration des droits de la femme et de la citoyenne*, Olympe de Gouges

▶ Comprendre l'intitulé

a. Écrire et combattre

• Ces deux notions du parcours associé permettent de s'intéresser à la notion de **littérature engagée** et de se poser la question de l'influence ou non que la littérature (d'idées ou de fiction de manière générale) peut avoir sur l'évolution des mentalités.

• La littérature engagée désigne la démarche d'un auteur, qu'il soit poète, romancier, dramaturge ou penseur, qui défend une cause qui lui tient à cœur **par ses œuvres**. Un écrivain peut en effet **critiquer certains aspects de la société** et chercher à la faire évoluer vers ce qu'il considère comme plus positif.

• La notion même d'auteur engagé n'apparaît officiellement qu'au xxe siècle, mais de tout temps les auteurs se sont impliqués dans leurs œuvres, par exemple Agrippa d'Aubigné qui condamne les guerres de religion dès le xvie siècle dans ses poèmes des *Tragiques*.

b. Pour l'égalité

• Mais le parcours oriente cette notion d'engagement par la plume vers un domaine précis qui est celui de **l'égalité**. L'article défini qui précède le terme permet d'en avoir une lecture assez générale : il s'agit de l'égalité au sens large, de toutes les égalités.

• Le domaine de réflexion est donc assez ouvert, même si le texte au programme tend à guider la réflexion avant tout vers la notion d'égalité entre hommes et femmes. Mais la *Déclaration* d'Olympe de Gouges permet aussi de s'intéresser à l'égalité entre les Blancs et les Noirs, ou d'élargir le propos à toute forme possible d'égalité : sociale, culturelle, de genres, etc.

c. Lien entre les termes

• Il s'agit donc bien, si l'on suit l'intitulé du parcours, de s'intéresser à la **manière dont l'écriture peut servir les combats en faveur de toutes les égalités possibles**, à commencer par celle en faveur des droits des femmes.

▶ Le parcours et l'œuvre intégrale

• Olympe de Gouges est une autrice qui a toute sa vie écrit et combattu pour l'égalité. Son engagement l'a même menée à la guillotine. Sa *Déclaration des droits de la femme et de la citoyenne* fait preuve d'un grand courage dans ses prises de position, tant en faveur des droits des femmes (en particulier en termes de droits civiques mais aussi de reconnaissance sociale) qu'en faveur des droits des personnes noires ou des enfants nés hors mariage.

▶ La dissertation sur l'œuvre en lien avec le parcours

- Les sujets de dissertation devraient donc vous amener à vous interroger sur **les moyens qu'emploie Olympe de Gouges pour partager ses opinions, et sur leur efficacité**. Le texte au programme étant particulièrement court, il est essentiel que vous l'ayez relu plusieurs fois afin de le maîtriser avec précision.

Citations

« Considérant que l'ignorance, l'oubli ou le mépris des droits de la femme, sont les seules causes des malheurs publics et de la corruption des gouvernements, ont résolu d'exposer dans une déclaration solennelle, les droits naturels inaliénables et sacrés de la femme. »

Préambule.

« La femme naît libre et demeure égale à l'homme en droits. »

Article 1

« La liberté et la justice consistent à rendre tout ce qui appartient à autrui ; ainsi l'exercice des droits naturels de la femme n'a de bornes que la tyrannie perpétuelle que l'homme lui oppose ; ces bornes doivent être réformées par les lois de la nature et de la raison. »

Article 4.

« Femme, réveille-toi ; le tocsin de la raison se fait entendre dans tout l'univers ; reconnais tes droits. »

Postambule.

- Vous devez donc connaître le contenu **des dix-sept articles, du préambule et du postambule**, et les revendications qu'ils portent.
- Vous devez également être capable de montrer en quoi ces différents textes reformulent ceux de la *Déclaration des droits de l'homme et du citoyen*, **afin d'en montrer la portée féministe et engagée.**
- Enfin, vous devez pouvoir **élargir votre réflexion à d'autres types de combats menés par les auteurs engagés**, qu'il s'agisse de combats en faveur de l'égalité sociale, culturelle, d'accès à l'éducation ou à la défense des droits pour toutes les personnes quels que soient leur genre, leur appartenance culturelle, leur religion ou leur orientation politique. La seule limite étant bien sûr la question du respect réciproque et du maintien dans un cadre légal d'expression.

En complément d'Olympe de Gouges

- Claire de Duras, *Ourika* (1823) : le récit d'une adolescente noire au XIXe siècle, élevée par un couple d'aristocrates.
- Benoîte Groult, *Ainsi soit-elle* (1975) : figure du féminisme des années soixante-dix, Benoîte Groult signe une œuvre essentielle sur la nécessité de toujours se battre pour conserver ses droits.
- Margaret Atwood, *La Servante écarlate* (1985) : dans ce roman d'anticipation à succès, qui a donné lieu à une série télévisée, l'écrivaine canadienne Margaret Atwood décrit un avenir sombre dans lequel les femmes sont classées en trois catégories : les puissantes Épouses, les Marthas, sorte de domestiques, et les Servantes dédiées à la reproduction. June, l'une d'entre elles, raconte son histoire.

7 *Le Malade imaginaire*, Molière, 1673

PARCOURS Spectacle et comédie

1 BIOGRAPHIE

Molière (1622-1673) : auteur de théâtre

- Jean-Baptiste Poquelin naît dans une **famille bourgeoise** à Paris en 1622. Fils d'un tapissier du roi, il fait des études de droit, mais il est fasciné par le théâtre.
- En 1643, il fonde **l'Illustre-Théâtre** avec la famille **Béjart** et prend le nom de Molière. La troupe joue à Paris mais Molière est arrêté pour dettes.
- De 1644 à 1658, la troupe sillonne la France et se rend célèbre notamment pour ses farces. Molière est à la fois acteur, auteur et chef de troupe.
- En 1658, l'Illustre-Théâtre revient à Paris, sous la protection de Philippe d'Orléans dit Monsieur, frère du roi. Molière et sa troupe jouent pour la première fois devant le roi et obtiennent de se produire dans la salle du **Petit Bourbon**. Ses pièces connaissent un certain succès, en particulier *Les Précieuses ridicules* en 1659.
- En 1661, Molière et Lully créent le genre de la **comédie-ballet** avec *Les Fâcheux* à l'occasion d'une fête à Vaux-le-Vicomte. Molière écrit aussi des farces ou des grandes comédies comme *Le Misanthrope* en 1666.
- Les succès s'enchaînent mais certaines pièces font polémique comme *Le Tartuffe* en 1664 : cette comédie est censurée. La vie personnelle de Molière est aussi critiquée, notamment lorsqu'il épouse en 1662 Armande Béjart, la sœur (ou la fille ?) de Madeleine Béjart, son ancienne maîtresse.
- En 1773, Molière meurt après la quatrième représentation du *Malade imaginaire.* Malgré l'excommunication des comédiens, il est enterré à discrètement dans le cimetière de la Chapelle Saint-Joseph, à Paris.

Genèse et caractéristiques de l'œuvre

Influences

- Molière est influencé par le théâtre de foire et la *commedia dell'arte.* Il partage d'ailleurs le Petit Bourbon, le théâtre du Palais-Royal et l'Hôtel de Bourgogne avec les comédiens italiens.
- De plus, il s'inspire de la comédie latine et en particulier de **Plaute.**

> **À savoir**
> Le **théâtre de foire** : lors des foires annuelles de Saint-Germain et Saint-Laurent, se produisent saltimbanques, marionnettistes, et comédiens qui jouent des farces au comique grossier.

Des comédies variées

- La **farce :** en prose et en un acte, elle met en scène des personnages-types dans une intrigue simple et repose sur le comique de gestes. Ex. *Le Médecin volant.*

- La **grande comédie** : elle peut être en prose ou en vers et compte généralement cinq actes. Elle met en scène des personnages plus profonds que la farce, dans des intrigues plus complexes. Elle repose en particulier sur le comique de situation et le comique de caractère. Molière y montre un regard critique sur ses contemporains dont il entend corriger les mœurs. Ex. *L'École des femmes* (1662).
- La **comédie-ballet** : créée avec **Lully**, il s'agit d'un genre hybride. Des passages chantés et dansés sont insérés dans la comédie. Molière perfectionne le genre en collaborant avec Lully puis avec **Marc-Antoine Charpentier.** Progressivement, les intermèdes sont de mieux en mieux liés à la comédie. Ex. *Le Bourgeois gentilhomme* (1670), *Le Malade imaginaire* (1673).

Œuvres principales

- ***L'École des femmes*** (1662) : comédie classique en vers sur le thème de l'amour et de la jalousie.
- ***Le Tartuffe*** (1664-1669) : comédie qui s'en prend aux faux dévots. La Compagnie du Saint-Sacrement fit interdire la comédie plusieurs années.

2 CONTEXTE DE L'ŒUVRE

Le contexte historique

Le Roi-Soleil

- **Un pouvoir absolu.** Louis XIV a quatre ans lorsqu'il succède à son père en 1643 : c'est sa mère, Anne d'Autriche, qui exerce la Régence, avec l'aide de Mazarin, premier ministre. C'est une période tourmentée pendant laquelle les Grands du royaume s'insurgent contre l'autorité royale au cours de la Fronde. De ce fait, lorsque Louis XIV commence à exercer le pouvoir, il décide de renforcer l'absolutisme royal : **il gouvernera seul**, sans premier ministre. La noblesse est isolée à la cour, à Versailles, où le Roi-Soleil s'installe en 1682.
- **Un début de règne éclatant.** Sur le plan économique, Colbert, contrôleur général des finances, mène une politique de **développement industriel** afin de promouvoir la production – notamment textile. Il développe aussi le **commerce maritime**. De plus, Louis XIV remporte de nombreuses **victoires** et affirme sa position en Europe. C'est ainsi que la guerre de Hollande (1672-1679) s'achève par le rattachement de la Franche-Comté au royaume de France. La Fontaine appelle la paix de ses vœux.
- **Une fin de règne maussade.** Les **guerres** vident les caisses du royaume et les famines accentuent les difficultés financières, laissant la France exsangue. En 1685, Louis XIV **révoque l'Édit de Nantes :** désormais les protestants ne peuvent plus exercer librement leur culte. Les défaites militaires s'enchaînent et marquent un recul de la puissance française. Quant à Louis XIV, malgré la maladie, il continue à exercer le pouvoir d'une main de fer dans une France très centralisée. Il se tourne vers une **religion plus austère** et une morale plus stricte, entraînant la cour avec lui dans cette mutation.

La naissance du mécénat d'État

- Le rôle de **Richelieu** : ministre de Louis XIII, il arrive au pouvoir en 1624. Il est passionné par le théâtre et persuadé qu'il peut participer à l'unité nationale. Il défend une conception politique du rôle du théâtre. Il crée l'Académie française en 1635, qui consacre la dignité de l'écriture théâtrale.
- **Louis XIV, roi mécène** : comme Richelieu, il veut mettre en œuvre une vaste politique visant à exalter la gloire du souverain : il pensionne les artistes qui s'inscrivent dans ce projet. De plus, à titre personnel, il aime le grand spectacle et les représentations fastueuses. Il se fait organiser quelques **fêtes** à Versailles mais il aime aussi assister à des premières dans des théâtres publics.

▶ Les théâtres sous le règne de Louis XIV

Un public hétérogène

- Hétérogénéité **sociale** : alors que les artisans et les ouvriers occupent le parterre, on voit apparaître un nouveau public mondain à partir de 1625.
- Hétérogénéité **culturelle** : on a d'une part un public de connaisseurs, qui s'intéresse aux Anciens et, d'autre part, un public qui veut être amusé, ému…

Les conditions de représentation

- **L'aménagement des salles** est très progressif. Paris s'équipe de grandes salles permanentes, d'abord dans d'anciens jeux de paume : la visibilité est réduite.
- **L'organisation des troupes** : elles se vouent une concurrence acharnée et luttent pour attirer les meilleurs acteurs. À la mort de Molière, c'est le roi qui réorganise les troupes.
- **Les auteurs s'émancipent** des troupes et acquièrent de la **notoriété**.
- **Les acteurs** : d'abord les plus renommés sont des farceurs, puis le public se tourne vers des acteurs plus élégants et plus subtils : Floridor, Mondory, Bellerose, Montfleury… Ils sont excommuniés par l'Église.

▶ Dramaturgie classique

Les règles et le principe du plaisir

- Une **élaboration progressive** : les règles naissent d'un dialogue entre les œuvres théâtrales proprement dites et les réflexions théoriques critiques qui siègent à l'Académie française. Elles s'imposent dans les **années 1630**.
- **L'illusion** comme principe fondamental : le public « voit les choses comme si véritablement elles arrivaient devant lui ». Les règles sont conçues pour permettre cette illusion.

Les règles du théâtre classique

- La **vraisemblance** : on ne doit représenter que ce à quoi le public peut croire.
- Les **bienséances** : il s'agit d'une exigence morale. Il ne faut pas heurter la sensibilité du public. Tout ce qui a trait au corps est proscrit.
- Les **trois unités** :

1. unité d'**action** : l'intrigue doit se nouer autour d'un seul problème ;
2. unité de **temps** : elle doit durer une journée ;
3. unité de **lieu** : elle doit se dérouler dans un seul lieu.

La construction d'une pièce

- Primauté de l'**action** : le théâtre représente une action (une promesse, une déclaration, une prise de pouvoir…) alors que la tragédie du XVIe siècle se situait souvent après l'action (longue plainte…).
- Le **développement** : un début (l'exposition), un milieu (le nœud) et une fin (le dénouement).
- **Structure** de la pièce classique : la pièce dure moins de deux heures trente. Chaque acte dure moins d'une demi-heure, le temps que les bougies qui éclairent le plateau se consument.
- Les genres de la comédie et de la tragédie sont clairement distingués.

La liberté de l'écrivain

Bien qu'il y ait beaucoup de règles, l'auteur a quand même une part de liberté :

– dans le choix des thèmes (même s'il s'inspire des Anciens…) ;
– dans l'écriture, qui a une forte dimension poétique.

3 RÉSUMÉ DE L'ŒUVRE

Prologue

Chant à la gloire des **victoires** de Louis XIV.

Acte I

- La pièce s'ouvre sur **Argan**, qui compte tout ce qu'il doit à ses médecins. Il est rabroué par sa servante, **Toinette**, qui pense qu'il n'est pas malade et que ses docteurs profitent de lui.
- Sa fille **Angélique** est amoureuse de **Cléante** et espère qu'il va demander sa main. Lorsque Argan lui annonce qu'il veut la marier, elle se réjouit. Mais Argan veut qu'elle épouse non pas Cléante mais un médecin : il pourrait ainsi se faire soigner à moindre frais. Angélique est désespérée et Toinette se met en colère contre son maître.
- C'est alors qu'intervient **Béline**, seconde femme d'Argan et belle-mère d'Angélique. Elle propose de placer cette dernière dans un couvent et fait venir un notaire afin qu'Argan puisse lui léguer sa fortune.

Premier intermède

Sérénade et arrestation de **Polichinelle**, que Toinette a présenté comme son amant à la fin du premier acte.

Acte II

- Cléante s'introduit chez Argan en se faisant passer pour le maître de musique d'Angélique qui est très surprise de sa venue.
- Argan reçoit également la visite de monsieur **Diafoirus** et de son fils **Thomas** qui doit épouser Angélique. Thomas se ridiculise en confondant Angélique et Béline. Argan demande à Cléante et Angélique de chanter quelque chose et ils improvisent une chanson qui leur permet de se parler d'amour.

- Béline dénonce Angélique à son père, disant qu'elle l'a vue parler avec un jeune homme, ce que **Louison**, sa petite sœur, est contrainte de confirmer.
- **Béralde**, frère d'Argan, vient lui proposer un époux pour Angélique.

Second intermède

Danses et chansons égyptiennes.

Acte III

- Béralde essaie de convaincre son frère que les médecins ne servent à rien et refuse que monsieur **Purgon** lui fasse un lavement. Purgon se met alors en colère, menace de rompre le mariage entre son neveu Thomas Diafoirus et Angélique et prédit d'atroces souffrances à son malade.
- Toinette se déguise en médecin et, pour dégoûter Argan de tous les docteurs, elle lui prescrit de se faire couper le bras et crever un œil.
- Elle monte ensuite un stratagème pour montrer à Argan que Béline est intéressée. Elle demande à son maître de faire semblant d'être mort : Béline s'en réjouit et est ravie d'hériter. Angélique, au contraire, est désespérée.
- Argan décide alors qu'elle pourra épouser Cléante si ce dernier se fait médecin. Toinette lui propose de se faire médecin lui-même.

Troisième intermède

Argan est fait médecin au cours d'une cérémonie burlesque.

Vocabulaire

Le **burlesque** consiste à évoquer des choses sérieuses à l'aide de termes familiers ou vulgaires.

4 PERSONNAGES PRINCIPAUX

Argan

- Il se croit **malade,** s'entoure de médecins et absorbe un nombre incalculable de remèdes dont il fait la liste dans la première scène. À aucun moment, on ne comprend de quoi il souffre. Les médecins lui infligent de très nombreux traitements mais il s'agit davantage de **le faire payer** que de le soigner. Sa maladie ou plutôt son obsession lui ôte toute dignité. Il n'hésite pas à parler de son corps dans ce qu'il a de plus bas.
- Mais il ne semble pas en si mauvaise forme : Cléante se réjouit de sa bonne mine (II, 2), Béralde s'étonne qu'il ait tant d'énergie pour s'énerver contre lui (II, 9) et il oublie son bâton pour marcher quand on ne le lui rappelle pas (III, 1).
- Argan pense tant à lui et à ses angoisses, qu'il en néglige les sentiments des autres. D'une part, il ne se rend pas compte qu'on cherche à le tromper : il ne repère ni la convoitise de Béline, ni la rapacité de ses médecins. D'autre part, il blesse ceux qui tiennent à lui. Ainsi, il n'a que faire des sentiments de sa fille Angélique et se montre agressif avec Toinette qui pourtant tient à lui. Finalement, comme le suggère la scène d'exposition, il est très **seul**.

Toinette

- Elle semble **insolente** et elle parle d'égal à égal à Argan, son maître (« *quitte à quitte si vous voulez* », I, 2) et n'hésite pas à lui tenir tête lorsqu'il veut marier sa fille à un médecin (I, 5).

Citation

« C'est pour moi que je lui donne ce médecin ; et une fille de bon naturel doit être ravie d'épouser ce qui est utile à la santé de son père. »

Acte I, scène 5.

- Toutefois, sous cette apparence, elle est la seule à s'occuper d'Argan à qui elle reste fidèle. Sa **fidélité** à Angélique est également sans faille (« *Moi, vous abandonner ? J'aimerais mieux mourir* » I, 8).
- Elle est pleine de ressources. Tout d'abord, elle se propose de « *feindre d'entrer dans les sentiments* » d'Argan (I, 8) pour mieux le tromper. Elle n'hésite donc pas à jouer un rôle. Mais lorsqu'il apparaît que c'est insuffisant, elle met en œuvre un **stratagème** plus élaboré : elle se déguise en médecin. Elle prescrit à Argan des remèdes extrêmes (lui arracher un œil, lui couper un bras) afin de le dégoûter de la médecine. Ensuite, elle joue les metteurs en scène et suggère à Argan de faire le mort pour mesurer l'amour que lui portent Béline et Angélique.

Citation

« C'est une imagination burlesque. Cela sera peut-être plus heureux que sage. Laissez-moi faire : agissez de votre côté. »

Acte III, scène 2.

- Elle est donc une version féminine du valet d'intrigue et elle est source de **comique** :
  - comique de mots : sous l'emprise de la colère, elle déclare par exemple : « *Et moi je la déshériterai, si elle vous obéit* » (I, 5) ;
  - comique de situation : à la scène III, 10, elle se fait passer pour un médecin ;
  - comique de caractère : elle est à la fois comique en servante effrontée (« *Quand un maître ne songe pas à ce qu'il fait, une servante bien sensée est en droit de le redresser* », I, 5) et en médecin arrogant (« *Voilà un bras que je me ferais couper tout à l'heure, si j'étais que de vous* », III, 10) ;
  - comique de gestes : tantôt elle fait « *semblant de s'être cogné la tête* » (I, 2), tantôt, elle met « *rudement un oreiller sur la tête* » d'Argan (I, 6).

Angélique

- C'est la **fille d'Argan** qu'elle aime d'un amour sincère même s'il la néglige et veut lui faire épouser un médecin. À la scène 13 de l'acte III, elle est sincèrement affectée quand elle le croit mort (« *Hélas ! Faut-il que je perde mon père, la seule chose qui me restait au monde ? Et qu'encore, pour un surcroît de désespoir, je le perde dans un moment où il était irrité contre moi ?* »).

- C'est aussi **l'amoureuse** de Cléante : lorsqu'elle parle de lui, elle s'échauffe et parle beaucoup (I, 4), mettant de côté son **habituelle discrétion**. Elle oublie également sa timidité en sa présence et lorsqu'il lui demande d'improviser un chant d'amour devant son père et celui qu'il lui destine pour mari, elle s'y livre avec enthousiasme (« *Je vous aime, je vous aime / Oui, Tircis, je vous aime* », II, 5).

Béralde

- C'est le **frère d'Argan** avec qui il est en perpétuel conflit. L'un – Argan – incarne la folie et l'excès, l'autre – Béralde – est au contraire l'homme de la **raison** et du **juste milieu**. Il revendique sans cesse une attitude raisonnable : il recommande à son frère d'appréhender le mariage de sa fille avec sagesse et de considérer la médecine du point de vue de la raison et de la science (« *raisonner ensemble, sur les affaires dont nous avons à parler, avec un esprit détaché de toute passion* », III, 3). En ce sens, c'est l'incarnation de l'honnête homme.

> **Vocabulaire**
>
> L'**honnête homme** :
> c'est l'idéal du XVIIe siècle.
> Il associe des qualités morales, physiques et intellectuelles.
> Il incarne la mesure et la tempérance.

- Il est attaché à Angélique et essaie de favoriser son mariage avec Cléante.
- Toutefois, lorsqu'il constate que la raison ne peut rien contre Argan, il propose de « *s'accommoder à ses fantaisies* » (III, 14) : c'est lui qui a l'idée de faire de son frère un médecin. C'est le carnaval qui assure le bonheur de tous et non pas les raisonnements logiques.

Béline

- C'est la **seconde femme** d'Argan. Elle semble aimante et multiplie les termes affectueux pour s'adresser à lui (« *mon pauvre mari* », « *pauvre petit mari* », « *mon ami* », I, 6). Toutefois, cet amour n'est qu'**hypocrisie**.
- Elle est intéressée par l'argent d'Argan, fait venir un notaire et cherche à s'emparer de ses richesses (I, 7). Ses véritables sentiments sont dévoilés lorsque Toinette lui tend un piège : elle se réjouit d'apprendre la mort de son mari (« *Le Ciel en soit loué ! Me voilà délivrée d'un grand fardeau. Que tu es sotte, Toinette, de t'affliger de cette mort !* », III, 12).
- Sa **cupidité** corrompt ses relations avec Angélique et sa sœur Louison. Elle voudrait qu'elles aillent dans un couvent afin de pouvoir toucher tout l'héritage de leur père. Ainsi, elle ne se prive pas de dénoncer Angélique qu'elle a aperçue avec Cléante.

5 THÈMES CLÉS

La satire des médecins

Les moyens de la satire

La **satire de la médecine** passe par deux moyens :

– d'une part, on voit agir des médecins : Fleurant, les Diafoirus, père et fils, monsieur Purgon et Toinette lorsqu'elle imite les médecins et grossit leurs défauts ;

– d'autre part, Béralde, à la scène 3 de l'acte III, fait une critique argumentée de la médecine.

L'objet de la critique

• Ces deux moyens conjoints permettent à Molière de mettre en évidence tout ce qu'il reproche à la médecine à laquelle il n'a cessé de s'en prendre depuis ses premières comédies.

• Ce sont des **automates** stupides, incapables d'écouter ou de réfléchir : ici la critique tient plutôt de la farce. Ainsi, Thomas Diafoirus ne se rend pas compte qu'il débite à Angélique le compliment destiné à Béline (II, 5). De même, pour souligner sa bêtise, Molière met dans la bouche de son père un éloge très paradoxal : « *On eut toutes les peines du monde à lui apprendre à lire* » (II, 5).

À retenir

La critique de la médecine est ancienne. Elle relève d'une double tradition : populaire (*commedia dell'arte*) et savante (Rabelais, Érasme). Molière la développe dans plusieurs comédies comme *L'Amour médecin* ou *Le Médecin malgré lui*.

• Ils parlent un « galimatias » **incompréhensible** : ils cherchent à dissimuler leur bêtise sous un langage inutilement complexe, qui loin de transmettre une pensée profonde révèle un vide abyssal. Ainsi, ils recourent fréquemment au latin (« *Dico* que le pouls de monsieur ») ou à des termes complexes (« duriuscule »). De plus les phrases sont très longues et miment un raisonnement, même lorsqu'elles sont privées de logique (voir la déclaration de Thomas Diafoirus à Argan, II, 5).

Citation

« Entendez-les parler : les plus habiles gens du monde ; voyez les faire, les plus ignorants de tous les hommes. »

Acte III, scène 3.

• Ils sont **cupides** : s'ils infligent à Argan mille et un traitements, ce n'est pas parce qu'ils le croient malades mais parce qu'ils le savent riche. C'est la lucide Toinette qui l'observe : « *Ce monsieur Fleurant-là et ce monsieur Purgon s'égayent bien sur votre corps ; ils ont en vous une bonne vache à lait* » (I, 2).

• Ils sont **incompétents** et ne peuvent soigner personne : plus grave encore, les médecins ne connaissent rien aux malades et aux maladies. Leur incapacité à observer et à dialoguer, leur incroyable fatuité sont autant d'obstacles pour formuler un diagnostic pertinent. Lorsque les Diafoirus auscultent Argan à la scène 6 de l'acte II, ils disent le contraire de ce qu'a dit monsieur Purgon tout en prétendant être parfaitement d'accord avec lui. En ce sens, ils ne se distinguent guère du médecin campé par Toinette qui ramène tout au « poumon ». Pour Béralde, qui se fait ici le porte-parole de Molière, la nature est bien trop complexe pour être comprise, analysée et surtout rectifiée. La médecine se réduit à n'être que de belles paroles.

Les fonctions de la satire

• Les fonctions de la satire sont explicitées par Béralde qui encourage Argan à aller voir une pièce de Molière. Elles ont selon lui une double fonction : elles divertissent et elles ouvrent les yeux.

– **le divertissement** : la mise en scène des médecins est source de nombreux passages comiques. On trouve du comique de mots (discours de Thomas Diafoirus, II, 5), comique de gestes (auscultation d'Argan par Toinette, III, 10), comique de situation (malédictions de monsieur Purgon, III, 5) et comique de caractère (portrait de Thomas Diafoirus par son père, II, 5).

Citation

« J'aurais souhaité de pouvoir un peu vous tirer de l'erreur où vous êtes, et, pour vous divertir, vous mener voir sur ce chapitre quelqu'une des comédies de Molière. »

Acte III, scène 3.

– **la dénonciation** : Molière a déjà exposé dans la préface du *Tartuffe* que « le théâtre a une grande vertu pour la correction ». Il s'agit donc pour lui de donner une dimension morale à sa comédie en dénonçant l'incompétence des médecins et la naïveté de leurs malades.

La famille

La famille est au cœur de cette comédie comme dans la plupart des comédies de Molière.

Un père autoritaire

- Argan est un père autoritaire (« [...] *je veux qu'elle exécute la parole que j'ai donnée* » ; « *Je lui commande [...] de se préparer à prendre le mari que je dis* », I, 5).
- Le schéma du père qui s'oppose au mariage de sa fille avec l'homme qu'elle aime est traditionnel dans la comédie. Toutefois, il est ici modifié par les obsessions d'Argan. Ce n'est pas la pauvreté du jeune homme qui est un obstacle, ni une promesse faite à un ami de longue date. Argan veut que sa fille épouse un médecin afin d'être soigné (« *je veux me faire un gendre et des alliés médecins, afin de m'appuyer de bons secours contre ma maladie* », I, 5). L'attitude d'Argan ne repose donc sur aucune convention sociale, elle est **pur égoïsme**.
- Pourtant, il semble aimer ses filles et Toinette évoque le pouvoir qu'elles ont (qu'elles avaient ?) sur lui (« *Une petite larme ou deux, des bras jetés au cou, un "mon petit papa mignon", [...], sera assez pour vous toucher* », I, 5).

Des filles aimantes et soumises

- Si Angélique refuse d'épouser Thomas Diafoirus, elle n'ose pourtant pas tenir tête à son père. En effet, elle laisse parler Toinette à sa place à la scène 5 de l'acte I (« *Elle vous dira qu'elle n'a que faire de monsieur Diafoirus* »). La jeune fille, qui ne pouvait s'arrêter de parler de Cléante à la scène précédente, se tait face à son père. De même, Louison ne lui ment pas et finit par lui avouer qu'un homme est venu dans la chambre de sa sœur (II, 8).
- Toutefois, elles ont beau être soumises, elles n'en sont pas moins aimantes. Le respect et l'amour se mêlent à la **crainte**. En effet, quand Toinette demande à Argan de faire le mort, Angélique est désespérée.

Une femme cupide

- Quant à Béline, elle apparaît conforme au stéréotype de la marâtre. Elle veut que ses belles-filles soient religieuses pour hériter d'une plus grosse fortune et n'a aucune considération pour elles.

PARCOURS

Spectacle et comédie

• *Le Malade imaginaire*, Molière

▶ Comprendre l'intitulé

a. Le sens des mots pris séparément

• **Spectacle :**

– Le spectacle, c'est d'abord **ce qui se donne à voir**. Une comédie doit donc être représentée et mise en scène pour devenir un spectacle.

– *Le Malade imaginaire* est une comédie particulière puisqu'il s'agit d'une **comédie-ballet**. En effet, elle est pourvue d'un prologue, de trois intermèdes destinés à être chantés et dansés. La musique en a été composée par Marc-Antoine Charpentier et les ballets ont été conçus par Pierre Beauchamp. Cet aspect de la pièce est particulièrement difficile à apprécier pour un lecteur.

• **Comédie :** il s'agit au XVIIe siècle d'un genre codifié.

– **Cadre spatio-temporel** : la comédie se déroule dans un lieu et un temps proches de ceux du spectateur. Corneille intitule même *La Place royale* une comédie qui fut jouée pour la première fois dans un théâtre situé tout près de la Place Royale.

– **Personnages** : la plupart sont des bourgeois aisés accompagnés de leurs valets.

– **Intrigue** : les problèmes qui apparaissent dans la comédie sont des problèmes du quotidien, comme l'amour, l'argent, la santé…

– **Dénouement** : la comédie a un dénouement heureux.

– **But** : la visée est de **plaire et d'instruire**, comme dans toute pièce classique. Il s'agit donc à la fois de faire rire le public mais aussi de « corriger les vices des hommes », d'inviter le public à prendre conscience de ses défauts en les grossissant et en en montrant le ridicule.

b. Mise en relation de ces deux termes

• **Spectacle et comédie**

– Il s'agit de se demander ce qui fait que la comédie peut/doit devenir un spectacle : est-elle plus efficace ? Plus drôle ? Plus satirique ?

– On peut également s'interroger sur la relation entre le spectacle et le texte écrit par Molière : le spectacle ne risque-t-il pas d'être infidèle ?

– Peut-on estimer que les intermèdes constituent le spectacle ajouté aux dialogues, qui eux, seraient la comédie ?

Citation

« On sait bien que les comédies ne sont faites que pour être jouées […] ; ce que je vous dirai, c'est qu'il serait à souhaiter que ces sortes d'ouvrages pussent toujours se montrer à vous avec les ornements qui les accompagnent chez le roi. »

Molière, Préface de *L'Amour médecin*, 1665.

▶ Le parcours et l'œuvre intégrale

a. La comédie-ballet

La naissance de la comédie-ballet

- D'après Molière, la comédie-ballet naît par hasard. Lors d'une grande fête donnée en l'honneur du jeune roi Louis XIV à Vaux-le-Vicomte en août 1661, plusieurs spectacles devaient avoir lieu, parmi lesquels une comédie de Molière et un ballet. Le roi est en effet féru de danse. Or, les danseurs sont peu nombreux et ils sont obligés d'intervenir à plusieurs reprises pour de petits ballets. On décide alors d'en faire des intermèdes dans la comédie, « *de sorte que, pour ne point rompre aussi le fil de la pièce par ces manières d'intermèdes, on avisa de les coudre au sujet du mieux que l'on put, et de ne faire qu'une seule chose du ballet et de la comédie* » (Avertissement des *Fâcheux*).
- Par la suite, à plusieurs reprises, Molière crée des **comédies-ballets**, avec Lully d'abord puis Marc-Antoine Charpentier. Il s'agit toujours de plaire au roi et à l'exception du *Malade imaginaire*, toutes ces comédies-ballets sont d'abord jouées **à l'occasion de fêtes royales** avant d'être **reprises au théâtre du Palais-Royal**.
- Toutefois, il serait réducteur de faire des intermèdes musicaux de simples agréments pour le roi. Ils transforment l'esprit de la pièce : le rire satirique qui se moque des personnages et de leurs manies devient plus léger et l'on en vient à rire avec les personnages.
- Molière reconnaît que le lien entre la comédie et les intermèdes dans *Les Fâcheux* est parfois un peu lâche. Toutefois, on ne peut pas observer, dans les 12 comédies-ballets qu'il a composées, d'évolution continue vers un lien de plus en plus fort. Tantôt les intermèdes sont nécessaires à l'intrigue, tantôt au contraire, ils y sont étrangers. *Le Malade imaginaire* présente les deux cas de figure.

Les intermèdes spectaculaires et la comédie dans *Le Malade imaginaire*

- Le prologue : il est totalement étranger à la comédie. Il s'agit de « *chanter de LOUIS l'intrépide courage* ».
- Le premier intermède est centré autour de Polichinelle, personnage de *commedia dell'arte* et repose sur un **comique de gestes** (Polichinelle est battu par les archers). Toutefois, cet intermède farcesque n'est pas totalement détaché du reste de la comédie. En effet, Polichinelle est présenté comme l'amant de Toinette (« *le vieux usurier Polichinelle, mon amant* », I, 8). De plus, le thème principal de cet intermède est l'amour. Or, l'acte I s'est achevé sur les inquiétudes d'Angélique quant à son mariage.
- Le second intermède est inclus dans la comédie du point de vue de la narration. Béralde fait venir une troupe de danseurs égyptiens afin qu'ils proposent un divertissement à Argan. On y retrouve le thème de l'amour, comme dans le premier intermède. De plus, cela permet à Molière d'évoquer les fonctions de la comédie et de préparer son duel avec la médecine. Béralde propose à son frère : « *Ce sont des Égyptiens, vêtus en Mores, qui font des danses mêlées de chansons, où je suis sûr que vous prendrez plaisir ; et cela vaudra bien une ordonnance de monsieur Purgon.* » (II, 9). Le spectacle doit donc divertir, plaire, mais il peut aussi soigner, mieux que la médecine.

• Le troisième intermède est nécessaire à l'intrigue : c'est la cérémonie d'intronisation d'Argan qui devient médecin. Elle permet à la famille d'Argan de « *s'accommoder à ses fantaisies* » (III, 14). Elle met donc fin au conflit qui oppose Argan à tous les membres de sa famille depuis le début de la comédie. Au lieu de perpétuellement s'opposer à lui, Béralde, Cléante, Angélique et Toinette décident de se réconcilier avec lui dans un spectacle carnavalesque. On n'est plus dans la sanction mais dans l'acceptation.

b. Le comique dans la pièce

Si la comédie mérite d'être jouée et de devenir spectacle, ce n'est pas seulement en raison des intermèdes chantés et dansés mais aussi en raison du comique.

- Comique de **gestes** : lorsque Toinette et Argan se battent presque à coup d'oreillers (I, 6).
- Comique de **mots** : le discours de Thomas Diafoirus en est un bon exemple (II, 5).
- Comique de **situation** : quiproquo quand Angélique pense que son père lui propose d'épouser Cléante mais qu'il veut en réalité qu'elle épouse Thomas Diafoirus (« C'est mon père que je connais que vous avez parlé d'une personne, et que j'ai entendu une autre », I, 5).
- Comique de **caractère** : Argan est obsédé par sa maladie et se comporte comme un petit enfant qui a besoin d'être rassuré (I, 6).

▶ La dissertation sur l'œuvre en lien avec le parcours

a. Mises en scène de la comédie

Pour parler de la mise en spectacle de la comédie, il faut en connaître quelques mises en scène. On peut en citer deux, très différentes l'une de l'autre :

- Celle de **Gildas Bourdet**, au Théâtre de l'Ouest Parisien (2003), qui insiste sur le comique et la dimension farcesque ;
- Celle de **Claude Stratz**, à la Comédie-Française (2013), qui au contraire lui donne une dimension plus tragique (« *La dernière pièce de Molière commence dans les teintes d'une journée finissante. C'est une comédie crépusculaire teintée d'amertume et de mélancolie.* »).

> **Mise en scène**
> Si vous n'avez pas l'occasion de voir une représentation de la pièce, cherchez des extraits de différentes mises en scène sur Internet.

b. D'autres comédies spectaculaires

• On peut se demander quels liens entretiennent les intermèdes et la comédie dans les autres comédies-ballets de Molière comme *Le Bourgeois gentilhomme*.

• On peut aussi se questionner sur le rôle de la mise en scène dans les comédies quand on entre dans l'ère des metteurs en scène.

En complément de Molière

- Corneille, *L'Illusion comique* (1636)
- Molière, *Le Bourgeois gentilhomme* (1670)

8 *Les Fausses Confidences*, Marivaux, 1737

PARCOURS Théâtre et stratagème

1 BIOGRAPHIE

Marivaux (1688-1763) : auteur de théâtre

- Marivaux fait des études de droit mais il s'intéresse surtout à la littérature et fréquente les salons littéraires.
- Les années **1720** marquent un tournant pour lui : sa femme décède, il est entièrement ruiné par la banqueroute de Law. Il propose deux comédies au Théâtre Italien qui remportent un franc succès. *Arlequin poli par l'amour* marque le début de la collaboration de Marivaux avec Gianetta Rosa Benozzi qui crée le rôle d'Araminte dans *Les Fausses Confidences*.

À savoir

Le financier **John Law** avait eu l'idée de remplacer l'or et l'argent par de la monnaie papier. Le système connaît d'abord un grand succès, mais les nobles prennent peur et cherchent à récupérer leurs fonds. Or, ils ont été utilisés pour renflouer les caisses de l'État !

- Marivaux écrit désormais pour vivre et sa production est abondante. Il écrit des pièces pour le **Théâtre Français** comme pour le **Théâtre Italien**, mais aussi des romans et des articles de journaux. En 1742, Marivaux est élu à l'Académie Française, contre Voltaire.
- À partir de 1745, Marivaux se montre moins productif et délaisse les séances de l'Académie qu'il suivait pourtant avec sérieux. Il meurt sans fortune le 12 février 1763.

Genèse et caractéristiques de l'œuvre

Influences

- Dans la Querelle des Anciens et des Modernes, il se range du côté des **Modernes** et se révèle un fin observateur de la société de son temps.
- Quand il écrit pour les Comédiens Italiens, Marivaux s'inspire de la *commedia dell'arte*.

À savoir

La ***commedia dell'arte*** date du XVIe siècle. Elle repose sur l'improvisation à partir d'un canevas. Les comédiens se spécialisent dans un rôle et adoptent un jeu comique très visuel.

Des romans

- Dans sa jeunesse, il écrit des **parodies burlesques** d'œuvres classiques (*L'Iliade travestie*, 1717 ; *Télémaque travesti*, 1717).
- Il se lance ensuite dans deux **autobiographies** fictives, réalistes, dans lesquelles il essaie d'analyser le fonctionnement de la société (*La Vie de Marianne*, 1731-1742 ; *Le Paysan parvenu*, 1734-1735).

Des comédies

- **Marivaudage** : on appelle ainsi l'attention que porte Marivaux à la naissance du sentiment amoureux. Les obstacles que rencontrent les amants ne sont plus extérieurs comme dans la comédie de Molière (pères, écarts de fortune...) mais intérieurs (orgueil, incertitude). Le langage joue un rôle capital dans les relations amoureuses, susceptible de trahir ce que l'on souhaite cacher ou que l'on ignore soi-même.
- **Satire sociale** : Marivaux s'intéresse aux relations maître-valet et envisage que les seconds puissent prendre la place des premiers (*L'Île des esclaves*).

Œuvres principales

- ***Le Jeu de l'amour et du hasard*** (1730) : Silvia, promise à Dorante, échange son rôle avec sa servante Lisette. Dorante a fait de même avec son valet Arlequin. L'amour naît entre les deux valets et entre les deux maîtres qui se reconnaissent finalement sous leurs déguisements.
- ***L'Île des esclaves*** (1725) : à la suite d'un naufrage, Iphicrate et son valet Arlequin, Euphrosine et sa servante Cléanthis, échouent sur l'Île des esclaves où les esclaves doivent prendre la place de leurs maîtres. Si, finalement, à la fin, chacun retrouve son rang, les uns et les autres ont appris à devenir meilleurs.

Phrase célèbre

« J'ai guetté dans le cœur humain toutes les niches différentes où peut se cacher l'amour lorsqu'il craint de se montrer et chacune de mes comédies a pour but de le faire sortir d'une de ces niches. »

Marivaux dans *Éloge de Marivaux*, de d'Alembert.

2 CONTEXTE DE L'ŒUVRE

Le contexte historique

Le XVIIIe siècle s'achève par la Révolution française, que précèdent de nombreuses mutations politiques et sociales. Marivaux, à la charnière des XVIIe et XVIIIe siècles, connaît des périodes très différentes.

Mutations politiques

- **Les dernières années du règne de Louis XIV** : la fin du règne de Louis le Grand est marquée par l'**austérité** : le roi est fatigué et se tourne vers la religion, les caisses du royaume sont vides suite à de nombreuses campagnes militaires.
- **La Régence** (1715-1723) : à la mort de Louis XIV, Louis XV est trop jeune pour régner. La Régence est alors exercée par Philippe d'Orléans. La noblesse respire enfin et se laisse emporter dans un **tourbillon de fêtes galantes**.
- **Le règne de Louis XV** (1723-1774) : dans un premier temps, celui qu'on surnomme « le bien-aimé » préserve l'atmosphère de liberté instaurée par le Régent, ce qui favorise l'émergence des **débats d'idées caractéristiques des Lumières**. Le roi tend ensuite à faire preuve de plus de fermeté et de rigueur. Les années 1750 sont agitées : les conflits se multiplient (fin de la guerre de la

Succession d'Autriche, début de la guerre de Sept Ans), entraînant des difficultés financières et des dissensions religieuses.

Mutations sociales

- La société est hiérarchisée, elle se compose de trois ordres :
  – la noblesse qui détient le pouvoir politique et judiciaire mais qui ne peut exercer aucune activité commerciale ;
  – le clergé ;
  – le Tiers État, groupe hétérogène dans lequel on regroupe aussi bien les bourgeois enrichis que les paysans.
- Les rapports de force évoluent cependant :
  – la noblesse a tendance à s'appauvrir : certains nobles sont victimes de la banqueroute de Law, d'autres se perdent en dépenses somptuaires pour organiser des fêtes extravagantes par exemple.
  – la bourgeoisie au contraire s'enrichit : en effet, au début du règne de Louis XV, le commerce maritime se développe et les premières industries se créent. Araminte appartient à cette bourgeoisie aisée, elle est d'ailleurs convoitée par le Comte Dorimont, qui est sans doute un noble appauvri.

Mutations idéologiques et philosophiques

- Les penseurs des Lumières placent l'homme au centre de leurs préoccupations et cherchent à préciser sa place dans le monde. Ils n'hésitent pas à remettre en question nombre de certitudes des siècles passés : la monarchie absolue, le primat de la religion… Ils s'appuient sur la raison et la tolérance.
- **Le siècle du plaisir** : après l'austérité de la fin du règne de Louis XIV, on découvre le libertinage.

Vocabulaire

Libertinage : on passe du libertinage intellectuel (revendication de la liberté de penser indépendamment des préceptes religieux) à un libertinage de mœurs (revendication de la liberté d'agir selon ses désirs).

Le contexte littéraire

Le triomphe du théâtre

- Le théâtre est très populaire. On assiste à de nombreux spectacles de rue et les théâtres se multiplient.
- À Paris, trois théâtres se font concurrence :
  – l'**Opéra** pour le théâtre chanté ;
  – la **Comédie-Française**, née en 1680, qui présente surtout des tragédies et des comédies en cinq actes, dans la tradition classique. On y joue de manière conventionnelle et les comédiens « récitent » leur texte avec une diction artificielle ;
  – le **Théâtre-Italien** qui revient en France en 1716 après avoir été chassé en 1697. La troupe est dirigée par Luigi Riccoboni puis son fils. Ils se mettent à jouer en français mais gardent l'héritage de la ***commedia dell'arte*** : leur jeu est plus naturel et plus dynamique, le comique de gestes y occupe une large place.

Les conditions de représentation

- Même si elles s'améliorent par rapport au siècle précédent, elles restent globalement mauvaises.
- Les **salles « à l'italienne »**, en demi-cercle, remplacent progressivement les salles rectangulaires du XVIIe siècle et offrent une meilleure visibilité.
- Le public est toujours nombreux sur la scène, ce qui réduit considérablement l'espace dévolu aux comédiens et limite les possibilités de jeu.
- Des **lampes à huile** remplacent les bougies, mais l'éclairage reste insuffisant.

L'évolution du genre comique

- **Les règles du théâtre classique** sont toujours respectées et le seront jusqu'au grand bouleversement introduit par le drame romantique au début du XIXe siècle :
  - la **règle des trois unités** : l'intrigue doit durer moins de vingt-quatre heures (unité de temps), se dérouler en un seul lieu (unité de lieu) et régler un seul problème (unité d'action) ;
  - la **vraisemblance** : l'intrigue doit être crédible (pas de retournement de situation spectaculaire, d'effet de surprise…) ;
  - la **bienséance** : rien ne doit choquer le spectateur (pas de mort sur scène par exemple).
- Les comédies, reflet de la société, évoluent pourtant.
  - De la comédie de caractère à la **comédie de mœurs**. Molière affectionnait particulièrement la comédie de caractère, centrée autour d'un personnage aux manies ridicules. On voit apparaître dans la comédie du XVIIIe des personnages aux prises avec les difficultés de leur temps : argent et rang social deviennent des thèmes majeurs. Dorante qui est pourtant d'une bonne famille est contraint de se mettre au service d'Araminte, mais il espère épouser cette riche veuve, en dépit de sa pauvreté.
  - Les **obstacles au mariage**. Ce ne sont plus les pères acariâtres qui s'opposent au mariage mais les amoureux eux-mêmes qui ont des doutes et des hésitations. Araminte peine à vaincre son orgueil mais elle n'a que faire du mécontentement de sa mère.
  - L'**objectif de la comédie**. Il s'agit désormais moins de rire des personnages que de sourire avec eux. On ne s'en moque pas, on s'**identifie** à eux. La comédie suscite l'émotion et le pathétique peut même y trouver sa place. C'est le cas dans *Les Fausses Confidences* avec le personnage de Marton, manipulé puis abandonné.

Citation

« MONSIEUR REMY. – *Savez-vous ce qu'il me dit la première fois qu'il vous vit ? "Quelle est cette jolie fille-là ?"* (Marton sourit.) *Approchez, mon neveu. Mademoiselle, votre père et le sien s'aimaient beaucoup ; pourquoi les enfants ne s'aimeraient-ils pas ? En voilà un qui ne demande pas mieux : c'est un cœur qui se présente bien.* »

Acte I, scène 4.

3 RÉSUMÉ DE L'ŒUVRE

Acte I

- **Dorante** fait son entrée chez **Araminte** comme intendant. Il est éperdument amoureux d'elle mais il est trop pauvre pour prétendre l'épouser. Son ancien valet, **Dubois**, a pourtant l'intention de réaliser son rêve, grâce à un stratagème.
- Chez Araminte, Dorante fait la connaissance de **Marton**, suivante d'Araminte, qui serait un parti convenable pour lui et qu'il fait mine d'aimer.
- Madame **Argante**, la mère d'Araminte, demande à Dorante, de persuader sa fille d'épouser le **Comte Dorimont** avec qui elle est en procès. Elle a en effet des ambitions nobiliaires.
- Dubois fait confidence à Araminte de l'amour de Dorante et la riche veuve décide de le garder.

Acte II

- Pour faire croire à Araminte que Dorante est un homme très convoité, il fait courir le bruit qu'une riche inconnue voudrait l'épouser. Marton croit que c'est pour elle que Dorante refuse ce parti intéressant.
- Sur ces entrefaites, on livre au bel intendant un portrait dans une boîte. Marton s'en empare, pensant que c'est le sien, mais quand elle ouvre la boîte en présence d'Araminte et de sa mère, elle découvre qu'il s'agit d'un portrait d'Araminte.
- Madame Argante somme sa fille de renvoyer l'intendant mais Araminte refuse qu'on lui dicte sa conduite. Elle décide de congédier Dorante s'il lui avoue son amour. Pour cela, elle lui tend un piège et fait semblant de vouloir épouser le Comte.
- Dorante, bouleversé, finit par parler. Araminte ne le renvoie pas pour autant.

Acte III

- Dorante se croit perdu mais Dubois le rassure.
- Arlequin, qui est au service de Dorante, confie à Marton une lettre destinée à un de ses amis.
- La suivante, qui se sent trahie depuis l'affaire du portrait, la remet à madame Argante et au Comte : Dorante y évoque son amour pour Araminte, qui est désormais connu de tous. Araminte est alors obligée de prendre une décision, elle ne peut plus faire semblant d'ignorer les sentiments de son intendant.
- Dorante vient régler ses dernières affaires auprès d'elle et exprime son malheur à l'idée de la quitter. Elle se rend alors compte qu'elle l'aime et qu'elle est prête à l'épouser. Dorante lui avoue son stratagème et elle l'excuse au nom de son amour sincère.
- Araminte annonce au Comte qu'elle ne souhaite pas l'épouser. Celui-ci se retire avec dignité tandis que madame Argante ne décolère pas de voir sa fille renoncer à un titre de noblesse.

4 PERSONNAGES PRINCIPAUX

Araminte

- C'est la riche veuve d'un « *mari qui avait une grande charge dans les finances* ». Elle tire de sa richesse un certain **statut social** : « *elle est liée avec tout ce qu'il y a de mieux* » (I, 2).
- Son statut de **veuve** lui donne une certaine autonomie même si elle habite chez sa mère.
- Elle est en procès avec le Comte Dorimont, qu'elle pourrait épouser. Cela règlerait le différend et lui obtiendrait un titre de noblesse.
- Elle a la réputation d'être « *extrêmement raisonnable* ». Elle aime prendre des décisions par elle-même et n'aime pas avoir l'impression qu'on la manipule : elle est très agacée que sa mère fasse pression pour lui faire épouser le Comte ou veuille choisir son intendant à sa place.

Dorante

- Neveu de monsieur Remy, il vient d'une **famille respectable mais désargentée**. C'est la première fois qu'il cherche un emploi. Il a reçu une bonne éducation.
- Il est **séduisant** : Araminte le remarque la première fois qu'elle l'aperçoit (« *Il a vraiment très bonne façon* », I, 6).

Citation

« Ah ! Oui, je sais bien que vous l'aimez ; c'est à cause de cela que je ne vous écoute pas. Êtes-vous en état de juger de rien ? »

Acte III, scène 1.

- Son personnage est **ambigu**. D'un côté, il semble se laisser mener par Dubois. En effet, il a trop peur de perdre Araminte et il est trop aveuglé par sa passion pour construire un stratagème. C'est au nom de sa faible implication qu'il demande à Araminte de lui pardonner (« *Tous les incidents qui sont arrivés partent de l'industrie d'un domestique qui savait mon amour* », III, 12). De l'autre, Dorante joue parfaitement son rôle quitte à se montrer cruel envers Marton (« DORANTE, *en s'en allant, et riant* : *Tout a réussi, elle prend le change à merveille* », II, 8).

Dubois

- Ancien valet de Dorante, c'est désormais celui d'Araminte.
- Il est très **sûr de lui** et même quand la situation paraît désespérée il ne doute pas un instant. Il **manipule** tout le monde : Arlequin, Marton, monsieur Remy, Araminte et peut-être même Dorante dont les tergiversations l'exaspèrent parfois.
- Il **maîtrise le langage**, en particulier lors des « fausses confidences » à Araminte.

Citation

« Je m'en charge, je le veux, je l'ai mis là ; nous sommes convenus de toutes nos actions, toutes nos mesures sont prises. »

Acte I, scène 2.

Monsieur Remy

- C'est le **procureur** d'Araminte. Il a un peu d'argent qu'il pourrait léguer à Dorante à condition qu'il ne se marie pas et qu'il n'ait pas d'enfant.
- Il sert les intérêts de Dorante sans le savoir en rapportant à Araminte que son neveu est très courtisé. Il travaille par ailleurs à le marier à Marton en faisant croire à cette dernière que Dorante l'aime depuis longtemps.

Madame Argante

- Si l'on en croit son hôtel particulier, elle est **riche**.
- Elle a le plus grand mépris pour la bourgeoisie et voudrait que sa fille devienne la comtesse Dorimont. Pour cela, elle est prête à tout : elle demande à son intendant de lui mentir.

Citation

« Ma fille n'a qu'un défaut ; c'est que je ne lui trouve pas assez d'élévation. Le beau nom de Dorimont et le rang de Comtesse ne la touchent pas assez ; elle ne sent pas le désagrément qu'il y a de n'être qu'une bourgeoise. »

Acte I, scène 10.

Marton

- Comme Dorante, elle vient d'une famille bourgeoise, mais son père, « *homme un peu dérangé* », a perdu sa fortune. Depuis, elle est la suivante d'Araminte dont elle est très proche (« *elle l'aime et la traite moins en suivante qu'en amie* », I, 3) et qui lui a promis de la doter. Elle pourrait aussi hériter d'une tante asthmatique.
- Elle est **victime de divers stratagèmes** : Dubois conseille à Dorante de s'en faire aimer ; monsieur Remy lui raconte que Dorante l'aime depuis longtemps. Il ne lui en faut pas plus pour tomber amoureuse de ce dernier. Elle souffre quand elle découvre que son amour n'est pas réciproque.

Le Comte Dorimont

- Il appartient à la **noblesse** et l'on peut supposer que s'il veut épouser Araminte c'est pour sa richesse.
- Il se retire avec élégance quand il se rend compte qu'Araminte ne l'aime pas et promet de renoncer au procès.

Arlequin

- Personnage hérité de la ***commedia dell'arte***, il est balourd : il ne comprend pas le sens figuré des mots et refuse qu'on le « donne » à Dorante, il ne connaît pas suffisamment Paris pour livrer une lettre…
- Dubois se sert de lui pour mener à bien certains aspects de son plan.
- Il sert Dorante avec fidélité.

5 THÈMES CLÉS

L'amour

Citation

« *Quand l'amour parle, il est le maître et il parlera.* »

Acte I, scène 2.

Les atouts de Dorante pour séduire Araminte

- Araminte est d'emblée charmée par Dorante. Il est en effet doté de quelques atouts :
  - la bonne mine de Dorante qui charme Araminte dès qu'elle aperçoit son nouvel intendant (« *Ah ! C'est là lui ! Il a vraiment très bonne façon !* », I, 6).
  - une culture commune : si Dorante doit se placer au service d'Araminte, il reste pourtant au-dessus de sa condition et ne se confond jamais avec un valet.
- Le récit que Dubois fait à Araminte de l'amour de Dorante est conforme à une tradition courtoise : Dorante aime avec humilité, en secret.

À retenir

L'amour courtois apparaît dans la littérature du Moyen Âge.
Il repose sur le raffinement, la fidélité, la générosité.

Les obstacles à l'amour de Dorante et Araminte

- Toutefois, l'intervention de Dubois et les nombreux **stratagèmes** sont nécessaires, parce que le mariage de Dorante et d'Araminte semble impossible. En effet, leurs relations sont entravées par :
  - une différence de fortune entre Araminte qui est une riche veuve et Dorante, ruiné ;
  - l'ambition de madame Argante qui rêve que sa fille épouse un noble ;
  - la fierté d'Araminte qui ne veut pas se laisser manipuler et veut prendre des décisions par elle-même ;
  - des rivaux : le Comte Dorimont d'une part, une « *grande brune très piquante* » et Marton d'autre part (I, 14).

La naissance de l'amour

- Dubois intervient donc pour lever les différents obstacles et faire d'une Araminte charmée une Araminte conquise. Ses stratagèmes visent à :
  - éveiller l'intérêt d'Araminte : c'est le rôle des « *fausses confidences* » (I, 14).
  - déstabiliser Araminte : pour cela il révèle l'amour de Dorante, ce qui oblige Araminte à prendre position. Y contribuent le portrait d'Araminte réalisé par Dorante (II, 9), une bruyante dispute entre Dubois et Arlequin (II, 10), une lettre de Dorante interceptée par Marton (III, 8).
- Finalement, l'amour la prend par surprise au moment même où elle allait renvoyer Dorante (III, 12).

La satire sociale

Des personnages définis par leur rapport à l'argent

- *Les Fausses Confidences* est une pièce ancrée dans la société parisienne de 1737 et l'argent y occupe une place importante.
- On peut distinguer trois groupes :

  – les **personnages riches** : au premier rang desquels on trouve Araminte et madame Argante, mais aussi monsieur Remy.

  – les **personnages désargentés** : Dorante et Marton dont les pères étaient amis et apparemment se sont tous les deux ruinés. Ces deux personnages ont un statut particulier parce qu'ils sont employés par Araminte mais ne se confondent pas avec les valets. On peut imaginer également que le Comte Dorimont souhaite épouser Araminte pour sa fortune.

  – les **valets** : ils n'ont apparemment pas moyen de s'enrichir et de s'élever dans la hiérarchie sociale.

Citation

« Vous êtes un homme de très bonne famille, et même au-dessus du parti que vous prenez. »

Acte I, scène 7.

La satire du mariage d'intérêt

- Pour les bourgeois ou les nobles désargentés, le **mariage** est un moyen de s'enrichir. Dès lors, le mariage devient une **affaire d'intérêt**. Marivaux s'en moque à travers le personnage de monsieur Remy qui est décidé à offrir son neveu à celle qui aura la dot la plus élevée :

  – À la scène 3 de l'acte I, il veut qu'il épouse Marton à qui Araminte « *a fait beaucoup de bien* », et qui pourrait faire un bel héritage.

  – Mais dès la scène 2 de l'acte II, il prétend lui faire épouser une « *jolie femme* », qu'il n'a jamais vue, qui a « *quinze mille livres de rente* ». Ce revirement brutal est source de comique. De plus, lorsque monsieur Remy raille ceux qui font entrer les sentiments dans les questions maritales, c'est lui qui se rend ridicule.

La satire de l'ambition

- De plus, Marivaux s'en prend à l'**ambition nobiliaire** d'une certaine bourgeoisie. Madame Argante se croit supérieure aux autres et dénigre Dorante à qui elle attribue des « *petites réflexions roturières* ».
- Mais cette femme, qui est d'emblée disqualifiée par Marivaux dans les didascalies (« MADAME ARGANTE, *femme brusque et vaine* », I, 10), est aussi ridicule que monsieur Jourdain, le « bourgeois gentilhomme » peint par Molière. Elle ne comprend rien au bonheur, notion qui commence pourtant à prendre de la valeur au XVIIIe siècle, et ne pense qu'au titre que sa fille pourrait acquérir.

PARCOURS

Théâtre et stratagème

• *Les Fausses Confidences, Marivaux*

Comprendre l'intitulé

a. Le sens des mots pris séparément

• **Théâtre :** le terme fait tout d'abord référence au fait que *Les Fausses Confidences* est une comédie, destinée à être jouée. Par conséquent, les personnages s'incarnent et le spectateur, pour juger de leur sincérité, peut s'appuyer non seulement sur les répliques, mais aussi sur le jeu des comédiens. Toutefois, le théâtre est aussi présent dans la pièce. C'est ce qu'on appelle du théâtre dans le théâtre : les personnages ne jouent pas la représentation d'une pièce de théâtre – ce serait une mise en abyme – mais plusieurs d'entre eux sont amenés à jouer/incarner un rôle. Les autres personnages, qui forment donc le public, n'ont pas toujours conscience d'assister à une fiction.

• **Stratagème :** il s'agit d'une ruse, organisée par un ou plusieurs personnages pour en tromper un autre. Les stratagèmes sont nombreux dans les comédies parce qu'ils sont source de comique de situation.

b. Mise en relation de ces deux termes

• **Théâtre et stratagème :** il s'agit de voir comment les personnages jouent la comédie pour en tromper d'autres. Il faudra donc se demander: qui joue la comédie ? Dans quel but ? Qui sont les spectateurs ou les victimes de ces jeux de rôle ?

Le parcours et l'œuvre intégrale

a. Les stratagèmes

Il y en a plusieurs dans la pièce.

• **Dubois et Dorante, à la conquête d'Araminte.** Ce stratagème est le seul de la pièce à réussir. Il faut dire que Dorante multiplie les **ruses** et met en œuvre divers **procédés** :

- de « *fausses confidences* » (I, 14) : il fait le portrait d'un Dorante fou d'amour pour Araminte afin d'éveiller son intérêt ;
- la livraison et la découverte d'un portrait (II, 6 et II, 9), une dispute avec Arlequin au sujet d'un autre portrait d'Araminte (II, 10), l'interception et la lecture d'une lettre de Dorante à un ami (III, 3 et III, 8) : ces différents « incidents » visent à faire connaître à tous les sentiments de Dorante, ce qui oblige Araminte à prendre une décision à son sujet.

• **Monsieur Remy, en quête d'un beau parti pour son neveu.** Monsieur Remy conseille à Dorante d'épouser Marton, qui devrait obtenir une dot substantielle de sa maîtresse et qui pourrait hériter d'une tante asthmatique. Pour cela, lui aussi fait de « fausses confidences » : il explique à la suivante d'Araminte que son neveu l'a repérée de longue date et qu'il l'aime depuis cette première rencontre. Les conséquences de cette ruse sont ambiguës :

– on pourrait dire que le stratagème fonctionne puisque Marton tombe amoureuse de Dorante ;

– mais le mariage ne peut avoir lieu puisque Dorante n'aime pas Marton et n'a aucune intention de l'épouser ;

– toutefois, le stratagème sert quand même l'intérêt de Dorante : en effet, Marton, par dépit, donne la lettre de Dorante au Comte Dorimont et à madame Argante – ce qui arrange Dorante et Dubois. De plus, elle exige de Dorante qu'il la demande en mariage devant Araminte, ce qui les oblige tous deux à clarifier leurs sentiments.

- **Madame Argante et ses ambitions nobiliaires.** Madame Argante recourt elle aussi à un stratagème pour pousser sa fille à accepter d'épouser le Comte Dorimont. Il s'agit moins pour elle de mettre fin au procès qui les oppose que de devenir « *la mère de Madame la comtesse Dorimont* » (I, 10). Elle demande donc à Dorante, l'intendant de sa fille, de lui mentir et de présenter le procès comme impossible à gagner (« *De dire à ma fille, quand vous aurez vu ses papiers, que son droit est le moins bon ; que si elle plaidait, elle perdrait* », I, 10). Le stratagème échoue parce que Dorante révèle aussitôt la vérité à Araminte (« *C'est que si, dans votre procès, vous avez le bon droit de votre côté, on souhaite que je vous dise le contraire, afin de vous engager plus vite à ce mariage* », I, 12). On peut même dire que l'irritation d'Araminte à l'encontre de sa mère, la rend sourde à tous ses conseils et favorise ainsi sa relation avec Dorante.

- **Araminte, un stratagème aux motifs peu clairs.** Araminte n'est pas en reste : elle aussi tend un piège à Dorante. Elle prétend être déterminée à épouser le Comte Dorimont de façon à l'obliger à avouer ses sentiments (II, 13). Toutefois, ses objectifs sont confus, pour elle comme pour le spectateur, si bien qu'il est difficile d'apprécier la réussite du stratagème. Pourquoi veut-elle que Dorante avoue ? Pour le renvoyer comme le prétend Dubois avec ironie (« *Il se déclarera, peut-être, et tout de suite je lui dirai : Sortez.* », II, 12) ou pour être certaine de ses sentiments et se déclarer à son tour ? Finalement Dorante parle mais elle ne prend aucune décision, elle va même jusqu'à mentir à Dubois (« *Non, il ne m'a rien dit* », II, 17).

b. Théâtre dans le théâtre

- **Dubois, homme de théâtre complet.** Il est d'abord metteur en scène : c'est lui qui met en œuvre tout le stratagème destiné à prendre Araminte au piège. C'est également un très bon comédien : tout le monde lui fait confiance, Araminte la première.

- **Dorante, un comédien sincère (?).** Dorante joue un rôle : avec Araminte, il joue celui de l'intendant raisonnable et sincère ; avec Marton, il joue, sans grand enthousiasme, celui de l'amoureux secret. La question qui se pose est celle de sa sincérité : à quel moment s'arrête-t-il de jouer ? Est-il tout à fait sincère quand il avoue ses fautes à Araminte ?

La dissertation sur l'œuvre en lien avec le parcours

a. Théâtre et stratagème pour susciter le comique

Les stratagèmes engendrent souvent du comique, parce que l'un des personnages assiste à une comédie sans le savoir ou se trouve enrôlé dans ce qui n'est qu'un jeu. Ils sont à l'origine de :

– **comique de situation** : quiproquos (c'est un des ressorts du comique dans le théâtre de boulevard, comme dans *Un Fil à la patte* de G. Feydeau).

– **comique de caractère** (la métamorphose de Toinette en docteur dans *Le Malade imaginaire* de Molière).

– **comique de gestes** (la scène du sac dans *Les Fourberies de Scapin* de Molière).

b. Théâtre et stratagème pour faire une satire

- Jouer un rôle oblige les personnages à **grossir certains traits** et **met en évidence les défauts d'une classe sociale** (les valets se moquent des précieuses dans *Les Précieuses ridicules* de Molière).
- Il est parfois nécessaire de **recourir à un stratagème pour s'en prendre aux puissants** (ruse de Figaro pour empêcher le Comte d'appliquer les droits seigneuriaux dans *Le Mariage de Figaro* de Beaumarchais).

c. Théâtre et stratagème pour analyser les sentiments

Chez Marivaux, les personnages ne sont pas sûrs de ce qu'ils ressentent et ils tendent des pièges aux autres pour s'assurer de ce qu'ils éprouvent *(Le Jeu de l'amour et du hasard*).

En complément de Marivaux

- Shakespeare, *Hamlet* (1603) : une mise en abyme.
- Marivaux, *Les Acteurs de bonne foi* (1748) : une mise en abyme également.
- Beaumarchais, *Le Mariage de Figaro* (1778) : quand la Comtesse joue le rôle de Suzanne.
- Genet, *Les Bonnes* (1947) : les deux bonnes jouent leur propre vie.

9 *Juste la fin du monde*, Jean-Luc Lagarce, 1990

PARCOURS Crise personnelle, crise familiale

1 BIOGRAPHIE

Jean-Luc Lagarce (1957-1995) : auteur de théâtre

- Origines : Jean-Luc Lagarce naît le 14 février 1957 dans une **famille ouvrière**. Ses parents travaillent dans les usines Peugeot à Sochaux. À la maison, il y a peu de livres et on ne va pas au théâtre. Il commence toutefois à écrire pour des représentations scolaires.
- Il obtient son baccalauréat en 1975 et quitte alors la petite ville de Valentigney pour Besançon, où il fait des études de philosophie. Parallèlement, il fréquente le conservatoire de Besançon, lit beaucoup, va au cinéma… Il crée une troupe de théâtre amateur qui joue ses textes (*Elles disent…*, 1978).
- Il rencontre Mireille Herbstmeyer, comédienne, avec qui il fonde, en 1977, le **Théâtre de la Roulotte**, qui devient une compagnie professionnelle en 1981. Jean-Luc Lagarce, qui partage désormais sa vie entre Besançon et Paris, remporte du succès en tant que metteur en scène (Feydeau, Ionesco, Molière), mais pas en tant qu'écrivain. Dès lors, en 1992, il décide de créer avec François Berreur, qui appartient aussi au Théâtre de la Roulotte, une maison d'édition : **Les Solitaires intempestifs**.
- Il apprend sa **séropositivité** en 1988 et son écriture se centre alors sur la famille et la disparition.
- Il obtient une bourse en 1990 et part trois mois à Berlin, où il rédige l'essentiel de *Juste la fin du monde*. La pièce ne rencontre aucun succès.
- Lagarce meurt en 1995 et, depuis lors, ses textes sont joués régulièrement.

À savoir

Aujourd'hui, *Juste la fin du monde* rencontre un grand succès : la pièce est entrée au répertoire de la Comédie-Française en 2008 et a été adaptée au cinéma par Xavier Dolan en 2016 (Grand Prix du jury au Festival de Cannes).

Genèse et caractéristiques de l'œuvre

Dans l'œuvre relativement importante de Lagarce (24 pièces, trois récits, un livret d'opéra…), on peut distinguer plusieurs tendances.

- Des **pièces réflexives sur le théâtre** et la vie de troupe, sur le métier d'auteur : *Music Hall*, 1988 ; *Nous les héros*, 1993…
- Des **pièces sur la famille** et les rapports conflictuels qu'elle entretient avec l'individu : *Juste la fin du monde*, 1990 ; *J'étais dans ma maison et j'attendais que la pluie vienne*, 1994… Ces pièces reposent sur un paradoxe : les personnages affirment leur identité et leur intimité tout en restant extrêmement

pudiques. Il s'agit de faire percevoir ce que peut avoir d'universel une expérience intime et personnelle.

- Des **pièces satiriques** : *Règles du savoir-vivre dans la société moderne*, 1993…

Œuvres principales

- ***Juste la fin du monde*** (1990).
- ***Pays lointain*** (1995) : il s'agit d'une réécriture de *Juste la fin du monde* qui avait été mal reçue. La pièce met en scène Louis, qui s'apprête à mourir. Il est entouré par un chœur antique qui réunit les vivants et les morts.

Phrase célèbre

« *J'ai près de quarante ans maintenant et c'est à cet âge que je mourrai.* »

Pays Lointain, 1995.

→ On retrouve dans cette citation l'approche de la mort que l'on avait déjà dans *Juste la fin du monde*.

2 CONTEXTE DE L'ŒUVRE

Le contexte historique : fin des années 1980, début des années 1990

Une transformation en profondeur de l'Europe

- On assiste à la **chute symbolique du mur de Berlin** (novembre 1989) et à la **réunification de l'Allemagne** (octobre 1990). C'est donc dans une ville en pleine mutation que Jean-Luc Lagarce écrit *Juste la fin du monde*. Les liens entre l'Allemagne et la Communauté européenne se renforcent.
- **L'Union soviétique se délite**, les États satellites prennent leur indépendance. Avec l'effondrement du bloc soviétique, on peut également dire que **la guerre froide prend fin**.
- **Les nationalismes montent en Yougoslavie**, ce qui conduira au conflit en Bosnie et à la guerre du Kosovo.
- C'est donc une **période ambiguë entre** les **espoirs** suscités par la fin de la guerre froide et l'émergence d'un monde multilatéral avec les **angoisses** devant le retour des nationalismes et les conflits qu'ils engendrent.

Des innovations technologiques

- Au cours des années 1980-1990, se développent de nouveaux outils qui vont considérablement changer la société. On peut tout d'abord parler du **CD** et du **caméscope**, qui se démocratisent dans les années 1980, mais surtout d'**Internet** et du **téléphone mobile**, qui commencent à se répandre.

Les années noires du sida

- Enfin, **Jean-Luc Lagarce a connu le début du sida, dont il meurt en 1995.**
- Au début des années 1980, on identifie les premiers malades, en Californie, dans les milieux homosexuels. On parle alors de « peste rose ».

- Le virus est identifié par le docteur Rozenbaum, à l'institut Pasteur, en 1983. Si l'on comprend que le virus se transmet par les relations sexuelles ou par le sang, les malades font pourtant très peur. Ils sont stigmatisés et, dans certains hôpitaux, on rechigne à les soigner. Les premiers traitements font leur apparition à la fin des années 1980.
- Éclate alors le scandale du « sang contaminé » : on découvre que de nombreux transfusés ont attrapé le virus.
- Plusieurs associations, comme Act Up, naissent pour aider les malades, mais aussi les faire accepter dans la société. Des films comme *Les Nuits fauves* (1992) ou *Philadelphia* (1994) contribuent à faire connaître la vie des séropositifs.

▶ Le contexte littéraire : le théâtre dans la deuxième moitié du XXe siècle

Au lendemain de la guerre

- Les auteurs, comme Samuel Beckett ou Eugène Ionesco, expriment leur angoisse devant un monde privé de sens et ravagé par la guerre. Le **théâtre de l'absurde** remet en cause la logique, le fil de l'intrigue et la cohérence des personnages. Il ne s'agit plus désormais de plaire au spectateur, mais de l'interroger. Lagarce s'illustre par une mise en scène grinçante de *La Cantatrice chauve* d'Eugène Ionesco.

À retenir

Beckett met en scène des personnages déroutants : des clochards, des handicapés, des hommes troncs. Il renonce aussi à l'action théâtrale : dans ses pièces, il ne se passe rien.

La rupture des années 1970

- On assiste à un **divorce entre le théâtre et la littérature**. Le metteur en scène n'est plus au service d'un texte, ce n'est plus un faire-valoir de l'auteur, mais un créateur à part entière. C'est alors que naissent des **collectifs**, comme le Théâtre du Soleil d'Ariane Mnouchkine, qui pratiquent l'écriture collective et dans lesquels le metteur en scène, les comédiens et les techniciens collaborent sur un pied d'égalité.

Depuis les années 1980

- **L'écriture de théâtre renaît**. Sur le plan formel, elle se caractérise par la **fusion des genres** (Bernard-Marie Koltès et Jean-Luc Lagarce mêlent théâtre et poésie ; Philippe Minyana, théâtre et récit), par le mélange des types de discours, par un **dialogue avec les arts visuels**.
- Sur le plan thématique, on constate qu'elle offre une large place à **l'Histoire**. Edward Bond, dramaturge anglais, dans ses *Pièces de guerre*, écrit sur la guerre et sa violence quotidienne. L'écriture théâtrale renoue aussi avec le **passé** à travers des réécritures et des figures mythologiques. Laurent Gaudé, dans *Le Tigre bleu de l'Euphrate*, évoque la figure d'Alexandre le Grand. Toutefois, en contrepoint, le théâtre devient aussi le lieu du **récit de soi** : Lagarce, mais aussi Sarah Kane, ou encore Wajdi Mouawad

À savoir

On rapproche souvent **Koltès** et **Lagarce**, exacts contemporains, tous deux morts du sida. Pourtant, l'écriture hésitante de Lagarce est très différente de la fougue lyrique de Koltès, plus connu de son vivant en raison de sa connivence avec le metteur en scène Patrice Chéreau.

évoquent leur existence et ses moments douloureux, tantôt de manière prosaïque, tantôt avec de nombreuses images et beaucoup de pudeur.

• Cela n'empêche pas les metteurs en scène de se montrer toujours plus innovants, s'emparant par exemple de **la vidéo pour renouveler les classiques** ou mettre en avant des écritures contemporaines. Robert Lepage, metteur en scène canadien, réalise ainsi des spectacles fascinants du point de vue technique.

3 RÉSUMÉ DE L'ŒUVRE

• Il est difficile de résumer cette pièce parce qu'il ne s'y passe rien : Louis vient annoncer sa mort prochaine à ses proches et il n'y arrive pas. La pièce est l'**histoire d'un non-événement**. La beauté de cette pièce ne réside pas dans l'action.

Prologue

• Monologue de Louis, qui dit qu'il retourne voir sa famille pour lui annoncer sa mort prochaine.

À retenir

La pièce compte de **nombreux monologues** de Louis : le prologue et l'épilogue, mais aussi les scènes I, 5 ; I, 10 ; II, 1. De plus, certaines scènes sont constituées de très longues tirades (I, 3 : Suzanne ; I, 8 : la mère ; II, 3 : Antoine).

Première partie

• Louis revient dans sa famille après une longue absence. Il rencontre pour la première fois Catherine, la femme de son frère, qui lui parle de ses deux enfants et de sa vie avec Antoine. Sa sœur, Suzanne, lui reproche non seulement d'être parti si longtemps, mais aussi de ne pas leur écrire. La mère évoque les dimanches de l'enfance des garçons. Elle cherche à prévenir Louis des attentes de son frère et de sa sœur pour éviter que sa visite ne suscite trop de rancœur. Louis, dans un long monologue, analyse son rapport à la mort et aux autres. Antoine se demande pourquoi son frère est venu, tout en affirmant qu'il ne veut pas vraiment savoir.

Intermède

• Louis raconte un rêve dans lequel il est irrémédiablement éloigné des autres membres de la famille. Dans tout l'intermède, Suzanne, Catherine, la mère, Antoine et Louis semblent se poursuivre sans arriver à se trouver.

Deuxième partie

• Louis prend la décision de partir, sans avoir rien dit à sa famille de sa mort prochaine. Antoine l'emmène à la gare. Louis fait des promesses qu'il sait qu'il ne tiendra pas. Suzanne essaie de le retenir sans y croire. Antoine conclut dans une longue tirade en expliquant tout ce que le vide laissé par Louis a provoqué en lui.

Épilogue

• Louis revient sur son échec. Il raconte un souvenir : se promenant dans la montagne, il a soudainement eu envie de pousser un immense cri de joie, mais finalement il ne l'a pas fait.

4 PERSONNAGES PRINCIPAUX

Louis

- C'est le personnage central de cette pièce.
- Il est âgé de 34 ans et il sait qu'il va mourir dans un moins d'un an (« *Plus tard, l'année d'après / – j'allais mourir à mon tour* », prologue). Il n'évoque jamais explicitement les raisons de sa mort. **La dimension autobiographique de l'œuvre de Lagarce, la récurrence des thèmes qui la traversent, laissent à penser que Louis est malade du sida sans que jamais le terme ne soit prononcé.** La seule allusion que l'on pourrait lire à l'homosexualité de Louis réside dans un passage de l'intermède (scène 3). Louis chantonne que « *désormais, / la pire des choses, / je le sais bien, / la pire des choses, / serait que je sois amoureux* ». L'association d'une faute (« *la pire des choses* ») à l'amour (« *que je sois amoureux* ») serait une manière de suggérer un amour coupable, et peut-être un amour homosexuel. En effet, dans les années 1980, on l'a vu, l'homosexualité est encore souvent marginalisée et le sida y est associé, considéré, même, comme une punition méritée par certains.
- Il a quitté la famille il y a longtemps. Sa sœur était encore petite. Quelles qu'en aient été les raisons, cette rupture a été assez définitive. Il n'écrit pas souvent, à peine une petite carte postale impersonnelle de temps en temps. Il n'est pas revenu pour le mariage de son frère ou la naissance de ses neveux. En effet, il n'a rencontré ni Catherine ni ses enfants, âgés pourtant de 6 et 8 ans.

> **Citation**
>
> *« Je me réveillai avec l'idée étrange et désespérée et indestructible encore qu'on m'aimait déjà vivant comme on voudrait m'aimer mort sans pouvoir et savoir jamais rien me dire. »*
>
> I, 5.

- **Louis est écrivain** : c'est à la fois son métier, mais aussi une sorte de don, d'après sa sœur.
- Sa principale caractéristique pour tous les membres de la famille, c'est d'être **calme**. Il se présente d'abord comme « *un homme posé* » (prologue) et l'on pourrait penser que c'est une qualité. Mais quand les membres de la famille reviennent sur cette attitude, c'est pour la critiquer. Son calme, sa manière de réagir par « *Petit sourire ? / Juste ces deux ou trois mots* » (I, 8) apparaissent comme des marques de mépris. Suzanne et Antoine le vivent comme « *la pire des plaies* » (I, 8). Pour la mère, cette attitude est mystérieuse (« *Ce n'est pas nous qui t'avons appris cette façon si habile et détestable d'être paisible en toutes circonstances, je ne m'en souviens pas* » (I, 8)) et elle justifie l'isolement de Louis par rapport à la famille.

Antoine

- C'est le petit frère de Louis et le grand frère de Suzanne.
- Il travaille dans une petite usine d'outillage (I, 6) et habite dans un quartier sans charme, pas très loin de chez la mère, pas très loin donc de la maison où il a vécu enfant. Il est marié et père de deux enfants. Ce n'est **pas un intellectuel :** si son frère est écrivain, lui ne lit pas, pas même le journal. Il a donc **une vie similaire à celle de ses parents, une vie conforme à ce qu'on attendait de lui sans doute.** Il s'occupe de sa mère et de sa sœur, se sent responsable d'elles (I, 8).

- Contrairement à Louis, il est n'est pas calme. **Il a un « sale mauvais caractère »** (I, 2) et il sait qu'on dit de lui « *"il faut savoir le prendre" / comme on le dit d'un homme méchant et brutal* » (I, 11). Il parle avec brusquerie, de manière familière, voire vulgaire, à sa sœur (« *Suzanne, fous-nous la paix* », I, 1), sa femme (« *Laisse ça, tu l'ennuies* », I, 2) ou son frère (« *Mais merde, ce n'est pas de ça qu'elle parlait !* », I, 2).
- **Pourtant, sous ses airs bourrus, il est attaché à son frère**. Dans la scène 3 de la deuxième partie, il lui explique avoir depuis longtemps eu peur que Louis soit mal aimé. Il se sent responsable et coupable du sentiment que Louis a d'être mal aimé (« *cette peur que j'avais encore que personne ne t'aime jamais, / cette peur me rendait malheureux à mon tour* », II, 3). Il est à la fois inquiet pour lui et en colère contre lui : en colère devant ce frère qui se prétend plus malheureux qu'il n'est, en colère contre celui qui le fait culpabiliser, en colère contre celui qui les a abandonnés. Mais Antoine finit par retourner cette colère contre lui-même.

Suzanne

- C'est la petite sœur de Louis et Antoine. **Elle est beaucoup plus jeune qu'eux et n'a pas les mêmes souvenirs.** Elle n'a pas participé aux dimanches dont se souvient la mère. Les garçons sont devenus trop grands et ils ont arrêté de faire des pique-niques. Elle était encore « petite » quand Louis a quitté la maison.
- **Elle habite encore chez sa mère**, mais elle a un espace à elle (« *Je vis au second étage* », I, 3) et aussi des meubles et des objets (« *Toutes ces choses m'appartiennent* », I, 3). Elle sert de chauffeur à sa mère, qui n'a pas le permis. Elle a donc une **position intermédiaire entre l'adulte et l'enfant, entre l'autonomie et la dépendance**.
- Elle hésite à se plaindre de son existence. Elle fait des reproches à son frère (« *Ce n'est pas bien que tu sois parti, / parti si longtemps* », I, 3), tout en ajoutant : « *Ce que je veux dire, c'est que tout va bien et que tu aurais eu tort, / en effet, / de t'inquiéter* » (I, 3).

5 THÈMES CLÉS

La recherche du mot juste

- Louis voudrait parler mais ne parvient pas à dire ce qu'il ressent. Sa famille voudrait le comprendre mais ne veut pas l'entendre. De plus, parce qu'il est écrivain et qu'ils éprouvent pour lui de l'admiration, ils cherchent à s'expliquer le mieux possible, mais se perdent dans leur quête. Le langage, qui devrait être un lien, est souvent un obstacle aux relations familiales. Il est marqué par une quête sans fin du mot juste, un discours qui revient sans cesse sur lui-même au lieu de progresser, faisant échouer les personnages qui veulent réparer la rupture produite par le départ de Louis.

Dire sans dire

- Le **refus de l'explicite** : pour parler sans heurter les autres, **les personnages recourent souvent à l'implicite**. Ils emploient des formules si générales qu'elles n'ont plus vraiment de sens. Ainsi, dans l'intermède, la scène 4 est entièrement consacrée à quelque chose que l'on ne comprend pas (« *Suzanne : Ce que je ne comprends pas. / Antoine : Moi non plus [...] / Antoine : Et peu probable que je comprenne jamais* »).

- Les **phrases inachevées :** de plus, il leur arrive de ne pas terminer leurs phrases, de laisser le sens ouvert (« *tu ne t'entends pas, tu t'entendrais...* », II, 2), comme si tout devait être clair pour l'auditeur, ce qui n'est pas toujours le cas, puisqu'ils reconnaissent ne pas se comprendre.
- L'**ironie :** enfin, pour ne pas dire ce qu'ils ressentent, ils recourent parfois à l'ironie (« *Il est passionné, c'est un homme passionné par cette description de notre progéniture* », I, 2).

Dire mieux ?

- Les **corrections** : les personnages cherchent le mot juste comme ils gratteraient sans cesse la même plaie (« *c'est méchant, pas méchant, non, c'est déplaisant* », I, 2).
- Le **métalangage** : de plus, ils réfléchissent à la justesse des expressions qu'ils emploient (« *juste un peu, comment dire ? Pour s'amuser, non ?* », I, 2 ; « *une certaine forme d'admiration, c'est le terme exact, une certaine forme d'admiration* », I, 3).

Citation

« *Je ne sais comment l'expliquer, comment le dire, alors je ne le dis pas.* »

I, 3.

- Enfin, dans leur désir de dire mieux, ils emploient des **digressions**. Ils font des pauses pour contextualiser, préciser, et cette pause les conduit parfois à oublier leur chemin initial. Ainsi, Suzanne, dans la scène 3 de la première partie, essaie d'expliquer ce qui s'est passé depuis le départ de Louis, mais elle s'interrompt pour décrire son caractère (« *– je pense que tu es un homme habile, un homme qu'on pourrait qualifier d'habile, un homme "plein d'une certaine habileté"* », I, 3).

Le temps

Le temps du récit : Louis mort

- La pièce s'ouvre sur un **prologue**, un monologue prononcé par Louis, qui joue en quelque sorte le rôle de narrateur. Il contextualise les scènes qui vont avoir lieu, son retour dans sa famille, un dimanche. L'originalité de ce prologue est qu'il est prononcé d'outre-tombe. Louis est déjà mort lorsqu'il revient sur cet épisode.

Citation

« *Plus tard, l'année d'après – J'allais mourir à mon tour.* »

Prologue.

- On retrouve cette même temporalité au début de la deuxième partie (« *Et plus tard, vers la fin de la journée / [...] je repris la route, / je demandai qu'on m'accompagne à la gare* », II, 1). L'emploi du passé simple suggère que Louis raconte au passé. **On n'est pas dans le temps habituel du théâtre**, où l'action se déroule sous les yeux du spectateur, au présent.
- Enfin, **l'épilogue est comme le prologue, prononcé par un fantôme de Louis, au-delà de la mort** (« *Après, ce que je fais, / je pars. / Je ne reviens plus jamais. Je meurs quelques mois plus tard, / une année tout au plus* »).

Le temps du retour : Louis à un an de la mort

• Ce qui se joue sous ses yeux, c'est le retour de Louis dans sa famille, un an avant sa mort. Louis vient leur annoncer qu'il va mourir mais il n'arrive pas à parler et, en réalité, sa famille ne veut pas l'entendre. De ce fait, **les personnages parlent très peu du présent. Ils évoquent soit le passé, soit l'avenir**.

Le passé

• La **nostalgie de l'enfance** : c'est la mère qui en fait le récit le plus émouvant lorsqu'elle évoque les dimanches, dans la scène 4 de la première partie. Cette période est associée à l'entente des deux frères, mais aussi à la présence du père. Elle s'est arrêtée quand les garçons sont devenus adolescents et que le père est mort. Antoine aussi se remémore l'enfance et ses relations avec Louis, dans la deuxième partie de la pièce.

• Les ruptures : **ce bonheur a été brisé par différentes ruptures, la naissance de Suzanne, la mort du père, le départ de Louis**. Louis est en effet parti depuis de très longues années. Il n'a jamais cherché à revenir, ni pour le mariage de son frère, ni pour la naissance de ses neveux.

• Les rituels : **pour lutter contre la destruction du passé, contre le temps qui passe, la famille semble très attachée aux rituels**. On fête les anniversaires, par exemple. On est également fidèle à des traditions : le fils aîné d'Antoine porte le nom de son grand-père. Enfin, les personnages sont définis par des habitudes (« *Ils reviendront. / Ils reviennent toujours* », I, 9 ; « *Il faut toujours que vous me racontiez tout* », I, 11 ; « *Toujours été ainsi* », intermède 4).

L'avenir fait de fausses promesses

• **L'avenir est envisagé comme certain.** Chacun se fie à sa connaissance des autres pour prétendre anticiper ses réactions. Ni la mère, ni Antoine, ni Suzanne n'attendent rien de Louis, si ce n'est un petit sourire (« *tu répondras à peine deux ou trois mots, / ou tu souriras, la même chose, / tu leur souriras / et ils se souviendront, plus tard, / ensuite, par la suite, / le soir en s'endormant* », I, 8). **Cette certitude les empêche d'écouter Louis, qui fait exactement ce qu'on attend de lui et qui fait des promesses qu'il ne respectera pas** (« *Je promets qu'il n'y aura plus tout ce temps / avant que je revienne* », II, 1). Le futur est donc envisagé comme immuable. Il ne peut y avoir de changement, il ne peut y avoir de nouvelle rupture. **Pourtant, malgré les rituels, malgré le refus de s'ouvrir au présent, la mort de Louis est la seule perspective certaine.**

La mort

• « *J'allais mourir à mon tour* » : Louis est déjà mort.

• Mort du père (I, 3) : « *mon père aussi par le passé* ».

• « *cela fait un an, je l'ai dit au début / cela fait un an que cela ne m'arrive plus et que je me retrouve toujours, chaque matin, avec juste en tête pour commencer, commencer à nouveau, / juste en tête l'idée de ma propre mort à venir.* » (I, 5).

• « *Au début, ce que l'on croit / [...] c'est que le reste du monde disparaîtra avec soi* » (I, 10).

• « *Après, ce que je fais, / je pars. / Je ne reviens plus jamais. Je meurs quelques mois plus tard, / une année tout au plus.* » (épilogue).

PARCOURS

Crise personnelle, crise familiale

•*Juste la fin du monde*, Jean-Luc Lagarce

▶ Comprendre l'intitulé

a. Crise

• Le terme a de très nombreuses acceptions, mais tous les sens ont un point commun : la **manifestation brusque, intense mais brève, de troubles**. La crise peut aussi désigner le nœud d'une intrigue, qui conduit au dénouement.

• Une **crise personnelle** désigne une situation de trouble pour un individu, un personnage ou même parfois l'auteur. Ici, le terme semble renvoyer à la situation de Louis, qui va mourir un an environ après s'être rendu dans sa famille.

• La **crise familiale** suggère l'existence d'une seconde crise, dans les relations entre les membres de la famille.

b. Crise personnelle et crise familiale

• La virgule peut avoir simplement pour rôle d'**associer les deux crises** : Louis vit une crise personnelle et sa famille est en crise.

• Elle peut aussi avoir un sens plus fort et l'**on peut se demander si la crise de Louis n'est pas la cause de la crise familiale**. S'il n'était pas près de mourir, sans doute ne retournerait-il pas chez sa mère. De plus, s'il n'avait pas une annonce à faire, peut-être les retrouvailles ne se passeraient-elles pas aussi mal.

▶ Le parcours et l'œuvre intégrale

a. Une famille en crise

Depuis longtemps, au moins depuis l'adolescence des garçons, la famille est en crise.

• **Au temps où Louis appartenait encore à la famille.**

– **Le souvenir de disputes** : les disputes entre les membres de la famille ne sont pas nouvelles. Lorsque la mère évoque les dimanches à la campagne, elle raconte qu'ils ont pris fin à cause des disputes des garçons.

– **La culpabilité d'Antoine** : s'ils se disputaient, ils ne s'ignoraient pourtant pas. Antoine, dans la deuxième partie de la pièce, lève le voile sur ses sentiments. Cet homme bourru, volontiers agressif, explique en réalité qu'il s'est toujours beaucoup inquiété pour son frère et vit dans la culpabilité de ne pas avoir su l'aimer.

– **Le sentiment de Louis d'être mal aimé** : « *Que tout le monde après s'être fait une certaine idée de moi, un jour ou l'autre ne m'aime plus, ne m'aima plus / et qu'on ne m'aime plus* » (I, 5).

• **Depuis le départ de Louis**. La situation s'est aggravée avec le départ de Louis, dont on ne connaît pas la raison.

– **L'absence entraîne la méconnaissance** : Louis ne connaît plus les siens et réciproquement. Ainsi, il rencontre pour la première fois Catherine, la femme d'Antoine, et ne fait pas la connaissance de ses neveux. Il ignore ce qu'Antoine fait comme métier. Suzanne et Antoine ont une certaine vision de Louis, l'intellectuel qui lit forcément le journal le matin à la gare (I, 11), mais en réalité ils ne savent pas quel homme il est devenu. La mère seule semble en avoir conscience (I, 8).

– **La méconnaissance flirte avec le mépris** : les uns et les autres estiment que Louis n'a pas fait l'effort de les connaître parce qu'il ne s'intéresse pas à eux. C'est Catherine qui ose le formuler le plus explicitement (« *Il croit, je crois cela, il croit que vous ne voulez rien savoir de lui* », I, 6).

b. Une situation de crise

- **La mort à venir.** Le premier élément qui envenime la situation, c'est la mort à venir de Louis. **D'une part, cette mort modifie sa relation aux autres** (I, 10), **d'autre part, elle change le personnage lui-même.** Il éprouve le besoin de venir voir les siens et toutes les bonnes raisons qu'il a pu avancer d'y renoncer n'ont pas suffi.
- **Un moment d'exception. Tous sont émus de la venue de Louis et se comportent différemment de d'habitude. Cela tend leurs relations**, non seulement avec lui mais aussi entre eux. Suzanne donne son avis alors qu'elle ne le fait plus. Antoine s'énerve encore plus que d'habitude. Ils ont en effet des attentes, dont ils soupçonnent à l'avance qu'elles ne seront pas comblées.

▶ La dissertation sur l'œuvre en lien avec le parcours

a. Famille et tragédie

- **La famille est souvent au cœur de la tragédie**. Lorsque Phèdre, dans la tragédie de Racine, se trouve face à une crise personnelle, elle en rend en partie responsable sa mère et ses amours monstrueuses.

b. Famille et comédie

- **Sur un mode plus léger, la famille peut aussi engendrer des crises dans la comédie**. Dans la comédie classique, les jeunes gens voient ainsi leur mariage empêché par un père aigri. La crise familiale qui suit entraîne une crise personnelle pour les amants malheureux. Mais la crise se dénoue heureusement.

c. Crise personnelle : de la personne au personnage

- **Le théâtre contemporain tend à donner un nouveau sens au mot « personnelle »** : le terme désigne aussi la crise de l'auteur qui se reflète dans un personnage. Ainsi, Wajdi Mouawad évoque ses errances entre diverses cultures dans *Seuls*, et Sarah Kane évoque sa dépression dans *4.48 Psychose*.

En complément de Lagarce

- Samuel Beckett, *En attendant Godot* (1953) : absence d'action.
- Sarah Kane, *4.48 Psychose* (2000) : mal-être du personnage dépressif.
- Wadji Mouawad, *Seuls* (2016) : solitude du personnage.

10 Les Contemplations, I-IV, Victor Hugo, 1856

PARCOURS Mémoires d'une âme

1 BIOGRAPHIE

▶ Victor Hugo (1802-1885) : poète, dramaturge et romancier

- Fils d'un général de l'Empire et d'une royaliste, Victor Hugo compose ses **premiers vers** dès l'adolescence.
- Marié à vingt ans à son amie d'enfance Adèle Fourcher, Hugo a cinq enfants, mais rapidement le couple vacille : elle entretient une liaison avec l'écrivain Sainte-Beuve et lui avec l'actrice **Juliette Drouet** qu'il aimera jusqu'à sa mort.
- Il connaît rapidement le succès avec ses pièces de théâtre et ses romans, avant le grand drame de sa vie : **la perte de sa fille Léopoldine**, accidentellement noyée dans la Seine le 4 septembre 1843.

Vers célèbre

« Demain, dès l'aube, à l'heure où blanchit la campagne »

Les Contemplations, IV, 15.

→ Premier vers d'un « poème anniversaire » dans lequel Hugo évoque son chagrin face à la mort de sa fille Léopoldine.

- D'abord royaliste, Hugo est un allié du roi Louis-Philippe et entre à l'Académie française. Quand survient la Révolution de 1848, il devient **député de la IIe République**. Il milite contre la peine de mort, le travail des enfants et la misère. **Opposant farouche de Napoléon III**, il est **exilé à Jersey et Guernesey** pendant presque vingt ans, durant le Second Empire.
- Après l'abdication de celui qu'il appelle « Napoléon le Petit », il fait un retour triomphal en France où il devient une **icône de la IIIe République**. À sa mort, une foule immense accompagne son cercueil jusqu'au Panthéon.

▶ Genèse et caractéristiques de l'œuvre

Influences

- Hugo **remet en cause les règles du théâtre classique** en prenant pour modèles la dramaturgie baroque de Shakespeare et Corneille.

Une œuvre immense

- **Chef de file du romantisme**, Hugo s'adonne à tous les genres auxquels il imprime une marque profonde par les changements qu'il leur fait connaître.
- **Le théâtre :** il rédige le manifeste du romantisme dans la préface de sa pièce ***Cromwell***, qui prône la liberté dans l'art, le refus des règles classiques au théâtre, le mélange des registres du sublime et du grotesque. En 1830, son drame romantique ***Hernani*** provoque une véritable bataille entre tenants du classicisme au théâtre et romantiques.

- **La poésie :** le Poète a un rôle de visionnaire, intermédiaire entre Dieu et les hommes.
- Dans ces deux genres, Hugo utilise le plus souvent **l'alexandrin**, qu'il disloque par des coupes qui ne sont plus fixes, des rejets et contre-rejets. Il emploie un **vocabulaire qui mêle les niveaux de langue**.
- Hugo est également l'auteur de **romans** romantiques, historiques et engagés.

Phrases célèbres

« Ma poésie est honnête, mais pas modérée. »
Correspondance avec son éditeur Hetzel, 1853.

« Je mis un bonnet rouge au vieux dictionnaire. »
Les Contemplations, I, 7.

« J'ai disloqué ce grand niais d'alexandrin. »
Les Contemplations, I, 26.

Œuvres principales

- ***Ruy Blas*** (1838) : drame romantique célèbre. Ruy Blas, valet devenu ministre et amant de la reine, incarne les valeurs d'un peuple plein de noblesse.
- ***Les Châtiments*** (1853) : recueil de poèmes qui dénonce le régime autoritaire de Napoléon III, en maniant les registres satirique et épique.
- ***Les Contemplations*** (1856) : volumineux recueil de poèmes autobiographiques. Cette œuvre est aussi un hommage à sa fille Léopoldine.
- ***Les Misérables*** (1862) : ce roman monumental regroupe toutes les préoccupations de l'auteur : la fatalité, l'injustice, le pouvoir du Bien. Il propose aussi des personnages inoubliables : Jean Valjean et Cosette.

2 CONTEXTE DE L'ŒUVRE

Contexte historique : une période mouvementée

- Après la Révolution française et le Ier Empire, le retour de la monarchie en 1815 fige les espoirs des jeunes gens ambitieux, qui ne trouvent plus leur place.
- C'est la question fondamentale du romantisme : quelle place trouver dans le monde ? Ce sentiment de malaise, le « **Mal du siècle** », conduit à exprimer sa sensibilité et son imagination.
- La **Révolution de 1848** en France, avec le « Printemps des peuples » fait naître l'espoir d'une société plus juste et plus égalitaire. Les poètes romantiques s'engagent : Lamartine fait partie du gouvernement, Hugo est député.
- Le coup d'État de Louis-Napoléon Bonaparte en 1851 et l'instauration du Second Empire signent le **retour à l'ordre**.
- En 1870, la guerre contre la Prusse conduit Napoléon III à abdiquer, la Commune de 1871 tente une expérience révolutionnaire de courte durée, avant l'avènement de la **IIIe République**, un régime qui apporte enfin la stabilité au pays.

Contexte littéraire

Le romantisme

- Le mouvement romantique naît à la fin du XVIIIe siècle en Allemagne et en Angleterre. L'adjectif *romantic* désigne un paysage en accord avec un état d'âme.

- Ce mouvement célèbre une osmose entre l'homme et la nature.
- La première génération romantique française est constituée d'artistes exilés par la Révolution française : **Mme de Staël, Benjamin Constant, Chateaubriand.**
- Dès 1820, avec le succès des *Méditations poétiques* de Lamartine, le mouvement se développe. Les auteurs les plus célèbres sont **Lamartine, Musset, Vigny** et **Hugo**, qui en devient le chef de file.
- Il touche aussi la peinture avec **Delacroix**, **Géricault**, et la musique avec **Berlioz**.

Caractéristiques du romantisme

- Le mouvement se caractérise en **poésie** par l'utilisation du registre **lyrique**, dans lequel l'écrivain exprime ses sentiments personnels.
- Les thèmes les plus fréquents sont **l'amour, la fuite du temps, le rapport à la nature, le dépaysement par le voyage dans le temps et l'espace**.
- Certaines formes poétiques telles que **l'ode, la ballade, la chanson** sont remises à l'honneur.
- Le romantisme n'est pas toujours un repli sur soi. Le **Poète** se veut aussi **porte-parole de Dieu**, dont il se considère comme le **prophète** inspiré. Il peut s'engager pour des causes importantes, en se faisant le porte-parole du peuple. La poésie devient alors une **arme** contre les injustices.

3 RÉSUMÉ DE L'ŒUVRE

Circonstances d'écriture

- Hugo rédige *Les Contemplations* alors qu'il est en exil à Guernesey. L'œuvre est intime et n'aborde pas les questions politiques que le poète réserve aux *Châtiments*.
- *Les Contemplations* sont pensées par Hugo comme une **autobiographie poétique**. **La mort de sa fille Léopoldine** – sur la tombe de laquelle il ne peut plus se rendre en raison de son exil – est le drame de sa vie, et c'est autour de lui que s'organise son recueil.
- Hugo n'a pas écrit immédiatement après la mort de sa fille. C'est un autre deuil, celui d'une **autre jeune fille enlevée par la tuberculose**, qui déclenche l'écriture. Cette jeune fille, **Claire Pradier**, est la **fille que Juliette Drouet a eue du sculpteur Pradier**. Hugo, en voulant réconforter celle qu'il aime, revit son propre deuil et se lance dans l'écriture. Claire apparaît également dans *Les Contemplations* (V, 14 et VI, 18), avec Léopoldine, comme une victime innocente de Dieu.

> **Citation**
>
> *« Ces clartés, jour d'une autre sphère,*
> *O Dieu jaloux, tu nous les vends !*
> *Pourquoi m'as-tu pris la lumière*
> *Que j'avais parmi les vivants ? »*
>
> Livre IV, 3.
>
> → Au sujet de Léopoldine.

Structure

- La structure de l'ouvrage est chronologique. Hugo n'en a pas moins pris quelques libertés en changeant des dates, mais ces changements ont un sens symbolique. Le recueil retranscrit le tournant de la mort de Léopoldine par sa structure bipartite « Autrefois » couvrant les années 1830-1843 et « Aujourd'hui » couvrant les années 1843-1856.

Citations

« Vingt-cinq années sont dans ces deux volumes. »

« Un abîme les sépare, le tombeau. »

Préface.

→ Au sujet des deux périodes de sa vie.

- Chacune de ces deux parties est composée de trois sections équilibrées.

Partie I : « Autrefois »	Partie II : « Aujourd'hui »
I. « Aurore » (29 poèmes)	IV. « *Pauca meæ* » (17 poèmes)
II. « L'âme en fleur » (28 poèmes)	V. « En marche » (26 poèmes)
III. « Les luttes et les rêves » (30 poèmes)	VI. « Au bord de l'infini » (26 poèmes)
Un poème final, dédié à Léopoldine : « À celle qui est restée en France »	

Les sections au programme

- **« Aurore »** : correspond à la **jeunesse du poète**. On y trouve des **souvenirs de collège**, les premières **amours** et les débuts sur la scène littéraire.
- **« L'âme en fleur »** : traite de **l'amour de Hugo pour Juliette Drouet**.
- **« Les luttes et les rêves »** est le livre de la **pitié** du poète devant la **misère**.
- **« *Pauca meæ* »** : est le livre du **deuil de Léopoldine**. L'expression latine a un double sens : « peu de choses pour moi », c'est-à-dire que le peu qu'il reste au Poète de sa fille réside dans des souvenirs, qui ne peuvent suffire à la contenir ; « peu de choses de moi », c'est-à-dire le peu de choses que moi, le poète, je peux faire pour elle : ce peu de choses est une reprise de la *Dixième Bucolique* de Virgile qui dédiait ainsi ses vers au poète Gallus disparu.

4 PERSONNAGES

Juliette Drouet

- **Juliette Drouet n'est pas nommée** dans le recueil ni par son nom ni par son prénom, mais désignée par l'expression « *À vous qui êtes là* » (V, 6). Le pronom personnel « tu » alterne avec le « vous » le plus souvent pour la désigner.

Citation

« Sans toi, toute la nature
N'est plus qu'un cachot fermé,
Où je vais à l'aventure,
Pâle et n'étant plus aimé. »

Livre II, 25.

- On pourrait s'étonner de cette absence de nom, alors même que d'autres prénoms féminins apparaissent dans la première section : Lise (I, 11), Denise (I, 16) ou Rose (I, 19). Mais, ce serait négliger le fait qu'aucun des enfants de Hugo n'est nommé non plus. Ainsi, les êtres chers, les familiers qui existent réellement, ne sont pas identifiés par leurs noms, alors que les êtres de fiction – peut-être inspirés en partie par le vécu du poète – eux, le sont.

- La deuxième section des *Contemplations* est consacrée à Juliette Drouet, ce qui est préparé dès la première section dans « À Granville en 1836 » (I, 14) et « Unité » (I, 25) par des références à un voyage en Normandie fait avec elle.
- Juliette est caractérisée comme un **être à la fois naturel et divin** (« *Les femmes sont sur la terre / Pour tout idéaliser ; L'univers est un mystère / Que commente leur baiser.* » (II, 11). **Véritable muse**, elle a une **présence à la fois spirituelle et corporelle**, d'autant plus que le Poète l'évoque **en relation avec la nature.**

▶ Léopoldine

- Léopoldine n'est pas le seul membre de la famille de Hugo présent dans ses *Contemplations*. On retrouve ainsi la mère du poète (V, 3), son épouse (IV, 9) et ses autres enfants (I, 2 ; VI, 24 ; IV, 7 ; IV, 9). Toutefois, presque tous ces personnages (à l'exception de la mère du poète) sont désignés aussi par la relation qu'ils entretiennent avec Léopoldine, véritable figure centrale du livre : Adèle est « *sa sœur* » (IV, 7), Charles et François-Victor sont « *ses frères* » (IV, 9).
- Léopoldine apparaît ainsi séparément des autres membres de la **famille**, mais aussi avec eux pour former un **ensemble à présent irréversiblement disparu :** « *Mes quatre enfants groupés sur mes genoux, leur mère / Tout près, quelques amis causant au coin du feu !* » (IV, 5) ; « *Toujours ces quatre douces têtes / [...] leur mère / Les regardait rire, et songeait* » (IV, 9).
- Elle n'est pas nommée, mais le dernier poème du recueil, l'épilogue, est une dédicace à celle qu'il désigne comme ***« celle qui est restée en France »***, lieu où elle est enterrée alors que Hugo est en exil.
- Léopoldine est présentée comme une **jeune fille bonne, modeste, refusant tout snobisme** : « *Fille, épouse, ange, enfant* » (de la fille à l'épouse, jour du mariage de Léopoldine, IV, 2). Elle incarne ainsi **l'innocence et l'amour**, ce qui explique la révolte du Poète contre Dieu à sa mort, avant l'acceptation.

Citation

« Elle donnait comme on dérobe,
En se cachant aux yeux de tous.
Oh ! La belle petite robe
Qu'elle avait, vous
Rappelez-vous ? »

Livre IV, 6.

▶ Le Poète

- **Hugo se définit comme Poète dans la préface** des *Contemplations* :
  – d'abord comme **un mort** : « *Ce livre doit être lu comme on lirait le livre d'un mort.* » ;
  – ensuite comme le **narrateur de sa vie** : « *Une destinée est écrite là jour à jour.* » ; « *c'est une âme qui se raconte dans ces deux volumes.* » ;
  – enfin comme un double du lecteur, car sa vie et celle d'autrui ont une destinée semblable : « *Ceux qui s'y pencheront retrouveront leur propre image dans cette eau profonde et triste, qui s'est lentement amassée là, au fond d'une âme.* »

Citation

« Ah ! Insensé, qui crois que je ne suis pas toi »

Préface.

- Écrivant ce qu'il nomme « *les mémoires d'une âme* », le Poète se présente en mouvement, différent selon les âges de sa vie, ou plutôt de la vie puisque tout lecteur est invité à se reconnaître dans ce parcours.
- **Dans la section I,** il se présente comme un **jeune homme tantôt naïf devant les femmes, tantôt entreprenant :** « *En ce temps-là, j'étais un garçon rose et bête* » (Fragments divers se rapportant aux *Contemplations*).
- **Dans la section II :** il se présente comme **amoureux fou de Juliette :** « *Tu peux, comme il te plaît, me faire jeune ou vieux* » (II, 8).
- **Dans la section III :** il se présente comme un **Poète engagé** dénonçant la misère, le travail des enfants.
- **Dans la section IV :** il présente **plusieurs images du Poète** :
  – il est **un père brisé** par le chagrin et la douleur, voulant mourir et se révoltant contre Dieu (IV, 4 et 5) et ne trouvant de refuge que dans ses souvenirs ;
  – il est **un Poète incapable d'écrire** : la pièce 3 de la section IV faite de pointillés et ne comportant aucun texte à part la date de la mort de Léopoldine rend compte du choc subi, d'autant qu'il a perdu la muse qu'était sa fille : « *cet autre moi-même* » (IV, 15) ;
  – il renaît en **Poète voyant**, réfléchissant, acceptant la souffrance et se tournant de nouveau vers Dieu qui accueille auprès de lui un « ange » en Léopoldine (IV, 16 et 17). Il **découvre** alors une **religion d'amour** qui permet la réunion du couple perdu.
- **Le Poète se confond avec sa fille disparue à laquelle il s'identifie jusqu'à considérer que son exil à lui correspond à sa mort à elle** (« *Dans l'éternel baiser de deux âmes que Dieu / Tout à coup change en deux étoiles !* », IV, 18). Cela lui permet de parler aux morts comme un mage, de communiquer avec les esprits « *au bord de l'infini* » (Hugo a fait l'expérience des tables tournantes) : « *D'où je suis, on peut parler aux morts* » (V, 3).

5 THÈMES CLÉS

▶ L'amour

L'amour charnel

- Ce thème tient une place importante dans l'œuvre, particulièrement dans la section I consacrée à la **jeunesse**, qui narre les **amours** vécues alors et dans la section II, qui est consacrée à **la femme aimée, Juliette Drouet.**
- Il prend différentes formes : **amour bête et naïf de l'enfance** (I, 19 : « *Vieille chanson du jeune temps* ») ; **amour**

Citation

« Comme un ange qui se dévoile,
Tu me regardais, dans ma nuit,
Avec ton beau regard d'étoile,
Qui m'éblouit. »

Livre II, 10.

purement charnel (I, 21) ; **amour mature pour Juliette** qui illumine le Poète, le rajeunit, le rend joyeux (II, 1 ; II, 8 ; II, 10).

- Cet amour est **source de joie**. Il n'est pas présenté de manière érotique, même si les sens peuvent être présents. Le Poète s'attarde parfois sur **certaines parties du corps de la femme**, notamment ses yeux, ses pieds, ses cheveux : « *Elle était déchaussée, elle était décoiffée, / Assise, les pieds nus, parmi les joncs penchants* » (I, 21).
- **L'amour est lié au thème de la nature**. Le Poète associe ainsi fréquemment des parties du corps féminin à des éléments de la nature. Dans « Après l'hiver » (II, 23), le Poète mêle dans chaque strophe des détails relatifs à la nature à d'autres concernant sa liaison amoureuse. Il y a même **fusion de la femme et de la nature**.

L'amour paternel

- Cet amour est à l'origine de **l'organisation du recueil autour de la perte de l'être aimé** qu'est Léopoldine (voir structure p. 339). Ce thème n'est pas nouveau en poésie (Lamartine, *Méditations poétiques*, « Le Lac », 1820), mais il est ici ancré dans un véritable vécu.
- Il clame ainsi ses sentiments pour celle qu'il a perdue et recourt encore au **rapprochement entre cet être aimé et la nature**.

Citation

« Oh ! Je l'avais, si jeune encore,
Vue apparaître en mon destin !
C'était l'enfant de mon aurore,
Et mon étoile du matin ! »

Livre IV, 7.

- Son amour éclate également dans l'expression de sa **souffrance** et de la **douleur** du deuil. Le lyrisme devient ainsi **élégiaque** (relatif à la plainte) et **pathétique :** *« Oh ! Je fus comme fou dans le premier moment, / [...] Est-ce que Dieu permet de ces malheurs sans nom / Qui font que dans le cœur le désespoir se lève ? »* (IV, 5).

Les luttes

- La section III est consacrée aux combats du Poète engagé.
- Hugo dénonce ainsi **la misère sociale et les injustices qui lui sont attachées,** notamment en montrant que le riche bénéficie d'une impunité pour des délits importants, alors que le pauvre est condamné pour un délit mineur.

Citation

« Un homme s'est fait riche en vendant un faux poids ;
La loi le fait juré. L'hiver, dans les temps froids,
Un pauvre a pris un pain pour nourrir sa famille.
Regardez cette salle où le peuple fourmille ;
Ce riche vient y juger ce pauvre. Écoutez bien.
C'est juste, puisque l'un a tout et l'autre rien. »

Livre III, 2.

- Dans ce livre consacré à une enfant aimée et disparue, Hugo s'attache aussi à défendre tous les enfants qui n'ont pas eu la chance d'avoir la vie de sa fille.
- On retrouve ainsi des thèmes chers à Hugo qui nourrissent son roman *Les Misérables* : la condamnation pour avoir volé un pain pour survivre avec Jean Valjean ; le personnage de Cosette, enfant travaillant dans des conditions déplorables chez les Thénardier.

Citation

« Où vont tous ces enfants dont pas un seul ne rit ? […]
Ils vont, de l'aube au soir, faire éternellement
Dans la même prison le même mouvement […]
Ils travaillent »

Les Contemplations, III, 2.

La mort

- Ce thème est **incarné par Léopoldine** dont la mort est à l'origine du projet des *Contemplations* : « *Il me semblait que tout n'était qu'un affreux rêve, / […] Que c'était impossible enfin qu'elle fût morte* » (IV, 5).
- La mort de Léopoldine se répercute sur le **Poète** qui **souhaite lui-même mourir :** « *Puisque mon cœur est mort, j'ai bien assez vécu.* » (IV, 13) ; et **se considère comme déjà mort :** « *Ce livre doit être lu comme on lirait le livre d'un mort.* » (préface).
- Le regard du Poète sur la mort évolue au sein des *Contemplations* : à la **révolte** contre elle et Dieu, succède la **soumission** à l'ordre divin.
- Dans la partie des *Contemplations* qui n'est pas au programme, le Poète rend compte de son expérience des **tables tournantes** pour entrer en communication avec les morts.

PARCOURS

Mémoires d'une âme

• *Les Contemplations*, I-IV, Victor Hugo

▶ Comprendre l'intitulé

a. Le sens des mots pris séparément

• **Mémoires** : au pluriel, le nom est masculin et renvoie au genre autobiographique. Les mémoires se distinguent de l'autobiographie en ce que la vie de l'auteur n'est pas que privée, mais concerne aussi la collectivité.

• **Âme** : pour les croyants (c'est le cas de Hugo), l'âme, distincte du corps, survit à la mort. Elle est l'incarnation de l'individu, son Moi profond.

b. Mise en relation des deux termes

• L'expression « Mémoires d'une âme » qui désigne le parcours associé aux *Contemplations* est **de Hugo lui-même**. Il l'emploie dans la préface de son recueil pour définir celui-ci.

• *Les Contemplations* relèvent surtout de l'intime et pourtant Hugo choisit le terme « mémoires » et ce pour plusieurs raisons : au moment où il rédige son œuvre, il est un homme politique en exil ; certains de ces poèmes, notamment ceux de la section III « Les Luttes et les rêves » sont engagés.

▶ Le parcours et l'œuvre intégrale

a. L'itinéraire du Poète

• Dans sa préface, Hugo explique que son livre retrace les mouvements de son âme : « *Ce sont, en effet, toutes les impressions, tous les souvenirs, toutes les réalités, tous les fantômes vagues, riants ou funèbres, que peut contenir une conscience, revenus et rappelés* ».

• Hugo oriente ainsi la lecture de son livre en retraçant les étapes de sa vie et notamment des sentiments qui habitèrent son âme. Cela est annoncé dès la préface et se retrouve dans l'organisation du recueil (voir structure, p. 339) : « *C'est l'existence humaine sortant de l'énigme du berceau et aboutissant à l'énigme du cercueil.* »

b. La portée universelle

• Il est remarquable de voir que Hugo ne choisit pas d'employer des possessifs. Il n'écrit pas « mon » âme, ni « ma » conscience, mais emploie délibérément l'article indéfini « une ». Derrière ce projet personnel, se trouve en fait une visée universelle.

▶ La dissertation sur l'œuvre en lien avec le parcours

• Le titre du parcours oriente la définition de ce qu'est le genre poétique. S'agit-il d'un genre permettant seulement l'expression des sentiments, ou la poésie a-t-elle d'autres fonctions ?

- Hugo limite-t-il sa définition de la poésie à un réceptacle des sentiments qui ont agité son âme ou lui donne-t-il un autre sens ?

a. L'expression des sentiments personnels

- Hugo donne libre cours au **lyrisme** dans ce livre. Il n'est pas le seul poète à faire de la poésie le lieu de l'expression des sentiments.
- Le lyrisme amoureux se trouve déjà chez les poètes de l'Antiquité comme Sappho qui retrace son histoire d'amour, présentée de manière autobiographique.
- Ronsard chante ses amours aussi avec Cassandre et Hélène, Louise Labé dépeint les effets du sentiment amoureux.
- Les romantiques développent un lyrisme qui ne se limite pas à l'expression du sentiment amoureux, Musset rend compte du « Mal du siècle » et Nerval de sa mélancolie dans « El Desdichado ».

b. La dimension collective

- Toutefois, la poésie se voit aussi confier la mission de porter les **engagements du Poète** contre la misère et le travail des enfants.
- Cet engagement repose sur le fait que le **Poète soit un « prophète »**. La seule section IV montre bien comment il se constitue cette identité en passant de la révolte à l'acceptation qui lui permet de pénétrer les mystères divins qu'il partage avec ses lecteurs.
- Hugo, en dépeignant son âme, cherche à peindre l'être humain en général. Il y a donc un dépassement du particulier rendu possible par la poésie.

En complément d'Hugo

- Sappho, poétesse grecque, « Ode à l'aimée » (fin VIIe av. J.-C.)
- Poètes latins du Ier siècle av. J.-C. : Catulle, *Poésies* ; Tibulle, *Élégies* ; Properce, *Élégies*
- Ronsard, *Les Amours* (1552) ; *Sonnets pour Hélène* (1578)
- Baudelaire, *Les Fleurs du Mal* (1857-1861) pour l'itinéraire poétique **Voir p. 340**
- Aragon, *Les Yeux d'Elsa* (1942) pour l'expression des sentiments amoureux, mais aussi « La Rose et le réséda » (1943) pour l'engagement.

11 *Les Fleurs du mal*, Charles Baudelaire, 1857 et 1861

PARCOURS Alchimie poétique : la boue et l'or

1 BIOGRAPHIE

Charles Baudelaire (1821-1867) : poète

- À l'âge de cinq ans, Baudelaire perd son père, lettré, amateur d'art, peintre et épris des Lumières. Il ne supporte pas le remariage de sa mère avec un militaire rigide, le général Aupick, qui l'empêche de gérer lui-même son argent.
- Après le lycée, il **voyage** pour fuir son beau-père et découvre ainsi l'île Maurice et La Réunion qui nourrissent son imaginaire et ses sens.
- À son retour, il publie ses premières **critiques d'art** et des **poèmes** dans des revues. Il dilapide son héritage et mène une vie de **dandy** dissolue.
- Il tombe **amoureux** à de nombreuses reprises, notamment de l'actrice Jeanne Duval, de l'actrice Marie Daubrun, et d'une bourgeoise émancipée, qui tenait un important salon artistique et littéraire : Apollonie Sabatier.
- Condamné pour **immoralité** en 1857 pour ses *Fleurs du mal*, le poète se sent « maudit » mais il connaît alors le succès. Cela ne lui permet cependant pas de vivre de sa plume et il meurt des conséquences de la syphilis à 46 ans.

Genèse et caractéristiques de l'œuvre

Influences

- Baudelaire est un grand admirateur de **Théophile Gautier,** auquel il emprunte le goût du travail formel et la virtuosité poétique.
- Baudelaire n'appartient à aucun mouvement littéraire : influencé par les **romantiques** et le **Parnasse**, il influencera à son tour les **symbolistes**. Il est à la croisée de ces trois mouvements et incarne la **modernité poétique**.

Citation

« Les parfums, les couleurs et les sons se répondent. »
« Correspondances ».

L'art selon Baudelaire

- Le poète admire la « modernité » qui consiste à refuser les canons habituels de la beauté : le beau peut être bizarre voire être issu du laid.
- L'artiste doit explorer les correspondances (ou accords) entre différentes sensations qui se mêlent les unes aux autres : c'est la **synesthésie**.
- L'être humain est tiraillé entre le ***spleen***, état mélancolique, et l'idéal, qui l'élève.

Vocabulaire

Spleen : terme anglais importé par Baudelaire qui signifie « rate » et devient synonyme de mélancolie, car cet organe est considéré comme secrétant la bile noire ou mélan/colie (« noire »/« bile » en grec) selon la tradition des humeurs.

Phrases célèbres

« Il m'a paru plaisant, et d'autant plus agréable que la tâche était plus difficile, d'extraire la beauté du mal. »

Projet de préface pour *Les Fleurs du mal*.

→ Le poète est capable de transformer la laideur du monde en beauté poétique.

« Le Beau est toujours bizarre. [...] Je dis qu'il contient toujours un peu de bizarrerie, de bizarrerie naïve, non voulue, inconsciente, et que c'est cette bizarrerie qui le fait être particulièrement le Beau. »

Exposition universelle.

Œuvres principales

- ***Les Fleurs du mal*** (1857), son chef-d'œuvre. L'être humain est en proie au mal et échoue à s'élever par l'amour, l'exotisme ou l'ivresse. Dans ce voyage aux Enfers, la création poétique est son salut. Le poète joue avec les rythmes et sonorités de la poésie versifiée.
- ***Petits Poèmes en prose*** ou ***Le Spleen de Paris*** (1869) sont des tableaux parisiens en prose poétique qui dépeignent la beauté et les bizarreries de la vie urbaine.
- Il traduit aussi des auteurs anglo-saxons comme Edgar Allan Poe et se fait critique d'art dans ses ***Salons***.

2 CONTEXTE DE L'ŒUVRE

Contexte historique

Les mutations politiques

- L'enfance de Baudelaire se déroule sous la Restauration (1815-1830) et la monarchie de Juillet (1830-1848).
- Lors de la **Révolution de 1848**, Baudelaire prend conscience des souffrances des déshérités, s'engage du côté des républicains et se lance dans le journalisme.
- Suite au coup d'État de Louis-Napoléon Bonaparte en 1851, **Baudelaire se retire de la politique et mène une vie détachée de dandy.**

La révolution industrielle

- Sous le Second Empire (1852-1870), de grands travaux sont entrepris, notamment à Paris sous l'impulsion du baron Haussmann et la France entre de plain-pied dans la révolution industrielle avec le développement des chemins de fer, des mines de charbon et de la métallurgie.
- Baudelaire assiste à ces changements et propose de **nouveaux paysages poétiques inspirés par la ville et non plus par la nature.**

Contexte littéraire

Le romantisme

- Pour la définition de ce mouvement en poésie : voir p. 331-332.
- Baudelaire conserve l'expression lyrique des sentiments, la solitude du poète incompris et un certain goût pour le « **paysage état d'âme** », même s'il innove puisque celui-ci devient **urbain**.

Le Parnasse

- Le nom « Parnasse » est celui d'une montagne en Grèce qui, dans l'Antiquité, passait pour être le séjour d'Apollon, le dieu de la poésie, et des neufs muses, divinités spécialisées pour chacune dans un art littéraire.
- Ce mouvement se crée en réaction au romantisme dont il refuse la subjectivité, l'engagement et la revendication de la supériorité de l'inspiration sur le travail.
- Les caractéristiques du mouvement :
  – un **style impersonnel** avec des descriptions, des récits et des mythes ;
  – le primat du **travail** : le poète est un orfèvre, un laboureur qui aime travailler des formes contraignantes comme les formes fixes ;
  – « l'**art pour l'art** » : vocabulaire soutenu, versification recherchée, érudition.
- Baudelaire reprend l'importance accordée au travail, le refus de l'engagement de la poésie et le souci formel (goût pour le sonnet qui est très présent dans *Les Fleurs du mal* et dont Baudelaire explore de nombreuses variantes) même s'il estime que l'imagination est indispensable.

En bref

- **Leconte de Lisle** est le **chef de file** du mouvement du Parnasse : *Poèmes barbares*, 1862-1878.
- **Théophile Gautier** en écrit le **manifeste** : « L'Art » publié dans *L'Artiste*, 1857.
- Autre auteur : **José Maria de Hérédia**, *Les Trophées*, 1893.

Phrase célèbre

« La Poésie [...] n'a pas d'autre but qu'Elle-même. »
L'Art romantique.

Le symbolisme

- La littérature symboliste naît dans la seconde moitié du XIXe siècle :
  – du **rejet des romans naturalistes** qui tentent de tout expliquer rationnellement ;
  – d'un dialogue fécond avec d'**autres arts** (peinture impressionniste, musique wagnérienne) ;
  – de la découverte du rôle de **l'inconscient**, qui révèle un monde secret échappant aux réalités concrètes.
- Le symbolisme repose sur le principe que le monde ne peut se réduire à une réalité concrète et matérielle. Il faut dépasser la banalité du quotidien pour accéder à un **monde supérieur**. Pour révéler ce nouveau monde profond et mystérieux, l'artiste dispose du **symbole**, un être ou un objet représentant une idée ou une notion à laquelle il est lié par un rapport d'analogie. **L'allégorie et la métaphore** sont donc deux figures privilégiées par les auteurs symbolistes.

À savoir

Trois auteurs symbolistes français : **Rimbaud** (1854-1891), **Mallarmé** (1842-1898), **Verlaine** (1844-1896).

• Sur le plan formel, les artistes symbolistes travaillent tout particulièrement sur la recherche de la **musicalité** qui ouvre la voie à des formes nouvelles :
  – c'est ainsi que naît le **vers libre**, qui n'obéit à aucune régularité de longueur ou de rime, et qui possède sa propre musique ;
  – les poètes ont aussi de plus en plus fréquemment recours au **poème en prose**.

• Baudelaire annonce ce mouvement notamment par sa quête d'une poésie idéale et par les synesthésies.

Notions

Le poème en prose : Il est inventé en 1842 par Aloysius Bertrand avec son recueil *Gaspard de la nuit*, rapidement suivi par Baudelaire et Rimbaud. Il se caractérise par l'accumulation des images, un travail particulier sur le rythme et les sonorités, les thèmes du rêve ou de la modernité et enfin le refus de la logique narrative.

Le Beau en art

• L'art n'est plus seulement l'affaire des nobles, mais touche aussi les bourgeois. Dans la filiation du classicisme (« le Beau, c'est le Bien »), l'art est associé au Beau en lui donnant en outre une fonction morale et partant sociale.

• Baudelaire récuse totalement cette façon de penser l'art. Un de ses grands apports, qui fonde la modernité poétique, repose notamment sur l'idée que **l'art, et même la beauté, peuvent naître du laid**.

3 RÉCEPTION DE L'ŒUVRE

• Baudelaire publie ses *Fleurs du mal* en **1857** à une époque où la liberté artistique n'est pas totalement acquise. Le poète et son éditeur sont **poursuivis en justice** pour « atteinte aux bonnes mœurs », c'est-à-dire pour **immoralité**. Ils sont condamnés à retirer six poèmes que l'on trouve traditionnellement dans la rubrique « pièces condamnées » aujourd'hui.

• Baudelaire refuse de publier son livre ainsi amputé. Il repense la totalité de l'ouvrage qui est publié en **1861**. C'est cette édition qui fait aujourd'hui référence en général. Cette nouvelle version continue de **choquer** les lecteurs bien pensants qui assignent un but moral à l'art et vaut ainsi à Baudelaire des attaques.

À savoir

Le personnage du poète créé par Baudelaire entretient des liens assez étroits avec l'auteur sans n'être que lui. *Les Fleurs du mal* ne sont pas une autobiographie poétique à la différence de l'œuvre de Hugo (voir p. 330).

4 RÉSUMÉ DE L'ŒUVRE

▶ Titre de l'œuvre

• Le titre de l'œuvre est un **oxymore** :
  – le mot « fleurs » connote non seulement la beauté, mais aussi la poésie à travers le terme de « florilège » qui désigne une anthologie poétique. Il renvoie donc à la poésie perçue comme un genre associé au Beau, idée que récuse Baudelaire.

– le mot « mal » est une allégorie chargée de connotations péjoratives qui empêchent traditionnellement d'associer ce terme à l'art poétique.

Citation

« Des poètes illustres s'étaient partagé depuis longtemps les provinces les plus fleuries du domaine poétique. »

Projet de préface pour *Les Fleurs du mal*.

→ Baudelaire se définit, dès la phrase suivante, en opposition avec ces poètes en décidant d'associer Beau et Mal. Notez l'emploi de l'adjectif « fleuries ».

• Le titre se présente ainsi comme un véritable **art poétique révolutionnaire** : Baudelaire prouvera avec son œuvre que le Beau et l'Art peuvent naître du Laid et du Mal. Des poèmes tels qu'« Une charogne » ou « Une Martyre » décrivent ainsi des charognes, ce qui lui vaut le surnom de « Prince des Charognes ».

Structure

• Baudelaire refuse de faire de son œuvre une anthologie et donc un florilège. Il la conçoit comme un véritable livre, narrant une histoire, avec une progression tellement pensée que changer une pièce (on appelle « pièce » un poème) bouleverse la composition d'ensemble, ce qui explique le soin pris par Baudelaire pour l'édition de 1861 après le procès de 1857.

Citation

« Le seul éloge que je sollicite pour mon livre est qu'on reconnaisse qu'il n'est pas un pur album et qu'il a un commencement et une fin. »

Projet de préface pour *Les Fleurs du mal*.

• *Les Fleurs du mal* se composent ainsi de six sections (les différentes parties de l'œuvre) :

1. « *Spleen* et Idéal » (77 poèmes en 1857 ; 85 en 1861) : récit de la quête de la poésie idéale qui commence par des poèmes pleins d'espoir et correspondant au nom « idéal » du titre, pour aller vers la mélancolie et le *spleen*. Le beau et l'amour qui soutiennent les poèmes de l'idéal sont presque toujours menacés, ce qui justifie la progression.

2. « Tableaux parisiens » (18 poèmes en 1861 dont certains étaient présents ailleurs dans le livre de 1857, car cette section n'existe pas en 1857) : le poète arpente la ville, nouvelle source d'inspiration, mais n'y voit que des doubles de lui-même le renvoyant à sa solitude, son ennui et sa mélancolie.

Citation

« Plonger au fond du gouffre, Enfer ou Ciel, qu'importe ?
Au fond de l'Inconnu pour trouver du nouveau ! »

« Voyage ».

→ Derniers vers du dernier poème du livre de 1861.

3. « Le vin » (5 poèmes en 1857 et en 1861) : le vin permet de se libérer du *spleen*, mais il n'est qu'un leurre par son caractère artificiel et passager.

4. « Fleurs du mal » (12 poèmes en 1857 ; 9 en 1861) : la débauche est la nouvelle voie expérimentée par le poète pour fuir le *spleen*. Véritable mise en abyme de l'ensemble du livre, cette section est celle qui a le plus choqué les lecteurs.

5. « Révolte » (3 poèmes en 1857 et en 1861) : il s'agit pour le poète de se révolter contre Dieu en reniant le Christ et en implorant Satan. Celui-ci toutefois ne répond pas plus que Dieu au poète qui se trouve incapable d'atteindre son idéal.

6. « La mort » (3 poèmes en 1857 ; 6 en 1861) : elle est le dernier domaine à explorer pour se libérer et atteindre l'idéal en trouvant « du *nouveau* ». Attention ! Il ne s'agit nullement d'une apologie du suicide !

- *Les Fleurs du mal* peuvent donc se lire comme la **quête d'un homme cherchant à fuir une condition humaine reposant sur l'ennui et la mélancolie** sans échappatoire autre que temporelle. Mais cette **quête** est également et surtout **métaphorique** : il s'agit par ces diverses expériences de **chercher une nouvelle poésie qui soit idéale**.

Remarque

Le nombre de sections et leur ordre différaient en 1857 :
1. « Spleen et Idéal
2. « Fleurs du mal »
3. « Révolte »
4. « Le vin »
5. « La mort »

5 THÈMES CLÉS

▶ Les muses et l'amour

- L'amour est incarné par plusieurs femmes que Baudelaire aima, qui l'inspirèrent mais qui représentent plus qu'elles-mêmes dans l'œuvre. Les poèmes dédiés à chacune (pièces XXII à LXIV dans « Spleen et Idéal ») sont organisés en cycles :
  - **cycle de Jeanne Duval** (XXII à XXXIX) : « Vénus noire » sensuelle qui stimule les sens du Poète qui la représente comme un bel animal, coupable mais irrésistible ;
  - **cycle d'Apollonie Sabatier** (XL à XLVIII) : le poète fait d'elle une idole inatteignable à laquelle il voue un culte ;
  - **cycle de Marie Daubrun** (XLIX à LII) : plus discrète, elle incarne la tendresse ;
  - **cycle des femmes diverses** (LIII à LXIV) : femmes anonymes, amours furtives.
- Baudelaire a ainsi une palette variée lui permettant d'évoquer toutes les nuances des sentiments suscités par l'amour. Les femmes sont perçues comme une des voies permettant de sortir du *spleen* pour atteindre l'idéal.

▶ L'ailleurs

- Cet ailleurs est recherché pour échapper au *spleen* et peut prendre diverses formes.

Citation

« *La langoureuse Asie et la brûlante Afrique,*
Tout un monde lointain, absent, presque défunt,
Vit dans tes profondeurs, forêt aromatique ! »

« La Chevelure ».

L'ailleurs géographique

- Il correspond au goût pour **l'exotisme**. Celui-ci peut tout à la fois s'incarner dans les **îles** ou dans la **femme aimée**, dont la chevelure, par exemple (XXIII), peut faire voyager.

L'ailleurs temporel

- Il peut s'agir du paradis de **l'enfance** comme dans « *Moesta et errabunda* » (LXII).
- **Le passé constitue aussi un idéal**, une époque où harmonie, beauté et force étaient conjuguées dans une sorte d'âge d'or que Tahiti rappelle.
- **Le présent** peut aussi être vécu comme un ailleurs lorsque :
  - **les sens** en éveil, font voyager ;
  - **les « paradis artificiels »**, représentés par le vin, permettent de s'évader un moment seulement, comme dans « Le Vin des amants » (CVII).

Citation

« *– Mais le vert paradis des amours enfantines,*
L'innocent paradis plein de plaisirs furtifs,
Est-il déjà plus loin que l'Inde et que la Chine ? »

« *Moesta et errabunda* ».

→ L'ailleurs temporel est ici associé à l'ailleurs géographique.

Le *spleen*

- Le *spleen* est une **mélancolie** dans laquelle **l'ennui** tient une part importante. L'étymologie du nom « ennui » permet d'en mesurer la force, car c'est bien au sens propre que Baudelaire emploie le terme : « *in odio esse* » signifie en latin « être un objet de haine ».
- Le poète se peint comme atteint de ce mal qu'il décrit de manière concrète dans de nombreux poèmes, pas seulement dans la série intitulée « *Spleen* ».

Citation

« *L'ennui, fruit de la morne incuriosité,*
Prend les proportions de l'immortalité. »

« Spleen », LXXVI.

→ Notez les assonances et les deux diérèses qui rendent la sensation d'allongement du temps liée à l'ennui.

La mort

- Baudelaire s'inspire de la veine du **romantisme noir et de la tradition poétique** (Villon, *Ballade des pendus*) dans des poèmes comme « Une Charogne » ou « Une Martyre » qui décrivent des cadavres.
- **Il lie toutefois la mort à la vie** :
  – les disparus survivent dans le cœur du poète, comme « la servante au grand cœur » ;
  – la mort invite aussi à profiter de la vie : *carpe diem* (Ronsard revisité) d'« Une Charogne » ;
  – elle est enfin le dernier espoir de salut dans une invitation finale à « trouver du *nouveau* » qui la transcende.

L'art

- Ce thème apparaît dans les nombreuses **références picturales** que fait Baudelaire à des peintres qui habitent ses vers ou auxquels il dédie ses poèmes : Delacroix, Boudin, Boucher, Courbet, Constantin Guys notamment.
- Il est au centre de l'œuvre dans la mesure où celle-ci narre **la quête du Beau,** qui est un idéal artistique, par le poète.

Remarque

N'oubliez pas que Baudelaire était aussi critique d'art et écrivait des articles : ses *Salons*.

Citation

« Je suis belle, ô mortels ! Comme un rêve de pierre,
Et mon sein, où chacun s'est meurtri tour à tour,
Est fait pour inspirer au poète un amour
Éternel et muet ainsi que la matière. »

« La Beauté ».

PARCOURS

Alchimie poétique : la boue et l'or

• *Les Fleurs du mal*, Charles Baudelaire

▶ Comprendre l'intitulé

a. Le sens des mots pris séparément

- **Alchimie :** science occulte du Moyen Âge qui se donnait pour but de transmuter des métaux vils, comme le fer, en métaux précieux, comme l'or. Magie et chimie sont ainsi mêlées.
- **Boue :** matière vile : on lui associe l'idée de saleté notamment. Toutefois, une version méliorative de la boue pourrait être la terre glaise qui, elle, permet de façonner des objets.
- **Or :** métal précieux et recherché.

b. Mise en relation de ces trois termes

- Ces trois termes sont associés par Baudelaire lui-même dans deux passages devenus célèbres.

Citations

« J'ai pétri de la boue et j'en ai fait de l'or. »

Bribes.

« Ô vous, soyez témoins que j'ai fait mon devoir
Comme un parfait chimiste et comme une âme sainte
Car j'ai de chaque chose extrait la quintessence.
Tu m'as donné ta boue et j'en ai fait de l'or »

Projet d'épilogue pour les « Tableaux parisiens ».

▶ Le parcours et l'œuvre intégrale

- L'expression est une métaphore qui définit le **projet du poète** : transformer la laideur en beauté, **sublimer le monde pour atteindre un idéal de beauté en art**. Pour cela, le poète doit déchiffrer les mystères du monde pour pouvoir en « extraire » la beauté.
- La boue revêt plusieurs aspects : le *spleen*, les laideurs de la ville moderne, les vices, les horreurs nées dans les âmes humaines.
- Les **agents de la transmutation** sont multiples aussi : les femmes, le soleil, le travail poétique plus encore.

▶ La dissertation sur l'œuvre en lien avec le parcours

Il s'agit d'interroger le rôle du poète et de s'intéresser aux **moyens** (versification, synesthésies, comparaisons, métaphores, choix du sujet…) qui lui permettent de remplir cette mission.

a. Le poète baudelairien : un alchimiste

- L'intitulé du parcours est une réflexion sur le rôle du Poète et la quête poétique. Le Poète baudelairien est ainsi un **alchimiste**.
- Plusieurs poèmes des *Fleurs du mal* peuvent nourrir le parcours : **l'or et l'idéal poétique** : « Élévation », « Correspondances », « La Beauté », « La Chevelure », « À une Madone », « Une Charogne », « L'Invitation au voyage », « Paysage » ; **la boue** : « Spleen » (LXXXVI), « La Cloche fêlée » ; **pour permettre la transmutation** : « Le Soleil », « Le Vin des amants », « Le Voyage », « Alchimie de la douleur » (ici en sens inverse).
- D'autres poètes ont repris cette métaphore : **Arthur Rimbaud**, pour définir son entreprise poétique dans « Alchimie du verbe » ; **André Breton** dans *Le Manifeste du surréalisme* reprend aussi la métaphore (en se référant à Rimbaud).

Phrases célèbres

« Je me flattai d'inventer un verbe poétique accessible, un jour ou l'autre, à tous les sens. »

Rimbaud, *Une saison en enfer*, « Alchimie du verbe ».

« Alchimie du verbe : ces mots qu'on va répétant un peu au hasard aujourd'hui demandent à être pris au pied de la lettre. »

Breton, *Manifeste du surréalisme*.

b. Les autres fonctions du poète

D'autres écrivains ont pu attribuer des fonctions différentes au poète et à la poésie.

- Le poète peut être vu comme un **prophète** : porte-parole de Dieu, il déchiffre les mystères du monde pour le reste des hommes (Ronsard, Hugo surtout).
- Le poète a parfois été comparé à l'**artisan** : orfèvre et polisseur de mots, il s'intéresse à la forme (Parnasse).
- Le poète peut enfin devenir un **porte-parole** : prenant la parole pour le peuple, il fait siennes ses souffrances pour les exprimer (Musset, « La Nuit de mai »).

En complément de Baudelaire

- Rimbaud, « Alchimie du verbe », *Une Saison en Enfer* (1873)
- Mallarmé, « Crise de vers » (1895)
- Breton, *L'Amour fou* (1937)
- Aragon, *Les Yeux d'Elsa* (1942)
- Ponge, *Le Parti pris des choses* (1942) « L'huître », « Le cageot », « Les mûres »

12 *Alcools*, Apollinaire, 1913

PARCOURS Modernité poétique ?

1 BIOGRAPHIE

Guillaume Apollinaire (1880-1918) : poète

- Wilhelm Apollinaris de Kostrowitzky naît en 1880 à Rome d'une mère de la haute noblesse polonaise et d'un père italien, qui ne reconnaît pas son fils. Sa mère s'installe sur la Côte d'Azur où le jeune homme commence de brillantes études, puis à Paris où il lit sans relâche de la poésie.
- L'année 1901 marque un tournant. Apollinaire devient précepteur auprès d'une jeune fille noble qu'il suit en Rhénanie. Il commence à composer les poésies de la section « Rhénanes » d'*Alcools*. Il fait également la connaissance d'Annie Playden, la gouvernante de son élève, dont il tombe amoureux. Cet amour n'est malheureusement pas réciproque mais sert de source d'inspiration pour plusieurs poèmes comme « La Chanson du mal-aimé » ou « Annie » (« Cycle d'Annie »).
- De retour à Paris en 1902, il fréquente les milieux artistiques (Picasso, Delaunay…), se fait **critique d'art** pour différentes revues et noue une relation tumultueuse avec **Marie Laurencin**, jeune peintre pour qui il compose le **« Cycle de Marie »** (avec, entre autres, « Le Pont Mirabeau »).
- 1913, nouveau tournant : Apollinaire réunit ses poèmes dans un **recueil, *Alcools*,** qui reçoit un excellent accueil.
- Il **s'engage en 1914** et est envoyé sur le front. Il y découvre l'horreur des tranchées et est grièvement **blessé** à la tête en mars 1916. Il rentre alors à Paris et reprend ses activités littéraires.
- En 1918, après la publication de ***Calligrammes*** et son mariage avec Jacqueline Kolb, il meurt emporté par la grippe espagnole.

Genèse et caractéristiques de l'œuvre

- Si Apollinaire est d'abord influencé par le **symbolisme**, puis fréquente les poètes qui formeront plus tard le groupe des « **surréalistes** » (dont le nom a d'ailleurs été inventé par Apollinaire), **il n'appartient pour sa part à aucune école**.
- Pour lui, l'œuvre d'art doit s'inspirer de la vie, de la nature, mais il ne s'agit pas de la copier, de la reproduire. Il faut exprimer l'émotion directe et spontanée qu'elle procure. C'est en cela que réside sa force.
- Très proche de nombreux peintres qu'il défend et fait connaître, **il mêle progressivement différents arts dans sa création.** Ainsi Apollinaire avait songé à intituler son recueil *Calligrammes*, « Et moi aussi je suis peintre ».

Œuvres principales

- ***Alcools*** (1913) : ce recueil réunit des poèmes d'inspirations variées.
- ***Poèmes à Lou*** (1915) : lettres-poèmes adressées à Lou de Coligny-Châtillon, pendant la guerre.
- ***Calligrammes*** (1918) : poèmes qui adoptent une forme en cohérence avec le thème du poème.

2 CONTEXTE DE L'ŒUVRE

Contexte historique

- Les poèmes d'*Alcools* ont été composés pendant la « **Belle Époque** », terme forgé rétrospectivement, qui met l'accent sur les progrès et la confiance dans l'avenir. De la fin du XIXe siècle à la Première Guerre mondiale, la France et l'Europe connaissent une période de paix et de développement économique. Ce regard optimiste ne doit pas faire oublier cependant que la moitié de la population française est encore rurale et vit parfois dans la misère et que les ouvriers connaissent eux aussi une grande précarité.

Citation

« À la fin tu es las de ce monde ancien
Bergère ô tour Eiffel le troupeau des ponts bêle ce matin
Tu en as assez de vivre dans l'antiquité grecque et romaine »

« Zone », v. 1-3.

- Apollinaire est fasciné par les **progrès techniques**, dont le symbole, mentionné dans « Zone » est la tour Eiffel, construite à l'occasion de l'exposition universelle de 1889. On admire également les développements de l'automobile grâce au pneu démontable, les applications pratiques de l'électricité et surtout les premiers vols aériens au-dessus de la Manche (1909) et de la Méditerranée (1913). Apollinaire mentionne ainsi les « hangars de Port-Aviation » dans « Zone ».

Contexte littéraire

- Apollinaire écrit d'abord sous l'influence du **symbolisme** (voir p. 342).
- On retrouve l'influence symboliste d'Apollinaire dans « L'Ermite » ou encore « Le Larron ». Ainsi, « Le Larron », qui met en scène des êtres surnaturels et une mythologie personnelle, qui respire à la fois le spleen et la provocation, rappelle certains vers de Baudelaire (« *Et j'ai ri du vieil ange qui n'est point venu / De vol très indolent me tendre un beau calice* »).
- Mais Apollinaire est trop intéressé par la modernité pour rester éternellement symboliste. Il trouve une nouvelle source d'influence dans le manifeste du **futurisme** du poète italien Filippo Marinetti (1876-1944) qui célèbre la modernité et les inventions qui transforment le paysage urbain au début du XXe siècle.

Ce mouvement s'intéresse ainsi tout particulièrement à la vitesse et aux changements de points de vue qu'elle implique (« *Nous déclarons que la splendeur du monde s'est enrichie d'une beauté nouvelle : la beauté de la vitesse. Une automobile de course avec son coffre orné de gros tuyaux tels des serpents à l'haleine explosive… une automobile rugissante qui semble courir sur la mitraille est plus belle que la* Victoire de Samothrace. », Marinetti, *Manifeste du futurisme*, 1909).

- Apollinaire est assez proche du **cubisme** dans sa volonté de créer des inventions langagières grâce à la juxtaposition surprenante de mots et de phrases.

▶ Le contexte artistique

- Apollinaire s'intéresse tout particulièrement à deux courants artistiques assez proches l'un de l'autre. Il les défend dans ses articles et cherche à les justifier et à les affirmer face aux critiques.
- Le premier est le **mouvement orphiste** représenté notamment par Robert et Sonia Delaunay. Ce mouvement tient son nom d'un poème d'Apollinaire, « Orphée », écrit en 1908. Il s'inscrit dans la lignée des recherches des impressionnistes, qui ont donné une place importante à la couleur, et surtout des peintres **fauvistes**. La **couleur**, qui suscite de la « joie » selon Apollinaire, devient plus importante que ce qu'elle représente. Robert et Sonia Delaunay s'engouffrent dans cette brèche en cherchant par la couleur, non plus à représenter le monde mais à **en créer un autre**.

> **Notion**
> **Fauvisme** : mouvement artistique des années 1903-1910 en France. Il se caractérise par une simplification des formes, aux contours très marqués, et par des aplats de couleurs vives dans des associations chromatiques audacieuses.
> Ses principaux représentants français sont Matisse et Derain.

- Le second mouvement artistique est le **cubisme**, qui émerge également au début du XXe siècle (Picasso, *Les Demoiselles d'Avignon*, 1907). Il remet en cause la **perspective** et affirme la prédominance des formes géométriques (cône, cube, cylindre). Pour Apollinaire, qui défend les peintres cubistes incompris comme Picasso ou Braque, le cubisme est une vision intérieure du monde. Les peintres cubistes essaient ensuite de rendre compte du **mouvement** en représentant simultanément plusieurs points de vue successifs sur un objet.
- En 1917, Apollinaire forge l'expression « esprit nouveau » pour désigner un art en quête de surprise, de renouveau, de modernité.

3 STRUCTURE DU RECUEIL

▶ Quinze ans d'écriture poétique

- En 1901, à la suite de son voyage en Rhénanie, Apollinaire souhaite publier un recueil sous le titre de *Vent du Rhin*. Malheureusement, il ne trouve pas d'éditeur. Il publie ensuite ses poèmes dans des revues, au fil de leur écriture. C'est en 1912, sous l'influence de Marie Laurencin, qu'il décide de rassembler les poèmes qu'il a écrits depuis 1898 de manière à proposer à nouveau un recueil à un éditeur. Le Mercure de France accepte ce livre alors intitulé *Eau de vie* dont la tonalité est **élégiaque**. Il vient de rompre avec Marie Laurencin et place en tête de ce recueil « La Chanson du mal-aimé » (« *Regrets sur quoi l'enfer se fonde / Qu'un ciel d'oubli s'ouvre à mes vœux* », v. 46-47).

Vocabulaire

Élégie : poème lyrique caractérisé par un ton plaintif.

- Toutefois, durant l'hiver 1912, alors qu'il est en train de relire les épreuves de l'ouvrage, il assiste à la lecture par Blaise Cendrars de *La Prose du transsibérien et de la Petite Jehanne de France.* Il est bouleversé par la **modernité** de cette œuvre et décide de modifier en profondeur son recueil à paraître.
- Tout d'abord, il compose « Zone » et lui donne la première place. Le recueil, de plainte élégiaque, prend aussitôt la forme d'une célébration de la modernité, et ce d'autant plus que « Vendémiaire », qui chante aussi la modernité, vient se placer à la fin. Apollinaire se tourne résolument vers l'avenir.
- De plus, **il supprime toute ponctuation**, offrant la primauté au rythme musical sur la grammaire et la syntaxe (« *[...] je ne l'ai supprimée que parce qu'elle m'a paru inutile et elle l'est en effet, le rythme même et la coupe des vers voilà la véritable ponctuation et il n'en est point besoin d'une autre. [...] Je compose généralement en marchant et en chantant sur deux ou trois airs qui me sont venus naturellement. [...] La ponctuation courante ne s'appliquerait point à de telles chansons* », *L'Esprit nouveau des poètes*, 1917).
- Enfin, Apollinaire **change le titre du recueil** pour *Alcools*. L'alcool dans le recueil est à la fois une réalité matérielle, associée aux brasseries de la « Nuit rhénane » (« *Mon verre est plein d'un vin trembleur comme une flamme* »), mais aussi le symbole de la vie et surtout, à travers le mythe de Dionysos, dieu du vin (« *Et tu bois cet alcool brûlant comme ta vie / Ta vie que tu bois comme une eau-de-vie* », « Zone »), celui de l'énergie créatrice (« *Je suis ivre d'avoir bu tout l'univers* », « Vendémiaire »). Le pluriel (« Alcools ») renvoie précisément à cette variété de sens.

▶ L'organisation du recueil

- Le recueil **refuse toute forme d'organisation évidente** : il ne présente pas d'organisation chronologique (*Alcools* s'ouvre sur « Zone », qui vient d'être écrit), qui pourrait suggérer une évolution d'une tradition symboliste vers la modernité, il ne présente pas non plus d'organisation thématique (par exemple, les neuf poèmes écrits en Rhénanie sont répartis dans l'ensemble du livre).
- En revanche, on peut noter **une ouverture et un final forts**, destinés à marquer les esprits et à imprimer un sens à l'ensemble.
- On peut également repérer des lignes de construction, mais Apollinaire refuse d'en souligner une au détriment des autres. Aucune ne fonctionne pleinement. Le poète joue sans cesse ainsi **entre ordre et désordre**.
- Il alterne **poèmes courts et poèmes longs** (Ex. : « Annie » ; « La Maison des morts » ; « Clotilde » ; « Cortège »).
- Il alterne **les poèmes en vers libres et les poèmes en vers réguliers** (Ex. : « Cortège » : vers libre ; « Marizibill » : octosyllabes ; « Le Voyageur » : vers libres ; « Marie » : octosyllabes, sauf le vers 9).

- Il joue sur des **effets de symétrie**. Par exemple « Zone » et « Vendémiaire » se font écho sur le thème de la modernité. « Le Pont Mirabeau » (« *Passe les jours et passent les semaines / Ni le temps passé / Ni les amours reviennent / Sous le pont Mirabeau coule la Seine* », v. 19-22) et « Automne malade » (« *Le vent et la forêt qui pleurent / Toutes leurs larmes en automne feuille à feuille / Les feuilles / Qu'on foule / Un train / Qui roule / La vie / S'écoule* », v. 16-23) évoquent tous les deux le temps qui passe et emporte les sentiments. De même, le poète évoque des amours impossibles dans « Les Colchiques » (« *Et ma vie pour tes yeux lentement s'empoisonne* », v. 7) et dans « 1909 » (« *Cette femme était si belle / Qu'elle me faisait peur* », v. 28-29).

4 THÈMES CLÉS

L'alcool

- L'alcool est présent sous plusieurs formes dans le recueil. Au sens premier du terme, on trouve l'ivresse dans « Zone », les brasseries ou les vignes rhénanes… On le trouve également sous la forme d'image poétique : « Mon verre s'est brisé comme un éclat de rire », « Nuit rhénane ».
- De façon métaphorique, il rappelle le « *Enivrez-vous* » de Baudelaire (« *Il faut être toujours ivre. Tout est là : c'est l'unique question. Pour ne pas sentir l'horrible fardeau du Temps qui brise vos épaules et vous penche vers la terre, il faut vous enivrer sans trêve. Mais de quoi ? De vin, de poésie ou de vertu, à votre guise. Mais enivrez-vous* », *Le Spleen de Paris*, XXXIII), et évoque l'enthousiasme de la création. « *Ivre d'avoir bu tout l'univers* », le poète ou plutôt le « *gosier de Paris* » (« Vendémiaire ») trouve dans sa curiosité la force d'écrire. L'alcool est même assimilé par Apollinaire à la vie même.

> **Citation**
>
> « *Et tu bois cet alcool brûlant comme ta vie*
> *Ta vie que tu bois comme une eau-de-vie* »
>
> « Zone », v. 148-149.

La représentation du poète

La dimension autobiographique

- **« Zone »** occupe une place à part dans le recueil puisque le poème se présente comme une **autobiographie poétique**, qui raconte différents épisodes de la vie de l'auteur, non pas à la première personne mais à la deuxième personne (« *Ta mère ne t'habille que de bleu et de blanc* », « *Maintenant tu es au bord de la Méditerranée* », v. 26 et 89).
- Certains poèmes sont des **textes de circonstance**. Par exemple, pour le mariage d'un de ses amis, il écrit « Poème lu au mariage d'André Salmon » (« *Et je dis toutes ces choses / Souvenir et Avenir parce que mon ami André Salmon se marie* », v. 29-30). Lorsqu'il est emprisonné pour une affaire de vol et de recel d'œuvres d'art, il compose une série de poèmes intitulés « À la Santé » (« *Avant*

d'entrer dans ma cellule / Il a fallu me mettre nu / Et quelle voix sinistre ulule / Guillaume qu'es-tu devenu », v. 1-4). On retrouve là un des principes de l'écriture poétique selon Apollinaire : la vie doit être une source d'inspiration. Mais la lecture de ces poèmes rappelle que le rôle de l'écriture est la métamorphose de la réalité et non sa simple reproduction.

Des amours malheureuses

- Apollinaire évoque en particulier dans ses poèmes **l'échec de ses relations amoureuses** avec Annie Playden ou Marie Laurencin. Ainsi, « L'émigrant de Landor Road » porte le nom de la rue où habitait Annie Playden quand le poète l'a poursuivie jusqu'à Londres.

Citation

« *Chacun de mes poèmes est une commémoration d'un événement de ma vie.* »

L'Esprit nouveau des poètes.

→ Apollinaire affirme ainsi la dimension autobiographique de ses poèmes.

- Toutefois, au-delà de la dimension autobiographique, intime ou personnelle, les poèmes acquièrent une **universalité** qui touche le lecteur. En se peignant comme le « mal-aimé », Apollinaire présente l'amour comme éphémère (« *L'amour s'en va comme cette eau courante / L'amour s'en va* », « Le Pont Mirabeau », v. 13-14), du fait de l'inconstance des femmes (« *Ces femmes ne sont pas méchantes elles ont des soucis cependant / Toutes même la plus laide a fait souffrir son* amant », « Zone », v. 138-139).
- De plus, à côté des figures aimées mais dédaigneuses, les poèmes mentionnent de nombreuses prostituées, figures d'une relation de courte durée (« *J'humilie maintenant à une pauvre fille au rire horrible ma bouche* », « Zone », v. 143 ; « *Elle allait et venait le soir / Offerte à tous en tout mignonne* », « Marizibill », v. 2-3).

Citation

« *Le mai le joli mai en barque sur le Rhin*
Des dames regardaient du haut de la montagne
Vous êtes si jolies mais la barque s'éloigne
Qui donc a fait pleurer les saules riverains ? »

« Mai », v. 1-4.

→ On voit ici comment le paysage exprime le plaisir de la rencontre amoureuse et l'angoisse de la perte.

- Il donne donc à ses poèmes une tonalité élégiaque et pleure sur un passé révolu. Sa mélancolie s'exprime dans des paysages-états d'âme (« *L'anémone et l'ancolie / Ont poussé dans le jardin / Où dort la mélancolie / Entre l'amour et le dédain* », « Clotilde », v. 1-4). Si le printemps est associé à l'éclosion de l'amour (« *On voit venir au fond du jardin mes pensées / Qui sourient du concert joué par les grenouilles* », « Palais », v. 5-6), l'automne exprime la perte et la souffrance (« *J'ai cueilli ce brin de bruyère / L'automne est morte souviens-t'en* », « L'Adieu », v. 1-2).

La tentation de la mort

- Avec la mélancolie et le poids des souvenirs, vient la tentation de la mort, qui apparaît sous la forme de rencontres macabres. Parmi elles, on trouve des noyées (« *Elle se penche alors et tombe dans le Rhin* », « La Loreley », v. 36 ; « *Je le revis au bord du fleuve sur lequel flottait Ophélie* », « Poème lu au mariage d'André Salmon », v. 22), des ombres (« *Frôlée par les ombres des morts / Sur l'herbe où le jour s'exténue* », « Crépuscule », v. 1-2) ou même des familles entières (« *Des enfants morts parlent parfois avec leur mère / Et des mortes parfois voudraient bien revenir* », « Rhénane d'automne », v. 36-37).

L'attrait de la nouveauté

- Apollinaire apprécie tout particulièrement les **innovations technologiques** qui modifient la ville et donnent à Paris un nouveau visage. Il s'inscrit dans une tradition inaugurée par Baudelaire avec *Les Petits poèmes en prose* ou *Le Spleen de Paris.* Ainsi dans « Zone », il évoque les voitures et les autobus (« *Des troupeaux d'autobus mugissants près de toi roulent* », « Zone », v.72) mais aussi les avions.
- Il est attentif à la modification du **paysage urbain** et aux rues nouvelles qui apparaissent (« *J'aime la grâce de cette rue industrielle / Située à Paris entre la rue Aumont-Thiéville et l'avenue des Ternes* »), notamment dans les banlieues, comme Auteuil. Il est d'ailleurs à noter que « Zone » n'a pas ici de sens négatif.
- Apollinaire ne se contente pas de célébrer la modernité dans sa dimension technologique. Il regarde avec intérêt les **nouvelles classes sociales** qui apparaissent. La modernité ne transforme pas seulement le paysage mais aussi les habitants (« *Les directeurs les ouvriers et les belles sténo-dactylographes* », « Zone », v. 17).

Citation

« Ici même les automobiles ont l'air d'être anciennes
La religion seule est restée toute neuve la religion
Est restée simple comme les hangars de Port-Aviation »

« Zone », v. 4-6.

→ Même les voitures apparaissent d'arrière-garde pour ce chantre de la modernité qu'est Apollinaire !

- Enfin, et c'est sans doute là le plus marquant, **la modernité s'empare de l'écriture poétique**. On note dans la description de la ville une nouvelle forme de poésie (« *Tu lis les prospectus les catalogues les affiches qui chantent tout haut / Voilà la poésie ce matin et pour la prose il y a les journaux* », « Zone », v. 11-12). Apollinaire doit donc mettre sa propre écriture au diapason. Ainsi, il introduit un vocabulaire familier et contemporain dans ses vers. De plus, il renouvelle donc l'écriture poétique par la suppression de la ponctuation et l'utilisation de vers libres ; par des images surprenantes qui captent l'attention du lecteur comme des affiches sur un mur.

Mythes, religion et légendes

- Apollinaire mêle différentes sources d'inspiration, reflets de ses voyages et de sa culture personnelle. Il se livre à un travail de **réécriture** afin d'exprimer une version personnelle du mythe tout en donnant une dimension universelle à l'expression de ses sentiments intimes.
- Parmi plusieurs mythes antiques évoqués dans le recueil on peut mentionner le **mythe d'Orphée**. Ce dernier est depuis l'Antiquité la figure par excellence du poète, susceptible de charmer les hommes, les dieux et la nature par son chant. Apollinaire y fait allusion dans « La Chanson du Mal-Aimé » (« *Et le regard qu'il me jeta / Me fit baisser les yeux de honte / Je suivis ce mauvais garçon* »). Dans ce même poème, Apollinaire mentionne aussi Ulysse, héros de l'*Odyssée* (« *Lorsqu'il fut de retour enfin / Dans sa patrie le sage Ulysse* »).
- Les références judéo-chrétiennes sont également nombreuses. Mentionnons par exemple Salomé qui danse pour Hérode afin d'obtenir la tête de Jean-Baptiste (« *Pour que sourie encore une fois Jean-Baptiste / Sire je danserais mieux que les séraphins* », « Salomé »). La passion du Christ est présente dans plusieurs poèmes pour évoquer les souffrances du poète (« *J'ai veillé trente nuits sous les lauriers-roses / As-tu sué du sang Christ dans Gethsémani* »).
- Les légendes folkloriques sont également nombreuses avec les références médiévales découvertes dans l'adolescence (« *Merlin et la vieille femme* ») et surtout les légendes germaniques apprises lors du voyage en Rhénanie. Ainsi la Loreley, personnage maléfique qui met les hommes à mort par sa beauté, permet à Apollinaire d'évoquer ses amours malheureuses (« *Mes yeux ce sont des flammes et non des pierreries / Jetez jetez aux flammes cette sorcellerie* »).

PARCOURS

Modernité poétique ?

Alcools, Guillaume Apollinaire

Comprendre l'intitulé

- « Modernité » a deux sens : d'une part, cela peut désigner ce qui est **conforme aux goûts de l'époque actuelle ou récente** ; d'autre part, ce qui vient d'être réalisé de manière différente de ce qui se faisait auparavant. De ce fait, l'idée de modernité implique souvent l'idée de **rupture**.
- Dans ce parcours, il s'agit de comprendre si l'écriture poétique d'Apollinaire est moderne, c'est-à-dire conforme aux aspirations des lecteurs de la Belle Époque et surtout différente de ce qui se pratiquait auparavant.

Le parcours et l'œuvre intégrale

- *Alcools* a connu un grand retentissement à sa parution et Apollinaire a trouvé, grâce à lui, sa place et sa légitimité parmi les artistes de son temps. Il incarne ainsi une forme de modernité. De plus, il illustre les aspirations du poète à un « **esprit nouveau** ».
- Toutefois, on retrouve dans ses poèmes un **héritage du siècle passé**, tant dans la forme versifiée que dans certaines thématiques.
- On peut donc à juste titre s'interroger sur la modernité poétique de ce recueil.

La dissertation sur l'œuvre en lien avec le parcours

a. « L'esprit nouveau »

- Pour Apollinaire, la modernité de l'écriture va de pair avec la **fascination pour le monde moderne**.
- Ainsi, Apollinaire propose une écriture qui renouvelle les codes de l'écriture poétique : il cherche des images qui produisent des effets de surprise.
- Parmi ces **images surprenantes**, on peut citer le dernier vers de « Zone », énigmatique (« *Soleil cou coupé* ») mais les exemples sont foison (« *Et tout ce qui tremblait dans tes yeux de mes songes / Qu'un seul homme buvait / Sous les feux de gaz roux comme la fausse oronge* », « Un Soir », v. 9-11).

Phrase célèbre

« La surprise est le grand ressort nouveau. C'est par la surprise, par la place importante qu'il fait à la surprise que l'esprit nouveau se distingue de tous les mouvements artistiques et littéraires qui l'ont précédé. »

L'Esprit nouveau des poètes.

- Il joue sur le rythme grâce au vers libre et surtout à l'absence de ponctuation. Cela permet parfois d'associer les mots au gré de sa lecture, sans être corseté par la ponctuation (« *Dans la plaine ont poussé des flammes / Nos cœurs pendent aux citronniers / Les têtes coupées m'acclament / Et les astres qui ont saigné / Ne sont que des têtes de femmes* », « Le Brasier », v. 16-20).

- La **liberté dans l'usage des vers** se manifeste par des vers tantôt courts tantôt longs mais aussi dans le choix des strophes qui peuvent comprendre plusieurs dizaines de vers ou se réduire à un vers unique.

b. L'héritage du passé

- Pourtant, celui qui affirme « *ne plus connaître l'ancien jeu des vers* » (« Les Fiançailles », « *Pardonnez-moi mon ignorance* », v. 2) **ne renonce pas totalement à la tradition**. Il rend hommage aux poètes du passé, explicitement dans « La chanson du mal-aimé », ou implicitement quand il recourt au vers impair cher à Verlaine (« *Il y vient aussi nos ombres / Que la nuit dissipera / Le soleil qui les rend sombres / Avec elles disparaîtra* », « Clotilde », v. 5-8).
- De plus, il parsème le recueil de quelques poèmes écrits en **vers réguliers** comme « Mai » écrit en alexandrins.
- Enfin, **l'amour déçu ou la mélancolie** sont des thématiques traditionnelles qui inspirent des poèmes élégiaques. Dans « 1909 » par exemple, on retrouve une figure de l'amour courtois avec la domination de la femme sur le poète soumis (« *Cette femme était si belle / Qu'elle me faisait peur* », v. 28-29).

En complément d'Apollinaire

- Baudelaire, *Le Spleen de Paris* (1869).
- Rimbaud, *Les Illuminations* (1895) : le jeune poète essaie de se faire « voyant » et d'aller jusqu'au bout de son inspiration créatrice, en brisant les règles.
- Cendrars, *La Prose du transsibérien* (1913) : ce long poème en vers libres a beaucoup marqué Apollinaire.
- Houellebecq, *Non réconcilié* (1991-2013) : Houellebecq jette un regard sans concession et parfois cynique sur le monde contemporain.

Cahier SPÉCIAL ORAL

SUJET 1 20 pts 50 min

Extrait Rabelais, *Gargantua*, chapitre XXI, 1534

Il passait donc son temps ainsi : il s'éveillait habituellement entre huit et neuf heures, qu'il fît jour ou non ; ainsi en avaient décidé ses régents théologiens, alléguant les mots de David : *C'est vanité de vous lever avant la lumière*.

Alors il s'étirait, s'ébattait et se vautrait sur son lit un certain temps pour mieux détendre ses esprits animaux ; il s'habillait en fonction du temps, mais il portait volontiers une grande et longue robe de grosse laine fourrée de renard ; après, il se peignait du peigne d'Almain, c'est-à-dire des quatre doigts et du pouce, car ses précepteurs disaient que toute autre façon de se peigner, laver et nettoyer était une perte de temps.

Puis il chiait, pissait, crachait, rotait, éternuait et se mouchait abondamment ; puis, pour abattre la rosée et le mauvais air, il déjeunait : belles tripes frites, belles carbonades, beaux jambons, belles grillades et force tartines.

Ponocrates lui faisant remarquer qu'il ne devait pas se goinfrer ainsi au saut du lit sans avoir d'abord pris de l'exercice, Gargantua répondit :

« Quoi ! N'ai-je pas pris de l'exercice ? Je me suis retourné six ou sept fois dans mon lit avant de me lever. N'est-ce pas assez ? C'est ce que faisait le pape Alexandre, sur le conseil de son médecin juif, et il a vécu jusqu'à sa mort en dépit des envieux. Mes premiers maîtres m'y ont habitué, disant que bon déjeuner donne bonne mémoire ; c'est pourquoi ils y buvaient les premiers. Je m'en trouve fort bien et n'en dîne que mieux. »

Et Maître Tubal (qui fut le premier de sa licence à Paris) me disait que « rien ne sert de courir, il faut partir à point » : ainsi ce qui fait la parfaite santé de la nature humaine n'est pas de boire quand et quand[1] comme les canards, mais bien de boire tôt matin ;
Unde versus[2].
« Lever matin n'est pas bonheur ;
Boire matin est le meilleur. »

1. N'importe quand.
2. D'où le proverbe.

Question de grammaire

> **Analysez la négation dans la phrase : « il ne devait pas se goinfrer ainsi au saut du lit sans avoir d'abord pris de l'exercice » (l. 16-17).**

PREMIÈRE PARTIE DE L'ÉPREUVE

12 min

▶ Présentation du texte

• Rabelais évoque l'éducation reçue par Gargantua en décrivant le déroulement de ses journées et plus particulièrement les habitudes du géant au réveil. Le caractère comique du propos dissimule une réflexion sérieuse sur la qualité de l'éducation dispensée à l'époque.

▶ Situation du texte dans l'œuvre intégrale

• L'œuvre s'ouvre sur la naissance de Gargantua et sa jeunesse. Le jeune homme faisant preuve d'intelligence, le roi Grandgousier, père de Gargantua, décide de le faire instruire par les hommes censés être les plus savants. Cet enseignement ridicule échoue et le roi demande alors à Ponocrates de s'occuper des apprentissages de son fils. Le précepteur invite Gargantua à continuer à vivre selon ses mauvaises habitudes afin de les corriger au fur et à mesure.

Situez rapidement mais avec précision l'extrait dans l'œuvre. C'est l'occasion de montrer votre connaissance de celle-ci.

▶ Lecture expressive

• Ne soyez pas gênés par la grossièreté de certains termes, lisez l'ensemble avec naturel. Votre lecture doit être dynamique et faire entendre les nombreuses énumérations qui permettent d'amplifier le propos. D'autre part, vous veillerez à accentuer la surprise de Gargantua lors du passage au discours direct.

▶ Explication linéaire

Question générale :

Dans quelle mesure la description des habitudes de Gargantua permet-elle de critiquer l'éducation héritée du Moyen Âge ?

I – L'évocation des habitudes de Gargantua (du début à « force tartines », l. 15)

A. La critique des théologiens

• L'extrait s'ouvre sur la description d'une journée type de Gargantua. Le géant a en effet réglé ses habitudes selon les préceptes que les théologiens lui ont enseignés. Dans la proposition initiale ponctuée par les deux points, le narrateur annonce la description à venir. L'imparfait « s'éveillait » marque la répétition, soulignée par l'adverbe « habituellement ». La journée commence donc par le réveil de Gargantua. On apprend par la proposition subordonnée concessive « qu'il fît jour ou non » que le géant ne tient pas compte du rythme du soleil et qu'il se lève toujours tard. La suite de la phrase apporte une justification à ce choix avec le connecteur logique « ainsi ». On comprend alors que Gargantua applique les préceptes des théologiens qui, eux-mêmes, disent s'inspirer de David. Or la citation, qui est un argument d'autorité, a été tronquée. En effet, il manque « si la grâce de Dieu n'est pas avec vous ». La parole biblique est ainsi détournée afin de justifier la paresse. De plus, le verbe « ordonné » montre qu'ils imposent leurs convictions sans inviter le jeune homme à réfléchir. Commence alors une véritable critique de l'éducation dispensée au Moyen Âge et maintenue au XVIe siècle. En effet, la périphrase « régents théologiens » laisse entendre la voix du narrateur qui juge péjorativement la façon dont de fausses vérités sont imposées.

> Un argument d'autorité consiste à citer quelqu'un qui fait autorité afin de valider une idée.

B. Le caractère comique des actions

- La description du déroulement de la journée de Gargantua se poursuit avec le connecteur logique « alors » qui marque l'enchaînement des actions. Alors qu'il a déjà profité d'une grasse matinée, il prolonge le réveil en restant au lit. L'énumération des verbes d'action « il s'étirait, s'ébattait et se vautrait » souligne sa paresse. En effet, le verbe « se vautrait » le ramène au point de départ qui est de se reposer dans son lit. L'indication temporelle « un certain temps » insiste sur l'idée que le réveil s'éternise au lieu de se mettre en activité. Cela va à l'encontre du bon usage du temps selon les humanistes.

- De plus, on constate qu'il accorde peu d'intérêt à sa tenue. En effet, si l'indication « en fonction du temps » semble témoigner de bon sens, la conjonction de coordination à valeur adversative « mais » l'annule pour laisser place à un choix excessif. En effet, la multiplication des adjectifs soulignant la démesure (« grande », « longue », « grosse ») prouve que l'excès l'emporte sur un choix réfléchi. Il apparaît alors que Gargantua accorde peu d'intérêt à son apparence. C'est l'occasion pour Rabelais de critiquer le mépris que l'on ressentait pour le corps à l'époque en ce qu'il représentait le désir impur et la concupiscence. De fait, la description de la coiffure du jeune homme est l'occasion d'un jeu de mots satirique. En effet, si Almain était un docteur scolastique de la Sorbonne au XVe siècle, le mot renvoie ici à la main. Le caractère grandiloquent de la tournure (« peigne d'Almain ») est tourné en dérision par la précision ridicule « des quatre doigts et du pouce » qui est une périphrase pour désigner la main. En exagérant l'explication, il souligne la vanité de l'action et se moque ainsi des principes de l'époque. La cause est explicitée ensuite par la dernière proposition introduite par la conjonction de coordination « car ». On apprend alors que le mépris du corps était enseigné puisque ce discours était tenu par des « précepteurs » (l. 9). Si Rabelais dénonce le peu de considération accordée au corps, c'est parce que les humanistes, dans le but d'un développement total, invitent l'homme à en prendre soin. Pour eux, on doit soigner autant le corps que l'esprit. De fait, il n'est en aucun cas

> Quand vous citez plusieurs termes, il n'est pas nécessaire de donner les lignes. Par contre, faites-le lorsque vous analysez une phrase de façon plus détaillée.

« une perte de temps ». Il y a donc un décalage comique entre la fainéantise de Gargantua qui traîne au lit – jugée comme bénéfique – et la rapidité de sa toilette à laquelle il ne faut pas consacrer de temps pour éviter d'en perdre.

• La description se poursuit avec le connecteur « puis » marquant la succession des actions. L'accumulation d'actions particulièrement prosaïques voire scatologiques (« il chiait, pissait, crachait, rotait, éternuait et se mouchait ») est source de comique pour le lecteur. Ce vocabulaire est aussi l'occasion pour le narrateur de montrer la vanité des actions de Gargantua et d'illustrer son laisser-aller. Le ridicule de ses activités apparaît aussi dans leur caractère antithétique. Alors qu'il a consacré du temps à vider son corps autant que possible comme le suggère l'adverbe « abondamment », il va tout mettre en œuvre pour parvenir à le remplir à nouveau. En effet, « abattre la rosée » (l. 13) signifie « boire ». De fait, l'énumération des mets, amplifiée par les adjectifs évoquant leur ampleur et leur quantité (« belles tripes frites, belles carbonades, beaux jambons, belles grillades et force tartines ») révèle que Gargantua multiplie les plats salés pour se forcer à boire. Ainsi, il occupe la majeure partie de son temps à vider son corps pour ensuite le remplir d'une nourriture grasse et salée. Bien entendu, la boisson dont s'abreuve le jeune homme dès le matin est le vin. Cette description comique par sa démesure (les quantités sont à rapprocher de la taille du géant) dresse un portrait peu flatteur dont le but est de critiquer, par le rire, le peu de soin qu'il accorde à son corps et ainsi ceux qui lui ont appris cela.

> Le comique obscène se rattache à la tradition populaire et aux plaisanteries estudiantines. De nos jours, ce comique peut surprendre.

II – L'échange entre Ponocrates et Gargantua

A. La déconvenue de Gargantua

• Le second mouvement s'ouvre sur l'intervention de Ponocrates. Professeur éclairé, celui-ci représente l'idéal de pédagogie humaniste. L'onomastique renforce ce caractère puisque Ponocrates signifie « travailleur ». Le jugement du précepteur est perceptible dans le verbe familier et péjoratif « se goinfrer ». Aussi invite-t-il Gargantua à corriger ses choix. Ponocrates hiérarchise les activités. Selon lui, l'exercice, soit le soin du corps, doit l'emporter sur l'appétit.

> L'onomastique est l'étude des noms propres.

• Le discours direct permet alors au lecteur de découvrir la réaction de Gargantua. L'exclamation initiale « Quoi ! » dit sa surprise et ainsi sa déconvenue. La question rhétorique « N'ai-je pas pris de l'exercice ? » fait sourire le lecteur puisqu'elle souligne la naïveté du jeune homme qui va même jusqu'à se justifier. En outre, la précision quantitative « six ou sept fois » et l'indication spatiale « dans mon lit » sont particulièrement comiques par leur caractère antithétique avec la notion même d'« exercice ». Son ingénuité se prolonge par la recherche d'une confirmation avec la question « N'est-ce pas assez ? »

Gargantua apparaît sympathique au lecteur mais la naïveté avec laquelle il suit des préceptes dépourvus de fondements amuse.

B. La justification de Gargantua

- Face au reproche de Ponocrates, il tente alors de se justifier en recourant à des arguments d'autorité. Il cite tout d'abord « le pape Alexandre », qui lui-même s'appuyait sur les conseils de son « médecin juif ». La mention des différents protagonistes éloigne de plus en plus la recommandation. Et celle-ci vient finalement d'une personne que l'on ne désigne plus que par la périphrase « médecin juif ». Selon Rabelais, le défaut de l'éducation médiévale réside dans la toute-puissance des autorités. Il suffisait qu'un argument provienne d'un théologien renommé pour qu'il soit valable. Rabelais s'amuse ici à déconstruire cette autorité puisque l'argument est présenté comme ridicule et a été délivré par un inconnu. En outre, la mention du « maître » rappelle la démarche éducative de l'époque. L'attitude de Gargantua résulte de ce qu'on lui a enseigné. Malgré lui, il révèle le vice des hommes qui se sont servis d'arguments d'autorité pour justifier leurs propres abus comme le souligne la proposition « c'est pourquoi ils buvaient les premiers », mise en évidence par le point-virgule qui la détache du reste de la phrase. L'affirmation binaire « Je m'en trouve fort bien et n'en dîne que mieux » révèle à son tour la complaisance de Gargantua qui peut ainsi assouvir son appétit.

- Il propose alors un nouvel argument d'autorité en citant « Maître Tubal » dont le nom signifie « confusion ». La parenthèse précise son titre et illustre que ce qui compte n'est pas ce que l'on dit mais les titres que l'on possède. En citant le précepte de Tubal, on constate comment la leçon délivrée est détournée pour justifier la consommation de boisson dès le réveil. En effet, la citation au **présent à valeur de vérité générale** dit qu'il ne faut pas se précipiter. Les deux points et le connecteur logique « ainsi » annoncent son explication. L'universalité du propos est conservée par la mention générale de la « nature humaine » (l. 28) mais elle est ramenée à la question de la boisson. De plus, la comparaison aux « canards » tend à ridiculiser celui qui ne boit pas dès le réveil et ainsi à encourager le comportement de Gargantua.

- Le recours au latin finit de tourner en dérision cette fausse science. Rabelais critique non pas le latin mais son usage exagéré et pédant comme c'est le cas ici. On recourt au latin pour afficher une leçon hypocrite. En effet, le proverbe final qui a pour but de délivrer une vérité universelle n'est créé que pour justifier un comportement peu vertueux. Le lecteur, bien entendu peu dupe, rit de cette pédagogie peu soucieuse de l'homme. Enfin, Rabelais dénonce aussi l'apprentissage par cœur qui était de mise au Moyen Âge. Les jeunes gens apprenaient sans remettre en question ce qu'ils lisaient. Cela est illustré par Gargantua dans cet extrait. Il énonce les leçons reçues sans faire preuve d'esprit critique.

Conclusion

Ainsi, la description du réveil de Gargantua est particulièrement comique. En effet, le jeune homme multiplie des activités vaines tout en les présentant comme bénéfiques. Le lecteur comprend alors que l'éducation qu'il a reçue avait pour but de justifier la paresse et les plaisirs plutôt que de privilégier le soin du corps et de l'esprit. Cette éducation est tournée en dérision et ainsi critiquée par Rabelais qui lui préfère l'apprentissage humaniste qui accorde un soin particulier au corps et qui invite les élèves à faire preuve d'esprit critique afin de développer leur propre entendement. Cet idéal humaniste apparaissait déjà dans *Pantagruel*. En effet, Gargantua avait écrit à son fils une lettre dans laquelle il l'incitait à étudier tout en proposant une description de l'éducation idéale. Envoyé d'« utopie », ce courrier avait pour but d'inviter le lecteur contemporain à remettre en question le système éducatif de l'époque.

▶ Question de grammaire

Deux négations sont présentes dans la phrase. La première est une négation totale « ne [...] pas » constituée du discordantiel « ne » et de l'adverbe « pas ». Elle porte sur l'intégralité de la phrase.

La seconde négation est lexicale avec la présence de la préposition « sans » qui marque l'absence.

SECONDE PARTIE DE L'ÉPREUVE

8 min

Si vous choisissez de présenter Gargantua*, vous devez justifier votre choix, avant de répondre aux questions de l'examinateur.*

▶ Échange avec le candidat

Quelques questions que pourrait vous poser le jury :

- Qu'est-ce qui vous a fait rire dans l'œuvre ?
- Pensez-vous que le rire soit efficace pour dénoncer ?
- En quoi l'œuvre illustre-t-elle les principes humanistes ?
- Selon vous, quelle serait l'éducation idéale ?
- Quel est l'intérêt de raconter l'histoire d'un géant ?
- Pourquoi l'éducation dispensée au Moyen Âge est-elle critiquée par Rabelais ?

Vous devez être capable de formuler un avis personnel argumenté.

SUJET 2 20 pts 50 min

Extrait La Bruyère, *Les Caractères*, VIII « De la cour », 19, 1687

Ne croirait-on pas de *Cimon* et de *Clitandre* qu'ils sont seuls chargés des détails de tout l'État, et que seuls aussi ils en doivent répondre ? L'un a du moins les affaires de terre, et l'autre les maritimes. Qui pourrait les représenter, exprimerait l'empressement, l'inquiétude, la curiosité, l'activité, saurait peindre le mouvement. On ne les a jamais vus assis, jamais fixes et arrêtés : qui même les a vus marcher ? On les voit courir, parler en courant, et vous interroger sans attendre de réponse. Ils ne viennent d'aucun endroit, ils ne vont nulle part : ils passent et ils repassent. Ne les retardez pas dans leur course précipitée, vous démonteriez leur machine ; ne leur faites pas de questions, ou donnez-leur du moins le temps de respirer et de se ressouvenir qu'ils n'ont nulle affaire, qu'ils peuvent demeurer avec vous et longtemps, vous suivre même où il vous plaira de les emmener. Ils ne sont pas les *Satellites de Jupiter*[1], je veux dire ceux qui pressent et qui entourent le prince[2], mais ils l'annoncent et le précèdent ; ils se lancent impétueusement dans la foule des courtisans ; tout ce qui se trouve sur leur passage est en péril. Leur profession est d'être vus et revus, et ils ne se couchent jamais sans s'être acquittés d'un emploi si sérieux et si utile à la république[3]. Ils sont au reste instruits à fond de toutes les nouvelles indifférentes, et ils savent à la cour tout ce que l'on peut y ignorer : il ne leur manque aucun des talents nécessaires pour s'avancer médiocrement. Gens néanmoins éveillés et alertes sur tout ce qu'ils croient leur convenir, un peu entreprenants, légers et précipités. Le dirai-je ? Ils portent au vent, attelés tous deux au char de la Fortune[4], et tous deux fort éloignés de s'y voir assis.

---

1. Les courtisans tournent autour du roi comme des satellites qui tournent autour de Jupiter.
2. Roi.
3. État.
4. Destin.

Question de grammaire

> **Commentez la négation dans la proposition « il ne leur manque aucun des talents nécessaires pour s'avancer médiocrement » (l. 21-22).**

PREMIÈRE PARTIE DE L'ÉPREUVE

12 min

▶ Présentation du texte

- Cet extrait fait partie de la galerie de portraits des grands de la cour. Cimon et Clitandre sont deux courtisans qui jouent le jeu de la comédie sociale afin d'obtenir les faveurs du roi. Le regard acéré du moraliste révèle alors la vanité des comportements et fait de la vie à la cour un véritable *theatrum mundi.*

▶ Situation du texte dans l'œuvre intégrale

- Le portrait de Cimon et Clitandre fait partie du chapitre « De la cour ». Ce chapitre a pour but d'analyser les mœurs du siècle à la cour et de faire de cette dernière une école où le spectacle du vice est tout aussi instructif que celui de la vertu.

▶ Lecture expressive

- Votre lecture doit faire ressortir l'ironie de l'auteur ainsi que les mouvements des personnages mimés par le rythme des phrases.
- Vous veillerez à accélérer lors des énumérations ou à souligner le va-et-vient suggéré par les rythmes binaires.
- Enfin, vous pourrez amplifier le début des phrases afin de rendre audible l'effet de chute.

La lecture se prépare avant l'épreuve. Afin de vous familiariser avec le texte, relisez-le chez vous à voix haute à plusieurs reprises.

▶ Explication linéaire

Question générale :

En quoi le double portrait comique est-il au service d'une dénonciation virulente des courtisans ?

I – Le portrait ridicule de Cimon et Clitandre (du début à « où il vous plaira de les emmener », l. 13-14)

A. Une présentation péjorative des protagonistes

- Le texte débute par une question rhétorique qui, tout en introduisant les personnages, implique le lecteur en lui octroyant la position de témoin. Ce dernier est ainsi invité à faire un parallèle entre ce double portrait et la société contemporaine.

Vos arguments doivent toujours être justifiés par **une analyse précise du texte.** Pour cela, vous devez associer analyse, relevés de procédés littéraires, citations du texte et interprétation.

• L'emploi du conditionnel « Ne croirait-on pas » (l. 1) annonce les responsabilités des deux hommes comme illusoires. Leur portrait est ainsi placé d'emblée sous le signe de l'apparence et non pas de la vérité. Le décalage entre le nombre avec l'adjectif « seuls » (l. 1) et la charge de travail avec l'indéfini « tout » (l. 2) suggère un travail conséquent et important mais celui-ci est nié par le moraliste.

• Le choix de traiter deux personnages dans un même portrait prouve que les courtisans se ressemblent au point d'être interchangeables.

B. La vanité de leurs actions

• Cimon et Clitandre se définissent par le mouvement dont nous pouvons relever le champ lexical : « empressement », « courir », « passent ». Ce mouvement est mimé par le rythme même des phrases puisque l'énumération « l'empressement, l'inquiétude, la curiosité, l'activité » (l. 4-5) dit la précipitation. La multiplication des actions est soulignée par l'emploi du préfixe « re-» marquant la réitération.

• Mais ces actions sont niées par la négation « Ils ne viennent d'aucun endroit, ils ne vont nulle part » (l. 8-9) puisqu'elles sont présentées sans but et sont donc vaines. Pour les deux hommes, le déplacement semble être une fin en soi. Le lecteur comprend alors que Cimon et Clitandre ne cherchent pas à agir mais seulement à en donner l'illusion.

C. Le portrait d'automates

• Le moraliste fait du lecteur son interlocuteur privilégié, mais surtout son complice moqueur, en lui délivrant des conseils par l'emploi de l'impératif : « ne les retardez pas » (l. 9), « ne leur faites pas de question » (l. 10-11), « donnez-leur du moins le temps de respirer » (l. 11).

• Il présente alors les deux protagonistes comme des automates dénués de toute réflexion. En effet, le verbe « démonteriez » (l. 10) et le substantif « machine » les associent, de façon métaphorique, à des robots. Cimon et Clitandre ne sont plus que des corps en mouvement propres à faire rire le lecteur.

II – La satire des courtisans (de « Ils ne sont pas les *Satellites de Jupiter* », l. 14, à la fin)

A. Une ironie mordante

• **Ce deuxième mouvement s'ouvre sur une négation totale** (« Ils ne sont pas les *Satellites de Jupiter* » l. 14) qui retire aux deux hommes toute responsabilité à la cour. Ils ne sont pas les conseillers du roi, au contraire le verbe « précèdent » (l. 16) prépare déjà l'image finale du char. En effet, ce sont les chevaux qui précèdent le roi, tout comme Cimon et Clitandre. Ils n'ont ainsi aucun rôle décisionnaire.

• **Le vocabulaire épique** (« impétueusement », l. 16, « péril », l. 17) **insiste alors sur le décalage entre l'ampleur de leurs actions et l'inanité de celles-ci.** La reprise avec préfixe (« vus et revus », l. 18) rappelle que leur but est seulement de se faire remarquer et non pas d'agir.

• L'antiphrase « un emploi si sérieux, et si utile à la république » (l. 19) révèle alors, dans un rapport de connivence avec le lecteur, **la vanité de tels agissements et tourne ainsi en ridicule les courtisans.**

B. L'esthétique de la chute au service de la critique

• **Le moraliste s'amuse, à l'image d'un ballon de baudruche, à dégonfler les actions des personnages afin d'en révéler le vide.** De fait, le début des propositions insiste sur une qualité pour mieux montrer qu'elle sert la bêtise. Ainsi, l'adjectif « indifférentes » (l. 20) détruit l'instruction, le verbe « ignorer » (l. 21) remplace le verbe « savoir » (l. 21), l'adverbe « médiocrement » (l. 22) efface les « talents » (l. 22) et les adjectifs « légers et précipités » (l. 24) prennent la place d'« éveillés et alertes ». Toutes les qualités laissent alors place à des blâmes et l'effet de chute, rendu possible par la construction des phrases, renforce la satire.

C. Une fin complice et rieuse

• Le moraliste termine son portrait par la prétérition « le dirai-je ? » qui annonce une **confidence.**

• Il finit son texte par une image forte puisqu'**il associe, par la métaphore, Cimon et Clitandre à des chevaux.** En effet, l'expression « ils portent au vent » (l. 24-25) s'appliquait aux chevaux pour dire qu'ils se tenaient la tête haute. D'autre part, cette image est filée par le verbe « attelés » qui rappelle le verbe « précèdent » de la ligne 16. **Le moraliste ridiculise d'autant plus les deux hommes en les animalisant.**

• **Enfin, il présente l'action des courtisans comme vaine** puisqu'ils ne parviendront pas à intégrer le cercle privé du roi, ils en sont au contraire « fort éloignés » (l. 25-26). Cette volonté de paraître les conduit seulement à être ridicules.

Conclusion

Ainsi, en mettant en scène Cimon et Clitandre dans ce double portrait, La Bruyère révèle la comédie sociale qui règne à la cour. La démarche du moraliste consiste à analyser une réalité extérieure, comme un témoin, afin d'en saisir le fonctionnement. Le moraliste est alors celui qui démonte la machine afin de révéler la vanité de tels comportements. Ce fragment qui est au service de la satire des courtisans invite le lecteur, en en faisant son complice, à condamner le spectacle ridicule qui règne à la cour. Ces attitudes vaines ont été aussi dénoncées par La Fontaine qui n'a pas hésité à faire du courtisan un « singe du maître » dans ses *Fables*.

▶ Question de grammaire

La négation est représentée par « ne […] aucun ». « Ne » est un adverbe tandis que « aucun » est un pronom indéfini complété par « des talents nécessaires ». La négation est dite partielle car elle ne porte que sur une partie de la phrase. Dans cette proposition, elle renforce l'ironie de l'auteur puisque si la négation suggère qu'ils ont de nombreux talents, le but de l'auteur est de faire comprendre qu'ils n'en ont aucun.

SECONDE PARTIE DE L'ÉPREUVE

8 min

Si vous choisissez de présenter Les Caractères, *vous devez justifier votre choix, avant de répondre aux questions de l'examinateur.*

▶ Échange avec le candidat

Quelques questions que pourrait vous poser le jury :

- En quoi l'écriture de La Bruyère est-elle surprenante ?
- Comment La Bruyère met-il en scène la société de son temps ?
- Quel est le chapitre qui vous a le plus marqué ?
- Dans quelle mesure peut-on dire que La Bruyère se situe entre le classicisme et les Lumières ?
- L'écriture de La Bruyère vous semble-t-elle efficace pour dénoncer ?
- La comédie sociale dénoncée par La Bruyère a-t-elle toujours lieu de nos jours ?

SUJET 3 20 pts 50 min

Extrait Olympe de Gouges, *Déclaration des droits de la femme et de la citoyenne*, postambule, 1791

Femme, réveille-toi ; le tocsin[1] de la raison se fait entendre dans tout l'univers ; reconnais tes droits. Le puissant empire de la nature n'est plus environné de préjugés, de fanatisme, de superstition et de mensonges. Le flambeau de la vérité a dissipé tous les nuages de la sottise et de l'usurpation. L'homme esclave a multiplié ses forces, a eu besoin de recourir aux tiennes pour briser ses fers[2]. Devenu libre, il est devenu injuste envers sa compagne. Ô femmes ! Femmes, quand cesserez-vous d'être aveugles ? Quels sont les avantages que vous avez recueillis dans la Révolution ? Un mépris plus marqué, un dédain plus signalé. Dans les siècles de corruption vous n'avez régné que sur la faiblesse des hommes. Votre empire est détruit ; que vous reste-t-il donc ? La conviction des injustices de l'homme. La réclamation de votre patrimoine, fondée sur les sages décrets de la nature ; qu'auriez-vous à redouter pour une si belle entreprise ? Le bon mot du Législateur des noces de Cana[3] ? Craignez-vous que nos législateurs français, correcteurs de cette morale, longtemps accrochée aux branches de la politique, mais qui n'est plus de saison, ne vous répètent : femmes, qu'y a-t-il de commun entre vous et nous ? Tout, auriez-vous à répondre. S'ils s'obstinent, dans leur faiblesse, à mettre cette inconséquence en contradiction avec leurs principes, opposez courageusement la force de la raison aux vaines prétentions de supériorité ; réunissez-vous sous les étendards de la philosophie ; déployez toute l'énergie de votre caractère, et vous verrez bientôt ces orgueilleux, non serviles[4] adorateurs rampants à vos pieds, mais fiers de partager avec vous les trésors de l'Être Suprême[5]. Quelles que soient les barrières que l'on vous oppose, il est en votre pouvoir de les affranchir ; vous n'avez qu'à le vouloir.

---

1. Bruit d'une cloche qu'on fait sonner pour donner l'alarme.

2. Métaphore pour parler de la soumission du peuple au roi, l'esclavage n'étant aboli qu'en 1794.

3. Référence possible à la réponse de Jésus à Marie, venue lui signaler que les invités des noces n'avaient plus de vin, et à laquelle Jésus répondit : « Que me veux-tu, femme ? », puis « Il y a de toi à moi une grande différence, je suis le Dieu vivant, tu n'es qu'une créature. »

4. Soumis.

5. Dieu.

Question de grammaire

› Transformez la question directe « Femmes, quand cesserez-vous d'être aveugles ? » en question indirecte, et justifiez les modifications que vous avez dû opérer.

PREMIÈRE PARTIE DE L'ÉPREUVE

12 min

▶ Présentation du texte

• Olympe de Gouges (de son vrai nom Marie Gouze) est considérée comme l'une des premières féministes, bien avant que ce mouvement visant à défendre l'égalité politique, juridique et sociale entre les femmes et les hommes prenne officiellement ce nom. Deux ans après sa parution, la révolutionnaire détourne la *Déclaration des droits de l'homme et du citoyen* pour rédiger une *Déclaration des droits de la femme et de la citoyenne* dans laquelle elle appelle la Nation à considérer les droits de ses consœurs.

▶ Situation du texte dans l'œuvre intégrale

• Le postambule est, comme son nom l'indique, situé après les dix-sept articles constituant la *Déclaration* à proprement parler. Il a été ajouté par Olympe de Gouges, qui s'en sert pour interpeller directement les femmes sur leur sort.

▶ Lecture expressive

• Ce passage est particulièrement engagé, pour ne pas dire véhément. Vous devez faire entendre la puissance des arguments et la conviction avec laquelle l'autrice s'adresse à ses lectrices.

L'adjectif **véhément** signifie : « qui a une grande force expressive, qui entraîne ou émeut ». On peut lui donner comme synonymes **fougueux, impétueux, ardent…**

▶ Explication linéaire

Question générale :

Comment Olympe de Gouges parvient-elle à retenir l'attention de ses lecteurs ?

I – Premier mouvement : l'adresse directe (du début à « envers sa compagne », l. 7)

A. Le réveil

• Le premier terme est une apostrophe directe qui s'adresse à la « femme », au singulier, ce qui permet à Olympe de Gouges d'interpeller sa lectrice afin qu'elle se sente partie prenante de la cause défendue. L'emploi du tutoiement (« toi », « tes ») instaure un sentiment de proximité entre l'autrice et sa lectrice.

• Les deux impératifs « réveille-toi » (l. 1) et « reconnais tes droits » (l. 2) ont une valeur de commandement : il est temps pour la femme de demander son dû, de devenir actrice de sa libération.

B. Le siècle des Lumières

• Olympe de Gouges s'appuie sur l'argument de la raison pour justifier sa révolte, grâce aux métaphores « le tocsin de la raison » (l. 1) et « le flambeau de la vérité » (l. 4), qui évoquent directement le siècle des Lumières. Le terme « tocsin » assimile par ailleurs ce combat à mener à une véritable guerre : les femmes sont en lutte pour conquérir leurs droits.

Le philosophe Dumarsais, qui participe à l'*Encyclopédie*, y définit les philosophes des Lumières avec cette même métaphore du flambeau : « le philosophe [...] n'agit qu'après réflexion ; il marche dans la nuit mais il est précédé d'un flambeau. »

• Un champ lexical évoquant l'obscurantisme religieux est par ailleurs développé dans une énumération (« de préjugés, de fanatisme, de superstition et de mensonges », l. 3) et une métaphore (« les nuages de la sottise et de l'usurpation », l. 4-5), mais pour signaler que ce temps est révolu. On relève ainsi la négation temporelle « n'est plus environné » et le verbe « a dissipé », où le passé composé marque une action achevée.

C. De l'homme esclave à la femme esclave

• On comprend donc que c'est grâce à la révolution initiée par l'esprit des Lumières que l'homme a pu se libérer du poids de la monarchie absolue ; on relève ainsi différents termes appartenant au champ lexical de la servitude et de l'affranchissement : « esclave » (l. 5), « ses fers » (l. 6), « devenu libre » (l. 6-7). Olympe de Gouges rappelle ici le rôle joué par les femmes dans cette libération (« a eu besoin de recourir aux tiennes »), pour mieux condamner ensuite l'attitude des hommes qui, une fois libres, sont à leur tour devenus les maîtres de leur compagne. Le parallélisme entre « devenu libre » et « devenu injuste » met particulièrement en valeur cette attitude contestable.

II – Deuxième mouvement : un appel plus large (de « Ô femmes ! », l. 7, à « auriez-vous à répondre », l. 19)

A. Toutes les femmes réunies dans un même combat

• Olympe de Gouges passe ensuite du singulier de l'adresse à la femme à un pluriel (« Ô femmes ! Femmes, quand cesserez-vous d'être aveugles ? », l. 7-8). L'interjection « Ô » et la ponctuation forte (une exclamative et une interrogative) viennent signaler l'émotion forte de l'autrice qui tente de rallier l'ensemble des femmes à sa cause tout en les accusant de manquer de lucidité sur leur propre condition.

B. Les questions rhétoriques

• L'ensemble de ce deuxième mouvement est traversé par des questions rhétoriques qui trahissent la colère de l'autrice face aux retombées de la révolution sur la condition des femmes. Elle pousse en effet les femmes à se demander quels avantages elles ont tirés de cette Révolution, apportant une réponse pour le moins

Une question rhétorique (ou question oratoire) est une figure de style qui consiste à poser une question n'attendant pas de réponse, cette dernière étant connue par celui qui la pose.

ironique grâce au parallélisme à valeur péjorative « Un mépris plus marqué, un dédain plus signalé » (l. 9-10).

C. Une image péjorative des femmes et des hommes

• Olympe de Gouges met également en lumière le rôle joué par les femmes durant l'Ancien Régime, période qu'elle désigne par la périphrase péjorative « les siècles de corruption » (l. 10), qui fait écho au terme « usurpation » rencontré au début de l'extrait.

• Les femmes y sont présentées comme les reines d'un empire peu estimable dans lequel elles ne régnaient « que sur la faiblesse des hommes » (l. 11). La présence du substantif « injustices » (qui fonctionne comme un rappel de l'adjectif « injuste » présent à la fin du premier mouvement) permet à Olympe de Gouges de condamner par ailleurs une fois de plus l'attitude des hommes au sortir de la Révolution.

D. Une référence irrespectueuse

• C'est sur cette injustice que s'appuie l'autrice pour encourager les femmes à réclamer leur dû, leur « patrimoine » (l. 13). Olympe de Gouges oppose alors deux arguments d'autorité, l'un légitime (« les sages décrets de la nature », qui là encore rappelle la mention faite au « puissant empire de la nature » au début de l'extrait) et l'autre qu'elle tourne en dérision (la référence à Jésus, signalée par la périphrase le « Législateur des noces de Cana »). L'autrice reprend en effet la réponse du Christ à sa mère et la formule sous forme de question oratoire : « femmes, qu'y a-t-il de commun entre vous et nous ? » Mais là où les mœurs de l'époque et la morale religieuse voudraient que l'on réponde « rien », Olympe de Gouges oppose un énergique « Tout », tendant à prouver que les différences physiques n'ont aucune incidence sur les capacités morales et sur les droits civiques.

III – Troisième mouvement : un appel à une révolte philosophique (de « S'ils s'obstinent », l. 19, à la fin)

A. Des hommes faibles

• Le dernier mouvement reprend et développe l'image des hommes faibles déjà entamée dans le mouvement précédent (« la faiblesse des hommes ») grâce à l'expression « S'ils s'obstinent, dans leur faiblesse » et à la métaphore de l'animal rampant (« serviles adorateurs rampants à vos pieds », l. 24-25). En opposition à cette faiblesse, Olympe de Gouges valorise de nouveau « la force de la raison » (l. 21) caractéristique du siècle des Lumières. L'impératif « opposez » suivi de l'adverbe « courageusement » tend à prouver que l'appui sur la raison ne sera pas chose aisée pour ces femmes, ce que confirme quelques lignes plus loin l'expression « Quelles que soient les barrières que l'on vous oppose » (l. 26).

B. La nécessaire union des femmes

• Les deux impératifs suivants (« réunissez-vous », « déployez toute l'énergie de votre caractère ») encouragent donc les femmes à faire appel à leur sororité pour passer ces obstacles et mener cette guerre contre les injustices des hommes. Mais l'arme

> Le terme « sororité » est le pendant féminisé du terme « fraternité ». Il désigne la solidarité entre les femmes.

sera avant tout philosophique, comme le prouve la métaphore « sous les étendards de la philosophie » (l. 22-23). C'est donc bien la raison et les lois de la nature qui doivent guider la lutte et soutenir la réflexion pour que les femmes sortent de leur passivité, de leur acceptation résignée, et fassent reconnaître leurs droits.

C. Un combat gagné d'avance ?

- Dans l'expression « vous verrez bientôt » (l. 23-24), l'usage du futur à valeur de certitude accompagné d'un adverbe qui indique une proximité dans le temps donne une note d'espoir à cet appel à la révolte. C'est par leur union, et grâce à leur volonté, que les femmes vont pouvoir atteindre une stricte égalité avec les hommes. C'est bien ce que prouve la dernière affirmation « vous n'avez qu'à le vouloir », qui ne laisse aucune place au doute et permet à Olympe de Gouges d'affirmer la force de la volonté des femmes.
- La vision d'un partage équitable des « trésors de l'Être Suprême » (l. 25-26) entre les hommes et les femmes, équité rendant les hommes « fiers » et non plus injustes ou méprisants, conclut ce passage sur l'image positive d'une société raisonnable et enfin égalitaire.

Conclusion

Ce passage du postambule laisse entendre la voix d'une femme en colère qui propose ici un triple blâme : celui d'abord de la faiblesse et de l'injustice des hommes qui ont profité de la Révolution pour enferrer les femmes dans une condition d'infériorité. Celui de l'Ancien Régime ensuite, qui a fait perdurer les superstitions religieuses et l'obscurantisme, faisant peser sur la femme une condition arbitraire. Celui enfin des femmes elles-mêmes qui sont coupables de s'être laissées prendre au piège d'un pouvoir méprisable, et doivent à présent prendre en main leur propre libération.

▶ Question de grammaire

« Femmes, quand cesserez-vous d'être aveugles ? » devient : « Olympe de Gouges se demande quand les femmes cesseront d'être aveugles. »

Nous avons dû introduire le nom du locuteur (ici Olympe de Gouges) suivi d'un verbe de parole, « se demander » puisqu'il s'agit d'une question. L'adverbe interrogatif à valeur temporelle « quand » est conservé mais mis en début de proposition subordonnée conjonctive complétive, qui a valeur de proposition interrogative indirecte.

L'énonciation change, l'adresse ne se faisant plus directement aux femmes (« vous »), l'énoncé étant coupé de la situation d'énonciation (« les femmes [= elles] »).

Le point d'interrogation final, marque de la question directe, devient un point final, la question indirecte étant une phrase déclarative.

SECONDE PARTIE DE L'ÉPREUVE

8 min

Si vous choisissez de présenter la Déclaration des droits de la femme et de la citoyenne, *vous devez justifier votre choix, avant de répondre aux questions de l'examinateur.*

▶ Échange avec le candidat

Quelques questions que pourrait vous poser le jury :

- Les combats d'Olympe de Gouges vous semblent-ils toujours d'actualité ?
- Que pensez-vous de l'image qu'Olympe de Gouges donne des hommes dans ce texte ?
- Comprenez-vous pourquoi elle accuse aussi les femmes d'être responsables de leur condition ?
- Quels sont les combats qu'il reste à mener selon vous en matière de droits des femmes en France ? Et dans le reste du monde ?
- Cette lecture vous a-t-elle semblé difficile par moments ? Pourquoi ?

La *Déclaration* d'Olympe de Gouges est un texte engagé, **féministe** avant l'heure. Attendez-vous à défendre votre opinion sur ce mouvement de défense des droits des femmes, arguments et lectures à l'appui.

ORAL

SUJET 4 — 20 pts — 50 min

Extrait Colette, *Les Vrilles de la vigne*, « Dialogue de bêtes », 1908

KIKI-LA-DOUCETTE – [...] Mais nos confidences, d'Elle à moi, de moi à Elle, sont d'autre sorte. Depuis que nous sommes ici, Elle s'est confiée, presque sans paroles, à mon instinct divinateur[1]. Elle se délecte d'une tristesse et d'une solitude plus savoureuses que le bonheur. Elle ne se lasse pas de regarder changer la couleur des heures. Elle erre beaucoup, mais pas loin, et son activité piétine sur ces dix hectares bornés de murs en ruines. Tu la vois parfois debout sur la cime[2] de notre montagne, sculptée dans sa robe par le vent amoureux, les cheveux tour à tour droits et couchés comme les épis de seigle, et pareille à un petit génie de l'Aventure ?... Ne t'en émeus pas. Son regard ne défie pas l'espace, il y cherche, il y menace seulement l'intrus en marche vers sa demeure, l'assaillant de sa retraite... dirai-je sentimentale ?

TOBY-CHIEN – Dis-le.

KIKI-LA-DOUCETTE – Elle n'aime point l'inconnu, et ne chérit sans trouble que ce lieu ancien, retiré, ce seuil usé par ses pas enfantins, ce parc triste dont son cœur connaît tous les aspects. Tu la crois assise là, près de nous ? Elle est assise en même temps sur la roche tiède, au revers de la combe[3] et aussi sur la branche odorante et basse du pin argenté... Tu crois qu'elle dort ? Elle cueille en ce moment, au potager, la fraise blanche qui sent la fourmi écrasée. Elle respire sous la tonnelle de roses l'odeur orientale et comestible de mille roses vineuses, mûres en un seul jour de soleil. Ainsi immobile et les yeux clos, elle habite chaque pelouse, chaque arbre, chaque fleur, elle se penche à la fois, fantôme bleu comme l'air, à toutes les fenêtres de sa maison chevelue de vigne... Son esprit court comme un sang subtil le long des veines de toutes les feuilles, se caresse au velours des géraniums, à la cerise vernie, et s'enroule à la couleuvre poudrée de poussière, au creux du sentier jaune... C'est pourquoi tu la vois si sage et les yeux clos, car ses mains pendantes, qui semblent vides, possèdent et égrènent tous les instants d'or de ce beau jour lent et pur.

1. Clairvoyant, perspicace.
2. Extrémité pointue.
3. Vallée.

Question de grammaire

› « [Elle] ne chérit sans trouble que ce lieu ancien ». Nommez la négation « ne [...] que » puis reformulez la phrase en la supprimant.

PREMIÈRE PARTIE DE L'ÉPREUVE

12 min

▶ Présentation du texte

• Colette met en scène Toby-Chien et Kiki-La-Doucette. Les deux animaux échangent au sujet de leur maîtresse. Alors que Toby-Chien pense qu'elle rêve de Paris, Kiki-La-Doucette affirme qu'elle la connaît mieux car elle se confie à elle. Selon la chatte, leur maîtresse est en pleine communion avec la nature au milieu de la campagne.

▶ Situation du texte dans l'œuvre intégrale

• « Dialogue de bêtes » fait partie du recueil *Les Vrilles de la vigne*. Ce dialogue clôt un groupement dédié aux animaux qui avait débuté avec l'éloge de la chatte dans « Amours ». Colette personnifie les animaux en les mettant en scène afin de montrer leur humanité. Elle semble finalement leur donner la seule chose qui leur manque : la parole.

Pour *Les Vrilles de la vigne*, pensez à situer l'extrait par rapport aux textes qui le précèdent et le suivent.

▶ Lecture expressive

• Le texte étant un dialogue, votre lecture doit être expressive afin de faire ressentir les émotions des personnages. Veillez à respecter la ponctuation et à la faire entendre lorsqu'il y a, par exemple, des points de suspension.

▶ Explication linéaire

Question générale :

Dans quelle mesure la prise de parole de Kiki-La-Doucette révèle-t-elle la relation privilégiée de la femme avec la nature ?

I – La relation particulière entre la chatte et sa maîtresse (du début à « dirai-je sentimentale ? », l. 11)

A. Kiki-La-Doucette, une confidente privilégiée

• L'extrait s'ouvre sur la réponse de Kiki-La-Doucette, la chatte, à Toby-Chien. Par la conjonction à valeur adversative « mais », elle marque d'emblée son opposition à ce qu'il vient de dire. Selon elle, Toby-Chien n'a que des échanges superflus avec leur maîtresse, tandis qu'elle reçoit ses confidences lui permettant de mieux la connaître. Elle souligne d'emblée leur relation privilégiée par le déterminant possessif pluriel « nos » ainsi que le chiasme « d'Elle à moi, de moi à Elle » qui illustre la réciprocité de leur relation. Kiki-La-Doucette apparaît alors comme l'égale de la femme.

Un chiasme consiste à inverser un groupe de mots par rapport à un axe symétrique dans la phrase.

• Leur entente est particulièrement forte puisqu'elles parviennent à se comprendre sans avoir besoin de se dire les choses comme le précise le modalisateur

ORAL

« presque sans paroles » (l. 3). La présence de l'autre semble suffire pour saisir ses sentiments, son ressenti et ses émotions. En outre, la chatte, qualifiée par un « instinct divinateur » (l. 3) est présentée comme un être doué de facultés singulières lui permettant de deviner ce qui n'est pas visible. Elle se distinguerait en cela des autres animaux.

- De plus, l'adverbe de lieu « ici » associe la confidence à la campagne. Ce lieu paisible et dénué d'artifice, permet un échange sincère. De ce fait, la « tristesse » et la « solitude », qui sont généralement des noms péjoratifs, sont ici mélioratifs puisqu'ils révèlent une mélancolie permise par le retour sur le lieu de l'enfance. D'où la comparaison « plus savoureuses que le bonheur » (l. 4).

- Non seulement Kiki-La-Doucette décrit comment se comporte sa maîtresse mais elle est aussi capable de révéler ce qu'elle ressent comme le suggère la négation « elle ne se lasse pas » (l. 4). La femme, qui n'est présentée que par le regard de la chatte, apparaît contemplatrice.

B. Interprétation de l'attitude de la femme

Veillez à utiliser des connecteurs logiques afin d'organiser votre propos.

- Kiki-La-Doucette va ensuite expliquer ce que fait leur maîtresse. Elle évoque ainsi ses déplacements avec les verbes d'action « erre » (l. 5), « piétine » (l. 6) puis rappelle la délimitation de l'espace par la négation « pas loin » (l. 5) et le groupe nominal « ces dix hectares » dont le déterminant démonstratif renvoie à la situation d'énonciation, c'est-à-dire le lieu même où ils se trouvent au moment où ils parlent. Si elle insiste autant, c'est parce qu'il ne s'agit pas de n'importe quel lieu mais bien d'un lieu riche en souvenirs et en émotions.

- Cette singularité du lieu réapparaît avec le déterminant possessif « notre » dans « notre montagne » (l. 7). La nature semble alors favorable à la femme puisque le vent est qualifié par l'adjectif « amoureux » (l. 8) et elle-même semble incarner la nature comme le suggère la comparaison de ses cheveux aux épis de seigle (« comme les épis de seigle », l. 8-9).

- De plus, elle est présentée comme forte par sa position : « debout » (l. 7), « sculptée ». Mais le recours à la comparaison « pareille à un petit génie de l'Aventure » (l. 9) l'assimile davantage à un enfant, la nature la ramenant alors à ce qu'elle était quand elle n'était qu'une enfant et qu'elle vivait au sein de la campagne. Le lieu a ainsi la capacité à faire renaître les sensations passées.

- La didascalie interne « ne t'en émeus pas » (l. 9) dit les émotions ressenties par le fidèle compagnon qui craint que sa maîtresse ne s'en aille. Mais cette posture n'a pas pour but de la présenter comme conquérante puisque la négation « son regard ne défie pas l'espace » (l. 10) indique bien que ce n'est pas son but. Au contraire, elle a pour objectif de défendre le lieu tant chéri, d'où le vocabulaire du combat avec le verbe « menace » et le nom « assaillant ». En effet, elle protège sa solitude puisque ce lieu, assimilé à une « retraite » (l. 11), lui offre le repos recherché.

II – L'adéquation entre la femme et le lieu (de « Dis-le », l. 12, à la fin)

A. La campagne comme réminiscence

• Ce deuxième mouvement s'ouvre sur la prise de parole de Toby-Chien qui relance alors la révélation faite par Kiki-La-Doucette sur leur maîtresse. La chatte continue de la décrire en opposant « l'inconnu » au « lieu ancien ». Par la négation restrictive « ne chérit sans trouble que ce lieu ancien » (l. 13-14), elle rappelle le bien être produit par le lieu et ainsi sa singularité. Le lieu est alors bien assimilé au passé avec les termes « anciens » et « enfantins » (l. 14). De même, l'indéfini « tous », dans « tous les aspects » (l. 15), marque la relation particulière qui unit la femme au lieu.

• De ce fait, la femme n'a pas besoin de se déplacer pour parcourir le lieu, elle le connaît tellement bien qu'elle peut le visiter dans son esprit, d'où l'interrogation « tu la crois assise là, près de nous ? » (l. 15) qui souligne l'erreur d'interprétation du chien. La multiplication des lieux (« elle est assise en même temps sur la roche tiède, au revers de la combe, et aussi sur la branche odorante et basse du pin argenté », l. 15-17) montre alors sa connaissance précise du cadre et sa capacité à se remémorer tous les endroits qui l'entourent.

• Une nouvelle interrogation (« Tu crois qu'elle dort ? », l. 17), souligne à nouveau une erreur du chien. Mais la chatte qui la connaît bien lui fournit les réponses. Elle sait que sa maîtresse, dans ses pensées, revit des moments simples tels que la cueillette d'une fraise ou le plaisir de sentir l'odeur des roses. Son esprit, bien loin de regretter Paris, est pleinement tourné vers la nature et la campagne. De plus, le détail des descriptions avec les expansions du nom (« la fraise blanche qui sent la fourmi écrasée », « l'odeur orientale et comestible de mille roses vineuses, mûres ») témoigne de sa capacité à se souvenir avec une grande précision des moments passés.

> Les expansions du nom sont les adjectifs qualificatifs, les propositions subordonnées relatives et les compléments du nom.

B. La communion avec la nature

• La femme est alors présentée en communion avec la nature. Le verbe « habite » dit qu'elle ne fait qu'un avec les éléments qui l'entourent. L'énumération « chaque pelouse, chaque arbre, chaque fleur » (l. 21) montre qu'elle est partout et qu'elle communie pleinement avec le lieu.

• À son tour, sa maison se confond avec la nature par la métaphore « sa maison chevelue de vigne » (l. 22).

• La femme devient enfin véritablement la nature par la comparaison au sang qui coule dans les veines. À l'image du sang qui circule dans le corps, la femme occupe la nature et plus précisément les « feuilles », « les géraniums » et « la cerise ». La relation avec la nature devient alors plus sensuelle comme le souligne les verbes « se caresse » et « s'enroule » ligne 24.

• L'extrait se termine par une explication finale formulée par Kiki-La-Doucette (« c'est pourquoi », l. 25). La femme est présentée comme profitant pleinement du moment présent dont la métaphore « les instants d'or » (l. 27) rappelle le *carpe diem*. Ainsi les adjectifs « sage » et « clos » (l. 26) associés à la femme renvoient à

« lent et pur » (l. 27) qui désignent la nature. « Elle » vit bien en harmonie avec la nature et Kiki-La-Doucette a prouvé qu'elle était bien un animal extraordinaire puisque capable de comprendre pleinement les sentiments et émotions de la femme.

Le *carpe diem* est une expression latine d'Horace qui signifie « cueille le jour sans te soucier du lendemain ».

Conclusion

Ainsi, Kiki-La-Doucette, en aidant Toby-Chien à mieux comprendre leur maîtresse, révèle à la fois sa capacité à bien cerner les êtres ainsi que la relation privilégiée de la femme avec la campagne de son enfance. En effet, tout au long de l'extrait, celle qu'ils nomment « Elle » apparaît en adéquation avec la nature avec qui elle ne fait qu'un. La nature est en elle et elle-même est présente au sein des végétaux. Cette véritable union montre le pouvoir de la nature face à la ville puisqu'elle occupe l'esprit de celui ou celle qui l'habite. Kiki-La-Doucette apparaît bien comme un être à part puisqu'elle est capable de comprendre « Elle » sans qu'elle ait besoin de lui parler. Cela explique ainsi pourquoi Colette accorde une place si particulière aux chats dans son œuvre. Comme elle le dit dans « Amours », « à fréquenter le chat, on ne risque que de s'enrichir ».

▶ Question de grammaire

La négation « ne […] que » est une négation restrictive. En la supprimant, on peut reformuler la phrase ainsi : « Elle chérit sans trouble seulement ce lieu ancien ».

SECONDE PARTIE DE L'ÉPREUVE

8 min

Si vous choisissez de présenter Sido *et* Les Vrilles de la vigne, *vous devez justifier votre choix, avant de répondre aux questions de l'examinateur.*

▶ Échange avec le candidat

Quelques questions que pourrait vous poser le jury :

- L'œuvre vous a-t-elle donné envie de vous rapprocher de la nature ?
- En quoi l'écriture de Colette est-elle poétique ?
- En quoi la mise en scène des animaux participe-t-elle à la célébration du monde dans l'œuvre ?
- Pourquoi Colette écrit-elle tant sur son lieu d'enfance ?

Vous veillerez à toujours justifier vos réponses avec des arguments pertinents et des exemples issus des œuvres.

SUJET 5 **20 pts** 50 min

Extrait Abbé Prévost, *Manon Lescaut*, Première partie, 1731

Je fus ravi de lui voir cette opinion de moi. Je résolus de l'augmenter par une conduite qui pût le satisfaire entièrement, persuadé que c'était le plus sûr moyen d'abréger ma prison. Je lui demandai des livres. Il fut surpris que, m'ayant laissé le choix de ceux que je voulais lire, je me déterminai pour quelques auteurs sérieux. Je feignis de m'appliquer à l'étude avec le dernier attachement[1], et je lui donnai ainsi dans toutes les occasions des preuves du changement qu'il désirait.

Cependant il n'était qu'extérieur. Je dois le confesser à ma honte, je jouai à Saint-Lazare un personnage d'hypocrite. Au lieu d'étudier quand j'étais seul, je ne m'occupais qu'à gémir de ma destinée. Je maudissais ma prison et la tyrannie qui m'y retenait. Je n'eus pas plutôt quelque relâche du côté de cet accablement où m'avait jeté la confusion, que je retombai dans les tourments de l'amour. L'absence de Manon, l'incertitude de son sort, la crainte de ne la revoir jamais, étaient l'unique objet de mes tristes méditations. Je me la figurais dans les bras de G... M..., car c'était la pensée que j'avais eue d'abord ; et, loin de m'imaginer qu'il lui eût fait le même traitement qu'à moi, j'étais persuadé qu'il ne m'avait fait éloigner que pour la posséder tranquillement. Je passais ainsi des jours et des nuits dont la longueur me paraissait éternelle. Je n'avais d'espérance que dans le succès de mon hypocrisie. J'observais soigneusement le visage et les discours du supérieur, pour m'assurer de ce qu'il pensait de moi, et je me faisais une étude de lui plaire comme à l'arbitre[2] de ma destinée. Il me fut aisé de reconnaître que j'étais parfaitement dans ses bonnes grâces. Je ne doutais plus qu'il ne fût disposé à me rendre service.

1. Avec la plus grande concentration, le soin le plus extrême.
2. Juge, maître.

Question de grammaire

› **Délimitez la proposition subordonnée dans la phrase suivante et nommez-la : « cet accablement où m'avait jeté la confusion » (l. 13-14).**

PREMIÈRE PARTIE DE L'ÉPREUVE

12 min

▶ Présentation du texte

• Des Grieux révèle à son confident Renoncour, et ainsi au lecteur, qu'il a **joué un rôle** lorsqu'il était en détention à la prison Saint-Lazare afin d'obtenir les faveurs du supérieur et de sortir plus rapidement. On constate alors que par amour pour Manon, Des Grieux est prêt à **renoncer à toute éthique**.

Résumez brièvement l'extrait et soulignez l'enjeu du texte.

▶ Situation du texte dans l'œuvre intégrale

• Des Grieux a renoué avec Manon et part avec elle à Chaillot. Toutefois, la jeune femme ne peut toujours pas se passer d'argent. Elle accepte alors d'être entretenue par M. de G… M… Des Grieux ne peut se résoudre à partager la femme qu'il aime et il parvient alors à convaincre Manon de fuir avec lui. Mais avant cela, ils tendent un piège au vieil homme afin de lui soutirer des biens. Le stratagème marche mais ils sont dénoncés à la police et finissent en prison.

▶ Lecture expressive

• Votre lecture devra faire entendre les **tourments** de Des Grieux ainsi que sa **détermination** à tromper le supérieur. Vous veillerez donc à adapter votre ton selon les émotions ressenties par le héros et à faire entendre la **dualité** du personnage.

▶ Explication linéaire

Question générale :

Dans quelle mesure l'épreuve de la prison ne fait-elle que renforcer la déchéance de Des Grieux ?

I – La stratégie de Des Grieux (du début à « des preuves du changement qu'il désirait », l. 8)

A. La mise en place du mensonge

• Le texte s'ouvre sur la **prise de conscience** par Des Grieux de l'opinion qu'a de lui le supérieur de la prison. La satisfaction dont témoigne le participe passé « ravi » (l. 1) n'est pas celle du repentir mais au contraire de la manipulation qui devient alors possible. Le verbe « résolus » marque alors la **détermination** du jeune homme et cela est souligné par l'adverbe « entièrement ».

Soyez attentifs à la façon dont débute le texte car le découpage choisi par le professeur est important.

• Des Grieux veut obtenir les faveurs du supérieur afin de fuir au plus vite comme le prouve la proposition « c'était le plus sûr moyen d'abréger ma prison» (l. 3). La bonne conduite n'est alors plus une question d'éthique mais un «moyen» pour **parvenir à ses fins**.

B. La fausse préférence pour les études

• Le **mensonge** débute alors par une requête: «Je lui demandai des livres» (l. 3-4). La stratégie de Des Grieux consiste à montrer qu'il est un homme de raison qui ne se laisse pas dépasser par ses sentiments, et qu'il a le souci d'évoluer, d'où le choix des livres.

• L'adjectif «surpris» (l. 4) prouve que sa stratégie fonctionne en présentant le supérieur dupe de son mensonge. La fausse attitude de Des Grieux transparaît dans les verbes «déterminai» et «feignis». En outre, Des Grieux **joue son rôle** avec conviction comme le souligne l'hyperbole «avec le dernier attachement».

• Il confirme qu'il n'adopte cette attitude que dans le but d'**influencer** le supérieur. En effet, la proposition subordonnée relative «qu'il désirait» prouve que ses actions répondent aux attentes d'autrui. Alors que la prison a pour but de corriger les erreurs, Des Grieux, au contraire, **s'enlise** davantage dans le rôle du voyou.

II – La révélation de son hypocrisie (de «Cependant il n'était qu'extérieur», l. 9, à la fin)

A. La détresse de Des Grieux

• L'adverbe «cependant» marque le début de la **révélation**. Le pronom «il» renvoie au «changement» (l. 7) et confirme alors que Des Grieux ne joue qu'un rôle par la négation restrictive «n'était qu'extérieur». Le jeune homme n'a pas la volonté de devenir réellement une meilleure personne, il est entièrement **soumis à son amour** pour Manon.

• Le discours devient alors plus **intime** avec le verbe «confesser» (l. 9). Des Grieux **révèle** ce qu'il ressent: il n'est pas fier de ce qu'il fait (déterminant possessif «ma honte»), ce qui prouve qu'il n'est pas un véritable voyou. On retrouve le champ lexical du **théâtre** («jouai», «personnage») qui confirme la fausse posture qu'il adopte quand on le voit. Il se présente lui-même comme «hypocrite».

• Il se décrit finalement tel qu'il est vraiment quand personne n'est présent pour le juger et le propos devient alors plus **pathétique**. L'indication temporelle «quand j'étais seul» (l. 11) rappelle qu'il est en représentation face à autrui. Le vocabulaire des études laisse alors place à celui des **émotions** avec «gémir» (l. 11), «accablement» (l. 13), «tourments» (l. 14), etc. Des Grieux n'a rien d'un homme raisonnable, au contraire, il apparaît pleinement soumis aux soubresauts de son cœur. Il juge alors sévèrement son séjour en prison qu'il associe à une **tyrannie**. Bien loin de se remettre en question, le jeune homme se lamente et accuse autrui en se présentant indirectement en **victime**. En effet, le pronom élidé «m'» (dans «la tyrannie qui m'y retenait», l. 12) le place en position d'objet, subissant ainsi l'action.

> Pensez à étudier les variations de tonalité.

• Mais le souci de sa personne cède rapidement la place à ce qu'il nomme «les tourments de l'amour» (l. 14-15). Des Grieux est conscient que ce n'est pas la première fois comme le suggère le préfixe « re- » marquant la répétition dans « retombai ». Le jeune homme ne parvient pas à **prendre le contrôle** de ses sentiments et se laisse chaque fois entraîner par eux. En outre, le verbe « retomb[er] » évoque une **chute**, ce qui est bien le cas de Des Grieux qui s'éloigne chaque fois un peu plus de l'homme qu'il était et qui diminue aux yeux de la société. On assiste véritablement à la **déchéance morale** du jeune homme.

• Ses émotions apparaissent alors dans la gradation « l'absence de Manon, l'incertitude de son sort, la crainte de ne la revoir jamais » (l. 15-16) qui illustre que Des Grieux imagine le pire et que toutes ses pensées vont vers la jeune femme comme le souligne l'adjectif « unique ». Face à la détermination de l'hypocrite apparaît un jeune homme **émouvant**.

• Le verbe « figurais » (l. 17) illustre que Des Grieux reconstruit une scène dans son imaginaire et celle-ci dessine sa principale crainte qui est que Manon le trompe. En effet, « G… M… » est celui avec qui Manon avait prévu d'avoir une relation afin d'obtenir des biens en échange. En outre, l'opposition « loin de m'imaginer » (l. 18) / « j'étais persuadé » (l. 19) prouve que Des Grieux se laisse **dépasser par ses émotions** et ne parvient pas à avoir une vision juste des choses. En effet, au lieu de réaliser que G… M… a appelé la police dans le but de punir les voleurs qui s'en sont pris à ses biens, il imagine qu'il a mis en place toute cette stratégie afin de l'éloigner de Manon comme le souligne la négation restrictive « il ne m'avait fait éloigner que pour la posséder tranquillement » (l. 19-20). Le verbe « posséder » est à prendre au sens propre puisque G… M… achète les faveurs de Manon.

> Pensez à employer des connecteurs logiques afin de clarifier votre argumentation.

• Le regard que Des Grieux porte sur la jeune femme ne lui permet pas de savoir ce que les autres pensent d'elle (à ce titre, il ne faut pas oublier que tout le récit est raconté du point de vue de Des Grieux, on ne connaît le personnage de Manon qu'à travers son regard). On voit ici qu'il se trompe sur les intentions de G… M…

B. L'opposition entre le mensonge et la réalité

• Des Grieux revient sur sa **douleur** d'être loin de Manon. Alors que l'imparfait « passais » (l. 20) désigne une durée interminée, celle-ci est renforcée par le rythme binaire et le pluriel « des jours et des nuits » ainsi que l'hyperbole « me paraissait éternelle ». Loin de Manon, le temps lui semble plus long.

> Bergson (1859-1941), philosophe français, oppose le temps à la durée. Selon lui, le temps est objectif car extérieur à l'homme alors que la durée est subjective car intime.

• La négation restrictive « je n'avais d'espérance que dans le succès de mon hypocrisie » (l. 21-22) présente son jeu de rôle comme seule **échappatoire**. Son attitude change alors puisqu'il fait preuve de détermination comme le suggère l'adverbe « soigneusement » et le verbe pronominal « m'assurer ». Des Grieux se fait fin observateur afin de répondre aux attentes du supérieur par son **jeu de séduction** (verbe « plaire »).

- La comparaison « comme à l'arbitre de ma destinée » (l. 24-25) fait du supérieur l'ultime décisionnaire du sort de Des Grieux, d'où sa détermination à le tromper.
- L'extrait se clôt sur la **réussite de la stratégie** de Des Grieux soulignée par l'adverbe « parfaitement » (l. 26). Le jeune homme se présente sûr de lui par la négation partielle « je ne doutais plus » et fait de l'hypocrisie et du mensonge la voie de la réussite.

Conclusion

Ainsi, Des Grieux apparaît prêt à tout pour rejoindre Manon. Loin de se repentir, il s'enfonce davantage dans le vice en adoptant une attitude hypocrite afin d'obtenir les faveurs du supérieur. Il n'hésite pas à mentir et à tromper même s'il avoue ne pas être fier d'un tel comportement. Il révèle alors ses motivations et ses véritables émotions. Il ne supporte pas d'être loin de Manon et souffre d'imaginer qu'elle puisse être dans les bras d'un autre. Il veut ainsi sortir au plus vite afin de la retrouver. Des Grieux apparaît double : sûr de lui quand il joue son rôle face à autrui et en proie au désespoir lorsqu'il est seul. Loin de présenter la vertu comme le meilleur chemin pour quitter la prison, il fait du vice le moyen de la réussite. Dans la suite de l'œuvre, Des Grieux s'éloignera davantage de la vertu puisqu'il sera amené à tuer un homme pour s'enfuir. Il devient ainsi peu à peu un véritable voyou.

Vous pouvez proposer en ouverture un parallèle avec la suite de l'œuvre.

▶ Question de grammaire

Il s'agit d'une proposition subordonnée relative qui est introduite par le pronom relatif « où » : « où m'avait jeté la confusion ». « Cet accablement » est l'antécédent du pronom relatif. La proposition a alors pour rôle de compléter l'antécédent.

SECONDE PARTIE DE L'ÉPREUVE

8 min

Si vous choisissez de présenter Manon Lescaut, *vous devez justifier votre choix, avant de répondre aux questions de l'examinateur.*

▶ Échange avec le candidat

Quelques questions que pourrait vous poser le jury :

- Des Grieux est-il un personnage en marge au même titre que Manon ou Lescaut ?
- Pourquoi peut-on parler des plaisirs du romanesque pour cette œuvre ?
- L'auteur dresse-t-il un portrait péjoratif de la société de son temps ?
- Selon vous, l'amour qui unit Manon et Des Grieux est-il comparable aux amours mythiques de Roméo et Juliette ou de Tristan et Yseult ?
- Quels sont les personnages qui se distinguent par leur vertu dans l'œuvre ?

SUJET 6

20 pts 50 min

Extrait Balzac, *La Peau de chagrin*, « Le Talisman », 1831

Figurez-vous un petit vieillard sec et maigre, vêtu d'une robe en velours noir, serrée autour de ses reins par un gros cordon de soie. Sur sa tête, une calotte[1] en velours également noir laissait passer, de chaque côté de la figure, les longues mèches de ses cheveux blancs et s'appliquait sur le crâne de manière à rigidement encadrer le front. La robe ensevelissait le corps comme dans un vaste linceul[2], et ne permettait de voir d'autre forme humaine qu'un visage étroit et pâle. Sans le bras décharné, qui ressemblait à un bâton sur lequel on aurait posé une étoffe et que le vieillard tenait en l'air pour faire porter sur le jeune homme toute la clarté de la lampe, ce visage aurait paru suspendu dans les airs. Une barbe grise et taillée en pointe cachait le menton de cet être bizarre, et lui donnait l'apparence de ces têtes judaïques qui servent de types aux artistes quand ils veulent représenter Moïse[3]. Les lèvres de cet homme étaient si décolorées, si minces, qu'il fallait une attention particulière pour deviner la ligne tracée par la bouche dans son blanc visage. Son large front ridé, ses joues blêmes et creuses, la rigueur implacable de ses petits yeux verts, dénués de cils et de sourcils, pouvaient faire croire à l'inconnu que le *Peseur d'or* de Gérard Dow[4] était sorti de son cadre. Une finesse d'inquisiteur[5], trahie par les sinuosités de ses rides et par les plis circulaires dessinés sur ses tempes, accusait une science profonde des choses de la vie. Il était impossible de tromper cet homme qui semblait avoir le don de surprendre les pensées au fond des cœurs les plus discrets. Les mœurs de toutes les nations du globe et leurs sagesses se résumaient sur sa face froide, comme les productions du monde entier se trouvaient accumulées dans ses magasins poudreux[6] ; vous y auriez lu la tranquillité lucide d'un Dieu qui voit tout, ou la force orgueilleuse d'un homme qui a tout vu. Un peintre aurait, avec deux expressions différentes et en deux coups de pinceau, fait de cette figure une belle image du Père Éternel ou le masque ricaneur du Méphistophélès, car il se trouvait tout ensemble une suprême puissance dans le front et de sinistres railleries sur la bouche. En broyant toutes les peines humaines sous un pouvoir immense, cet homme devait avoir tué les joies terrestres. Le moribond frémit en pressentant que ce vieux génie habitait une sphère étrangère au monde où il vivait seul, sans jouissances, parce qu'il n'avait plus d'illusion, sans douleur, parce qu'il ne connaissait plus de plaisirs. Le vieillard se tenait debout, immobile, inébranlable comme une étoile au milieu d'un nuage de lumière, ses yeux verts, pleins de je ne sais quelle malice[7] calme, semblaient éclairer le monde moral comme sa lampe illuminait ce cabinet mystérieux.

---

1. Petit bonnet qui couvre le sommet du crâne.
2. Tissu dont on enveloppe les morts.
3. Premier prophète du judaïsme.
4. Peintre néerlandais (1613-1675).
5. Qui cherche à découvrir un secret de façon insistante et indiscrète.
6. Poussiéreux.
7. Méchanceté diabolique.

Question de grammaire

› Analysez la négation dans la proposition: «parce qu'il n'avait plus d'illusion» (l. 36-37).

PREMIÈRE PARTIE DE L'ÉPREUVE

12 min

▶ Présentation du texte

• Cet extrait est consacré au portrait du vieil antiquaire que Raphaël vient de rencontrer. Le vieil homme est décrit aussi bien physiquement que moralement et apparaît particulièrement ambivalent puisque sa description est autant réaliste que fantastique. Ce portrait crée une pause dans l'action.

Résumez l'extrait et présentez ses enjeux principaux.

▶ Situation du texte dans l'œuvre intégrale

• Raphaël, désespéré, projette de se suicider au début du roman. Sa rencontre avec l'antiquaire va retarder ses projets puisque le vieil homme l'invite à venir visiter sa boutique. Cette rencontre est ainsi décisive dans le cours de l'histoire puisqu'une fois le talisman obtenu, Raphaël va choisir de vivre au lieu de mourir.

▶ Lecture expressive

• Votre lecture devra faire entendre l'originalité de ce portrait qui associe les contraires afin de présenter l'antiquaire comme un personnage étonnant. Vous insisterez donc sur ces particularités propres à susciter la curiosité du lecteur.

▶ Explication linéaire

Question générale:

Dans quelle mesure le portrait de l'antiquaire fait-il basculer le récit dans le registre fantastique?

I – Une description physique (du début à «une science profonde des choses de la vie», l. 22)

A. Un mort-vivant?

• L'extrait s'ouvre avec l'impératif «figurez-vous» qui **interpelle** le lecteur et l'invite à concentrer son attention sur la **description** qui va être faite et ainsi à se représenter l'homme en question. La périphrase «un petit vieillard» souligne l'âge de celui-ci, notation importante car cela signifie qu'il a eu une longue vie, contrairement à Raphaël qui exprimait le désir de mettre fin à la sienne.

La périphrase est l'expression par plusieurs mots d'une notion qu'un seul mot pourrait exprimer.

ORAL

- La description, qui se fait à l'imparfait, est d'abord **physique** avec les adjectifs « sec et maigre ». Le narrateur précise ensuite comment il est habillé. On peut relever « une robe en velours noir » (l. 1-2), « un gros cordon de soie » (l. 2) et « une calotte en velours également noir » (l. 3). Par la répétition de la couleur, le vieillard est présenté comme un personnage énigmatique car habillé intégralement de noir. Cette couleur apparaît en contraste avec ses « cheveux blancs » (l. 4) qui soulignent son grand âge. De plus, l'adverbe « rigidement » (l. 5) dit une certaine sévérité chez le personnage que le lecteur découvre en même temps que Raphaël.
- Très rapidement, le portrait bascule dans un registre fantastique. En effet, la comparaison de la robe à un « vaste linceul » (l. 6) suggère que l'homme serait **déjà mort**. En outre, cette idée est renforcée par le verbe « ensevelissait » et par la négation restrictive « ne permettait de voir d'autre forme humaine qu'un visage étroit et pâle » (l. 7-8) qui indique que l'homme ne serait que partiellement humain. Le narrateur semble alors nous décrire un mort-vivant ou un fantôme puisque son visage, qui est « pâle » (l. 8), paraît « suspendu dans les airs » (l. 11).

Le registre fantastique se définit par l'intrusion du surnaturel au sein d'un cadre vraisemblable.

- La maigreur de l'homme est particulièrement soulignée puisque le narrateur y fait de nouveau référence avec la mention du bras « décharné » (l. 8), la comparaison au « bâton » (qui tend à nouveau à le déshumaniser) et la description du visage « étroit » (l. 7).
- Enfin, la multiplication des comparaisons et des modalisateurs souligne la difficulté à décrire cet homme et renforce ainsi son **étrangeté**.

B. Un visage inquiétant

- La description se concentre alors sur le **visage** du vieillard. De nouveau, la mention de la couleur de la barbe (« grise », l. 11) insiste sur son vieil âge. La difficulté à le définir apparaît dans l'emploi de la périphrase « cet être bizarre » (l. 12). Dans sa volonté de le donner à voir au lecteur, le narrateur propose une nouvelle comparaison (une « de ces têtes judaïques », l. 13) l'assimilant alors à une figure divine et plus particulièrement à « Moïse ». La description du vieillard oscille alors entre la figure de la mort et celle du **sage** (la robe, la barbe) voire même de la **divinité**. Cette opposition ne fait que rendre plus étrange son portrait.
- En effet, la perte de couleur des lèvres soulignée par l'adverbe d'intensité « si » (« si décolorées », l. 15) suggère que toute vie a quitté cet homme qui est de nouveau du côté des morts. À ce titre, son visage semble bien être celui d'un fantôme puisqu'aux cheveux blancs répond « son blanc visage » (l. 16) et que ce personnage semble être constitué de peu de chair avec la mention des joues « creuses » (l. 17).
- Le portrait physique se termine alors sur les yeux. Généralement on dit que les yeux sont le miroir de l'âme et qu'ainsi ils permettent d'accéder à l'intériorité de l'être. Il n'en est rien ici. Les yeux participent de l'étrangeté du portrait puisqu'ils se démarquent par leur couleur (« yeux verts », l. 18) et

qu'ils attirent l'attention puisque « dénués de cils et de sourcils ». Ce portrait ne peut que susciter l'inquiétude du lecteur qui se retrouve alors face à un être qui semble **plus proche de la mort que de la vie**.

• Toutefois, cet homme est associé à la figure du sage par sa **connaissance du monde** et sa capacité à observer. En effet, le nom « finesse » (l. 20) souligne sa capacité à observer, ce qui lui a certainement permis d'acquérir une certaine sagesse comme le stipule l'expression « une science profonde des choses de la vie » (l. 21-22). L'adjectif « profonde » et l'emploi du pluriel disent l'ampleur de ses connaissances. Ainsi, les « rides » sont bien celles d'un homme vieillissant qui a acquis une certaine expérience du monde.

II – Une description morale (de « Il était impossible », l. 22, à la fin)

A. Un homme ambivalent

• Ce deuxième mouvement se concentre sur le portrait **moral** du vieillard. Il est présenté comme capable de voir au-delà des apparences et de posséder des **pouvoirs** puisqu'il a un « don » (l. 23) et qu'il regroupe toutes les connaissances comme cela est souligné par l'hyperbole « les mœurs de toutes les nations du globe et leurs sagesses » (l. 24-25). Aussi le vieillard a-t-il une connaissance non seulement du monde entier mais aussi de l'homme puisqu'il déjoue les cœurs « les plus discrets » (l. 24).

• La figure du vieil homme apparaît alors en adéquation avec le magasin qu'il tient par la mention de la comparaison « comme les productions du monde entier se trouvaient accumulées dans ses magasins poudreux » (l. 25-27). Véritable caverne d'Ali Baba, sa boutique réunit des objets du monde entier au même titre que lui-même réunit toutes les connaissances.

• Mais cet homme est bien fait de **contradictions**. L'antithèse entre « un Dieu qui voit tout » et « la force orgueilleuse d'un homme qui a tout vu » (l. 27-28) révèle qu'il représente à la fois la divinité et le mal.

• La peinture, qui était présente avec la mention du tableau *Le Peseur d'or* de Gérard Dow, réapparaît avec l'évocation du peintre afin de rendre visible aux yeux du lecteur cette figure si singulière. De nouveau une antithèse est employée pour décrire ce personnage : à « une belle image du Père éternel » (l. 30) est opposé « le masque ricaneur de Méphistophélès » (l. 31). De ce fait, le vieillard représente **à la fois Dieu et le diable**. En effet, c'est bien lui qui va confier la Peau de chagrin à Raphaël qui lui permettra de prolonger sa vie mais qui en même temps le conduit à passer un pacte avec le diable. Cette dualité est présente sur le visage même du vieillard puisque le narrateur oppose le « front » à la « bouche » (l. 32-33). On ne sait alors s'il représente le bien ou le mal.

> Méphistophélès est un personnage de l'œuvre *Faust* de Goethe. Il représente le diable.

• Son pouvoir, présenté de manière hyperbolique avec l'adjectif « immense » (l. 34), apparaît alors bien double puisque l'abolition de la peine ne peut aller sans celle de la joie. En effet, le gérondif « en broyant » (l. 33) marque la simultanéité des deux actions : broyer les peines et tuer les joies.

B. Un être hors du monde

- La périphrase « le moribond » (l. 35) rappelle la condition de Raphaël qui était sur le point de se donner la mort. Alors même qu'il ne semblait pas craindre la mort (puisqu'il l'avait choisie), il ne semble pas à l'aise face au vieillard comme le suggère le verbe « frémit ». L'antiquaire est présenté comme un homme à part, **hors du monde** (avec la mention spatiale « une sphère étrangère au monde »). Sa longévité a entraîné deux conséquences, qui sont mises en parallèle par la reprise de la préposition « sans » : « sans jouissances, parce qu'il n'avait plus d'illusion, sans douleur parce qu'il ne connaissait plus de plaisirs » (l. 36-38). La sagesse s'est finalement cultivée **au prix des émotions**.
- Le vieillard, comparé à « une étoile au milieu d'un nuage de lumière » (l. 39) n'incarne plus véritablement la terre et est ainsi présenté comme un être supérieur ayant une **vision surplombante** sur le monde. De plus, l'accumulation des adjectifs « debout, immobile, inébranlable » (l. 38) en fait un être doté d'une force hors du commun.
- Le portrait moral, au même titre que le portrait physique, se termine sur la mention des yeux qui accentuent de nouveau l'étrangeté du personnage. L'expression négative « je ne sais » (l. 40) marque la difficulté à décrire cet homme mais le nom « malice » l'associe de nouveau à la figure du diable alors que la fin de la phrase sera positive. De plus, ses yeux semblent à leur tour revêtir un **caractère surnaturel** par la comparaison à la lampe. Finalement, ses yeux ne révèlent pas qui il est mais, par eux, il parvient à lire dans le cœur des hommes.

Conclusion

Ainsi, le portrait du vieillard bascule très rapidement dans le registre fantastique puisqu'il est décrit comme étant entre la vie et la mort. Véritable mort-vivant, il est présenté comme un être vieillissant ayant acquis une grande connaissance de l'homme et du monde. Mais cette expérience s'est faite au détriment de toute émotion. En effet, la disparition des peines a été de pair avec celle des joies. Cet homme, quasiment indescriptible, suscite tout autant la curiosité que l'inquiétude du lecteur qui est invité à se le représenter. Suite à ce portrait, Raphaël, au même titre que le lecteur, ne sait pas s'il est face à un ange ou à un démon. En effet, c'est bien le vieillard qui va lui confier par la suite la Peau de chagrin. Par ce geste, il apparaît comme l'ange sauveur puisque Raphaël choisira de vivre, mais en même temps, il représente la figure du diable puisque pour exaucer ses désirs, Raphaël devra le payer de sa vie.

En ouverture, vous pouvez expliquer en quoi l'extrait étudié prépare la suite de l'œuvre.

▶ Question de grammaire

La négation est constituée des adverbes « ne » et « plus ». Il s'agit d'une négation partielle.

SECONDE PARTIE DE L'ÉPREUVE

8 min

Si vous choisissez de présenter La Peau de chagrin, *vous devez justifier votre choix, avant de répondre aux questions de l'examinateur.*

▶ Échange avec le candidat

Quelques questions que pourrait vous poser le jury :

- En quoi le vieillard et Raphaël ont-ils un rapport différent face à leur énergie ?
- À la fin de l'œuvre, la figure du vieillard réapparaît. Qu'est-ce qui a changé ?
- Selon vous, pourquoi la sagesse implique-t-elle le rejet des émotions ?
- Quel personnage avez-vous préféré dans le roman ?
- En quoi l'œuvre est-elle un roman de l'énergie ?

Une parfaite maîtrise de l'œuvre est nécessaire pour répondre aux questions du jury.

ORAL

SUJET 7 — 20 pts — 50 min

Extrait Molière, *Le Malade imaginaire*, acte III, scène XIV (extrait), 1673

BÉRALDE. – Mais, mon frère, il me vient une pensée : faites-vous médecin vous-même. La commodité sera encore plus grande, d'avoir en vous tout ce qu'il vous faut.

TOINETTE. – Cela est vrai. Voilà le vrai moyen de vous guérir bientôt ; et il n'y a point de maladie si osée, que de se jouer à la personne d'un médecin[1].

ARGAN. – Je pense, mon frère, que vous vous moquez de moi : est-ce que je suis en âge d'étudier ?

BÉRALDE. – Bon, étudier ![2] Vous êtes assez savant ; et il y en a beaucoup parmi eux qui ne sont pas plus habiles que vous.

ARGAN. – Mais il faut savoir bien parler latin, connaître les maladies, et les remèdes qu'il y faut faire.

BÉRALDE. – En recevant la robe et le bonnet de médecin, vous apprendrez tout cela, et vous serez après plus habile que vous ne voudrez.

ARGAN. – Quoi ? L'on sait discourir sur les maladies quand on a cet habit-là ?

BÉRALDE. – Oui. L'on n'a qu'à parler avec une robe et un bonnet, tout galimatias[3] devient savant, et toute sottise devient raison.

TOINETTE. – Tenez, Monsieur, quand il n'y aurait que votre barbe, c'est déjà beaucoup, et la barbe fait plus de la moitié d'un médecin.

CLÉANTE. – En tout cas, je suis prêt à tout.

BÉRALDE. – Voulez-vous que l'affaire se fasse tout à l'heure[4] ?

ARGAN. – Comment tout à l'heure ?

BÉRALDE. – Oui, et dans votre maison.

ARGAN. – Dans ma maison ?

BÉRALDE. – Oui. Je connais une Faculté de mes amies, qui viendra tout à l'heure en faire la cérémonie dans votre salle. Cela ne vous coûtera rien.

ARGAN. – Mais moi, que dire, que répondre ?

BÉRALDE. – On vous instruira en deux mots, et l'on vous donnera par écrit ce que vous devez dire. Allez-vous-en vous mettre en habit décent[5], je vais les envoyer quérir.

---

1. Il n'y a rien de si courageux que de devenir médecin.

2. Qui vous parle d'étudier !

3. Toute parole confuse.

4. Tout de suite.

5. Qui convient à la cérémonie.

Question de grammaire

› Procédez à l'analyse des propositions dans la phrase suivante : « On vous instruira en deux mots, et l'on vous donnera par écrit ce que vous devez dire. » (l. 30-31).

PREMIÈRE PARTIE DE L'ÉPREUVE

12 min

▶ Présentation du texte

• *Le Malade imaginaire* est la dernière comédie-ballet de Molière. Elle demeure célèbre en partie parce que c'est lors de la quatrième représentation, en 1673, que Molière s'affala, mourant, sur son fauteuil de scène.

• Comédie à grand spectacle, elle propose plusieurs ballets et intermèdes entre les actes. Le sujet est typique des comédies de caractères : Argan, un homme hypocondriaque, veut forcer sa fille Angélique à épouser un médecin malgré les sentiments (réciproques) que cette dernière éprouve pour le jeune Cléante.

▶ Situation du texte dans l'œuvre intégrale

• La scène étudiée figure dans le dénouement : Argan a ouvert les yeux sur les véritables sentiments de sa seconde épouse, ainsi que sur la loyauté de sa fille. Il accepte donc son mariage avec Cléante.

• Ici, Béralde, son frère, lui suggère de se faire médecin lui-même afin de se soigner seul. Cette scène se prolonge dans la cérémonie d'intronisation d'Argan à la fonction de médecin, véritable ballet qui donne lieu à un spectacle bouffon. Les enjeux comiques de la pièce rejoignent alors l'aspect spectaculaire du théâtre, et le tout s'achève sur une dernière mise en abyme ridiculisant les médecins autant que notre malade imaginaire qui, par peur de mourir, accepte de se laisser berner.

> Vous pouvez, lorsque vous présentez le texte en introduction, faire le lien avec le parcours associé à l'œuvre (ici, « **Spectacle et comédie** »).

▶ Lecture expressive

• Lorsqu'on lit un extrait de pièce de théâtre, il n'est pas nécessaire de lire le nom des personnages au début de chaque réplique, sauf si le nom est suivi d'une didascalie indiquant un mouvement. Dans ce cas-là, vous pouvez choisir de la lire ou pas.

• Ici, la scène est plutôt calme (en comparaison à d'autres scènes de la pièce). La lecture sera elle-même posée et fera surtout entendre la crédulité d'Argan grâce aux nombreuses questions directes posées par le personnage, ainsi que l'ironie de Toinette.

▶ Explication linéaire

Question générale :

Nous allons voir en quoi Béralde agit comme un véritable maître de cérémonie, se moquant du malade imaginaire en même temps que des médecins.

I – Premier mouvement : la proposition de Béralde (du début à « la personne d'un médecin », l. 6)

A. Un faux naïf

• Notre extrait s'ouvre sur un connecteur d'opposition (« Mais »), qui marque autant la contradiction par rapport à ce qui précède (Argan vient de demander à Cléante de se faire médecin en épousant Angélique) que l'arrivée d'une idée inattendue. La formule impersonnelle « il me vient une pensée » (l. 1) prouve que Béralde se présente comme innocent face à cette proposition, qui semble ne pas venir de lui directement.

• La valeur injonctive de la courte phrase « Faites-vous médecin vous-même », où le pronom « vous » est mis en valeur par sa répétition et son rejet en fin de phrase, permet de provoquer un effet de surprise, autant chez Argan que chez le spectateur. Le frère d'Argan soutient alors sa proposition sur l'argument de la « commodité » qui découlera de cette situation.

B. Une servante taquine

• Toinette renchérit immédiatement sur la proposition de Béralde par l'affirmation « Cela est vrai », et elle insiste sur l'intérêt de cette suggestion grâce au présentatif « Voilà le vrai moyen de vous guérir » (l. 4) qui permet, grâce à un polyptote, de répéter de manière ironique le terme « vrai » sous sa forme adverbiale puis adjectivale pour le mettre en valeur.

Un polyptote est une figure de style qui consiste en la répétition de mots de même racine, ou encore d'un même verbe, sous différentes formes.

• L'affirmation au présent de vérité générale qui clôt sa réplique, « il n'y a point de maladie si osée que de se jouer à la personne d'un médecin » (l. 5-6), traduit son esprit moqueur en même temps qu'elle porte la critique des médecins par Molière.

II – Deuxième mouvement : une argumentation à bâtons rompus (de « Je pense, mon frère », l. 7, à « je suis prêt à tout », l. 21)

A. La surprise d'Argan

• Argan exprime d'emblée son incrédulité face à cette proposition pour le moins extravagante. Le début de sa réplique, où il exprime la possibilité que son frère se moque de lui, pourrait laisser croire qu'il est moins naïf qu'il n'y paraissait.

• Mais la suite de sa réplique prouve qu'il ne met pas en cause la proposition en elle-même, mais ses capacités à y parvenir. Il fait ainsi porter sa perplexité sur son âge, considérant qu'il est trop vieux pour étudier, comme le prouve l'interrogative « Est-ce que je suis en âge d'étudier ? » (l. 7-8) qui lance l'argumentation de son frère et de Toinette face aux réticences (peu solides) d'Argan.

B. Une argumentation infaillible

• Pour répondre à sa question, Béralde et Toinette avancent alors différents arguments. Le premier argument de Béralde consiste à mettre à mal les supposées connaissances des médecins. L'exclamative « Bon, étudier ! », qui signifie « à quoi bon étudier ! » cache mal la tonalité moqueuse du frère, tonalité que confirme l'affirmation « Vous êtes assez savant », où l'adverbe « assez » marque le peu de besoin de connaissances utiles aux médecins ; le comparatif de supériorité à la forme négative « il y en a beaucoup parmi eux, qui ne sont pas plus habiles que vous » traduit la même pensée.

• À l'objection d'Argan qu'il faut tout de même maîtriser quelques notions, comme le « latin », « les maladies et les remèdes », Béralde répond par des termes appartenant au domaine du paraître, affirmant que « la robe et le bonnet de médecin » (l. 13) suffiront à rendre Argan « habile ». On note ici la répétition du même adjectif « habile », qui traduit tout le mépris que Béralde (et par son intermédiaire, Molière) porte aux capacités des médecins, dont seule l'habileté, pour ne pas dire la malice, suffit à pratiquer. Il marque par ailleurs un lien de causalité absurde entre l'habit et les savoirs (« En recevant / vous apprendrez », l. 13-14). Dans ce passage, Molière insiste sur les caractéristiques qui rendent les médecins ridicules à ses yeux : latin jargonnant, tenue cocasse, incompétence notoire.

> Au XVIIe siècle, les médecins sont vêtus d'une tenue très caractéristique : grande robe noire, fraise blanche autour du cou et grand chapeau pointu.

C. Un malade trop crédule

• Argan marque son extrême surprise en même temps qu'il trahit sa naïveté par la double interrogative (dont la première a plutôt valeur d'exclamative) « Quoi ? L'on sait discourir sur les maladies quand on a cet habit-là ? » (l. 15-16) qui suit l'affirmation de Béralde.

• Ce dernier confirme alors son propos, dans une réplique où le « Oui » (l. 17) en phrase averbale prend une valeur de certitude, ce qu'accentuent les propositions au présent de vérité générale qui sonnent comme des maximes : « avec une robe et un bonnet, tout galimatias devient savant, et toute sottise devient raison. » (l. 17-18) Argan passe totalement à côté de la critique virulente contenue dans ces propos, au contraire de Toinette, plus maligne, qui renchérit en affirmant elle aussi dans une sentence ironique au présent de vérité générale, que « la barbe fait plus de la moitié d'un médecin ».

> On parle de phrase averbale pour désigner des phrases qui ne comportent aucun verbe conjugué.
>
> On trouve parfois la formule « phrase nominale », mais toutes les phrases averbales ne sont pas forcément nominales ! C'est le cas ici, où « Oui » est un adverbe et non pas un nom.

• La réplique de Cléante qui s'affirme « prêt à tout » pour obtenir la main d'Angélique donne à sourire par son caractère décalé et sans rapport direct avec l'argumentation, puisque le jeune homme n'a que peu de pouvoir décisionnel ici.

III – Troisième mouvement : une organisation efficace (de « Voulez-vous que l'affaire », l. 22, à la fin)

A. L'accélération du rythme

• Argan ayant été convaincu de manière plus facile qu'on n'aurait pu l'imaginer, Béralde accélère les choses, menant le dénouement à un terme rapide. Les répliques brèves qui s'enchaînent et se répondent, de « Voulez-vous que l'affaire se fasse tout à l'heure ? » à « par écrit ce que vous devez dire », marquent cette accélération du rythme.

B. Argan, marionnette de Béralde

• Argan pose quatre questions dont certaines reprennent, par un effet d'écholalie, les derniers mots des répliques de son frère, conférant un effet comique au dialogue : « tout à l'heure / comment tout à l'heure ? », « dans votre maison / dans ma maison ? » (l. 22-25). Béralde répond de manière affirmée (deux fois « Oui ») et apparaît comme le maître de cette cérémonie burlesque qui va se jouer sous les yeux du spectateur.

L'écholalie consiste à répéter de manière automatique les dernières paroles de l'interlocuteur.

Ce mot provient du grec : *ἠχώ / ēkhō* (« écho »), de *ἠχή / ēkhē* (« son »), et *λαλιά /* lalia (« lalie, babil, bavardage »).

C. La malice de Béralde

• Le frère d'Argan anticipe les dernières réticences que pourrait avoir le malade imaginaire, qu'il sait être particulièrement près de son argent. Ainsi, l'affirmation « Cela ne vous coûtera rien » (l. 27-28) joue sur le comique de caractère en mettant en avant l'avarice d'Argan, avant même que celui-ci ne formule la question du coût de la cérémonie.

• Le dernier impératif, « Allez-vous-en vous mettre en habit décent » (l. 31-32) confirme enfin la position de maître de cérémonie que joue Béralde, en même temps qu'il annonce le dernier intermède à venir, et qui va clore la pièce de manière bouffonne.

Conclusion

Béralde apparaît donc dans cette scène comme un véritable maître de cérémonie, double assumé de l'auteur qui, par son intermédiaire, se moque du malade imaginaire et des médecins, en même temps qu'il insuffle le rythme dynamique de son dénouement.

▶ Question de grammaire

« On vous instruira en deux mots, et l'on vous donnera par écrit ce que vous devez dire. »

On relève trois verbes conjugués, donc trois propositions :

– [On vous instruira en deux mots] : proposition indépendante coordonnée à la proposition qui la suit ;

– [l'on vous donnera par écrit] : proposition principale ;

– [ce que vous devez dire] : proposition subordonnée conjonctive complétive, complément d'objet direct du verbe de la principale.

> Si l'examinateur vous interroge sur les propositions, pensez à toujours relever d'abord les verbes conjugués dans le passage proposé.
> **Un verbe conjugué = une proposition.**

SECONDE PARTIE DE L'ÉPREUVE

8 min

Si vous choisissez de présenter Le Malade imaginaire, *vous devez justifier votre choix, avant de répondre aux questions de l'examinateur.*

▶ Échange avec le candidat

Quelques questions que pourrait vous poser le jury :

- Trouvez-vous Argan plutôt pathétique ou plutôt ridicule ?
- Qu'incarne le personnage de Béralde dans cet extrait et dans l'œuvre ?
- Que pensez-vous du rôle de Toinette dans l'ensemble de la pièce ?
- Cette lecture vous a-t-elle semblé difficile par moments ? Pourquoi ?
- Quelles mises en scène de la pièce avez-vous pu voir, au théâtre ou en vidéo ? Analysez-les.
- À quelles difficultés le metteur en scène qui choisirait de monter cette pièce se trouverait-il confronté ? Comment pourrait-il remédier à ces difficultés ?

> Si vous choisissez de présenter une pièce de théâtre pour l'entretien, il est important que vous ayez pu voir une ou **plusieurs mises en scène de la pièce,** au théâtre ou sur Internet, et que vous les analysiez.

SUJET 8 20 pts 50 min

Extrait Marivaux, *Les Fausses Confidences*, acte II, scène 15, 1738

ARAMINTE. – Voyez-vous souvent la personne que vous aimez ?

DORANTE, *toujours abattu*. – Pas souvent à mon gré, Madame et je la verrais à tout instant, que je ne croirais pas la voir assez.

ARAMINTE, *à part*. – Il a des expressions d'une tendresse ! (*Haut.*) Est-elle fille ? A-t-elle été mariée ?

DORANTE. – Madame, elle est veuve.

ARAMINTE. – Et ne devez-vous pas l'épouser ? Elle vous aime, sans doute ?

DORANTE. – Hélas ! Madame, elle ne sait pas seulement que je l'adore. Excusez l'emportement du terme dont je me sers, je ne saurais presque parler d'elle qu'avec transport[1] !

ARAMINTE. – Je ne vous interroge que par étonnement. Elle ignore que vous l'aimez, dites-vous ? Et vous lui sacrifiez votre fortune ? Voilà de l'incroyable. Comment, avec tant d'amour, avez-vous pu vous taire ? On essaie de se faire aimer, ce me semble ; cela est naturel et pardonnable.

DORANTE. – Me préserve le ciel d'oser concevoir la plus légère espérance ! Être aimé, moi ! Non, Madame, son état est bien au-dessus du mien ; mon respect me condamne au silence ; et je mourrai du moins sans avoir eu le malheur de lui déplaire.

ARAMINTE. – Je n'imagine point de femme qui mérite d'inspirer une passion si étonnante ; je n'en imagine point. Elle est donc au-dessus de toute comparaison ?

DORANTE. – Dispensez-moi de la louer[2], Madame : je m'égarerais en la peignant. On ne connaît rien de si beau ni de si aimable qu'elle ; et jamais elle ne me parle, ou ne me regarde, que mon amour n'en augmente.

ARAMINTE, *baisse les yeux et continue*. – Mais votre conduite blesse la raison. Que prétendez-vous avec cet amour pour une personne qui ne saura jamais que vous l'aimez cela est bien bizarre. Que prétendez-vous ?

DORANTE. – Le plaisir de la voir quelquefois, et d'être avec elle, est tout ce que je me propose.

ARAMINTE. – Avec elle ! Oubliez-vous que vous êtes ici ?

DORANTE. – Je veux dire avec son portrait, quand je ne la vois point.

ARAMINTE. – Son portrait ? Est-ce que vous l'avez fait faire ?

DORANTE. – Non, Madame ; mais j'ai, par amusement, appris à peindre, et je l'ai peinte moi-même. Je me serais privé de son portrait si je n'avais pu l'avoir par le secours d'un autre.

ARAMINTE, *à part*. – Il faut le pousser à bout. *(Haut.)* Montrez-moi ce portrait.

DORANTE. – Daignez m'en dispenser, Madame ; quoique mon amour soit sans espérance, je n'en dois pas moins un secret inviolable à l'objet aimé.

1. Vive émotion.

2. Exprimer son admiration.

Question de grammaire

› **Analysez l'interrogation suivante: « Voyez-vous souvent la personne que vous aimez ? » (l. 1).**

PREMIÈRE PARTIE DE L'ÉPREUVE

12 min

▶ Présentation du texte

• Dorante est amoureux d'Araminte et sait que cette dernière est au courant de ses sentiments. Toutefois, il fait semblant de ne pas le savoir afin de dévoiler à la jeune fille tout l'amour qu'il ressent pour elle sans pour autant la nommer. De son côté, Araminte, dans le but d'obtenir davantage d'informations sur les sentiments de Dorante faite mine de ne pas connaître son amour et l'interroge sur cette personne qu'il prétend aimer. La scène met alors en place un double stratagème.

▶ Situation du texte dans l'œuvre intégrale

• Dubois a révélé à Araminte que Dorante est amoureux d'elle tandis que Monsieur Remy a menti à Marton en lui disant que le jeune homme avait des sentiments pour elle. De ce fait, lorsque le portrait choisi par Dorante se retrouve entre les mains des jeunes femmes, elles n'hésitent pas à l'ouvrir afin de confirmer l'identité de celle dont Dorante est amoureux. Alors que Marton est déçue de découvrir le visage d'Araminte, cette dernière va chercher à en savoir plus sur les véritables motivations de Dorante.

▶ Lecture expressive

• Cet échange met en scène un véritable badinage. Vous devrez donc faire entendre la duplicité des propos qui ont pour but de faire parler l'interlocuteur alors que les réponses sont déjà connues. D'autre part, vous veillerez à changer le ton lors des passages en aparté.

▶ Explication linéaire

Question générale :

Dans quelle mesure ce badinage amoureux révèle-t-il les sentiments des deux protagonistes ?

I – La duplicité de l'échange (du début à « vous taire », l. 15)

A. Un véritable jeu de rôles

• L'extrait débute par une question d'Araminte. Celle-ci cherche à obtenir des informations de la part de Dorante alors qu'elle connaît les réponses. Elle feint de ne pas savoir pour le pousser à avouer son amour. De ce fait, le verbe de perception « voyez-vous » témoigne de la manipulation de la jeune femme puisque Dorante est en face d'elle. De plus, le recours à la périphrase « la personne que vous aimez » permet de parler d'elle sans se désigner pour autant. Araminte joue un véritable rôle.

- Dorante fait aussi semblant. En effet, la didascalie « toujours abattu » (l. 2) souligne qu'il joue le rôle de l'amant malheureux alors qu'il sait très bien qu'Araminte est au fait de ses sentiments. Volontairement, il dévoile l'ampleur de son amour pour la jeune femme tout en feignant de ne pas dire de qui il s'agit. Aussi les négations soulignent-elles les souffrances de l'amour lorsque l'être aimé est absent.

- L'aparté révèle alors le double jeu de la jeune femme qui témoigne d'une véritable affection pour Dorante. Toutefois, face à lui, elle ne laisse rien transparaître et poursuit son interrogatoire en multipliant les interrogations directes totales (« Est-elle fille ? A-t-elle été mariée ? »).

> Un aparté est une parole que l'acteur feint de se dire à lui-même mais qui est destinée au public.

- Dorante joue le jeu et ne se laisse pas prendre au piège. Au contraire, il se contente de répondre de manière brève : « Madame, elle est veuve » (l. 6).

B. L'expression de l'amour

- L'insatisfaction d'Araminte apparaît par le redoublement de ses questions. Si jusqu'à présent il était question de l'identité de l'être aimé, le propos dévie sur les intentions de Dorante (« ne devez-vous pas l'épouser ? », l. 7).

- Dorante marque son désarroi avec l'interjection « hélas ». Il se sert de cet interrogatoire pour lui communiquer l'ampleur de son amour et la sincérité de ses sentiments. En effet, le verbe « adorer » exprime la force de ses sentiments et lui-même motive le choix de ce « terme » dans la suite de sa réplique. Aussi la négation restrictive « je ne saurais presque parler d'elle qu'avec transport » (l. 10-11) insiste-t-elle sur son incapacité à résister à cet amour. On constate alors que Dorante manie parfaitement le langage dont il se sert pour parvenir à ses fins. Si ses sentiments sont sincères, son procédé est quant à lui moins honnête.

> Pensez à faire l'inversion sujet/verbe lorsque vous employez « aussi » en début de phrase.

- Araminte, face aux propos plus intimes de Dorante, justifie ses questions. Par la négation restrictive (« je ne vous interroge que par étonnement », l. 12), elle suggère que c'est la surprise qui la motive. Or, le spectateur, tout autant que Dorante, connaît ses véritables intentions.
La phrase « elle ignore que vous l'aimez » fait bien entendu sourire puisque tout le monde sait qu'Araminte connaît ses sentiments. Mais, par la conjonction de coordination « et », elle souligne un paradoxe : Dorante prend le risque de tout perdre pour une femme qui ne lui rendra peut-être pas son amour. Le présentatif (« voilà de l'incroyable », l. 14) met alors en évidence la

> Le présentatif est un mot ou une expression qui introduit, et souvent met en relief, l'élément noyau de la phrase : « voici », « voilà », « c'est », « il y a » sont des présentatifs.

vertu de Dorante. Mais Araminte poursuit son interrogatoire. Elle oppose l'ampleur de ses sentiments (avec l'adverbe « tant ») au silence (verbe « se taire »).

II – Araminte formule de fausses motivations pour faire parler Dorante (de « On essaie de se faire aimer », l. 15, à la fin)

A. La manipulation

• Araminte se fait alors plus accusatrice. L'emploi du verbe pronominal « se faire aimer » suggère que Dorante agit ainsi dans son intérêt personnel et non dans celui de la dame. Si la jeune femme dit cela afin de le pousser à avouer son amour, elle a, sans le savoir, raison. Dorante agit ainsi dans le but de gagner son cœur. Le procédé de double énonciation fait ainsi rire le spectateur qui en sait plus qu'Araminte.

• La réplique de Dorante est alors source de comique car il joue le jeu de l'homme vertueux, dénué de toutes motivations personnelles. Le caractère hyperbolique de sa phrase (« Me préserve le ciel d'oser concevoir la plus légère espérance », l. 17-18) est compris de façon ironique par le spectateur puisque Dorante a mis en place tout un stratagème pour gagner le cœur d'Araminte. De plus, il exagère son indignation avec l'exclamation. En isolant le pronom « moi », il se présente comme peu digne de son amour. Le propos prend alors des accents tragiques avec les verbes « condamne » et « mourrai ». Il se présente comme un héros de tragédie qui est victime de la fatalité associée à sa naissance. Il joue ce rôle dans le but d'amadouer la jeune femme.

> Pensez toujours à justifier votre propos par une **analyse des procédés employés**. Ce sont les choix d'écriture qui apportent du sens au texte.

• Araminte prend plaisir à cette conversation qui flatte son ego et encourage alors Dorante à poursuivre. Par la répétition de la négation totale « je n'imagine point », elle le pousse à brosser son portrait, ce qui est confirmé par l'interrogation qui clôt sa réplique ligne 23.

• Dorante joue le jeu du badinage. Pour cela, il recourt à la prétérition en feignant, par l'impératif « dispensez-moi » (l. 24), de ne pas vouloir en faire l'éloge alors même qu'il le fait. Le portrait laudatif est amplifié par la répétition de l'adverbe d'intensité « si ». En utilisant la troisième personne, il parvient à lui avouer son amour sans pour autant la désigner.

B. Les reproches d'Araminte

• Le ton d'Araminte ainsi que son attitude changent alors comme le souligne la didascalie « baisse les yeux » (l. 28). La rupture de ton est annoncée par l'emploi de la conjonction de coordination « mais » à valeur adversative. Tandis que le propos portait sur la passion, elle évoque la « raison » qui devrait pousser Dorante à avouer ses sentiments. Celle-ci le presse alors en redoublant la question « que prétendez-vous ? ». Elle met ainsi en doute son honnêteté et l'invite à s'expliquer. En effet, l'adjectif « bizarre » marque son incompréhension.

• Le rythme des répliques s'accélère alors. Si Dorante répond avec calme aux questions d'Araminte, celle-ci laisse percevoir son agacement en multipliant les questions et les exclamations. Comme elle le dit, elle cherche à « le pousser à bout »

(l. 40). Elle révèle ainsi au spectateur, par le biais de l'aparté, toute sa stratégie pour l'amener à parler. Toutefois, Dorante parvient à rebondir. Par l'impératif « daignez m'en dispenser », il rejette sa demande. La proposition subordonnée circonstancielle concessive « quoique mon amour soit sans espérance » (l. 42-43) affirme à nouveau sa tentative pour l'amadouer tandis que, dans la principale, il utilise un argument courtois afin de ne pas se démasquer. Selon l'amour courtois, l'homme doit garder le secret de son amour. Dorante ne se laisse pas prendre au piège et en plus se présente comme un homme vertueux.

Conclusion

Ainsi, le dialogue est l'instrument d'un stratagème mis en place par les jeunes gens. Araminte ment à Dorante en feignant de ne pas savoir qu'il est amoureux d'elle et celui-ci feint de ne pas savoir qu'elle est au courant. Chacun joue un rôle dans le but de manipuler l'autre par le langage et de parvenir à ses fins. L'échange devient un véritable badinage où les mots sont travestis pour faire advenir la vérité. Cette scène ne peut que faire rire le lecteur qui connaît la supercherie de Dorante. Un autre personnage, absent de cet extrait mais particulièrement habile dans la mise en scène d'un stratagème, est Dubois. Convaincu que l'amour triomphera, il n'hésite pas à mentir afin de servir les intérêts de son ancien maître.

▶ Question de grammaire

Il s'agit d'une interrogation directe totale. Celle-ci est directe car nous avons l'inversion sujet/verbe ainsi que le point d'interrogation. De plus, elle est totale car nous pouvons répondre par oui ou par non. Le registre de langue est soutenu et la question a pour but l'obtention d'une information.

SECONDE PARTIE DE L'ÉPREUVE

8 min

Si vous choisissez de présenter Les Fausses Confidences, *vous devez justifier votre choix, avant de répondre aux questions de l'examinateur.*

▶ Échange avec le candidat

Quelques questions que pourrait vous poser le jury :

- Qu'est-ce que le marivaudage ?
- En quoi cet extrait illustre-t-il le parcours « théâtre et stratagème » ?
- En quoi cette pièce propose-t-elle une réflexion sur les sentiments ?
- Quel est votre personnage préféré ?
- Le badinage présent dans la pièce vous semble-t-il universel ?
- En quoi Araminte et Dorante sont-ils des symboles de l'évolution de la société au XVIIIe siècle ?

SUJET 9 — 20 pts — 50 min

Extrait Jean-Luc Lagarce, *Juste la fin du monde*, épilogue, 1990

ÉPILOGUE

LOUIS. – Après, ce que je fais,
je pars.
Je ne reviens plus jamais. Je meurs quelques mois plus tard,
une année tout au plus.

Une chose dont je me souviens et que je raconte encore
(après, j'en aurai fini) :
c'est l'été, c'est pendant ces années où je suis absent,
c'est dans le sud de la France.
Parce que je me suis perdu, la nuit dans la montagne,
je décide de marcher le long de la voie ferrée.
Elle m'évitera les méandres de la route, le chemin sera plus court et
je sais qu'elle passe près de la maison où je vis.
La nuit aucun train n'y circule, je ne risque rien
et c'est ainsi que je me retrouverai.
À un moment, je suis à l'entrée d'un viaduc immense,
il domine la vallée que je devine sous la lune,
et je marche seul dans la nuit,
à égale distance du ciel et de la terre.
Ce que je pense
(et c'est cela que je voulais dire)
c'est que je devrais pousser un grand et beau cri,
un long et joyeux cri qui résonnerait dans toute la vallée,
que c'est ce bonheur-là que je devrais m'offrir,
hurler une bonne fois,
mais je ne le fais pas,
je ne l'ai pas fait.
Je me remets en route avec seul le bruit de mes pas sur le gravier.

Ce sont des oublis comme celui-là que je regretterai.

Question de grammaire

› Commentez la proposition subordonnée circonstancielle suivante : « Parce que je me suis perdu » (l. 9).

PREMIÈRE PARTIE DE L'ÉPREUVE

12 min

▶ Présentation du texte

- L'épilogue est une réponse au prologue dans lequel Louis expliquait qu'il allait rejoindre sa famille afin de leur annoncer sa mort prochaine. Dans ce texte, ultime monologue de Louis, le lecteur apprend qu'il part sans avoir pu parler à ses proches. On comprend alors qu'il va mourir sans être parvenu à le leur dire.

▶ Situation du texte dans l'œuvre intégrale

- Le monologue final reprend les thèmes clés de la pièce et interroge particulièrement la **question de la communication**. La pièce a montré une parole qui piétine, qui se heurte aux émotions, aux reproches et qui finalement s'amenuise. Le silence, choix du repli, se meut finalement en regret.

▶ Lecture expressive

- Le monologue final reproduit le parcours de Louis. Votre lecture doit donc marquer les différentes étapes du personnage et faire entendre l'évolution de la parole qui se répète pour être plus juste.

Lors de la lecture, on ne se précipite pas et on prend le temps de **marquer les pauses nécessaires.**

▶ Explication linéaire

Question générale :

Dans quelle mesure ce monologue symbolise-t-il l'échec de la communication ?

I – L'annonce de la fin (du début à « une année tout au plus », l. 4)

A. Le départ de Louis

- Le monologue débute par l'adverbe « après » qui annonce un **changement de temporalité** : Louis a quitté sa famille et ce départ est définitif comme le souligne l'adverbe « jamais » (l. 3).
- Le personnage est alors de nouveau en **mouvement** avec le verbe d'action « je pars » au présent, mis en évidence car isolé à la ligne 2.

B. L'annonce de la mort

- **Il annonce sa mort au présent** à valeur de futur proche (« je meurs quelques mois plus tard », l. 3) et ancre le texte dans le registre pathétique. « Je pars » apparaît alors comme un euphémisme.

II – Le récit du souvenir (de « Une chose dont je me souviens », l. 5, à « à égale distance du ciel et de la terre », l. 18)

A. Un souvenir précis

• Pendant son monologue, Louis évoque un **souvenir marquant** puisque l'adverbe « encore », l. 5, souligne qu'il l'avait déjà mentionné et il ajoute que celui-ci sera le dernier (« après, j'en aurai fini », l. 6).

• **Louis reconstitue le souvenir** et le délimite par l'anaphore « c'est » : « c'est l'été, c'est pendant ces années où je suis absent, / c'est dans le sud de la France » (l. 7-8).

• Le **cadre naturel** avec la mention de la « montagne » (l. 9) et de la « vallée » (l. 16) s'oppose au huis clos familial. La négation « je ne risque rien » (l. 13) semble même présenter ce lieu comme un refuge, par opposition à la maison familiale où toutes les tensions explosent.

• Louis fait alors preuve de bon sens en justifiant son choix par **trois arguments** : « Elle m'évitera les méandres de la route, le chemin sera plus court et je sais qu'elle passe près de la maison où je vis » (l. 11-12). Le futur simple marque la détermination.

B. La route est le symbole de la vie

• Le **choix de la solitude** permet certes d'éviter « les méandres de la route » mais il permet aussi d'éviter « les méandres » de la vie. La solitude, par opposition au cercle familial, apparaît salvatrice puisqu'elle lui permettra de se retrouver. Le futur (« je me retrouverai », l. 14) témoigne des convictions de Louis.

• La solitude du personnage est accentuée par l'omniprésence de la première personne du singulier « je » et l'adjectif « seul » (l. 17).

• Le récit du souvenir est le **symbole du cheminement du personnage**. Le viaduc apparaît alors comme un **entre-deux**. Le personnage est entre la terre et le ciel et le viaduc illustre le passage de l'une à l'autre. Ce chemin devient celui qui le mène vers la fin inéluctable, la mort.

III – L'expression du regret (de « Ce que je pense », l. 19, à la fin)

A. L'expression d'un désir...

• La parenthèse « et c'est cela que je voulais dire » (l. 20) précise le cheminement de son monologue et le but de son propos.

• Louis exprime alors un souhait par l'emploi du conditionnel « je devrais » (l. 21). Ce désir est associé à la parole avec la mention du « cri » alors même que toute la pièce illustre son incapacité à dire. La parole, « ce bonheur-là » (l. 23), devient alors un véritable cadeau par l'emploi du verbe « offrir ».

B. ...qui se transforme un regret

• La conjonction de coordination « mais » marque l'opposition et annonce l'échec. Celui-ci fait partie du passé (« je ne l'ai pas fait », l. 26) mais aussi du présent (« je ne le fais pas », l. 25). La négation totale redoublée insiste sur le constat négatif.

• L'absence de parole est alors amplifiée par l'irruption d'un nouveau bruit, celui des « pas sur le gravier » qui rappelle en même temps le départ.

• Le monologue se clôt sur une phrase conclusive particulièrement pathétique : « Ce sont des oublis comme celui-là que je regretterai » (l. 28). Le futur « je regretterai » marque l'impossible retour en arrière : il est trop tard.

Conclusion

Cet épilogue est particulièrement pessimiste en ce qu'il souligne les regrets de Louis alors qu'il ne peut plus agir. Louis n'est pas parvenu à parler à ses proches et sa mort prochaine rend impossible tout retour en arrière. Le récit du souvenir devient alors le symbole du parcours du personnage. Louis se trouve sur le viaduc qui le conduit de la vie à la mort. Dans son adaptation cinématographique, Xavier Dolan marque l'échec de la communication en choisissant de clore son film sur le départ de Louis et la mort de l'oiseau qui préfigure celle de Louis. L'incapacité des êtres à communiquer laisse alors place aux regrets.

À la fin de votre conclusion, proposez une **ouverture** pertinente qui vous permet de développer votre réflexion.

▶ Question de grammaire

Il s'agit d'une proposition subordonnée circonstancielle de cause introduite par la conjonction « parce que ». La proposition subordonnée dépend de la proposition principale « je décide de marcher le long de la voie ferrée » (l. 10). La proposition circonstancielle apporte alors un complément d'information en expliquant pourquoi Louis marche seul la nuit.

SECONDE PARTIE DE L'ÉPREUVE

8 min

Si vous choisissez de présenter Juste la fin du monde, *vous devez justifier votre choix, avant de répondre aux questions de l'examinateur.*

▶ Échange avec le candidat

Quelques questions que pourrait vous poser le jury :

- Quel est le rôle de la parole au théâtre ?
- Pourquoi la communication est-elle au cœur de la crise familiale ?
- La crise familiale est-elle la conséquence de la crise personnelle des personnages ?
- Le personnage de Louis est-il le seul à ne pas parvenir à communiquer ?
- Comment le réalisateur Xavier Dolan parvient-il à faire entendre l'écriture si particulière de Lagarce ?
- Cette pièce vous a-t-elle amené à réfléchir sur l'importance de la communication dans votre propre vie ?

SUJET 10 — 20 pts — 50 min

Extrait Victor Hugo, *Les Contemplations*, « L'âme en fleur », XXVI, « Crépuscule », 1856

L'étang mystérieux, suaire[1] aux blanches moires[2],
Frissonne ; au fond du bois la clairière apparaît ;
Les arbres sont profonds et les branches sont noires ;
Avez-vous vu Vénus à travers la forêt ?

Avez-vous vu Vénus au sommet des collines ?
Vous qui passez dans l'ombre, êtes-vous des amants ?
Les sentiers bruns sont pleins de blanches mousselines ;
L'herbe s'éveille et parle aux sépulcres dormants.

Que dit-il, le brin d'herbe ? et que répond la tombe ?
Aimez, vous qui vivez ! on a froid sous les ifs[3].
Lèvre, cherche la bouche ! aimez-vous ! la nuit tombe ;
Soyez heureux pendant que nous sommes pensifs.

Dieu veut qu'on ait aimé. Vivez ! faites envie,
Ô couples qui passez sous le vert coudrier[4].
Tout ce que dans la tombe, en sortant de la vie,
On emporta d'amour, on l'emploie à prier.

Les mortes d'aujourd'hui furent jadis les belles.
Le ver luisant dans l'ombre erre avec son flambeau.
Le vent fait tressaillir, au milieu des javelles[5],
Le brin d'herbe, et Dieu fait tressaillir le tombeau.

La forme d'un toit noir dessine une chaumière ;
On entend dans les prés le pas lourd du faucheur ;
L'étoile aux cieux, ainsi qu'une fleur de lumière,
Ouvre et fait rayonner sa splendide fraîcheur.

Aimez-vous ! c'est le mois où les fraises sont mûres.
L'ange du soir rêveur qui flotte dans les vents,
Mêle, en les emportant sur ses ailes obscures,
Les prières des morts aux baisers des vivants.

Chelles, août 18...

1. Pièce d'étoffe avec laquelle on ensevelit un mort.
2. Reflets.
3. Conifères.
4. Noisetier.
5. Tas de céréales moissonnées avant la mise en gerbe.

Question de grammaire

› **Analysez les propositions suivantes : « Que dit-il, le brin d'herbe ? et que répond la tombe ? / Aimez, vous qui vivez ! » (v. 9-10).**

PREMIÈRE PARTIE DE L'ÉPREUVE

12 min

▶ Présentation du texte

• Hugo est le chef de file du romantisme, mouvement qui s'oppose à l'esthétique classique, notamment en raison de la place faite à l'expression des sentiments personnels qui peut se traduire aussi dans la description de paysages-état d'âme. *Les Contemplations* relèvent de ce lyrisme et sont imprégnées de la présence de Léopoldine, la fille d'Hugo morte noyée. « Crépuscule » appartient à la première partie des *Contemplations*, « Autrefois », en particulier à la deuxième section « L'âme en fleur » qui aborde l'amour intimement lié à la nature. Cette section est globalement lumineuse (souvenirs heureux avec Juliette Drouet), mais le poème étudié a une coloration sombre indéniable qui laisse planer l'ombre de Léopoldine.

▶ Situation du texte dans l'œuvre intégrale

• Victor Hugo organise ses *Contemplations* pour en dégager une structure qui correspond à une autobiographie et éclaire ainsi le sens de l'expression « Mémoires d'une âme », titre du parcours, issu de la préface du recueil.

• Une fois cette base posée, il vous faut montrer la spécificité de ce texte : alors qu'il est censé se rapporter à des jours heureux (l'amour du poète pour Juliette), il se colore de la tristesse d'un deuil qui rompt la volonté chronologique pourtant affichée.

▶ Lecture expressive

• Votre lecture doit respecter la versification :

– les -e muets devant une voyelle et un signe de ponctuation ne se prononcent pas, contrairement à ceux qui précèdent une consonne ;

– les liaisons doivent être faites ;

– les diérèses doivent s'entendre : « mystéri/eux », « coudri/er ».

• Les interrogatives qui reviennent comme un refrain doivent être marquées, tout comme la tonalité sombre du poème qui pourtant invite à l'amour.

▶ Explication linéaire

Question générale :

Quelle image de l'amour du poète pour la femme aimée propose ce poème ?

Introduction

Chef de file du romantisme, Victor Hugo compose *Les Contemplations* en souvenir de sa fille Léopoldine, morte noyée, avec laquelle il cherche à entrer en contact en pratiquant le spiritisme. La deuxième section du livre, « L'Âme en fleur » est consacrée à l'amour avec des poèmes assez lumineux.

Mais les sept quatrains de « Crépuscule » tranchent dans cet ensemble, car, si le thème de l'amour est bien présent, il est intimement lié à celui de la mort. Nous nous demanderons donc quelle image de l'amour du poète pour la femme aimée propose ce poème. Nous verrons que les deux premières strophes mettent en place un décor naturel où amour et mort se mêlent. Cela nous permettra alors de comprendre les paroles et conseils prodigués par la nature dans les strophes 3 à 5. De ces morts vient ainsi une prière d'amour pour les vivants dans les strophes 6 et 7.

I – Un décor mêlant amour et mort (strophes 1 et 2)

A. La nature comme cadre

- **La nature est omniprésente** avec un champ lexical abondant : « étang », « bois », « clairière », « arbres », « branches », « forêt », « collines », « sentiers », « herbe ».
- Cette forêt est un **lieu de contraste** entre l'obscurité des sous-bois et la clarté de la clairière. Elle est toutefois praticable comme l'indiquent les « sentiers ». **Cette nature est liée à l'amour.**

B. Une nature liée à l'amour

- **Elle sert de cadre pour les promenades des amants**. Une forme de sensualité s'en dégage : les « mousselines » représentent les tissus de vêtements féminins accrochés aux branches, mais les sonorités évoquent aussi la « mousse », élément naturel.
- **La déesse de l'Amour devient une déesse de la nature** : anaphore (v. 4-5) mise en valeur par l'allitération en [v] ; Vénus est associée à « la forêt », aux « collines ». Le poète fait donc de l'amour une donnée naturelle, toutefois la mort est aussi très présente.

C. Une nature liée à la mort

- Des éléments de chaque strophe évoquent plus o**u moins implicitement la mort** : « suaire », « moires », « noires », « ombre », « bruns », « sépulcres ».
- **Ces éléments s'entremêlent à la description de la nature habitée par l'amour** :

– « étang mystérieux » (v. 1), polysémie de « moires » (reflets mais aussi divinités du Destin) et de l'adjectif « mûres » (v. 25) ;

– contraste obscurité/lumière : « au fond du bois » / « clairière » (v. 2), « sentiers bruns »/ « blanches mousselines » avec le chiasme (v. 7) ;

– champ lexical de l'obscurité ;

– promenade dans une nature devenue cimetière (v. 1, 8). Dans ce cadre fantastique, la nature se met à parler.

II – Les conseils de la nature (strophes 3 à 7)

A. La prise de parole de la nature

- Il n'y a aucune ponctuation, mais des **verbes de parole** : « parle » (v. 8), « dit » et « répond » (v. 9).
- **Les interlocuteurs sont :** « l'herbe », « le brin d'herbe » / les « sépulcres », « la tombe » (v. 8-9). La vie parle avec la mort dans une antithèse : la vie « s'éveille », la mort « dormants ».

• **Les paroles de l'herbe** ne sont pas livrées, mais on a une prosopopée pour les morts (v. 10-16) : « On a froid sous les ifs » (v. 10) et antithèse « vous » (v. 10) / « on » (v. 10, 16) et « nous » (v. 12). La nature et les morts prennent ainsi la parole pour inviter au *carpe diem.*

B. Du *memento mori* au *carpe diem*

• **Invitation à aimer :**

– la mort est représentée par **l'immobilité** (v. 8, 12) ; la seule activité est d'être « envie[ux] » (v. 13) des vivants, de « prier » (v. 16) ;

– **une exhortation à être heureux** mise en valeur par l'antithèse « heureux » / « pensifs » (v. 12), la litote de « pensifs » et la locution « pendant que » à valeur concessive. **L'invitation à profiter de la vie est associée à l'amour :** « Aimez, vous qui vivez ! » (v. 10) ce que soulignent les sonorités [é] et [v] qui créent une harmonie entre les mots. La répétition de l'exhortation souligne sa nécessité ;

– **car il y a une fatalité de la mort :** chiasme « Les mortes d'aujourd'hui furent jadis les belles » (v. 17), le pluriel est généralisant, le passé simple marque l'irrévocable, dans une forme de maxime.

• Cette mortalité répond à une loi divine qui la lie à la nécessité d'aimer.

C. Une loi divine

• « Dieu veut qu'on ait aimé » : « Dieu » est en tête de vers et le verbe « vouloir » est associé à « aimer ». Le subjonctif passé montre que **l'amour est le fait des vivants** qui se doivent d'aimer sous peine de devoir « prier » une fois morts pour racheter « Tout ce que dans la tombe, [...] [ils ont] emport[é] d'amour » (v. 15-16) au lieu de le consommer.

• Les impératifs et les exclamations (v. 10, 11, 25) évoquent des injonctions divines.

III – Une prière d'amour pour les vivants (strophes 6 et 7)

A. *Tempus fugit*

• **Un sentiment d'urgence** est créé par « le pas lourd du faucheur » rappelant la Mort (faucheuse) qui approche inexorablement.

• **Le crépuscule montre la fuite du jour,** le *tempus fugit.*

B. Une communion entre vivants et morts

• Pour mieux faire sentir cette urgence, le poème associe vivants et morts.

• Les derniers quatrains associent et « mêle[nt] » (v. 27) **les mondes des vivants et des morts :**

– association de la lumière et de l'obscurité (v. 24) ;

– le dernier vers réunit « morts » et « vivants » dans leurs activités : « Les prières des morts aux baisers des vivants ». La communion entre morts et vivants est causée par Dieu.

C. L'amour comme loi naturelle

- **C'est une loi naturelle divine :** « L'ange du soir » (v. 26) est associé aux « prières » (v. 28) ; les morts en sont témoins.
- **Le poète a une posture effacée**, il délègue sa parole au brin d'herbe et aux morts. Mais c'est lui, par son verbe, qui « mêl[e] » vraiment morts et vivants. La vie l'emporte finalement : le dernier mot est « vivants » et le rapport de force qui s'exerce entre les champs lexicaux de la mort immobile et de la vie mobile dans les deux strophes est en faveur de la vie.

Conclusion

Victor Hugo propose une image de l'amour comme un sentiment naturel qui relève de l'obligation divine, en raison de son caractère éphémère. Le poème devient une invitation à aimer, délivrée par les morts aux vivants, qui communiquent grâce au poète qui les réunit. Le *topos* ronsardien du *carpe diem* se trouve ainsi renouvelé dans un poème non pas galant, mais empreint d'une dimension macabre.

▶ Question de grammaire

« Que dit-il, le brin d'herbe ? » : proposition interrogative partielle avec explicitation du sujet « il » apposée « le brin d'herbe » qui est fréquente dans la langue orale.

« et que répond la tombe ? » : proposition interrogative partielle coordonnée à la précédente par « et ».

« Aimez, vous qui vivez ! » : phrase exclamative injonctive comme l'atteste l'impératif présent « aimez ». Cet ordre est adressé par le biais d'une apostrophe à « vous qui vivez ». Le pronom personnel est développé par la relative « qui vivez ». Le verbe y est conjugué au présent de l'indicatif (définition, caractérisation).

SECONDE PARTIE DE L'ÉPREUVE

8 min

Si vous choisissez de présenter Les Contemplations, *vous devez justifier votre choix, avant de répondre aux questions de l'examinateur.*

▶ Échange avec le candidat

Quelques questions que pourrait vous poser le jury :

- Pourquoi avez-vous choisi *Les Contemplations* ?
- À quel mouvement littéraire Victor Hugo appartient-il ?
- Comment sont organisées *Les Contemplations* ?
- Comment la douleur de l'homme est-elle rendue dans ce livre ?
- Trouvez-vous que Victor Hugo rende compte uniquement de sa vie dans ce livre ?
- En quoi y a-t-il une dimension universelle dans ce recueil qui dépasse la simple autobiographie ?
- Quel rôle Victor Hugo assigne-t-il au lecteur ? Qu'en pensez-vous ?

ORAL

SUJET 11 — 20 pts — 50 min

Extrait Charles Baudelaire, *Les Fleurs du mal*, « Le Soleil », 1857

Le long du vieux faubourg, où pendent aux masures[1]
Les persiennes, abri des secrètes luxures[2],
Quand le soleil cruel frappe à traits redoublés
Sur la ville et les champs, sur les toits et les blés,
Je vais m'exercer seul à ma fantasque escrime,
Flairant dans tous les coins les hasards de la rime,
Trébuchant sur les mots comme sur les pavés,
Heurtant parfois des vers depuis longtemps rêvés.

Ce père nourricier, ennemi des chloroses[3],
Éveille dans les champs les vers comme les roses ;
Il fait s'évaporer les soucis vers le ciel,
Et remplit les cerveaux et les ruches de miel.
C'est lui qui rajeunit les porteurs de béquilles
Et les rend gais et doux comme des jeunes filles,
Et commande aux moissons de croître et de mûrir
Dans le cœur immortel qui toujours veut fleurir !

Quand, ainsi qu'un poète, il descend dans les villes,
Il ennoblit le sort des choses les plus viles,
Et s'introduit en roi, sans bruit et sans valets,
Dans tous les hôpitaux et dans tous les palais.

1. Habitations misérables.
2. Recherches des plaisirs sexuels.
3. Anémies frappant particulièrement les jeunes filles.

Question de grammaire

› **Étudiez la construction de la première phrase du poème qui correspond à la première strophe.**

PREMIÈRE PARTIE DE L'ÉPREUVE

12 min

▶ Présentation du texte

• Tout en ayant des points communs avec le romantisme ou le Parnasse, Baudelaire inaugure la modernité poétique en s'intéressant à des sujets délaissés jusqu'alors par la poésie, et qui permettent au poète de « fai[re] de l'or » à partir de « boue ». Apparaissent ainsi dans *Les Fleurs du mal* la ville, nouvelle forme de paysage, et les pauvres hères. Le livre fluctue entre idéal et mélancolie que Baudelaire nomme *spleen*.

• « Le Soleil » est le deuxième poème de la deuxième section « Tableaux parisiens » des *Fleurs du mal*. Il s'inscrit bien dans la modernité baudelairienne en ayant pour cadre la ville et en s'intéressant aux plus démunis que la poésie a pour mission de célébrer. Le poème est résolument du côté de l'idéal en ce début de section.

▶ Situation du texte dans l'œuvre intégrale

• Il vous faut indiquer :

– en quoi ce texte est représentatif du parcours « Alchimie poétique, la boue et l'or » et entretient donc des points communs avec d'autres textes étudiés ;

– en quoi il se distingue des autres textes et est original en apportant un éclairage différent sur le parcours.

• « Le Soleil » s'intéresse ainsi à la boue que représentent les pauvres hères dans un cadre traditionnellement non poétique, la ville. Toutefois, ce soleil sublime cette misère et en fait de l'or, représentant ainsi le travail du poète.

▶ Lecture expressive

• Votre lecture doit **respecter la versification :**

– il vous faut donc prononcer les -e muets qui sont devant des consonnes et faire les liaisons ;

– veillez à faire la diérèse dans « persi/ennes » au vers 2.

• Outre ce respect formel, vous devez essayer de **mettre le ton**, notamment en marquant l'exclamative et l'accomplissement bénéfique permis par le soleil et la poésie.

▶ Explication linéaire

Question générale :

En quoi l'éloge du soleil permet-il de comprendre le travail poétique ?

Introduction

Avec *Les Fleurs du mal*, la poésie entre dans la Modernité : Baudelaire s'attache à des thèmes absents de la poésie car jugés non poétiques. La ville apparaît dans la deuxième section « Tableaux parisiens », tout comme les plus démunis, ce qui vaudra à Baudelaire la censure de son livre en 1857 pour « outrage aux bonnes mœurs ». Il comprend aussi des poèmes lumineux comme « Le Soleil » dans lequel le poète dresse l'éloge de cet astre. Nous nous demanderons donc en quoi l'éloge du soleil permet de comprendre le travail poétique. Nous verrons que le poète propose dans la première strophe le récit de ses promenades urbaines qui l'inspirent, grâce au soleil qui est loué dans la seconde strophe, ce qui lui permet de définir son art dans la troisième strophe.

I – Le récit de promenades urbaines, sources d'inspiration (strophe 1)

A. Un récit…

• **La première strophe comprend les indications spatio-temporelles situant le récit.** Les vers 1-2 nous renseignent sur le lieu, « le long du vieux faubourg », les deux suivants sur le temps avec la temporelle « Quand le soleil cruel frappe à traits redoublés » qui est une allusion au soleil de midi, l'été, ce que confirment les « blés » (v. 4).

• **Les quatre derniers vers introduisent le personnage principal**, le poète, avec la première personne « Je » (v. 5), et ses actions avec l'accumulation de verbes : « m'exercer » (v. 5), « Flairant » (v. 6), « Trébuchant » (v. 7) et « Heurtant » (v. 8). Le poète relate ses promenades.

B. …de fréquentes promenades…

• **Le caractère répétitif des déambulations du poète** est donné par l'emploi du présent. Ce présent d'habitude rend compte de l'action répétée du poète : « Je vais m'exercer » (v. 5), avec le verbe « exercer » qui suppose des exercices réguliers. Le texte met en lumière d'ailleurs ce mouvement avec « tous » et la répétition des participes présents en tête des vers 6-8 et le [ã] à la fin de ces verbes homéotéleutes : le poète a arpenté toute la ville.

• **Les présents qualifiant le cadre**, « pendent » (v. 1) et « frappe » (v. 3), ont presque la valeur d'un présent de définition, ce que renforce l'apposition « abri des secrètes luxures » (v. 2) pour qualifier les « masures » (v. 1). Le poète aime à errer en ville pour trouver l'inspiration.

C. …à la recherche de l'inspiration poétique.

• **La recherche poétique** est au cœur de la fréquentation des « faubourg[s] » (v. 1). Le champ lexical de la poésie est présent avec « rime » (v. 6), « mots » (v. 7) et « vers » (v. 8) et se trouve relié à l'idée de recherche avec « airant » (v. 6) et « depuis longtemps rêvés » (v. 8). Cette recherche est laborieuse comme l'indiquent la multiplicité des lieux « dans tous les coins » (v. 6) et le rôle du « hasar[d] » (v. 6) que renforcent « Trébuchant » (v. 7) et « Heurtant parfois » (v. 8).

• **Cette recherche solitaire, « seul », est présentée avec humour** grâce à la métaphore « fantasque escrime » (v. 5) qui lui donne un caractère noble et original qui laisse entendre que le poète est un « rêv[eur] » (v. 8). Le poète nous relate comment il cherche l'inspiration en ville lors de promenades régulières ensoleillées. Cette présence du soleil donne lieu à un éloge de cet astre.

Afin d'éviter l'effet de liste, intégrez vos citations à votre argumentation.

II – ...devient l'occasion de faire l'éloge du soleil... (strophe 2)

A. Un éloge retardé...

Le poème est un éloge retardé du soleil. En effet, si l'astre est mis en valeur dès le titre, « Le Soleil », il est d'abord associé à la « cru[auté] » (v. 3), en raison de sa chaleur. L'éloge est retardé au second huitain qui s'inscrit bien sous le signe de la louange avec l'expression méliorative « Ce père nourricier » (v. 9) et souligne son statut qui le place à l'origine de nombreux biens qu'il alimente.

B. ...célébrant les qualités nourricières et thérapeutiques du soleil...

• **Les qualités nourricières du soleil :** l'adjectif « nourricier » est mis en exergue par la césure (v. 9-10). Ces qualités sont associées à la nature de manière assez topique comme l'attestent :

– les champs lexicaux de la culture : « champs » (v. 4, 10), « blés » (v. 4), « roses » (v. 10), « moissons » (v. 15) ;

– les champs lexicaux de l'apiculture : « ruches » et « miel » (v. 12) ;

– les verbes dénotant naissance ou abondance : « éveille » (v. 10), « remplit » (v.12), « croître » (v. 15), « mûrir » (v. 15) et « fleurir » (v. 16).

• **Les qualités thérapeutiques :** le soleil, « ennemi des chloroses » (v. 9), est un thérapeute. La chlorose, maladie due à un manque de lumière, est guérie par le soleil. Or les soins du soleil touchent le corps puisqu'il peut « rajeuni[r] » (v. 13) les infirmes, comme l'âme puisqu'il « fait s'évaporer les soucis » (v. 11) et « rend gais et doux comme des jeunes filles » (v. 14). Le groupe binaire « gais et doux », renforcé par la comparaison, insiste sur la transformation totale des « porteurs de béquilles » (v. 13). Cet exemple témoigne d'un pouvoir supérieur que présente le vers 18 : « Il ennoblit le sort des choses les plus viles ». La métamorphose réalisée est d'autant plus étonnante qu'elle s'attaque à des sujets méprisables comme le montre le superlatif. Le poète exalte les qualités du soleil qui réussit à métamorphoser les êtres pour les « ennobli[r] », comme un dieu poète.

C. ...qui représente Apollon, dieu de la poésie.

• **Une lecture attentive du vers 3 fait du soleil un dieu**. Ce vers, en qualifiant le « soleil » de « cruel » interpelle ici. L'adjectif « cruel » vient du latin *cruor*, « sang », terme qui dans le contexte des heures les plus chaudes de l'été ne se rapporte pas à la couleur crépusculaire. Comment comprendre cet adjectif péjoratif ? Les « traits redoublés » éclairent : Apollon armé d'un arc a châtié cruellement Niobé en décimant tous ses enfants avec l'aide de sa sœur Artémis. Le vers peut se lire comme une allusion à ce mythe. Il permet au lecteur d'associer le soleil, doté d'une majuscule dans le titre, à Apollon, dieu des arts et de la poésie.

• **Son action dans le second huitain est d'ailleurs fortement liée à la poésie** : « éveille [...] les vers », « remplit les cerveaux [...] de miel », métaphore de la poésie ; quant aux mots « roses » et « fleurir », ils renvoient aussi à l'univers poétique en faisant appel aux poèmes de Ronsard ou à la notion de florilège... Le livre de Baudelaire ne s'intitule-t-il pas *Les Fleurs du mal* ? Le soleil est donc aussi le dieu de la poésie, ce qui permet de mieux comprendre la dernière strophe dans laquelle le poète se compare à cet astre.

III. ...mais aussi du poète dont l'art est défini (strophe 3)

A. Le poète se compare au soleil...

• **Le poète se compare au soleil** : « ainsi qu'un poète, il [le soleil] » (v. 17). La dernière strophe, qui se détache des précédentes puisque c'est un quatrain et non un huitain, est consacrée à cette comparaison. Elle se compose de trois actions :

– « descen[dre] dans les villes » tout comme le poète dans la première strophe se promène en « ville » (v. 4), « le long du vieux faubourg » (v. 1) ;

– « ennoblir » ce qui est « vi[l] » ;

– en « s'introduisant » partout.

• Or, dans la première strophe le poète donne à imaginer ce qui est caché par « les persiennes » (v. 2) et ennoblit « masures » (v. 1) et « porteurs de béquilles » (v. 13) en les faisant entrer dans son poème. Le poète se compare au soleil, ce qui permet de mieux appréhender la nature de ce soleil.

B. ...et fait ainsi du poème un véritable art poétique.

• **Baudelaire illustre sa conception de la poésie.** Il fait entrer en poésie ce qui jusqu'alors y était méprisé, notamment les pauvres hères, vivant dans des « masures » d'un « vieux faubourg » (v. 1), « porteurs de béquilles » (v. 13), trouvant asile dans « les hôpitaux » (v. 20).

• **Quant à la ville, elle est le lieu où la poésie se fait,** comme l'important champ lexical urbain le montre : « faubourg » (v. 1), « masures » (v. 1), « ville » (v. 4 et 17), « toits » (v. 4), « pavés » (v. 7). Si la campagne, lieu du poète romantique est présente, elle n'est pas choisie comme lieu d'inspiration. Le poète s'attache ainsi à « ennobli[r] le sort des choses les plus viles » (v. 18), ce qui correspond à la formule baudelairienne : « Tu m'as donné ta boue et j'en ai fait de l'or ».

• **Cette aspiration vers le beau, l'idéal qui constitue la quête poétique est visible :** le poète se représente en quête de vers dans le premier huitain en usant de ses sens (le toucher « heurtant », l'odorat « flairant »). Cet idéal apparaît avec « vers le ciel » (v. 11) ou « cœur immortel » (v. 16). Véritable « chimiste » capable de métamorphoser le laid en y décelant le beau, le poète devient un « roi » abolissant les distances sociales entre « hôpitaux » et « palais » (v. 20), comme le souligne le parallélisme renforcé par l'anaphore. Le poème est un véritable art poétique définissant la poésie baudelairienne.

Conclusion

« Le Soleil » se présente comme un récit à la première personne que le poète fait de ses promenades fréquentes en ville qui l'inspirent. Il est l'occasion d'un éloge de cet astre aux qualités nourricières, thérapeutiques et démiurgiques. Le soleil devient un double du poète apollinien, métamorphosant le texte en un art poétique définissant l'idéal baudelairien. Le poète en ce début de section des « Tableaux parisiens » est rempli d'espoir, la suite de ses déambulations urbaines l'amène à trouver non la poésie idéale, mais des doubles de lui-même et le *spleen*. Pour relancer sa quête poétique, il se tourne vers « Les Paradis artificiels » avec la section « Le Vin ».

▶ Question de grammaire

– « où pendent aux masures / Les persiennes, abri des secrètes luxures » : proposition relative. Le pronom relatif « où » a pour antécédent le nom « faubourg ».

– « Quand le soleil cruel frappe à traits redoublés / Sur la ville et les champs, sur les toits et les blés, » : proposition subordonnée temporelle introduite par la conjonction de subordination « quand ».

Pensez à **délimiter la proposition** et à préciser la **nature** du mot qui l'introduit.

– « Flairant dans tous les coins les hasards de la rime » : proposition subordonnée participiale apposée au sujet « je », marquant la simultanéité des actions, c'est-à-dire le temps, et en même temps le but.

– « Trébuchant sur les mots comme sur les pavés » : idem.

– « Heurtant parfois des vers depuis longtemps rêvés. » : idem.

SECONDE PARTIE DE L'ÉPREUVE

8 min

Si vous choisissez de présenter Les Fleurs du mal, *vous devez justifier votre choix, avant de répondre aux questions de l'examinateur.*

▶ Échange avec le candidat

Quelques questions que pourrait vous poser le jury :

- Pourquoi avez-vous choisi *Les Fleurs du mal* ?
- Avec quels mouvements littéraires Baudelaire entretient-il des liens ?
- Que signifie l'expression « Tu m'as donné ta boue et j'en ai fait de l'or » ?
- Qu'est-ce qui peut correspondre à la « boue » dans *Les Fleurs du mal* ?
- Comment le poète parvient-il à changer la boue en or ?
- Comment le poète organise-t-il son livre ? Quel lien pouvez-vous faire entre cette composition et le parcours ?
- En quoi l'entreprise baudelairienne est-elle moderne ?

ORAL

SUJET 12 20 pts 50 min

Extrait Guillaume Apollinaire, *Alcools*, « Automne malade », 1913

Automne malade et adoré
Tu mourras quand l'ouragan soufflera dans les roseraies
Quand il aura neigé
Dans les vergers

Pauvre automne
Meurs en blancheur et en richesse
De neige et de fruits mûrs
Au fond du ciel
Des éperviers planent
Sur les nixes[1] nicettes[2] aux cheveux verts et naines
Qui n'ont jamais aimé

Aux lisières lointaines
Les cerfs ont bramé

Et que j'aime ô saison que j'aime tes rumeurs
Les fruits tombant sans qu'on les cueille
Le vent et la forêt qui pleurent
Toutes leurs larmes en automne feuille à feuille
Les feuilles
Qu'on foule
Un train
Qui roule
La vie
S'écoule

1. Nymphes des eaux de la mythologie germanique.
2. Naïves, candides.

Question de grammaire

› **Identifiez le temps employé dans les six derniers vers du poème. Précisez sa valeur.**

PREMIÈRE PARTIE DE L'ÉPREUVE

12 min

▶ Présentation du texte

• Ce poème s'inscrit dans la thématique traditionnelle de l'automne, saison représentative de la fuite du temps et de la mort. Mais Apollinaire la revisite en proposant un poème qui se rapproche de la forme du calligramme. Celui-ci représente visuellement les feuilles qui tombent et affiche sa modernité face à la tradition.

> Un calligramme est un poème dont la disposition des vers forme un dessin

▶ Situation du texte dans l'œuvre intégrale

• Il s'agit d'un poème du cycle d'Annie, écrit pour Annie Playden. Le motif de l'automne est présent dans de nombreux poèmes du recueil notamment dans « Signe » où l'on a une féminisation de la saison associée aux souffrances de l'amour ou dans « Colchiques ».

▶ Lecture expressive

• Votre lecture doit faire entendre le rythme particulier du vers libre. Vous veillerez à marquer des pauses à la fin des vers et vous ferez entendre la succession de vers brefs mimant les feuilles qui tombent.

▶ Explication linéaire

Question générale :

En quoi ce poème se situe-t-il entre tradition et modernité ?

I – La fragilité de l'automne (strophe 1)

A. L'automne, une saison séduisante

• **Elle séduit les sens comme l'odorat et la vue** (« roseraies »). Notons le pluriel qui donne une impression d'abondance.

• Autres sens dans la strophe suivante.

B. L'automne, une saison menacée

• **La beauté fragile de l'automne** est mise en évidence par les deux adjectifs « malade et adoré ».

• **La fragilité est liée à la menace de l'hiver** (« Tu mourras » : futur à valeur programmatique qui annonce l'hiver qui va ravager l'automne). Si les « roseraies » incarnent la vitalité de l'automne, « l'ouragan » suggère la dimension mortifère de l'hiver, développée dans la strophe suivante. L'allitération en [r], vers 2, fait entendre le vent de l'ouragan et la longueur du vers en dévoile la puissance que rien ne peut arrêter. Les éperviers sont des rapaces, ils sont donc associés à la mort également.

C. L'automne, destinataire du poème

• Adresse directe « Automne malade et adoré » et tutoiement (« Tu mourras »). **Le poète dialogue avec l'extérieur** au lieu de se replier sur soi.

II – La mélancolie amoureuse (strophe 2)

A. Une image pathétique

• **L'automne est digne de pitié** : « Pauvre automne », « Meurs ».

• **La destruction imposée par l'hiver** annoncée à la première strophe se poursuit avec de nouvelles antithèses (« blancheur » *vs.* « richesse » ; « neige » *vs.* « fruits mûrs »). Même procédé que dans la strophe précédente : recours au pluriel pour dire l'abondance de l'automne. Jeu sur les sens : la vue (« blancheur » et couleurs suggérées par les fruits), le toucher (froid glacé de la « neige »), le goût (variété des goûts des fruits, absence de goût de la neige). L'hiver apparaît donc comme une saison mortifère par opposition à l'automne.

B. Un paysage-état d'âme

• **Ce paysage suggère la souffrance de l'automne mais aussi du poète** qui fait preuve d'empathie. On retrouve un motif traditionnel de la poésie romantique.

• **Les causes de la souffrance** sont suggérées aux vers 10-11 : les amours malheureuses (« qui n'ont jamais aimé »). Les « nixes nicettes aux cheveux verts et naines » sont étranges, comme mises à distance. Il n'y a pas de rapprochement possible. La neige dit aussi par sa blancheur la froideur virginale. Ainsi Apollinaire exprime un sentiment mélancolique, lié à ses déboires amoureux, à travers un paysage, ce qui est traditionnel. Mais la référence aux « nixes » introduit une originalité. On note d'ailleurs que ce vers, qui est le plus surprenant, est un alexandrin, dont l'allitération en [n] assure l'unité, comme si au moment d'innover, il éprouvait le besoin de se rattacher à des procédés d'écriture traditionnels. Il se livre ainsi à un jeu sur les conventions littéraires.

III – L'amour inaccessible (strophe 3)

• Strophe très brève, de deux vers, qui met en évidence la **liberté dans l'écriture** d'Apollinaire puisqu'il recourt à des strophes de longueurs variées. Le « brame » est le cri de séduction du cerf, Apollinaire retravaille sur le motif amoureux.

• On retrouve également le **thème de la mise à distance**, donc d'un amour impossible : « lisières lointaines ».

IV – L'épuisement de la parole (strophe 4)

A. La personnification de la forêt, à l'image du poète

• Apollinaire personnifie la forêt (« Le vent et la forêt qui pleurent / Toutes leurs larmes en automne feuille à feuille »), la tristesse est conforme à la mélancolie et à l'angoisse perceptibles dès le début du poème.

B. Le lyrisme épuré

- **Deux occurrences du « je »,** c'est très peu dans un poème qui évoque les sentiments. Il n'y a d'ailleurs qu'un seul verbe de sentiment (« aime »). On passe ensuite au pronom indéfini « on » (« on foule ») : pas de pathos. Absence de ponctuation, et partant de ponctuation expressive : rupture avec le lyrisme exalté de la poésie romantique.

C. Vers le calligramme

- Les derniers vers font preuve d'**une recherche visuelle**. Ils se rapprochent du calligramme en rappelant les feuilles qui tombent. Assonance en [ou] (« Les feuilles / Qu'on foule / Un train / Qui roule / La vie / S'écoule ») qui peut évoquer le bruit du vent dans les feuilles.
- **Motif du temps qui passe** : motif traditionnel associé à la nostalgie, mais exprimé sans pathos. Ce sont les images – universelles (présent de vérité générale) – qui prennent en charge l'émotion.

Conclusion

Ce poème se situe entre tradition et innovation. En effet, on peut estimer que sont traditionnels le motif du paysage-état d'âme et l'évocation de l'automne comme saison de transition entre la vie et la mort, mais la forme versifiée, les métaphores originales permettent au poète de renouveler le lyrisme romantique.

En conclusion, veillez à **bien répondre à la problématique** que vous avez posée en introduction.

▶ Question de grammaire

Le temps employé est le présent de l'indicatif. Il a une valeur d'universalité : c'est un présent de vérité générale, différent du présent d'énonciation employé au début du texte.

SECONDE PARTIE DE L'ÉPREUVE

8 min

Si vous choisissez de présenter Alcools, *vous devez justifier votre choix, avant de répondre aux questions de l'examinateur.*

▶ Échange avec le candidat

Quelques questions que pourrait vous poser le jury :

- Pourquoi avez-vous choisi *Alcools* ?
- En quoi ce recueil se situe-t-il entre tradition et modernité ?
- Comment Apollinaire renouvelle-t-il le lyrisme ?
- Quelle est la place de la nature dans le recueil ?
- Les poèmes d'Apollinaire vous touchent-ils ?
- Quel est votre poème préféré et pourquoi ?

Notes

Crédits photographiques :

MIXTE
Papier issu de sources responsables
FSC® C022030
www.fsc.org

Nathan est un éditeur qui s'engage pour la préservation de son environnement et qui utilise du papier fabriqué à partir de bois provenant de forêts gérées de manière responsable et contrôlée.

Dépôt légal : août 2022 - N° de projet : 10279895
Imprimé en France par Maury-Imprimeur
45330 Malesherbes
N° d'imprimeur : 263177

IMPRIM'VERT
Votre imprimeur agit pour l'environnement